KB085037

개미

개 5

제3부 개미 혁명

베르나르 베르베르 장편소설
이세욱 옮김

LA RÉVOLUTION DES FOURMIS
by BERNARD WERBER

Copyright (C) Éditions Albin Michel - Paris, 1996
Korean Translation Copyright (C) The Open Books Co., 1993, 2023
All rights reserved.

제3부 개미 혁명

세 번째 게임　　　　　　**다이아몬드**

123. 백과사전

만사에는 때가 있다

무슨 일을 하든 간에 때를 잘 맞추어야 한다. 때가 설익거나 물크러지면 일의 보람이 온전히 나타나지 않기 때문이다. 남새를 심고 가꾸는 경우에도 때를 잘 선택하는 것이 무엇보다 중요하다. 채소 농사를 망치지 않으려면 심고 거두기에 알맞은 때를 반드시 알아야 한다.

아스파라거스는 3월에 심고 5월에 거둔다.

가지는 3월에 심고(볕바른 곳에), 9월에 거둔다.

순무는 3월에 심고 10월에 거둔다.

당근은 3월에 심고 7월에 거둔다.

오이는 4월에 심고 9월에 거둔다.

양파는 9월에 심고 5월에 거둔다.

파는 9월에 심고 6월에 거둔다.

감자는 4월에 심고 7월에 거둔다.

토마토는 3월에 심고 9월에 거둔다.

에드몽 웰스, 『상대적이며 절대적인 지식의 백과사전』 제3권

손가락 혁명의 일꾼들이 줄을 지어 나아가다가 한 마리 뱀처럼 수풀 속으로 숨어 들어간다. 행렬의 선두에는 암개미 103호가 있다. 해가 기울고 바람이 서늘해지자, 개미들은 커다란 소나무로 올라가서 예전에 어떤 다람쥐가 살다가 버리고 간 것으로 보이는 빈 둥지를 찾아 들어간다.

그 쉼터에서 암개미 103호는 손가락들에 관한 이야기를 다시 시작한다. 그의 이야기는 갈수록 흥미를 더해 간다. 103호는 오늘의 주제에 관한 기억 페로몬을 꼼꼼하게 작성해 간다.

손가락 생리학

우리는 그들을 손가락이라고 부르지만, 사실 손가락이란 그들 다리의 끝에 달린 기관일 뿐이다. 우리의 여섯 다리에는 각각의 끄트머리에 두 개의 발톱이 달려 있지만, 그들의 네 다리 끝은 다섯 개의 가락으로 이루어져 있다.

그 가락은 각각 세 개의 도막이 뼈마디로 연결된 것이어서, 다양한 형태를 취할 수 있고 다른 가락들과 함께 움직이며 여러 가지 기능을 할 수 있다.

가락 두 개가 함께 사용되면 집게 구실을 한다.

다섯 가락을 오그려 쥐면 망치로 사용할 수 있다.

가락을 붙여서 오목하게 만들면 액체를 받을 수 있는 작은 그릇이 된다.

가락 하나를 곧게 뻗으면 끝이 둥근 꼬챙이가 된다. 그것은 우리들 중의 누구라도 으깨어 죽일 수 있는 강력한

흉기다.

가락을 붙여서 쭉 뻗으면 장칼이 된다.

한마디로 그들의 다리 끝에 달린 가락들은 굉장한 도구다.

그것들을 사용하면 실을 묶는다든가 잎을 자르는 것과 같은 아주 어려운 일도 쉽게 할 수 있다.

게다가 그 가락의 끝에는 납작한 각질의 조각이 붙어 있어서, 그것으로 무엇을 긁거나 정확하게 자를 수 있다.

그들에게는 그것 못지않게 경탄할 만한 것이 또 있다. 그들이 〈발〉이라고 부르는 기관이 바로 그것이다.

발이 있기에 그들은 두 뒷다리로 곧추서서 다닐 수 있다. 발이 언제나 최상의 평형을 고려하기 때문에 그들은 쓰러지지 않고 수직 자세를 유지할 수 있다.

그 자리에 모인 개미들은 모두 어떻게 두 다리로 곧추서서 걸을 수 있는지를 상상해 보려고 애쓴다. 물론 다람쥐나 도마뱀 따위가 뒷다리로 버티고 앉아 있는 모습은 본 적이 있다. 하지만, 그 정도에서 그치지 않고 두 다리만으로 걷는다는 것은 상상하기가 쉽지 않다.

5호가 손가락들처럼 두 뒷다리로 걸어 보겠다고 나선다.

다른 개미들의 주목을 받으며, 그는 가운뎃다리로 벽을 짚고 앞다리로 평형을 유지하면서 2초 가까이 거의 곧추선 자세로 버텨 낸다.

《곧추서니까, 조금 더 멀리 볼 수 있고 시야에 들어오는 사물이 조금 더 많다.》

5호가 알려 온 그 정보를 놓고, 103호는 깊은 생각에 잠긴다. 그는 오래전부터 손가락들의 독특한 사고방식과 기발한 발명이 어디에서 유래한 것인지를 궁금하게 여겨 왔다. 한때는 그들이 키가 크기 때문에 그 모든 것이 가능했을 것이라고 단순하게 생각한 적도 있었다. 하지만, 키가 크기로 말하면 손가락들보다 더한 것들이 많다. 예컨대 나무들도 키가 아주 크지만, 그들에게 텔레비전이나 자동차가 있는 건 아니다. 키 다음으로 암개미가 생각한 것은 그들의 손이었다. 구조가 특이한 손으로 복잡한 물건을 만들 수 있었기 때문에 그들이 오늘날과 같은 문명을 이루어 냈을 거라고 추론한 것이다. 그러나 가락이 많이 달린 손은 그들에게만 있는 게 아니다. 다람쥐들에게도 비슷한 손이 있지만, 그들은 쓸 만한 것을 전혀 만들어 내지 못한다.

그렇다면, 손가락들의 기이한 사고방식은 직립 자세에서 유래한 것인지도 모른다. 그렇게 곧추서면 시야가 넓어지기 때문에, 눈이며 뇌가 변화되었을 것이고 자기들 영역을 관리하는 방식이나 세계관까지도 달라졌을 것이다.

103호가 아는 한, 손가락들은 두 뒷다리로 걸어다닐 수 있는 유일한 동물이다. 도마뱀들이 이따금 곧추선 자세를 취하기는 하지만 몇 초 이상은 버티지 못한다.

103호는 자기도 한번 뒷다리로 일어서 보겠다며 동료들 앞으로 나선다. 그것은 대단히 고통스러운 일이다. 몸의 압력이 뒷다리로 쏠리면서 발목마디가 뒤틀리고 빛깔이 하얘진다. 103호는 고통을 이겨 내고 걷기를 시도한다. 하지만, 이내 다리가 휘어지면서 몸이 균형을 잃고 앞으로 쏠린다. 균형을 되찾으려고 네 다리를 흔들어 보지만 아무 소용이 없다. 103호는 앞다리로 간신히 충격을 완화시키면서 벽으로 쓰러진다.

〈이거 다시는 하지 말아야겠구먼〉 하고 그는 생각한다.

5호는 나무줄기에 기대어 조금 더 오랫동안 버텨 낸다.

《두 다리로 서니까 아주 삼삼한데.》

그렇게 자기 기분을 전해 주고는 5호 역시 털썩 무너져 내린다.

125. 궁하면 통한다

「이런 식으로 가면 안 돼. 너무 불안정해.」

모두의 생각이 같았다. 목표를 정하고 규율을 만들고 조직을 편성해서 장기전에 대비해야 했다.

지웅은 학교 안에 있는 모든 물품의 목록을 작성하자고 제안했다. 시트와 담요는 몇 장이나 있는지, 식량은 얼마나 비축되어 있는지 등을 알아 두는 것이 긴요하다는 거였다.

그들은 학교 안에 남은 사람이 모두 몇 명인지도 헤아렸다. 기숙사의 공동 침실은 2백 명의 학생을 수용할 수 있는 규모였는데, 그들은 모두 521명이었다. 쥘리는 시트와 대걸레 자루를 이용해서 잔디밭 한가운데에 천막을 세우자는 의견을 내놓았다. 다행히 그 두 가지 물품은 학교 안에 풍족하게 있었다. 쥘리의 제안에 따라, 각자 시트와 대걸레를 가져다가 천막을 치기 시작했다. 천막 치는 법에 대해서는 나바호족의 후예임을 자처하는 레오폴이 가장 잘 알고 있었다. 그는 인디언들의 티피를 닮은 원추형 천막을 세우고 다른 사람들에게도 그 방법을 일러 주었다. 그런 천막은 천장이 제법 높고 손잡이 하나만으로 통풍을 조절할 수 있다는 장점이 있었다. 레오폴은 집을 둥그런 형태로 짓는 것이 어떤 점에서 유익한지를 설명했다.

「우리의 주거 형태를 지구처럼 둥글게 만들면 지구와 삼투(滲透)할 수가 있어요.」

사람들은 저마다 꿰매고 붙이고 묶는 일을 해보면서, 까맣게 잊고 있던 손재주를 되찾고 있었다. 모든 것이 간편하기만 한 〈누름단추의 세계〉에서는 꼼꼼하게 손을 놀리면서 뭔가를 해볼 기회가 없기 때문에 손재주를 타고났음에도 스스로를 손방으로 여기기가 십상이었다.

젊은이들이 여느 야영장에서 하는 것처럼 천막들을 배치하려고 하자, 레오폴은 동심원 꼴로 천막들을 배치하자고 권했다. 전체적으로는 소용돌이 꼴이 되게 하고, 한가운데에는 화톳불과 깃대와 스티롤 수지로 만든 개미 모형을 두자는 거였다.

「그렇게 하면, 우리 마을에 중심이 생기고 천막들의 자리를 정하기가 더 용이해질 겁니다. 태양계의 중심에 태양이 있듯이, 우리 마을의 한가운데에는 불이 있게 되지요.」

사람들은 레오폴의 의견을 받아들여, 저마다 그가 일러 준 방식대로 티피형 천막을 세워 나갔다. 대걸레 자루를 자르기도 하고 묶기도 하면서 다들 분주하게 손을 놀렸다. 천막을 바닥에 고정시키는 말뚝으로는 포크가 사용되었다. 레오폴은 매듭을 짓는 법도 가르쳐 주었다. 교정 중앙의 잔디밭이 제법 넓어서 다행이었다. 추위를 많이 타는 사람들은 불에서 가까운 쪽을, 나머지 사람들은 변두리 쪽을 택해서 자리를 잡았다.

교정 오른쪽에는 단이 하나 마련되었다. 연단으로도 쓰고 콘서트 무대로도 쓸 양으로 선생님들의 책상을 모아 만든 것이었다.

어느 정도 자리가 잡히고 나자, 사람들의 관심은 다시 음악에 쏠렸다. 거기엔 수준 높은 아마추어 음악가들이 많았고, 그들이 전공으로 삼고 있는 장르도 다양했다. 그들은 번갈아 가며 가설무대로 올라갔다.

합기도 클럽의 학생들은 스스로 자경대를 편성하여 개미혁명의 원만한 진행에 기여하고 있었다. 기동대원들에 맞서 승리를 거둔 뒤로, 그녀들은 더욱 아름다워 보였다. 예술적으로 찢은 티셔츠와 전투에 알맞은 머리 모양, 호랑이처럼 사납고 날랜 자태, 뛰어난 접전 능력 등으로 해서, 그녀들은 갈수록 진짜 아마존을 닮아 가고 있었다.

폴은 학교 식당에 먹을 것이 얼마나 남아 있는지를 조사해 보고 나서, 몇 개의 냉동고에 갖가지 음식이 잔뜩 쌓여 있기 때문에 당분간 농성자들이 배를 곯지는 않을 거라고 했다.

점심 식사를 준비할 시간이 되었다. 그 점심은 모두가 함께 먹는 최초의 〈공식적인〉 식사가 될 터였다. 폴은 그것의 중요성을 인식하고, 메뉴에 각별히 신경을 쓰기로 했다. 토마토에 모차렐라치즈와 박하잎과 올리브기름을 섞어 전채를 만들고, 가리비와 생선의 꼬치구이에 사프란 가루로 물들인 쌀밥을 곁들여 주요리로 삼으며, 과일샐러드나 초콜릿샬럿을 후식으로 내놓겠다는 것이 그의 생각이었다.

「훌륭해! 우리는 요리 부문에서도 혁명을 이룩하겠는걸.」

쥘리의 칭찬을 받고 폴은 겸손하게 되받았다.

「옛날 사람들도 냉동고만 있었으면 얼마든지 다양한 요리를 개발할 수 있었을 텐데 뭘.」

폴은 올림포스의 신들과 개미들의 음료인 꿀술을 칵테일로 삼자고 제안했다. 물과 꿀과 누룩을 섞는 것이 그 술의 주조법이었다. 폴은 꿀술 한 통을 만들었다. 겨우 20분밖에 안 걸렸기 때문에 좋은 술이 되기에는 숙성 시간이 너무 짧다 싶었지만, 그런대로 맛은 괜찮았다.

「자, 건배!」

조에는 건배의 유래에 대해서 이야기했다.

「잔을 맞부딪치며 건배를 하는 관습은 중세 때부터 시작되었대. 잔을 세게 맞부딪치면 각자 상대방의 잔에서 흘러넘친 술 방울을 받게 되지. 그럼으로써 상대방은 자기 술에 독이 들어 있지 않다는 것을 확인하는 거야. 잔을 세게 부딪칠수록 술이 넘칠 가능성이 많아지므로, 서로 간의 신뢰가 더욱 돈독해지는 거지.」

그들은 다 같이 카페테리아에서 식사를 했다. 학교는 농성을 하기에 아주 편리한 장소였다. 전기와 전화가 있음은 물론이고, 식당과 기숙사까지 있어서 먹고 자는 데에 불편함이 없었고, 천막을 치는 데 필요한 시트와 무엇을 만들거나 고치는 데 필요한 갖가지 연장들도 있었다. 그냥 노천에 모여 있었다면, 결코 그렇게 많은 것들을 얻어 내지는 못했을 거였다.

강낭콩 통조림과 딱딱한 비스킷 정도로 만족했을 예전의 혁명가들에 비하면 그들은 진수성찬을 먹는 셈이었다. 그 점을 생각하면서 그들은 아주 맛있게 먹었다.

쥘리도 평소의 식욕 부진을 잊고 양껏 먹었다. 그녀가 말했다.

「단지 이 식사만으로도 우리는 개혁을 이루고 있는 거야.」

16

그들은 노래를 부르면서 함께 설거지를 했다. 〈엄마가 내 모습을 보면 깜짝 놀라시겠지〉 하고 쥘리는 생각했다. 집에서는 하라고 등을 떠밀어도 안 하던 설거지를 그렇게 즐겁게 하고 있었으니 말이다.

점심 식사가 끝나자, 한 청년이 가설무대에 올라가 기타를 뜯기 시작했다. 그는 속삭이는 듯한 음성으로 슬픈 곡조의 노래를 불렀다. 사람들은 쌍쌍이 어우러져 잔디밭에서 느릿느릿 춤을 추었다. 폴은 엘리자베트에게 춤을 청했다. 합기도 클럽의 아마존들이 자발적으로 자기들의 리더로 삼은 그 육덕 좋은 여학생이었다.

레오폴은 조에 앞에서 몸을 숙이며 춤을 청했다. 그들 역시 서로 껴안고 춤을 추었다.

「저 청년에게 무대를 내준 게 잘한 일인지 모르겠어. 노래가 너무 나긋나긋하고 애틋해서 말이야.」

쥘리가 그 매혹적인 가수를 응시하며 성가셔하는 기색을 보이자, 다비드는 그들의 원칙을 상기시켰다.

「이곳에선 어떤 장르의 음악을 하는 사람이든 스스로를 표현할 권리가 있어.」

나르시스는 어떤 근육질의 거한과 농담을 나누는 중이었다. 그 근육질의 남자는 보디빌딩을 통해 몸을 관리하는 방법을 설명하고 있었다. 나르시스는 전채에 들어간 올리브기름의 뒷맛이 아직 입 안에 남아 있었는지, 몸에 올리브기름을 바르면 울퉁불퉁 불거져 나온 근육이 더욱 돋보일 텐데 그런 생각은 해본 적이 없느냐고 물었다.

지웅은 프랑신에게 춤을 청했다.

다비드는 금발의 한 아마존에게 손을 내밀었다. 그는 지팡이 없이도 춤을 아주 잘 추었다. 혁명이 그의 만성적인 관절 류머티즘을 잊게 해준 게 아니라면, 자기의 예쁜 파트너에게 몸을 잔뜩 기대고 있기 때문일 거였다.

다들 그런 시간이 오래 지속되지 않으리라는 것을 느끼고, 그 순간을 마음껏 즐기려는 듯했다. 서로 껴안고 입을 맞추는 남녀들도 있었다. 쥘리는 황홀함과 시새움이 반반씩 섞인 기분으로 그들을 물끄러미 바라보다가 이렇게 적었다.

혁명 병법 제5조 혁명은 사랑의 신과 동맹 관계에 있다.

폴은 엘리자베트와 게걸스럽게 입을 맞추었다. 그는 입과 혀로 느끼는 즐거움이 오감의 쾌락 중에서 가장 중요하다고 믿고 있는 사람이었다.

「쥘리, 우리 춤출까?」

쥘리는 깜짝 놀랐다. 그녀 앞에 서 있는 사람은 상업 선생님이었다.

「어머, 선생님도 여기에 계셨어요?」

그가 콘서트에 참석한 것은 물론이고, 그 뒤로도 자기들과 행동을 같이해 왔다는 사실을 알고 나서 쥘리는 더욱 놀랐다.

〈확실히 선생님들도 친구가 될 수 있어〉 하고 그녀는 생각했다.

그녀는 그가 내민 손을 가만히 내려다보았다. 그의 권유가 격에 맞지 않는다는 생각이 들었다. 선생과 제자 사이에는 넘기 어려운 장벽이 있었다. 그는 그 장벽을 껑충 뛰어넘을 준비가 되어 있는 것처럼 보였지만, 그녀는 아직 그렇지 못했다.

「저는 춤에 흥미가 없어요.」

「나도 춤을 좋아하지는 않아.」

그러면서 그가 그녀의 팔을 잡았다.

쥘리는 그가 이끄는 대로 마지못해 몇 박자를 따라가다가 이내 빠져나왔다.

「죄송해요. 정말 마음이 내키질 않아요.」

그는 가타부타 말이 없었다. 그러자 쥘리는 한 아마존의 손을 잡아 그의 손에 쥐여 주었다.

「이 친구가 저보다 천배는 나을 거예요.」

겨우 그들에게서 벗어났다 싶었는데, 이번엔 웬 비쩍 마른 남자가 그녀에게 다가왔다.

「제 소개를 해도 될까요? 괜찮겠지요? 안 될까요? 어쨌든 제 소개를 하겠습니다. 저는 이방 보뷜레르라고 합니다. 광고 세일즈를 하는 사람입니다. 우연히 여러분의 축제에 휩쓸려 여기까지 왔습니다. 여러분께 제안할 것이 하나 있는데 들어 보시겠습니까?」

쥘리는 아무 대꾸도 하지 않고 걸음을 조금 늦추었을 뿐인데, 그 남자는 쥘리가 관심을 보이는 것으로 받아들인 모양이었다. 그는 그녀의 관심을 놓칠세라 어조를 빨리 하여 이야기를 쏟아 냈다.

「여러분의 축제는 정말 훌륭해요. 괜찮은 장소도 확보했고, 많은 젊은이들이 모여 있어요. 게다가 장래가 유망한 음악가들로 이루어진 록 그룹이 있고요. 이 정도면 매스 미디어의 관심을 끌기에 충분해요. 내 생각엔, 축제를 계속하려면 스폰서들을 구해야 할 것 같아요. 여러분이 원하신다면,

내가 여러분을 대신해서 몇 건의 계약을 따낼 수 있어요. 청량음료 회사나 의류 업체는 물론이고, 어쩌면 라디오 방송까지 끌어들일 수 있을 거예요.」

쥘리는 걸음을 더 늦추었다. 그 남자는 그것을 동의의 뜻으로 받아들였다.

「매스 미디어에 나간다고 해서 잘 보이려고 일부러 꾸밀 필요는 없을 거예요. 그저 여기저기에 깃발만 내걸면 돼요. 그러고 나면 돈이 생길 거고, 여러분의 축제가 더욱 안락해질 거예요.」

쥘리는 걸음을 멈추고, 편치 않은 기색으로 그 남자를 뚫어지게 바라보았다.

「미안해요. 우리는 그런 것에 관심이 없어요.」

「왜 관심이 없다는 거죠?」

「이건 축제가 아니라…… 혁명이에요.」

쥘리는 그걸 굳이 설명해야 한다는 것이 성가셨다. 희생자가 생기지 않는 한 그들의 모임은 단순한 축제로만 여겨질 거였다. 그렇다고 그 축제를 광고 잔치로 변질시킨다는 건 더욱 용납할 수 없는 일이었다.

쥘리는 속으로 화를 내고 있었다. 왜 사람들은 꼭 피를 흘려야만 혁명을 진지하게 받아들이는 걸까?

이방 보뒬레르는 미련을 버리지 않고 매달렸다.

「지금은 관심이 없다지만 앞일은 알 수 없는 거예요. 혹시라도 생각이 바뀌거든 내게 알려 줘요. 광고주들과 접촉하는 건 내가 다 알아서 할 테니까.」

쥘리는 그를 춤추는 사람들 속에 떼어 놓고 학교 건물 안으로 들어가면서, 혁명을 광고에 이용하면 어떤 식이 될지를 상상해 보았다. 피로 얼룩진 삼색기들이 펄럭이는 속에, 〈마시자, 상퀼로트! 호프의 참맛과 시원함에 매료된 진정한 혁명가들의 맥주!〉라고 적힌 깃발을 내걸고 있는 프랑스 혁명을, 그리고 보드카 광고가 등장하는 러시아 혁명과 시가 광고를 내건 쿠바 혁명을.

쥘리는 지리 교실로 들어갔다. 광고 세일즈맨 때문에 헝클어졌던 마음이 다시 차분해졌다.

혁명의 전문가가 되고 싶은 생각이 간절했다. 그녀는 과거의 혁명 경험들을 더 연구하기 위해『백과사전』을 펼쳤다. 책을 거울에 비추어 거꾸로 읽어 보니, 글 속에 숨겨진 새로운 글이 나타났다.

그녀는 각각의 경험에 대해서 책의 여백에 주석을 달고, 그것들의 잘못된 점과 혁신적인 요소에 밑줄을 그었다. 혁명의 법칙을 끌어내고, 자기들의 모범이 될 만한 이상 사회를 찾아낼 수 있기를 바라면서, 그녀는 꼼꼼하고 끈기 있게 책을 읽어 나갔다.

126. 백과사전

푸리에의 유토피아

프랑스의 공상적 사회주의자 샤를 푸리에는 1772년 브장송에서 나사(羅紗) 제조업자의 아들로 태어났다. 프랑스 대혁명을 계기로 그는 인류를 위해 사회를 변화시키고 싶다는 어마어마한 야망을 드러냈다. 1793년에 그는 자기의 계획을 도의회 의원들에게 설명했지만, 그들의 비웃음만 사고 말았다.

그것에 낙담한 푸리에는 얌전히 살기로 결심하고 회계원이 되었다. 하지만 이상적인 사회에 대한 집념은 버릴 수가 없었다. 그는 시간이 날 때마다 연구를 계속하여 자기가 꿈꾸는 사회를 『사랑 가득한 신세계』와 같은 여러 저서를 통해 아주 면밀하게 묘사하였다.

그의 주장에 따르면, 인간은 1천6백에서 1천8백 명으로 구성된 작은 공동체를 이루고 살아야 한다. 공동체(팔랑주)가 가족을 대체하며, 혈족 관계나 지배·피지배 관계는 더 이상 존재하지 않는다. 공동체에 필요한 것을 조달하기 위해 각자 약간의 세금을 내지만, 통치 기구의 권한은 최소한으로 엄격하게 제한된다. 중요한 결정은 마을의 중앙 광장에 구성원이 함께 모인 가운데 이루어진다.

공동체의 구성원들은 하나의 주택 단지에 모여 산다. 푸리에는 그것을 팔랑스테르[1]라고 불렀다. 푸리에는 자기가 생각한 이상적인 팔랑스테르를 다음과 같이 묘사했다. 3층에서 5층 건물로 이루어진 성 같은 곳인데, 여름에는 분수 때문에 시원하고 겨울에는 볕이 잘 드는 길들이나 있고, 중앙에는 극장, 휴게실, 도서관, 기상대, 교회당, 전신국이 있다.

그 후 푸리에의 후예들은 아르헨티나, 브라질, 멕시코, 미국 등지에까지 팔랑스테르를 건설하였다.

프랑스에서는 1859년에 난로의 발명자인 앙드레 고댕이 푸리에의 팔랑스테르를 본받아 생산자 공동체를 건설하였다. 1천2백 명이 함께 살면서 난로를 만들고 이익을 나누어 가졌다. 그러나 그 협동조합은 오로지 고댕 가문의 가부장제적인 권위 덕분에 유지될 수 있었다.

에드몽 웰스, 『상대적이며 절대적인 지식의 백과사전』 제3권

---

1 집단 공동체를 뜻하는 〈팔랑주〉와 수도원을 뜻하는 〈모나스테르〉의 앞과 뒤를 따서 만든 말. 이하 모든 주는 옮긴이 주이다.

경보 페로몬.

모두가 갑작스럽게 잠에서 깨어난다. 간밤에 손가락들의 기술과 그것의 무한한 응용을 꿈꾸면서 잠자리에 들었던 혁명가들의 야영장에 오늘 아침 난데없이 독한 페로몬이 넘쳐 나고 있다.

《빨리 피해라. 위험이 닥치고 있다.》

암개미 103호는 사태를 파악하기 위해 더듬이를 세운다. 날이 밝은 줄 알았는데 그게 아니다. 이 빛과 열기는 동녘 하늘에 돋아 오른 해에서 오는 것이 아니다. 개미들이 하룻밤의 쉼터로 삼은 소나무 구멍 안에도 작은 해가 하나 있다. 그것은 바로…… 활활 타오르는 불꽃이다.

간밤에 불 기술자 개미들은 마른 잎 근처에 불덩이를 놓아 둔 채 잠이 들었다. 그 때문에 마른 잎에 불이 붙었고 순식간에 다른 잎들로 불이 번져 간 것이다. 누구도 미처 어떻게 해 볼 겨를이 없었다. 노랑과 빨강으로 예쁘게 빛나던 작은 불덩이가 이젠 사나운 괴물로 변해 버렸다.

《달아나자!》

공포가 엄습한다. 모두가 한순간이라도 빨리 나무 구멍에서 빠져나가려고 안달이다. 엎친 데 덮친 격으로 새로운 문제가 터져 나온다. 그들이 처음 생각했던 대로 그 나무 구멍은 물론 다람쥐 둥지다. 하지만, 구멍 깊숙한 곳에 있던 것은 그들의 생각과는 달리 이끼가 아니라, 바로 다람쥐였다.

불 때문에 잠에서 깨어난 다람쥐는 한 번 펄쩍 뛰어서 구멍 밖으로 빠져나간다. 그 서슬에 다람쥐가 지나간 길에 있던 개미들이 모두 쓰러지면서 나무 구멍 깊숙한 곳으로 떨어져 버린다.

개미들은 허방다리에 빠진 신세가 되었다. 다람쥐가 빠져나가고 개미들이 추락하면서 생긴 바람 때문에 불길이 더욱 세지고 독한 연기가 그들을 휘감는다.

암개미 103호는 호출 페로몬을 계속 발하여 24호를 찾는다.

《24호!》

하지만 그의 대답은 날아오지 않는다. 가련한 24호는 첫 원정 때도 걸핏하면 길을 잃고 헤매곤 했다.

불길이 번져 오고 있다.

저마다 깜냥껏 살길을 찾아야 한다. 위턱이 튼튼한 개미들은 나무 구멍의 안벽을 파 들어가기 시작한다.

불길이 점점 커지더니, 이제 안벽을 타고 널름거린다. 불의 사용을 반대하던 개미들은 진작 자기들 의견을 따랐으면 이런 재난은 생기지 않았을 거라며 불평을 터뜨린다. 그러나 지금은 누구의 잘잘못을 따질 때가 아니다. 누가 옳고 그르냐는 중요하지 않다. 우선 목숨을 보전해 놓고 볼 일이다.

개미들은 애면글면하며 안벽을 기어오른다. 그러나 불붙은 마른 잎 속에 되떨어져 곧바로 불길에 휩싸이는 자들이 허다하다. 불길이 닿기가 무섭게 그들의 딱지가 녹아 버린다.

그래도 불이 나쁜 점만 있는 것은 아니다. 개미들의 활력은 온도에 따라 달라지는데, 불의 열기는 개미들에게 힘을 주고 그들의 움직임을 민첩하게 해준다.

《24호!》

암개미 103호가 다시 페로몬을 발한다.

수개미 24호가 종적을 감추었다.

불길이 무섭게 일렁인다. 그 불길을 보고 있으니, 손가락들의 영화 「바람과 함께 사라지다」에 나온 애틀랜타의 화재 장면이 떠오른다. 그러나 지금은 손가락들의 세계를 동경하고 있을 때가 아니다. 그들의 기술을 너무 급하게 모방하려다가 동료들을 결국 이 지경으로 몰아넣은 것이 아닌가.

《우리는 24호를 찾아내지 못할 것이다. 여기에서 빨리 빠져나가도록 하자.》

5호가 허둥대며 페로몬을 발한다.

암개미 103호가 수개미를 더 찾아보고 싶어 하는 기미를 보이자, 5호는 암개미를 떼밀며 안벽에 뚫린 구멍 하나를 가리킨다. 그 구멍을 판 개미가 밖으로 빠져나가기가 무섭게 덩치 큰 딱정벌레 하나가 덩달아 따라 나가려고 달려들었다가 애써 파놓은 구멍을 다시 막아 버렸다. 개미들은 딱정벌레를 치워 내려고 다리로 밀고 머리로 들이박는다. 그러나 힘이 달린다.

103호는 무슨 수가 없을까 하고 궁리를 하다가, 손가락들의 기술을 잘못 사용해서 생긴 문제는 손가락들의 다른 기술을 잘 사용해서 해결할 수 있을 것으로 확신하고, 다른 개미들에게 잔가지 하나를 주워 오라고 일렀다. 그것을 구멍 속에 넣어서 지렛대로 사용하겠다는 것이다.

다른 개미들은 이미 흰제비갈매기의 알을 들어 올릴 때 지렛대가 별로 효과가 없다는 것을 경험한 터라, 103호가 이번엔 잘될 거라고 주장하는데도 그다지 열의를 보이지 않는다. 하지만 다른 뾰족한 수가 있는 것도 아니고, 다른 방도를 궁리할 겨를도 없기 때문에, 그들은 잔가지 하나를 구멍에 밀어 넣고 그 끝에 매달린다. 8호는 한껏 힘을 써볼 양으로 아예 다리까지 걸고 허공에서 대롱거린다. 이번엔, 일이 제대로 되어 간다. 지레의 힘점에 가해진 무게가 일점에 작용하여 구멍을 막고 있던 딱정벌레가 제거되고 불구덩이 속을 빠져나갈 수 있는 길이 트인다.

평소와는 정반대로 빛과 열기를 버리고 어둠과 추위가 있는 바깥으로 나가야 하는 기이한 상황이다.

하지만 어둠은 그리 오래가지 못했다. 나무 전체가 일거에 횃불로 변해 버렸기 때문이다. 불은 정말이지 나무들의 적이다. 개미들은 모두 더듬이를 뒤로 젖힌 채 전속력으로 달아난다. 뜨거운 바람이 훅 끼쳐 와 그들을 앞으로 밀어 낸다.

그들 주위로 온갖 곤충들이 겁에 질린 채 내닫는다.

깜박깜박하던 불씨 때의 수줍은 자태는 오간 데가 없고, 거대한 괴물로 변해 버린 불은 자꾸 커지고 넓어지면서, 다리가 없음에도 그들을 끈질기게 쫓아온다. 5호의 꽁무니에 불이 붙었다. 그는 얼른 꽁무니를 풀에 비벼서 불을 끈다.

만물이 부들부들 떨면서 주홍빛을 띠어 간다. 풀도 나무도 땅도 온통 불그스름하다. 암개미 103호는 빨간 불의 추격을 피해 계속 달려간다.

128. 파우와우

농성 이틀째 되던 날 저녁에는 록 그룹들이 자발적으로 결성되어 가설무대를 갈마들며 연주를 했다. 여덟 〈개미들〉은 더 이상 연주를 하지 않고, 파우와우를 열기 위해 그들의 연습실에 모였다.

쥘리의 어조는 점점 더 단호해지고 있었다.

「우리의 개미 혁명을 높은 단계로 발전시켜야 해. 지금 뭔가를 하지 않으면 모든 일이 수포로 돌아가고 말 거야. 여기엔 521명이 모여 있어. 모두의 생각과 상상력을 철저하게 활용해야 돼. 우리 모두의 힘을 합하여 새로운 차원의 능력을 끌어내야 한다고.」

그녀는 잠시 뜸을 들이다가 말을 이었다.

「1+1=3이 개미 혁명의 슬로건이 될 수도 있을 거야. 그것은 이미 깃대 꼭대기에서 펄럭이는 우리 깃발에 적혀 있어. 우리가 이미 가지고 있는 것을 재발견하는 것뿐이야.」

「그래. 〈자유, 평등, 박애〉보다는 그것이 우리에게 더 잘 어울려. 1+1=3에는 두 재능을 결합하면 그것들의 단순한 합을 능가한다는 뜻이 담겨 있어.」

프랑신이 맞장구를 치자, 폴도 거들었다.

「한 사회 체제가 최상의 상태로 가동되면 그런 상황이 가능해질 거야. 그런 사회는 정말 아름다운 유토피아지.」

그들의 슬로건은 그렇게 결정되었다.

쥘리의 제안이 이어졌다.

「지금은 사람들이 따라오도록 추동하는 게 우리가 할 일이야. 그래서 제안하는 건데, 각자 밤새도록 좋은 사업 계획을 만들어서 내일 아침에 다시 모이기로 해. 각자 자기가 가장 잘할 수 있는 일을 바탕으로 독창적인 사업 계획을 짜보자는 거야.」

지웅이 덧붙였다.

「사업 계획이 확정되면 저마다 혁명을 재정적으로 뒷받침할 수 있도록 실용적으로 운용될 거야.」

다비드는 학교 안에 컴퓨터가 있으니까, 인터넷에 접속해서 개미 혁명의 이념을 널리 알리자고 제안했다. 또, 인터넷을 이용해서 회사를 설립할 수도 있으므로 학교 밖으로 나가지 않고도 돈을 버는 방법이 있다고 했다.

프랑신도 의견을 보탰다.

「정보 통신 서비스를 활용하면, 거리에 상관없이 사람들의 지원을 받을 수 있어. 사람들은 우리에게 기부금도 보내주고 사업 계획도 제안할 수 있을 거야. 한마디로 정보 통신망을 통해 혁명을 수출하자는 거야.」

그 제안에 모두가 찬성하였다. 매스 미디어 대신에 그들은 컴퓨터 통신을 이용해 자기들의 이념을 전파하고 외부 지원 조직을 편성하기로 했다.

밖에서는 축제가 한창이었다. 전날 밤보다 더욱 열광적인 축제였다. 넘치도록 많은 꿀술을 마시며 화톳불 주위에서 남녀가 어울려 춤을 추고 있었다. 품질 좋은 마리화나 담배가 지천이어서 교정에 아편 냄새가 가득 찼다. 탐탐[2] 소리마저도 광기 어린 분위기를 만드는 데 한몫을 하고 있었다.

쥘리와 그녀의 친구들은 그 춤판에 끼어들지 않았다. 그들은 각자 교실 하나를 차지하고 들어가 자기들의 사업 계획을 구상하였다.

새벽 3시쯤 되자, 쥘리는 체력이 한계에 왔음을 느끼면서 모두가 잠을 자는 게 좋겠다고 생각했다.

그들은 카페테리아 아래에 있는 연습실에 다시 모였다.

2 관현악에 쓰이는, 대형 징의 한 가지.

연습실이 달라져 있었다. 나르시스가 상황에 맞게 방의 분위기를 바꾸어 놓았기 때문이었다. 그가 찾아낸 장식물은 시트와 담요가 고작이었지만, 그는 그것만 가지고도 방을 그럴듯하게 꾸며 놓았다. 그는 그것으로 바닥과 벽은 물론이고 천장까지도 덮어 버렸고, 의자와 탁자도 만들었다. 연주를 할 수 있는 자리는 별로 남아 있지 않았지만, 그 대신 안락하고 포근한 둥지가 만들어진 셈이었다. 건축에 관심이 많은 레오폴은 직선도 없고 각진 곳도 없으며 바닥이 푹신푹신한 그런 방이 아파트마다 하나쯤은 있어야겠다고 생각했다.

쥘리는 방을 그렇게 바꾸어 놓은 것이 무척 마음에 들었다. 그들은 공연한 수줍음을 버리고 아주 자연스럽게 나란히 누웠다. 다른 사람들이 데굴데굴 굴러 와 쥘리에게 바싹 다가와도 그녀는 아무런 거부감을 느끼지 않았다. 모든 일이 다 잘되어 가고 있다는 느낌이 들었다. 쥘리는 고대 이집트의 미라처럼 담요로 몸을 감쌌다. 그녀는 양옆으로 다비드와 폴의 몸이 닿아 있음을 느꼈다. 지웅은 매트의 반대쪽 끝에 있었다. 하지만, 그녀가 꿈에서 만난 것은 바로 그였다.

129. 백과사전

열린 공간

현재의 사회 체제는 비능률적이다. 재능 있는 젊은이들에게 두각을 나타낼 길을 열어 주지 않거나, 길을 열어 주더라도 온갖 종류의 체를 거쳐 가게 함으로써 그들의 참신한 맛을 다 없애 버린 뒤에야 두각을 나타낼 수 있도록 허용하기 때문이다. 그런 문제를 해결하려면 〈열린 공간〉들의 망을 조직해서, 학위가 없고 특별한 추천장이 없어도 누구나 대중을 상대로 자기 작품을 자유롭게 발표할 수 있는 길을 열어 주어야 할 것이다.

그건 공간들이 확보되면 모두에게나 기회가 주어진다. 예컨대, 열린 극장이 있다면 누구나 사전 선발 과정을 거치지 않고 자기의 흥행물이나 연기 장면을 보여 줄 수 있게 된다. 참가자들이 꼭 지켜야 할 사항이 있다면, 적어도 공연 시작 한 시간 전에는 등록을 해야 한다는 것(서류를 제출할 필요는 없고 이름을 알려 주는 것만으로 충분하다)과 6분을 초과하지 말아야 한다는 것뿐이다.

그런 제도가 마련되면, 청중이 이따금 모욕을 당하는 일이 생길 염려는 있지만 나쁜 흥행물들은 야유를 받게 될 것이고 좋은 것들만 살아남게 될 것이다. 그런 형태의 극장이 경제적인 어려움을 극복하고 존속할 수 있기 위해서는 관객들이 정상적인 가격으로 좌석권을 사주어야 할 것이다. 관객들은 기꺼이 돈을 낼 것이다. 두 시간 동안 아주 다양한 공연을 구경할 수 있다는 것을 알게 되면 관객들은 기꺼이 돈을 낼 것이다. 관객들의 흥미를 지속시키고, 두 시간의 공연이 서툰 초보자들의 행진으로 일관하는 최악의 경우를 피하기 위해서는, 확실한 프로페셔널들이 규칙적인 간격으로 나와서 지원자들을 도와줄 필요가 있다. 그 열린 극장을 도약의 발판으로 삼는 데 성공한 지원자들 중에는 〈이 연극의 후속 편을 보고 싶으신 분은 모일 모시에 모처로 오십시오〉라고 예고할 수 있는 사람들도 생겨나게 될 것이다.

그런 유형의 열린 공간은 다음과 같이 다양한 방식으로 나타날 수 있을 것이다.

— **열린 영화관** 신인 감독들의 10분짜리 단편 영화 상영
— **열린 음악회장** 새내기 가수와 연주자 들을 위한 무대
— **열린 화랑** 아직 알려지지 않은 화가들과 조각가들에게 각각 2제곱

미터의 전시 공간 제공

― **열린 발명품 전시관** 열린 화랑과 똑같은 규모로 발명가들에게 전시 공간 제공

그런 자유 발표 제도는 건축가나 작가, 컴퓨터 프로그래머, 광고 제작자 등에까지 확대해서 적용될 수 있을 것이다. 그 제도는 행정적인 부담을 경감시킬 것이고, 전문가들은 신인들을 체로 쳐서 골라내려는 기존의 대행업체를 통하지 않고도 그런 장소에 직접 나가서 새로운 인재들을 모집할 수 있게 될 것이다.

그렇게 되면, 남녀노소를 막론하고 잘난 사람이든 못난 사람이든 돈이 있든 없든 내국인이든 외국인이든 상관없이 모두가 똑같은 기회를 갖게 될 것이고, 오직 재능과 작품의 독창성이라는 객관적인 기준에 따라서만 평가받게 될 것이다.

에드몽 웰스, 『상대적이며 절대적인 지식의 백과사전』 제3권

130. 물이 부족하다

불이 번져 나가기 위해서는 바람이 불어야 하고 가까이에 연료가 있어야 한다. 그 두 가지를 구할 수 없게 되자, 불은 더 이상 퍼져 나가지 않고 나무를 먹어 치우는 것으로 그쳤다. 막판에 뜻밖의 이슬비가 내려 불을 완전히 꺼버렸다. 비가 더 일찍 내리지 않은 것이 유감이다.

개미들은 자기들의 수를 헤아려 본다. 많은 개미들이 죽어서 대오가 성깃하다. 살아남은 자들에게는 참으로 두렵고 조마조마한 시간이었다. 조상 대대로 내려온 둥지로 돌아가서 사나운 불길 때문에 갑자기 잠에서 깨어나는 일 없이 편

하게 자고 싶은 마음이 간절하다.

사냥 전문가인 15호는 불 때문에 사냥감들이 사방으로 수백 미터까지 달아났으니, 먹이를 찾으러 가자고 제안한다.

암개미 103호는 굳이 그럴 필요가 없다면서 손가락들처럼 불에 탄 고기를 먹자고 주장한다.

《손가락들은 불에 구운 고기가 날고기보다 더 맛있다고까지 주장한다. 우리와 손가락들은 둘 다 잡식 동물이다. 손가락들이 먹을 수 있는 음식이면 우리도 먹을 수 있다.》

주위의 개미들은 아직 확신이 서지 않아 머뭇거린다. 15호는 불에 그을린 여치의 시체를 용감하게 집어 들고, 위턱으로 넓적다리를 뜯어 입술 끝으로 가져간다. 그러나 고기 한 조각을 떼어 먹어 볼 새도 없이 그는 고통 때문에 펄쩍 뛰어오른다. 고기가 너무 뜨겁다. 이로써 15호는 미식법의 기본 법칙 하나를 발견한 셈이다. 구운 먹이를 먹을 때는 그것이 조금 식을 때까지 기다려야 한다는 것이 바로 그 법칙이다. 그 교훈의 대가로 그는 입술 끝의 감각을 잃게 되었다. 따라서 그 감각을 되찾을 때까지는 오로지 더듬이를 갖다 대는 방법을 통해서만 음식의 맛을 알아낼 수 있게 될 것이다.

어쨌거나 암개미 103호의 의견은 받아들여졌다. 개미들은 저마다 불에 익은 곤충들을 먹어 본다. 아닌 게 아니라 날고기보다 맛이 더 좋은 편이다. 구워진 딱정벌레는 더 바삭바삭할 뿐만 아니라 등딱지가 잘 부스러져서 씹는 시간도 더 적게 걸린다. 익은 민달팽이는 색깔이 달라지고 잘라 먹기가 더 쉽다. 불에 그을린 꿀벌은 캐러멜을 입힌 것처럼 감칠맛이 난다.

개미들은 불에 타 죽은 동료들까지 먹어 치우려고 달려든다. 공포에 질려 떨고 있는 동안 그들의 멀떠구니와 갈무리 주머니가 텅 비어 버렸기 때문에, 그들의 식욕은 그 어느 때보다 왕성하다.

암개미 103호는 여전히 근심에 싸인 채, 머리를 숙이고 더듬이를 눈께로 축 늘어뜨리고 있다.

《수개미 24호는 어디로 갔을까?》

모든 곳을 다 찾아보았지만 그의 모습은 보이지 않는다.

《24호는 어디로 갔을까?》

암개미는 그렇게 되뇌면서 이쪽저쪽으로 내닫는다.

《103호가 아무래도 24호에게 홀딱 반한 모양이다.》

어떤 젊은 벨로캉 개미가 그렇게 지적하자, 다른 개미가 토를 단다.

《24호는 수개미잖아.》

24호가 수개미이고 103호가 암개미라는 것은 이제 모두가 알고 있다. 그렇게 개미들이 다른 개미들을 놓고 쑥덕거리는 것은 개미 사회에 새롭게 나타난 행동이다. 다만 그들에겐 아직 언론 매체가 없기 때문에, 그 현상은 그다지 널리 파급되지 않는다.

《수개미 24호, 너 어디에 있니?》

암개미가 다시 페로몬을 발한다.

그는 점점 불안감에 빠져들며, 길 잃은 친구를 찾아 시체들 사이를 돌아다닌다. 그러면서 이따금 혹시 수개미 24호의 시체가 아닌지 확인하느라고 다른 개미들이 먹고 있는 먹이를 내려놓으라고 하기도 하고, 잘려 나간 머리와 가슴을 모아 다시 맞춰 보기도 한다.

그러다 결국엔 지칠 대로 지쳐서, 그대로 멈춰 선 채 낙담한 기색으로 멍하니 앞을 바라본다.

다른 개미들로부터 조금 떨어져 있는 불 기술자들이 보인다. 재난이 발생했을 때, 그 현장에서 가장 잘 빠져나오는 자들은 언제나 그 재난의 책임자들이다. 친화파와 반화파 사이에 다시 난투가 벌어졌지만, 개미들은 아직 죄의식이라는 것도 모르고 죄를 심판하는 것도 모르기 때문에, 싸움은 이내 중단되고, 불 기술자들은 불에 구워진 채 여기저기 흩어져 있는 먹이들을 아주 맛있게 먹는다.

암개미 103호가 24호를 찾는 데 골몰해 있음을 알고, 5호가 암개미를 대신하여 무리의 선두에 선다.

5호는 동료들을 다시 모으고, 그 죽음의 장소를 떠나 푸른 풀밭들이 다시 나타나게 될 서쪽으로 계속 가자고 제안한다.

《하얀 게시판은 여전히 벨로캉을 위협하고 있다. 우리는 이미 불을 통해서 손가락들의 기술이 얼마나 큰 피해를 불러일으킬 수 있는지를 경험하였다. 손가락들이 불을 다스릴 줄 아는 자들이라면, 우리 도시와 그 주변을 파괴하는 것도 쉽게 할 수 있을 것이다.》

불 기술자 개미 하나가 작은 불씨 하나를 찾아서 오목한 돌 속에 담아 가자고 고집을 부린다. 처음엔 다들 그를 만류하려고 했으나, 5호는 어쩌면 그것이 자기들이 둥지까지 살아 돌아갈 수 있도록 해주는 최후의 무기가 될지도 모른다며 그의 의견을 받아들인다. 그리하여 불씨가 든 조약돌을 세 개미가 운반하기 시작한다.

모든 것을 파괴하는 불을 계속 끌고 가는 것을 보고 화가 난 개미 두 마리는 더 이상 못 참겠다며 대오를 이탈해 버린다.

결국 그들은 이제 103호와 열두 탐험 개미, 그리고 코르니게라섬의 생존자들을 다 합쳐 서른셋밖에 되지 않는다.

그들은 태양의 운행을 쫓아 서쪽으로 계속 나아간다.

131. 여덟 자루의 초

셋째 날이 밝았다. 그들 여덟 사람은 새벽같이 일어나 각자 자기의 사업 계획을 다듬었다.

「이렇게 매일 아침 9시쯤에 컴퓨터실에 모여서 상황을 점검하는 게 좋겠어.」

쥘리가 제안했다.

모두가 둥그렇게 둘러앉은 다음 차례로 자기의 사업 계획을 발표하기로 했다. 원의 한가운데로 가장 먼저 나선 사람은 지웅이었다.

그는 인터넷에 〈개미 혁명〉이라는 이름으로 웹사이트를 만들었다면서, 아침 6시부터 연결이 되었는데, 벌써 몇 사람이 접속해 왔다고 알렸다.

그는 컴퓨터를 켜서 자기의 사이트를 보여 주었다. 홈페이지를 열자, 개미 세 마리가 뒤집어진 Y자 꼴로 들어간 상징과 1+1=3이라는 슬로건 및 〈개미 혁명〉이라는 커다란 표제가 나타났다.

지웅은 여러 갈래로 나뉘어 있는 사이트의 각 부분을 차례로 열어 보였다. 광장이라는 뜻의 〈아고라〉는 공개 토론을 위한 자리였고, 〈정보 마당〉은 그들의 일상적인 활동을 알리기 위한 것이었으며, 〈지원 마당〉은 접속자들로 하여금 그들의 사업 계획에 동참할 수 있게 하는 연대의 공간이었다.

「모든 게 잘 돌아가고 있어. 접속자들은 우리의 운동에 왜 〈개미 혁명〉이라는 이름을 붙였는지, 우리의 운동이 개미와 무슨 상관이 있는지를 특히 궁금해하고 있어.」

「바로 그런 점 때문에라도 우리의 독창성을 심화시켜야 하는 거야. 사람들이 보기에 혁명 운동과 개미와의 연계는 뜻밖의 주제일 거야. 우리가 그 주제를 천착해야 할 이유가 또 하나 있는 셈이지.」

쥘리의 주장에 일곱 난쟁이들도 동의하였다.

지웅은 학교 밖으로 나갈 필요도 없이 역시 컴퓨터를 통해 〈개미 혁명〉이라는 상호를 등록하고 사업 계획을 구체적으로 추진해 나갈 유한 책임 회사를 세웠다고 알려 주었다. 그가 키보드를 두드리자 회사의 정관과 앞으로 사용하게 될 회계 장부가 나타났다.

「이제 우리는 하나의 록 그룹일 뿐만 아니라 자본주의의 경제에 온전하게 편입된 한 회사의 설립자들이기도 해. 이렇게 해서 우리는 이 낡은 세계의 무기인 회사를 가지고 이 세계와 싸우게 될 거야.」

모두의 눈길이 화면에 쏠렸다. 쥘리가 말했다.

「좋아. 우리의 회사를 통해 개미 혁명의 견고한 경제적 토대를 마련하는 거야. 우리가 그저 축제를 벌이는 것으로 만족한다면, 이 운동은 꽃도 피워 보지 못하고 시들어 버릴 거야. 각자 우리의 회사를 잘 돌아가게 할 만한 사업 계획들을 구상했겠지?」

나르시스가 친구들의 눈길을 한몸에 받으며 자기 계획을 발표하기 시작했다.

「내 생각은 곤충을 본뜬 의상들의 컬렉션을 만들겠다는

거야. 상표는 물론 〈개미 혁명〉으로 하고, 소재는 주로 〈곤충 나라제(製)〉를 쓸 거야. 누에 실은 물론이고 거미가 뽑아낸 실도 사용할 수 있어. 거미줄은 튼튼하고 가볍고 유연해서 미군에서는 그것으로 방탄조끼를 만든다는 거야. 나는 옷감에 나비 무늬를 찍고 풍뎅이 딱지를 활용한 장신구도 만들 생각이야.」

그는 자기가 밤을 새워 가며 만든 몇 가지 스케치와 견본을 친구들 앞에 내놓았다. 모두가 그의 계획에 찬성하였다. 그렇게 해서 유한 책임 회사 〈개미 혁명〉은 즉시 의상 및 패션과 관련된 최초의 자회사를 곧바로 설립하게 되었다. 지웅은 나르시스의 상품을 관리하기 위한 모듈을 개설하였다. 그 암호명은 〈나비 회사〉였다. 지웅은 또 나르시스가 창안한 견본들을 접속자들에게 소개하기 위해 가상의 진열창도 마련해 주었다.

다음은 레오폴이 자기 계획을 소개할 차례였다.

「내 생각은 건축 대행사를 세워서 언덕의 흙 속에 집을 짓겠다는 거야.」

「언덕 속에 집을 지으면 어떤 이점이 있지?」

「흙은 추위와 더위로부터 우리를 지켜 주고 방사선과 자기장과 먼지까지 막아 주는 가장 훌륭한 건축 자재야. 또 언덕은 비바람과 눈보라가 아무리 심해도 끄떡없이 견뎌 내는 천혜의 건축 공간이야.」

「이야기인즉슨, 혈거 형태의 집을 짓겠다는 거구나. 그런 집은 실내가 좀 어둡지 않을까?」

쥘리가 물었다.

「전혀 그렇지 않아. 남쪽으로 커다란 유리창을 내면 일광

욕실처럼 볕이 잘 들 거고, 꼭대기에 천창을 달면 낮과 밤의 운행을 언제나 볼 수 있어. 말하자면, 그런 집에 사는 사람들은 완전히 자연의 한가운데에서 사는 셈이야. 낮에는 햇빛을 마음껏 활용할 수 있어. 창가에서 일광욕을 즐길 수도 있지. 그리고 밤에는 달과 별을 보면서 잠이 들게 될 거야.」

「그럼 바깥엔 뭐가 있지?」

프랑신이 물었다.

「집의 바깥벽에는 잔디밭과 꽃과 나무가 있고, 주위의 공기에는 초목의 싱그러운 냄새가 가득 차게 될 거야. 그것은 콘크리트로 만든 집들과는 달리 생명에 토대를 둔 집이야. 벽들이 숨을 쉬고, 광합성을 해. 갖가지 동물들과 식물들이 벽을 덮고 있어.」

「괜찮은 생각이야. 게다가 그 집들은 주위의 경관을 해치지도 않을 거야.」

다비드가 가장 먼저 찬성의 뜻을 밝혔다.

「그런데, 에너지원은 어떻게 되지?」

조에가 물었다.

「언덕 꼭대기에 설치된 태양열 집적기로 전력을 공급하면 돼. 집이 언덕 속에 들어 있어도 현대적인 편의 시설을 포기하지 않고 살 수 있어.」

레오폴은 자기가 생각하는 이상적인 집의 설계도를 친구들에게 제시했다. 돔 형태로 된 그 집은 제법 안락하고 널찍해 보였다.

레오폴이 이상적인 주거 형태를 설계하기 시작한 뒤로 줄곧 구상해 온 것이 바로 그런 집이었다. 아메리카 원주민들이 대부분 그랬듯이, 그도 네모진 집의 개념에서 벗어나 둥근 형태를 골간으로 삼는 집을 짓고 싶어 했다. 사실 언덕 속의 집은 벽이 더 두껍다는 점만 제외하면 커다란 티피나 다름이 없었다.

그의 계획에 모두가 적극적인 관심을 보였다. 지웅은 컴퓨터의 자판을 두드려 건축 부문의 자회사를 얼른 추가하고, 레오폴에게 사람들이 그의 이상적인 집을 보고 그 장점을 평가할 수 있도록 그것을 그려 넣고 이미지 합성을 통해 입체감을 주라고 부탁했다. 그 두 번째 자회사는 〈개미집 회사〉로 명명되었다.

폴이 발표할 차례였다.

「내 계획은 곤충의 생산물, 즉 꿀과 분비밀과 버섯은 물론이고 밀랍과 로열 젤리 등을 원료로 해서 여러 가지 식품을 만들어 내겠다는 거야. 곤충의 세계를 더 깊이 연구해 보면, 우리가 이제까지 경험하지 못한 새로운 풍미를 발견할 수 있을 거라는 생각이 들어. 개미들은 진딧물의 분비꿀로 술을 만들어. 우리가 마시는 꿀술과 아주 비슷한 거야. 거기에서 착안한 건데, 꿀술을 다양하게 변화시키면 미묘한 맛의 차이가 나는 새로운 음료들을 개발할 수 있을 것 같아.」

폴은 유리병 하나를 꺼내더니, 그 안에 든 음료를 조금씩 맛보라고 했다. 다들 그것이 맥주나 사과주보다 맛있다고 했다.

「이것은 진딧물의 분비꿀로 향을 낸 거야. 교정의 장미나무에서 분비꿀을 찾아내어, 간밤에 화학실의 실험 기구를 사용해서 효모를 넣고 발효시킨 거야.」

「먼저 꿀술의 상표를 등록해 놓자. 그런 다음 통신으로 그것을 파는 거야.」

지웅이 컴퓨터를 작동시키면서 말했다.

그 회사와 식품의 이름은 〈꿀술〉로 지어졌다.

다음은 조에의 차례였다.

「에드몽 웰스는 『상대적이며 절대적인 지식의 백과사전』에서 개미들이 이른바 완전 소통이라는 것을 할 수 있다고 주장하고 있어. 더듬이와 더듬이를 맞대어 서로의 뇌를 직접 연결할 수 있다는 것이지. 그 이야기가 내 상상력을 자극했어. 개미들이 그런 완전 소통을 할 수 있다면, 사람들도 그렇게 할 수 있지 않을까? 에드몽 웰스는 사람의 후각 기관에 맞는 보철 기구를 만들자고 제안하고 있어.」

「사람들끼리도 페로몬 대화를 할 수 있게 하는 기구를 만들겠다는 거니?」

「그래. 그런 기계를 만들겠다는 것이 바로 내 생각이야. 더듬이가 있으면 사람들도 서로를 더욱 잘 이해하게 될 거야.」

조에는 쥘리에게 『백과사전』을 달라고 해서 에드몽 웰스가 그린 설계도를 모두에게 보여 주었다. 두 개의 원추가 접합되어 있고, 각 원추에서 가늘고 꾸부슴한 더듬이가 나와 있는 이상한 기계였다.

「취업반의 실습실에 가면 이런 기계를 만드는 데 필요한 것들이 다 있어. 거푸집도 있고, 합성수지며 전자 부품 따위도 있어. 우리 학교에 취업반이 있어서 다행이야. 덕분에 정밀 기계를 갖춘 실습실을 마음대로 이용할 수 있으니 말이야.」

지웅은 조에의 계획에 회의적인 태도를 보였다. 단기적으로 보면, 그녀의 계획을 가지고는 어떠한 경제 활동도 가능할 것 같지 않았다. 하지만 다른 친구들이 조에의 계획을 마음에 들어 했기 때문에, 그는 그녀가 〈사람의 더듬이〉를 만드는 작업에 착수할 수 있도록 〈소통에 관한 이론적 연구〉의 명목으로 예산을 할당하기로 결정했다.

쥘리가 둥그렇게 둘러앉은 원의 한가운데로 나서며 말했다.

「내 계획도 조에의 것처럼 수익성이 별로 없는 거야. 그리고 역시 『백과사전』에 묘사된 기발한 발명과 관계가 있어.」

쥘리는 책장을 넘겨 화살표 지시가 여기저기 들어간 도면 하나를 보여 주었다.

「에드몽 웰스는 이 기계를 로제타석이라고 부르고 있어. 언어의 천재 샹폴리옹이 고대 이집트의 상형 문자를 해독할 때 그 실마리가 되었던 것이 바로 나일강 어귀의 로제타에서 발견된 비석이야. 에드몽 웰스는 아마도 샹폴리옹을 기리는 뜻에서 그런 이름을 붙였을 거야. 에드몽 웰스의 로제타석은 개미들이 발산하는 페로몬의 냄새 분자를 분석해서 인간이 이해할 수 있는 말로 바꾸어 주는 기계야. 거꾸로 우리의 말을 분석해서 개미의 페로몬으로 번역해 주기도 해. 내 계획은 바로 그 기계를 만들어 보겠다는 거야.」

「진심으로 하는 소리니?」

「그럼! 개미의 페로몬을 분해하고 재합성하는 일이 기술적으로 가능해진 것은 이미 오래전 일이야. 다만, 아무도 그런 일에 관심을 두지 않아서 이렇다 할 성과가 나오지 않은 거야. 문제는 개미와 관련된 연구들이 언제나 개미들을 우리의 부엌에서 없애 버리는 것을 목적으로 삼았다는 데에 있어. 그것은 마치 외계인과의 대화에 관한 연구를 가축 도살을 전문으로 하는 업체에 맡기는 것과 같아.」

「그 기계를 만들려면 무엇이 필요하지?」

지웅이 물었다.

「질량 분광기와 크로마토그래프와 컴퓨터가 필요하고, 물론 개미집도 있어야지. 앞의 두 가지는 이미 향수 제조업자 자격증 준비생들의 실습실에서 찾아냈고, 개미집은 학교 잔디밭에서 하나를 발견했어.」

친구들은 그녀의 계획에 그다지 열의를 보이지 않았다. 쥘리가 동을 달았다.

「우리 운동이 개미 혁명이니까 개미에 관심을 갖는 것은 당연한 일이야.」

지웅은 쥘리가 그런 이상한 연구에 뛰어들어 정신을 분산시키기보다는 그들 그룹의 가수로서 선수상(船首像) 역할을 계속 수행하는 편이 낫겠다고 평가했다. 쥘리는 마지막으로 한 가지 논거를 더 제시해 보기로 했다.

「개미들을 관찰하고 개미들과 대화를 나누는 것은 우리 혁명을 더욱 잘 이끌어 가도록 도움을 줄 거야.」

그 주장에는 아무도 이견을 제기하지 않았다. 그래서 지웅은 〈이론적인 연구〉의 명목으로 두 번째 예산을 할당하였다.

그다음은 다비드의 차례였다. 그가 허두를 떼기 전에 지웅이 말했다.

「네 계획은 조에나 쥘리의 것보다 더 수익성이 있는 것이었으면 해.」

「내 계획은 지금까지 제시된 개미 미학, 개미 미각, 개미 건축, 더듬이 대화, 개미들과의 직접적인 만남 등의 연장선 위에 있어. 내가 생각하는 것은 바로 개미집에서 벌어지는 커뮤니케이션과 비슷한 활발한 정보 소통 구조를 만들겠다는거야.」

「무슨 얘긴지 더 설명해 봐.」

「어떤 영역이냐에 상관없이 모든 정보들이 한데 모여 어우러지는 광장 같은 거라고 생각하면 돼. 일단은 그것을 〈물음 마당〉이라고 이름 지었어. 따지고 보면 그리 거창한 게 아닐지도 몰라. 인터넷에 사이트 하나를 만들자는 거니까 말이야. 하지만 그 목표는 예사로운 게 아냐. 인간이 제기할 수 있는 모든 질문에 답하겠다는 것이거든. 한 시대의 지식을 총망라하여 모두가 활용할 수 있도록 재분배하겠다는 거야. 에드몽 웰스도 그런 생각을 가지고 『상대적이며 절대적인 지식의 백과사전』을 썼을 거라고 생각해. 라블레나 레오나르도 다빈치나 18세기의 백과전서파가 이루어 내고자 했던 것도 바로 그것이었을 거야.」

「멋있는 일이기는 한데, 그것 역시 실속은 없어 보이는걸.」

지웅이 이렇게 말하고는 한숨을 쉬었다.

「전혀 그렇지 않아! 좀 더 들어 봐. 질문에 공짜로 대답을 해주는 게 아냐. 질문의 난이도에 따라서 우리 대답의 값을 매기는 거야.」

「무슨 말인지 잘 모르겠어.」

「오늘날에는 지식이 재산이야. 예전에는 토지와 상품 생산과 서비스가 차례로 부의 주된 원천이 되었지만, 이젠 정보가 부의 원천이야. 지식은 그 자체만 놓고 보면 가공하지 않은 원자재와 같아. 그러나 그 원자재를 가공할 줄 아는 사람에게는 그것이 돈이 돼. 다음 해의 날씨를 정확하게 예측

할 수 있을 만큼 기상학에 도통한 사람이 있다고 가정해 봐. 그 사람에게 조언을 구하면 곡식이나 채소를 언제 어디에 심어야 최대의 수확을 올릴 수 있는지를 알게 될 거야. 마찬가지로, 입지 조건이 어떠할 때 생산성을 최대로 높일 수 있는지 잘 아는 사람이 공장을 세운다든가 야채수프의 조리법을 제대로 아는 사람이 식당을 열면 그렇지 않은 사람들보다 당연히 더 많은 돈을 벌게 될 거야. 내가 제안하는 것은 완벽한 정보은행, 되풀이하자면, 인간이 제기할 수 있는 모든 질문에 대답해 주는 정보은행을 만들자는 거야.」

「그런 다음에 채소수프를 어떻게 만드는지, 채소를 언제 심는지 따위를 가르쳐 주자는 거야?」

나르시스가 놀리듯이 물었다.

「그래. 질문은 끝이 없어. 〈지금 시각이 정확히 어떻게 되나요?〉처럼 거의 돈을 받지 않고 대답해 줄 수 있는 것도 있을 테고, 〈보통의 금속을 금으로 바뀌게 한다는 연금술의 돌에는 어떤 비결이 있나요?〉처럼 훨씬 더 비싼 것도 있을 거야. 그 어떤 질문에 대해서도 답을 제시해 주겠다는 것이 바로 〈물음 마당〉의 목표야.」

「폭로해서는 안 되는 비밀을 전해 주게 되는 경우는 없을까?」

폴이 물었다.

「질문을 해 온 사람이 대답을 듣거나 이해할 준비가 되어 있지 않을 때는 대답한다는 것 자체가 의미가 없어. 내가 지금 당장 너에게 연금술의 비결이나 예수가 최후의 만찬 때 사용했다는 성배의 비밀을 가르쳐 준다 해도, 너는 그 정보를 가지고 무엇을 해야 할지를 모를 거야.」

그 대답은 폴을 설득시키기에 충분했다.

「그렇다면 그 모든 물음에 대한 답을 어떻게 찾아낼 생각이니?」

「체계적인 방법을 마련해야지. 과학, 역사, 경제 등 모든 분야에 걸친 기존의 정보은행들에 접속하는 것은 물론이고, 전화를 이용해서 여론 조사 기관이나 전문가들에게 답을 의뢰할 수도 있지. 경우에 따라서는 정보들을 대조해서 진위를 가려야 할 때도 있을 거고, 사립 탐정이나 전 세계의 도서관에 도움을 청해야 할 때도 있을 거야. 결국, 내 제안은 이미 존재하고 있는 정보망과 정보은행을 지혜롭게 활용해서 지식의 광장을 만들자는 거야.」

「좋아. 〈물음 마당〉이라는 자회사를 두고, 거기에 가장 용량이 큰 하드 디스크와 가장 빠른 모뎀을 배당하기로 하자.」

마지막으로 프랑신이 원의 한가운데로 나섰다. 다들 기발한 사업 계획들을 제시한 터라, 그보다 더한 것을 내놓기는 불가능할 것으로 보였다. 하지만, 프랑신의 표정에는 자신감이 역력했다. 마치 가장 멋진 계획을 가지고 있으면서도 마지막을 멋지게 장식하기 위해 참을성 있게 기다려 온 사람 같았다.

「내 계획 역시 개미와 관련이 있어. 우리에게 개미들은 무엇이지? 개미들의 세계는 인간 사회와 평행한 다른 차원의 세계야. 그러나 아주 작은 세계이기 때문에 우리는 거기에 관심을 기울이지 않아. 우리는 그것들의 죽음을 슬퍼하지도 않고, 그것들의 우두머리와 법률과 전쟁과 발견에 대해서도 아는 바가 없어. 그러나, 우리가 천성적으로 개미들에게 흥미를 느끼지 않는 건 아냐. 우리의 어린 시절을 생각해 봐. 우리는 그때부터 개미들을 관찰하면서 우리 자신에 대해 더 많은 것을 알게 된다는 것을 본능적으로 느끼고 있었어.」

「무슨 얘기를 하려는 거니?」

지웅이 물었다. 그의 관심은 그녀의 계획이 하나의 자회사를 만들 만한 것인가 아닌가에 쏠려 있었다.

프랑신은 본론으로 바로 들어가지 않고 계속 뜸을 들였다.

「우리처럼 개미들은 냄새길과 통로가 이리저리 뻗어 있는 도시에서 살고 있어. 개미들도 농업을 알고, 대규모 전쟁을 벌이고, 여러 계급으로 나뉘어 있어. 개미들의 세계는 크기는 작지만 우리 세계와 비슷한 점이 아주 많아.」

「맞아. 그런데 네 사업 계획이 그것하고 무슨 관련이 있다는 거니?」

「내 생각은 개미 세계처럼 작은 세계를 만들어서 그것을 관찰하고 실용적인 교훈을 끌어내겠다는 거야. 구체적으로 말하자면, 컴퓨터에 가상의 세계를 창조한 다음, 거기에 가상의 인간과 동물을 살게 하고 가상의 자연 환경과 기후 조건 등을 설정해 줌으로써 거기에서 벌어지는 모든 일이 우리 세계에서 벌어지는 일과 비슷하게 만들겠다는 것이 내 계획이야.」

「〈진화〉라는 게임을 할 때처럼 말이지?」

쥘리는 프랑신이 하고자 하는 얘기가 무엇인지를 짐작하고 그렇게 물었다.

「그래. 다만, 〈진화〉에서처럼 주민들이 해야 할 일을 우리가 명령하는 것은 아냐. 나는 우리 세계와 거의 유사한 가상 세계를 만들어 볼 생각이야. 그 세계에 나는 〈인프라월드 Infra-World〉라는 이름을 붙였어. 그 세계의 주민들은 완전

46

히 자유롭고 자율적이야. 쥘리, 너 생각나니? 우리가 자유 의지에 관해서 이야기했던 거 말이야.」

「그럼. 자유 의지는 인간에 대한 신의 사랑을 입증하는 가장 위대한 증거라고 얘기했지. 신은 우리가 어리석은 짓을 해도 간섭하지 않는다면서 말이야. 그리고 너는 이런 얘기도 했어. 자유 의지는 우리가 어떤 행동을 진정으로 하고 싶어 하는지, 또 우리 스스로 좋은 길을 찾아낼 수 있는지를 알게 해주기 때문에 신이 모든 것을 일일이 지시하는 것보다 한결 좋다고.」

「바로 그거야. 신이 우리 세계에 간섭하지 않고 우리에게 자유 의지를 주신 것은 우리를 진정으로 사랑하시기 때문이야. 나는 인프라월드의 거주자들에게도 똑같은 것을 줄 생각이야. 자유 의지를 말이야. 누구의 도움도 받지 않고 자기들이 나아갈 길을 그들 스스로 결정하게 할 거야. 그렇다면, 그들은 정말로 우리처럼 되는 거야. 그리고 나는 자유 의지라는 그 중요한 개념을 모든 동물과 식물과 광물에까지 확대해서 적용하려고 해. 인프라월드는 독립된 하나의 세계야. 그런 점에서 인프라월드는 우리 세계와 유사하고, 그 세계를 관찰하는 것은 우리에게 정말로 소중한 정보들을 가져다주리라고 생각해.」

「〈진화〉 게임을 할 때와는 달리, 가상의 백성에게 무언가를 지시하는 사람이 아무도 없다는 얘기니?」

「그래, 아무도 없어. 우리는 그저 그들을 관찰하면서, 어쩔 수 없는 경우에 한해 그들이 어떻게 반응하는지를 알아보기 위한 요소들을 넣어 줄 뿐이야. 가상의 나무들은 저절로 자랄 것이고, 가상의 사람들은 스스로 알아서 그 열매를 딸 것이며, 가상의 공장에선 아주 자연스럽게 그 열매로 잼을 만들게 될 거야.」

「그다음엔, 가상의 소비자들이 그 잼을 먹게 될 것이고.」

조에가 깊은 관심을 보이며 프랑신의 말을 대신 이었다.

「그러면 우리 세계와 어떤 차이가 있지?」

「시간의 흐름에 차이가 있어. 인프라월드에서는 우리 세계에서보다 시간이 열 배 더 빨리 흘러. 그래서 우리는 그 세계에서 벌어지는 일을 거시적으로 관찰할 수 있어. 우리 세계를 빨리 돌아가게 해서 관찰하는 것과 비슷해.」

「그런데, 그것이 어떤 점에서 경제적으로 이익이 되지?」

여전히 수익성을 염두에 두면서 지웅이 물었다. 다비드는 프랑신의 계획이 가져올 모든 결과를 간파하고 이렇게 대답했다.

「경제적인 이익이 막대하지. 우리는 인프라월드에서 모든 것을 시험해 볼 수 있어. 가상의 거주자들이 사전에 입력된 대로 행동하는 게 아니라 자유롭게 자기들의 의지에 따라서 행동하는 가상의 세계를 상상해 보라고.」

「그래도 이해가 안 가는데.」

「예를 들어, 어떤 세제의 상표가 소비자들에게 호감을 주는지 어떤지를 알고 싶으면, 그 상표를 인프라월드에 도입해서 거주자들이 어떤 반응을 보이는지를 관찰하면 되는 거야. 가상의 거주자들은 자유롭게 그 상품을 선택하기도 하고 배척하기도 하겠지. 그럼으로써 우리는 여론 조사 기관에 의뢰해서 얻는 것보다 한결 충실하고 빠른 응답을 얻을 수 있어. 1백 사람으로 이루어진 현실의 표본을 상대로 시험하는 것이 아니라, 수백만 명에 달하는 가상의 인구 전체를 상대로 시험하는 것이기 때문이야.」

지웅은 미간에 주름살을 잡고 그런 계획이 가져올 결과를 헤아려 보았다.

「그런데, 시험할 세제를 어떻게 인프라월드 안에 넣지?」

「인프라월드 안에는 우리 세계와 교량 역할을 하는 거주자들이 있어. 인프라월드 기술자, 의사, 연구자 들이지. 생김새는 다른 거주자들과 똑같아. 우리는 시험하고자 하는 상품을 그들에게 전달하는 거야. 그들만이 자기들의 세계가 실재로 존재하지 않는다는 것과 그 세계의 궁극적인 목적은 상위 차원의 다른 세계를 위해 실험을 행하는 것뿐이라는 것을 알고 있어.」

다비드가 〈물음 마당〉을 제안했을 때만 해도 그보다 더 야심만만한 계획은 나오기 어렵겠다 싶었는데, 프랑신의 야심은 그것을 훨씬 능가하고 있었다. 그들은 모두 그녀의 구상이 얼마나 웅대한 것인지를 깨닫기 시작했다.

「인프라월드를 통해서 모든 정책을 시험할 수도 있어. 자유주의, 사회주의, 무정부주의, 환경 보호주의 등의 정책이 단기적으로 또는 중장기적으로 어떤 결과를 낳을 수 있는지를 검토할 수 있다는 거야. 법률을 입안하는 사람들은 어떤 법률이 가져올 효과를 미리 알 수 있게 돼. 한마디로 우리는 실험용의 축소판 인류를 갖게 되는 거야. 우리는 그 인류를 관찰함으로써 그릇된 길로 가지 않고 시간을 벌 수 있어.」

모두의 흥분이 고조되었다. 다비드가 소리쳤다.

「환상적이야! 인프라월드는 나의 〈물음 마당〉에도 정보를 공급할 수 있겠어. 그 가상 세계를 관찰하다 보면, 우리가 다른 방법으로는 해결하지 못할 갖가지 문제들에 대해 답을 찾아낼 수 있게 될 거야.」

프랑신은 꿈을 꾸듯 눈을 지그시 감고 있었다.

다비드가 그녀의 등을 탁 치며 덧붙였다.

「어찌 보면, 너는 신이 되는 거나 다름없어. 온갖 요소들을 모아 작고 완전한 세계를 만든 다음, 제우스와 올림포스의 여러 신들이 인간 세상을 살피듯이 그 세계를 관찰할 테니 말이야.」

「거꾸로 생각하면, 우리가 행하는 모든 일은 더 우월한 차원의 다른 세계를 위한 실험인지도 모르지. 그렇다면, 세제 같은 것은 이미 오래전부터 시험되고 있는 거고 말이야.」

나르시스가 냉소를 지으며 그렇게 말하자, 모두들 웃음을 터뜨렸다. 그러나 그 웃음 뒤끝이 그리 개운하지는 않았다.

「그래. 어쩌면…… 그럴지도 몰라.」

프랑신이 깊은 생각에 잠기며 중얼거렸다.

132. 백과사전

엘레우시스 게임

고대 그리스의 도시 이름을 딴 이 게임은 어떤 법칙을 찾아내는 것으로 승부를 겨룬다.

이 놀이에는 적어도 네 사람이 필요하다. 먼저 놀이꾼 가운데 하나가 〈신〉으로 결정된다. 그는 어떤 법칙을 만든 다음 종잇조각에 적는다. 그 법칙은 하나의 문장으로 되어 있고 〈우주의 섭리〉로 명명된다. 그런 다음, 52장으로 된 카드 두 벌이 놀이꾼들에게 골고루 배분된다. 한 놀이꾼이 선을 잡고 카드 한 장을 내놓으면서 〈세계가 존재하기 시작한다〉고 선언한다. 신으로 명명된 사람은 〈이 카드는 합격이야〉 혹은 〈이 카드는 불합격이야〉 하고 알려 준다. 퇴짜 맞은 카드들은 한쪽으로 치워 놓고, 합격된 카드들은 한 줄로 나란히 늘어놓는다. 놀이꾼들은 신이 받아들인 일련의 카드들을 관찰하면서 그 선별에 어떤 규칙이 있는지를 찾아내려고 노력한다. 누구든 그 법칙을 찾아냈다고 생각하는 사람이 있으면 손을 들고 스스로를 〈예언자〉로 선언한다. 그때부터는 그가 신을 대신해서 카드의 합격 여부를 다른 놀이꾼들에게 알려 준다. 신은 예언자를 감독하고 있다가 예언자의 말이 틀리면 그를 파면한다. 예언자가 열 장의 카드에 대해 연속으로 맞는 대답을 제시하면, 그는 자기가 추론한 법칙을 진술하고 다른 사람들은 그의 진술이 종이에 써 놓은 문장과 일치하는지를 비교한다. 두 가지가 맞아떨어지면 예언자는 승리자가 된다. 그러나 두 진술이 어긋나면, 그는 파면된다. 만일 104장의 카드를 다 내놓았는데도, 예언자가 되겠다고 나선 사람이 아무도 없거나 예언자로 자처한 사람들이 모두 틀린 진술을 하면, 승리는 신에게로 돌아간다.

그렇다고, 우주의 섭리를 너무 복잡하게 만들면 안 된다. 간단하면서도 찾아내기 어려운 규칙을 생각해 내야 게임이 재미있다. 예컨대, 〈9보다 높은 카드와 9 이하의 카드를 번갈아 가며 받아 준다〉는 규칙은 밝혀내기가 아주 어렵다. 당연한 얘기지만 놀이꾼들은 킹이나 퀸 같은 그림 패와 빨간색과 검은색의 교체에 주목하는 경향이 있기 때문이다. 또, 〈오로지 빨간색 카드로만 이루어진 세상을 만들되, 열 번째, 스무 번째, 서른 번째로 나온 카드는 받아들이지 않는다〉라든가, 〈하트 7을 제외한 모든 카드를 수용한다〉와 같은 규칙은 금지된다. 밝혀내기가 너무 어렵기 때문이다. 결국에 가서 우주의 섭리가 도저히 밝혀 낼 수 없을 만큼 어려웠던 것으로 판명되면, 그 규칙을 만든 신은 승리자가 되는 것이 아니라 놀이에 참가할 자격을 잃게 된다. 따라서 신은 〈쉽게 떠올릴 수 없는 단순성〉을 겨냥해야 한다. 이 놀이에서 승리하기 위한 가장 훌륭한 전략은 무엇일까? 설령 파면당하는 한이 있더라도, 되도록 빨리 예언자가 되겠다고 선언하는 것이 유리하다.

에드몽 웰스, 『상대적이며 절대적인 지식의 백과사전』 제3권

133. 가동되는 혁명

암개미 103호는 머리를 숙이고 진드기 떼를 내려다본다. 진드기들은 그의 앞다리 발톱 사이를 지나 전나무 그루터기의 구멍을 향해 이동하고 있다.

《우리가 손가락들에 비해 작은 것만큼이나 이 진드기들은 우리에 비해 작다.》

103호는 호기심을 느끼며 진드기들을 관찰하고 있다. 전나무 그루터기의 껍질은 작고 좁다란 판자들을 이어 놓은 것처럼 세로로 갈라져 있고, 그 틈새마다 진드기들로 가득 차 있다. 좀 더 가까이에서 보니 진드기 떼가 두 편으로 나뉘어 전쟁을 벌이고 있다. 한쪽은 병력이 5천쯤 되는 털진드기 무리다. 그에 맞서 싸우는 쪽은 3백 남짓한 병력을 가진 물고기진드기들이다. 당연히 물에 있어야 할 물고기진드기들이 어쩌다 나무로 올라갔는지 참으로 기이한 일이 아닐 수 없다.

암개미 103호는 한동안 그들의 전투를 구경한다. 털진드기들은 다리 관절, 어깨, 머리 할 것 없이 도처에 발톱처럼 짧은 털이 나 있다는 점이 무엇보다 인상적이다. 물고기진드기는 이름과는 달리 진드기목에 딸린 벌레가 아니라 갑각류에 딸린 벌레다. 그들은 갑옷 같은 딱지로 몸을 감싸고, 복잡하고 뾰족한 주둥이와 털을 갈고리나 톱이나 단검 같은 무기로 삼아 용맹스럽게 싸우고 있다.

시간이 없어서 그 전투를 계속 구경할 수 없는 게 유감이다. 진드기 무리가 어떻게 침략과 전쟁을 벌이고, 그들 세계에 어떤 일이 벌어지고 있는지는 아무도 모를 것이다. 전나무 그루터기의 서른 번째 틈새에서 벌어지고 있는 그 전투에서 털진드기 떼와 물고기진드기 떼 중 어느 쪽이 승리할지는 아무도 모를 것이다. 아마도 다른 틈새에서는 다른 진드기류, 예컨대 옴진드기라든가 굵은다리가루진드기, 참진드기, 광대참진드기, 물렁진드기 따위가 더욱 중요한 것을 걸고 더욱 치열한 싸움을 벌이고 있을 것이다. 그러나 아무도 그 싸움에 관심을 두지 않는다. 개미들도, 103호도.

103호로서는 거대한 손가락들과 자기 겨레에, 그리고 자기 자신에 관심을 두는 것만으로도 충분하다.

103호는 다시 길을 떠난다.

그의 주위로 손가락 혁명의 행렬이 계속 불어나고 있다. 화재를 겪고 난 뒤에 그들의 수는 서른셋으로 줄었지만, 그들과 마주친 다른 개미들이 행렬에 속속 합류하고 있기 때문이다. 호기심 많은 자들은 그들이 운반하고 있는 불에 겁을 먹기보다는 오히려 그것을 보려고 더욱 가까이 다가든다.

암개미 103호는 새로운 개미들을 만날 때마다 24호라는 수개미를 본 적이 없느냐고 묻곤 한다. 그러나 그 이름을 알고 있는 자는 하나도 없다.

개미들뿐만 아니라 다른 곤충들도 불을 보겠다고 다가든다.

《그러니까 저게 바로 그 무시무시한 불이란 말이지.》

그 괴물은 돌 속에 갇혀서 잠을 자고 있는 것처럼 보인다. 그럼에도 어미 딱정벌레들은 새끼들에게 위험하니까 다가

가지 말라고 이른다.

불씨를 담은 돌이 너무 무겁다는 생각이 들자, 다른 종과의 접촉을 전문으로 하는 14호가 달팽이를 시켜서 그것을 운반하게 하자고 제안한다. 한 달팽이와의 접촉에 성공한 그는 등이 따뜻하면 건강에 아주 좋다는 식으로 달팽이를 설득한다. 달팽이는 다른 이유보다도 개미 떼가 무서워서 그 제안을 받아들인다. 5호는 14호의 성공에 만족해하면서, 같은 방식으로 다른 달팽이들에게도 먹이와 화로를 지고 가게 하자고 제안한다.

달팽이는 동작이 굼뜨긴 하지만 어떤 곳이라도 갈 수 있다는 장점을 지니고 있다. 달팽이가 기어가는 방식은 아주 특이하다. 바닥에 끈끈물을 발라 자기 앞에 스케이트장을 만들어 놓고 그 위로 미끄러져 가니 말이다. 개미들은 이제껏 달팽이들을 잡아먹기만 했지, 그들을 관찰해 본 적이 없다. 그래서 끈끈물을 끝없이 뱉어 내는 그들의 모습이 그저 신기하기만 하다.

물론 그 끈끈물은 개미들에게 문제를 일으킨다. 뒤따르는 개미들이 끈끈물에 질퍽질퍽 다리가 빠지기 때문이다. 그래서 개미들은 끈끈물의 양편으로 갈라서서 나아갈 수밖에 없다.

불그스름한 돌덩이를 지고 가는 달팽이들을 사이에 두고, 개미들이 두 줄로 늘어서 있는 그 행렬은 여간 인상적인 것이 아니다. 많은 곤충들이 의문에 찬 더듬이를 내밀며 덤불에서 튀어나온다. 그들의 대부분은 개미들이다. 땅바닥에 붙어사는 그들의 삶에는 무엇 하나 확실한 것이 없다. 그런데 손가락 혁명을 하겠다는 이 개미들은 세계의 수수께끼를 해결하기 위해 함께 나아가자고 한다. 새로운 세계를 갈망하던 탐험 개미들과 젊고 대담한 병정개미들이 그 생각에 고무되어 행렬에 동참한다.

그들의 수는 이제 1백에서 5백으로 불어난다. 손가락 혁명의 대오가 제법 틀이 잡혀 간다.

다만 한 가지 이상한 일은 암개미 103호가 별로 열의를 보이고 있지 않다는 것이다. 개미들은 그것이 수개미 24호 때문이라는 것을 알고 있다. 하지만 어떤 개체를 특별히 소중하게 여기는 암개미의 태도를 그들은 도무지 이해할 수 없다. 손가락 세계에 관한 정보를 관리하고 있는 10호는 특정한 개체에 집착하는 것 역시 손가락들 특유의 병이라고 설명한다.

134. 멋진 하루

쥘리와 그녀의 친구들은 자기들의 작은 혁명을 건설하는 일에 몰두하면서, 어떤 놀라운 비밀이 갑자기 드러났을 때와 같은 시원한 기분을 맛보고 있었다. 그건 자기들의 개인적인 정신이 집단적인 정신으로 확장되는 듯한 기분이었다. 그들의 정신은 육체의 감옥에 갇혀 있지 않았고, 그들의 지력은 뇌의 동굴 속에 억눌려 있지 않았다. 쥘리가 원하기만 하면 그녀의 정신이 두개(頭蓋) 밖으로 나와 거대한 빛의 레이스로 변한 다음 그녀의 주위로 끝없이 퍼져 나가곤 했다.

그녀의 정신은 세계를 감쌀 수 있는 능력을 지니고 있었다! 자기가 단지 원자들의 거대한 집합체인 것만은 아니라는 것을 진작부터 알고 있긴 했지만, 그렇다고 자기 정신이 그렇게 전능하다는 기분을 느끼게 될 줄이야…….

그런 기분과 함께 또 하나의 강한 느낌이 찾아왔다. 〈나는 중요하지 않다〉는 느낌이 그것이었다. 개미 혁명의 동아리로 자아를 확대하고 자기 정신을 세계로 확장할 수 있게 되자, 자기의 개성은 그다지 중요하지 않게 되었다. 그녀는 스스로를 남처럼 느꼈고, 마치 쥘리 팽송이 자기와 직접적인 관련이 없는 사람인 양 그 사람의 행동을 지켜볼 수 있었다. 나와 남의 경계가 무너지고, 인간의 모든 운명이 담고 있는 기구하고 비극적인 측면이 사라진 듯한 기분이었다.

쥘리는 스스로가 솜털처럼 가볍다고 느꼈다.

사람이 살고 죽는 것은 그저 아름답고 덧없고 대수롭지 않은 일이었다. 중요한 건 정신이 공간과 시간을 가로질러 거대한 빛의 레이스로 날아오를 수 있다는 거였다. 그건 불멸의 진리였다.

〈나의 정신아, 안녕?〉 하고 그녀는 중얼거렸다.

하지만 다른 모든 사람들이 그렇듯이, 그녀도 자기 뇌가 지닌 능력의 10퍼센트밖에 활용하지 못하는 터라 그런 기분을 온전하게 관리할 준비가 되어 있지 않았다. 결국 그녀의 정신은 두개의 작고 좁은 공간으로 되돌아갔다. 빛의 레이스는 티슈페이퍼처럼 잔뜩 구겨진 채 두개 깊숙한 곳에 얌전하게 틀어박혔다.

쥘리는 각자의 일에 몰두해 있는 사람들 속으로 들어갔다. 탁자를 모으거나 의자를 나르기도 하고, 천막의 밧줄을 묶거나 말뚝을 박기도 하고, 다른 사람들이 치고 있는 천막이 쓰러지지 않도록 붙들어 주기도 하는 등 그녀가 거들 일이 많았다. 그녀는 일을 하면서 줄곧 노래를 불렀고, 꿀술을 조금씩 마시면서 힘을 얻곤 했다.

그녀의 이마와 코밑에 땀방울이 송골송골 맺혔다. 땀방울이 입아귀로 흘러내리자, 그녀는 그것을 혹 들이마셨다.

개미 혁명의 일꾼들은 자기들의 계획을 소개하기 위한 전시 공간을 만들면서 셋째 날을 보냈다. 처음에는 그 공간을 교실에 마련할 생각이었으나, 조에가 다른 의견을 내놓았다. 천막들과 가설무대가 가까이 있는 잔디밭 중앙에 전시장을 마련해야 모두가 함께 참여하는 흥겨운 잔치가 될 수 있으리라는 것이 그녀의 생각이었다.

하나의 전시 공간을 만드는 데는 많은 것이 필요치 않았다. 아메리카 원주민들의 티피를 닮은 원추형 천막 하나와 컴퓨터 한 대, 거기에 전선과 전화선만 있으면 충분했다.

컴퓨터 덕분에 불과 몇 시간 만에, 여덟 개의 사업 계획 대부분이 가동될 준비가 되었다. 공산주의 혁명에 소비에트와 전기가 있었다면, 그들의 혁명에는 개미와 컴퓨터가 있었다.

건축 전시장은 레오폴의 이상적인 주거가 소개되는 자리였다. 그는 점토 반죽으로 된 입체 모형을 보여 주면서, 개미집 안의 온도가 일정하게 유지되듯이, 흙과 벽 사이로 찬 공기와 더운 공기가 순환하면서 실내 온도가 조절되는 원리를 설명하였다.

다비드의 〈물음 마당〉 전시장에서는 기억 용량이 큰 하드 디스크와 대형 모니터를 갖춘 컴퓨터가 전시되었다. 하드 디스크가 윙윙거리며 돌아가는 가운데, 다비드는 자기가 구상한 정보 교환망의 사용법을 실연해 보였다. 사람들은 다비드가 필요로 하는 정보를 쉽게 찾을 수 있도록 돕겠다고 자청했다.

〈유한 책임 회사 개미 혁명〉의 전시장에서, 지웅은 인터넷을 통해 자기들의 활동에 관한 정보를 전파하고 혁명의 열의를 조직하고 있었다. 벌써 세계 도처의 고등학교와 대학교는 물론이고 병영에서까지 비슷한 실험을 준비하는 움직임이 자발적으로 일고 있었다.

지웅은 그들이 참고할 수 있도록, 축제를 벌이는 것을 시작으로 유한 책임 회사를 설립하고 자회사를 만든 지난 사흘간의 경험을 전해 주었다.

지웅은 개미 혁명이 지리적으로 확대되면 새로운 모범 사례들이 쏟아져 나오리라 기대하면서, 먼저 자기들의 사례를 외국의 모든 개미 혁명 동아리에 제시하였다.

그는 가설무대와 원추형 천막들과 화톳불의 배치 도면을 제공하고, 깃발과 1+1=3이라는 슬로건, 꿀술, 엘레우시스 게임 같은 혁명의 상징물들을 소개하였다.

나르시스의 패션 전시장에는 아마존들이 모여서 그의 모델이나 조수 노릇을 하고 있었다. 일부는 곤충의 모티프가 찍힌 옷을 선보였고, 일부는 디자이너의 지시에 따라 하얀 시트 위에 모티프를 그려 넣었다.

조금 떨어진 곳에 자리 잡은 조에는 이렇다 하게 보여 줄 만한 것은 없었지만, 사람들 사이의 완전 소통에 관한 야심적인 계획과 사람의 코를 곤충의 더듬이와 같은 의사소통의 수단으로 사용하는 방안에 관해 설명하였다. 처음엔 그 이야기가 사람들의 실소를 자아냈다. 그러나 그저 꿈에서라도 좋으니 그런 완벽한 의사소통을 이루어 보았으면 좋겠다고 생각하면서, 사람들은 이내 그녀의 말을 여겨듣게 되었다. 따지고 보면, 그들은 너 나 할 것 없이 진정한 대화에 굶주려 있는 사람들이었다.

쥘리는 〈로제타석〉 전시장에 개미집을 들여앉혔다. 사람들의 자발적인 도움을 받아 가며, 그녀는 잔디밭을 깊이 파고 여왕개미를 포함해서 모든 개체들이 다 들어 있는 개미집을 통째로 들어냈다. 쥘리는 생물실에서 가져온 어항에 그 개미집을 담았다.

잔치에는 오락이 빠질 수 없었다. 탁구대들을 다른 용도로 쓰지 않고 제자리에 둔 덕분에 잇따라 시합이 벌어지고 있었고, 어학 실습실은 거기에 비치되어 있던 비디오 자료 덕분에 영화관 구실을 하고 있었다. 또, 한쪽에서는 『상대적이며 절대적인 지식의 백과사전』에서 소개한 엘레우시스 게임이 한창이었다. 감추어진 규칙을 찾아내는 것을 목표로 하는 그 게임은 상상력을 발전시키는 데 아주 적합해서, 금세 그들이 가장 좋아하는 게임이 되어 버렸다.

폴은 점심 식사로 아주 맛있는 요리를 준비하겠다고 장담했다. 음식이 맛있을수록 혁명가들의 의욕도 더 왕성해진다는 것이 그의 지론이었다. 그는 개미 혁명의 음식을, 맛의 명소를 소개하는 여행 안내서에 올려놓겠다는 야심도 가지고 있었다. 그는 주방에서 조리 과정을 직접 감독하는 한편, 꿀을 이용하여 새로운 맛을 내보겠다고 꿀튀김, 꿀잼, 꿀가루, 꿀소스 등 모든 결합을 다 시도하였다.

밖으로 빵을 사러 나가기가 불가능한 형편이었으므로, 폴은 빵을 직접 굽자고 제안했다. 다행히 밀가루는 아직 충분히 남아 있었다. 몇몇 장정들이 교정의 나지막한 벽돌담 하나를 해체하여 그 벽돌로 빵 굽는 가마를 만들었다.

〈미식법〉 전시장에서, 폴은 후각이 잘 발달한 사람은 먹어 보지 않고도 음식의 맛이 좋은지 나쁜지를 가려낼 수 있다고 주장했다. 그 말을 들은 사람들은 음식 냄새를 맡는 폴의 모습을 보면서, 아주 맛있는 점심을 먹게 되리라고 짐작했다.

아마존 하나가 쥘리에게 와서, 마르셀 보지라르라는 기자에게서 전화가 왔다고 알려 주었다. 그가 〈혁명의 지도자〉와 이야기를 하고 싶다고 해서, 지도자는 없지만 쥘리를 대변인으로 생각할 수는 있다고 했더니, 쥘리와의 인터뷰를 요청하고 있다는 거였다. 쥘리가 전화를 받았다.

「안녕하세요? 전화를 다 주시다니 놀랍군요. 사건을 잘 몰라야 더 훌륭한 기사를 쓰시는 분으로 알고 있었는데 말이에요.」

쥘리가 장난스럽게 말하자, 그가 해명했다.

「사실은 농성자 수를 알고 싶어서 전화했어요. 경찰 측의 얘기로는 1백여 명의 불법 점거자들이 학교의 정상적인 기능을 마비시키고 있다고 하는데, 여러분은 어느 정도로 추산하고 있는지 알고 싶어요.」

「경찰 측에서 주장하는 수와 제가 곧 알려 드릴 수의 평균을 내실 생각이시지요? 그럴 필요 없어요. 우리는 정확히 521명이니까요.」

「한 가지만 더 물어볼게요. 여러분의 정치적 입장은 어떤 것입니까? 스스로를 좌파 또는 극좌파라고 생각하십니까?」

「전혀 그렇게 생각하지 않습니다.」

「그럼, 자유주의에 속한다고 생각하십니까?」

「그것도 아닙니다.」

「좌도 아니고 우도 아니다, 그럼 뭐지요?」

쥘리는 짜증이 났다.

「좌우 두 방향으로밖에 생각을 못 하시는 분 같군요. 사람은 왼쪽이나 오른쪽으로만 가는 게 아니에요. 앞으로 나아갈 수도 있고 뒷걸음질을 칠 수도 있어요. 앞으로 나아가자는 것이 바로 우리의 정치적 입장이에요.」

마르셀 보지라르는 이미 생각해 둔 기사 내용과 대답이 일치하지 않는 것에 실망하면서, 그 대답의 속뜻을 한참 따져 보았다.

쥘리 곁에서 통화 내용을 듣고 있던 조에가 전화기를 빼앗았다.

「우리를 군이 어떤 정당과 연결시키려면, 〈진화당〉이라는 이름의 새로운 정당을 만들어야 할 거예요. 우리의 운동은 인류를 더 빨리 진화시키기 위한 것이니까요.」

「아, 그래요? 바로 내가 생각했던 대로군요. 여러분은 극좌파예요.」

마르셀 보지라르 기자는 안도하면서 그렇게 결론을 내렸다.

그는 자기의 지레짐작이 또다시 들어맞은 것을 흐뭇하게 여기면서 전화를 끊었다. 그는 십자말풀이를 대단히 좋아하는 사람이었다. 그가 보기에, 기사를 쓴다는 건 뻔히 드러나 있는 답을 십자말풀이판의 네모 칸에 채워 넣듯이, 이미 준비되어 있는 틀에 거의 변화가 없는 요소들을 집어넣는 것에 지나지 않았다. 그런 식으로 그는 모든 취재 영역을 망라할 수 있는 일련의 틀을 가지고 있었다. 정치 기사를 위한 틀이 있었고, 문화면이나 사회면을 위한 틀이 있었으며, 시위 사건을 위한 별도의 틀이 또 있었다. 그는 미리 생각해 둔 대로 〈삼엄한 경계망 안에 들어간 학교〉라는 제목의 기사를 쓰기 시작했다.

그 대화 때문에 열이 올라 있는 쥘리에게 이상하게도 무언가를 먹고 싶은 욕구가 엄습했다. 쥘리는 폴의 전시장으로 갔다. 그는 가설무대의 소음에 방해를 받지 않으려고 동쪽의 한갓진 곳으로 자리를 옮긴 터였다.

폴과 쥘리는 사람의 다섯 가지 감각에 대해 이야기했다.

폴의 주장에 따르면, 인간은 시각에 너무 의존한다고 했다. 뇌가 받아들이는 정보의 80퍼센트가 시각을 통해 전해진다는 거였다.

「거기엔 문제가 있어. 시각에 너무 의존하다 보니까 시각은 전제적인 감각으로 변하고 다른 감각들의 몫은 형편없이 적어지는 거야.」

그러면서, 폴은 쥘리의 이해를 돕겠다며 그녀의 눈을 스카프로 가린 다음, 자기의 냄새 오르간에서 발산되는 것이 무슨 냄새인지 알아맞혀 보라고 했다.

쥘리는 백리향이나 라벤더와 같은 냄새는 쉽게 구별했고, 쇠고기스튜나 헌 신발이나 낡은 가죽의 냄새도 콧구멍을 발름거리면서 알아냈다. 쥘리의 코가 깨어나고 있었다. 그녀는 여전히 눈을 가린 채, 재스민과 박하와 쇠풀을 가려냈고, 냄새만으로는 식별하기가 쉽지 않은 토마토까지 알아맞혔다.

「내 코야, 안녕?」

쥘리가 말했다.

「냄새도 소리나 빛처럼 파동으로 이루어져 있어.」

폴은 그렇게 말한 다음, 이번에는 여전히 눈을 가린 채 맛을 알아맞혀 보라고 했다.

쥘리는 맛을 식별하기가 어려운 몇 가지 음식을 가지고 시험을 했다. 그녀는 혀가 깨어나는 것을 느끼며 맛에 이름을 붙여 보려고 애썼다. 하지만, 사실 맛에는 쓴맛, 단맛, 신맛, 짠맛 네 가지밖에 없었고, 어떤 음식 특유의 냄새는 모두 코를 통해서 지각되는 거였다. 쥘리는 목구멍으로 넘어간 음식의 행로를 느껴 보려고 주의를 기울였다. 관벽의 신축 운동에 밀려 식도를 미끄러져 내려간 음식이 위에 다다르자, 그것을 기다리고 있던 갖가지 위액이 소화 작용을 시작했다. 쥘리는 그 모든 것을 지각할 수 있다는 것이 그저 놀랍고도 기뻤다.

「내 위야, 안녕?」

그녀의 몸은 먹는 것을 행복해했고, 그녀의 소화 기관은 스스로의 존재를 생생하게 알려 왔다. 쥘리는 강한 식욕을 느꼈다. 그녀의 거식증을 너무나 잘 기억하고 있는 몸은 다시 영양 부족 상태가 올 것을 걱정하기라도 하듯 작은 음식 조각 하나도 놓치지 않으려고 집착하였다.

그녀의 몸은 특히 당분과 지방이 많은 음식을 섭취하고 싶어 하는 것 같았다. 폴은 여전히 눈을 가리고 있는 그녀에게 초콜릿이나 건포도, 사과, 오렌지 따위가 들어간 케이크들을 조금씩 떼어서 내밀었다. 그녀는 그때마다 혀의 미뢰에 신경을 모으고 자기가 먹고 있는 케이크의 종류를 말하였다.

「우리가 사용할 생각을 하지 않으면 기관은 잠이 들어 버리는 거야.」

그러면서 폴은 여전히 눈에 스카프를 두르고 있는 그녀의 입에 자기 입을 갖다 댔다. 쥘리는 소스라치게 놀라며 잠시 주저하다가 그를 밀어냈다. 폴이 한숨을 쉬며 말했다.

「미안해.」

쥘리는 스카프를 풀었다. 정작 난처한 것은 그녀였다.

「괜찮아. 오히려 내가 미안하지 뭐. 기분 나쁘게 생각하지마. 사실 나는 그런 걸 그다지 좋아하지 않아.」

쥘리는 전시장을 나갔다. 그 장면을 지켜보던 조에가 그녀를 따라왔다.

「넌 남자들을 좋아하지 않니?」

「나는 살갗을 맞대는 건 딱 질색이야. 할 수만 있다면, 커다란 범퍼 같은 것을 몸에 부착하고 다니면서, 공연히 남의 손을 잡거나 남의 어깨를 감싸는 사람들은 누구를 막론하고 나에게 접근하지 못하게 하고 싶어. 인사를 나누려면 으레 서로 뺨을 비벼야 하는 걸로 아는 사람들은 말할 것도 없고.」

조에는 쥘리의 성 경험에 대해서 몇 가지를 더 물어 보다가, 그토록 예쁜 쥘리가 스무 살이 다 되도록 아직 경험이 없다는 얘기를 듣고 깜짝 놀랐다.

쥘리의 설명은 이러했다.

「나는 성관계를 갖고 싶지 않아. 나의 부모님을 닮고 싶지 않아서 그래. 내가 보기에, 성은 남녀가 짝을 짓고 결혼을 하고 고리타분한 부르주아의 삶으로 나아가기 위한 첫발자국이야. 개미 사회에는 생식을 하지 않는 중성의 개체들이 있어. 그 개미들은 생식을 하지 않아도 편안하게 잘 살아. 나이들어 혼자 산다고 허구한 날 잔소리를 들을 일도 없지.」

조에는 웃음을 터뜨리며 그녀의 어깨를 잡았다.

「우리는 곤충이 아냐. 우리는 달라. 생식을 할 수 없는 중성의 사람은 없어.」

「물론 아직은 없지.」

「문제는 네가 중요한 개념 하나를 빠뜨리고 있다는 거야. 성은 단지 생식일 뿐만 아니라 쾌락이기도 하다는 거야. 성행위를 하면서 사람들은 쾌락을 서로 주고받아.」

쥘리는 못 믿겠다는 듯 뾰로통한 표정을 지었다. 그녀는 아직 짝을 이루어야 할 필요성을 느끼지 못하고 있었다. 게다가 그 누구하고든 살을 맞댈 생각은 추호도 없었다.

135. 백과사전

독신을 막는 방법

피레네 지방의 몇몇 마을에서는 1920년까지 청춘 남녀가 짝을 짓는 문제를 직접적인 방식으로 해결하였다. 그 마을들에는 〈혼인의 밤〉이라는 연례행사가 있었다. 그날 밤이 되면, 열여섯 살이 된 모든 처녀와 총각이 한자리에 모였다. 마을 어른들은 참가하는 처녀 총각이 동수가 되도록 사전에 적절한 조치를 취하였다.

행사는 먼저 산기슭의 야외에 온 마을 사람들이 모여 흐드러지게 먹고 마시는 성대한 잔치로 시작된다. 그러다 정해진 시각이 되면, 처녀들이 먼저 산속으로 들어간다. 처녀들이 달려가 덤불 속에 숨으면, 마치 숨바꼭질을 하듯 총각들이 그녀들을 찾으러 간다. 어떤 처녀든 그녀를 가장 먼저 찾아낸 총각이 그녀를 차지하게 되어 있다. 예쁜 처녀일수록 그녀를 찾는 총각들이 많게 마련이지만, 아무리 콧대가 높은 처녀라도 자기를 가장 먼저 찾아낸 총각에게 퇴짜를 놓을 권리는 없다.

그러다 보니 예쁜 여자들을 가장 먼저 찾아내는 것은 꼭 잘생긴 총각들이 아니라 날래고 눈치 빠르고 꾀바른 총각들이기가 십상이다. 다른 총각들은 덜 매력적인 처녀들로 만족할 수밖에 없다. 어떤 총각도 처녀를 동반하지 않고 혼자서 마을로 돌아오는 것은 용납되지 않기 때문이다.

만일 동작이 굼뜨고 두름손 없는 어떤 총각이 못생긴 처녀가 성에 차지 않는다고 혼자서 돌아오면, 그는 마을에서 쫓겨나고 만다.

못난 처녀들로서는 그 행사가 밤에 이루어지는 것이 여간 다행스럽지 않다. 어둠이 짙을수록 유리한 건 그녀들 쪽이다.

이튿날에는 결혼식이 거행된다.

그 마을들에 노총각과 노처녀가 거의 없었음은 더 말할 나위도 없다.

에드몽 웰스, 『상대적이며 절대적인 지식의 백과사전』 제3권

136. 불과 위턱으로

손가락과의 협력이라는 기치를 내건 혁명적인 개미들의 긴 행렬은 이제 3만의 대중으로 불어났다.

그들 앞에 예디베이나캉이라는 도시가 나타난다. 혁명군이 도시 안으로 들어가려 하자 도시의 개미들이 반발한다. 혁명군은 적대적인 태도를 보이는 그 도시에 불을 지르려고 하지만, 도시의 둥근 지붕이 푸른 나뭇잎으로 덮여 있어서 불이 붙지 않는다. 그래서 암개미 103호는 주위의 지형지물을 이용하여 도시를 공격하기로 결정한다. 커다란 돌덩이를 이고 있는 절벽이 그 도시를 굽어보고 있다. 그렇다면, 지렛대를 이용해서 커다란 돌덩이를 도시 위로 떨어뜨리기만 하면 된다.

한동안 꿈쩍을 안 하던 돌이 마침내 움직이기 시작하더니, 앞뒤로 흔들거리다가 연한 잎으로 덮인 둥근 지붕 위에 정통으로 떨어진다. 10만의 거주자를 거느린 도시 위에 더할 나위 없이 크고 무거운 폭탄이 떨어진 셈이다.

이제 그 둥지의 항복을 받아 내는 일만 남았다. 그 안에 살

아남은 자가 있을 경우에 한해서 말이다.

밤이 되자, 혁명군은 납작하게 내려앉은 그 둥지 안에 들어가 먹이를 먹으며 휴식을 취한다. 그동안 암개미 103호는 다시 손가락들에 관한 이야기를 하고, 10호는 후각 기록을 만든다.

형태론

손가락들의 형태는 더 이상 진화하지 않는다.

개구리들의 경우에는, 1백만 년에 걸친 수중 생활의 결과물에 더 잘 적응하기 위해 물갈퀴가 생겼지만, 손가락들의 경우에는 모든 것이 보철 기구로 해결된다.

물에 적응하기 위해, 손가락들은 붙였다 떼었다 할 수 있는 물갈퀴를 만든다. 그래서 그들은 물에 형태학적으로 적응할 이유도 없고, 자연적인 물갈퀴가 생기도록 1백만 년을 기다릴 필요도 없다.

공기에 적응하기 위해, 그들은 새들을 흉내 낸 비행기까지 만든다.

더위나 추위에 적응하기 위해, 그들은 털가죽 대신 옷을 만든다.

예전에 어떤 종이 수백만 년에 걸쳐 몸을 변화시켜 만들어 낸 것을 그들은 주위에 있는 재료를 이용해서 며칠 만에 만들어 낸다.

결국 그런 능력이 형태학적 진화를 대신하는 것이다.

우리 개미들도 형태학적으로 진화하지 않게 된 지가 오래되었다. 우리는 형태학적 진화와는 다른 방식으로 우리의 문제를 해결하기에 이르렀기 때문이다.

우리의 겉모습은 1억 년 전과 별로 달라진 것이 없다. 그것은 바로 우리가 성공한 종임을 보여 주는 증거다.

우리는 성공한 동물이다.

현재의 살아 있는 종들은 모두 천적, 기후, 질병 등에 의한 자연 선택의 법칙에서 벗어나지 못하고 있다. 오로지 손가락과 개미 두 종만이 그런 속박에서 벗어나 있다.

우리 두 종이 성공한 것은 우리의 사회 제도 덕분이다.

우리의 새로 태어난 개체들은 거의 전부가 성년에 도달하며, 우리의 평균 수명은 점점 길어지고 있다.

하지만 손가락과 개미 두 종은 똑같은 문제에 직면해 있다, 환경에 적응하기를 중단했기 때문에, 이젠 환경이 우리에게 적응하도록 만들어야 한다는 점이 그것이다.

우리 두 종은 우리에게 가장 안락한 사회가 어떤 사회인지를 생각해 내야 한다. 그것은 생물학적인 문제라기보다는 문화적인 문제이다.

한쪽에서 불 기술자들이 그들의 실험을 다시 시작하고 있다.

5호는 갈래 진 잔가지를 목발처럼 사용해서 두 다리로 걷기를 시도한다. 7호는 103호의 모험과 손가락 세계의 발견을 형상화한 프레스코를 계속 그리고 있고, 8호는 잔가지의 끝에 나뭇잎을 엮은 저울판을 달고 거기에 자갈을 올려놓는 지렛대를 만들어 보겠다고 의욕을 불태운다.

암개미 103호는 손가락들에 관해 너무 오랫동안 이야기를 한 탓에 싫증을 느끼면서, 24호가 쓰고 싶어 했던 소설 『손가락』을 다시 생각한다. 이제 24호가 화재 속에서 사라져 버렸으니, 개미 세계의 그 첫 소설이 빛을 볼 가능성도 사라진 셈이다.

5호는 두 다리로 걸어 보려다가 또다시 땅바닥에 쓰러지고 나서 103호에게 온다. 103호가 24호의 소설에 대해 생각하고 있음을 알고, 그는 예술의 문제는 너무 쉽게 망가져서 운반하기 어렵다는 점에 있다면서, 24호가 자기의 페로몬 소설을 어떤 알에 담으려고 했지만 그 알을 원거리까지 가지고 다니기는 쉽지 않았을 거라고 주장한다.

103호는 그것이 완성되었더라면 달팽이를 시켜서 운반했을 거라고 하자, 5호는 달팽이들이 개미들의 알을 먹을 때도 있다는 사실을 상기시킨다. 5호의 주장 대로라면, 쉽게 운반할 수 있을 만큼 가볍고 무엇보다 달팽이들이 먹을 수 없는 개미식의 소설 예술을 만들어 내야 한다.

7호는 나뭇잎 하나를 잡고 자기 프레스코의 새로운 요소를 그리기 시작한다. 5호는 예술이 야기하는 문제점을 다시 일깨운다.

《그것 역시 운반할 수 없을 것이다.》

두 개미가 서로 의견을 나눈 끝에, 7호가 한 가지 방안을 생각해 낸다. 예술의 이름으로 누군가를 희생시키자는 것이다. 개미들의 딱지에 위턱 끝으로 직접 그림을 그려 넣으면 어떨까?

103호는 그 방안을 괜찮게 여긴다. 손가락들에게도 〈문신〉이라 불리는 그런 종류의 예술이 있다. 손가락들은 살가죽이 무르기 때문에 그 속에 물감을 넣어야 한다. 하지만 개미들은 위턱 끝으로 키틴질의 딱지에 줄을 긋기만 하면 되기 때문에 그보다 더 간단한 일이 없다.

7호는 103호의 딱지에 당장 무늬를 새겨 넣고 싶어 한다. 그러나 왕년엔 백전노장의 병정개미였던 103호의 딱지는 온통 줄무늬의 상처투성이여서, 거기에 무엇을 그려 넣은들 식별하기가 용이치 않을 듯하다.

그래서 그들은 혁명군 내에서 가장 어린 16호를 부르기로 결정한다. 딱지가 완벽하기로는 그를 당할 자가 없기 때문이다. 7호는 오른쪽 위턱을 단검처럼 놀리면서 자기 머리에 떠오르는 모티프를 꼼꼼하게 새겨 넣는다. 그의 뇌리에 가장 먼저 떠오른 생각은 불길에 휩싸인 개미집을 표현하자는 것이다. 7호는 그것을 어린 벨로캉 개미의 배 위에 그린다. 아라베스크 같기도 하고 소용돌이무늬 같기도 한 줄들이 실처럼 엉켜든다. 개미들은 사물의 형태보다는 움직임을 주로 지각하기 때문에, 불꽃의 세밀한 생김새보다는 그 활기찬 일렁거림에 더 관심이 많다.

137. 막시밀리앵의 집

막시밀리앵은 어항의 수면에 떠오른 죽은 열대어들을 걸어 냈다. 지난 이틀 동안 제대로 돌보아 주지 않았다고, 물고기들은 죽음이라는 가장 못된 방식으로 그를 힐난하고 있었다. 그저 예쁘다는 이유 하나로 선택된 그 잡종 열대어들은 너무 연약한 게 탈이었다. 차라리 생긴 건 조금 밉더라도 환경에 잘 적응하고 저항력이 강한 물고기들을 선택하는 편이 더 낫지 않았을까 하고 막시밀리앵은 생각했다.

그는 그날의 시체들을 쓰레기통에 버리고 거실로 가서 저녁 식사를 기다렸다.

소파 위에 신문 한 부가 놓여 있었다. 『퐁텐블로 나팔수』라는 지방 신문이었다. 마지막 면에 마르셀 보지라르 기자가 쓴 〈삼엄한 경계망 안에 들어간 학교〉라는 제목의 짤막한 기사가 나와 있었다. 막시밀리앵은 한순간 그 기자가 거기에서 벌어지고 있는 일을 사실 그대로 시민들에게 알려 주고 있는 것이 아닐까 하고 걱정했다. 그러나 아니었다. 그 보지라르라는 친구는 일을 참 잘하는 기자였다. 그는 극좌 모험주의자들과 깡패들과 심야의 소란에 대해 언급했다. 기사에는 작은 사진이 함께 들어가 있었다. 〈쥘리 팽송, 반항아 가수〉라는 사진 설명이 붙은 주동자의 사진이었다.

〈반항아rebelle 가수라고? 그보다는 미녀belle 가수라고 하는 편이 낫겠군〉 하고 경정은 생각했다. 전에는 미처 깨닫지 못했지만, 가스통 팽송의 딸은 정말로 아름다웠다.

그의 가족은 모두 식탁으로 건너갔다.

그날 저녁 메뉴의 시작 요리는 파슬리 가루와 버터로 양념을 한 달팽이였고, 주요리로는 쌀밥을 곁들인 개구리 뒷다리였다.

막시밀리앵은 아내를 흘깃거리다가 문득 그녀의 행동 하나하나가 다 눈에 거슬리고 있음을 깨달았다. 그녀는 새끼손가락을 편 채 밥을 먹고 있었고, 끊임없이 생글거리면서 그를 바라보고 있었다.

마르그리트는 텔레비전을 켜도 좋다는 허락을 얻어 냈다.

423번 채널. 일기 예보. 대도시의 공기 오염 수준이 위험 수위를 넘어섰다. 호흡기 질환과 눈병을 호소하는 사람들이 점점 늘고 있다. 정부는 그 문제에 관한 국회에서의 토론을 예정해 놓고, 우선 사계(斯界)의 전문가들로 해결책을 제시할 위원회를 구성하였다.

67번 채널. 광고. 〈요구르트를 드세요. 요구르트를 드세요. 요구르트를 드세요.〉

622번 채널. 퀴즈 쇼. 「알쏭알쏭 함정 퀴즈」. 성냥개비 여섯 개로 정삼각형 여덟 개를 만드는 방법은?

막시밀리앵은 딸아이의 손에서 리모트 컨트롤을 빼앗아 텔레비전을 꺼버렸다.

「아, 안 돼요, 아빠. 라미레 씨가 수수께끼를 풀었는지 알고 싶어요.」

막시밀리앵은 양보하지 않았다. 이제 리모트 컨트롤은 그가 쥐고 있었다. 어느 가정에서든 그 홀을 쥐는 자가 왕 노릇을 하게 마련이었다.

막시밀리앵은 딸아이에게 소금통 가지고 장난하는 것을 그만두라고 이르고, 아내에게는 음식을 그렇게 크게 한입씩 먹는 것을 삼가 달라고 부탁했다.

모든 것이 그의 화를 돋우고 있었다.

피라미드라면 이가 부드득 갈리는 그에게 아내가 피라미드 모양으로 만든 새로운 후식을 내오겠다고 하자, 그는 더 이상 견딜 수가 없어서 식탁에서 일어나 서재로 달아났다.

막시밀리앵은 방해를 받지 않기 위해서 문에 빗장을 걸었다.

컴퓨터를 늘 켜두고 있었기 때문에, 그는 키 하나만 누르고 곧바로 〈진화〉 게임으로 들어가 이미 건설해 놓은 몽골풍의 문명을 계속 이끌었다. 문명이 한창 번영을 구가하고 있는데, 이민족들의 위협이 닥쳐왔다.

이번 판에서, 그는 군사 부문에 모든 것을 투자하였다. 농업이나 과학, 교육, 레저 등에는 더 이상 투자를 하지 않았다. 오로지 막강한 군대와 전제적인 정부에 모든 것이 걸려 있는 문명이었다. 그런데 아주 놀랍게도, 그 선택은 유리한 효과를 가져왔다. 그의 몽골군은 이탈리아의 알프스에서 중국 쪽으로 나아가면서, 지나는 길에 있는 모든 도시들을 침략하였다. 그들은 농사를 짓는 대신 식량을 약탈했고, 과학 연구에 투자하는 대신 정복된 도시의 실험실들을 가로챘다. 교육도 더 이상 필요치 않았다. 군사 독재를 통해서 모든 것이 빨리빨리 잘 돌아갔기 때문이었다. 1750년이 되자, 막시밀리앵은 전차와 캐터필트로 거의 전 세계를 평정했다. 그런데, 전제주의 단계에서 개화된 군주제 단계로 막 넘어가려던 참에, 유감스럽게도 한 주요 도시에서 폭동이 일어났다. 정치 체제의 교체는 순조롭지 않았다. 그는 통제력을 되찾지 못했고, 폭동은 다른 도시들로 번져 갔다.

그때부터 이웃의 아주 작지만 민주적인 나라가 그의 문명을 얕보며 침입해 오기 시작했다.

화면에 갑자기 이런 문장이 나타났다.

게임에 관심이 없군요. 무슨 걱정거리가 있나요?

「어떻게 알았지?」

컴퓨터가 스피커를 통해 대답했다.

「키보드를 두드리는 게 벌써 다른걸요. 손가락이 자꾸 미끄러지고 두 키를 동시에 두드리기도 일쑤예요. 제가 도울 수 있을까요?」

「고등학생들의 폭동을 진압하는 일에 컴퓨터가 무슨 도움을 주겠어?」

「그렇다면 할 수 없고요.」

막시밀리앵은 키 하나를 누르며 말했다.

「판을 다시 벌이기로 하자. 그게 나를 도울 수 있는 최선의 길이야. 게임을 하면 할수록 내가 살고 있는 이 세계를 더욱 잘 알게 되고, 우리 조상들이 과거에 왜 그런 선택을 할 수밖에 없었는지를 더욱 잘 이해하게 되거든.」

막시밀리앵은 수메르풍의 문명을 새로 선택하고 1980년까지 그것을 이끌었다. 이번에는 전제 정치에서 군주 정치를 거쳐 공화정과 민주정의 단계를 차근차근 밟아 가며, 기술적으로 앞선 강대국을 건설하는 데 성공하였다. 그러더니 21세기 중엽에 이르러 느닷없이 페스트가 창궐하여 국민들이 떼죽음을 당하였다. 원인은 공중위생에 충분히 신경을 쓰지 않은 데에 있었다. 특히 대도시를 건설하면서 하수구를 만들어 놓지 않은 게 화근이었다. 그 결과, 배수가 제대로 이루어지지 않고 곳곳에 쌓인 쓰레기에 쥐와 세균이 득실거리게 된 거였다. 마키아벨은 컴퓨터라면 절대로 그런 일이 생기도록 방치하지 않았을 거라고 빈정거렸다.

그 얘기를 듣고 나자, 막시밀리앵은 문득 미래에는 컴퓨터를 정부의 수반에 앉히는 것이 유익할지도 모르겠다는 생각이 들었다. 사실 시시콜콜한 것 하나도 잊지 않을 수 있는 것은 오로지 컴퓨터뿐이었다. 컴퓨터는 잠을 자는 일도 없고, 건강 문제로 임무에 차질을 빚지도 않는다. 또 컴퓨터에게는 성기능 장애 따위도 생기지 않고, 가족도 친구도 없다. 마키아벨의 지적이 옳았다. 컴퓨터라면 하수구를 설치하는 일을 소홀히 할 리가 만무했다.

막시밀리앵은 프랑스풍의 문명으로 새로운 판을 시작했다. 게임을 하면 할수록 인간의 천성에는 허점이 많다는 생각이 더해 갔다. 타락하기 쉽고, 장기적인 이익을 분간할 줄 모르며, 그저 당장의 쾌락만을 열심히 좇는 게 인간의 본성이지 싶었다.

　바로 그때, 컴퓨터 화면에선 학생들의 혁명이 한창이었다. 시대는 1635년으로 되어 있었다. 너무 떠받들어서 버르장머리가 없어진 아이들처럼, 학생들은 자기들이 원하는 것을 당장에 내놓으라고 떼를 쓰고 있었다.

　그는 진압군을 파견하여 학생들을 학살하였다.

　그러자 마키아벨은 뜻밖에도 이런 말을 했다.

　「당신은 인간을 사랑하지 않나 보죠?」

　막시밀리앵은 서재에 있는 작은 냉장고에서 맥주 깡통을 하나 꺼내 마셨다. 모의 문명을 느긋하게 이끌면서 맥주로 목을 축이는 것은 아주 큰 즐거움이었다.

　그는 마지막 저항의 보루를 무너뜨리기 위해 커서를 움직였다. 마침내 혁명이 진압되자, 그는 경찰의 감시 체제를 강화하고 국민의 일거수일투족을 철저히 통제하기 위해 곳곳에 비디오카메라를 설치하였다.

　막시밀리앵은 마치 곤충들을 관찰하듯이, 자기 백성들이 움직이는 모습을 바라보았다. 이윽고 그가 마키아벨에게 대답하였다.

　「누가 뭐래도 나는 사람들을 사랑해.」

138. 잔치

혁명은 점점 성대한 발명 잔치로 바뀌어 갔다.

잔치의 규모가 커지면서 여덟 명의 선도자들은 그것을 감당하기가 조금 버겁다고 느끼고 있었다. 가설무대와 그들이 마련한 여덟 군데의 전시 공간 말고도 탁자들을 모아 만든 갖가지 진열대가 교정 여기저기에 우후죽순처럼 나타났다.

그렇게 생겨난 〈회화〉, 〈조각〉, 〈발명〉, 〈시〉, 〈무용〉, 〈컴퓨터 게임〉 등의 진열대에 젊은 혁명가들은 자기들의 작품을 자발적으로 제시하였다. 시간이 흐를수록 학교는 모두가 친구처럼 너나들이를 하며 자유롭게 교류하는 하나의 공동체 마을로 변해 갔다. 그곳은 사람들이 서로 사랑하고 건설하고 실험하고 맛보고 관찰하는 공간이자 즐겁게 놀거나 편안히 쉬기도 하는 공간이었다.

가설무대에서는 프랑신의 신시사이저로 온갖 장르에 걸친 수많은 음악들이 연주되고 있었다. 어느 정도의 연주 경험이 있는 음악가들은 밤낮을 가리지 않고 그 공간을 활용하였다. 게다가 첨단 기술 덕분에 첫날부터 흥미로운 현상이 나타났다. 세계의 모든 음악을 융합하려는 시도가 그것이었다.

그리하여, 인도 악기 시타르의 연주자가 실내악단과 협연을 하고, 재즈 가수가 인도네시아 발리섬의 타악기에 맞추어 노래를 하는 광경이 벌어졌다. 음악이 흐르면 곧바로 춤이 뒤따랐다. 아프리카의 탐탐 리듬에 맞추어 일본의 전통적인 민중극 가부키의 무용수가 나비춤을 추었으며, 티베트 음악을 배경으로 아르헨티나 탱고 무용수가 춤 솜씨를 자랑했고,

뉴에이지 음악에 맞추어 네 명의 발레리나가 공중에 뛰어올라 발을 맞부딪는 앙트르샤를 추어 보이기도 했다. 신시사이저로 충분치 않다 싶을 때는 악기를 만드는 경우도 있었다.

가장 잘된 창작곡은 그 자리에서 녹음되어 컴퓨터 정보 통신망을 통해 전파되었다. 퐁텐블로의 혁명가들은 자기들의 음악을 보내는 것으로 그치지 않고, 서울이나 샌프란시스코, 바로셀로나, 암스테르담, 버클리, 시드니 등지의 다른 개미 혁명 동아리들이 창작한 음악을 받기도 했다.

지웅은 국제적인 정보 통신망에 접속된 컴퓨터에 디지털 카메라와 마이크를 연결해서 외국의 몇몇 개미 혁명 동아리에 속한 음악가들과 동시에 연주를 하는 데에 성공했다. 퐁텐블로에서는 드럼을 맡았고, 샌프란시스코에는 리듬 기타와 리드 기타를, 바로셀로나에서는 성악을, 암스테르담에서는 클라비어를, 시드니에서는 콘트라베이스를, 서울에서는 바이올린을 맡았다.

국경을 초월하여 모든 동아리들이 정보 고속 도로 위에서 만났다. 아시아와 아프리카, 아메리카, 유럽, 오스트레일리아 등 세계 도처에서 실험적이고 융합적인 지구촌 음악이 퍼져 나왔다.

비록 퐁텐블로 고등학교라는 네모진 공간에 갇혀 있긴 했지만, 그들에겐 공간적으로든 시간적으로든 아무런 경계가 없었다.

그들은 학교 복사기를 쉴 새 없이 돌려서 그날의 차림표, 즉 그날 하기로 예정된 주요 행사의 목록을 찍어 냈다. 차림표 안에는 음악 연주와 연극 발표와 발명품 전시는 물론이고, 시와 단편소설, 논쟁 기사, 테제, 산하 조직의 정관을 발표하는 행사가 들어 있었다. 심지어는 두 번째 콘서트 때 찍은 쥘리의 사진들을 전시하는 행사도 있었고, 폴의 요리 메뉴도 물론 실렸다.

농성자들은 도서관에 있는 역사책과 각종 자료 들을 뒤져 자기들 마음에 드는 위대한 혁명가나 유명한 록 음악가들의 사진을 찾아낸 다음, 그것들을 복사해서 건물 안의 복도 곳곳에 붙였다. 그들이 특히 좋아하는 인물들은 노자(老子), 간디, 영국의 가수 겸 작곡가 피터 게이브리얼, 알베르트 아인슈타인, 달라이 라마, 비틀스, 필립 킨드리드 딕,[3] 프랭크 허버트,[4] 조너선 스위프트[5] 등이었다.

쥘리는 『상대적이며 절대적인 지식의 백과사전』 말미의 여백에 다음과 같이 썼다.

혁명 병법 제54조 무정부주의는 창조의 원천이다. 사회적인 압박에서 해방되면, 사람들은 아주 자연스럽게 무언가를 발명하고 창작하며, 미와 진리를 추구하고, 최선을 다하여 서로 소통하기 시작한다. 좋은 토양에서는 아주 작은 씨앗조차도 커다란 나무로 성장하여 탐스러운 열매를 맺을 수 있는 법이다.

3 Philip K. Dick(1928~1982). 미국의 소설가. 한 세계에서 다른 세계로의 이행, 인격의 변화, 시간의 단절 등이 그의 소설에 항상 등장하는 요소들이다. 대표작으로 『안드로이드는 전기양의 꿈을 꾸는가?』, 『화성의 타임슬립』 등이 있다.

4 Frank Herbert(1920~1986). 미국의 SF 소설가. 〈듄Dune〉이라는 상상의 문명과 관련된 연작으로 특히 유명하다.

5 Jonathan Swift(1667~1745). 영국의 작가. 예리한 비판을 가한 『걸리버 여행기』를 비롯하며 종교의 부패를 풍자한 『통 이야기』 등이 유명하다.

여러 교실에서는 토론 그룹들이 자발적으로 형성되었다.

밤이 되자, 몇몇 사람들이 나서서 담요를 나누어 주었다. 한뎃잠을 자기로 한 젊은이들은 담요 하나를 둘 또는 셋이 함께 덮고 체온을 보존하기 위해 서로 바짝 붙었다.

잔디밭에서 한 아마존이 태극권의 시범을 보이며, 그 군대 체조는 동물들의 동작을 흉내 낸 것이라고 설명했다. 그렇게 동물들을 흉내 내다 보면 동물들의 정신을 더욱 잘 이해하게 된다는 것이었다. 무용수들은 그 설명에서 영감을 얻어, 개미들의 움직임을 춤으로 표현해 보았다. 그들은 개미들의 몸짓이 아주 유연하다는 것을 확인했다. 개미들의 동작에는 고양잇과나 갯과의 동물에서는 찾아보기 어려운 특별한 우아함이 있었다. 무용수들은 팔을 더듬이처럼 들어 올려 맞비비면서 새로운 스텝을 창안했다.

「마리화나 담배 한 대 줄까?」

어떤 젊은 관객이 쥘리에게 담배를 내밀었다.

「고맙지만 사양하겠어. 이미 다른 사람들이 뱉어 낸 연기를 마실 만큼 마셨는걸. 개미식으로 말하자면 가스 영양 교환을 충분히 한 셈이야. 담배는 성대에 좋지 않아. 게다가 나는 이 멋진 축제를 그냥 바라보기만 해도 저절로 붕 뜬 기분이 되는데 뭐.」

「넌 참 좋겠다. 별것도 아닌 걸로 자극을 받을 수 있으니 말이야.」

「별것도 아니라니, 무슨 소리야? 난 이제껏 이처럼 동화 같은 광경을 본 적이 없어.」

쥘리는 이 축제에 어떤 질서를 부여하지 않으면 혁명이 스스로 붕괴되고 말리라는 것을 느끼고 있었다.

그 모든 것에 어떤 방향을 제시하지 않으면 안 될 일이었다.

쥘리는 페로몬 대화의 실험을 위해 어항에 들여앉힌 개미집을 관찰하면서 한 시간을 보냈다. 에드몽 웰스는 이상적인 사회를 건설하고자 하는 사람이 개미들의 행동을 관찰하면 많은 도움을 얻게 될 거라고 주장하고 있었다.

그러나 어항 속을 들여다보고 있는 그녀의 눈에는 검은색의 작은 벌레들이 보일 뿐이었다. 하찮은 일에 턱없이 몰두해 있는 그 벌레들은 꽤나 혐오스러운 느낌을 주었다. 에드몽 웰스는 개미를 하나의 상징으로 이야기하고 있는 것 같았다. 개미는 개미고 인간은 인간이다. 인간보다 1천 배나 작은 개미들의 삶을 지배하는 법칙을 인간에게 적용할 수는 없다고 그녀는 생각했다.

쥘리는 역사 교실로 올라가 선생님 책상에 앉은 다음, 『백과사전』을 펴고 자기들에게 본보기가 될 만한 다른 혁명의 예를 연구했다.

미래파 운동의 역사가 그녀의 눈길을 끌었다. 1900년에서 1920년에 걸쳐 예술가들의 운동이 도처에서 일어났다. 스위스에는 다다이스트들이 있었고, 독일에는 표현주의자들, 프랑스에는 초현실주의자들, 이탈리아와 러시아에는 미래파 예술가들이 있었다. 미래파는 기계와 속도, 더 일반적으로는 모든 선진 기술에 대한 숭배를 공통점으로 삼는 화가와 시인과 철학자 들이었다. 그들은 인간이 장차 기계 덕분에 구원을 받게 되리라고 확신했다. 그들 중의 일부는 로봇으로 분장한 배우들이 인간을 구원하러 오는 장면이 들어 있는 연극 작품을 무대에 올리기도 했다. 그런데 제2차 세계

대전이 임박해 오던 무렵, 시인 마리네티가 이끌던 이탈리아의 미래파는 기계 문명의 주요 대변자인 독재자 베니토 무솔리니가 설교하는 이데올로기에 찬동하게 되었다. 그러나 무솔리니가 한 일은 결국 전쟁에 쓰일 공격용 전차와 다른 무기들을 생산한 것밖에 없었다. 러시아에서는 똑같은 이유로 몇몇 미래파 예술가들이 스탈린의 공산당에 참가하였다. 이탈리아에서도 러시아에서도 미래파 예술가들은 정치적 선전 선동에 이용당한 셈이었다. 스탈린은 그들을 강제 노동 수용소로 보내거나 처형하였다.

쥘리가 그다음으로 흥미를 느낀 것은 초현실주의 운동이었다. 영화감독 루이스 부뉴엘, 화가 막스 에른스트와 살바도르 달리와 르네 마그리트, 작가 앙드레 브르통, 그들은 모두 예술의 힘으로 세상을 변화시킬 수 있다고 생각했다.[6] 그런 점에서, 그들은 각자 자기가 좋아하는 영역에서 활동하고 있는 쥘리네의 여덟 사람과 조금 비슷했다. 하지만 초현실주의자들은 너무나 개인주의적이어서 이내 내부 알력에 휘말리고 말았다.

쥘리는 1960년대의 상황주의자[7]들에게서 흥미로운 사례

6 부뉴엘은 초현실주의 영화 「안달루시아의 개」로 유명해진 스페인 태생의 영화감독, 막스 에른스트는 환상 회화의 영역을 개척한 독일의 화가이자 조각가, 살바도르 달리와 르네 마그리트는 각각 스페인과 벨기에 태생의 화가, 앙드레 브르통은 「초현실주의 선언」을 발표하고 『초현실주의 혁명』 등의 기관지를 낸 프랑스 시인.

7 상황주의란 프랑스에서 1957년에 결성되어 1972년에 해체된 하나의 예술적이고 정치적인 운동이다. 그 운동을 주도한 사람들은 기 드보르처럼 시인 이지도르 이주의 전위적인 문학 운동에서 이탈한 사람들과 국제적인 미술 운동인 코브라에서 빠져나온 화가들이다. 그들은 잡지 『국제 상황주의자』를 중심으로 결집하여, 현대 사회가 생산하는 문화적 가치를 비판하는 것을 시작으

를 찾아낼 수 있겠다고 생각했다. 그들은 농담과 장난을 통한 혁명을 주장했고, 〈스펙터클 사회〉를 거부하면서 대중 매체의 온갖 놀음으로부터 철저하게 거리를 두었다. 그 때문에 그들은 1968년 5월 혁명에 참가한 몇몇 운동가들을 제외하고는 거의 알려지지 않게 되었다. 훗날 그 운동의 지도자였던 기 드보르는 첫 텔레비전 인터뷰에 응하고 나서 자살하였다.

쥘리는 엄밀한 의미로 혁명이라 부를 수 있는 사례로 넘어갔다.

최근의 예로는 1994년 1월 1일 멕시코 남부 치아파스주에서 원주민들이 일으킨 반란이 있었다. 그 사파티스타 운동의 선두에는 부사령관 마르코스가 있었다. 그는 투쟁에 해학적인 분위기를 가미하면서 영웅적인 전과를 올리는 혁명가였다. 그 점에서는 쥘리네의 혁명과 조금 비슷한 구석이 있었다. 하지만 그 운동은 멕시코 농민들의 궁핍과 아메리카 원주민 문명의 파괴라고 하는 아주 현실적인 사회 문제에 뿌리를 내리고 있었다. 그에 비해 개미 혁명은 사회 문제에 대한 진정한 분노에 바탕을 두고 있지 않았다. 공산주의자라면 아마도 그것을 〈프티 부르주아의 혁명〉으로 규정할 가능성이 많았다. 결국 개미 혁명을 움직이는 유일한 동기는 낡은 사회에 대한 염증이었다.

그것만 가지고는 부족했다. 다른 것을 찾아야 했다. 쥘리

로 해서 현대 사회에 근본적인 비판을 가하고자 했으며, 〈일상적인 삶의 영구 혁명〉을 실현하자고 제안했다. 그 운동의 일환으로 출간된 두 개의 문헌, 즉 기 드보르의 『스펙터클 사회』와 라울 바네겜의 『신세대를 위한 처세론』은 1968년 5월의 학생 혁명에 상당한 영향을 미쳤다.

는 다시 『백과사전』을 넘겨 군사 혁명에서 문화적인 혁명으로 넘어갔다.

전 세계에 레게 음악을 퍼뜨린 자메이카의 밥 말리가 그녀의 관심을 끌었다. 그 라스타파리[8] 혁명과 개미 혁명은 음악에서 출발했다는 공통점을 지니고 있었다. 게다가 평화주의를 내걸고, 음악을 심장 박동과 연결시키며, 마리화나 담배를 널리 애용하고, 옛 문화에서 혁명의 기원과 상징을 끌어내고 있다는 점에서도 닮은 구석이 있었다. 하지만, 밥 말리는 사회를 변화시키려고 애쓰지 않았다. 그는 단지 자기를 따르는 사람들이 마음을 누그러뜨리고 공격성과 근심을 잊게 되기를 바랐다.

미국에서는 몇몇 퀘이커 공동체나 아미시 공동체들이 흥미로운 공동생활 양식을 확립했다. 그러나 그들은 자발적으로 세상과 단절했고 삶의 원리를 오로지 신앙에서만 찾았다. 그러고 보면, 결국 세속적인 공동체로서 상당 기간 원만하게 운영되고 있는 것은 이스라엘의 키부츠밖에 없는 셈이다. 쥘리는 키부츠가 마음에 들었다. 키부츠들은 화폐도 통용되지 않고 문에 자물쇠도 없으며 모두가 상부상조하는 공동체를 이루고 있기 때문이었다. 그러나 키부츠는 구성원 각자에게 농사를 지을 것을 요구하고 있었다. 그런데 쥘리네 학교에는 경작할 땅도 젖소도 포도밭도 없었다.

쥘리는 손톱을 물어뜯기도 하고 손을 물끄러미 바라보기도 하면서 곰곰이 생각했다. 문득 섬광처럼 뇌리를 스치는 것이 있었다.

그녀는 해결책을 찾아냈다. 아주 오래전부터 그녀 가까이

8 자메이카에서 시작된 신흥 종교.

83

에 있던 해결책이었다. 왜 좀 더 일찍 그 생각을 못 했을까?

쥘리네가 따라야 할 본보기는 바로…….

139. 백과사전

유기체

우리 몸의 각 부분은 서로 완벽한 조화를 이루며 움직인다. 우리의 세포는 모두 평등하다. 오른쪽 눈은 왼쪽 눈을 시샘하지 않고, 오른쪽 허파는 왼쪽 허파를 부러워하지 않는다. 우리 몸을 이루는 모든 세포, 모든 기관, 모든 부분은 유기체 전체가 최상의 상태로 기능할 수 있도록 기여한다는 단 하나의 동일한 목적을 지니고 있다.

우리 몸의 세포들은 공산주의와 무정부주의를 알고 있으며, 그런 체제를 성공적으로 실현하고 있다. 모든 세포가 평등하고 자유롭지만, 최상의 상태로 함께 살아간다는 공통의 목표를 지니고 있다. 정보는 호르몬과 신경을 통하여 몸 전체에 유통되지만, 그것을 필요로 하는 부분에만 전달된다.

우리 몸에는 우두머리도 행정부도 화폐도 없다. 당분과 산소가 유일한 재산이고, 그 재산을 어떤 기관에 가장 많이 할당할 것인가를 결정하는 것은 유기체 전체의 일이다. 예를 들어 날씨가 추우면, 인체는 팔다리 끝에서 피를 빼앗아 생명 유지에 가장 긴요한 부분으로 보낸다. 날씨가 추울 때 손가락과 발가락이 가장 먼저 푸릇해지는 까닭이 거기에 있다. 우리 몸 안에서 소우주 규모로 행해지고 있는 것을 거시적으로 확대하면, 이미 오래전부터 역량을 발휘해 온 어떤 사회 체제와 유사하게 될 것이다.

에드몽 웰스, 『상대적이며 절대적인 지식의 백과사전』 제3권

손가락 혁명은 하나의 덩굴식물처럼 자꾸 뻗어 나간다. 그들의 수는 이제 5만을 넘어섰다. 달팽이들이 지고 가야 할 식량도 점점 많아진다. 서로의 가슴에 불의 형상을 그려 주는 것이 개미들 사이에 대대적으로 유행하고 있다.

개미들은 자기들이 숲으로 싸목싸목 번져 가는 불과 같다고 느낀다. 물론 숲을 파괴하는 것이 아니라 손가락들의 삶에 관한 지식을 퍼뜨리려 한다는 점에서 그들은 불과는 다르다. 혁명군은 노간주나무가 늘어선 평원에 다다른다. 수천의 진딧물들이 느긋하게 나무의 즙을 빨고 있다. 개미들은 진딧물들을 추적하고 개미산을 쏘아 대기 시작한다. 그런데 한 가지 이상한 일이 있다. 사위가 너무나 고요하다.

개미 세계의 주된 의사소통 방식이 후각이라 해도 그들이 그런 정적에 민감하지 않은 것은 아니다.

개미들은 걸음을 늦춘다. 풀 너머로 그들의 도시 벨로캉의 거대한 그림자가 드리우고 있다.

벨로캉, 어머니의 도시.

벨로캉, 숲에서 가장 큰 개미 둥지.

벨로캉, 개미들의 가장 위대한 전설이 생겨나고 스러진 곳.

그들이 태어난 도시가 한결 넓어지고 한결 높아진 듯하다. 마치 도시가 늙으면서 더욱 살이 찌고 있다는 느낌이다. 그 살아 있는 장소에서 수많은 후각 정보가 날아온다.

103호조차도 자기 도시를 다시 보게 된 감동을 감출 수가 없다. 결국 그가 겪은 모든 일은 처음 떠나왔던 곳으로 이렇게 돌아오기 위한 것이었다.

바람에 실려 오는 온갖 냄새들이 다 그의 더듬이에 익숙한 것들이다. 그가 젊은 탐험 개미였던 시절에 뛰어놀던 풀밭이 보인다. 그가 봄철 사냥을 떠나기 위해 이용했던 길이 바로 저기에 있다. 짜릿한 전율이 엄습한다. 이 정적 말고도 놀라운 일이 또 하나 있다. 도시 주변에서 개미들의 움직임이 전혀 느껴지지 않는다는 것이다.

예전에 사냥 개미들이 자기들의 사냥물을 자랑스럽게 흔들면서 쉴 새 없이 드나들고 하던 그 커다란 길에 개미 한 마리도 보이지 않는다. 도시는 죽은 듯이 고요하다. 새롭게 성을 얻은 뻘때추니 같은 딸과 한 무리의 혁명가들이 달팽이 등에 연기 나는 불씨를 싣고 왔음에도 어머니의 도시는 그들을 반기지 않는 것 같다.

《내가 자초지종을 다 설명하겠다.》

103호는 거대한 도시 쪽으로 그렇게 페로몬을 발한다.

하지만 설명하고 자시고 할 겨를이 없다. 이미 피라미드 모양의 둥지 뒤에서 병정개미들이 양쪽으로 튀어나와 긴 행렬을 짓고 있기 때문이다. 둥지가 한 마리의 개미라면 도시 양편으로 늘어선 그 병정개미들의 행렬은 위턱이 되는 셈이다.

그 병정개미들은 혁명군을 환영하기 위해서가 아니라 저지하기 위해서 달려오고 있는 것이다. 사실 손가락과의 협력을 주장하면서 불을 사용하는 혁명가들이 벨로캉으로 접근하고 있다는 소식이 숲 전체에 퍼져 나가는 데는 오랜 시간이 걸리지 않았다.

병정개미들의 움직임이 사뭇 위협적이다. 그들은 103호가 어린 시절부터 숱하게 경험한 진법(陣法)에 따라 전투 대형을 짓고 있다. 앞에는 개미산 사격을 퍼부을 포병 개미들이 자리를 잡고, 우익에는 걸음이 빠른 기병 개미들이, 좌익에는 길고 날카로운 위턱을 가진 개미들이, 뒤에는 짧은 위턱으로 부상자들에게 최후의 일격을 가할 개미들이 포진한다.

103호와 5호는 더듬이를 초당 1만 2천 회로 진동시켜 상대의 전력을 가늠해 본다. 대적하기가 쉽지 않을 듯하다.

여러 종이 뒤섞인 5만의 혁명군이 전투에 능한 12만의 벨로캉 병정개미들을 상대해야 한다.

암개미 103호는 마지막으로 타협을 시도한다.

《우리는 같은 겨레다. 우리 역시 벨로캉의 개체들이다. 우리는 도시에 커다란 위험이 닥치고 있음을 알리러 돌아온 것이다. 손가락들이 곧 숲에 침입해 올 것이다.》

그러나 아무 반응이 없다.

암개미 103호는 이게 바로 위험의 징후라면서 하얀 게시판을 더듬이로 그려 보인다.

《우리는 어머니와 이야기를 나누고 싶다.》

그러자 벨로캉의 병정개미들은 마른 나무가 부석거리는 듯한 소리를 내면서 위턱을 쇠스랑처럼 들어 올린다. 공격하겠다는 뜻이 완강하다. 그렇다면 이제 협상을 생각할 계제가 아니다. 어서 방어 전술을 생각해 내야 한다.

6호는 턱이 큰 병정개미들이 모여 있는 오른쪽을 집중 공략하자고 제안한다. 덩치가 크고 우둔한 그 개미들에게 불로 겁을 주면 그들이 미쳐 날뛰면서 자기편에게 덤벼들게 되리라는 것이 그의 계산이다.

좋은 생각이긴 하지만, 암개미 103호가 보기에는 오히려 기병 개미들 쪽으로 불덩이를 사용하는 편이 더 효과적이다.

작전 회의가 신속하게 열린다. 혁명군의 문제는 여러 종으로 이루어진 잡색 군대라는 데에 있다. 그 때문에 대규모 전투의 와중에서 병사들이 어떤 행동을 보일지 예상할 수가 없다. 아직 전투용 위턱도 제대로 갖추지 못하고 있는 어린 개미들이 과연 어떤 행동을 보일 것인가? 또, 느릿느릿 움직이며 불덩이를 나르고 있는 달팽이들은 어떤가…… 적대적인 개미들로 뒤덮이게 되면 정작 겁에 질릴 쪽은 달팽이들이다. 연방군이 가차 없이 다가오고 있다. 그들의 부대는 계급과 위턱의 크기에 따라서 그리고 더듬이의 예민한 정도에 따라서 배치되어 있다. 그들의 새로운 원군이 나타난다. 도대체 저들의 수는 얼마나 되는 걸까? 아마 수십만의 수백 배는 될 듯하다.

적이 접근해 옴에 따라 혁명군은 전투에서 이미 패배한 것이나 다름없음을 지레 깨닫는다. 관광 삼아 따라온 어린 개미들 중의 다수는 전투를 포기하고 줄행랑을 놓는다.

연방군이 점점 다가든다. 달팽이들은 비로소 무슨 일이 벌어지고 있는지를 깨닫고 커다란 입을 벌린다. 그것은 자기들의 두려움을 표시하는 소리 없는 울부짖음이다.

달팽이들에게는 2만 5천6백 개의 작고 뾰족한 이가 있어서 그것으로 나뭇잎을 갈아 먹을 수 있다. 달팽이들에게도 왼손잡이가 있다. 껍데기가 오른쪽으로 감겨 있는 자들이 바로 그들이다. 그들은 신경이 더 날카로운 편이기 때문에 더듬이를 곧추세우고 그 끝에 달린 눈알을 뒤룩거리고 있다. 어떤 달팽이들은 껍데기에서 윗몸을 꺼내어 머리로 자기 껍데기를 들이받아 개미들과 쓸데없는 짐을 떨어뜨린 다음 싸움터에서 도망친다.

적진의 맨 앞줄에 있는 포병 개미들이 벌써 사격 자세에 들어갔다. 그들은 거의 완벽한 밀집 대형을 이루고 있다. 배들이 치켜 올라가고 노란 개미산 방울이 미사일처럼 날아와 혁명군 진영의 앞줄에 떨어진다. 포격을 맞은 개미들이 고통에 겨워 몸을 뒤튼다. 또 한 줄의 포병 개미들이 나서서 제1진 못지않은 피해를 일으킨다. 혁명군 진영의 사상자가 즐비하다. 싸움을 포기하고 대열의 꽁무니로 달아나는 자들의 수가 점점 늘어난다. 손가락들에 대한 관심 때문에 따라온 그들이지만 그 관심이 불개미 연방군에 맞서 싸울 용기를 주는 것은 아니다.

개미산에 맞은 달팽이들은 공포에 질린 채 작은 이빨들과 툭 불거진 눈을 드러내며 목을 휘두르고 있다. 공포가 그 정도에 달하면 그들은 끈끈물을 두 배로 뱉어 낸다. 아마도 더 빨리 달아나기 위한 반사 행동일 것이다. 달팽이들 근처에 있던 혁명군 진영의 개미들은 끈끈물에 미끄러져 허우적댄다.

두 진영의 군대는 마치 거대한 두 짐승이 서로 으르렁대고 있는 것처럼 맞서 있다. 그래도 아직은 본격적인 전투가 시작된 것이 아니다. 하지만 곧 치열한 백병전이 벌어질 것이다.

연방군 진영의 개미 하나가 더듬이를 세우고 페로몬을 발한다.

《돌격!》

곧추세운 수천의 더듬이 위로 전의에 찬 페로몬이 솟아오른다.

혁명군은 충돌의 순간에 쓰러지거나 뒤로 밀리지 않을 양으로 땅바닥에 발톱을 깊이 박는다.

연방군 수백 부대가 정면으로 돌진한다. 기병 개미들은 경중경중, 포병 개미들은 허겁지겁 나아가고, 가위 개미들은 긴 위턱이 서로에게 방해가 되지 않도록 머리를 치켜들고 달려온다. 작은 보병 개미들은 더 빨리 가려고 커다란 보병 개미들의 몸이 컨베이어라도 되는 양 그들을 타고 달린다. 그들의 발소리에 땅이 진동한다.

두 군대가 서로 맞붙었다. 양 진영의 맨 앞줄에 선 개미들끼리 위턱 공격을 주고받는다.

그 적의에 찬 첫 키스가 끝나자, 얼굴에 음험한 미소가 번져 가듯 양 진영의 병력이 좌우로 산개한다. 서슬 푸른 위턱들이 다리 사이로 휘젓고 들어온다. 연방군 부대가 혁명군의 방어선 하나를 무너뜨리며 소용돌이 같은 기세로 몰려든다.

혁명군 중에서 가장 힘이 좋은 축에 드는 개미 스무 마리는 불붙은 잔가지를 흔들어 연방군 기병 부대의 접근을 막아 낸다. 그 작전이 가까이 있는 적에게 두려움을 준 것은 분명하다. 그러나 그것만으로는 수적인 열세를 만회할 수 없다. 게다가 연방군 기병들은 혁명군이 운반해 온 불이 전투 중에 나타나리라는 것을 예상하고 있던 터라, 이내 침착성을 되찾고 기다란 불꽃 창을 빙 둘러 간다.

대혼전이다. 쏘고 치고 물고, 위협적인 냄새로 악을 쓰며, 적의 딱지를 으스러뜨리려고 위턱 집게에 힘을 준다. 부서져 나간 키틴질 덩어리에 물컹거리는 살점이 묻어난다. 서로 한데 뒤엉켜서 찌르고 때리고 딴죽 걸고 목 자르고 위턱 꺾고 눈을 짓이기고 입술을 잡아당긴다. 욕지거리로 가득 찬 페로몬 냄새가 사방에 진동한다.

　살생의 광기가 절정에 달하자 죽이는 것에 도취한 자들은 아군과 적군을 가리지 않고 죽여 댄다.

　머리 없는 몸뚱이가 싸움터를 계속 달리며 혼란을 부채질하고, 몸뚱이 없는 머리가 그제야 그런 전쟁이 미친 짓임을 깨닫고 통통 튀어 가지만, 그들의 비명이나 한탄에 더듬이를 기울이는 자는 아무도 없다.

　15호는 배에 개미산을 가득 장전하고 작은 언덕 위로 올라가 연속 사격을 가한다. 꽁무니에서 연기가 날 만큼 맹렬한 사격이다. 개미산이 바닥나자 그는 뾰족한 머리통으로 들이받으면서 적을 공격한다. 5호는 네 다리로 버티며 윗몸을 일으키고 두 앞다리를 갈고리 달린 채찍처럼 사용해서 적들을 후려친다. 8호는 완전히 이성을 잃고 적의 시체 하나를 잡더니 머리 위로 들고 빙글빙글 돌리다가 있는 힘을 다해서 적의 기병 부대 쪽으로 날려 버린다. 그는 캐터펄트가 있으면 이런 것쯤은 아주 쉽게 해낼 수 있을 거라고 생각하면서 그런 묘기를 다시 한번 부려 보려고 하지만 벌써 적군의 몇 마리 병정개미들이 그에게 덤벼들어 등딱지에 줄무늬를 만들고 있다. 혁명군은 땅바닥의 작은 구멍 속에 숨어 있다가 기습을 가하기도 하고, 적을 지치게 만들려고 풀줄기 주위를 빙빙 돌기도 한다. 다른 종과의 대화를 전문으로 하는 14호는 적을 설득해서 대화를 해보려고 하지만 아무 성과가 없다. 16호가 적들에게 둘러싸여 있다. 존스턴 기관이 누구보다도 잘 발달된 그이지만 싸움터에서 자기가 어떤 상황에 처해 있는지를 아는 데는 그 기관도 소용이 없다. 9호는 몸을 잔뜩 웅크려 둥글게 만든 다음 적들이 모여 있는 곳으로 굴러가서 그들을 쓰러뜨린다. 그러고 나면 적들이 다시 정신을 추스르기 전에 그들의 더듬이를 잘라 내는 일만 남아 있다. 굳이 적을 죽이지 않아도 된다. 더듬이가 없으면 개미들은 더 이상 싸움을 할 수가 없기 때문이다.

암개미 103호는 그런 동족상잔이 그저 놀랍기만 하다. 벌써 겨레의 많은 구성원들이 죽거나 다쳤다. 혁명군이든 연방군이든 결국은 다 자매가 아닌가.

그럼에도 그들은 승리하지 않으면 안 된다.

103호는 열두 동료를 불러 모아 자기가 생각한 전술을 설명한다. 그들은 즉시 혁명군 병력이 가장 많이 집결해 있는 곳으로 가서 다른 개미들이 몸으로 벽을 만들어 지켜 주는 가운데 땅굴을 판다. 그들 중의 세 개미가 불씨가 들어 있는 돌을 땅굴 안으로 운반한다. 싸움터를 벗어나기 위하여 열세 개미는 한참 동안 앞으로 파 들어간다. 불의 뜨거운 기운이 그들에게 힘을 준다. 지구 자기장에 민감한 존스턴 기관을 사용해서 그들은 벨로캉 쪽으로 방향을 잡는다.

격렬한 전투 때문에 그들 위의 땅이 흔들린다. 그들은 위턱의 힘을 있는 대로 다 써가며 땅속으로 나아간다. 한순간 불씨가 약해지자, 그들은 나아가기를 멈추고 불씨 위에서 더듬이를 빠르게 움직인다. 그러자 미미한 바람이 일면서 불씨가 다시 살아난다.

그들은 마침내 모래흙 지대에 다다랐다. 부식토를 밀어내자 통로가 나타난다. 그들은 이제 벨로캉 안에 들어온 것이다. 그들은 재빨리 위층으로 올라간다. 지나는 길에 마주친 몇몇 일개미들은 그들이 무슨 일로 도시 안에 들어왔을까 하고 의아하게 생각한다. 그러나 도시의 안전을 책임지는 것은 일개미들의 역할이 아니다. 그들은 굳이 틈입자들을 저지하려고 하지 않는다.

벨로캉의 건축은 그동안 많이 변했다. 벨로캉은 이제 수많은 개체들이 북적대는 거대한 도시다. 103호는 자기 계획을 실행하기에 앞서 잠시 머뭇거린다. 내가 돌이킬 수 없는 엄청난 짓을 저지르고 있는 것은 아닐까?

그러다가 103호는 밖에서 죽어 가고 있는 손가락 혁명의 동지들을 생각해 내고 달리 선택의 여지가 없다고 마음을 다잡는다.

그는 마른 나뭇잎 하나를 주워 불씨로 가져간다. 이윽고 나뭇잎에 불이 붙는다. 열세 개미는 잔가지들을 모아 다발을 짓고 거기에 불꽃을 갖다 댄다. 곧 힘찬 불길이 솟는다. 화재는 금세 잔가지들로 이루어진 둥근 지붕으로 번져 간다. 공포가 도시 전체를 휩쓴다. 일개미들은 알 더미를 구하려고 영아실로 달려간다.

불길 속에서 오도 가도 못하기 전에 어서 달아나야 한다. 열세 개미는 출구를 찾아냈지만 그곳은 벌써 일개미 때문에 막혀 있다. 그래서 그들은 아래층으로 서둘러 내려가 그들이 파놓은 터널을 이용해 반대쪽으로 돌아온다. 위에서는 발소리가 요란하다. 암개미 103호는 땅굴 밖으로 머리를 내밀고 적들의 다리 사이로 벨로캉에서 무슨 일이 벌어지고 있는지 살핀다. 연방군들은 싸움터를 버리고 불을 끄기 위해 달려가고 있다.

화재가 도시 꼭대기로 번져 간다. 나무 타는 냄새와 개미산 냄새, 키틴질 녹는 냄새 등이 섞인 매캐한 연기가 사방으로 번져 나간다. 일개미들은 벌써 비상구들을 통해 알들을 피난시키고 있다. 벨로캉 개미들은 침을 뱉거나 묽은 개미산을 쏘아서 불을 꺼보려고 애면글면한다. 103호는 땅굴에서 나와 전투에서 살아남은 혁명군에게 불이 자기들 대신 싸워주고 있으니 기다리라고 이른다.

암개미 103호는 불타는 벨로캉을 바라본다. 친(親)손가락 혁명은 이제부터 시작이다. 위턱의 힘과 불꽃의 기세로 벨로캉이 이 혁명을 받아들이게 해야 한다.

141. 새로운 생각의 열기 속에서

닷새째 되던 날 아침, 퐁텐블로 고등학교의 하늘에서는 여전히 개미 혁명의 깃발이 펄럭이고 있었다. 점거자들은 시간마다 울리는 전자 종의 전원 코드를 빼버리고, 각자의 손목시계도 점차 벗어 버렸다. 그것은 그들 혁명의 예상치 못한 측면 가운데 하나였다. 시간 속에서의 위치를 정확히 규정하는 것은 이제 꼭 필요한 일이 아니었다. 가설무대 위에서 연주자들이 갈마드는 것만으로도 하루가 가고 있다는 것을 깨닫기에는 충분했다.

게다가 시간의 흐름에 대한 느낌도 예전과 달랐다. 하루를 한 달처럼 길게 느끼는 사람들이 많았고, 누구나 밤이 짧다고 생각했다. 『백과사전』에서 읽은 심수(深睡) 통제법 덕분에 그들은 자기들 수면의 각 단계가 어떻게 순환하는지를 정확히 알아냈고, 그럼으로써 예전처럼 여덟 시간이 아니라 세 시간만 자고서도 피로를 말끔히 씻을 수 있게 되었다. 잠을 적게 잤다고 해서 피곤해 보이는 사람은 아무도 없었다.

혁명은 사람들 각자의 일상적인 습관까지 바꾸어 버렸다.

그들은 단지 손목시계만 벗어 버린 것이 아니라, 아파트와 자동차, 차고, 붙박이장, 책상 서랍 따위의 열쇠를 한데 묶어 놓은 무거운 열쇠 뭉치도 치워 버렸다. 그곳엔 훔쳐 갈 것이 없기에 도둑질도 없었다.

그들에겐 돈지갑도 더 이상 쓸모가 없었다. 그곳에선 돈 한 푼 없이 돌아다녀도 아무런 문제가 되지 않았다.

또, 그들은 자기들의 신분증을 서랍 하나에 모두 담았다. 얼굴로든 이름으로든 모두가 서로를 아는 처지였으므로, 자기의 성을 대서 혈통적으로 자기의 위치를 규정할 필요도 없었고, 자기의 주소를 대서 지리적으로 자기 위치를 규정할 필요도 없었다.

그들이 비운 것은 단지 옷에 달린 호주머니뿐이 아니었다. 그들은 정신의 호주머니까지 비웠다. 혁명의 품에 들어온 사람들은 이제 현관이나 신용 카드의 비밀 번호, 그리고 잊어 버리면 바보가 된다면서 꼭 외우라고 요구받은 온갖 수치와 네댓 자리의 번호들을 기억하는 일로 성가심을 겪지 않아도 되었다.

그들은 일에서든 놀이에서든 장유와 빈부를 떠나 모두가 평등했다.

어떤 사람에 대한 특별한 호감은 주로 어떤 일에 대한 공통의 관심에서 생겨났다. 또, 사람에 대한 평가는 오로지 그의 능력과 성취에 바탕을 두고 있었다.

혁명은 누구에게든 무엇을 하라고 요구하지 않았지만, 대부분의 젊은이들은 그 어느 때보다도 자기들 일에 열성을 보였다.

사람들의 뇌는 생각이나 영상, 음악, 새로운 개념들로부터 끊임없이 자극을 받고 있었다. 그들에겐 해결해야 할 실제적인 문제들이 아주 많았다.

9시가 되자, 쥘리는 혁명의 방향을 새롭게 제시하기 위해 연단에 올라갔다.

「저는 마침내 우리 혁명이 모범으로 삼을 만한 것이 무엇인지를 찾아냈습니다. 그것은 바로 살아 있는 유기체입니다. 하나의 생명체 안에는 경쟁도 없고 갈등도 없습니다. 모든 세포들의 완벽한 공존은 우리 안에 이미 조화로운 사회가 존재하고 있음을 입증하는 것입니다. 우리가 내부에서 경험하고 있는 것을 밖에서 재현하는 것이 바로 우리가 할 일입니다.」

청중은 그녀의 이야기를 주의 깊게 듣고 있었다. 그녀가 말을 이었다.

「개미집은 하나의 조화로운 유기체처럼 움직이고 있습니다. 그 곤충들이 자연에 그토록 잘 동화하는 까닭이 거기에 있습니다. 생명은 생명을 받아들입니다. 자연은 자기와 닮은 것을 사랑합니다.」

쥘리는 교정 한가운데에 있는 스티롤 수지 개미 모형을 가리키며 동을 달았다.

「저것이 바로 우리의 본보기이며 〈1+1=3〉의 비밀입니다. 우리가 연대하면 할수록, 우리의 의식은 더욱 고양될 것이고, 우리는 자연과 더욱 조화를 이루며 살아가게 될 것입니다. 이제부터 우리의 목표는 이 학교를 살아 있는 완전한 유기체로 변화시키는 것입니다.」

갑자기 모든 것이 간단해 보였다. 그녀의 몸이 작은 유기체라면, 점거된 학교는 더 큰 유기체였고, 정보 통신망을 통해 세계로 퍼져 나가고 있는 혁명은 더욱더 큰 유기체였다.

쥘리는 살아 있는 유기체라는 개념에 맞추어 주위에 있는 모든 것의 이름을 다시 지어 보자고 제안했다. 학교의 담이 살갗이라면, 학교의 문은 숨구멍, 합기도 클럽의 아마존들은 림프톨, 카페테리아는 창자였다. 유한 책임 회사〈개미 혁명〉의 돈으로 말하자면 에너지를 얻는 데에 꼭 필요한 포도당이었고, 그 회사의 회계가 잘 돌아가도록 도와주는 상업 선생님은 체내의 포도당을 조절하는 당뇨였다. 또 컴퓨터의 정보 통신망은 자극을 전달하는 신경 조직이었다.

그러면 뇌 구실을 하는 것은 무얼까? 쥘리는 그 문제에 대해서 곰곰이 생각해 보았다. 뇌의 두 반구에 해당하는 모임을 만들자는 생각이 들었다. 직관적인 뇌인 우뇌에 해당하는 모임은 그들이 참신한 착상을 찾기 위해 아침마다 여는 모임, 즉 파우와우였다. 그렇다면 조직적인 뇌인 좌뇌에 해당하는 모임, 즉 우뇌의 생각을 선별해서 실천에 옮기는 실행 모임을 만들 필요가 있었다.

「누가 어느 모임에 참석하는가를 결정하는 것은 누구죠?」

누군가 물었다.

「살아 있는 유기체는 위계질서를 가진 조직이 아니기 때문에 각자 그날의 기분에 따라서 모임을 선택하고 자발적으로 참여하면 될 거예요.」

「그럼, 우리 여덟 명은?」

지웅이 물었다.

「우리는 좌우 두 반구의 기원이 되는 원초적인 뇌, 즉 대뇌 피질이야. 우리는 카페테리아 아래의 연습실에 따로 모여서 계속 토론을 하자고.」

모든 것이 제자리를 잡아 가고 있었다.

〈나의 살아 있는 혁명아, 안녕?〉 하고 그녀는 혼잣말을 했다.

잔디밭에서 모두가 그 개념에 대해서 토론을 벌이고 있었다.

쥘리가 알렸다.

「지금부터 운동장가의 회랑에서 착상 모임을 가지려고 해요. 올 사람은 오세요. 가장 좋은 착상은 실행 모임에 넘겨져 자회사로 발전하게 될 거예요.」

군중이 모였다. 간식과 음료를 나누어 주는 동안 사람들은 웅성거리면서 땅바닥에 앉았다.

지웅이 새로운 착상들을 적을 커다란 칠판을 갖다 놓고 물었다.

「누가 먼저 시작할래요?」

여러 사람들이 손을 들었다. 한 젊은이가 발언권을 얻었다.

「프랑신의 인프라월드 보면서 한 가지 착상을 하게 되었어요. 인프라월드와 거의 비슷하지만 시간의 흐름을 가속시킬 수 있는 프로그램을 만들면 어떨까 하는 거예요. 그러면 아주 먼 미래까지 내다보면서 우리가 어떤 식으로 진화하게 될지를 알게 될 것이고, 우리가 저질러서는 안 되는 실수들이 무엇인지를 깨닫게 될 거예요.」

쥘리도 토론에 참가했다.

「에드몽 웰스는 『백과사전』에서 그와 비슷한 것을 언급하고 있어요. 그는 그것을 〈최소 폭력의 길에 관한 연구〉라고 부르고 있어요.」

그 젊은이가 칠판 앞으로 나갔다.

「최소 폭력의 길, 그것도 괜찮은데요. 그 길을 구체화하려면, 미래에 인류가 나아갈 가능성이 있는 모든 행로를 포함하는 커다란 다이어그램을 그리고, 단기적이고 중장기적이고 초장기적인 결과를 연구해야 할 거예요. 현재 우리는 대통령 임기에 해당하는 5년 또는 7년을 내다보며 문제를 평가하는 것이 고작이에요. 하지만 다가올 2백 년 또는 5백 년 동안에 후에 그런 문제들이 어떻게 변화해 갈지를 연구해야 할 거예요. 그래야 우리 후손들에게 가능한 한 가장 훌륭한 미래, 적어도 야만적인 요소가 되도록 적은 미래를 보장해 줄 수 있을 테니까요.」

「그러니까 미래의 모든 가능성을 시험하는 확률 프로그램을 만들자는 거지요?」

지웅이 요약했다.

「그래요. 최소 폭력의 길을 탐구하는 프로그램을 만들자는 거예요. 세금을 올리는 경우, 고속 도로에서 시속 1백 킬로미터 이상 달리는 것을 금지하는 경우, 마약 사용을 허용하는 경우, 불완전 고용이 발전하도록 방치하는 경우, 독재 체제에 맞서 전쟁을 벌이는 경우, 동업 조합의 특권을 폐지하는 경우 등 시험해 볼 것은 무궁무진해요. 그 모든 것에 대해서 악효과나 뜻밖의 결과를 연구하자는 거지요.」

「가능하겠어, 프랑신?」

지웅이 물었다.

「인프라월드로는 안 돼. 시간이 너무 더디게 흐르기 때문에 그런 실험을 할 수가 없어. 게다가 내 프로그램은 시간 경과 계수를 조정할 수 없게 되어 있어. 하지만 인프라월드의 노하우를 이용하면 다른 모의 세계 프로그램을 만들어 낼 수 있을 거야. 그런 다음 그 프로그램을 최소 폭력의 길에 대한 탐구라고 부르면 되지.」

어떤 대머리 남자가 발언에 나섰다.

「우리가 이상적인 정책을 생각해 낸다 해도 그것을 실행할 수단이 없으면 그게 무슨 쓸모가 있겠어요? 우리의 생각을 실천에 옮겨 세상을 변화시키고자 한다면 합법적으로 권력을 획득해야 해요. 몇 달 후에 대통령 선거가 있어요. 우리도 〈진화당〉의 후보를 내세우고 선거 운동에 들어가야 해요. 최소 폭력의 길 프로그램으로 우리 당의 강령을 보강하면, 우리 당은 미래에 대한 과학적인 탐구를 토대로 논리적인 정책을 제시하는 최초의 정당이 될 거예요.」

정치 참여에 찬성하는 사람들과 반대하는 사람들 사이에 소란한 갑론을박이 오고 갔다. 다비드는 반대하는 쪽이었다.

「정치는 안 돼요. 개미 혁명에 좋은 점이 있다면, 그건 바로 상투적인 정치적 야심이 개입되지 않은 자발적인 운동이라는 거예요. 우리에겐 우두머리도 없고 따라서 대통령 후보도 없어요. 개미들에게 여왕이 있듯이 우리에게도 물론 여왕은 있어요. 쥘리가 바로 여왕이에요. 하지만 쥘리는 우리의 우두머리가 아니라 상징일 뿐이에요. 우리는 기존의 어떤 정치 단체에서도 동질성을 발견할 수 없어요. 우리는 자유로워요. 권력을 장악하기 위한 타성적인 책략에 휘말려서 이 모든 것을 망쳐 버릴 순 없어요. 현실 정치에 참여하면 우리는 혼을 잃게 될 거예요.」

웅성거리는 소리가 더욱 커졌다. 대머리 남자가 예민한 문제를 건드린 것이 분명했다. 쥘리가 덧붙였다.

「다비드의 말이 옳아요. 우리의 힘은 독창적인 생각을 세상에 내놓는 거예요. 세상을 변화시키는 데에는 대통령이 되는 것보다 그것이 훨씬 더 효과적이에요. 세상을 진정으로 변화시키는 것은 누구일까요? 국가인가요? 아니에요. 대개는 새로운 생각을 가진 개인들이에요. 정부의 지원을 전혀 받지 않고도 위험에 처해 있는 사람들을 구조하러 스스로 세계 도처로 달려가는 〈세계의 의사들〉,⁹ 추운 겨울에 가난한 사람들과 집 없는 사람들을 도와주고 먹여 주는 자원 봉사자들, 그 밖에도 아주 많은 자발적인 실천들이 위로부터가 아니라 아래로부터 나왔어요. 젊은이들의 마음을 사로잡는 것은 무엇일까요? 정치적인 슬로건일까요? 아니에요. 그들은 그런 것을 믿지 않아요. 정치적인 슬로건을 기억하기보다는 노래 가사를 외우고 있어요. 개미 혁명도 그렇게 시작되었어요. 우리에게 필요한 건 새로운 생각과 음악이지 권력 장악을 위한 이데올로기가 아니에요. 권력은 우리를 망가뜨려요.」

「그렇다면 우리는 최소 폭력의 길이라는 프로그램을 절대로 활용할 수가 없을 거예요.」

대머리 남자가 화를 냈다.

「그래도 최소 폭력의 길은 존재할 것이고, 그것을 참고하고 싶어 하는 정치가는 누구나 그것을 이용하게 될 거예요.」

「다른 제안 없나요?」

지웅이 물었다. 그는 여기저기에서 끼리끼리 토론을 벌이는 것을 원하지 않았다.

한 아마존이 일어섰다.

---

9 1980년에 프랑스에서 창설된 국제 의료 봉사 단체.

「우리 집엔 할아버지가 계세요. 그리고 언니한테는 아기가 하나 있는데, 언니는 아기를 돌볼 시간이 없어요. 그래서 언니는 할아버지께 아이를 돌봐 달라고 부탁했어요. 할아버지는 아이를 돌보게 되면서 아주 행복해하고 있고, 아이도 마찬가지예요. 할아버지는 당신도 쓸모가 있다고 느끼게 되었고, 사회에 짐이 되고 있다는 생각을 버리게 되셨어요.」

「그런데요?」

지웅은 그녀가 본론으로 들어가도록 거들었다.

「나는 유모, 유아원의 자리, 탁아소 등의 문제를 겪고 있는 부모들이 아주 많을 거라고 생각해요. 그와 동시에 할 일이 없어서 늘 혼자 텔레비전만 보며 절망하고 있는 노인들도 많아요. 그 양쪽을 결합하면 우리 할아버지와 내 조카의 행복한 만남과 같은 경우를 대규모로 실현할 수 있을 거예요.」

청중은 가족이 해체되면서 많은 노인들이 양로원으로 보내지고 아이들은 유아원에 맡겨지고 있다는 것을 인정하고 있었다. 자녀가 부모를 양로원에 보내는 것은 부모가 죽는 것을 보고 싶지 않아서이고, 부모가 자식을 유아원에 맡기는 것은 우는 소리를 듣기 싫어서였다. 결국 인간은 인생의 종착점에서와 마찬가지로 출발점에서도 소외당하고 있는 거였다.

「그것 참 훌륭한 생각이야. 우리가 최초로 유아원 겸 양로원을 만들기로 하자.」

조에가 말했다. 그 첫 번째 착상 모임에서만 83가지의 계획이 제출되었고, 그중에서 15가지가 곧바로 유한 책임 회사 〈개미 혁명〉의 자회사로 발전했다.

아홉 달

고등 포유류의 경우, 임신 기간은 보통 18개월이다. 특히 말의 경우가 그러해서, 망아지는 태어나자마자 걸을 수 있을 만큼 충분히 성장해서 나온다.

그런데 인간의 태아는 머리통이 아주 빨리 자라기 때문에 아홉 달이 되면 어머니 몸 밖으로 나와야 한다. 그러지 않으면 더 이상 밖으로 나올 수 없게 될 것이다. 결국 아기는 충분히 성숙하지 못한 채 자립할 수 없는 상태로 태어난다. 태아가 밖에서 보내는 첫 아홉 달은 어머니 배 속에서 보낸 아홉 달을 똑같이 되풀이하는 것에 지나지 않는다. 차이가 있다면, 액체 속에 있다가 공기 중으로 옮겨 가는 것뿐이다. 아기가 공기 중에서 첫 아홉 달을 보내기 위해서는 태아 때처럼 아기를 보호해 줄 또 다른 배가 필요하다. 그것은 심리적인 배이다. 아기는 어머니 배 속에서 나오는 순간 갑자기 달라진 환경 속에 놓이게 된다. 아기는 마치 산소 텐트 속에 들어가야 하는 중화상자(重火傷者)와 다름없다. 어머니와의 접촉, 어머니의 젖, 어머니의 촉감, 아버지의 입맞춤 등이 아기를 보호해 주는 산소 텐트인 셈이다.

생후 9개월 동안 아기가 자기를 감싸서 보호해 줄 견고한 고치를 필요로 하듯이, 노인도 임종을 맞기 전의 9개월 동안 자기를 감싸 줄 심리적 고치를 필요로 한다. 그 9개월은 노인이 초읽기가 시작되었음을 본능적으로 깨닫는 아주 중요한 기간이다. 노인은 자기 생애의 마지막 아홉 달을 보내면서 마치 스스로를 출발점으로 되돌리듯이 자기의 지식과 늙은 살가죽에서 벗어나 생후 얼마 동안의 성장 과정을 역으로 되밟는다. 인생의 막바지에 다다른 노인은 아기나 다름없다. 죽을 먹고 기저귀를 차는가 하면, 이가 빠지고 머리숱이 적어지며, 알아듣기 어려운 말을 중얼거리기도 한다. 다만, 사람들은 아기들을 생후 9개월 동안 보살펴 주는 것은 당연한 일로 여기면서도, 노인 생애의 마지막 9개월 동안을 돌보아야 한다는 생각은 별로 하지 않는다. 하지만, 아기들에게만 어머니가 필요한 것이 아니라, 노인들에게도 어머니와 같은 사람, 〈심리적인 배〉의 역할을 하는 유모나 간호사 같은 사람이 필요하다. 그런 역할을 하는 사람은 죽음이라는 최후의 탈바꿈을 준비하는 노인에게 그 탈바꿈에 꼭 필요한 고치를 마련해 줄 수 있도록 깊은 배려를 보여야 한다.

에드몽 웰스, 『상대적이며 절대적인 지식의 백과사전』제3권

143. 포위된 벨로캉

불에 익은 고치 냄새가 난다. 벨로캉에서는 이제 연기가 나지 않는다. 벨로캉의 병정개미들은 화재를 진압하는 데 성공했다. 친손가락 혁명군은 벨로캉 연방의 수도 주위에 진을 치고 있다. 그들 위로 벨로캉의 그림자가 거대한 삼각형처럼 드리워져 있다.

암개미 103호는 더 높이 더 멀리 보기 위하여 네 다리로 버티며 윗몸을 일으킨다. 5호도 그를 따라 목발처럼 갈라진 잔가지에 기대어 일어선다. 그렇게 하면 도시가 더 작아 보이고 더 다가서기 쉽게 느껴진다. 그들은 도시 내부에 엄청난 피해가 있었을 것임을 알고 있다. 그러나 밖에서는 그 피해를 헤아릴 방도가 없다.

《이제 최후의 공격을 가해야 한다.》

15호가 그렇게 페로몬을 발했다.

암개미 103호는 그다지 열의가 없어 보인다. 또 전쟁이란

말인가! 적을 죽이는 것은 적에게 자기를 이해시키는 가장 복잡하고 가장 피곤한 수단이다.

하지만 전쟁이 현재로선 역사를 가장 빠르게 발전시키는 수단임을 암개미는 알고 있다.

7호는 공격을 서두르지 말고 벨로캉을 포위한 다음 상처를 치료하고 전열을 정비할 시간을 갖자고 제안한다.

암개미 103호는 포위 전술을 별로 좋아하지 않는다. 한없이 기다리면서 도시로 통하는 보급로를 차단하고 취약 지대 주위에 보초를 배치하는 것 따위는 병정개미들에겐 그리 달가운 일이 아니다.

지칠 대로 지친 개미 하나가 다가온다. 암개미 103호는 생각을 중단하고 그를 바라보다가 소스라치게 놀란다. 온통 먼지투성이가 된 그는 바로 수개미 24호다.

두 개미는 수없이 영양 교환을 되풀이한다.

《난 네가 죽은 줄 알았어.》

수개미 24호가 자초지종을 이야기한다.

《사실은 소나무 구멍에 불길이 솟자마자 거기에서 빠져나왔어. 다람쥐가 입구 쪽으로 펄쩍 뛰어 오를 때 나도 모르게 다람쥐 털에 매달렸지. 그 다람쥐가 이 가지 저 가지로 뛰어다니면서 나를 아주 먼 곳으로 데려갔던 거야.》

수개미 24호는 혼자서 오랫동안 걷다가 문득 이런 생각을 했다고 한다. 자기에게 길을 잃게 하는 다람쥐가 있다면 다시 길을 찾게 해주는 다람쥐도 있을 거라고. 그런 생각으로 이 다람쥐 저 다람쥐를 타고 다니다 보니, 그 동물을 교통 수단으로 이용하는 데에는 이골이 났다. 문제는 다람쥐들과 대화를 할 수 없다는 데에 있었다. 그래서 그가 가고 싶은 곳이 어디인지를 그들에게 일러 줄 수 없었음은 물론이고 그들이 어디로 가는지조차 알 수가 없었다. 결국 다람쥐마다 그를 낯선 곳으로 데리고 갔고, 그러다 보니 이렇게 늦게 뒤따라오게 되었던 것이다.

암개미 103호도 그동안의 일을 그에게 이야기한다. 벨로캉 전투와 화재 특공대의 공격, 그리고 포위 전술에 대해서.

《그 이야기를 가지고 소설을 써도 되겠는걸.》

그러면서 수개미 24호는 기억 페로몬을 꺼내어 새로운 이야기를 기록하기 시작했다.

《우리가 네 소설을 읽을 수 있을까?》

《다 끝나면 읽을 수 있을 거야.》

수개미 24호는 나중에 자기의 페로몬 소설이 개미들의 흥미를 끈다는 것이 확인되면 그것의 속편을 쓸 생각이라고 귀뜸한다. 그는 벌써 그것의 제목을 〈손가락들의 밤〉이라고 정해 놓았고, 그것도 반응이 좋으면 〈손가락 혁명〉으로 3부작을 완성할 거라고 한다.

《왜 3부작을 생각했지?》

암개미 103호가 묻자, 24호가 대답한다.

《첫 소설에서는 개미와 손가락 두 문명 사이의 만남에 대해서 이야기할 것이고, 두 번째 소설은 두 문명의 대결을 다루게 될 거야. 그리고 마지막 소설은 두 종 간의 협력에 관한 이야기가 될 거야. 사고방식이 다른 두 문명은 만남, 대결, 협력이라는 세 단계를 차례로 거치면서 발전해 간다는 것이 내 생각이야.》

24호는 벌써 이야기를 전개하는 방식까지 아주 구체적으로 생각해 두고 있다. 그는 세 개의 플롯을 병행시키면서 이야기를 엮어 나갈 생각이다. 세 개의 플롯은 각각 다른 관점을 구현한다. 하나는 개미들의 관점이고, 또 하나는 손가락들의 관점이며, 나머지 하나는 103호처럼 두 세계를 다 경험한 자의 관점이다.

암개미 103호에게는 그 모든 것이 왠지 막연하게 느껴진다. 그럼에도 그는 주의 깊게 더듬이를 기울이고 있다. 긴 이야기를 쓰고 싶다는 24호의 의욕이 너무나 진지해 보이기 때문이다. 그의 열망은 하루 이틀에 생긴 것이 아니다. 이미 코르니게라에 살던 시절부터 24호는 그런 열망에 사로잡혀 있었다.

《세 개의 플롯은 결말에 이르러 하나로 수렴될 거야.》

수개미가 어려운 말로 설명을 덧붙인다.

그때, 14호가 갑자기 나타난다. 급히 달려온 탓인지 그의 더듬이가 헝클어져 있다. 그는 벨로캉 근처를 염탐하다가 통로 하나를 발견했다고 한다.

《그리로 특공대를 보내 다시 지하 공격을 시도할 수 있을 듯하다.》

암개미 103호는 그 제안에 따르기로 결정한다. 24호도 찬성한다. 단지 자기 소설의 액션 장면을 위한 착상을 얻기 위해서라도 그 공격은 필요하다는 것이 그의 생각이다.

개미 1백여 마리가 통로 속으로 숨어들어 가, 벨로캉을 향해 조심스럽게 나아간다.

144. 실행

그들의 혁명 사업은 순조롭게 발전해 가고 있었다. 가장 빛나는 성과를 올리고 있는 것은 가상 세계 프로그램을 이용하는 프랑신의 사업이었다.

인프라월드는 수익성이 가장 좋은 활동이기도 했다. 정보 통신망을 통해서 인프라월드의 도움을 요청하는 광고 대행사들이 점점 늘어나고 있었다. 광고 대행사들은 세제나 기저귀 커버, 냉동식품, 약품, 자동차 등의 광고 효과를 높이기 위한 조사를 의뢰해 왔다.

다비드의 〈물음 마당〉도 성공작이었다. 인터넷에 올리기가 무섭게 그 사이트는 모두가 쉽게 참조할 수 있는 하나의 백과사전 같은 역할을 하기 시작했다. 거기에 접속해 오는 사람들의 질문은 가지각색이었다. 「중산모자와 가죽 장화」라는 텔레비전 추리극이 정확하게 몇 회분이나 만들어졌는지를 물어 오는 사람이 있었는가 하면, 열차 시간표나 어떤 도시의 대기 오염 수준, 증권 시장에서 가장 유리한 투자 종목 따위를 묻는 사람들도 있었다. 다행히 사적인 일로 질문을 해 오는 사람들은 아주 드물었기 때문에, 다비드가 사립 탐정들에게 도움을 청할 필요는 없었다.

한편, 레오폴에겐 그가 설계한 대로 집을 지어 달라는 주문이 왔다. 그러나 집을 짓기 위해 학교 밖으로 나갈 수는 없는 형편이었으므로, 그는 팩스를 통해 주문자의 신용 카드 번호를 받고 설계도를 보내 주었다.

폴은 찻잎과 학교의 주방이나 정원에서 찾아낸 갖가지 식물에 꿀을 섞어 새로운 향이 나는 음료를 개발했다. 효모의 양을 줄인 다음부터 그의 꿀술은 넥타르 같은 음료가 되었다. 폴은 바닐라와 캐러멜로 향을 내서 품질이 아주 좋은 특주를 만들어 냈다. 미술 대학에 다니는 한 여학생이 그 특주의 병에 붙일 화려한 상표를 그려 주었다. 상표에는 〈개미 혁명 주조(酒造) 특급 꿀술〉이라는 상품명과 함께 품질 보증의 검인이 들어가 있었다.

모두가 그 술을 좋아했다. 폴은 자기 주위에 모여서 깊은 관심을 보이고 있는 사람들에게 이렇게 말했다.

「올림포스의 신들도 꿀술을 마셨고, 개미들도 진딧물의 분비꿀을 발효시켜 일종의 술을 만든다는 것은 잘 알려진 사실이에요. 하지만 꿀술과 관련된 흥미로운 이야기들은 그것 말고도 많아요. 다비드의 〈물음 마당〉을 통해서 새롭게 알아낸 건데, 마야의 샤먼들은 꿀술과 메꽃 씨앗으로 만든 환각 물질을 항문을 통하여 창자 속에 넣곤 했대요. 복용하지 않고 그런 식으로 관장(灌腸)을 하면, 구토도 생기지 않고 영매의 상태도 훨씬 빠르고 강력하게 찾아온다는 거예요.」

「꿀술은 어떻게 만들죠?」

「내 주조법은『상대적이며 절대적인 지식의 백과사전』에서 찾아낸 거예요.」

폴은 자기가 책을 보고 적어 둔 것을 읽었다.

「〈벌꿀 6킬로그램을 끓인 다음, 거품을 걷어 낸다. 끓인 벌꿀에 물 15리터, 새앙가루 25그램, 사인(砂仁) 15그램, 계피 15그램을 넣는다. 전체 양의 4분의 1이 줄어들 때까지 혼합물을 졸인 다음, 불에서 꺼내 식힌다. 혼합물이 미지근해지면, 뜸팡이 두 숟가락을 넣고 열두 시간 동안 그대로 두면서 부유물을 가라앉힌다. 그런 다음, 액체를 작은 나무통에 따르면서 찌꺼기를 걸러 낸다. 나무통을 단단히 봉하고 숙성시킨다.〉 우리 꿀술은 물론 숙성이 덜 된 거지만, 술맛을 제대로 나게 하려면 더 기다려야 할 거예요.」

「고대 이집트인들은 상처를 소독하고 화상을 다스리는 데에 꿀을 사용했다던데, 그런 거 알고 있었니?」

한 아마존이 물었다.

폴에게는 새로운 정보였다. 그는 이제 식품뿐만 아니라 약품도 개발할 수 있겠다는 생각을 했다.

조금 떨어진 곳에서는 나르시스의 의상 발표가 한창이었다. 많은 관객이 지켜보는 가운데 몇몇 아마존들이 모델 노릇을 하고 있었다. 그 장면은 비디오카메라로 촬영되어 국제 정보 통신망을 통해 전 세계로 중계되고 있었다.

이렇다 할 성과를 내지 못하고 있는 것은 쥘리와 조에의 사업뿐이었다. 그녀들이 만들고 싶어 하는 복잡한 두 기계는 실망스러운 결과만을 보여 주고 있었다. 쥘리는 개미들과 대화할 수 있게 하는 기계를 만들려다가 벌써 실험용 개미 30여 마리를 죽이고 말았다. 조에의 후각 보철 기구는 콧구멍을 너무 아프게 하는 통에 누구도 그것을 몇 초 이상 끼고 있을 수가 없었다.

쥘리는 교장실 앞의 발코니에 올라가, 혁명이 진행되고 있는 교정을 죽 둘러보았다. 깃대에선 혁명의 깃발이 펄럭이고, 교정 한가운데엔 혁명의 토템인 거대한 개미가 떡 버티고 있었다. 가설무대에선 마리화나 담배의 뿌얀 연기 속에서 레게 음악가들의 연주가 한창이었고, 다른 사람들은 곳곳에 설치된 진열대를 중심으로 다들 저마다의 일에 몰두해 있었다.

「어쨌든 우리가 뭔가 좋은 일을 이루어 낸 것 같아.」

조에가 쥘리를 따라 발코니에 올라와서 말했다.

「집단적인 수준에선 확실히 그래. 이젠 개인적인 수준에서 뭔가를 이루어 내야 할 거야.」

「그게 무슨 뜻이니?」

「내가 세상을 변화시키려고 하는 것은 어쩌면 나 자신을 변화시킬 수 없어서 그러는지도 몰라.」

「웬 뚱딴지같은 소리야? 쥘리, 너 아무래도 신경과민인 것 같아. 모든 게 잘 돌아가고 있잖아. 마음을 편하게 가지라고.」

쥘리는 조에 쪽으로 몸을 돌리고 그녀의 눈을 똑바로 바라보며 말했다.

「조금 전에 『백과사전』의 한 대목을 읽었는데, 내용이 아주 이상했어. 〈나는 영화나 소설의 한 인물일 뿐이다〉라는 제목의 그 글에는 이런 얘기가 나와. 나는 어쩌면 오로지 나를 위해서만 전개되는 어떤 영화 속의 세상에 혼자 있는 건지도 모른다 하고 말이야. 그걸 읽고 났더니, 이상한 생각이 들었어. 나는 혹시 살아 있는 유일한 사람이 아닐까? 혹시 온 우주에서 유일하게 살아 있는 존재는 나뿐이 아닐까?」

그녀를 바라보는 조에의 얼굴에 불안한 기색이 어리기 시작했다. 쥘리가 말을 이었다.

「혹시 내게 일어나고 있는 이 모든 일은 결국 나를 위해서만 벌어지고 있는 대규모 공연이 아닐까? 여기 있는 이 사람들과 너는 모두 배우이고, 저 물건들과 집들과 나무와 자연은 나를 안심시키고 어떤 현실이 실제로 존재하는 것처럼 보이게 하려고 정교하게 흉내 낸 무대 장치일지도 몰라. 아니, 어쩌면 나는 인프라월드 같은 세상에 들어 있는지도 몰라. 아니면 소설 속에 있는 건지도 모르고.」

「이런, 갈수록 태산이로구먼. 너 정말 왜 이러니?」

「우리는 여전히 살아 있는데, 우리 주위에서 사람들이 죽어 가는 것을 보고 이상하게 생각한 적 없니? 어쩌면 누군가 우리를 관찰하고 어떤 주어진 상황에서 우리가 어떤 반응을 보이는지를 시험하고 있는지도 몰라. 누군가 어떤 공격에 대해 우리가 얼마나 저항하는지를 시험하고 있는 거야. 이 혁명, 이 삶은 그저 나를 시험하기 위해서 만들어진 거대한 서커스일 뿐이라고. 지금 이 순간 어떤 존재가 멀리에서 나를 관찰하고, 책 속에서 나의 삶을 읽고, 나를 심판하고 있는 것만 같아.」

「그렇다면, 오히려 잘된 거지 뭐. 여기에 있는 이 모든 것은 다 너를 위한 거야. 이 모든 사람들, 네 말마따나 이 배우들은 다 너를 만족시키고 너의 욕망과 몸짓과 행위에 합치하기 위해 존재하는 거야. 이들은 미래를 걱정하고 있어. 이들의 미래가 너에게 달렸다고.」

「나를 불안하게 하는 게 바로 그거야. 나는 내 인물을 감당하지 못할까 두려워하고 있어.」

조에마저도 개운치 않은 기분을 느끼기 시작했다. 쥘리는 그것을 알아채고 그녀의 어깨에 손을 얹었다.

「미안해. 내가 한 얘기는 다 잊어버려. 그냥 다 흘려버리라고.」

쥘리는 조에를 학교 식당의 주방으로 데리고 가서, 냉장고를 열고 컵 두 개에 꿀술을 따랐다. 덜 닫힌 냉장고에서 새어 나오는 빛을 받으며 그녀들은 개미들과 신들의 음료를 조금씩 홀짝였다.

145. 동물학 기억 페로몬

기록자: 10호

냉장고

손가락들에겐 사회위가 없다. 하지만, 그들은 음식을 오래 저장해도 상하지 않게 할 수 있다.

우리의 두 번째 위인 사회위를 대체하기 위하여 그들은 냉장고라 부르는 기계를 발명하였다. 그것은 내부가 아주 서늘한 상자이다. 그들은 거기에 먹이를 가득 쌓아 놓는다.

힘 있는 손가락일수록 더 큰 냉장고를 가지고 있다.

146. 벨로캉에서

숯 냄새가 더듬이를 찌른다. 불에 탄 잔가지들이 독한 냄새를 풍기고 있다. 타 죽은 병정개미들의 시체가 도처에 널려 있다. 제때에 대피시키지 못해 산 채로 익어 버린 알과 애벌레 들의 모습이 참혹하다.

화재 때문에 정말 벨로캉의 모든 거주자들과 불을 끄러 달려 온 병정개미들까지 몰살당한 것일까?

개미들은 통로 속을 나아간다. 벽이 녹아서 유리처럼 반들반들해진 통로들도 있다. 혹독한 열기 속에서 벨로캉의 개미들은 일을 하다 말고 죽어 버렸다. 그들은 자기들이 있던 자리에 그대로 녹아서 붙박였다.

그 시체들은 더듬이를 갖다 대기만 해도 이내 부서지고 만다.

혁명군은 불이 그렇게나 강할 줄은 예상하지 못했다.

《불은 너무 많은 피해를 불러일으키는 무기다.》

5호가 중얼거리듯 그렇게 페로몬을 발한다.

개미 세계에서 불이 그토록 오래전부터 금기로 되어 온 까닭을 그들은 비로소 깨닫고 있다. 그러나 어쩌랴, 어떤 세대나 몇 가지 바보 같은 짓은 저지르게 마련이 아닌가.

불은 너무나 파괴적인 무기다. 불길이 얼마나 강렬했으면 벽에 개미들의 그림자를 생기게 한 정도가 아니라 아예 그것을 벽에 찍어 버렸다.

암개미 103호는 공동묘지로 변해 버린 도시 속을 나아간다. 그가 태어난 도시가 시체 안치소로 변했다. 버섯 재배장엔 검은 잿더미가 쌓였고, 축사에는 바싹 구워진 진딧물들이 지천이다. 꿀단지개미들마저 모두 폭사해 버렸다.

15호는 꿀단지개미의 시체를 조금 먹어 보더니 대단히 맛있다는 사실을 확인한다. 그럼으로써 그는 캐러멜의 맛을 발견한 셈이다. 하지만 개미들은 그 새로운 음식 앞에서 경탄을 할 겨를도 없고 그러고 싶은 생각도 없다. 그들이 태어난 도시가 너무나 참혹하게 변해 버렸기 때문이다.

103호는 더듬이를 낮추며 후회를 곱씹는다. 불은 패배를 앞둔 자가 굴복하지 않기 위해 마지막으로 사용하는 무기다. 그는 전세가 불리했기 때문에 그것을 사용했다. 결국 그는 속임수를 써서 약점을 감춘 셈이다.

손가락들에게 홀려 그들의 기술을 모방한 결과가 고작 이거란 말인가. 패배를 감내할 수 없어서 여왕을 죽이고 알을 파괴하고 자기가 태어난 도시까지 태워 버렸단 말인가!

그들이 이 대장정을 시작한 것은 바로 벨로캉이 손가락들 때문에 불길에 휩싸일 염려가 있다는 것을 알리기 위한 것이 아니었던가. 역사란 그토록 역설적인 것인가.

그들은 아직 연기가 자욱한 통로 속을 걸어간다. 안으로 들어갈수록 그동안 벨로캉에서 뭔가 아주 기이한 일들이 벌어졌다는 느낌이 새록새록 더해 간다. 벽에 그려진 동그라미 하나가 보인다. 벨로캉에도 미술이 나타났단 말인가. 만일 그렇다면 벨로캉 예술은 미니멀 아트였음이 틀림없다. 단순하게 동그라미들만 그려 놓았기 때문이다. 하지만 그것도 미술은 미술이다.

암개미 103호에게 불길한 예감이 엄습한다. 10호와 24호는 혹시 함정에 빠진 것이 아닐까 저어하면서 이리저리 돌아다닌다.

그들은 여왕이 거주하는 금단 구역으로 올라간다. 금단 구역을 보호하고 있는 소나무 그루터기에는 불길이 거의 미치지 않았다. 안으로 들어가는 데는 아무런 문제가 없다. 금단 구역 입구를 지키던 문지기 개미들이 열기와 독가스를 견디지 못하고 죽어 버렸기 때문이다. 103호가 이끄는 특공대는 여왕의 거처로 들어간다. 벨로키우키우니 여왕이 거기에 있다. 그러나 여왕은 세 동강이 나 있다. 여왕은 불에 탄 것도 아니고 질식한 것도 아니다. 타격의 흔적은 최근의 것이다. 여왕은 살해되었고 그것은 오래전의 일이 아니다. 여왕의 주위에도 위턱으로 새긴 동그라미들이 보인다. 103호는 앞으로 다가가서 여왕의 잘려 나간 머리의 더듬이에 자기 더듬이를 갖다 댄다. 개미들은 몸이 동강나도 계속 페로몬을 발할 수 있다. 죽은 여왕은 자기의 더듬이 끝에 하나의 페로몬 정보를 간직했다.

115

《신을 믿는 개미들.》

147. 백과사전

파울 카메러 박사

헝가리 태생의 영국 작가 아서 케스틀러는 어느 날 과학계의 사기 행위에 대한 작품을 쓰기로 했다. 그 문제에 관해서 그에게 질문을 받은 연구자들은 과학계의 사기 사건 가운데 가장 구차한 것은 아마도 파울 카메러 박사와 관련된 사건일 거라고 주장했다.

카메러는 오스트리아의 생물학자였다. 그의 생물학적인 발견들은 주로 1922년에서 1929년 사이에 이루어졌다. 그는 언변이 뛰어나고 매력적이고 열정적인 사람이었다. 그는 〈살아 있는 모든 존재는 자기가 살고 있는 환경의 변화에 적응할 수 있고 그 적응의 결과를 후세에 전할 수 있다〉고 주장했다. 그 이론은 다윈의 주장과는 정반대였다. 카메러 박사는 자기 주장이 옳다는 것을 증명하기 위하여 흥미로운 실험을 생각해 냈다.

그는 살가죽이 우툴두툴하고 땅에서 생식을 하는 두꺼비의 알을 물속에 넣었다. 그런데 그 알에서 나온 두꺼비들은 수생 두꺼비들의 특성을 보이면서 물에 적응하였다. 즉, 그 두꺼비들의 발가락에는 검은 돌기가 있었다. 그 돌기는 수생 두꺼비 수컷으로 하여금 암컷의 미끈미끈한 살가죽에 매달려서 물속에서 교미를 할 수 있도록 해주는 것이었다. 수중 환경에 대한 그 적응은 후세에 전해져, 그 새끼들은 발가락에 검은 돌기를 가지고 태어났다. 결국 수중의 삶이 두꺼비들의 유전자 정보를 변화시키고 그들을 수중 환경에 적응시킨 것이다.

카메러는 그 실험을 통해서 자기 이론을 상당히 성공적으로 옹호하였다. 그러던 어느 날 과학자들과 대학 교수들이 그의 실험을 〈객관적〉으로 검토하고 싶어 했다. 대형 강의실에 많은 기자와 청중이 모인 가운데, 카메러 박사는 자기가 사기꾼이 아님을 멋지게 증명해 보이리라 생각했다. 그런데 공교롭게도 실험 전날, 그의 연구실에 화재가 발생하여 두꺼비들이 다 죽고 한 마리만 남았다. 그래서 카메러는 그 살아남은 두꺼비를 가지고 나와 발가락의 검은 돌기를 보여 주었다. 과학자들은 돋보기를 들고 그 두꺼비를 살펴보다가 폭소를 터뜨렸다. 두꺼비 발가락에 난 돌기의 검은 반점은 살가죽 속에 먹물을 주입해서 인위적으로 만든 것임이 뻔히 보였기 때문이다. 사기가 폭로되자 강의실은 웃음바다가 되었다. 카메러는 일거에 신용을 잃고 자기 연구 업적을 인정받을 기회를 한순간에 놓치고 말았다. 그는 모두에게 배척을 받고 교수직에서 쫓겨났다. 결국 다윈주의자들은 승리하였고, 살아 있는 존재는 새로운 환경에 적응할 수 없다는 그들의 이론이 다시 인정되었다. 카메러는 야유를 받으며 강의실을 떠난 뒤, 절망의 나날을 보내다가 마침내 숲으로 달아나 입에 권총을 물고 자살하였다. 그 와중에서도 그는 절명의 글을 남겨 자기 실험의 진실성을 재차 주장하고 사람들 속에서보다는 자연 속에서 죽고 싶다고 밝혔다. 그렇게 자살함으로써 그는 실추된 신용을 회복할 기회마저 스스로 버리고 말았다.

이쯤 되면 누구나 그것을 과학계의 가장 형편없는 사기 사건으로 생각할 법하다. 그러나 아서 케스틀러는 『두꺼비의 압박』이라는 책을 위한 조사를 하던 중에 카메러의 조교였다는 사람을 만났다. 그 남자는 자기가 바로 그 사건의 장본인이라고 실토했다. 그의 고백에 따르면, 그는 다윈주의 학자들 그룹의 지시에 따라 실험실에 불을 질렀고, 마지막 남은 변종 두꺼비의 살가죽 속에 미리 먹물을 주입해 놓은 다른 두꺼비로 바꿔치기했다는 것이다.

에드몽 웰스, 『상대적이며 절대적인 지식의 백과사전』 제3권

148. 마키아벨은 아름다움을 이해하지 못한다

막시밀리앵은 손을 싸매고 하는 일 없이 하루를 보냈다. 기다리는 것도 하루 이틀이지 이젠 그것에도 신물이 났다. 열쇠 끄트머리로 손톱 밑에 낀 때를 긁어내면서 그가 부하 경관에게 물었다.

「여전히 달라진 게 없지?」

「네. 특별히 보고드릴 게 없습니다.」

포위 전술은 모두를 따분하게 만든다는 점에서 짜증스럽기 짝이 없는 전술이었다. 패배를 감수하고라도 뭔가를 해보아야 속이 후련할 것 같았다.

막시밀리앵은 그저 기분을 바꾸기 위해서라도 숲으로 돌아가서 그 수수께끼의 피라미드를 폭파해 버리고 싶었다. 하지만 지사는 오로지 학교 일에만 신경을 쓰라고 분명하게 명령한 바 있었다.

집에 돌아와도 침울한 기분은 달라지지 않았다. 그는 곧바로 서재에 틀어박혀, 컴퓨터 화면을 마주하고 〈진화〉 게임의 새 판을 벌였다. 이젠 요령이 생겨서 가상 문명을 아주 빠르게 발전시킬 수 있었다. 그는 중국풍의 문명을 건설하여 2천 년이 채 흐르기 전에 자동차와 항공기를 발명하도록 이끌었다. 그 중국 문명이 한창 순조롭게 발전해 가던 참에 그가 게임을 중단했다.

「마키아벨, 내 얘기를 들어 주겠니?」

마키아벨의 외눈이 화면에 나타나고, 합성된 음성이 스피커를 통해 흘러나왔다.

「물론이지요.」

「퐁텐블로 고등학교 사태가 아직 해결되지 않아서 고민이야.」

그는 그 사태와 관련된 최신 정보를 마키아벨에게 전해 주었다. 그러자 마키아벨은 과거의 포위 공격 사례를 설명하는 것으로 그치지 않고, 학교를 철저하게 고립시키라고 조언했다.

「물과 전기와 전화를 끊어 버리세요. 그들이 편의 시설을 일체 이용하지 못하게 만드는 거예요. 한시라도 빨리요. 그러면 그들은 따분함을 견디지 못하게 될 것이고, 오로지 그 권태의 수렁에서 벗어나고 싶다는 생각만 하게 될 거예요.」

이런 젠장, 여태 왜 그 생각을 못 했지? 물과 전기와 전화를 끊는 것은 중죄가 아냐. 중죄는커녕 경범죄도 안 되지. 게다가 기숙사에 불을 밝히고 주방의 전열판을 사용하고 온종일 텔레비전을 보면서 전기를 소비하고, 컴퓨터 통신을 하느라고 전화를 쓰는 것은 폭도들이지만, 그 요금을 지불하는 것은 결국 교육부가 아닌가.

막시밀리앵은 마키아벨이 무척 똑똑하다는 것을 다시 한 번 인정하지 않을 수 없었다.

「자넨 정말 믿음직한 조언자야.」

컴퓨터에 내장된 디지털 카메라의 대물렌즈가 스스로 초점 맞추기를 실행했다.

「그들 우두머리의 사진을 보여 주실래요?」

막시밀리앵은 그 요구에 놀라면서, 지방 신문에 실린 쥘리 팽송의 사진을 내밀었다. 마키아벨은 그 사진을 기억 장치에 입력하고 나서, 이미 가지고 있던 자료 사진들과 비교했다.

「여자로군요. 아름답지요?」

「내 생각을 묻는 거야, 아니면 네 생각이 그렇다는 거야?」

「묻는 거예요.」

막시밀리앵은 사진을 다시 살펴보고 나서 잘라 말했다.

「그래. 아름다워.」

컴퓨터는 되도록 선명한 영상을 얻기 위해 해상도를 최선의 상태로 조절하고 있는 듯했다.

「그러니까, 이런 게 바로 아름다움이란 거군요.」

경정은 뭔가 석연치 않은 기분이 들었다. 마키아벨의 합성된 음성에 억양이 있는 것도 아니고 미묘한 감정의 변화가 반영되는 것도 아니었지만, 경정은 그 음성에서 무언가가 풀리지 않아 갑갑해하는 듯한 기색을 느꼈다.

대화가 순조롭게 이루어지지 않았다. 컴퓨터는 아름다움이라는 개념을 이해하지 못하고 있음에 틀림없었다. 해학에 대해서는, 특히 역설의 구조를 취하고 있는 농담에 대해서는 분명치 않게나마 이해하는 듯했지만, 아름다움을 판단하기 위한 기준은 전혀 가지고 있지 않았다.

「그 개념을 이해하기가 어렵군요.」

마키아벨이 그렇게 실토하자, 막시밀리앵은 자기 역시 아름다움에 대해 명백한 기준을 가지고 있지 않음을 시인했다.

「나도 그래. 한때는 아름다워 보이던 존재들도 시간이 조금 흐르고 나면 시들하게 여겨지는 경우가 가끔 있지.」

마키아벨의 외눈이 깜박였다.

「아름다움이란 주관적인 개념이로군요. 제가 그것을 지각하지 못하는 게 아마 그 때문일 겁니다. 나에게는 모든 것이 0 아니면 1이에요. 어느 순간엔 0이었다가 다른 순간엔

1이 되는 사물은 있을 수가 없어요. 그 점이 바로 저의 한계예요.」

막시밀리앵은 아쉬움을 담고 있는 그 자평에 놀라지 않을 수 없었다. 신세대 컴퓨터들은 이제 인간의 대화 상대로 손색이 없게 되었다는 생각이 들었다. 컴퓨터야말로 인간의 성취 가운데 가장 훌륭한 것이 아닐까?

149. 신을 믿는 개미들

《신을 믿는 개미들의 소행이라고?》

여왕이 죽었다. 한 무리의 벨로캉 개미들이 여왕의 거처 입구에 조심스럽게 나타난다. 그렇다면 생존자들이 전혀 없었던 것은 아니다. 한 개미가 자기 무리에서 떨어져 나와 더듬이를 내밀고 혁명군 특공대 쪽으로 다가든다. 암개미 103호는 그를 알아본다. 23호다.

그러니까 23호 역시 손가락들에 맞선 첫 원정에서 살아남았다는 얘기다. 병정개미 23호는 원정이 시작되고 얼마 안 있어 신을 믿는 개미들 무리에 가담했다. 그래서 103호와 23호는 서로를 그다지 달갑게 여긴 적이 없었다. 그러나 산전수전을 다 겪고 살아남은 두 개미가 자기들이 태어난 도시에서 다시 만났으니 어찌 친근감을 느끼지 않을 수 있으랴.

23호는 103호가 생식 개미가 되었음을 곧 알아채고 축하의 뜻을 보낸다. 23호 역시 몸집이 커진 것처럼 보인다. 23호는 혁명군 특공대 전원에게 환영의 페로몬을 발한다. 그는 여전히 경계심을 늦추지 않고 있는 암개미 103호에게 위험한 상황은 이제 끝났다고 알려 준다.

두 개미가 영양 교환에 들어간다.

23호가 자기 이야기를 시작한다. 신들의 세계를 접한 뒤에 23호는 복음을 전파하기 위해 벨로캉에 돌아왔다고 한다. 암개미 103호는 23호가 〈손가락들〉이라고 칭하지 않고 〈신들〉이라는 호칭을 고집하고 있음에 주의한다.

23호의 이야기는 이러하다. 그가 벨로캉에 돌아왔을 때, 벨로캉 개미들은 첫 원정에서 살아남은 자가 있음을 기뻐하면서 그를 극진히 맞아 주었다. 그 환대를 이용하여 23호는 신들의 존재를 조금씩 알려 나가면서 신을 믿는 개미들을 결집하고 그들의 우두머리가 되었다. 그는 죽은 개미들을 더 이상 쓰레기터에 버리지 말라고 요구하고, 몇 개의 방에 묘지를 마련했다.

새 여왕 벨로키우키우니는 그 혁신을 좋지 않게 여기고, 그들의 신앙 활동을 금지했다.

그래서 23호는 도시의 가장 깊숙한 구역으로 피신하였고, 그곳에서 신자들과 작은 무리를 짓고 복음을 계속 전파할 수 있었다. 그들은 동그라미를 신앙의 상징으로 삼았다. 개미들을 으깨어 죽이기 전에 나타나는 손가락들의 모습이 바로 동그라미이기 때문이다.

암개미 103호는 머리를 끄덕인다. 통로의 벽에 새겨 놓은 그 모든 기호들이 어떻게 해서 생긴 것인지를 비로소 깨달은 것이다.

그들 뒤에 웅크리고 있는 개미들이 단조롭게 페로몬을 발하고 있다.

《손가락들은 우리의 신이다.》

혁명군 특공대는 어안이 벙벙하다. 정작 손가락들에 대한 관심을 불러일으키고자 했던 것은 그들이었는데 23호의 무리가 벌써 그들을 훨씬 앞질러 버린 것이다.

수개미 24호는 도시가 왜 이렇게 텅 비어 있느냐고 묻는다.

23호가 설명한다.

《새 여왕 벨로키우키우니는 우리 신자들이 도처에 있다는 것에 불안을 느끼고 우리의 신앙을 근절하려고 했다. 그에 따라 벨로캉 내에서 신자들에 대한 대대적인 사냥이 벌어졌고 많은 신자들이 순교하였다. 혁명군이 불을 가지고 들이닥쳤을 때, 나는 그 기회를 놓치지 않고 금단 구역으로 달려가 여왕을 죽였다.》

그러자 다른 여왕이 없었기 때문에 온 도시가 자멸의 수렁에 빠지게 되었고, 벨로캉 개미들은 하나씩 하나씩 심장 박동을 스스로 멈추어 버렸다는 것이다.

불에 타서 유령 도시처럼 되어 버린 벨로캉에는 이제 신을 믿는 개미들밖에 남아 있지 않다. 오로지 그들만이 손가락들에 대한 숭배를 바탕으로 새로운 개미 사회를 함께 건설해 보자며 혁명군을 환대하고 있다.

암개미 103호와 수개미 24호는 그 예언자 개미의 열정에 진정으로 공감하는 것은 아니지만 이제 벨로캉을 재건하는 것은 혁명군이 할 일이므로 그 무리를 배척하기보다는 이용하기로 한다.

암개미 103호가 페로몬을 발한다.

《벨로캉 앞에 있는 하얀 게시판은 큰 위험이 닥치고 있음을 알리는 표시다. 어쩌면 촌각을 다투어야 할 만큼 긴급한 상황인지도 모른다. 지체 없이 여기에서 빠져나가야 한다.》

모두가 그의 말을 믿는다.

몇 시간 만에 그들은 벨로캉을 완전히 비우고 길을 떠난다. 탐험 개미들이 전위(前衛)로 먼저 출발해서 도시를 건설하기에 알맞은 새로운 소나무 그루터기를 찾는다. 불씨가 담긴 돌멩이를 지고 왔던 달팽이들은 가까스로 화재를 면한 약간의 알과 애벌레, 버섯과 진딧물 따위를 싣고 간다.

전위대는 요행히 보통 걸음으로 한 시간만 가면 닿을 곳에서 함께 모여 살기에 알맞은 그루터기 하나를 찾아낸다. 103호는 그 정도 거리면 하얀 게시판 주위에서 벌어질 재앙을 충분히 피할 수 있을 거라고 판단한다.

그루터기에는 벌레들이 갉아 놓은 터널들이 이리저리 뚫려 있고 금단 구역과 여왕의 거처까지 나무 속에 마련할 수 있게 되어 있다. 5호는 그 그루터기를 기본적인 틀로 삼아 새 벨로캉을 신속하게 건축하기 위한 설계도를 작성한다.

모두가 부지런히 움직인다.

103호는 초현대적인 도시를 건설하자고 제안한다. 커다란 사냥물과 신기술에 꼭 필요한 물건들이 원활히 유통되는 넓은 통로들과 불 실험실에서 나온 연기가 빠져나갈 수 있게 하는 커다란 굴뚝, 또 축사며 버섯 재배장이며 실험실에 빗물을 끌어들이기 위한 수로를 갖추자는 것이다.

103호는 비록 아직 알을 낳고 있지는 않지만 벨로캉의 유일한 암개미이기 때문에 재건된 도시의 여왕으로 지명되었을 뿐만 아니라 그 일대의 64개 도시를 포함하는 불개미 연방의 여왕이 되었다.

알을 낳지 못하는 암개미가 여왕이 된 것은 처음 있는 일이다. 알을 낳아서 낡은 세대를 새로운 세대로 교체하는 대신에 103호가 새로이 생각해 낸 것은 〈열린 도시〉라는 개념이다. 다른 종의 개미들을 정착시켜서 그들 고유의 문화를 받아들임으로써 벨로캉을 더욱 풍요롭게 만들자는 것이 그의 생각이다.

하지만 여러 종이 섞여 하나로 융화되는 것은 결코 쉬운 일이 아니다. 처음엔 종을 구분하지 않고 함께 어울려 살던 개미들이 점차 같은 종끼리 따로 모여 살게 된다. 고동털개미들은 아래층의 남동쪽에 정착하고, 노랑개미들은 가운데층의 서쪽에, 수확개미들은 수확의 편의를 위해 위층에, 천막개미들은 북쪽에 각각 자리를 잡는다.

새 도시 어디에서나 저마다 기술 혁신에 애를 쓰고 있다. 그들이 기술을 혁신하는 방식은 결코 합리적이지 않다. 그들은 머릿속에 떠오르는 대로 무엇이든 시험하면서 결과를 살핀다. 그것이 바로 개미들의 탐구 방식이다.

불 기술자들은 지하의 가장 깊숙한 곳에 커다란 실험실을 만들고, 온갖 것을 가져다 태워 보면서 그것들이 어떤 물질로 변하는지 어떤 종류의 연기를 내는지를 알아낸다. 그들은 화재의 위험을 피하기 위해 불이 잘 붙지 않는 송악잎으로 연구실 벽을 덮어 놓았다.

역학 기술자들은 널찍한 방 하나를 마련해서 조약돌로 굄을 놓는 지레와 식물 섬유로 몇 개를 결합한 지레까지 시험하기 시작한다.

수개미 24호와 7호의 발의에 따라 지하 15층, 16층, 17층에는 〈미술〉 작업실이 마련되었다. 그곳에서 개미들은 등딱지에 기호를 새기는 것은 물론이고 나뭇잎에 그림을 그리거나 풍뎅이 배설물로 조각 작품을 만들기도 한다.

수개미 24호는 손가락들의 기술을 사용해서 전형적인 개미 양식의 작품을 만들어 낼 수도 있음을 입증해 보일 생각이다. 〈개미 문화〉, 더 나아가서는 벨로캉의 문화를 창조하겠다는 것이 그의 야심이다. 사실, 그의 소설이나 7호의 그림들만 놓고 보더라도, 지상에서 그 비슷한 것을 찾아볼 수 없는 아주 독특한 창작물이 아닌가.

한편, 11호는 개미 음악을 창작하기로 결심하고, 여러 곤충들에게 다성부 합창이 되도록 저마다의 소리를 내보라고 부탁했다. 결과는 불협화음을 내는 것에 지나지 않았지만, 그래도 그것은 전형적인 개미 음악이다. 11호는 그 모든 소리를 조화시키겠다는 희망을 버리지 않고, 폭넓은 음계를 지닌 작품들을 만들어 보겠다고 의욕을 불태운다.

15호는 주방을 만들고, 불 실험실에서 태운 모든 것들의 맛을 감정한다. 나뭇잎이나 곤충처럼 맛이 좋은 것들은 오른쪽에 놓이고, 맛이 없는 것들은 왼쪽에 놓인다.

10호는 기술자들의 방 가까이에 손가락 행동 연구소를 만든다.

손가락들의 기술을 응용하는 것은 정말이지 개미들의 세계에 많은 진보를 가져온다. 하루 만에 1천 년의 세월을 벌고 있는 듯한 느낌이다. 다만, 한 가지 103호를 불안하게 하는 것이 있다면, 이제는 비밀스럽게 활동할 필요가 없게 된 신자들이 도시 곳곳에 공공연히 나타나 점점 더 포교에 열을 올리고 있다는 점이다. 새 도시로 이주하던 첫날 저녁부터 23호는 신자들을 이끌고 하얀 게시판이 있는 곳에 가서 그 신성한 기념물을 세운 위쪽 세상의 신들에게 기도를 올리기 시작했다.

150. 백과사전

히포다모스의 유토피아

기원전 494년 페르시아 왕 다리우스 1세의 군대는 소아시아의 할리카르나소스와 에페소스 사이에 있는 밀레토스라는 도시를 완전히 폐허로 만들어 버렸다. 그 뒤에 페르시아인들은 히포다모스라는 건축가에게 도시 전체를 재건해 달라고 부탁했다. 그 도시는 그리 크지도 작지도 않아서 백지 상태에서 이상적인 도시를 건설하기에는 아주 제격이었다.

히포다모스는 그 절호의 기회를 놓치지 않았다. 그는 기하학적으로 설계된 이상적인 도시를 건설하고 싶어 했다. 도시의 형태가 사회생활에 직접적인 영향을 준다고 믿고 있던 그인지라 단지 도로와 집을 건설하는 것으로는 성에 차지 않았다. 그는 1만 명의 주민이 농(農), 공(工), 병(兵) 세 계층으로 나뉘어 있는 이상적인 도시를 구상했다.

히포다모스는 자연적인 요소를 완전히 배제한 인공적인 도시를 원했다. 도시 한복판에는 아크로폴리스가 있었고 거기로부터 바큇살처럼 퍼져 나간 열두 갈래의 도로가 도시를 열두 부분으로 나누었다. 도로는 일직선이었고 원형 광장과 집들은 모두 한결같은 모양을 하고 있었다. 주민들은 모두 동등한 권리를 가진 시민들이었지만, 근대적인 의미의 개인은 없었고 오로지 시민들만이 있었다. 연예나 풍류 따위는 허용되지 않았다. 시인, 광대, 악사와 같은 예술가들은 예측할 수 없는 사람들로 여겨져, 밀레토스에 들어오는 것이 금지되었다. 가난한 자와 독신자와 일할 수 없는 자도 도시에 들어올 수 없었다.

도시를 완벽한 기계 장치처럼 만들겠다는 것이 히포다모스의 생각이었다.

에드몽 웰스, 『상대적이며 절대적인 지식의 백과사전』 제3권

127

151. 대양 한가운데에 있는 섬

퐁텐블로 고등학교가 점거된 지 엿새째 되던 날, 막시밀리앵은 자기 컴퓨터의 조언에 따르기로 결심하고 학교로 통하는 전기와 수도를 끊었다.

농성자들은 이제 물과 전기를 스스로 구하지 않으면 안 되었다. 물의 문제를 해결하기 위하여 레오폴은 빗물을 받아 저장할 통을 만들게 했다. 그는 농성자들에게 모래로 몸을 씻는 방법과 소금을 먹음으로써 몸속에서 수분이 빠져나가는 것을 막고 용변을 적게 보는 방법을 가르쳐 주었다.

물보다 더 곤란한 문제는 전기였다. 그들의 모든 활동은 세계적인 정보 통신망에 토대를 두고 있었다. 손재주가 좋은 몇몇 사람이 무슨 방법이 없을까 하고 전자 공학 실습실을 뒤졌다. 거기엔 갖가지 설비들과 자재들이 아주 많아서 그들은 이미 그곳을 보물 창고처럼 이용하고 있던 터였다. 그들은 감광성 극판들을 찾아내어 태양 전지를 만들었다. 태양열 다음으로 이용할 수 있는 것은 바람이었다. 그들은 책상에서 판자를 뜯어내어 풍차를 만들었다. 그리하여 잔디밭의 원추형 천막 꼭대기마다 데이지꽃이 피어나듯 풍차가 솟아올랐다.

그것만으로는 충분치 않았기 때문에, 다비드는 자전거 여행 클럽의 자전거들을 발전기에 접속했다. 그럼으로써 햇빛도 비치지 않고 바람도 불지 않을 경우에는 건장한 사람들이 자전거 페달을 밟아 전기를 공급할 수 있게 되었다.

어떤 문제가 생길 때마다 그들의 상상력은 더욱 효과적으로 발휘되었고, 그들의 단결은 더욱 공고해졌다.

전화선을 그대로 둔 탓에, 농성자들이 정보 통신망을 여전히 활용하고 있음을 확인하고, 막시밀리앵은 그들에게서 그것도 마저 빼앗아 버리기로 했다. 새로운 시대에는 새로운 포위 공격 전술이 필요하다고 생각하면서.

그러나 새로운 공격 전술에는 새로운 방어 전술이 나타나게 마련이었다. 자기의 〈물음 마당〉 때문에 불안해하던 다비드는 이내 마음을 놓았다. 농성자들 중에 마침 특수 전지 전화기를 가져온 사람이 있었기 때문이었다. 그 전화기는 통신 위성과 직접 전파를 주고받을 수 있을 만큼 고도의 성능을 지닌 것이어서 컴퓨터 통신을 재개하는 데 아무런 어려움이 없었다.

그렇기는 해도 그들은 이제 모든 것을 자급자족하며 살아야 할 형편이었다. 그들은 컴퓨터 통신을 하는 데 없어서는 안 되는 에너지를 절약하기 위하여 전기를 사용하는 대신 촛불과 호롱불을 밝히고, 새로운 국면에 대응하기 위한 정비 작업을 벌였다. 어둠이 깃들자 바람에 일렁이는 불빛 때문에 교정(校庭)의 분위기는 사뭇 낭만적이었다.

쥘리와 일곱 난쟁이와 아마존들은 부지런히 돌아다니면서, 사람들에게 이것저것 부탁을 하고 설비와 기재를 나르고 학교 내부를 더욱 효율적으로 정비하는 방안을 놓고 토론을 벌였다. 학교는 그야말로 참호로 둘러싸인 야영 진지처럼 변해 가고 있었다.

아마존들은 더욱 단결된 모습을 보이면서 점점 더 민첩하게 움직였다. 한마디로 그녀들은 갈수록 군인들처럼 되어 가고 있었다. 군대의 역할은 마땅히 자기들이 떠맡아야 한다고 여기는 듯했다.

쥘리는 친구들을 연습실에 불러 모았다. 그녀의 표정엔 수심이 가득했다. 그녀는 초 몇 자루에 불을 붙여 벽감에 올려놓고 대뜸 이렇게 말했다.

「너희들에게 물어볼 것이 하나 있어.」

「뭔데? 어서 말해 봐.」

프랑신이 담요를 쌓아 놓은 곳에 털썩 주저앉으면서 재촉했다.

쥘리는 일곱 난쟁이들을 차례차례 둘러보고는, 고개를 숙이고 잠시 머뭇거리다가 입을 열었다.

「너희들은 날 사랑하니?」

한동안 침묵이 흘렀다. 조에가 착 가라앉은 음성으로 먼저 침묵을 깼다.

「물론이지. 너는 우리의 백설 공주이고 우리 개미들의 여왕이야.」

그러자 쥘리가 아주 진지하게 말했다.

「그렇다면 만일 내가 너무 여왕처럼 굴거나 나 스스로를 너무 대단한 존재로 여기기 시작하거든 주저하지 말고 브루투스가 율리우스 카이사르에게 한 것처럼 해. 날 죽이라고.」

그녀의 말이 끝나기가 무섭게 프랑신이 그녀에게 덤벼들었다. 그것을 신호로 모두가 일제히 달려들어 그녀의 팔과 발목을 붙잡고 담요 속에서 뒹굴었다. 조에는 칼로 그녀의 심장을 찌르는 듯한 시늉을 했다. 그러자 모두가 그녀를 간질이기 시작했다.

쥘리는 어찌해 볼 새도 없이 그저 신음 소리만 낼 뿐이었다.

「싫어. 간질이지 마!」

그녀는 고통스럽게 웃으면서 그 상황이 어서 끝나기를 바랐다. 간지럼을 많이 타서라기보다는 남의 살이 자기 몸에 닿는 것을 견딜 수 없기 때문이었다. 그러나 그녀가 아무리 버둥거려도 친구들은 그녀를 고분고분하게 놓아주지 않았다. 그녀는 이제껏 살아오면서 그렇게 많이 웃어 본 적이 없었다.

숨이 막힐 듯했다. 자기 자신이 어딘가로 떠나고 있다는 느낌이 들기 시작했다. 기이한 느낌이었다. 웃음이 너무나 고통스러웠다. 한차례의 간질임이 끝나기가 무섭게 또 한차례의 간질임이 이어졌다. 그녀의 몸은 웃음과 아픔이라는 상반되는 신호를 보내오고 있었다.

그때 불현듯 어떤 깨달음이 그녀의 뇌리를 스쳤다. 그녀는 이제 남의 살이 자기 몸에 닿는 것이 왜 그토록 견디기 어려운지를 알 것 같았다. 심리 치료 의사의 말이 옳았다. 그녀의 이상 행동은 아주 어린 시절에 뿌리를 두고 있었다.

그녀는 아기 때의 자기 모습을 다시 보았다. 그녀가 세상에 나온 지 열여섯 달밖에 안 되었을 때의 일이다. 집안 식구들이 모여 저녁 식사를 할 때면, 사람들은 그녀가 스스로를 지킬 수 없다는 점을 이용해서 그녀를 마치 물건이라도 되는 양 주거니 받거니 하곤 했다. 사람들은 그녀에게 입맞춤을 퍼붓고 간질이고 억지로 인사를 시키고 뺨이며 머리를 쓰다듬었다. 그녀는 입술에 루주를 너무 진하게 바르고 역한 입냄새를 풍기던 할머니들을 떠올렸다. 그 입들이 그녀의 입으로 다가올 때면 부모님들은 공모자가 되어 주위에서 웃음을 터뜨리곤 했다.

그녀의 입에 뽀뽀를 하던 그 할아버지도 생각났다. 물론 사랑의 표시로 하는 입맞춤이었겠지만 할아버지는 그녀의 의견을 물어본 적이 없었다. 바로 그거였다. 그녀가 남의 살이 자기 몸에 닿는 것을 더 이상 견디지 못하게 된 것은 그때부터였다. 그 후로, 그녀는 집안 식구들이 모여 식사를 하게 되리라는 것을 알게 되면 식탁 밑으로 숨어들어 갔다. 거기에서 조용히 노래를 흥얼거리고 있으면 어른들은 그녀를 끌어내려고 애썼지만 그녀는 한사코 그들의 손을 뿌리쳤다. 식탁 밑에 숨어 있으면 기분이 참 좋았다. 그녀는 어른들이 작별 인사로 마구 퍼부어 대는 입맞춤을 피하기 위해 모든 사람들이 떠나고 나서야 밖으로 나가려고 했지만 그녀의 의도는 번번이 좌절되곤 했다.

물론 그녀의 심리 치료 의사가 생각하는 것처럼 그녀가 성적으로 학대를 받은 적은 결코 없었다. 하지만 그녀의 살갗이 학대를 당한 것은 분명했다.

그들의 장난은 시작될 때와 마찬가지로 갑작스럽게 끝났다. 일곱 난쟁이들은 자기들의 백설 공주를 둘러싸고 둥그렇게 다시 앉았다. 쥘리는 흐트러진 머리를 매만졌다. 나르시스가 말했다.

「죽는 맛이 어때? 네가 죽여 달라고 해서 그대로 해준 거야.」

「기분이 좀 나아졌니?」

프랑신이 물었다.

「무척 좋아졌어. 고마워. 너희가 나를 간질인 게 나에게 얼마나 많은 도움이 되었는지 너희는 모를 거야.」

그 말이 떨어지자마자 그들은 또 한바탕 그녀를 간질이기 시작했다. 그녀는 다시 숨이 넘어갈 것처럼 웃어댔다. 그 장난을 끝내게 한 것은 지웅이었다.

「이제 파우와우를 시작하자.」

폴이 컵 하나에 꿀술을 따랐다. 그들은 각자 돌아가면서 꿀술을 조금씩 마셨다. 그러고 나자 폴은 딱딱한 과자를 모두에게 나눠 주었다. 그들의 회의는 그렇게 함께 마시고 함께 먹는 것으로 시작되었다.

쥘리는 둥그렇게 모여 앉은 친구들의 눈길에서 진지한 열의를 느꼈다. 그들이 자기를 안전하게 지켜 주고 있다는 기분이 들었다. 모두가 아무런 저의 없이 하나로 결합되는 순간이었다. 〈우리 인생에서 이런 순간에 도달하는 것보다 더 훌륭한 목표가 있을까? 그런데, 꼭 혁명을 해야만 우리는 이런 경지에 다다를 수 있는 것일까?〉 하고 그녀는 생각했다.

그들은 경찰의 철저한 봉쇄가 야기한 새로운 생활 조건에 관해서 토론을 벌였다. 실제적인 해결 방안들이 쏟아져 나왔다. 외부의 압박은 그들의 혁명을 약화시키기는커녕 오히려 그들의 단결을 더욱 견고하게 만들어 주었다.

152. 저녁의 작은 전투

새 벨로캉에 급변의 회오리가 인다. 기술이 발전해 가는 만큼 종교도 비약적인 발전을 이루어 간다. 손가락들을 신으로 숭배하는 개미들은 도시 곳곳에 자기들의 상징인 동그라미를 그려 대는 것으로 그치지 않고, 자기들 종교의 냄새가 담긴 페로몬을 벽마다 뿌려 놓고 있다.

103호가 통치를 시작한 지 이틀째 되던 날, 23호는 설교를 통해 자기들 종교의 목표는 세상의 모든 개미들이 신을 숭배하도록 만드는 것이며 신을 믿지 않는 자들을 죽이는 것은 자기들에게 도움이 된다고 선언했다.

신을 믿는 개미들은 부쩍 더 공격적인 태도를 보이고 있다. 그들은 불신자들을 만나면, 손가락들이 신앙을 계속 거부하는 자들을 으깨어 죽일 것이고, 만일 손가락들이 죽이지 않는 경우에는 자기들이 대신 그 일을 맡게 될 것이라는 경고를 서슴지 않는다.

그리하여 새 벨로캉에 분열이 생기고 기이한 현상이 벌어지게 된다. 한쪽에서 〈기술파〉 개미들은 손가락들이 불과 지레와 바퀴를 사용함으로써 성취한 것을 본받으려 애를 쓰고 있는데, 다른 쪽에서는 손가락들의 행위를 모방하는 것 자체를 신성 모독으로 여기는 〈신앙파〉 개미들이 오로지 기도 속에서만 살고 있다.

103호는 이런 식으로 간다면 두 세력 간에 충돌이 벌어지는 것을 피할 수 없게 되리라고 우려한다. 신자들은 너무 배타적이고 너무 독선적이다. 그들은 더 이상 아무것도 배우려 하지 않고, 오직 자기들 주변의 개미들을 신자로 만드는 데에만 골몰하고 있다. 그들의 소행으로 보이는 살해 사건이 몇 차례 있었지만, 다들 내란이 벌어질 것을 저어하며 쉬쉬하고 있는 형편이다.

103호와 수개미 24호, 그리고 열두 탐험 개미가 신을 믿는 개미들에 대한 대책을 논의하기 위해 여왕의 거처에 모였다. 수개미 24호는 여전히 미래를 낙관하고 있다. 그는 방금 실험실에서 새로운 기술적 진보가 이루어진 것을 보고 왔다. 그의 보고에 따르면 불 기술자들은 이제 나뭇잎을 엮어 만든 가벼운 상자 바닥에 흙을 깔고 그 안에 불씨를 담을 수 있게 되었다고 한다. 그럼으로써 어떤 지역을 밝히거나 데우고자 할 때 아무런 위험 없이 불을 운반할 수 있게 되었다는 것이다.

5호는 신을 믿는 개미들이 과학과 지식을 지나치게 경시한다며 우려의 뜻을 나타낸다.

《종교의 세계에서는 무엇을 증명할 필요가 없다. 그 점에서 종교는 과학과 다르다. 예를 들어, 어떤 기술자가 불로 나무를 단단하게 만들 수 있다고 주장한다고 치자. 그의 실험은 실패로 끝날 수도 있다. 그러면 개미들은 더 이상 그 기술자를 신뢰하지 않게 될 것이다. 그러나 신을 믿는 자들이 손가락들은 전능하고 우리가 존재하는 것은 그들 덕분이라고 주장하는 경우에는 즉석에서 그 주장이 옳지 않다는 것을 입증하기가 어렵다.》

103호가 느껴질 듯 말 듯 하게 약한 페로몬을 발한다.

《어쨌거나 종교는 문명이 진보해 가는 과정에서 거쳐야 하는 하나의 단계인지도 모른다.

손가락들의 세계에서 좋은 것은 취하고 나쁜 것은 버려야 한다. 문제는 어떻게 하면 나쁜 것은 끌어들이지 않고 좋은 것만 취할 수 있는가 하는 것이다.》

5호가 제기한 그 중요한 문제를 놓고 모두 둥그렇게 모여 해답을 궁리한다. 새로운 도시가 건설된 지 이틀밖에 되지 않았는데 벌써부터 분열이 생긴 걸 보면, 불화가 갈수록 심해질 것이 뻔하다. 한시라도 빨리 그들을 제지하지 않으면 안 된다.

《그들을 죽여야 하지 않을까?》

그건 아니다. 단지 손가락들을 신으로 여긴다는 이유로

겨레를 죽일 수는 없다.

《그렇다면, 그들을 추방해야 하지 않을까?》

어쩌면 그 편이 나을지도 모른다. 그러면 일치단결해서 현대화를 이루고 첨단 기술로 나아가는 벨로캉에서 멀리 떨어진 곳에 그들은 배타적이고 낙후된 신앙 공동체를 만들게 될 것이다.

그때, 어떤 둔중한 소리가 도시의 벽들을 울리기 시작한다. 더 이상 회의를 계속할 겨를이 없다.

경보 페로몬이 날아든다.

개미들이 사방으로 내닫는다. 위험을 알리는 냄새가 진동한다.

《난쟁이개미들이 공격해 온다!》

벨로캉 개미들은 전열을 정비하고 침입자들에 맞서 싸울 채비를 한다.

난쟁이개미들은 북쪽 길목으로 밀려들고 있다. 투석 지레를 사용하기엔 너무 늦었다. 불도 사용할 수가 없다.

더듬이를 세우고 위턱을 치켜든 난쟁이개미들의 긴 행렬이 점점 다가든다. 냄새로 짐작건대 그들은 침착하고 결연하다. 연기만 모락모락 피어나고 불길은 솟지 않는 이상한 개미 도시를 본 것만으로도 그들은 기분이 몹시 상했을 것이고, 장차 화근이 될지도 모를 그런 도시는 당장 파괴해 버리는 것이 당연하다고 생각했으리라. 벨로캉의 혁신이 다른 도시들의 불신과 시샘과 두려움을 불러일으킬 수도 있다는 사실을 103호는 미처 깨닫지 못했다.

103호는 둥근 지붕 꼭대기로 올라가 굴뚝 연기에 너무 가까이 다가가지 않도록 조심하면서 산개하고 있는 적군을 살핀다.

그는 5호에게 신호를 보내 포병 부대를 나오게 한 다음, 적의 전진을 저지하기 위해 그들을 전위에 배치한다.

또 한차례의 대학살이 벌어지려는 참이다. 103호로서는 살육 광경을 보는 데도 이제 싫증이 난다. 일반적으로 폭력에 대해 혐오감을 갖는 것은 노화의 징후로 볼 수 있다. 그러나 103호의 경우는 좀 다르다. 늙은 병정개미의 정신과 젊은 생식 개미의 몸을 아울러 가지고 있기 때문이다.

둥근 지붕 밑에서는 일개미들이 바쁘게 움직이면서 2단계 경보를 온 도시에 전하고 있다.

적군의 행렬은 끝없이 이어지고 있다. 오만한 불개미 연방을 굴복시키려고 몰려오는 것은 비단 난쟁이개미들만이 아니다. 인근의 많은 도시에서 온 병력이 그들의 뒤를 따르고 있다. 게다가 더욱 고약한 일은 불개미 연방에 속한 도시들마저 적군에 합류해 있다는 사실이다. 새 벨로캉에서 벌어지고 있는 일은 같은 연방에 속한 개미들마저 불안하게 만들고 있는 모양이다.

103호는 조너선 스위프트라는 손가락 세계의 작가에 관한 다큐멘터리를 떠올렸다. 그 작가는 이런 식의 이야기를 한 바 있다. 〈새로운 인재가 출현했다는 것은 그의 주위에 그를 파멸시키기 위한 바보들의 음모가 벌어진다는 사실을 통해 알 수 있다〉라고.

지금 103호 앞에서 펼쳐지고 있는 것이 바로 그 바보들의 음모인 셈이다. 일체의 발전적인 움직임을 가로막고 역사의 수레바퀴를 되돌리기 위해서, 내일은 그저 또 다른 어제가 되게 하기 위해서 목숨까지 바칠 각오가 되어 있는 바보들이 저렇게나 많은 것이다.

수개미 24호가 암개미에게 바싹 다가와 몸을 웅크린다. 그는 두려워하고 있다. 그래서 안도감을 주는 다른 생식 개미의 존재를 필요로 하는 것이다.

수개미 24호가 더듬이를 축 늘어뜨린다.

《이젠 끝났어. 저들의 수가 너무 많아.》

새 벨로캉의 포병 부대가 도시를 방어하기 위해 한 줄로 늘어서서 배를 치켜들고 개미산 포격을 준비하고 있다. 적군의 행렬은 여전히 끝날 줄 모른다. 적의 병력은 수백만이다.

103호는 이웃 도시들과 외교 관계를 맺는 일에 너무 소홀했음을 아쉬워한다. 그래도 처음엔 이웃 도시의 많은 대표들을 맞아들였다. 그러나 기술 혁신에 너무 골몰하는 바람에 이웃의 모든 도시들이 불안해하고 있다는 것을 깨닫지 못했다.

5호가 와서 나쁜 소식을 전한다. 신을 믿는 개미들이 전투에 참가하기를 거부하고 있다고 한다. 전투의 승부는 신들이 결정하는 것이기 때문에 굳이 싸움에 가담할 필요를 느끼지 않으며, 그 대신 기도를 해주겠다는 것이다.

위턱을 모으고 앉아서 우리의 명복이나 빌겠다는 것인가?

비탈길을 넘어 오는 적의 긴 행렬은 끝 간 데 없이 계속 이어지고 있다.

불과 지레와 바퀴를 다루는 기술자들이 103호 주위에 모여든다. 103호는 모두 더듬이를 맞대고 이 곤경에서 벗어나게 해줄 무기를 만들어 내자고 제안한다.

103호는 자기 기억에 남아 있는 손가락들의 전투 장면을 모두 떠올린다. 이미 알고 있는 불과 지레와 바퀴를 가지고 새로운 수단을 강구해야 한다. 그 세 가지 개념이 그들의 뇌 속을 돌면서 어지러이 뒤섞인다. 어서 빨리 어떤 대책을 생각해 내지 않으면 남은 것은 죽음뿐이라는 것을 그들은 모두 알고 있다.

153. 백과사전

죽음은 이렇게 생겨났다

죽음은 지금으로부터 꼭 7억 년 전에 출현했다. 40억 년 전부터 그때에 이르기까지 생명은 단세포에 한정되어 있었다. 단세포로 이루어진 생명은 영원히 죽지 않는다. 똑같은 형태로 무한히 재생할 수 있기 때문이다. 오늘날에도 우리는 산호초에서 영원히 죽지 않는 단세포 체제의 흔적을 찾아볼 수 있다.

그렇게 모든 생명이 죽음을 모르고 살아가던 어느 날, 두 세포가 만나서 서로 이야기를 나눈 다음, 서로 도우며 함께 생명 활동을 하기로 결정했다. 그에 따라 다세포의 생명 형태가 나타났고, 그와 동시에 죽음도 생겨났다. 다세포 생물의 출현과 죽음의 시작은 무슨 관련이 있는 것일까?

두 세포가 결합하자면 서로 간의 소통이 불가피하고, 그 소통의 결과 두 세포는 더욱 효율적인 생명 활동을 위하여 자기들의 일을 분담하게 된다. 예를 들어, 두 세포가 다 영양물을 소화하는 작용을 하기보다는 한 세포는 소화를 맡고 다른 세포는 영양물을 찾는 식으로 역할 분담이 이루어지게 된 것이다.

그 후로 세포들은 점점 더 큰 규모로 결합하게 되었고 각 세포의 전문화가 더욱 진전되었다. 세포들의 전문화가 진전될수록 각각의 세포는 더욱 허약해졌다. 그 허약성이 갈수록 심화되어 마침내 세포는 본래의 불멸성을 잃게 되었다.

그렇게 해서 죽음이 생겨났다. 오늘날 우리가 보고 있는 동물들의 대부분은 고도의 전문성을 지닌 세포들의 결합체이다. 그 세포들은 끊임없이 대화를 나누며 함께 작용한다. 우리 눈의 세포들은 간의 세포들과 아주 다르다. 눈의 세포들은 어떤 따끈따끈한 음식을 발견하게 되면 서둘러 그 사실을 간의 세포들에게 알려 준다. 그러면 간의 세포들은 음식물이 입 안에 들어오기도 전에 즉시 담즙을 분비하기 시작한다. 우리 몸을 이루는 세포들은 모두가 전문적인 기능을 수행하면서 서로 소통한다. 그리고 그 세포들은 언젠가는 죽게 되어 있다.

죽음의 필요성은 다른 관점에서도 설명될 수 있다. 죽음은 종들 간의 균형을 확보하기 위해 꼭 필요하다. 만일 영원히 죽지 않는 다세포 종이 존재하게 된다면 그 종의 세포들은 전문화를 계속하여 모든 문제를 해결하게 될 것이고, 생명 활동이 너무나 효율적인 나머지 다른 모든 생명 형태의 존속을 위태롭게 만들 것이다.

암세포가 활동하는 방식을 생각해 보면 그 점이 더욱 분명해진다. 분열 능력이 큰 암세포는 다른 세포들이 말리거나 말거나 막무가내로 분열을 계속한다. 암세포는 태초의 불멸성을 되찾으려는 야심을 가지고 있다. 암세포가 유기체 전체를 죽이게 되는 까닭이 거기에 있다. 암세포는 다른 사람들의 말은 전혀 듣지 않고 언제나 혼자서만 지껄이는 사람들과 비슷하다고 할 수 있다. 암세포는 자기중심적인 위험한 세포이다. 그것은 다른 세포들을 고려하지 않고 불멸성을 헛되이 추구하면서 끊임없이 증식하다가 마침내는 자기 주위에 있는 모든 것을 죽여 버린다.

에드몽 웰스, 『상대적이며 절대적인 지식의 백과사전』 제3권

막시밀리앵은 현관문을 꽝 닫으며 집 안으로 들어섰다.

「여보, 무슨 일이 있어? 기분이 언짢아 보이네.」

그는 아내를 바라보면서 그녀가 가진 것 중에 예전에 자기 마음에 들었던 것을 기억해 보려고 애썼다.

그는 어떤 퉁명스러운 대답을 하려다 말고 애써 미소를 지으며 자기 서재로 성큼성큼 걸어갔다.

그날 아침에 그는 열대어들이 담긴 수족관을 서재로 옮겨 놓고 그것의 관리를 마키아벨에게 맡긴 바 있었다. 컴퓨터는 맡은 일을 그런대로 잘해 내고 있었다.

먹이를 주는 전기 장치와 온도를 조절하는 니크롬선과 급수 밸브를 조절하면서 컴퓨터는 그 인공적인 환경의 생태적 균형을 완벽하게 보살피고 있었다. 그렇게 해서 컴퓨터의 도움을 받은 열대어 관상 취미가 아주 자연스럽게 틀을 잡았고, 물고기들도 그 변화에 아주 만족해하는 듯했다.

경정은 〈진화〉 게임을 다시 시작했다. 그는 영국풍의 섬나라를 건설하고, 그 나라가 바다로 격리되어 이웃 문명들의 전투에 휩쓸리지 않는 점을 십분 활용해서 첨단의 과학 기술을 발전시키도록 이끌었다. 그런 다음 그는 세계 도처에 상관(商館)을 설치할 수 있도록 현대적인 선단을 만들어 주었다. 결과는 훌륭했다. 그런데 일본에서도 똑같은 전략을 채택하는 바람에 잔혹한 전쟁이 벌어지게 되었다. 결국 2720년에 이르러 일본인들은 더 성능이 좋은 위성을 이용해서 그의 영국 문명을 무너뜨렸다.

「아쉽군요, 이길 수도 있었는데.」

마키아벨이 완곡하게 지적하자 막시밀리앙은 벌컥 화를 냈다.

「그래, 너 똑똑해. 너라면 어떻게 했겠니?」

「저 같으면 사회 구성원들의 단결을 더욱 공고히 만들었을 거예요. 예를 들어 여성의 참정권을 보장해 주었다면, 그런 것을 생각하지 않은 일본 문명에 비해서 사회적인 분위기가 훨씬 좋아졌을 것이고, 국민들의 사기도 한결 높아졌을 거예요. 그렇게 되면 군사적인 부문에서도 과학 기술자들의 창조성이 고양되어 더욱 훌륭한 무기들이 발명되었을 테지요. 그런 정도로도 당신에게 승산이 있었어요.」

「자잘한 것에 신경을 쓰다가 큰 것을 잃고 말았어…….」

막시밀리앙은 지도와 전장을 검토해 보고 나서 게임을 끝냈다. 그러고는 컴퓨터 화면을 멍하니 바라보면서 가만히 앉아 있었다. 마키아벨의 외눈이 커지더니 그의 관심을 끌기 위해 깜박거렸다.

「아직도 그 개미 혁명 때문에 걱정하고 있나요?」

「그래, 나를 더 도와줄 수 있겠니?」

「물론이지요.」

마키아벨은 자기 눈을 지워 버리고 자동 프로그래밍 모뎀을 작동시켜 정보 통신망에 접속해 들어갔다. 그는 정보들이 유통되는 몇몇 고속 도로와 도로를 거쳐 오솔길로 들어갔다. 그러자 곧 유한 책임 회사 〈개미 혁명〉의 사이트가 나타났다.

막시밀리앙은 화면 쪽으로 몸을 기울였다. 마키아벨이 아주 흥미진진한 것을 찾아낸 것이다. 〈그러니까 그들은 이런 식으로 그 엉터리 혁명을 계속 전파하고 있다는 얘기로군. 전화를 끊어 버렸는데도 그들은 위성을 통해 전화에 접속하는 방법을 용케 찾아내어 자기들의 정보를 아무 문제 없이 유통시키고 있는 거야〉 하고 경정은 생각했다.

그들 사이트의 홈페이지는 유한 책임 회사 개미 혁명이 다음과 같은 자회사들을 보유하고 있음을 알려 주고 있었다.

—〈물음 마당〉
—가상 세계〈인프라월드〉
—의류 업체〈나비〉
—건축 사무소〈개미집〉
—자연 식품 업체〈꿀술〉

게다가 누구나 개미 혁명의 주제와 목표에 대해서 토론할 수 있는 포럼들과 새로운 개념에 토대를 둔 새로운 사회를 제안할 수 있는 자리들도 마련되어 있었다.

거기에 나타난 정보에 따르자면 전 세계적으로 십여 개의 고등학교가 퐁텐블로의 시위를 다소간 모방하면서 서로 연계 활동을 벌이고 있었다.

마키아벨은 막시밀리앵에게 하나의 노다지를 찾아 준 거나 다름없었다.

막시밀리앵은 생전 처음으로 자기가 신세대에게 뒤져 있을 뿐만 아니라 기계에도 뒤져 있다고 느꼈다. 마키아벨은 그에게 개미 혁명의 요새로 들어가는 창문을 열어 주었다. 이제부터 그가 할 일은 그 창문을 잘 이용해서 요새 안에 무엇이 들어 있는지를 조사하고 요새에 허점을 발견해 내는 것이었다.

마키아벨은 여러 전화선을 접속해 본 다음 〈물음 마당〉을 이용하여 개미 혁명의 재정 구조를 밝혀냈다. 너무 순진한 탓인지, 아니면 자신감에 넘쳐서 그런 것인지 그 혁명가들은 자기들 조직에 관한 정보를 스스로 제공하고 있었다.

마키아벨이 열어 보이는 몇 개의 파일을 살펴보고 나서 막시밀리앵은 모든 것을 이해하게 되었다. 그 젊은이들은 오로지 정보 통신망과 첨단 기술을 이용해서 아주 참신한 유형의 혁명을 이루어 가고 있는 중이었다. 그것은 막시밀리앵이 생각해 오던 것과는 전혀 달랐다. 오늘날의 혁명에는 매스 미디어, 특히 텔레비전의 지원을 얻는 것이 절대적으로 필요하다는 것이 그의 생각이었다. 그런데 그 고등학생들은 전국적인 채널이든 지방 채널이든 텔레비전 방송의 지원을 전혀 받지 않고 자기들의 목적을 달성해 가고 있었다. 텔레비전은 결국 불특정 다수의 대중에게 비개성적이고 정보가 빈약한 메시지를 전달하는 데에 목표를 두고 있었다. 그런데 퐁텐블로의 그 폭도들은 컴퓨터의 정보 통신망을 이용하여 소수이지만 아주 관심이 깊고 정보를 아주 민감하게 수용할 태세가 되어 있는 사람들에게 개성적이고 정보가 풍부한 메시지를 전달하고 있는 것이었다.

막시밀리앵은 정신이 번쩍 들었다. 텔레비전과 그 밖의 대중 매체들은 세상을 변화시키는 첨단의 수단이 아닐뿐더러, 오히려 더욱 은밀하고 대단히 성능이 우수한 다른 도구들에 뒤떨어져 있었다. 사람들끼리 서로 소통하는 견고한 관계를 맺어 줄 수 있는 것은 오로지 컴퓨터의 정보 통신망뿐이었다.

막시밀리앵은 경제적인 측면에서도 새로운 사실을 깨달았다. 그들의 회계 장부를 보니 유한 책임 회사 〈개미 혁명〉

은 많은 수익금을 축적할 전망을 보이고 있었다. 하지만 그 회사는 막대한 자본을 가진 대기업이 아니라 일련의 자회사들을 아우르고 있는 작은 기업일 뿐이었다. 결국 자체의 위계질서에 매여 경직되기가 십상인 거대한 회사보다 그런 작은 회사가 훨씬 더 많은 이익을 올리고 있는 셈이었다. 게다가 모든 구성원들이 서로를 잘 알고 서로를 신뢰할 수 있으며, 쓸모없는 관리자들이며 사무실이나 지키는 간부들이 설 자리가 없다는 것도 그런 소기업의 장점이었다.

막시밀리앵은 사이트를 계속 탐색하면서 작은 자회사들로 나뉘어 있는 그 회사에 또 다른 장점이 있음을 알게 되었다. 파산의 위험을 최소화할 수 있다는 점이 바로 그것이었다. 어떤 자회사가 적자를 보거나 거의 이익을 올리지 못하는 것으로 판명되면, 그 자회사는 사라지고 이내 다른 자회사가 만들어진다. 모든 사업 구상이 신속하게 검토되고 수익성이 없는 방안은 자연스럽게 도태된다. 막대한 이익을 올릴 가능성도 없지만 큰 손해를 볼 염려도 없다. 한 자회사의 이익은 적지만 모든 자회사들의 이익이 쌓이면 결국엔 거액이 된다.

경정은 사회생활의 경험이 전혀 없는 젊은이들이 어떻게 그런 식으로 회사를 조직할 수 있었는지 궁금했다. 십중팔구는 어떤 경제 이론의 도움을 받았거나, 그들 혁명의 특이한 조건 때문에 어쩔 수 없이 그런 방식을 생각해 냈을 터였다. 어쨌거나 그들은 상품의 재고가 생기지도 않고 오로지 두뇌와 컴퓨터에 토대를 두고 있기 때문에 파산의 위험이 전혀 없는 회사를 만들어 낸 셈이었다.

공룡처럼 거대한 회사들이 판을 치던 시대는 갔다. 미래는 개미 같은 회사들의 것이다. 어쩌면 그것이 바로 개미 혁명의 메시지일지도 모른다고 경정은 생각했다.

그들의 회사가 더 이상 무시할 수 없는 경제적 현실이 되기 전에, 그 건방진 젊은이들의 성공을 물거품으로 만들어 버리지 않으면 안 될 일이었다.

막시밀리앵은 흑서파의 우두머리인 공자그 뒤페롱에게 전화를 걸었다.

병이 중하면 약도 독하게 쓰라 했지만, 효험은 별로 없더라도 민간 처방을 먼저 활용해 볼 생각이었다.

155. 햇불 전투

시게푸 난쟁이개미들의 첫 번째 공격은 새 벨로캉 쪽에 막대한 손실을 가져왔다. 두 시간에 걸친 치열한 전투 끝에 곳곳에서 방어선이 무너지고 벨로캉 개미들의 몸뚱이가 무수히 동강 났다. 침략자들은 그 승리가 만족스러웠는지 더 밀어붙일 생각을 않고 최후의 일격을 이튿날로 미룬 채 야영 준비에 들어간다.

다른 개미들이 부상자와 다리가 잘려 나간 자, 빈사 상태에 빠진 자들을 도시 안으로 데려오는 동안, 암개미 103호는 마침내 한 가지 전술을 생각해 냈다. 그는 자기 가까이에 있는 병정개미들을 불러 모으고, 그들에게 햇불 만드는 법을 가르쳐 준다. 그의 생각은 불을 무기로 이용하겠다는 것이 아니라, 어둠을 밝히고 추위를 이기는 수단으로 사용하면서 적들을 공격하겠다는 것이다. 어둠이 깃들면 적들은 활동을 멈추고 잠이 들어 버릴 것이다. 그 어둠을 이기는 것은 불밖

146

에 없다.

그리하여 이슥한 밤에 새 벨로캉의 입구에서 무수한 불빛이 몰려나오는 놀라운 광경이 벌어진다. 불개미들은 미루나무 잎새로 만든 통에 흙을 깔고 거기에 불씨를 담아 등에 지고 간다. 적들은 잠을 자고 있지만, 그들은 그렇게 몸을 덥히고 어둠을 밝히고 있기 때문에 추위와 어둠에 상관없이 활동할 수 있다.

난쟁이개미들이 한데 뭉쳐서 잠을 자고 있기 때문에 그들의 야영장은 크고 거뭇한 하나의 열매처럼 보인다. 그러나 그것은 살아 있는 도시라 할 만하다. 깊은 잠에 빠진 채 뒤엉켜 있는 난쟁이개미들의 몸뚱이가 벽도 되고 통로도 된다. 암개미 103호는 병정개미들에게 야영장 안으로 들어가라고 신호를 보내고 자기도 안으로 들어간다. 다행히도 차가운 밤 공기가 침입자들을 잘 마비시켜 놓고 있다.

벽도 바닥도 천장도 온통 적의 몸뚱이로 이루어진 곳으로 들어가는 기분이 참으로 묘하다.

《우리의 진정한 적은 오직 두려움뿐이다.》

103호는 그렇게 되뇐다. 그러나 두려워할 것이 없다. 밤은 그들의 동맹군이다. 난쟁이개미들은 앞으로 몇 시간 동안 계속 잠들어 있을 것이다.

5호가 이른다.

《한 장소에 너무 오래 머무르지 않도록 조심해야 한다. 그러지 않으면 적들이 잠에서 깨어나 덤벼들 것이다.》

새 벨로캉의 병정개미들은 난쟁이개미들과의 접전을 피하기 위해서 서둘러 움직인다. 그들은 한쪽 위턱만을 사용해서 꼼짝 않고 있는 적들의 머리를 하나씩하나씩 잘라 나간다.

너무 깊이 베는 것은 피해야 한다. 이따금 싹둑 잘려 나간 머리들의 덩이가 무너져 내려 그 밑에 깔리는 경우가 있기 때문이다. 그저 목을 반쯤만 베어야 한다. 밤에 전쟁을 벌이는 것은 아주 새로운 일이기 때문에 그때그때 알맞은 병법을 찾아내야 한다.

야영장 속으로 너무 깊이 들어가는 것도 좋지 않다. 공기가 부족해서 불이 꺼질 염려가 있기 때문이다. 먼저 외벽을 이루고 있는 적들을 죽이고, 양파 껍질을 벗기듯 그들을 치워 내면서 차츰차츰 안으로 공격해 들어가야 한다.

새 벨로캉의 병정개미들은 쉴 새 없이 적들을 죽인다. 횃불의 열기와 빛이 흥분제가 되어 그들의 살기가 한껏 등등해진다. 이따금 벽의 한 귀퉁이를 이룬 적들이 깨어나기도 한다. 그러면 가차 없이 달려들어 그들을 쓰러뜨려야 한다. 그 대학살의 와중에서도 103호는 생각을 멈추지 않는다.

《진보를 이루어 내려면 꼭 이런 과정을 거쳐야 하는 것일까?》

그보다 더 감수성이 예민한 수개미 24호는 살육을 포기하고 물러나 버린다. 수컷들이 언제나 훨씬 더 섬세하다는 것은 잘 알려진 사실이다.

암개미 103호는 멀리 가지 말고 밖에서 기다리고 있으라고 그에게 부탁한다.

마냥 죽이기만 하는 것도 쉬운 일은 아니다. 새 벨로캉의 병정개미들이 지친 기색을 보이고 있다. 그렇게 꼼짝 않고 있는 적들을 죽인다는 것도 그다지 마음 편한 일은 아니다. 개미들이 적을 죽일 때는 전투를 벌이면서 죽이는 것이 정상이다. 그런 만큼, 그렇게 잠들어 있는 적의 머리를 뱀에 있어 어찌 일말의 거리낌이 없을 것인가.

그들은 싸움을 벌이고 있기보다는 수확을 하고 있는 기분이다. 난쟁이개미들의 시체가 풍기는 올레산의 냄새가 견딜 수 없을 만큼 심해진다. 새 벨로캉의 병정개미들은 신선한 공기를 마시기 위해 자주 야영장 밖으로 나갔다가 다시 들어가 공격을 재개하곤 한다.

암개미 103호는 날이 새기 전에 일을 끝내야 하므로 더 빠르게 움직이라고 재촉한다.

그들의 위턱이 키틴질의 마디를 끊고 들어가면 투명한 피림프가 솟아난다. 이따금 피림프가 너무 많이 분출하는 바람에 횃불이 꺼지기도 한다. 불을 잃은 병정개미들은 밀집해 있는 적들의 한가운데서 그냥 잠들어 버린다.

암개미 103호가 기세를 늦추지 않고 위턱을 부지런히 놀려 계속 적을 죽이고 있는 동안에도 그의 머릿속에서는 수많은 생각들이 착종하고 있다.

《우리가 손가락들의 행동을 본받은 결과가 꼭 이런 식의 싸움으로 나타나야 하는가!》

하지만 어쩌랴! 오늘 밤 적의 병정개미들을 죽이지 않으면 당장 내일 아침 그들의 공격을 받게 될 것을.

달리 선택의 여지가 없다. 좋든 싫든, 전쟁은 역사의 발전을 가속시키는 가장 훌륭한 수단이다.

적을 죽이느라고 너무 힘을 쓴 탓에 5호의 위턱에 쥐가 났다. 그는 잠시 살육을 멈추고 적의 시체를 먹은 다음 더듬이를 닦고 그 험한 일을 다시 시작한다.

동녘 하늘로부터 아침 햇살이 번져 오기 시작한다. 이제 살육을 중단해야 할 때가 되었다. 적이 깨어나기 전에 서둘러 돌아가야 한다. 야영장의 벽과 천장과 바닥 들이 기지개를 켜자마자 그들은 재빨리 달아난다.

불개미들은 온통 피 칠갑이 된 지친 몸을 이끌고, 동료들이 불안한 마음으로 기다리고 있는 도시 안으로 돌아온다.

암개미 103호는 둥근 지붕 꼭대기로 다시 올라가 잠에서 깨어난 적들의 동정을 살핀다. 해가 솟아오르자 한데 뒤엉켜 있던 적의 몸뚱이들이 스르르 풀어진다. 적들의 반응은 즉각 나타났다. 난쟁이개미들은 자기들에게 벌어진 일을 도무지 이해할 수가 없다. 간밤에 자기들과 함께 잠들었던 동료들이 거의 다 죽어 버렸으니 말이다.

생존자들은 뒤를 돌아보지도 않고 자기들의 둥지로 돌아간다. 난쟁이개미들이 떠나고 나자 자기들 연방의 수도인 벨로캉에 맞서 싸우러 왔던 도시들이 항복의 페로몬을 보낸다.

그 전투의 결과가 인근의 모든 개미 도시에 알려지자 수백만 병정개미들의 군대가 새 벨로캉 연방에 들겠다고 찾아온다.

암개미 103호와 수개미 24호는 그들을 맞아들여 불과 지레와 바퀴의 실험실을 구경시킨다. 그러나 횃불을 만드는 방법은 그들에게 알려주지 않는다. 가차 없이 없애 버려야 할 적들이 언제 또 생길지 모르기 때문이다. 그때를 위해서 횃불은 비밀 무기로 남겨 두어야 한다. 비밀 무기는 모두가 다 아는 무기보다 더욱 효과적이기 때문이다.

한편, 23호 쪽에도 신자들의 수가 급증하는 현상이 나타났다. 밖에 나가 야간 전투에 참가했던 병정개미들 말고는 그들이 어떻게 전투에서 승리를 거두었는지 아무도 모르기 때문에 23호는 손가락들이 자기의 기도를 들어준 것이라고 강변하였다.

그는 전투를 승리로 이끄는 데에 암개미 103호가 한 일은 아무것도 없다면서 진정한 믿음만이 구원을 가져온다고 주장하기까지 했다.

《손가락들은 우리를 구원하였다. 그만큼 그들은 우리를 사랑하고 있는 것이다.》

23호는 그 의미를 제대로 알고 있는지조차 의심스러운 그런 거창한 페로몬을 서슴없이 내뱉고 있다.

156. 백과사전

쥐의 똥구멍을 꿰맨 여공

19세기 말, 프랑스 브르타뉴 지방의 정어리 통조림 공장에는 쥐들이 우글거렸다. 그러나 그 쥐들을 없애 버릴 방도를 아는 사람은 아무도 없었다. 흔히 쓰는 방법대로 고양이들을 풀어놓는다는 것은 말도 안 될 일이었다. 고양이들은 요리조리 달아나는 쥐들을 잡으려 하기보다는 차라리 제자리에서 꼼짝 않고 있는 정어리들을 먹어 치울 것이 뻔하기 때문이었다. 그러던 참에, 어떤 사람이 살아 있는 쥐의 똥구멍을 굵은 말총으로 꿰매어 버리는 방안을 생각해 냈다. 그의 생각은 이러했다. 똥구멍을 꿰매어 버리면 쥐는 배변이 불가능한 상태에서 계속 먹기만 하다가 결국엔 고통과 분노 때문에 미치게 된다. 그러면 그 쥐는 작은 야수와도 같은 무시무시한 존재로 변하여 다른 쥐들을 물어뜯고 쫓아 낼 것이다.

생각은 그럴듯했으나 문제는 그 추저분한 일을 누가 맡느냐에 있었다. 다들 못 하겠다고 꽁무니를 사리는데, 한 여공이 그 일을 하겠다고 나섰다. 그 대가로 그녀는 사장의 신임을 얻어 봉급이 인상되고 반장으로 승진하였다. 그러나 그 통조림 공장의 다른 여공들은 그녀를 의리 없는 배신자로 여겼다. 그들 중에서 단 한 사람이라도 쥐의 똥구멍을 꿰매겠다고 나서는 한, 그 혐오스러운 일은 계속 되풀이될 것이기 때문이었다.

에드몽 웰스, 『상대적이며 절대적인 지식의 백과사전』 제3권

157. 흥분이 고조된 쥘리

〈개미 혁명〉의 우뇌에 해당하는 창안 모임에서 새로운 개념들이 너무나 많이 나오는 바람에 좌뇌에 해당하는 실행 모임에서는 그것을 다 받아서 취사선택하고 실행에 옮기는 데에 어려움을 느끼고 있었다. 이레째 되던 날 유한 책임 회사 〈개미 혁명〉은 세계에서 가장 다양하게 분화한 회사들 축에 들게 되었음을 자랑할 수 있게 되었다.

에너지 절약, 자원 재활용, 기발한 전자 제품, 컴퓨터 게임, 새로운 예술 개념 등 갖가지 생각들이 쏟아져 나왔다. 그렇게 아주 독특한 형태의 작은 문화 혁명이 일어나고 있었지만, 국제적인 정보 통신망에 익숙해져 있는 사람들을 제외하고는 아무도 그런 사실을 깨닫지 못하고 있었다. 회사의 회계를 도와주는 상업 선생은 누구 못지않게 자기 일에 몰두하였다. 그는 사무실도 가게도 없이 오로지 작은 컴퓨터 하나로 그들의 회계 장부를 관리하면서 하루하루를 보냈다. 그는 세금이며 행정 서류, 상표 등록 따위를 책임지고 있었다.

퐁텐블로 고등학교는 그야말로 하나의 개미집처럼 변해 갔다. 몇 사람이 모여 하나의 생산 단위를 이루고, 각 생산 단

위는 저마다 특정한 사업 계획을 실행에 옮겨 가는 중이었다. 이제 축제는 낮 동안 일을 하면서 얻은 긴장을 해소하기 위해서만 행해지고 있었다.

혁명의 컴퓨터 전문가들은 정보 통신망에서 세계적인 규모의 토론 모임을 열고 있었다.

프랑신은 자기의 인프라월드를 관리하는 데 온 정성을 기울였다. 그녀는 그 세계에 직접 개입하는 것은 아니었지만, 생태학적인 불균형이 생기지 않도록 예의 주시하면서 그런 기미가 보이면 즉시 불균형을 바로잡곤 했다. 그녀는 생태계의 종을 다양화하는 것이 꼭 필요한 일임을 깨달았다.

한 동물이 너무 빠르게 증식한다 싶으면 그녀는 그 동물의 천적을 만들어 냈다. 그렇게 생명을 추가하는 것이 그녀의 유일한 개입 방식이었다. 예컨대, 도시의 비둘기가 지나치게 많아지는 경우가 생기면 들고양이를 넣어 주는 것과 같은 식이었다.

그러고 나면 그 천적 때문에 다른 천적이 필요하게 되고, 먹이 사슬은 점점 복잡해졌다. 그녀는 먹이 사슬이 다양해질수록 생태계는 더욱 조화롭고 견고해진다는 사실을 깨달았다.

나르시스는 자기의 독특한 양식을 계속 발전시킴으로써 가상의 패션쇼 말고는 어떤 패션쇼에도 참가하지 않았음에도 전 세계에 알려지기 시작했다.

가장 잘 돌아가고 있는 자회사는 다비드의 〈물음 마당〉이었다. 그의 전화선은 늘 통화가 폭주하고 있었다. 사람들이 제기해 오는 질문들이 너무 많아서 다비드는 자기 사업의 일부를 사립 탐정들이나 학자들의 도움을 받기가 훨씬 더 용이

한 외부 회사들에게 맡겨야 했다.

지웅은 생물 실험실에서 놀이 삼아 폴의 꿀술을 가지고 일종의 브랜디를 증류하고 있었다. 여남은 자루의 초들이 비추는 희미한 빛 속에, 실험용 증류기며 알코올을 거르고 모으기 위한 대롱 등 브랜디를 증류하는 데에 필요한 모든 것들이 설치되어 있었다. 밀주업자의 증류실을 방불케 하는 분위기였다. 그 한국인 남학생은 달착지근한 수증기에 싸여 있었다.

쥘리가 그를 찾아왔다. 그녀는 그의 설비를 살펴보다가 시음용 대롱 하나를 잡더니 그 내용물을 한숨에 비웠다. 지웅의 눈이 휘둥그레졌다.

「네가 가장 먼저 시음하는구나. 맛이 괜찮니?」

쥘리는 묻는 말에는 대답도 하지 않고 술이 철철 넘치는 다른 대롱 세 개를 더 잡더니 누가 쫓아오기라도 하는 것처럼 정신없이 마셔 버렸다.

「그러다 취하겠다.」

「나는…… 난…… 하고 싶어…….」

그녀가 더듬거렸다.

「도대체 뭘 하고 싶다는 거야?」

「나 오늘 밤 너를 사랑하고 싶어.」

그녀가 똑똑한 음성으로 단숨에 그렇게 말해 버리자 지웅은 뒤로 물러섰다.

「너, 취했구나.」

「너에게 그 얘기를 하고 싶었지만 용기가 없었어. 그래서 용기를 내려고 술을 마신 거야. 그래도 내가 싫지 않지?」

지웅은 그녀가 활짝 피어난 꽃 같다고 느꼈다. 쥘리는 이제껏 그렇게 활짝 핀 모습을 보여 준 적이 없었다. 다시 음식을 제대로 먹게 되면서 그녀 얼굴의 모난 부분은 사라지고 윤곽이 부드러워졌다. 혁명은 그녀의 자태마저 변화시켰다. 그녀는 턱을 치켜들고 더욱 곧은 자세를 유지하고 있었다. 그녀의 걸음걸이조차 더욱 우아해진 느낌이 들었다.

쥘리는 몸에 실오라기 하나 걸치지 않은 채로 자기 손을 지웅의 바지 쪽으로 천천히 가져갔다. 지웅은 자기 감정을 감추는 데에 점점 더 어려움을 느끼고 있었다. 그는 그녀가 이끄는 대로 매트 위로 가서 그녀를 가만히 바라보았다.

쥘리가 아주 가까이 다가왔다. 촛불의 오렌지빛 후광을 받아 그녀의 얼굴은 그 어느 때보다 매혹적이었다. 흘러내린 머리카락 한 올이 곡선을 그리며 그녀의 입 가장자리에 달라붙었다. 그 순간에 그녀는 오직 지난번 나이트클럽에서처럼 지웅과 뜨겁게 입 맞추기를 바라고 있었다.

지웅이 입엣말로 중얼거렸다.

「넌 참 예뻐. 대단히 아름다워. 그리고 난 네 냄새가 좋아. 너에게선 꽃향기가 나. 너를 처음 본 순간부터 난…….」

쥘리는 입맞춤으로 그의 말을 막고 또 한차례 입을 맞추었다. 한 줄기 바람이 건듯 불어와 창문을 열고 촛불을 꺼버렸다. 지웅은 초에 불을 다시 켜기 위해 일어서려고 했다. 그러자 그녀가 그를 붙들었다.

「이대로 있어, 단 1초라도 낭비하고 싶지 않아. 갑자기 이 바닥이 갈라져서 아주 오래전부터 나에게 약속된 이 순간을 경험하지 못하게 될까 두려워. 어두워도 상관없어. 어둠 속에서도 우리는 얼마든지 사랑할 수 있잖아?」

창문이 요란하게 덜거덕거리기 시작했다. 금방이라도 유

리창이 부서질 것만 같았다. 그녀는 어둠 속에서 다시 손을 뻗었다. 이제 시각은 더 이상 신뢰할 수 없었기에, 그녀는 다른 모든 감각, 특히 촉각에 온 신경을 집중하였다.

그녀는 자기의 보들보들하고 매끈매끈한 살을 지웅의 살에 대고 비볐다. 그토록 고운 그녀의 살갗이 지웅의 거친 살갗에 닿자 짜릿짜릿하게 전기가 오는 느낌이 들었다.

지웅의 손바닥이 가슴에 와 닿았다. 쥘리는 자기 가슴의 부드러운 감촉을 스스로 느꼈다. 그녀의 숨결이 거칠어지고 그녀의 땀 냄새가 더욱 진해졌다.

밤하늘에 달은 보이지 않았다. 수많은 별들이 그들을 비춰 주고 있을 뿐이었다. 쥘리는 가슴을 쭉 펴고 갈기 같은 머리채를 뒤로 홱 젖혔다. 그녀의 가슴이 터질 듯이 불거져 나오고, 그녀의 콧구멍이 아주 가쁘게 공기를 빨아들였다.

천천히, 아주 천천히 그녀는 지웅의 입에 자기 입을 갖다 대었다.

그녀의 눈길이 문득 다른 곳으로 쏠렸다. 창문 너머로 밝게 빛나는 꼬리를 끌며 살별 하나가 지나갔다. 그러나 그것은 혜성이 아니었다. 그것은 몰로토프 칵테일이었다.

158. 백과사전

샤머니즘

샤머니즘은 인류의 거의 모든 문화가 경험한 신앙 형태다. 샤먼은 지배자도 사제도 마법사도 성현도 아니다. 그들의 역할은 단지 인간과 자연을 화해시키는 데에 있다.

수리남의 원주민 사회에는 샤먼을 양성하는 독특한 제도가 있다. 샤먼

양성의 첫 단계는 24일 동안 계속되며, 사흘간의 교육과 사흘간의 휴식이 네 차례 되풀이된다. 수습생은 대개 여섯 명이고, 인격이 형성되어 가는 과정에 있는 사춘기의 청소년들로 이루어진다. 그 첫 단계에서 수습생들은 무격(巫覡)의 전통과 노래와 춤을 배운다. 그들은 동물들을 더욱 잘 이해하기 위해 동물들을 관찰하면서 그 움직임과 소리를 흉내 낸다. 교육 기간 동안 그들은 거의 아무것도 먹지 않으며, 음식 대신 담뱃잎을 씹거나 담배 즙을 마신다. 금식을 하면서 그렇게 담배 즙을 복용하면 신열이 심하게 나면서 몇 가지 심리적인 장애가 생긴다. 입문 과정은 그것으로 끝나는 것이 아니라, 육체적으로 고통을 주는 갖가지 시험으로 점철되어 있다. 대단히 위험한 조건에서 행해지는 그 시험들은 수습생들을 삶과 죽음의 경계로 몰아넣고 그들의 인격을 완전히 해체해 버린다. 담배에 중독된 상태에서 며칠 동안 그처럼 힘겹고 위험한 입문 과정을 겪고 나면, 수습생들은 눈에 보이지 않는 어떤 힘을 가시화할 수 있게 되고 접신의 상태에 익숙해지게 된다.

샤먼의 입문 과정은 인간이 자연에 적응하던 과거의 기억으로 회귀하는 과정이다. 적응하느냐 사라지느냐 하는 생사의 갈림길에서, 수습생들은 자기가 알고 있는 모든 것을 잊고 정신을 비워 내는 법을 배운다. 그들은 무엇을 판단하거나 분별하지 않고 사물을 있는 그대로 바라보는 훈련을 하는 것이다.

첫 단계가 끝나면, 숲속에서 3년 가까이 홀로 지내는 고독한 삶의 기간이 이어진다. 그 기간 동안 수습 샤먼은 자연 속에서 스스로 먹을 것을 구해야 한다. 그 시련을 이기고 살아남으면, 그는 더럽고 지친 몸을 이끌고 거의 실성한 상태로 마을에 다시 나타난다. 그러면, 늙은 샤먼이 그를 맞아들여 수련의 다음 단계로 이끈다. 그 단계에서 늙은 샤먼은 환각 상태를 접신의 경험으로 변화시키는 능력을 일깨워 준다.

인격을 해체하여 야성의 동물 상태로 돌아가게 하는 수련 과정이 오히려 수습 샤먼을 초인적인 능력을 지닌 훌륭한 인격자로 변화시킨다는 것은 참으로 역설적이다. 수련 과정을 다 마치고 샤먼이 되면 자기 자신을 더욱 잘 다스릴 수 있게 될 뿐만 아니라, 지력과 직관력이 우수해지고 도덕성도 한결 강해진다. 시베리아 동부의 야쿠트족 샤먼들은 그들 겨레의 평균 수준보다 세 배나 더 많은 교양과 어휘를 가지고 있다고 한다.

한편, 『생물학적 철학』이라는 책을 쓴 제라르 암잘라그 교수의 말에 따르면, 샤먼들은 구비(口碑) 문학의 주요한 전승자이자 창작자이기도 하다. 그들의 구비 문학은 공동체 문화의 토대가 되는 신화적이고 시적이고 서사적인 측면들을 보여 준다.

오늘날에는 샤먼들이 접신을 준비하면서 마약이나 환각을 일으키는 버섯을 사용하는 일이 점점 빈번해지고 있다고 한다. 그 현상은 샤먼들의 수련 과정이 예전의 특질을 잃고 있으며 그들의 능력이 점점 떨어지고 있음을 드러내는 것이다.

에드몽 웰스, 『상대적이며 절대적인 지식의 백과사전』 제3권

159. 개미 혁명의 황혼

화염병 하나가 재앙을 불러오는 이상한 불새처럼 허공을 날고 있었다. 그것은 공자그뒤페롱의 패거리가 던진 것이었다. 그 유리병이 용처럼 불을 토해 냈다. 다른 화염병들이 또 날아왔다. 담요에 불이 붙으면서 나일론 녹는 냄새가 퍼져 나갔다. 철책문을 가리고 있던 담요가 타버리자 학교 내부의 모습이 다시 밖에서 훤히 들여다보이게 되었다.

쥘리는 황황히 다시 옷을 입었다. 지웅은 그녀를 붙들어 두려고 했다. 그러나 밖에서 혁명이 고통으로 아우성치고 있

었다. 쥘리는 그 아우성을 상처받은 짐승의 신음 소리처럼 느꼈다.

그녀의 반사 작용을 둔하게 만들지도 모를 꿀술의 알코올을 모두 걸러 내기 위해서 그녀의 간이 분해 작용을 서두르기 시작했다. 이제 쾌락의 순간이 사라지고 행동에 나설 때가 되었다.

쥘리는 복도로 달려 나갔다. 경보 페로몬이 어지러이 날고 있는 개미집처럼 곳곳에서 공포가 회오리치고 있었다. 합기도 클럽의 학생들은 이리저리 뛰어다녔고, 다른 사람들은 철책문을 다시 가리려고 집기들을 옮기고 있었다. 너무나 갑작스럽게 일어난 일이라 힘의 낭비를 최소화하도록 그들의 행동을 체계화할 겨를도 없었다.

공자그가 이끄는 〈검은 쥐들〉은 철책문을 통해 학교 안에 마을이 꾸며져 있음을 발견하고 전시장들을 겨냥하였다.

물 양동이를 차례차례 건네주기 위한 하나의 사슬이 교정에 형성되었다. 그러나 저수탱크가 거의 비어 있어서 그렇게 불을 끄는 것은 소중한 물을 낭비하는 것에 지나지 않았다. 다비드는 물 대신에 모래를 사용하자고 제안했다.

몰로토프 칵테일 하나가 개미 모형의 머리에 맞았다. 스티롤 수지로 된 개미에 불이 붙었다. 쥘리는 불에 타고 있는 거대한 개미상을 바라보면서 〈결국 불이 모든 것을 파괴하는구나〉 하고 생각했다. 그녀는 그 화학 수류탄에 자기 이름을 붙인 몰로토프[10]라는 사람에 관한 글을 『상대적이며 절대적인 지식의 백과사전』에서 읽은 적이 있었다. 에드몽 웰스

10 본명은 스크리아빈. 몰로토프는 그가 볼셰비키 당원으로 활동할 때 사용했던 가명으로 〈망치〉를 뜻하는 러시아어 〈몰로트〉에서 따왔다고 한다.

에 따르면, 스탈린 치하에서 외무 장관을 지낸 바 있는 그는 가장 위험한 반동 세력에 속하는 사람이었다.

개미 토템 다음으로 폴의 식품 전시장이 불길에 휩싸였다. 꿀술이 담긴 호리병이 터지면서 캐러멜색의 연기가 피어올랐다.

학교 앞에 배치되어 있던 기동대원들은 버스 안에 그대로 머물러서 공자그 패거리의 폭력을 방관하고 있었다. 농성자들은 〈검은 쥐들〉의 기습에 반격을 가하려고 했지만, 쥘리는 아마존들을 통해 외부의 도발에 대응하지 말라는 명령을 내리고 있었다. 자기들이 도발에 응하면 〈검은 쥐들〉이 너무나 좋아하게 되리라는 거였다.

한 아마존이 성을 내며 물었다.

「뺨을 맞으면 갚아 줘야지 그냥 가만히 당하고만 있으면 어쩌자는 거야?」

「폭력 없는 혁명을 이루어 내는 것이 우리의 목표잖아. 우리는 저 깡패들과는 달라야 해. 저들처럼 행동하면 우리도 저들과 똑같은 사람들이 되는 거야. 흥분하지 말고 우선 불부터 *끄*자고.」

농성자들은 모래로 불길을 잡아 보려고 최선을 다했지만 〈검은 쥐들〉의 몰로토프 칵테일은 쉴 새 없이 날아들었다. 아주 드문 일이긴 하지만 터지지 않은 화염병을 얼른 주워 공격자들 쪽으로 되날려 보내는 농성자들도 있었다.

나르시스의 의상 전시장에 불이 붙었다. 나르시스가 급히 달려갔다.

「저건 세상에 하나밖에 없는 컬렉션이야. 저걸 꺼내야 돼.」

그러나 벌써 모든 것이 시커멓게 타버린 뒤였다. 나르시스는 분을 이기지 못하고 미친 사람처럼 쇠막대 하나를 움켜쥐더니 철책문을 열고 〈검은 쥐들〉에게 돌진했다. 그러나 그것은 부질없는 행동이었다. 그는 용감하게 싸웠지만 이내 무기를 빼앗긴 채 공자그 패거리에게 몰매를 맞고 학교 앞 광장에 열십자로 뻗어 버렸다. 지웅과 세 명의 다른 남학생들이 그를 도우러 황급히 달려 나갔지만 이미 늦은 뒤였다. 〈검은 쥐들〉은 흩어져 달아나고, 긴급 구조대의 구급차 한 대가 우연히 근처를 지나가고 있었던 것처럼 때맞춰 나타나서 곧바로 나르시스를 태우고 사이렌을 요란하게 울리며 떠났다.

쥘리는 더 이상 참을 수가 없었다.

「저들은 폭력을 원하고 있어. 저들이 원하는 대로 해주자고.」

쥘리는 아마존들에게 〈검은 쥐들〉을 붙잡으라고 명령했다. 한 무리의 학생들이 거리로 나섰다. 그러나 밀집 대형을 이루고 자기들을 추격하던 기동대원들을 따돌리는 것은 쉬운 일이었지만, 스무 명 남짓한 사복 차림의 극우파 젊은이들을 뒤쫓는 일은 결코 쉽지 않았다. 그들은 아무 데나 숨을 수 있었고 군중 속에 섞여 들어갈 수도 있었다. 도둑잡기 놀이에서 이젠 아마존들이 경찰 노릇을 하게 된 셈이었다. 학교 안에서와는 달리 그녀들은 그 역할을 제대로 수행하지 못했다. 〈검은 쥐들〉은 거리에 숨어서 기다리다가 무리에서 떨어져 나온 아마존이 있으면 덤벼들었다. 그러다 보니 결투가 벌어지면 우세한 쪽은 언제나 그들이었다.

지웅과 다비드, 레오폴과 폴도 심하게 구타를 당하였다.

막시밀리앙 경정은 멀리서 쌍안경으로 그 상황을 지켜보다가, 이제 농성자들의 주력이 거의 밖으로 빠져나왔음을 알

161

아차렸다. 철책문은 반쯤 열려 있었고, 학교 안에 남은 농성자들은 불을 끄는 일에 전념하고 있었다.

어린 공자그 덕분에 그의 일이 아주 쉬워졌다. 정력이 넘치는 뒤페롱 지사의 피가 그 조카의 혈관에도 돌고 있음이 분명했다. 막시밀리앵은 좀 더 일찍 그에게 도움을 청하지 않은 것을 후회했다. 학교 안의 농성자들은 생각했던 것보다 영리하지 않았다. 그저 빨간 헝겊 조각을 흔들었을 뿐인데 투우장의 소처럼 머리를 낮추고 무작정 덤벼들었으니 말이다.

막시밀리앵은 지사에게 전화를 걸어 이번엔 부상자가 생겼다고 알렸다.

「중상자들인가?」

「네, 어쩌면 사망자도 한 사람 생길 것 같습니다. 그는 병원에 있습니다.」

뒤페롱 지사는 잠시 생각하다가 마음을 굳혔다.

「그렇다면, 그들은 폭력의 함정에 빠진 거야. 폭력을 선택한 것은 우리가 아냐. 그들을 당장 학교에서 쫓아내도록 하게.」

160. 동물학 기억 페로몬

기록자: 10호

개체 수 조절

손가락들의 세계에서는 개체 수가 등비급수적으로 증가하고 있다. 그들에겐 이제 거의 천적이 없다. 그렇다면 그들은 어떤 방식으로 개체 수를 조절하는가? 그 방법을 나열하면 다음과 같다.

——전쟁

——교통사고

——축구 경기

——기아

——마약

우리는 산란을 생물학적으로 통제하고 있지만, 손가락들은 아직 그런 방법을 터득하지 못하고 있는 것 같다. 그들은 알을 너무 많이 만들어 놓고는 그제야 천자(穿刺)를 한다.

그런 낡은 방식은 마땅히 개선되어야 마땅한 것으로 보인다. 초과분의 알을 만들고 나중에 가서 그 알들을 파괴하느라고 너무나 많은 에너지를 소비하게 되기 때문이다.

그런 상쇄의 방식이 있음에도 그들의 인구는 여전히 등비급수적으로 증가하고 있다.

그들의 수는 이미 50억을 넘어섰다.

물론 그 수는 지구상에 존재하는 개미들의 수에 비하면 하찮은 것으로 보일 수도 있다. 그러나 문제는 손가락 하나가 아주 많은 수의 식물과 동물을 파괴하고 다량의 물과 공기를 더럽힌다는 데에 있다.

우리 지구가 50억의 손가락들을 감당할 수는 있어도 그 이상은 감당하기가 쉽지 않을 것이다.

손가락들의 수가 계속 증가한다는 사실은 필연적으로 수백 종의 동물과 식물이 사라지게 되리라는 것을 의미한다.

161. 종교 전쟁

암개미 103호는 주위의 개미들 사이에 젊고 신선하고 열정적이고 창의적인 분위기가 형성되었음을 느낀다. 그런 분위기를 만들어 내는 것은 그다지 쉬운 일이 아니었다.

통풍구에서는 병정개미들이 공기와 습기의 유입을 조절하고 있다. 곳간에는 먹이가 쌓여 간다. 일개미들은 기술자들이 실험을 망침으로써 생긴 시체들과 폐품들을 쓰레기터로 가져간다. 불 기술자들이 실험에 실패하면, 겉껍질이 추상 조각처럼 뒤틀린 여치며, 시커멓게 탄 나뭇잎이나 나뭇가지, 연기가 모락모락 피어나는 돌 등 갖가지 흉측하고 기이한 형상들이 만들어진다.

그러나 암개미 103호는 그런 집단적인 열정과 상치되는 또 다른 분위기 때문에 언짢은 기분을 느끼고 있다. 그것이 단순한 불만인지 두려움인지는 확실치 않다.

새 벨로캉을 건설한 지 나흘째 되던 날, 103호는 신을 믿는 개미들이 가져오는 피해가 자못 심하다고 판단했다. 그들의 종교적 상징인 동그라미가 모든 통로의 벽을 덮어 버렸고, 아무 보람 없는 그들의 기도가 온 도시를 오염시키고 있다.

암개미 103호는 위쪽 세상을 이미 보았다. 그는 손가락들이 신이 아니라 단지 개미들과 다르게 행동하는 거대하고 둔한 동물일 뿐이라는 사실을 알고 있다. 손가락들에게는 물론 개미들이 본받고 존경할 만한 것들이 있다. 그러나 그들을 숭배하는 것은 온당치 않다. 그들을 신으로 떠받드는 자들은 그간의 모든 성과를 헛수고로 만들어 버릴지 모른다. 103호는 과학 기술을 숭상하는 병정개미들의 지지에 힘을 얻고, 신을 믿는 개미들이 더 이상 영향력을 행사하지 못하게 하리라고 결심한다.

《나무에 기생하는 덩굴나무를 뽑아 버리지 않으면 덩굴나무가 나무를 죽이게 마련이다.》

암개미 103호는 더 늦기 전에 벨로캉이라는 나무에서 종교라는 덩굴나무를 뽑아 버리기로 한다. 미신과 종교는 아주 쉽게 퍼져 나가는 습성을 지니고 있다. 일이 크지 않을 때 신속히 개입하지 않으면 나중에는 도저히 어찌해 볼 도리가 없는 상황을 맞게 될지도 모른다.

103호는 열두 탐험 개미를 불러 이렇게 지시한다.

《손가락을 신으로 숭배하는 자들을 죽이자.》

13호를 선두로 그들은 즉시 임무를 수행하러 떠난다.

162. 백과사전

돌고래

돌고래는 수수께끼 같은 동물이다. 포유류 가운데서도 돌고래는 몸집에 비해 뇌의 부피가 가장 큰 편에 속한다. 침팬지의 뇌 무게가 보통 375그램이고, 사람의 뇌 무게가 1,450그램인데 비해, 돌고래의 것은 1,700그램이다. 그런 정도의 뇌를 가지고 있으니, 돌고래는 기호를 이해하고 언어를 만들기에 충분한 능력이 있는 게 확실하다. 그럼에도 돌고래는 그 지능을 제대로 활용하지 못하는 것처럼 보인다. 고작해야 동물원이나 수족관에서 벌이는 쇼에 출연하여 사람들의 놀이를 흉내 내거나 서커스 묘기를 보여 주고 있을 뿐이다. 그들의 지능은 정말로 스스로에게 아무런 도움을 못 주는 것일까?

돌고래는 포유강(綱) 고래목(目)에 속한다. 한마디로 바다에 사는 포유류 동물이다. 그들도 우리처럼 공기를 들이마시고, 암컷들은 새끼에게 젖을 먹이며, 알을 낳지 않고 임신과 출산을 한다. 돌고래의 조상은 옛날에 육지에 살았다. 그들에겐 다리가 있었고, 땅 위를 걷고 뛰어다녔다. 그들은 아마도 악어나 바다표범과 비슷했을 것이다. 어쨌든 그들은 땅에서 살았다. 그러던 어느 날, 무슨 까닭에서인지, 그들은 물속으로 되돌아갔다. 마치 육지 생활에 염증을 느끼기라도 한 것처럼 말이다. 우리처럼 물에서 나와 육지에 잘 적응해 가더니, 그래도 역시 물이 더 살기 좋다고 생각했는지 훌쩍 떠나 버린 것이다.

1,700그램에 달하는 커다란 뇌를 가진 그들이 바다로 돌아가지 않고 육지에 남았더라면 어떻게 되었을까? 그것을 상상하기는 어렵지 않다. 그들은 우리의 경쟁자나 선구자가 되었을 것이고, 전자보다는 후자가 되었을 가능성이 더 많다.

그런데 돌고래는 왜 바다를 택했을까?

바다는 확실히 육지보다 유리한 점을 지니고 있다. 육지에서 우리는 땅바닥에 붙어살지만, 바다에서는 3차원 속을 마음대로 움직일 수 있다. 또 바다에서는 옷도 필요 없고 집과 난방 설비도 필요치 않다. 바다에는 먹이도 풍부하다. 돌고래가 정어리 떼에 다가가는 것은 우리가 슈퍼마켓에 가는 것과 같다. 단지 돌고래는 공짜로 먹이를 구한다는 점이 다를 뿐이다.

돌고래의 뼈대를 조사해 보면, 지느러미 안에 길쭉한 손가락뼈가 아직 들어 있음을 확인할 수 있다. 그것은 육지 생활의 마지막 흔적이다. 그 부분의 변화가 돌고래의 운명을 바꾸어 놓았는지도 모른다. 손이 지느러미로 바뀜으로써 돌고래는 물속에서 대단히 빠른 속도로 움직일 수 있었겠지만, 그 대신 더 이상 도구를 만들 수 없었을 것이다. 우리가 우리 기관의 능력을 보완하기 위해 도구를 만들어 내는 데 그토록 열을 올렸던 것은, 우리 환경이 우리에게 그다지 적합하지 않았다는 것을 반증하는 것일 수도 있다. 물속에서 행복을 되찾은 돌고래는 자동차나 텔레비전, 총, 컴퓨터 따위를 필요로 하지 않았다.

그렇다고 언어의 필요성까지 없어진 것은 아니었다. 돌고래는 자기들 고유의 언어를 상당한 수준으로 발전시킨 듯하다. 그들의 언어는 소리를 통해 교신하는 음향 언어이다. 돌고래가 내는 소리는 음역이 대단히 넓다. 사람의 음성 언어는 주파수 1백 헤르츠에서 5천 헤르츠 사이에서 소통되지만, 돌고래의 교신은 7천 헤르츠에서 17만 헤르츠에 이르는 넓은 범위에서 이루어진다. 돌고래의 음향 언어는 아주 풍부한 뉘앙스를 가지고 있다!

내저러스 베이 커뮤니케이션 연구소 소장인 존 릴리 박사의 견해에 따르면, 돌고래들은 오래전부터 우리와 교신하기를 갈망해 온 듯하다고 한다. 그들은 자발적으로 해변에 있는 사람들과 우리 선박들에게 다가와서는, 마치 우리에게 알려 줄 게 있다는 듯이 펄쩍 뛰어오르기도 하며, 어떤 몸짓을 하기도 하고, 신호를 보내기도 한다. 〈돌고래들은 우리가 자기들을 이해하지 못할 때면, 이따금 역정을 내기도 하는 것 같다〉고 존 릴리 박사는 말한다. 우리에게 뭔가를 〈가르치고 싶어 하는〉 그런 행동은 동물 세계 전체를 통틀어 오직 돌고래에게서만 찾아볼 수 있다.

에드몽 웰스, 『상대적이며 절대적인 지식의 백과사전』 제3권

163. 퐁텐블로 고등학교 공격

폭력이 난무하고 있었다. 여기저기에서 비명 소리가 일고, 불길이 솟고, 물건들이 부서졌다. 쫓고 쫓기는 발자국 소리. 협박, 욕설, 악다구니, 주먹질.

깡패들의 몰로토프 칵테일 다음에 날아온 것은 경찰의 최루탄이었다.

눈을 못 뜨게 하는 독한 연기 속에서 농성자들은 사방으로 내달았다. 경찰 기동대원들이 공격해 오고 있었다.

농성자들은 원추형 천막을 버리고 건물 안으로 달려 들어가 남녀를 불문하고 막대기와 대걸레 자루와 통조림 깡통 따위로 무장하였다. 방어 무기가 될 만한 것이면 무엇이든지 그들에게 분배되었다. 아마존들은 쌍절곤을 주위 사람들에게 나눠 주었다. 만약의 경우를 생각해서 그녀들이 나무 막대기 두 개를 연결해서 만들어 둔 무기였다.

〈검은 쥐들〉을 잡으러 나갔던 합기도 클럽의 학생들 가운데 난투에서 부상을 입지 않은 사람들과 일곱 난쟁이들 중에서 나르시스를 뺀 여섯 명은 서둘러 학교 안으로 돌아왔다.

이번에는 소방 호스가 아무 소용이 없었다. 물이 끊겨 있었기 때문이다. 기동대원들은 마음 놓고 철책문으로 접근하였다. 그들 중의 일부가 철책문 앞에서 교란 작전을 벌이는 동안, 그들의 주력은 갈고리와 밧줄을 사용해서 지붕 위로 올라갔다. 그렇게 정면으로 공격하기보다는 위에서 덮치자는 것이 막시밀리앵의 생각이었다.

「여러분, 흩어지지 말고 다시 모여 대오를 유지합시다.」

한 창문에서 다비드가 소리쳤다.

아마존들은 정문으로 공격해 오는 경찰을 저지하기 위해 맞섰다. 그러나 그녀들의 결의가 아무리 굳세다 해도 어찌 몇 명이서 훈련된 장정들을 당해 낼 수 있겠는가?

기동대원들은 첫 공격에 그녀들의 저지선을 뒤로 밀어내면서 교정으로 들어왔다. 그녀들은 무력감을 느끼지 않을 수 없었다. 대걸레 자루와 완두콩 통조림 깡통은 그다지 효과적인 무기가 못 되었다. 그래도 쌍절곤은 나은 편이었다. 그것들은 휙휙 소리를 내며 말벌처럼 기동대원들을 괴롭히고 때로는 그들의 방독면을 벗겨 내기도 했다. 방독면이 벗겨지면 대개의 기동대원들은 싸움을 포기하고 뒤로 물러섰다.

학교 맞은편의 어느 집 발코니에서는 막시밀리앵 리나르 경정이 불길에 휩싸인 카르타고 앞의 로마 장군 스키피오처럼 요새가 무너지는 광경을 지켜보고 있었다. 그는 앞서 경험한 패배의 충격에서 아직 벗어나지 못한 터라 자기 부하들을 조심스럽게 전진시켰다. 그는 적이 어리다고 해서 과소평가하는 실수를 또다시 저지르고 싶지 않았다.

기동대원들은 압착 전술을 사용해서 위에서 아래로, 지붕에서 건물 아래로 차츰차츰 내려가면서 농성자들을 밖으로 내몰았다. 농성자들은 무질서하게 달아나고 있었다. 너무 겁을 먹고 당황한 나머지 정신없이 달아나다가 발길에 짓밟히는 사람들이 생기는 것을 피하기 위해 기동대원들은 약간의 여유를 주면서 군중을 압박해 나갔다.

막시밀리앵은 송수관을 긴급히 복구하라고 지시했다. 불붙은 천막과 전시장의 연기 속에서 농성자들이 힘겹게 마지막 저항을 벌이고 있었다.

쥘리는 여섯 난쟁이들을 찾으러 갔다. 컴퓨터실에 다비드와 프랑신이 있었다. 그들은 컴퓨터들에서 하드 디스크를 빼내고 있는 중이었다.

다비드가 소리쳤다.

「이것들을 가지고 나가야 해! 우리 회사의 프로그램과 파일이 경찰의 손에 넘어가면 그들은 우리의 일을 속속들이 알게 될 것이고, 그러면 우리 자회사들의 모든 활동을 정지시킬 수도 있거든.」

「그러다가 디스크들을 몸에 지닌 채로 잡히면 어쩌려고 그래? 그게 더 안 좋을 거야.」

쥘리가 걱정하자 프랑신이 말했다.

「좋은 방법이 있어. 우리 파일들을 전부 외국 친구들의 컴퓨터로 전송하는 거야. 그러면 우리 〈개미 혁명〉의 정신적인 자산은 일시적인 피난처를 얻게 되는 셈이야.」

프랑신은 열에 들뜬 기색을 보이며 하드 디스크들을 다시 제자리에 놓았다.

다비드가 한 가지 사실을 기억해 냈다.

「샌프란시스코 대학의 생물학과 학생들이 우리를 지지하고 있어. 그들은 우리의 메모리를 다 수용할 수 있는 큰 컴퓨터를 가지고 있어.」

그들은 특수 전지 전화기로 미국 학생들의 컴퓨터와 접속한 다음 자기들의 파일을 모두 보냈다. 인프라월드가 가장 먼저 전송되었다. 그것 하나만으로도 메모리가 많이 필요했다. 그 프로그램에는 수십억 거주자들과 동식물의 목록은 물론이고, 생태계를 관리하는 법칙들과 유전적인 특성을 임의적으로 배분하는 장치 등이 포함되어 있었다. 인프라월드를 통해 자기들의 상품을 시험해 달라고 부탁했던 고객들의 명단도 함께 전달되었다.

그런 다음, 〈물음 마당〉에 저장된 방대한 정보와 그것의 관리 프로그램이 보내졌고, 레오폴이 설계한 주택들의 도면과 쥘리의 〈로제타석〉 설계도, 조에의 후각 보철 기구 설계도, 나르시스가 그린 의상들의 모티프, 농성자들이나 인터넷 접속자들이 제시한 갖가지 사업 구상도 전송되었다.

불과 며칠 사이에 그들이 축적한 파일이 수천 개에 달하였다. 그것은 어떠한 일이 있어도 보존되어야 할 〈개미 혁명〉의 자산이었다. 그들은 그 보물을 다른 곳으로 보내야만 하는 상황을 맞고서야 자기들이 이루어 낸 일이 얼마나 막중하고 방대한 것인지를 비로소 깨달았다. 〈물음 마당〉의 토대가 되는 지식만 하더라도 그 정보의 양은 보통 백과사전의 수백 권에 해당하는 것이었다.

기동대원들의 군화 소리가 복도에 울려 퍼졌다. 그들이 다가오고 있었다.

프랑신은 모뎀의 전송 속도를 초당 5만 6천 비트에서 11만 2천 비트로 한껏 높였다.

기동대원들이 주먹으로 거칠게 문을 두드렸다.

프랑신은 이 컴퓨터 저 컴퓨터로 바삐 오가면서 개미 혁명의 성과물들이 잘 전송되고 있는지를 살폈다. 다비드와 쥘리는 집기들을 옮겨서 컴퓨터실의 입구를 막았다. 기동대원들은 문을 어깨로 치면서 밀고 들어오려고 했지만, 집기들이 그런대로 잘 버텨 주었다.

쥘리는 자기들의 전송 작업이 끝나기 전에, 태양 전지의 극판에서 오는 전기나 지붕 위의 휴대용 전화기에 연결된 전화선을 끊어 버릴 생각을 하는 사람이 경관들 중에 생길까 봐 가슴이 조마조마하였다. 그러나 기동대원들은 오로지 자기들을 컴퓨터실로 들어가지 못하게 막고 있는 문을 부수는 일에만 몰두해 있었다.

「됐어. 모든 파일들이 샌프란시스코로 전달되었어. 우리의 메모리는 이제 여기에서 1만 킬로미터 떨어진 곳에 있어.

우리에게 무슨 일이 생기더라도, 다른 사람들이 우리 경험을 활용하고 우리의 일을 발전시켜서 열매를 맺을 수 있도록 해 줄 거야.」

프랑신의 말에 쥘리는 마음이 놓였다. 창문 너머를 바라보니 끈질긴 아마존들이 최후의 방진을 유지하면서 여전히 기동대원들에 맞서 싸우고 있었다.

「나는 우리가 패배하는 거라고는 생각하지 않아. 저항이 있는 한 희망은 있는 거야. 우리 일은 이것으로 끝난 게 아냐. 〈개미 혁명〉은 여전히 살아 있어.」

프랑신은 커튼으로 밧줄을 만들어서 발코니에 걸었다. 그런 다음 자기가 먼저 밧줄을 타고 내려갔다.

공격자들은 마침내 문의 널빤지 하나를 벌어지게 하는 데 성공했고 그 틈새로 방 안에 최루탄을 던져 넣었다. 쥘리와 다비드는 눈물을 흘리며 콜록거렸다. 그 와중에서도 다비드는 아직 할 일이 남아 있다면서 하드 디스크에 남아 있는 파일들을 모두 없애 버려야 한다고 말했다. 그러지 않으면 그것들이 경찰의 손에 넘어가리라는 거였다. 그는 황급히 컴퓨터마다 돌아다니며 하드 디스크에 대한 포맷 명령을 내렸다. 그들의 모든 작품이 한순간에 컴퓨터에서 사라졌다. 이제 그곳에는 아무것도 남아 있지 않았다. 그들은 샌프란시스코에서 수신이 잘 이루어졌기를 간절히 빌었다.

두 번째 최루탄이 컴퓨터실 바닥에서 폭발하였다. 더 이상 꾸물거릴 겨를이 없었다. 문의 구멍이 점점 커지고 있었다. 쥘리와 다비드도 밧줄에 매달렸다.

쥘리는 체육 시간에 밧줄 타기를 더 열심히 하지 않은 것을 후회했다. 하지만 위급한 상황에서는 두려움이 가장 훌륭한 스승이었다. 그녀는 아무 문제 없이 건물 앞의 뜰로 미끄러져 내려갔다. 그때, 그녀는 무엇인가를 빠뜨린 듯한 허전한 기분이 들었다. 『상대적이며 절대적인 지식의 백과사전』이 없었다. 한차례의 전율이 스치고 지나갔다. 컴퓨터실에는 이제 경찰관들이 들어왔을 텐데 거기에 두고 온 것일까? 친구나 다름없는 책을 포기해야 한단 말인가?

쥘리는 다시 올라갈 채비를 하며 잠시 머뭇거렸다. 그때 문득 떠오르는 것이 있었다. 불안이 사라지고 안도감이 찾아왔다. 레오폴이 그 책을 보고 싶어 해서 빌려 주고는 자기들 록 그룹의 연습실에 그냥 두고 왔다는 데에 생각이 미쳤던 것이다.

그녀가 그렇게 머뭇거리는 동안, 프랑신과 다비드는 뽀얀 연기 속으로 사라져 버렸다. 그녀 주위로 젊은 남녀들이 이리저리 내닫고 있었다.

경찰은 도처에 있었다. 개미 혁명이 하나의 유기체라면 그들은 곤봉과 방패로 무장하고 벌어진 상처를 통해 몰려 들어온 검은 세균이었다. 막시밀리앵은 작전을 신중하게 이끌고 있었다. 그는 5백여 명의 농성자들을 다 잡으려 하기보다는 그저 주동자들만 체포할 생각이었다.

그는 확성기를 들어 입으로 가져갔다.

「여러분, 쓸데없이 저항하지 말고, 순순히 나와 주십시오. 우리는 여러분을 다치게 하고 싶지 않습니다.」

합기도 클럽의 학생들을 이끄는 엘리자베트는 물이 다시 나온다는 것을 확인하고 소방 호스의 주둥이를 집어 들었다. 그녀는 소방 호스를 휘둘러 주위의 경찰관들을 쓰러뜨렸다. 그러나 그 영웅적인 행동도 오래가지는 못하였다. 기동대원들은 그녀의 손에서 소방 호스를 빼앗고, 수갑을 채우려고 했다. 그녀는 뛰어난 무술 덕분에 가까스로 체포를 면하였다.

막시밀리앵이 확성기를 입에 대고 소리쳤다.

「다른 사람들 때문에 시간 낭비하지 말라고 했잖아. 쥘리 팽송을 잡아. 우리에게 필요한 건 쥘리 팽송이야.」

기동대원들은 쥘리의 인상착의를 숙지하고 있었다. 그들의 추격을 받고 있으면서도 쥘리는 소방 호스가 있는 곳으로 달려가서, 소방 호스의 주둥이 하나를 움켜쥐고 안전핀을 뽑았다.

벌써 경찰관들이 그녀를 둘러싸고 있었다. 그녀가 느낄 수 있을 만큼 아주 급격하게 부신 수질에서 아드레날린이 분출되었다. 그녀는 전혀 다른 사람으로 돌변하였다. 그녀의 심장 박동은 전투의 리듬에 맞게 조절되었고, 그녀의 성대는 투지에 찬 외침을 발하였다.

「끼야─.」

그녀는 물을 뿜기 시작했다. 기동대원들이 물의 압력을 견디지 못하고 무릎을 꿇었다. 그러나 그들은 계속 전진하고 있었다.

쥘리는 스스로를 절대로 패배당하지 않을 전투 기계처럼 느꼈다. 그녀는 자기의 안과 밖을 모두 다스릴 줄 아는 여왕이었다. 그녀는 자기가 아직도 세상을 변화시킬 수 있다고 생각했다.

막시밀리앵은 멀리서 쥘리를 알아보고 명령하였다.

「바로 그 애야. 저 그악스러운 애를 붙잡아!」

아드레날린이 다시 분출하였다. 거기에서 힘을 얻어 쥘리는 뒤에서 자기를 잡으려던 경찰관을 팔꿈치로 세게 쳤다. 또 한 사람의 공격자는 급소를 겨냥한 그녀의 발길질에 앞으로 고꾸라졌다.

그녀는 땅바닥에 떨어져 있던 소방 호스의 주둥이를 다시 잡고 기관총처럼 배에 댄 다음 물을 뿜어 댔다. 한 줄로 늘어서 있던 경찰관들이 쓰러졌다.

그녀의 내부에서 어떤 기적이 일어나고 있는 듯했다. 그녀의 몸을 구성하는 1,140개의 근육과, 골격을 이루는 206개의 뼈, 뇌에 있는 120억 개의 신경 세포, 8백만 킬로미터에 달하는 신경 섬유 등 몸의 모든 부분이 그녀에게 승리를 안겨 주려고 안간힘을 썼다.

최루탄 하나가 그녀의 두 발 사이에서 터졌다. 예전 같으면 그런 전투 상황에서는 천식 발작이 일어나도 벌써 일어났을 법한데 그녀의 허파가 용케 잘 참고 있다는 것이 놀라웠다. 아마도 그 며칠 사이에 축적된 지방이 그녀에게 싸울 수 있는 힘을 주는 듯했다.

그러나 기동대원들이 그녀에게 덮쳐 오고 있었다. 방독면의 동그란 눈과 필터가 달린 뾰족한 부리 때문에 그들은 까마귀처럼 보였다.

쥘리는 정신없이 발길질을 하다가 샌들 두 짝을 다 잃어버렸다. 여남은 개의 팔이 그녀의 몸 여기저기에 달라붙어 목과 가슴을 옥죄었다.

그녀의 아주 가까이에서 또 하나의 최루탄이 터졌다. 짙은 안개 같은 최루 가스 때문에 혼란이 가중되었다. 눈물만으로는 더 이상 그녀의 각막을 보호할 수 없었다.

그러다 갑자기 상황이 역전되었다. 막대기의 짧고 정확하고 힘찬 가격(加擊)에 쫓겨 적의 팔들이 떨어졌다. 까마귀들 속에서 나온 손 하나가 허공을 더듬다가 그녀를 붙잡았다.

최루 가스 때문에 잔뜩 찡그린 연회색 눈으로 그녀는 자기를 구해 준 사람이 누구인지를 알아보았다. 그는 다비드였다.

자기에게 아직 힘이 남아 있음을 느끼면서 쥘리는 소방 호스를 다시 잡으려고 했다. 그러나 다비드는 그녀를 뒤로 끌고 갔다.

「가자.」

「난 끝까지 싸우고 싶어.」

그녀의 세포들이 조금 전처럼 일사불란하게 움직이지 않았다. 뇌의 두 반구마저 일치된 의견을 보이지 않았다. 그녀의 다리는 도망치는 쪽을 택했다. 다비드는 그녀를 그들 록 그룹의 연습실 쪽으로 이끌었다. 거기에는 지하실로 통하는 탈출구가 있었다.

그녀가 숨을 헐떡이며 말했다.

「이렇게 도망치면, 나는 또다시 실패하게 되는 거야.」

「개미들처럼 행동해. 위험이 닥치면 땅속으로 달아나는 거야.」

쥘리는 집기를 치워 낸 자리에 나타난 컴컴한 구멍을 바라보았다.

「아참, 백과사전!」

그녀는 불안에 휩싸인 채 담요 속을 뒤졌다.

「그냥 둬. 곧 경찰이 들이닥칠 거야.」

「그럴 순 없어.」

경찰관 하나가 연습실 입구에 나타났다. 다비드는 시간을 벌기 위해 자기 지팡이를 휘둘렀다. 그는 가까스로 경관을 쫓아내고 문에 빗장을 걸었다.

「됐어! 찾았어!」

쥘리는『상대적이며 절대적인 지식의 백과사전』과 자기의 배낭을 한꺼번에 흔들어 보였다.

그녀는 책을 배낭에 넣고 줄을 당겨 조인 다음, 다비드의 뒤를 따라 지하 통로 속으로 들어갔다. 다비드는 어느 쪽으로 가야 하는지를 잘 알고 있는 듯했다. 이제 그가 이끄는 대로 따라가기만 하면 되었다. 그런 사정을 아는지, 그녀의 모든 감각과 세포는 긴장을 풀고 다시 평상으로 돌아와, 담즙을 만들고 산소를 탄산 가스로 바꾸고 최루 가스 찌꺼기를 배출하고 근육이 요구하는 당분을 공급하는 등 활발한 작용을 재개하였다.

지하실의 미로에서 경찰관들은 쥘리와 다비드의 자취를 놓쳤다. 쥘리와 다비드는 한참을 달려 갈림길에 이르렀다. 왼쪽 통로는 이웃 건물의 지하실로, 오른쪽 통로는 하수도로 통해 있었다. 다비드는 그녀를 오른쪽으로 떠밀었다.

「우리 어디로 가는 거야?」

164. 신을 믿는 개미들에게 죽음을

이쪽으로 가자! 13호가 이끄는 병정개미들이 통로 속을 나아간다. 신을 믿는 개미들이 조심성 없이 페로몬을 뿌려 놓은 덕분에 그들의 소굴로 이어지는 비밀 통로는 쉽사리 발견되었다. 그들의 소굴은 지하 45층에 있다. 팡이실 한 덩어리를 들어 올리자 내부가 나타난다.

언제라도 위턱을 휘두를 만반의 채비를 하고 병정개미들이 신중한 걸음으로 나아간다. 적외선을 볼 수 있는 홑눈을 가진 병정개미들은 벽에 그려진 이상한 그림들을 식별해 낸다. 이곳의 개미들은 위턱의 뾰족한 끝으로 단지 동그라미가 아니라 하나의 벽화를 그려 놓았다. 개미들을 죽이는 동그라미의 모습이 보인다. 개미들을 먹고 사는 동그라미다. 개미들을 죽이는 동그라미가 있는가 하면 개미들과 대화하는 동그라미들도 있다. 이것이 바로 신들의 모습이다.

병정개미들은 계속 나아가다가 첫 번째 보안 장치에 맞닥뜨린다. 그것은 커다란 머리로 입구를 막고 있는 문지기 개미다. 문지기 개미는 병정개미들의 냄새를 맡자마자 경보 페로몬을 발하면서 위턱을 휘두른다. 신을 믿는 개미들이 문지기 개미들처럼 특별한 계급에 속한 자들마저 신자로 만들었다는 사실은 그들의 힘이 어디까지 뻗치고 있는가를 짐작게 한다.

신을 믿지 않는 병정개미들의 맹렬한 공격을 받고 살아 있는 철갑문 구실을 하던 문지기 개미가 마침내 죽음을 맞는다. 문지기 개미의 커다란 머리를 치워 내자, 터널 하나가 휑하니 모습을 드러낸다. 병정개미들이 터널 속으로 돌진한다. 우연히 그곳에 있던 포수 개미 하나가 달려와 사격을 시작했지만, 이렇다 할 위협을 주기도 전에 개미산을 맞고 쓰러진다. 그 개미는 단말마의 고통 속에서 느릿느릿 몸을 움직여 다리를 길게 뻗더니 갑자기 여섯 개의 가지가 달린 십자가처럼 뻣뻣하게 굳어 버린다. 그러더니 마지막 안간힘을 쓰면서 이렇게 페로몬을 발한다.

《손가락들은 우리의 신이다.》

165. 백과사전

에피메니데스 역설

〈이 명제는 거짓이다〉라는 명제는 그 자체로 에피메니데스의 역설을 구성한다. 어떤 명제가 거짓인가? 바로 이 명제. 만일 내가 〈이 명제는 거짓이다〉라고 말하면 나는 참 명제를 말하는 것이다. 따라서 그 명제는 거짓이 아니다. 즉, 그 명제는 참이다. 결국 그 명제는 자신의 전도된 그림자를 가리키게 된다. 이 순환은 끝없이 되풀이된다.

에드몽 웰스, 『상대적이며 절대적인 지식의 백과사전』 제3권

166. 하수도로 달아나다

그들은 어둡고 미끄럽고 악취가 진동하는 하수도 속을 나아가고 있었다. 자기들이 어디쯤 가고 있는지, 어디로 가고 있는지를 알 수 있는 방도가 전혀 없었다.

그녀의 집게손가락 끝에 어떤 물렁물렁하고 미지근한 것이 닿았다. 이게 뭘까? 똥인가? 곰팡인가? 아니면 어떤 식물이나 동물일까?

조금 더 나아가니 이번에는 무슨 물건의 뾰족한 동강과 축축하고 동그란 조각이 만져졌다. 보들보들한 흙이 있는가 하면 까슬까슬한 흙과 끈적거리는 흙도 있었다.

그녀의 촉각은 아직 정확한 정보를 가져다줄 만큼 민감하지는 않았다.

쥘리는 용기를 얻기 위해서 나지막한 소리로 노래를 흥얼거리기 시작했다. 「푸른 생쥐 한 마리 풀밭으로 달려가요.」 그렇게 노래를 부르면서 그녀는 새로운 사실을 하나 깨달았

다. 소리의 반향을 이용해서 자기 앞에 있는 공간의 크기를 어느 정도까지는 가늠할 수 있다는 거였다. 촉각의 결함을 청각과 소리가 메워 주고 있었다.

쥘리는 어둠 속에서는 눈을 감아야 사물을 더 잘 지각할 수 있다는 사실도 확인했다. 말하자면 그녀는 동굴 속에서 소리의 반향을 이용해 공간에 대한 지각 능력을 발전시키는 박쥐처럼 행동하고 있었다. 소리가 날카로우면 날카로울수록 그들이 있는 공간의 형태와 그들의 앞에 있는 장애물이 더욱 잘 식별되었다.

167. 백과사전

수면을 통제하는 법

우리는 한평생을 살면서 25년을 잠으로 보낸다. 그럼에도 우리는 수면의 양과 질을 어떻게 다스려야 하는지를 알지 못한다.

진정한 심수(深睡), 즉 우리의 피로를 풀어 주고 원기를 회복시켜 주는 깊은 잠을 자는 데 필요한 시간은 하룻밤에 한 시간밖에 되지 않는다. 그 깊은 잠은 15분짜리의 작은 구성단위로 나뉘어져 한 시간 반 간격으로 노래의 후렴처럼 되풀이된다.

간혹 어떤 이들은 열 시간을 내리 자고서도 깊은 잠을 이루지 못한 탓에 피로가 전혀 풀리지 않은 채로 깨어난다.

그와 반대로, 자리에 눕자마자 깊은 잠에 떨어지는 방법을 알게 되면, 하루에 한 시간만 자면서도 그 시간을 온전한 원기 회복의 시간으로 활용할 수 있게 될 것이다.

어떻게 하면 그런 식으로 수면을 통제할 수 있을까?

먼저 자기의 수면 사이클을 알아내야 한다. 그것을 알아내는 것은 어렵지 않다. 예를 들어, 저녁 무렵에 나타나는 갑작스러운 노곤함이 한 시간 반 간격으로 다시 찾아온다는 점에 유의하면서 그 시각을 분 단위까지 기록하면 된다. 만일 저녁 6시 36분에 노곤함을 느꼈다면 다음의 피로감이 찾아오는 시각은 아마도 밤 8시 6분, 9시 36분, 11시 6분 등이 될 것이다. 바로 그 시각에 심수 열차가 지나갈 것이므로 때를 놓치지 말고 열차에 올라타야 한다.

그 순간에 맞추어 잠자리에 들었다가 자명종을 사용해서라도 반드시 세 시간 후에 깨어나는 버릇을 들이면, 우리의 뇌는 차츰차츰 수면의 단계를 압축해서 중요한 부분만을 유지하는 것에 길들여진다. 그렇게 되면, 우리는 아주 적게 자고도 피로를 완전히 풀고 개운한 몸으로 일어날 수 있게 된다.

아마도 언젠가는 학교에서 아이들에게 수면을 통제하는 방법을 가르치게 될 날이 올 것이다.

에드몽 웰스, 『상대적이며 절대적인 지식의 백과사전』 제3권

168. 사자(死者) 숭배

병정개미들은 신을 믿는 개미들의 아지트로 이어지는 통로 속을 살금살금 나아가고 있다. 벽에 새겨진 동그라미들이 점점 많아진다. 종교적 상징인 그 동그라미들이 병정개미들에겐 그저 사위스럽게 느껴질 뿐이다.

그들은 널따란 방 안으로 들어간다. 전투 자세로 굳어 버린 채 속이 텅 비어 버린 시체들이 기이한 조각물처럼 곳곳에 널려 있다.

13호의 무리는 뒤로 물러선다. 시체들을 그렇게 늘어놓는 것은 참으로 해괴한 일이 아닐 수 없다. 신을 믿는 개미들은

181

죽은 자들의 삶을 기억하기 위해 시체를 보존하고 싶어 한다. 그러나 보통의 개미들은 죽은 자들을 마땅히 흙으로 돌려보내야 하는 것으로 알고 있다.

시체는 쓰레기터에 버려지는 것이 마땅하다. 방 안에서 올레산 냄새가 난다. 예민한 개미들은 유기물이 분해될 때 나는 그 냄새를 견디지 못한다.

병정개미들은 어리둥절해하며 그 광경을 바라본다. 생명의 숨결을 아무리 불어넣어도 소생되지 않을 그 시체들이 그들을 비웃고 있는 것만 같다. 〈어쩌면 이것이 신을 믿는 자들의 강점일지도 모른다. 그들은 살아 있을 때보다 죽어서 더욱 강해진다〉라고 13호는 생각한다.

암개미 103호가 전해 준 이야기에 따르면, 손가락들은 시체를 쓰레기터에 버리지 않게 된 시점을 자기들 문명의 출발점으로 삼고 있다. 죽은 자들을 소중히 여긴다는 것은 그들이 사후의 삶을 믿고 있으며, 될 수 있으면 좋은 사후 세계에 가기를 꿈꾸고 있다는 것을 뜻한다. 그렇다면, 시체를 쓰레기터에 버리지 않는 것은 개미들이 생각하는 것보다 훨씬 깊은 뜻이 담긴 행동이다.

《묘지를 만드는 것은 손가락들의 고유한 특성이다.》

13호는 화석처럼 굳어 버린 시체들을 둘러보며 그렇게 혼잣말을 했다.

병정개미들은 그 어이없는 광경에 화가 나서 속 빈 시체들을 부수기 시작한다. 말라빠진 더듬이를 짓밟고 텅 빈 머리통에 구멍을 내고 가슴을 떼어 내던진다. 겉껍질이 바스락 소리를 내면서 유리처럼 부서진다. 그렇게 한바탕 때려 부수고 나자 방 안에 남은 것이라곤 쓸모없는 파편들의 무더기뿐이다.

병정개미들은 너무 쉬운 상대와 싸웠다는 기분이 든다.

그들은 횡단 통로로 달려 들어가 마침내 신을 믿는 개미들이 모여 있는 넓은 방에 다다른다. 이곳이 바로 첩자들이 언급한 〈예언의 방〉일 것이다.

다행히 문지기 개미와 포수 개미가 보낸 후각 경보가 여기에서는 지각되지 않은 모양이다. 너무 외진 통로들의 끝에 아지트를 마련함으로써 생긴 단점이다. 그런 곳에서는 페로몬 냄새가 잘 순환되지 않는다.

병정개미들은 살금살금 안으로 들어가서 청중 속에 섞여 들어간다. 페로몬을 발하고 있는 개미는 모든 신자들이 〈예언자〉라고 부르는 23호다. 그는 위쪽 세상에 거대한 손가락들이 살고 있으며 그들이 개미들의 행동을 감시하고 개미들을 진보시키기 위하여 시련을 주고 있다고 설교한다. 13호는 더 이상 참지 못하고 신호를 보낸다.

《이 미친것들을 모두 죽여야 한다.》

169. 계속되는 추격

하수도에서 쥘리가 부르는 동요는 더 이상 그녀에게 힘을 주지 못하고 있었다.

그때, 무언가 살금살금 움직이는 듯한 소리가 들렸다. 그들은 빨간 점들이 다가오는 것을 보았다. 그것은 쥐들의 눈이었다. 이번에는 〈검은 쥐들〉이라는 이름의 인간 패거리가 아니라 진짜 쥐들과 상대해야 하는 상황이었다. 그 쥐들은 더 작았지만 수가 더 많았다. 쥘리는 다비드에게 기대어 몸을 웅크렸다.

「무서워.」

다비드는 지팡이를 마구 휘둘러 몇 마리를 때려죽이면서 쥐들을 쫓아 버렸다. 그들은 잠시 휴식을 취하고 싶었다. 그러나 이미 다른 소리가 들려오고 있었다.

「이번엔 쥐가 아냐.」

손전등 불빛이 비쳐 들었다. 다비드는 쥘리에게 바싹 엎드리라고 일렀다.

어떤 남자가 소리쳤다.

「저쪽에서 뭔가 움직였어.」

「그들이 다가오고 있어. 이젠 이것 말고는 달리 선택의 여지가 없어.」

그렇게 속삭이고 나서 다비드는 쥘리를 물속으로 떼밀고 자기도 들어갔다.

「풍덩 하는 소리가 두 차례 들린 것 같은데.」

남자의 낮은 음성이 다시 들렸다.

장화를 신은 사람들이 절벅거리는 소리를 내며 달려왔다. 다비드와 쥘리가 더러운 물속에 잠기기가 무섭게 경찰관들의 손전등 불빛이 바로 그들 머리 위의 수면을 비추었다.

다비드는 쥘리가 머리를 들지 않도록 붙들었다. 쥘리는 본능적으로 호흡 정지 상태에 들어갔다. 정말이지 그날은 별의별 것을 다 경험하는 날이었다. 그녀는 다시 공기가 결핍된 상황에 놓였다. 게다가 쥐의 꼬리가 그녀의 얼굴을 간질이고 있었다. 쥐들도 물에서 헤엄을 친다는 사실을 처음 알았다. 그녀는 무의식적으로 눈을 떴다. 두 개의 동그란 빛줄기가 그들의 이마 위에 떠 있는 온갖 오물을 비추고 있었다.

경찰관들은 한자리에 머물러서 물에 떠 있는 오물 위로 손전등 불빛을 이리저리 비추었다.

「기다려 보자고. 그들이 물속에 있다면 숨을 쉬기 위해 다시 올라오지 않고는 못 배길 테니까.」

다비드도 눈을 떴다. 그는 코만 물 밖으로 내놓고 버티는 방법을 보여 주었다. 코가 얼굴에서 돌출해 있다는 것이 다행이었다. 그래서 물에 잠겨 있으면서도 코를 물 밖으로 내놓는 것이 가능했다. 사람의 코가 왜 그렇게 앞으로 튀어나와 있는지를 궁금해하던 쥘리는 마침내 그 답을 알게 되었다. 코가 앞으로 나온 까닭은 그와 같은 상황에서 코의 주인을 구해 주기 위한 것이었다.

「그들이 물속에 있다면, 벌써 수면으로 다시 올라왔을 거야. 누구도 숨을 안 쉬고 그렇게 오랫동안 물속에 있을 수는 없어. 아까 그 풍덩 소리는 쥐들이 낸 걸 거야.」

두 경찰관은 가던 길을 계속 가기로 했다. 그들의 손전등 불빛이 충분히 멀어졌다 싶었을 때, 쥘리와 다비드는 머리 전체를 물 밖으로 내놓고 되도록 소리를 죽여 가며 공기를 크게 한 모금 들이마셨다. 쥘리의 허파는 이제껏 그토록 혹독한 시련을 겪어 본 적이 없었다. 두 젊은이가 다시 산소를 한껏 들이마시고 있을 때, 느닷없이 아까보다 더욱 강한 빛이 그들을 비추었다.

「꼼짝 마라.」

막시밀리앵 리나르 경정이 그들에게 손전등과 권총을 들이대면서 명령했다. 그가 다가왔다.

「이런, 혁명의 여왕이신 쥘리 팽송이시구먼.」

그는 두 포로가 썩은 물에서 나오도록 도와주었다.

「손 똑바로 드시지. 개미 숭배자들. 자네들은 이제 체포된 거야.」

경정은 손목시계를 들여다보았다.

쥘리가 힘없는 목소리로 항변하였다.

「우리는 불법적인 일을 전혀 하지 않았어요.」

「그건 판사가 판단할 일이지만 내 입장에서 보면 자네들은 가장 못된 짓을 저질렀어. 질서 정연한 세계에 혼돈을 가져왔 거든. 내가 보기에 그런 행동은 최고형을 받아야 마땅해.」

다비드가 반박했다.

「하지만 세상을 조금이라도 흔들지 않으면 그대로 굳어 버려서 더 이상 진보하지 않게 돼요.」

「누가 자네들보고 세상을 진보시키라고 했지? 우리 그 문 제에 대해서 토론해 볼까? 좋아, 시간은 얼마든지 있으니까. 내 생각을 먼저 말하지. 사람들이 자꾸자꾸 재난을 향해 나 아가는 까닭은 세상을 개선시킬 수 있다고 상상하는 자네들 같은 사람들이 있기 때문이야. 최악의 재난은 언제나 이상주 의자로 자처하는 자들 때문에 생겼어. 가장 무분별하고 어리 석은 행위는 늘 자유의 이름으로 자행되었고, 가장 잔인한 살육은 인류에 대한 사랑을 빙자해서 저질러졌어.」

「세상을 좋은 쪽으로 변화시킬 수도 있어요.」

쥘리는 자신감을 회복하고 개미 혁명을 상징하는 과격한 혁명 운동가다운 면모를 되찾으며 단언했다.

막시밀리앵은 경멸의 뜻을 담아 어깨를 으쓱해 보였다.

「세상 사람들이 원하는 건 그저 자기들을 가만히 내버려 두는 거야. 사람들은 오로지 행복하기만을 바라고 있고, 행 복은 기성의 질서를 고수하고 쓸데없는 분란이 생기지 않을 때 가능한 거야.」

「세상을 더 좋게 만들기 위한 것이 아니라면 산다는 게 무슨 의미가 있죠?」

쥘리가 물었다.

「산다는 건 그저 세상의 모든 것을 즐기는 거야. 삶을 안락하게 해주는 모든 것과 나무 위에 달리는 열매, 얼굴에 떨어지는 빗물, 누워서 하늘을 바라볼 수 있는 풀밭, 최초의 인간 아담이 살던 시대부터 세상을 비춰 온 따뜻한 햇살 등을 즐기는 거라고. 그 아담이라는 자는 지식을 원하다가 모든 것을 망쳐 버렸어. 우리는 더 알려고 애쓸 필요가 없어. 우리가 이미 가진 것을 누리기만 하면 되는 거야.」

쥘리는 검은 머리채를 흔들었다.

「갈수록 모든 것이 점점 커지고 좋아지고 복잡해지고 있어요. 각각의 세대는 마땅히 앞선 세대보다 더 나아지려고 노력해야 해요.」

막시밀리앵은 전혀 동요의 기색을 보이지 않았다.

「앞선 세대보다 더 잘하려고 한 결과가 원자탄과 중성자탄으로 나타난 거야. 나는 〈더 나아지고 싶다〉는 생각을 포기하는 편이 더욱 사리에 맞는다고 확신해. 모든 세대가 앞선 세대와 똑같이 행하는 날이 올 때 세상엔 비로소 평화가 올 거야.」

그때, 갑자기 허공에서 브즈즈 하는 소리가 들렸다.

경정이 소리쳤다.

「아, 안 돼! 그게 여기까지 나타난다는 건 말도 안 돼.」

경정은 얼른 몸을 돌리고 부랴부랴 구두 한 짝을 벗어 들었다.

「이 못된 벌레야, 테니스 경기를 또 한판 벌이고 싶다 이 거지?」

그는 마치 유령과 싸우듯이 허공에서 팔을 휘두르다가 갑자기 한 손을 목에 대었다.

「이번에 내가 졌다.」

그는 그 말을 남기고는 무릎을 꿇고 고꾸라졌다.

다비드는 어안이 벙벙하여 바닥에 쓰러진 경찰관을 바라보았다.

「이 사람 뭐하고 싸운 거야?」

다비드는 침착하게 경정의 손전등을 집어 들고 그의 머리를 비추었다. 그의 뺨에서 날벌레 하나가 기어 다니고 있었다.

「말벌이야.」

「그건 말벌이 아니고 날아다니는 개미야. 그런데 이 개미가 움직이는 모습이 꼭 우리에게 무언가를 알려 주고 싶어 하는 것 같아.」

그 개미는 위턱으로 경정의 살갗을 찌르고 있었다. 그러더니 그 상처에서 흘러나온 선홍색 피로 천천히 이렇게 썼다. 〈날 따라와요〉.

그들은 그 놀라운 광경에 자기들의 눈을 의심하였다. 그러나 그것은 꿈이 아니었다. 거기, 경찰관의 뺨 위에 분명히 〈날 따라와요〉라는 말이 서툰 글씨로 씌어 있었다.

쥘리는 의심을 떨치지 못하고 말했다.

「위턱으로 글을 쓰는 개미를 따라가라고?」

「이왕 이렇게 된 바에야, 나는 『이상한 나라의 앨리스』에 나오는 흰토끼라도 따라갈 준비가 돼 있어.」

그들은 자기들이 가야 할 방향을 가르쳐 주기를 기다리면서 그 개미를 뚫어지게 바라보았다. 그러나 개미가 미처 날아오를 새도 없이 온몸에 사마귀 비슷한 우툴두툴한 것이 잔뜩 난 흉측한 개구리 한 마리가 물에서 튀어 올랐다. 개구리는 혀를 내밀어 그들의 안내자를 널름 삼켜 버렸다.

쥘리와 다비드는 하수도의 미로 속을 다시 내달았다.

쥘리가 물었다.

「우리 이제 어디로 가지?」

「너희 집으로 가는 게 어떻겠니?」

「그건 안 돼.」

「그럼 어디로 가지?」

「프랑신의 아파트로 갈까?」

「그것도 안 돼. 경찰은 우리의 주소를 모두 알고 있을 게 틀림없어. 그들은 벌써 거기에 가 있을 거야.」

쥘리는 은신처가 될 만한 곳을 모두 떠올려 보았다. 한 가지 기억이 떠올랐다.

「철학 선생님 댁으로 가자. 전에 그분이 댁 주소를 가르쳐 주면서, 가서 쉬라고 권했던 적이 있어. 바로 학교 옆이야.」

「잘됐다. 다시 올라가서 그 선생님 댁으로 가자. 〈우선 행동하라, 그런 다음 사색하라〉라는 말대로 하자고.」

그들은 성큼성큼 달려갔다.

발자국 소리에 질겁한 쥐 한 마리가 밟혀 죽을 것을 염려하며 더러운 물속으로 다시 뛰어 들어갔다.

170. 백과사전

쥐들의 왕

라투스 노르베기쿠스라는 학명을 가진 시궁쥐의 어떤 종들은 자기들의 왕을 선출하는 독특한 제도를 가지고 있다. 왕의 선출은 이렇게 이루어진다. 하루 낮 동안 젊은 수컷들이 모두 모여서 날카로운 앞니를 가지고 서로 결투를 벌인다. 약한 자들은 차례차례 떨어져 나가고, 종당에는 결승전을 치를 두 마리 수컷만 남게 된다. 그 수컷들은 무리 중에서 가장 민첩하고 전투에 능한 자들이다. 그 둘 중에서 승리하는 자가 왕으로 선출된다. 결승전에서 승리를 거둔 쥐는 그 무리에서 가장 훌륭한 쥐로 인정되면서 왕으로 선출된다. 그러면 다른 쥐들은 그 쥐 앞에 나아가 복종의 뜻으로 머리를 숙이고 귀를 뒤로 젖히거나 꽁무니를 보여 준다. 왕이 된 쥐는 지배자로서 그들의 복종을 받아들인다는 뜻으로 그들의 주둥이를 깨문다. 신하가 된 쥐들은 왕에게 가장 맛있는 먹이를 바치고, 한껏 달아올라 암내를 물씬 풍기는 암컷들을 선사하고, 왕이 자기의 승리를 마음껏 향유할 수 있는 가장 깊숙한 구멍을 마련해 준다.

그런데 왕이 쾌락에 지쳐 잠이 들면 곧바로 아주 기이한 의식이 행해진다. 왕에게 충성을 맹세했던 젊은 수컷들 가운데 두세 마리가 왕을 죽이고 내장을 꺼낸다. 그런 다음, 그 쥐들은 이빨로 호두를 까듯이 다리와 발톱을 사용해서 왕의 머리통을 쪼갠다. 그러고는 머리 골을 꺼내 그 무리의 모든 구성원들에게 조금씩 나눠 준다. 그 쥐들은 어쩌면 그 머리 골을 먹음으로써 자기들이 왕으로 삼았던 가장 훌륭한 쥐의 특질을 모두가 조금씩 나눠 가지게 되리라고 믿고 있는지도 모른다.

사람들에게도 그와 비슷한 일이 일어난다. 사람들은 자기들의 왕을 뽑는 일을 좋아하며, 그 왕을 능지처참하면서 더 많은 기쁨을 얻는다. 그러니 누가 당신에게 왕관을 바치거든 그 저의를 의심하라. 그것은 어쩌면 쥐들의 왕이 되라는 왕관일지도 모른다.

에드몽 웰스, 『상대적이며 절대적인 지식의 백과사전』 제3권

171. 추격

《죽여라!》

신을 믿지 않는 병정개미들이 신자들을 공격한다. 예언자 23호는 뒤늦게야 사태의 심각성을 깨닫는다. 경보 페로몬이 사방으로 날아간다. 그 비밀 집회장은 순식간에 아수라장이 되었다.

신자들이 곳곳에서 쓰러진다. 그들은 죽어 가면서 다리를 뻗어 여섯 가지가 달린 십자가를 만들고 신앙심이 담긴 발산물을 내놓는다.

《손가락들은 우리의 신이다.》

신자들은 가까스로 대오를 정비하고 그 기습에 맞선다. 분출한 개미산에 키틴질이 녹는다. 빗나간 개미산에 천장이 군데군데 무너져 내린다. 23호는 몇몇 동료를 불러 이렇게 명령한다.

《나를 구해야 한다.》

종교는 사자 숭배를 낳았을 뿐만 아니라 사제들의 우선권도 만들어 냈다. 신자들은 황급히 23호 주위에 모여 그들의 몸으로 방벽을 이룬다. 그러는 동안 커다란 일개미 세 마리는 재빨리 땅을 파서 23호가 달아날 수 있도록 탈출구를 만든다.

《손가락들은 우리의 신이다.》

신자들의 뻣뻣한 시체가 바닥을 카펫처럼 뒤덮기 시작한다. 신을 믿지 않는 개미들은 신자들이 순교자들에게 경배를 바치는 일이 생기지 않도록 죽은 자들의 머리를 베어 버린다.

그렇게 참수를 하느라고 공격이 늦추어진 틈을 타서 예언자 23호는 학살에서 살아남은 몇몇 신자들과 함께 구멍을 통해 달아난다.

신자들의 작은 무리가 통로 속을 질주하고 신을 믿지 않는 병정개미들이 그들의 뒤를 쫓는다. 그 추격전에서 신자들은 자기들의 예언자를 지키기 위해 스스로 목숨을 버린다. 그렇게 많은 개미들이 누구보다 소중하게 여기는 단 하나의 개체를 보호하기 위해 스스로 죽음을 선택하는 것은 개미 역사에서 처음 있는 일이다. 여왕개미들조차도 그런 열정을 불러일으킨 적이 없었다.

《손가락들은 우리의 신이다.》

죽음을 맞는 순간에 신자들은 십자가 모양으로 굳어지면서 그런 절명의 페로몬을 발한다. 이따금 시체들이 통로를 완전히 막아 버리기 때문에 추격자들은 그것을 치워 내기 위해 다리를 하나하나 잘라 내야만 한다.

신을 믿는 개미들은 이제 여남은 마리밖에 남지 않았다. 하지만 그들은 그곳의 지리에 훤하기 때문에 어디에서 방향을 틀어야 추격자들을 따돌릴 수 있는지를 잘 알고 있다. 그런데 느닷없이 지렁이 한 마리가 나타나서 그들의 길을 막아 버린다. 23호는 지치고 다친 동료들을 격려한다.

《나를 따르라.》

예언자는 지렁이에게 달려들더니 놀랍게도 위턱을 놀려

서 지렁이의 옆구리에 골을 내더니 그것이 배의 승강구라도 되는 양 그 상처를 가리킨다. 그 환형동물을 지중 장갑차로 이용하자는 것이 그의 생각이다. 다행히도 그 지렁이는 대단히 몸피가 굵다. 그 무리는 지렁이를 죽이지 않고도 그 몸속에 들어가는 데에 성공한다.

자기 몸 안에 이상한 것들이 몰려들어 오는 것을 느낀 지렁이가 꿈틀거리는 것은 당연하다. 그러나 지렁이는 신경 조직이 제대로 발달해 있지 않기 때문에 자기 몸에 새로 기생한 자들을 개의치 않고 가던 길을 계속 간다.

13호가 이끄는 병정개미들이 그곳에 도착했을 때, 지렁이는 끈적거리는 거대한 대롱 같은 모습으로 벌써 벽 위를 기어가고 있었다. 병정개미들은 지렁이가 어느 쪽으로 갈지를 도저히 가늠할 수가 없다.

지렁이의 냄새는 별로 진하지 않기 때문에 개미 세계의 미로 속에 들어오면 탐색하기가 쉽지 않다. 그래서 지렁이는 도망자들을 몸속에 지닌 채 조용히 미끄러져 간다.

172. 철학 선생 집에서

그들이 철학 선생 집을 찾아갔을 때, 그는 별로 놀라는 기색을 보이지 않고 그들을 숨겨 주겠다고 선뜻 나섰다.

쥘리는 욕실로 뛰어 들어가 샤워기를 틀어 놓고 하수도에서 묻혀 온 온갖 오물을 깨끗이 씻어 냈다. 오물투성이었던 몸이 깨끗해진 탓인지 기분이 이루 말할 수 없이 개운하였다. 그녀는 더러워질 대로 더러워진 옷을 쓰레기 봉지에 버리고 철학 선생의 운동복을 입었다. 다행히도 그 운동복은 남녀 공용이었다. 그녀는 날아갈 것처럼 상쾌한 기분이 되어 거실 소파에 털썩 주저앉았다.

다비드 역시 선생의 운동복 하나를 입고 나서 말했다.

「선생님, 고맙습니다. 선생님께서 우리를 구해 주셨어요.」

선생은 그들에게 포도주 한 잔과 땅콩을 내어 주고는 먹을 것을 마련해 주겠다며 주방으로 갔다. 그들은 선생이 만들어 준 연어샌드위치와 케이퍼소스를 친 계란샌드위치를 먹었다.

식사 중에 선생이 텔레비전을 켰다. 지방 뉴스가 끝날 무렵에 그들에 관한 이야기가 나왔다. 쥘리는 소리를 키웠다. 마르셀 보지라르 기자의 질문에 어떤 경찰관이 대답하고 있었다. 이른바 〈개미 혁명〉은 사실상 한 무리의 무정부주의자들이 저지른 불상사라면서 한 고교생이 중상을 입고 혼수상태에 빠진 것은 그들의 책임이라고 주장했다.

텔레비전 화면에 나르시스 사진이 나타났다.

「나르시스가 혼수상태에 빠졌대.」

다비드가 소리쳤다.

쥘리는 나르시스가 〈검은 쥐들〉에게 몰매를 맞고 구급차에 실려 가는 것을 보았다. 하지만 그가 혼수상태까지 가리라고는 상상도 하지 못했다.

「병원으로 그를 만나러 가야겠어.」

쥘리가 그렇게 말하자 다비드가 퉁을 놓았다.

「말도 안 돼. 가자마자 잡힐 거야.」

아닌 게 아니라 그룹 〈개미들〉의 사진이 들어간 포스터가 화면에 나타났다. 그들은 다른 다섯 명과 엘리자베트도 그들처럼 무사히 학교를 빠져나왔다는 사실을 안 것으로 만족했다.

「쯧쯧, 이 녀석들 도대체 일을 어떻게 한 거야? 일이 해결될 때까지 여기서 가만히 숨어 지내는 게 좋겠다.」

철학 선생은 후식으로 요구르트를 권하고 커피를 끓이겠다며 자리에서 일어섰다.

텔레비전에서는 개미 혁명 때문에 퐁텐블로 고등학교에 어떤 피해가 있었는지를 보여 주고 있었다. 난장판이 된 교실과 찢어진 시트, 불에 탄 집기 따위가 차례로 화면에 나타났다. 쥘리는 화가 났다.

「우리는 폭력 없는 혁명이 가능하다는 것을 보여 주려 했고, 어느 정도는 성공을 거두었어요. 그런데 저들은 그 성과마저도 물거품으로 만들려고 해요.」

「당연하지. 너희 친구 나르시스가 혼수상태에 빠졌다는 게 사실인 것 같은데.」

「하지만, 나르시스를 그 지경으로 만든 건 〈검은 쥐들〉이에요. 그들이 폭력으로 우리를 자극했어요.」

쥘리가 목청을 높이자 다비드가 덧붙였다.

「어쨌거나 우리 혁명은 폭력 없이 엿새 동안 유지되었어요.」

선생은 그들의 변론이 별로 탐탁지 않다는 듯 입술을 내밀어 보였다. 평소에 학생들에게 비교적 점수를 후하게 주던 그가 갑자기 쥘리와 다비드의 시험 답안지에 실망한 기색을 보였다.

「너희가 완전히 놓치고 있는 게 있어. 폭력이 없으면 사람들의 이목을 끌 만한 것이 없게 되고, 따라서 매스 미디어의 주목을 받지 못해. 너희의 혁명은 목표에서 빗나갔어. 이유는 다른 데 있는 게 아니라, 바로 비폭력을 지향했기 때문이야. 오늘날에는 대중에게 영향을 미치려면 반드시 텔레비전 뉴스에 나와야 해. 그리고 어떤 사건이 텔레비전 뉴스에 나오려면, 교통사고든 눈사태든 사상자가 있어야 해. 사람들은 좋지 않은 소식과 무서운 사건에 더 관심이 많아. 너희가 만일 경찰관들하고 싸우다가 사망자를 냈다면 상황은 전혀 달라졌을 거야. 비폭력 원칙을 고수하려다가 결국 너희의 혁명은 한 학교의 작은 축제로 끝나 버린 거야.」

「지금 농담하시는 거죠?」

「아니. 현실적인 얘기를 하고 있는 거야. 그 극우파 젊은이들이 너희를 공격했기에 망정이지, 그것마저 없었으면 너희 혁명은 웃음거리로 전락하고 말았을 거야. 양가의 자제들이 나비 모양의 옷을 만들겠다며 고등학교를 점거했다고 하면 사람들의 찬탄을 불러일으키기는커녕 웃음가마리가 되기에 딱 알맞지. 너희는 나르시스를 혼수상태에 빠뜨린 것에 대해서 그 파쇼들에게 감사해야 할 거야. 만일 나르시스가 죽는다면, 그래도 너희에게 순교자 하나는 생기는 셈이야.」

이이가 진심으로 이런 소리를 하는 건가 하고 쥘리는 의아해했다. 비폭력의 길을 선택함으로써 자기들의 혁명이 독기를 잃고 있다는 것은 그녀도 잘 알고 있었다. 그럼에도 그녀는『상대적이며 절대적인 지식의 백과사전』의 가르침에 따라 그 길을 선택했고, 그것이 가능하다고 믿었다. 이미 인도에서 간디가 좋은 선례를 보여 주지 않았는가.

「너희는 실패했다.」

「그래도 우리는 튼튼한 기업을 만들었어요. 경제적인 면에서 보면, 우리 혁명은 성공적이었어요.」

다비드의 말에 선생은 코웃음을 쳤다.

「그래? 사람들이 그 얘기를 들으면 십중팔구는 비웃을 거야. 어떤 사건이든 텔레비전 카메라가 증거를 만들어 주지 않으면 존재하지 않는 거나 마찬가지야.」

「하지만…… 우리는 우리가 나아갈 길을 스스로 결정하고자 했고, 선생님께서 언젠가 말씀하신 것처럼 신도 지배자도 없는 사회를 만들고자 했어요.」

「문제는 바로 거기에 있어. 내가 아쉬워하는 게 그거야. 시도는 했지만 너희는 성공하지 못했어. 너희는 그 계획을 한바탕의 소극으로 전락시킨 거야.」

쥘리는 선생의 어조에 놀라며 물었다.

「그럼 우리의 혁명을 마뜩잖게 생각하시는 건가요?」

「전혀 마음에 들지 않아. 모든 일이 다 그렇듯이 혁명에도 지켜야 할 규칙이 있어. 너희가 한 일에 점수를 매긴다면 20점 만점에 4점 정도밖에 줄 수가 없어. 너희는 혁명가 축에도 못 드는 얼치기들이야. 내가 보기엔 너희보다 〈검은 쥐들〉이 훨씬 나아. 그들은 20점 만점에 18점은 족히 받을 수 있어.」

「무슨 말씀인지 이해를 못 하겠어요.」

쥘리는 그저 얼떨떨할 뿐이었다.

철학 선생은 작은 궤에서 시가 하나를 꺼내 정성스럽게 불을 붙이더니, 한 모금 한 모금을 맛있게 빨면서 연기를 뿜어 댔다. 쥘리는 그가 거실의 추시계를 규칙적으로 흘깃거리고 있음을 눈치채고서야 그의 속셈이 무언인지를 깨달았다. 그가 도발적인 이야기로 그들을 자극한 것은 오로지 그들의 관심을 유발하여 그들을 붙들어 두려는 데 그 목적이 있었다.

쥘리는 자리에서 벌떡 일어났다. 그러나 벌써 경찰차의 사이렌 소리가 들려오고 있었다.

「우리를 고발하셨군요.」

철학 선생은 그들의 힐난하는 눈길을 피해 태연하게 시가를 빨면서 말했다.

「그럴 만한 이유가 있었어.」

「우리는 선생님을 믿었는데, 선생님은 우리를 밀고하셨어요.」

「단지 너희가 다음 단계로 넘어가도록 도와준 것뿐이야. 그럼으로써 너희의 혁명가 수업을 완전하게 만들어 주는 셈이지. 다음 단계는 바로 감옥이야. 혁명가들은 모두 감옥살이를 했어. 비폭력의 이상주의자로 남아 있는 것보다는 순교자가 되는 편이 나을 거야. 게다가 운이 좋으면 이번에는 기자들도 만나게 되겠지.」

쥘리는 그에 대해서 환멸을 느꼈다.

「선생님은 스무 살 나이에 무정부주의자가 아닌 사람은 바보라고 말씀하셨어요.」

「그래. 하지만 나는 이런 얘기도 덧붙였지. 서른이 넘어서도 여전히 무정부주의자로 남아 있으면 더더욱 어리석다고.」

「선생님은 스물아홉 살이라고 하셨잖아요.」

「미안하지만, 바로 어제가 내 서른 번째 생일이었네.」

다비드는 쥘리의 팔을 끌었다.

「이이가 지금 시간을 끌고 있다는 거 몰라서 이러니? 어서 여기에서 달아나야 해. 아직 빠져나갈 길은 있어. 샌드위치 잘 먹었습니다. 선생님, 안녕히 계십시오.」

다비드는 무슨 이야기인가를 더 하고 싶어 하는 쥘리를 계단으로 밀고 나갔다.

아래쪽에는 벌써 경찰이 와서 그들을 기다리고 있을지도 모르기 때문에 현관은 피해야 했다. 다비드는 쥘리를 꼭대기 층으로 데리고 갔다. 지붕으로 바로 통하는 창문을 찾아내어 올라간 다음 지붕에서 지붕으로 달아나자는 것이 다비드의 생각이었다. 이웃 건물의 지붕에 이르렀을 때 다비드는 빗물 홈통을 타고 내려가자고 말했다. 그는 지팡이가 거치적거리지 않게 하려고 그것을 입에 물었다.

이제 그들은 거리를 달리고 있었다. 다비드는 다리를 조금 끌고 있었지만, 지팡이에 의지해서 그런대로 빨리 움직였다.

아름다운 밤이었다. 많은 사람들이 거리를 오가고 있었다. 쥘리는 누가 자기를 알아볼까 걱정하면서도 한편으로는 어떤 팬이 나타나서 도와주기를 바랐다. 그러나 그녀를 알아보는 사람은 아무도 없었다. 혁명은 죽었고 쥘리는 더 이상 여왕이 아니었다.

경찰은 계속 그들을 뒤쫓고 있었고 쥘리는 지칠 대로 지쳐 있었다. 그녀의 엉덩이와 배에 새로 붙은 지방도 빨리 달리는 데에 필요한 에너지를 제공하기에는 충분치 않았다.

아주 가까운 곳에서 한 슈퍼마켓의 네온사인이 반짝이고 있었다. 쥘리는 『백과사전』에서 에드몽 웰스가 모든 기호와 신호에 늘 관심을 기울이라고 권했던 것을 떠올리고 네온사인의 광고 문구를 읽었다. 〈당신이 필요로 하는 모든 것을 여기에서 찾으십시오.〉

「들어가자!」

쥘리가 말했다.

그들은 경찰관들의 추격을 피해 군중 속으로 숨어 들어갔다.

그들은 진열대 사이로 요리조리 빠져나가서 진공청소기와 세탁기 매장에 숨었다가 청소년을 위한 옷을 파는 곳으로 가서 마네킹들 속에 꼼짝 않고 서 있었다. 의태(擬態)는 곤충들이 흔히 사용하는 최상의 방어 수단이다.

그들은 경찰관들의 동태를 살폈다. 경찰관들은 슈퍼마켓의 경비원들에게 무언가를 지시하고 진열대 사이를 돌아다니다가 그들 근처를 그냥 지나쳐 시야에서 사라졌다.

이제 어디로 가지?

장난감 매장에는 번쩍거리는 분홍색 나일론 천으로 만든 원추형 티피가 하나 있었다. 쥘리와 다비드는 그 원추형 천막 안으로 들어가 장난감으로 몸을 가리고 겁에 질린 새끼 여우들처럼 옹송그린 채 주위가 조용해지기를 기다리다 잠이 들었다.

173. 캄캄한 내부

신을 믿는 개미들은 어둡고 끈끈하고 악취 나는 지렁이 몸속에 갇힌 채 어딘가로 가고 있다. 주위에서 팔딱거리고 있는 내장들이 고약한 냄새를 풍기고 있지만 밖으로 나가면 죽임을 당할 것이 확실하기 때문에 냄새를 견딜 수밖에 없다.

지렁이 몸속에 들어와 보니 지렁이가 어떤 식으로 움직이는가가 분명히 드러난다. 지렁이는 입으로 흙을 삼키고, 소화기를 통해 몸속을 통과시킨 다음 똥구멍을 통해 거의 순식간에 흙을 밀어낸다. 한마디로 지렁이는 흙을 삼켜서 배출하는 제트 기관과 같다.

개미들은 흙덩어리가 지나가도록 한쪽으로 물러선다. 밖에서 보면 지렁이는 머리를 부풀렸다가 그 부풀어 오른 부분을 꼬리까지 밀어냄으로써 추진력을 얻는 것처럼 보일 것이다.

신을 믿는 개미들을 몸 안에 태운 채, 지렁이는 그렇게 새 벨로캉을 통과한다.

지렁이가 개미 도시를 마음 놓고 지나갈 수 있는 것은 지렁이들과 개미들 사이에 우호 조약이 체결되어 있기 때문이다. 개미들은 지렁이를 거의 잡아먹지 않으며, 지렁이들이 자기들 도시 안에서 돌아다니는 것을 허용하고 있다. 지렁이들은 개미 도시 안에서 먹이를 얻는 대신 일개미들이 통로를 쉽게 만들 수 있도록 터널을 파준다. 그렇다 해도 냄새 나고 끈적거리는 지렁이 몸속에 들어 있는 개미들의 옹색한 처지가 달라지는 것은 아니다.

《우리는 어디로 가는 겁니까?》

신자들 중의 하나가 예언자에게 물었다.

23호는 이제 자기들을 구원하기 위한 기적이 일어날 때가 되었다면서 신들에게 기도를 바친다.

지렁이는 마침내 새 벨로캉의 둥근 지붕을 빠져나가고 있다. 그러나 둥근 지붕 너머로 지렁이의 머리가 나타나기가 무섭게 박새 한 마리가 급강하로 덤벼들어, 그 안에 개미들이 들어 있다는 사실을 모른 채 지렁이를 낚아챈다.

《무슨 일이지?》

고도가 높아지는 것을 느끼며 개미 하나가 묻는다.

23호는 구름 속으로 높이 되올라가는 그 박새의 위 속으로 동료들과 함께 미끄러져 들어가면서 엄숙하게 페로몬을 발한다.

《이번에는 신들이 우리의 기도를 들어주신 것 같다. 신들이 자기들의 세계로 우리를 데려가고 있는 것이다.》

174. 백과사전

유카탄 원주민 마을의 종교 해석

멕시코 남동부, 유카탄반도에 있는 시쿠막이라는 원주민 마을에서는 주민들이 종교 의식을 이상한 방식으로 거행하고 있다. 그 주민들은 16세기에 스페인 사람들 때문에 강제로 가톨릭 신자가 되었다. 그런데 초기의 선교사들이 죽고 나서, 다른 세계와 동떨어져 있던 그 지역에는 새로운 사제들이 오지 않았다. 그럼에도 3세기에 가까운 긴 세월 동안 시쿠막의 주민들은 가톨릭 전례를 유지하였다. 그들은 읽고 쓸 줄 몰랐기 때문에 기도문과 미사 경문을 구두로 전승하였다. 사파타 혁명 이후 권력이 다시 안정되었을 때, 멕시코 정부는 행정을 강화하기 위해서 전국 곳곳에 관리들을 파견하였다. 그리하여 시쿠막에도 1925년에 관리가 하나 파견되었다. 그 관리는 주민들이 거행하는 미사에 참석했다가 주민들이 구전에 의해서 라틴어 성가를 거의 완벽하게 보존해 냈음을 깨달았다. 그러나 세월은 작은 일탈도 가져왔다. 사제와 복사(服事)를 대체하기 위해서 시쿠막의 주민들은 원숭이 세 마리를 잡아다가 앉혀 놓았고, 그 전통은 시대를 넘어 계승되었다. 그리하여 그 주민들은 미사를 올릴 때마다 원숭이 세 마리에게 경배를 바치는 유일한 가톨릭 신자들이 되어 있었다.

175. 슈퍼마켓

「엄마, 오두막 안에 사람이 있어요.」

한 아이가 손가락으로 그들을 가리키고 있었다.

쥘리와 다비드는 잠에서 깨어나 자기들이 형광을 내는 원주민 천막 안에서 운동복 차림으로 잠을 잤다는 사실에 새삼스럽게 놀랄 겨를도 없이 경비원들에게 자기들을 신고하려는 사람이 나타나기 전에 천막에서 나왔다.

슈퍼마켓은 아침부터 사람들로 붐볐다.

산더미를 이룬 갖가지 빛깔의 식료품들이 알리바바의 거대한 동굴에 쌓인 보물들처럼 진열되어 있었다.

고객들은 스피커를 통해서 흘러나오는 음악의 리듬을 무의식적으로 따라가면서 카트를 부지런히 밀어 댔다. 그 음악은 소비자들이 물건을 빨리빨리 사도록 부추기려고 비발디의 바이올린과 관현악을 위한 「사계」 중의 「봄」을 빠르게 편곡한 것이었다.

모든 것은 그저 리듬일 뿐이다. 리듬을 다스릴 줄 아는 사람들은 심장 박동도 다스릴 수 있다.

〈특매〉, 〈할인 판매〉, 〈하나 값으로 두 개〉 따위의 말이 적힌 빨간 딱지들이 고객들의 눈길을 끌었다. 대부분의 고객들에게는 그토록 많이 진열된 식료품들이 너무나 아름답고 너무나 불성실해서 언제 마음이 변할 줄 모르는 사람처럼 느껴지는 모양이었다. 그들은 자기들이 위기의 시대 사이에 놓인 번영의 시대에 살고 있으며 그런 시대를 즐기지 않으면 안 된다고 확신하고 있는 듯했다. 이상하게도 서방 세계에서는 평화가 정착되어 갈수록 사람들은 점점 더 먹을 것을 탐하고 그것이 부족하게 될까 두려워하고 있었다.

식품들은 좌우로 심지어는 위쪽으로까지 끝이 보이지 않을 정도로 쌓여 있었다. 통조림, 냉동식품, 진공 포장 식품. 식물성 식품, 동물성 식품, 농식품학 전문가들의 상상력이 빚어 낸 화학 식품.

비스킷 진열대에서는 몇몇 아이들이 그 자리에서 포장지를 뜯어 내용물을 먹어 치우고 껍데기를 바닥에 버리고 있었다.

다비드와 쥘리는 수중에 돈이 없었기 때문에 그 아이들을 따라 했다. 아이들은 어른들이 자기들과 똑같이 행동하는 것을 보고 좋아라 하면서 그들에게 감초 사탕, 캐러멜, 마시멜로, 추잉 껌 따위를 권했다. 아침 식사로 사탕을 먹는다는 건 좀 메스꺼운 일이었지만, 도망자들은 너무나 배가 고파서 쓰고 달고를 가릴 수가 없었다.

그렇게 아침을 에우고 나서 쥘리와 다비드는 〈아무것도 사지 않은 손님 나가는 곳〉이라고 표시된 쪽문 쪽으로 조심스럽게 다가갔다. 두 대의 비디오카메라가 그곳을 감시하고 있었다.

경비원 하나가 그들을 따라오고 있음을 알아챈 다비드는 쥘리에게 좀 더 서두르자고 귀띔했다.

배경 음악은 이제 영국 그룹 레드 제플린의 「천국에 이르는 계단」으로 바뀌어 있었다. 그 곡은 천천히 시작해서 시속 1백 킬로미터로 끝난다는 장점이 있었다. 슈퍼마켓의 손님들은 바로 그런 흐름으로 행동하도록 되어 있었다.

두 고등학생의 발걸음은 음악에 맞춰 점점 빨라졌다. 그들을 따라오는 경비원의 발걸음도 마찬가지였다. 이젠 의심의 여지가 없었다. 경비원이 그들을 따라오고 있음이 분명했다. 비디오카메라를 통해서 그들의 무전취식 광경을 보았거나 신문에 실린 사진을 통해서 그들을 알아본 것일 터였다.

쥘리는 발걸음을 더욱 재우쳤다. 레드 제플린의 음악도 점점 빨라졌다.

〈아무것도 사지 않은 손님 나가는 곳〉으로 달아나는 것은 여전히 가능해 보였다. 그들은 뜀박질을 하기 시작했다. 다비드는 경찰관이나 개 앞에서는 절대로 뛰어서는 안 된다는 것을 알고 있었다. 하지만 두려움 때문에 어쩔 수가 없었다. 경비원은 몇 걸음을 성큼성큼 달리다가 호루라기를 불어 주위에 있는 모든 손님들의 귀청을 진동시키는 새된 신호를 보냈다. 몇몇 판매원들이 즉시 하던 일을 중단하고 수상한 두 젊은이에게로 몰려갔다.

두 젊은이는 또다시 달아나야 하는 신세가 되었다. 그들은 자기들의 앞길을 막고 있는 판매원들의 울타리를 넘어 거리로 나섰다. 다비드는 다리를 거의 절룩거리지 않았다. 살다 보면 관절 류머티즘 때문에 다리를 저는 것조차 분에 넘치는 호사가 되는 순간들이 있는 법이다.

슈퍼마켓의 종업원들은 그들을 끈질기게 쫓아왔다. 그들은 도둑들을 추격하는 데에 이골이 나 있는 모양이었다. 그 일은 그들의 단조로운 일상에 신선한 재미를 주고 있음에 틀림없었다.

경비원이 〈저 사람들 붙잡아요! 저 사람들 붙잡아요!〉 하고 고래고래 소리를 치는 동안 덩치 큰 판매원 하나는 최루

가스 통을 들고 헐레벌떡 달려왔고, 한 창고 직원은 쇠막대기를 휘두르며 그들을 따라왔다.

다비드와 쥘리는 한참을 달리다가 막다른 골목으로 들어섰다. 허방다리에 빠진 셈이었다. 곧 슈퍼마켓 사람들에게 잡힐 판이었다. 그때, 승용차 한 대가 갑자기 나타나더니 판매원들과 도둑놈 잡으라는 고함 소리를 듣고 모여든 구경꾼들을 밀어냈다. 승용차의 문 하나가 활짝 열렸다.

「어서 타!」

스카프와 커다란 선글라스로 얼굴을 가린 여자가 명령했다.

176. 통치

신을 믿는 개미들은 모두 죽었다. 그들의 하얀 토템, 즉 그들이 숭배하던 하얀 게시판이 남았을 뿐이다.

암개미 103호는 불 기술자들에게 그 게시판을 없애 버리라고 지시한다. 불 기술자들은 게시판 아래에 마른 나뭇잎들을 쌓아 놓고 아주 조심스럽게 불그스름한 불덩이를 가져간다. 이내 게시판에 불이 붙는다. 그와 함께 그 비밀도 사라진다. 하지만 개미들이 글자를 읽을 줄 알았더라면, 거기에 이런 말이 적혀 있었음을 알아냈을 것이다. 〈화재 주의. 담배꽁초를 버리지 마시오.〉

개미들은 그 손가락들의 기념물이 연기 속으로 사라지는 모습을 바라보고 있다. 암개미 103호는 마음이 놓인다. 그 하얀 토템이 재로 변하면서 종교의 주요한 상징물 중의 하나가 사라진 것이다.

103호는 예언자 23호가 13호 무리의 추격에서 벗어났음을 알고 있다. 그러나 걱정할 일은 아니다. 예언자는 전과 같은 영향력을 상실했기 때문에 더 이상 문제를 일으키지 않을 것이다. 마지막 남은 신자들은 그의 통치에 복종하지 않고는 못 배길 것이다.

24호가 그의 곁으로 온다.

《우리는 왜 언제나 〈믿는 것〉과 〈믿지 않는 것〉 중의 어느 하나를 선택해야 하는가? 손가락들을 알려고 하지 않는 것도 어리석지만, 그들을 숭배하는 일에 몰두하는 것 역시 어리석다.》

암개미 103호가 보기에 손가락들을 대하는 가장 슬기로운 태도는 〈대화〉와 〈서로 풍요로워지기 위해 서로를 이해하려고 노력하는 것〉이다.

24호는 더듬이로 동의의 뜻을 나타낸다.

암개미는 둥근 지붕의 꼭대기로 다시 올라간다. 팽창 일로를 걷고 있는 새 도시의 이러저러한 문제에 늘 마음이 쓰인다. 게다가 그에게는 생리학적인 걱정거리도 있다. 모든 생식 개미에게 일어나는 일이 그에게도 시작되고 있기 때문이다. 그의 등에서 두 날개가 나오기 시작하고, 손가락들이 그의 이마에 찍어 놓은 노란 반점 어름에 적외선을 감지하는 세 홑눈이 무사마귀처럼 돋고 있다.

새 벨로캉은 날이 갈수록 커져 간다. 몇 차례의 화재를 유발했던 불 실험실들은 그중의 하나만 도시 내부에 남겨 두고 나머지는 모두 외곽 도시로 옮기기로 결정했다. 다른 사회에서는 그것을 일컬어 산업의 분산이라고 한다.

밤을 정복할 수 있게 된 것은 대단히 중요한 혁신이었음이 입증된다. 이제 밤의 추위는 개미들의 몸을 더 이상 마비시키지 않으며, 개미들은 횃불을 밝히고 24시간 내내 일할 수 있다.

암개미 103호는 손가락들이 금속을 사용하고 있다고 알려 준다. 자연 속에서 찾아낸 금속을 녹여서 단단한 물건들을 만든다는 것이다.

《그렇다면 우리도 금속을 찾아보자.》

탐험 개미들은 곳곳을 수색하여 아주 이상하게 생긴 돌들을 가져온다. 기술자들이 그것들을 불 속에 던졌지만 금속은 생기지 않는다.

24호는 손가락들이 서로 싸우거나 생식하는 장면을 지어내면서 자기의 모험 소설 『손가락』을 계속 써나가는 중이다. 세밀한 묘사가 필요하다 싶으면 그는 103호 편에서 정보를 구하거나 자기의 상상력에 의존한다. 결국 그것은 소설에 지나지 않기 때문에 무엇보다 중요한 것은 상상력이다.

한편 7호는 미술 활동에 매진하고 있다. 이제 도시에는 자기 가슴에 민들레나 불꽃이나 콜키쿰[11] 무늬 하나쯤 새겨 넣지 않은 개미는 하나도 없다.

그러나 한 가지 문제가 여전히 남아 있다. 103호와 24호는 사실상 새 벨로캉의 여왕과 왕이라 할 만하다. 하지만 진정한 여왕과 왕이 되기에는 아직 부족하다. 새로운 세대를 만들어 내지 못하고 있기 때문이다. 물론 기술, 예술, 야간전 전술, 종교의 근절 등으로 해서 보통의 여왕들을 훨씬 능가하는 권위를 얻은 건 사실이다. 하지만 그들이 생식을 하지

11 백합과에 딸린 여러해살이풀. 유럽 원산의 원예용 재배 식물로, 씨에서 콜히친을 뽑아낸다.

못하고 있다는 것 때문에 도시의 개미들 사이에 수군거림이 일기 시작한다. 노동력이 부족할 때는 다른 도시의 개미들을 끌어들이면 된다지만, 겨레의 유전자가 후세에 전해지지 않는 것을 생각하면 개미들의 마음이 편할 리가 없다.

암개미 103호와 수개미 24호는 그런 사실을 잘 알고 있다. 그들이 과학과 예술을 그토록 장려하는 데에는 개미들의 그 결핍증을 잊게 하려는 뜻도 담겨 있다.

177. 동물학 기억 페로몬

기록자: 10호

의학

손가락들은 자연의 효능을 망각하고 있다. 그들은 자기들의 병을 다스리는 자연 치유법이 있다는 사실을 잊고 있다.

그 대신 그들은 〈의학〉이라는 과학을 만들어 냈다.

그것은 수백 마리의 흰쥐들에게 어떤 병을 감염시킨 다음, 각각의 쥐에게 서로 다른 화학 약품을 투약하는 방식으로 이루어진다. 그 쥐들 가운데에서 건강을 되찾는 자들이 있으면 그들은 똑같은 화학 약품을 손가락들에게 준다.

178. 구원의 손길

승용차 문이 활짝 열려 있고 슈퍼마켓 사람들이 다가오고 있었다. 더 이상 선택의 여지가 없었다. 경비원들에게 잡혀서 경찰서로 넘겨지느니 낯선 사람의 승용차에 올라타는 편이 나왔다.

얼굴을 가린 여인이 액셀러레이터를 밟았다.

「누구시죠?」

쥘리가 물었다.

승용차 운전자는 속도를 늦추더니 검은 안경을 내리고 백미러에 자기 얼굴을 드러냈다. 쥘리는 소스라치게 놀랐다.

그녀의 어머니였다. 쥘리는 달리는 자동차에서 뛰어내리고 싶었다. 그러나 다비드가 그녀의 손을 꼭 잡았다. 하긴, 가족이 경찰보다는 훨씬 나았다.

「어떻게 된 일이에요? 엄마.」

「너를 사방으로 찾아다녔다. 네가 집에 들어오지 않기에, 그럴 때는 어떻게 해야 되는지 알아보려고 도청 가정과에 전화를 걸었지. 그들이 그러더구나. 너는 만 18세가 넘은 성인이기 때문에 네가 원하는 곳에서 마음대로 잘 수 있다고 말이다. 처음 며칠 동안은 어디 집에 들어오기만 해봐라, 가출을 해서 어미 속을 태운 대가를 톡톡히 치르게 해줄 테니 하고 별렀지. 그러다가, 신문과 텔레비전에서 네 소식을 접하게 되었어.」

어머니는 다시 엑셀을 밟아 아주 빠르게 차를 몰았다. 그 서슬에 몇몇 보행자가 변을 당할 뻔했다.

「그 순간에는 내가 알고 있던 것보다 네가 훨씬 더 못된 애라고 생각했어. 그러고 나서 곰곰이 생각을 궁굴렸지. 〈딸아이가 나에게 그토록 심한 공격성을 보이며 행동하는 것은 내가 뭔가를 잘못 생각했기 때문이다. 그 애를 단지 내 딸로서가 아니라 온전한 인격을 지닌 한 인간으로 대했어야 하는데 그러질 못 했다. 쥘리를 온전한 인격을 지닌 한 인간으로 대했다면 그 애는 아마도 나의 좋은 친구가 되었을 거다〉라고 말이야. 그랬더니……. 네가 너무나 좋은 애라는 생각이 들고 너의 반항마저도 마음에 들더구나. 그래서, 나는 어미 구실을 제대로 못 한 대신 친구 노릇이라도 제대로 해보자고 결심했지. 그 때문에 너를 찾아다닌 거고, 지금 이렇게 너를 태우고 가는 거야.」

쥘리는 자기 귀를 의심하지 않을 수 없었다.

「저를 어떻게 찾아내셨어요?」

「조금 전에 라디오에서 네가 퐁텐블로시의 서쪽 구역에서 도망치고 있다는 소식을 들었다. 나는 마침내 속죄의 기회가 왔다고 생각했지. 그래서 급히 달려와 이 구역을 샅샅이 뒤지며 돌아다닌 거야. 경찰관들보다 먼저 너를 찾게 해달라고 기도하면서 말이야. 하느님께서 내 기도를 들어주신 거야……..」

어머니는 손을 빨리 놀려서 성호를 그었다.

「저희를 집에 숨겨 주실 수 있어요?」

그들 앞에 바리케이드가 나타났다. 경찰관들이 그들을 체포하려는 것임에 틀림없었다.

「차를 돌리세요.」

다비드가 소리쳤다. 그러나 차가 너무 빨리 달리고 있던 터라 그럴 겨를이 없었다. 어머니는 속도를 더 높여 바리케이드를 밀어내고 통과하는 방법을 선택했다. 경찰관들은 질주하는 승용차를 피해 재빨리 뒤로 물러섰다.

그들 뒤에서 사이렌 소리가 요란하게 울렸다.

「경찰이 따라오고 있어. 그들은 틀림없이 내 차의 번호판을 확인했을 것이고, 내가 너희를 태우고 달아났다는 것을 곧 알게 될 거야. 조금 있으면 경찰관들이 우리 집에 가서 우리가 오기를 기다리고 있을 게다.」

어머니는 진입 금지 표시가 있는 도로로 돌진해 들어가더니, 그 도로와 직각으로 만나는 다른 길로 갑자기 방향을 틀었다. 그러고는 차의 엔진을 끄고 경찰차들이 그들 앞으로 지나가기를 기다렸다가 가던 길을 돌아 나왔다.

「너희를 우리 집에 숨겨 줄 수가 없게 되었구나. 너희는 경찰이 찾아내지 못할 만한 곳에 가서 숨어야 해.」

어머니는 한 방향을 선택했다. 서쪽이었다. 녹음이 잇달아 나타났다. 숲으로 들어갈수록 거기에 늘어선 나무들의 윤곽이 점점 뚜렷해졌다.

「네 아버지는 만일 자기 삶에 심각한 문제가 생긴다면 자기는 숲으로 가겠노라고 말씀하시곤 하셨어. 〈나무들은 사람이 정중하게 도움을 청하면 그 사람을 지켜 준다〉고 말씀하셨지. 네 아버지 말씀을 이해할 겨를이 있을지는 모르겠다만, 네 아버지가 멋있는 사람이었다는 건 너도 잘 알 거야.」

어머니는 차를 세우고 딸에게 5백 프랑짜리 지폐를 내밀었다.

쥘리는 머리를 흔들었다.

「숲에서는 돈이 별로 쓸모가 없어요. 형편이 되는 대로 제 소식을 알려 드릴게요.」

그들은 차에서 내렸다. 어머니는 그들에게 작별의 손짓을 보냈다.

「소식 전하려고 애쓸 것 없다. 너는 이제 네 삶을 사는 거야. 네 삶이 자유롭다면 난 더 이상 바랄 게 없어.」

쥘리는 무슨 말을 해야 할지 몰랐다. 지청구를 늘어놓고 매몰찬 말대꾸를 하는 건 그토록 쉬웠는데, 그런 상황에 맞는 말을 찾아내기는 쉽지 않았다. 모녀는 입맞춤을 나누고 서로를 꼭 껴안았다.

「잘 가라, 쥘리야.」

「엄마, 한 가지 말씀드릴 게 있어요.」

「뭔데?」

「고마워요.」

어머니는 차체에 몸을 기대고 나무 사이로 멀어져 가는 두 젊은이를 지켜보았다. 그런 다음 그녀는 다시 차에 올라타 시동을 걸었다.

자동차가 지평선으로 사라졌다.

쥘리와 다비드는 짙푸른 녹음 속으로 달려 들어갔다. 나무들이 그들을 피난자로 받아들여 주고 있다는 느낌이 들었다. 그것은 어쩌면 숲의 생존 전략 가운데 하나일지도 모를 일이었다. 인간 세계에서 추방된 자를 보호해 주는 것은 바로 숲이 인간에 맞서서 싸우는 방법이었다.

자기들을 따라올지도 모를 추격자들을 피하기 위해서 그들은 줄곧 사람들의 발길이 거의 닿지 않은 오솔길로만 나아갔다. 날아다니는 개미 한 마리가 문득 쥘리의 관심을 끌었다. 그 개미는 아까부터 그들을 따라오고 있는 듯했다. 쥘리가 멈춰 서자, 개미는 그녀의 머리 위에 가만히 떠 있다가 그녀의 주위를 빙빙 돌았다.

「이 개미가 우리에게 볼일이 있는 것 같은데.」

「하수도에 나타났던 개미와 같은 종류일까?」

「어디 보자고.」

쥘리는 날아다니는 개미가 내려앉을 수 있도록 손가락을

벌려서 손바닥을 내밀었다. 개미는 사뿐히 내려앉아 손바닥 위를 조금 기어 다녔다.

「개미가 뭔가를 쓰고 싶어 해. 지난번의 개미처럼 말이야.」

쥘리는 덤불에서 물열매 하나를 따서 터뜨렸다. 그러자 개미는 곧바로 열매즙에 위턱을 적시고 〈날 따라와요〉라고 썼다.

「하수도의 바로 그 개미가 개구리에게서 도망쳐 나온 것이거나, 아니면 같은 개미집의 다른 개미일 거야.」

그들은 개미의 움직임을 주의 깊게 살폈다. 개미는 그들이 따라오기를 기다리고 있는 것 같았다.

「틀림없어. 하수도에서 우리에게 길을 안내해 주려던 개미가 이제 숲속에서 우리를 이끌려고 하는 거야.」

쥘리가 그렇게 소리치자 다비드가 물었다.

「어떻게 하지?」

「이왕 이렇게 된 거……..」

개미는 그들 앞에서 사분사분 날아가며 그들을 남서쪽으로 이끌었다. 그들은 가지가 양산처럼 넓게 퍼진 서어나무,[12] 노란 껍데기에 검은 줄무늬가 들어간 사시나무, 잎을 통해 마니톨을 발산하는 서양물푸레나무 등 갖가지 나무들 사이를 지나갔다.

날이 어두워지고 있었던 탓에 그들은 한순간 개미를 시야에서 놓쳤다.

「어둠 속에서는 더 이상 개미를 따라갈 수가 없을 거야.」

그 말이 떨어지기가 무섭게 그들 앞에 작은 섬광이 번쩍거

---

12 자작나뭇과에 딸린 갈잎큰키나무. 유럽에 아주 널리 퍼져 있고, 재목이 희고 단단하며 높이가 25미터에 이른다.

렸다. 자동차의 전조등을 켜듯이 개미가 자기 오른쪽 눈에 불을 밝힌 것이었다.

쥘리가 의아해하며 말했다.

「빛을 낼 수 있는 곤충은 개똥벌레뿐인 줄 알았는데.」

「내가 보기엔 말이야, 우리의 안내자가 진짜 개미가 아닌 것 같아. 개미가 글을 쓰고 눈에 불을 밝힌다는 건 있을 수가 없어.」

「그러면 저게 뭘까? 저건 날개 달린 개미 형태로 만들어져 원격 조종하는 작은 로봇일 수도 있어. 그런 종류의 로봇에 관한 르포를 텔레비전에서 본 적이 있어. 그 르포에서는 미국 항공 우주국에서 화성 탐사를 위해 만들었다는 개미 로봇을 보여 주었어. 물론 그것들은 저것보다 더 큰 거였지. 아직 아무도 저렇게 작은 로봇을 만드는 수준에는 이르지 못했어.」

그들 뒤에서 개들이 사납게 짖어 대는 소리가 들려왔다.

경찰이 개들을 풀어 다시 추격에 나선 모양이었다.

그들은 개미의 불빛이 이끄는 대로 있는 힘을 다해 달렸다. 그러나 개들은 그들보다 더 빨리 달리고 있었다. 게다가 다비드는 한쪽 다리가 불편해서 속도를 내는 데 한계가 있었다. 그들은 비탈길을 달려 올라갔다. 다비드는 지팡이를 휘둘러 개들이 가까이 다가오지 못하게 하려고 애썼다. 개들은 사람의 몸에 송곳니를 박으려고, 또 공중에 떠서 빛을 발하는 이상한 곤충을 잡으려고 펄쩍펄쩍 뛰어올랐다.

「우리 여기서 헤어지는 게 좋겠다. 그래야 둘 중에 한 사람이라도 이 궁지에서 벗어날 수 있을 거야.」

쥘리는 그렇게 말하더니 대답을 기다리지도 않고 덤불을

뛰어넘어 달아났다. 개들은 모두 그녀를 갈가리 찢어 버릴 태세로 침을 흘리고 요란하게 짖어 대면서 그녀 뒤를 쫓아 갔다.

179. 백과사전

장거리 경주

그레이하운드와 사람이 장거리 경주를 하면 언제나 개가 먼저 들어온 다. 몸무게에 비례해서 생각해 보면 그레이하운드의 근력은 사람보다 나을 게 없다. 따라서 이론적으로는 그레이하운드와 사람이 똑같은 속 도로 달려야 마땅할 것이다. 그러나 경주에서 이기는 쪽은 언제나 그레 이하운드다. 그 까닭은 무엇일까? 사람은 달리면서 줄곧 결승선이 얼 마나 남았는지를 헤아린다. 그는 도달해야 할 목표를 염두에 두고 달린 다. 그에 반해서 그레이하운드는 아무 생각 없이 그냥 달린다.

목표를 가늠하고, 또 목표가 얼마나 남았느냐에 따라 의욕이 부침하는 과정에서 사람은 엄청난 에너지를 낭비한다. 장거리 경주에서는 도달 해야 할 목표를 생각하지 말고 오로지 앞으로 나아갈 생각만 해야 한 다. 자꾸자꾸 나아가면서 그때그때에 맞게 행로를 수정하면 된다. 그렇 게 나아가다 보면, 자기도 모르는 사이에 목표에 도달하게 되고, 경우 에 따라서는 목표의 초과 달성도 가능해지는 것이다.

에드몽 웰스, 『상대적이며 절대적인 지식의 백과사전』 제3권

180. 대행진을 다시 시작하자

암개미 103호는 자기 거처에 가만히 머물러 있다. 수개미 24호는 아무 까닭 없이 그의 주위를 맴돈다. 몇몇 유모 개미

216

들이 전하는 이야기에 따르면, 수개미가 암개미 주위를 돌 때 교미가 벌어지지 않으면 순수한 에너지처럼 감지될 수 있는 성적인 긴장이 생겨난다고 한다.

103호가 그 이야기를 곧이곧대로 믿는 것은 아니지만 24호가 자기 주위를 그렇게 맴돌고 있으니 그의 내부에 어떤 긴장이 생기는 것은 사실이다.

그 때문에 암개미의 마음이 자못 산란하다.

그래서 암개미는 다른 생각을 하려고 애쓴다. 그가 최근에 생각해 낸 것은 연을 만들자는 것이다. 미루나무 잎새가 수직으로 떨어지지 않고 갈지자를 그리며 떨어졌던 것을 상기하면서, 그는 나뭇잎에 올라타서 균형을 유지할 수 있으면 파도타기를 하듯이 허공을 날 수 있을 것이라고 생각했다. 다만 방향을 어떻게 조절하느냐가 해결해야 할 문제로 남아 있다.

탐험 개미들이 와서 동쪽의 신흥 도시들이 새 벨로캉 연방에 가입하러 왔다고 알린다. 불개미들만이 거주하는 64개의 자매 도시로 이루어졌던 연방은 이제 350개 가까운 도시를 포함하고 있다. 연방을 이루는 개미들의 종도 줄잡아 10종을 헤아린다. 몇몇 말벌 둥지와 흰개미 도시들조차 연방에 가입하려고 교섭에 나서고 있는 상황이다.

연방에 새로 가입한 도시는 냄새로 이루어진 연방기(旗)와 함께 불그스름한 불덩이를 받는다. 또, 불을 나뭇잎에 가까이 가져가지 말 것, 바람이 불 때는 불을 피우지 말 것, 연기에 질식할 염려가 있으므로 도시 안에서는 나뭇잎을 태우지 말 것, 어머니 도시의 허락 없이는 전쟁에 불을 사용하지 말 것 등 불의 사용에 관한 권고도 받는다. 새 벨로캉의 개미들은 그들에게 지레와 바퀴의 원리도 가르쳐 줌으로써 그들 나름대로 실험실을 만들어 그 두 개념을 유익하게 응용할 수 있도록 길을 열어 주기도 한다.

새 벨로캉이 과학 기술의 비밀들을 몰래 간직했으면 좋겠다고 생각하는 개미들이 없는 것은 아니지만, 암개미 103호는 오히려 지식은 모든 개미들에게 전파되어야 한다고 믿고 있다. 설령 훗날 다른 개미들이 그 지식을 사용해서 자기들을 공격하는 한이 있더라도 그것은 불가피한 정치적 선택이라는 것이다.

불의 마력을 알게 되고 불을 사용해서 놀라운 결과를 얻게 됨에 따라 개미들은 모두 손가락들이 얼마나 앞서가는 종인지를 더욱 잘 이해하게 되었다. 손가락들이 불을 제어하기 시작한 지는 벌써 1만 년이 넘었다지 않는가.

손가락들은 괴물도 아니고 신도 아니며, 암개미 103호가 그들과 동맹을 맺기 위해 노력하고 있다는 사실은 이제 연방의 모든 도시에 알려졌다. 24호는 개미와 손가락이 협력하는 문제를 자기 소설에서 간결한 두 문장으로 이렇게 요약했다.

《무한소와 무한대의 두 세계가 서로를 바라보고 있다. 두 세계는 과연 서로를 이해할 수 있게 될 것인가?》

그 계획에 찬성하는 축도 있고 반대하는 축도 있지만, 개미들은 모두 그런 동맹을 가능케 하는 방법과 그것이 가져올 수 있는 이점과 위험에 대해서 숙고하고 있다. 손가락들은 불과 지레와 바퀴 말고도 개미들이 상상할 수 없는 다른 비밀들을 알고 있을 거라는 것이 그들의 중론이다.

하지만 난쟁이개미들은 물론이고 그들과 동맹을 맺고 있

는 몇몇 도시의 개미들은 여전히 고집을 버리지 않고 새 벨로캉 연방과 숲속에 퍼져 나가고 있는 불온한 사상을 없애 버리려 하고 있다. 지금은 횃불 전투에서 쓰라린 패배를 당한 뒤라 새 벨로캉을 공격하겠다는 엄두를 못 내고 있지만, 싸움은 끝난 것이 아니라 연기된 것일 뿐이다. 그들의 여왕개미들이 ― 난쟁이개미들의 도시에는 여왕개미가 수백 마리나 있다― 새로운 세대의 병정개미들을 왕성하게 생산하고 있기 때문에, 그 병정개미들이 전투에 참가할 나이가 되면, 즉 앞으로 일주일 정도만 지나면, 그들은 불개미 연방을 없애기 위해 다시 공격해 올 것이다.

손가락들에게서 배운 신기술이 좋은 결과를 가져오는 것은 분명하지만, 그 신기술이 병정개미들을 무수히 생산해 내는 난쟁이개미들의 전략보다 더 효과를 발휘하는 상황이 영원히 지속되리라는 보장은 없다.

새 벨로캉의 개미들은 그 위협을 예감하고 있다. 그들은 세계를 변화시키려는 자들과 모든 것이 예전과 똑같이 남아 있기를 바라는 자들 사이에 무수한 전쟁이 일어나리라는 것을 알고 있다.

암개미 103호는 마침내 역사의 흐름을 빠르게 하기로 마음을 굳힌다. 지구상의 주요한 두 종 사이에 진정한 협력 관계가 수립되지 않고서는 지속적인 진보를 이루어 낼 수 없으리라고 생각한 것이다.

암개미는 수개미 24호와 열두 탐험 개미 및 연방에 가입한 다른 도시의 대표자들을 부른다. 그들은 다 같이 둥그렇게 모여서 더듬이를 맞대고 완전 소통에 들어간다.

103호는 모든 것을 걸고 일대 모험을 해보자고 제안한다.

손가락들이 개미들과 협력 관계를 수립하는 데에 성공하지 못하고 있으므로 개미들이 먼저 그들에게 다가가자는 것이다. 그는 손가락들이 개미들을 대등한 협력 상대로 생각하도록 그들의 마음을 움직이는 방법은 무리를 지어서 그들에게 다가가는 길밖에 없다고 생각한다.

회의에 참석한 개미들은 103호가 새로운 대원정을 구상하고 있다고 지레짐작한다. 그러나 103호가 제안하는 것은 원정이 아니다. 그는 무익한 전쟁을 더 이상 원치 않는다. 그가 원하는 것은 개미들의 평화적인 대행진이다. 손가락들은 무수히 많은 개미들이 자기들 곁에 살고 있다는 사실을 알게 되면 겁을 먹고 개미들과 새로운 관계를 수립하고 싶어 할 것이라고 그는 확신하고 있다. 그는 손가락들에게 개미들이 꼭 필요한 상대임을 인식시키기 위해 다른 도시의 개미들도 대행진에 적극적으로 동참해 달라고 부탁한다.

《그대도 갈 생각인가?》

수개미 24호가 물었다.

《물론이다.》

103호는 대행진의 선두에 설 생각까지 하고 있다.

다른 종의 개미들은 불안을 느낀다.

《대행진 동안에 새 벨로캉을 안전하게 지키고 새로 벌인 일들의 결실을 보려면 누군가는 남아 있어야 하지 않는가?》

《전체의 4분의 1은 남게 될 것이다.》

완전 소통에 참가하고 있는 개미들 가운데 몇몇이 그것은 큰 위험이 따르는 일이라고 우려를 표명한다.

《난쟁이개미들이 머지않아 다시 침입해 올 것이다. 그리고 주위에는 아직 신을 믿는 개미들이 남아 있다. 반동 세력

은 결코 만만치 않다. 그들을 과소평가해서는 안 된다.》

의견이 엇갈린다. 다수는 새 벨로캉이 평화와 번영을 누리기 시작한 마당에 굳이 위험을 무릅쓰려는 까닭이 무엇인지를 이해하지 못한다. 어떤 개미들은 손가락들과의 만남이 순조롭게 이루어지지 않을 것을 우려하고 있다. 지금까지는 오로지 실패만 있었다. 결과가 어떻게 나올지도 모르는 평화 행진에 그토록 많은 노력을 기울일 필요가 있을까? 게다가 손가락들이 평화 행진과 군사 원정의 차이를 어떻게 구별한단 말인가?

암개미 103호는 자기주장을 굽히지 않는다.

《우리에겐 선택의 여지가 없다. 이 만남은 우주적으로 중요한 의미를 지니고 있다. 우리가 행진을 조직하지 않으면 그것은 다음 세대나 그다음 세대의 과제로 넘어갈 것이다. 그러니 무거운 짐을 후세에 넘기기보다는 우리가 그 일을 해결하는 편이 낫다.》

개미들은 오랫동안 토론을 벌인다. 암개미 103호는 주로 페로몬의 카리스마를 이용해서 그들을 설득하기에 이른다. 그는 자기가 예전에 경험한 일들을 상기시키면서, 실패할 경우에는 그 일을 다시 시작할 후세를 위해 값진 정보를 얻게 될 것이라고 강조한다.

그는 자기 결정의 타당성을 설파하여 반박자들을 하나하나 설득해 낸다.

《이 행진의 지평에는 아주 많은 진보의 희망이 있다. 아마도 손가락들은 불이나 바퀴나 지레보다 훨씬 더 놀라운 것들을 우리에게 가르쳐 줄 것이다.》

《그런 것 중 예를 들면 뭐가 있을까?》

《해학이 그 예가 될 것이다.》

103호가 그렇게 대답하자 개미들은 해학이라는 것이 정확히 무엇을 뜻하는지를 알지 못하는 터라, 그것을 잘 다룰 줄 아는 자에게 놀라운 힘을 주는 손가락들 특유의 발명품 정도로 상상한다. 그들은 저마다의 깜냥대로 해학이 무엇일까를 추측해 본다. 5호는 최근에 나온 캐터펄트의 하나일 것으로 생각하고, 7호는 파괴력이 더욱 강한 불일 거라고 상상하며, 수개미 24호는 예술의 한 형태일 거라고 짐작한다. 그것이 새로운 재료이거나 기발한 먹이 저장 기술일 거라고 생각하는 개미들도 있다.

이유는 서로 달랐지만, 그들은 모두 해학이라고 하는 막연한 개념에 호기심을 느낀다. 그리하여 그들은 만장일치로 암개미 103호의 제안을 받아들인다.

181. 어두운 숲속의 외돌토리

앞뒤를 재고 자시고 할 겨를이 없었다. 앞에 있는 전나무에 올라가는 것만이 개들의 송곳니를 피하는 유일한 길이었다. 나무가 너무 곧아서 겁은 났지만, 나무 타는 법을 가르치는 데에는 왕왕거리며 쫓아오는 개들보다 더 훌륭한 코치가 없다는 사실이 곧 드러났다.

쥘리는 재빨리 나무줄기를 타고 올라갔다. 그녀의 세포들이 나무 타기에 능했던 먼 조상 때의 기억을 되찾았다. 만일 사람의 깊숙한 속에 원숭이 시절의 능력이 아직 살아 있다면 바로 그런 경우에 도움이 되리라는 것이리라.

쥘리는 나무줄기에 조금이라도 튀어나온 것이 있으면 악

착같이 손을 걸고 발을 디뎠다. 나무껍질에 손바닥이 긁혔다. 개들은 송곳니를 사납게 드러내고 그녀의 엄지발가락 가까이까지 뛰어오르며 으르렁댔다. 개 한 마리가 나무로 올라오는 데 성공했다. 쥘리는 개의 그 악착스러움에 진저리를 쳤다. 분노가 치밀어 올랐다. 그녀는 같이 송곳니를 드러내고 사납게 으르렁거렸다.

개는 겁에 질린 눈으로 그녀를 올려다보았다. 사람이 그렇게 무지막지한 야수성을 드러낼 수 있다는 사실에 경악한 모양이었다. 아래에 있는 다른 개들은 더 이상 접근할 엄두를 내지 못했다. 쥘리는 나무 위에서 개들의 말랑말랑한 코를 겨누고 솔방울 같은 전나무 열매를 던졌다.

「가! 어서 가! 꺼지란 말이야, 이 더러운 놈들아!」

개들은 쥘리를 물어뜯는 것은 포기했지만, 도망자가 거기에 있다는 사실을 주인들에게 알리겠다는 고집을 버리지 않고 더욱 요란하게 짖어 댔다.

그때, 새로운 동물이 나타났다. 멀리서 보기엔 생김새가 개와 비슷했지만, 걸음걸이가 더 차분하고 거동이 한결 자신감에 차 있었으며 냄새는 더욱 진하였다. 그것은 개가 아니라 늑대였다. 사람들에게 붙들려 집에서 사육되는 늑대가 없는 것은 아니지만, 그것은 진짜 야생 늑대였다.

개들은 그 특별한 존재가 다가오는 것을 바라보았다. 개들은 떼를 짓고 있고 늑대는 혼자였지만 겁을 먹은 쪽은 개들이었다. 따지고 보면, 늑대는 모든 개들의 조상이다. 개는 인간과 접촉하면서 종의 특질을 잃어버렸지만 늑대는 그렇지 않다. 개들은 모두 그런 사실을 알고 있다. 치와와에서 도베르만에 이르기까지, 푸들에서 몰티즈에 이르기까지, 개들은 모두 한때는 자기들이 인간 없이 살았으며 그때는 생김새도 정신도 달랐다는 사실을 어렴풋하게나마 기억하고 있다. 그 시절에 그들은 자유로웠다. 개가 아니라 늑대였기 때문이다.

개들은 복종의 뜻으로 귀를 접고 머리를 낮추었다. 그리고 냄새를 숨기고 생식기를 보호하기 위해 꼬리를 감추었다. 개들은 오줌을 지렸다. 개들의 언어로 그것은 〈나에겐 정해진 영토가 없소. 그래서 나는 이렇게 시도 때도 없이 아무 데서나 오줌을 지리는 거요〉라는 뜻이었다. 늑대가 한차례 으르렁거리는 소리를 냈다. 그 소리에는 자기는 오로지 정해진 영토의 네 귀퉁이에서만 오줌을 누며 그 개들이 있는 곳이 바로 자기의 영토라는 의미가 담겨 있었다.

셰퍼드 한 마리가 개와 늑대 사이에 통하는 언어로 변명하였다.

《이건 우리 잘못이 아니오. 인간들이 우리를 이렇게 만들었소.》

늑대는 경멸하듯 축 처진 입술을 비죽거리며 대답했다.

《남 탓할 거 없어. 어차피 자기 삶은 자기가 선택하는 거야.》

그러면서 늑대는 개들을 죽일 태세로 송곳니를 드러내며 달려들었다.

개들은 사태의 심각성을 알아채고 깨갱 소리를 내지르며 달아났다.

늑대가 개들을 쫓아 주었지만, 그렇다고 쥘리가 늑대에게 고마움을 느낀 것은 아니었다. 늑대는 종의 본성을 잃고 퇴화한 먼 후손들에 대해 분노를 느꼈는지, 그 개들 가운데 하나를 골라 추격하기 시작했다. 숲속을 소란케 한 난동에 대해서 그 개들 중의 하나는 대가를 지불해야 할 판이었다.

일단 이빨을 드러냈으면 적을 죽여야 한다. 그것이 늑대들의 불문율이다. 게다가 날도 저물었는데 사냥물 없이 땅굴로 돌아가면 그의 새끼들이 이해를 못할 것이다. 새끼들을 위해서라도 달아나는 셰퍼드를 죽여 고기를 가져가야 한다.

쥘리는 늑대에게 감사하기보다는 그녀를 돕기 위해 늑대를 보내 준 자연에 감사했다. 나무 속에서는 이제 바람에 흔들리는 나뭇잎들의 속삭임밖에 들리지 않았다.

커다란 수리부엉이가 밤이 든 것을 반기며 부엉부엉 하고 울었다.

쥘리는 개들을 쫓아 준 늑대 역시 무섭기는 마찬가지여서 나무에 그대로 있기로 했다. 평평한 나뭇가지를 골라 좀 더 편하게 자리를 잡고 앉았지만 잠을 이룰 수가 없었다.

그녀는 달빛에 흠씬 젖어 있는 숲을 바라보았다. 숲은 온갖 마법과 비밀을 품고 있는 것 같았다. 그녀는 이제껏 경험해 보지 못한 새로운 욕구를 느꼈다. 달을 보며 울부짖고 싶다는 것이 그 욕구였다. 쥘리는 고개를 들고 복부 한가운데로부터 한 줄기의 소리 에너지를 힘차게 분출시켰다.

「워어우우우우우우우우.」

그녀의 성악 선생이었던 얀켈레비치는 예술이 아무리 훌륭한 것이라도 결국은 자연을 모방하는 것에 지나지 않는다고 가르친 바 있었다. 그의 말대로라면 그녀는 늑대의 울음소리를 흉내 냄으로써 가장 훌륭한 형태의 성악 예술을 하고 있는 셈이었다. 멀리에서 늑대들이 그녀의 소리에 화답하였다.

「워우우우우우오오오.」

자기들의 언어로 늑대들은 이렇게 말하고 있었다.

《달을 보고 울부짖기를 좋아하는 자들의 공동체에 온 것을 환영한다. 해보니까 좋지, 안 그래?》

쥘리는 30분 동안 계속 소리를 지르면서, 언젠가 유토피아적인 사회를 다시 만들게 되면 그 사회의 모든 구성원들에게 적어도 일주일에 한 번, 예컨대 매주 토요일마다 다 같이 달을 보며 마음껏 소리를 지르도록 권해야겠다고 생각했다. 그런 일은 여럿이 함께 하면 즐거움이 한결 클 것 같았다. 그러나 그녀는 이제 친구들과 공동체에서 떨어져 나와 광대한 하늘을 지붕으로 삼고 거기 숲속에 홀로 있었다. 그녀의 절규가 애처로운 오열로 변하였다.

개미 혁명은 그녀에게 새로운 버릇을 만들어 주었다. 그녀는 이제 혼자 있기보다는 사람들에 둘러싸여 새로운 경험과 구상들에 대해 이야기하는 것을 더 좋아하게 되었다.

그 며칠 동안 쥘리는 집단을 이루고 서로 도와 가며 사는 일에 익숙해졌다. 행복은 혼자 누리는 것이 아니라 여럿이 함께 나누는 것이었다. 그녀는 지웅과 행복한 순간을 경험하였다. 그러나 지웅만 있었던 것은 아니었다. 툴툴거리기 좋아하는 조에, 몽상적인 구석이 많은 프랑신, 빙충맞은 짓을 잘하는 폴, 얌전하고 사려 깊은 레오폴드 있었다. 나르시스에게 생각이 미치자 마음이 착잡했다. 제발 아무 일도 없어야 할 텐데 걱정이었다. 다비드…… 다비드도 걱정이었다. 그는 어쩌면 개들에게 물렸을지도 모른다. 그녀는 그의 끔찍한 죽음을 상상하며 도리질을 쳤다. 문득 어머니가 보고 싶었다. 일곱 친구들과 521명의 개미 혁명가들, 그리고 세계

곳곳에서 그들에게 성원을 보내 준 모든 이들로부터 든든하게 보호를 받고 있다가 혼자 떨어져 나온 탓인지 그녀는 스스로를 더욱 왜소하게 느꼈다.

그녀는 눈을 감고, 전에 했던 것처럼 자기 뇌 속에 접혀 있는 빛의 보자기를 펼쳐 보려고 애썼다. 빛의 보자기가 점점 커져 그녀의 머리에서 빠져나오더니 거대한 구름이 되어 숲을 덮었다. 정신을 밖으로 펼쳐 내는 일은 여전히 가능했다. 그녀는 빛의 보자기를 다시 개어 넣고 다시 달을 보며 부르짖었다.

「워어우우우우우.」

「워어우우우우우.」

늑대의 화답이 메아리처럼 날아왔다. 그 숲에서 그녀의 말을 들어 줄 자는 멀리 떨어진 몇 마리 늑대밖에 없었다. 그녀는 그 늑대들을 알지 못했고 알고 싶지도 않았다. 찬 기운이 발을 조금씩 갉아 먹고 있는 듯한 느낌이 들었다. 그녀는 몸을 잔뜩 웅크렸다. 눈앞에 불빛 하나가 어른거렸다.

날아다니는 개미가 다시 길을 안내하려는가 보다 하고 생각하면서 그녀는 반가운 마음에 얼른 몸을 일으켰다.

그러나 이번엔 진짜 개똥벌레였다. 배 끝에 달린 발광기로 빛을 내며 개똥벌레들이 밤하늘에서 어지럽게 사랑의 춤을 추고 있었다. 그렇게 스스로 반짝이며 친구들과 춤을 출 때만큼은 개똥벌레도 행복할 거였다.

쥘리는 더욱 한기를 느꼈다.

아주 심한 피로감이 엄습했다. 그런 상태로 오래 잘 수는 없을 터이므로 짧고 깊은 수면이 필요했다. 그녀는 온갖 상념을 털어 내고 원기를 회복시키는 깊은 잠에 곧바로 빠져

들었다.

　새벽 6시, 그녀는 개 짖는 소리에 잠에서 깨어났다. 소리가 귀에 설지 않았다. 그 개는 경찰견이 아니라 아킬레우스였다. 전에도 한 번 그랬듯이 그녀의 개가 그녀를 다시 찾아낸 거였다. 누군가 아킬레우스를 이용해 그녀를 찾아내자고 생각한 모양이었다.

　그 개를 데리고 온 남자가 자기 턱 밑에 손전등을 대었다. 아래로부터 불빛을 받은 그의 얼굴이 유령처럼 보였다.

　「아니, 공자그잖아!」

　「그래, 경찰이 너를 못 찾아내기에 내가 꾀를 썼지. 네 개를 이용하자고 말이야. 이 불쌍한 개가 너희 집 정원에 혼자 있더구나. 이 개에게 우리가 원하는 일이 무엇인지를 이해시키는 데는 별로 어려움이 없었어. 지난번에 네 치마에서 잘라 낸 그 천 조각을 이 개에게 주고 냄새를 맡게 했지. 그러고 나서 곧바로 너를 찾으러 나선 거야. 개는 정말이지 인간의 가장 훌륭한 친구더군.」

　공자그 패거리는 쥘리를 끌어내려 나무에다 묶었다.

　「아, 이번엔 일이 한결 쉽게 되겠는걸. 이 나무가 꼭 원주민들이 고문할 때 쓰는 말뚝 같구먼. 지난번엔 커터를 사용했지만, 그 뒤로 우리 장비가 많이 좋아졌지……」

　공자그는 권총을 꺼내 들었다.

　「이건 커터 날에 비해 정확하고 섬세하진 않지만, 멀리서도 사용할 수 있다는 장점이 있지. 소리치고 싶으면 소리쳐봐. 이 숲에서 네 소리를 들어 줄 자는 너의 친구들인 개미들 말고는 아무도 없을 거야.」

　쥘리는 몸을 빼내려고 버둥거렸다.

「사람 살려! 도와줘요!」

「이왕이면 예쁜 소리로 외치지 그래. 자, 소리쳐 봐!」

그녀는 소리치기를 멈추고 그들을 노려보았다.

「너희들 왜 이런 짓을 하는 거니?」

「남이 고통받는 걸 보는 게 좋아서 그런다, 왜.」

그러면서 공자그는 아킬레우스의 앞다리를 겨누고 한 방을 쏘았다. 깜짝 놀란 개가 적을 친구로 잘못 알았음을 깨닫기도 전에, 두 번째 총알이 날아와 다른 앞다리에 박히고 이어서 두 뒷다리와 척주에도 총알이 하나씩 박혔다. 그런 다음 공자그는 마지막으로 개의 머리에 대고 또 한 방을 쏘았다.

그는 권총을 다시 장전하였다.

「이번엔 네 차례야.」

그가 그녀를 겨누었다.

「안 돼! 그녀를 풀어 줘.」

공자그가 몸을 돌렸다.

다비드였다!

「확실히 같은 일을 끝없이 되풀이하는 게 인생이야. 다비드가 또 포로가 된 예쁜 공주를 구하러 오셨구먼. 대단히 낭만적인데 그래. 하지만 이번엔 뜻대로 안 될걸. 우리가 이야기의 결말을 바꿔 버릴 테니까 말이지.」

공자그는 총구를 다비드 쪽으로 겨누었다. 그러더니 개의 시체 위에 권총을 떨어뜨리고 털썩 무너져 내렸다.

「조심해! 날아다니는 개미다.」

패거리 중의 하나가 소리쳤다.

아닌 게 아니라 날아다니는 개미가 벌써 공자그 패거리를 공격하고 있었다.

그들은 그 개미에 물리지 않으려고 안간힘을 썼지만, 그들 주위를 날아다니는 다른 곤충들이 너무 많아서 그 개미 로봇을 식별하기가 어려웠다. 개미는 세 차례의 급강하 공격으로 세 명의 〈검은 쥐들〉을 모두 쓰러뜨렸다. 다비드는 쥘리에게 다가가 결박을 풀었다.

「이번엔 진짜 죽는 줄 알았어.」

「그럴 리가 있나. 내가 안 왔어도 너에겐 아무 일 없었을 거야.」

「아, 그래? 왜 그렇지?」

「넌 주인공이니까. 소설이나 영화에서 주인공은 잘 안 죽거든.」

물론 농담이었지만, 다비드가 그런 식의 논리를 편다는 게 뜻밖이었다.

쥘리는 몸을 숙여 개를 내려다보았다.

「가련한 아킬레우스, 이 개는 인간이 개들의 가장 훌륭한 친구라고 믿었을 거야.」

그녀는 신속하게 구덩이를 파서 개를 묻고, 이런 말로 묘비명을 대신하였다.

「자기 종을 개선하는 일에 제대로 참여해 보지 못한 불쌍한 개 한 마리 여기에 잠들다……. 잘 가라, 아킬레우스.」

개미는 계속 그들의 주위를 날고 있었다. 그 날갯짓에 재촉하는 기색이 담긴 듯했다. 그러나 쥘리는 잠시 쉬면서 마음을 추스르고 싶었다. 그녀는 다비드에게 기대어 몸을 웅크렸다. 그러다가 퍼뜩 정신을 차리고 그의 품에서 빠져나왔다. 다비드가 말했다.

「이제 가야 해. 저 개미가 빨리 가자고 안달하는 것 같아.」

개미의 안내를 받으며 그들은 어두운 숲속으로 더 깊이 들어갔다.

182. 백과사전

차원의 문제

사물이 존재하는 방식은 우리가 그것을 어떤 차원에서 지각하느냐에 따라 달라진다.

수학자 브누아 망델브로[13]는 차원 분열 도형의 경이로운 이미지를 발견했을 뿐만 아니라, 우리가 보고 있는 것은 우리를 둘러싸고 있는 세계의 분할된 모습일 뿐이라는 사실을 입증하였다.

예컨대, 어떤 꽃양배추의 너비를 측정하는 경우를 생각해 보자. 보통 하는 것처럼 자를 가지고 지름을 측정하면 30센티미터라는 수치를 얻게 된다. 그런데, 만일 그 꽃양배추 안에 들어 있는 둥근 봉오리의 선을 따라가면서 길이를 잰다면 그 값은 열 배가 될 것이다.

매끈매끈한 탁자의 너비를 측정하는 경우도 마찬가지다. 육안으로 볼 때는 매끈매끈한 탁자를 현미경으로 보면 그 표면에 무수한 기복이 있음을 볼 수 있다. 그 기복을 일일이 따라가며 측정한다면, 탁자의 너비는 무한히 증대할 것이다. 결국 탁자의 크기는 탁자를 어떤 차원에서

---

13 Benoît Mandelbrot(1924~2010). 폴란드의 바르샤바에서 태어나 프랑스에 귀화한 수학자. 각 부분이 축소된 규모의 전체와 동일한 형태를 취하고 있는 기하학적 도형들을 연구하면서 차원 분열 도형을 발견하였다. 해안선이나 능선과 같은 형태로 자연 속에 흔히 나타나는 이 도형은 증시 동향이나 은하 분포와 같은 갖가지 현상들, 특히 불확실하고 혼돈스러운 현상들을 연구하기 위한 모델로 사용되며, 그 미학적인 측면 덕분에 수학계 밖으로도 널리 알려지게 되었다.

보느냐에 따라 달라진다.

브누아 망델브로의 발견은 우리에게 중요한 사실을 일깨운다. 절대적인 입장에서 보면 어떤 과학 정보도 정확하다고 말할 수 없다. 따라서 오늘날 정직한 사람이 취해야 할 올바른 태도는 어떤 지식에든 부정확한 부분이 많이 포함되어 있다는 점을 받아들이는 것이다. 그 부정확한 부분은 다음 세대에 의해 어느 정도 줄어들기는 하겠지만 결코 완전히 없어지지는 않을 것이다.

에드몽 웰스, 『상대적이며 절대적인 지식의 백과사전』 제3권

183. 출발

이른 새벽부터 새 벨로캉에서는 출발 준비가 한창이다. 도시 곳곳에서 개미들은 오로지 손가락들의 세계를 향한 평화 대행진에 대해서만 이야기하고 있다.

이번에는 단 한 마리의 개미가 아니라 무리를 지어 대대적으로 위쪽 세상의 손가락들을 만나러 가는 것이다. 어떤 개미들에겐 그것이 신들과의 만남이 될지도 모른다.

병정개미들의 방에서는 각자 자기 주머니에 개미산을 채우고 있다.

《손가락들이 정말로 존재한다고 생각하니?》

병정개미 하나가 난처해하면서 머리를 흔든다.

《손가락들이 존재한다는 것을 전적으로 확신하고 있는 건 아냐. 하지만 그것이 사실인지 아닌지를 아는 방법은 이 행진의 목적지까지 가보는 것밖에 없어. 만일 손가락들이 존재하지 않는다면, 그냥 새 벨로캉으로 돌아와서 우리가 하던 일을 계속하면 되는 거야.》

좀 떨어진 곳에서는 다른 개미들이 훨씬 더 열띠게 토론을 벌이고 있다.

《손가락들이 우리를 대등한 상대로 받아들여 줄까?》

그 물음에 한 개미가 더듬이 밑을 긁적거리며 대답한다.

《그들이 우리를 받아 주지 않으면 다시 전쟁이 벌어질 거야. 그렇게 되면 끝까지 싸우는 것 말고는 다른 방도가 없겠지.》

도시의 거죽에서는 달팽이들에게 길 떠날 채비를 시키고 있다. 짐꾼 노릇을 해주는 여행의 동반자로는 달팽이만큼 좋은 동물이 없다. 그들은 비록 느리기는 해도 어느 곳이나 갈 수 있으며 먹을 것이 떨어지는 경우에는 그들 중의 하나만 잡아도 아주 많은 개미들을 먹이기에 충분하다. 개미들이 그들의 등에 짐을 얹자 그들은 하품을 하면서 2만 5천6백 개의 작은 이들을 드러낸다.

개미들은 아주 무거운 짐들과 뜨거운 불씨, 비축 식량 따위를 달팽이들의 등에 싣는다.

행진에 참여할 개미들이 새 벨로캉 주위에 도열한다.

몇몇 개미들은 꿀술을 가득 채운 알들을 술단지 삼아 지고 있다. 그들이 꿀술을 가져가려는 까닭은, 그것을 조금씩 마시면 밤의 추위를 더 잘 견디게 되고, 싸울 때 힘을 얻을 수 있다는 사실을 깨달았기 때문이다.

개미들은 또 다른 달팽이들의 등에 꿀단지개미들을 싣는다. 그 꿀단지개미들은 방 안에 틀어박혀 분비꿀만 계속 먹어 댔기 때문에 배가 공처럼 늘어나서 보통 개미들의 배보다 50배나 크다.

《저 정도의 식량이면 겨울 두 철은 충분히 나겠는걸.》

수개미 24호가 달팽이들의 등에 실린 먹이를 바라보며 감탄하자, 암개미 103호가 대꾸한다.

《전에 사막을 건너보고 나서, 먹이가 부족하면 가장 유능한 탐험대들조차 전멸을 당할 수 있다는 사실을 알게 되었어. 행진 기간 중에 줄곧 사냥감이 풍족하리라는 보장이 없기 때문에 만반의 준비를 하는 게 상책이지.》

출발 준비에 여념이 없는 개미들 위의 공중에서는 새로 편성된 말벌과 꿀벌의 비행 편대가 다른 종들이 그 상황을 이용해서 개미들을 공격하지 못하도록 경계 활동을 펴고 있다.

7호는 달팽이 한 마리를 예술용으로 골라, 그 등에 기다란 대마잎을 올려놓고 꽃가루와 딱정벌레의 피와 톱밥 가루 등과 같은 물감을 싣는다. 그는 손가락들의 세계를 향한 대행진을 주제로 해서 거대한 그림을 만들어 볼 생각이다.

행진에 참여할 개미들이 도시별이나 계급별로, 또는 실험실별이나 달팽이별로 대오를 다시 편성하느라고 새 벨로캉의 세 번째 입구 앞에서 북새통을 이루고 있다.

불 기술자들은 조약돌에 들어 있는 불씨들을 보존하는 데 쓰려고 풀짐을 따로 꾸려 놓았다. 그들은 마른풀에 불이 붙을 것을 걱정하기보다는 불씨를 꺼뜨릴까 걱정하고 있다. 그들은 불을 살리는 데 쓸 마른 나무들도 가져간다. 불이 먹성 좋은 동물이라는 것을 잘 알고 있기 때문이다.

마침내 모든 준비가 끝났다. 기온도 행진을 떠나기에 알맞다. 더듬이 하나가 곧추선다.

《출발!》

줄잡아 70만 개체로 이루어진 거대한 개미 행렬이 움직이기 시작한다. 척후 개미들이 세모꼴로 진을 짜고 앞장을 선다. 그들은 언제나 후각을 예민하게 유지하기 위해서 번갈아 가며 선두로 나선다. 그 행렬이 기다란 하나의 동물이라면, 그 코가 끊임없이 새롭게 교체되고 있는 셈이다.

척후 개미들 뒤에는 포수 개미들이 있다. 척후 개미들이 경보를 보내면 그들은 즉각 사격 태세로 들어갈 것이다. 그들 뒤를 첫 번째 달팽이가 따르고 있다. 그는 전차 구실을 하는 달팽이다. 그의 등에는 연기 나는 불씨가 실려 있고 몇몇 포수 개미들이 사격 준비를 한 채 올라타 있다.

그다음 차례는 보병 개미들이다. 그들은 구보로 돌격할 자세를 갖추고 있다. 그 병정개미들 역시 행렬 전체를 먹이기 위해 주위의 동물들을 사냥할 것이다.

보병 개미들 뒤에는 두 번째 달팽이가 있다. 그 달팽이 역시 연기 나는 불씨와 포수 개미들을 잔뜩 싣고 간다.

그 뒤로는 다른 도시의 개미들이 걸어간다. 주로 흑개미와 고동털개미와 노랑개미들이다.

불 기술자들과 예술가들은 행렬의 한가운데쯤에 자리 잡고 있다.

암개미 103호와 수개미 24호도 힘을 아끼기 위하여 달팽이를 타고 간다.

행렬의 후미는 포수 개미들과 전차 구실을 하는 달팽이 두 마리가 지키고 있다.

기병개미들은 행렬의 좌우를 달리면서 행진 참가자들을 격려하기도 하고 수상쩍은 지역을 통제하거나 행렬의 사이가 너무 벌어지지 않도록 감독한다. 5호와 그의 동료들은 다시 그 감독자들을 감독한다. 그들이 바로 이 행진을 사실상 주도해 가는 자들이다.

참가자들은 모두 자기들의 종을 위해 뭔가 아주 중요한 일을 수행하고 있다는 느낌을 받고 있다. 그 행렬의 위풍당당한 기세에 땅이 흔들리고 풀이 누우며 나무들조차 관심을 보인다. 나무들이 기억하는 한, 그토록 많은 개미들이 한 방향으로 함께 나아가는 광경은 본 적이 없다. 게다가 달팽이들이 개미들의 행렬에 가세하여 연기 나는 조약돌을 운반하는 모습은 더더욱 본 적이 없다.

밤이 되자 개미들은 휴식을 취하기 위하여 거대한 야영장에 다시 집결한다. 야영장 한가운데에 자리 잡은 개미들은 불덩이의 열기를 받아 활동을 계속하고, 주변의 개미들은 잠이 든다. 암개미 103호는 앞다리를 들고 몸을 일으킨 자세로 손가락들에 관해서 자기가 알고 있는 것을 운집한 동료들에게 이야기한다.

184. 동물학 기억 페로몬

기록자: 10호

노동

처음에 손가락들은 먹을 것을 얻기 위해 싸웠다.

그러다가 먹을 것이 충분해지자, 이번에는 자유를 위해서 싸웠다.

자유를 얻은 다음에는, 노동하지 않고 되도록 오랫동안 쉬기 위해 싸웠다. 이제 손가락들은 기계 덕분에 그 목적을 이루었다.

많은 손가락들은 먹이와 자유와 무위를 누리며 집에 죽치고 있다. 그러나 그들은 〈산다는 건 좋은 거야. 아무 일도 안 하고 하루하루를 보낼 수 있으니 말이야〉라고 생각하지 않는다. 그들은 오히려 스스로를 불행하다고 느끼면서, 실업을 해소하고 다시 일거리를 주겠다고 약속하는 지도자들에게 찬성표를 던진다.

노동이라는 말과 관련된 흥미로운 사실이 하나 있다. 손가락들의 세계에 프랑스라는 나라가 있는데 그 나라 말로는 노동을 트라바유travail라고 한다. 그 말은 라틴어의 트리팔리움tripalium에서 나왔다. 〈세 개의 말뚝〉을 뜻하는 트리팔리움은 고대의 노예들에게 아주 고통스러운 형벌을 가할 때 사용했던 형틀이었다. 고대의 손가락들은 그 형틀에 노예를 거꾸로 매달고 태형(笞刑)을 가하였다.

185. 은신처

나무딸기 덤불로 둘러싸인 분지 한가운데에 언덕이 있고, 그 언덕에는 그보다 작은 또 다른 언덕이 솟아 있었다. 새들은 공중을 활공하면서 대대로 내려온 자기들의 선율을 노래했고, 노간주나무들은 그 노래를 들으며 물결처럼 구불거렸다.

쥘리는 우뚝 솟은 사암 바위에 걸터앉아 중얼거렸다.

「여기는 내가 전에 와본 곳이야.」

그 장소 역시 그녀를 알아보는 것 같았다. 그녀는 어떤 눈길이 자기에게 쏠리고 있다고 느꼈다. 그녀를 엿보고 있는 것은 나무들이 아니라 바로 땅이었다. 분지 가운데에 있는 두 언덕은 마치 눈동자가 툭 튀어나온 눈알 같았다. 그 주위에 둘러선 나무딸기 울타리는 눈썹이었다.

날아다니는 개미는 그 언덕들 쪽으로가 아니라 바위 바로 아래에 있는 도랑 쪽으로 그들을 이끌었다.

쥘리는 앞으로 나아갔다. 이제 의심의 여지가 없었다. 그곳은 바로 그녀가 『상대적이며 절대적인 지식의 백과사전』을 발견한 곳이었다.

「저 아래로 내려가면 다시는 못 올라올 거야.」

다비드는 불안한 기색을 보였다. 그러나 개미는 어서 내려가라고 재촉하는 듯 그들 주위를 계속 돌았다. 모든 것을 운명에 맡기는 기분으로 그들은 개미를 따라 내려갔다.

나무딸기와 아카시아, 개밀,[14] 엉겅퀴 따위가 손과 얼굴을 할퀴었다. 그야말로 식물 세계에서 악명이 높은 것들은 다 모인 가풀막이었다. 메꽃 몇 송이만이 그 거친 세계에 밝고 부드러운 색조를 주고 있었다.

개미는 그들을 어떤 구멍으로 이끌었다. 그들은 엉금엉금 기어서 두더지처럼 땅속으로 들어갔다. 개미의 한쪽 눈에서 나오는 불빛이 땅굴 속을 비춰 주고 있었다. 다비드는 지팡이를 손에 쥔 채 허위허위 불빛을 따라갔다. 쥘리가 미리 알려주었다.

「땅굴 끝은 막혀 있어. 전에 이곳에 내려와 봤기 때문에 알아.」

과연, 끝에 다다라 보니 땅굴은 막혀 있었다. 날아다니는 개미는 자기의 안내자 역할이 끝났다는 듯이 바닥에 내려앉았다.

---

14 볏과의 여러해살이풀로 모양은 밀과 같지만 줄기와 잎은 붉은 갈색을 띤다. 길가나 들에 저절로 자란다.

「거봐, 내가 뭐랬어. 이젠 도로 나가는 수밖에 없어.」

「잠깐 기다려. 이 개미 로봇이 우리를 여기로 데려온 데에는 틀림없이 무슨 곡절이 있을 거야.」

다비드는 이곳저곳을 꼼꼼하게 살피며 벽을 더듬었다. 손 밑에 뭔가 차갑고 단단한 것이 느껴졌다. 그가 흙을 긁어내자 동그란 금속판이 나타났다. 개미는 다시 서둘러 날아올라 그 금속판을 비추었다. 거기에는 하나의 수수께끼가 새겨져 있었고, 그 수수께끼의 답을 표시하라는 것인 듯 디지털 암호판 형태의 납작한 글자판이 박혀 있었다.

그들은 개미가 비춰 주는 희미한 빛 속에서 그 수수께끼를 판독하였다.

성냥개비 여섯 개로 크기가 똑같은 정삼각형 여덟 개를 만드는 방법은 무엇인가?

이번에는 기하학 문제가 그들 앞에 놓여 있었다. 쥘리는 두 손으로 머리를 감쌌다. 인간이 공간의 과학인 기하학에서 벗어난다는 것은 불가능한 일이었다. 태양계의 곳곳에 기하학의 문제가 널려 있지 않은가.

「답을 찾아 보자. 이건 텔레비전에 나온 수수께끼야.」

다비드가 말했다.

그는 수수께끼를 무척 좋아했고, 「알쏭알쏭 함정 퀴즈」를 거의 빼놓지 않고 보는 사람이었다.

「그래, 맞다! 하지만 텔레비전에 나온 그분도 답을 찾아내지 못했어. 다른 문제들은 그렇게 잘 풀었으면서도 말이야. 그런데 우리가……」

「어쨌거나 우리가 답을 찾아내면 우리에게 안전한 은신처가 마련될 거야.」

다비드는 바닥에서 풀뿌리 하나를 뽑아 그것을 여섯 조각으로 자른 다음 이리저리 놓아 보았다.

「성냥개비 여섯 개로 삼각형 여덟 개를 만든다…… 될 것 같은데.」

그는 오랫동안 뿌리 조각들을 가지고 씨름하였다. 그가 갑자기 소리쳤다.

「됐어. 찾아냈어!」

다비드는 쥘리에게 해답을 설명했다. 그가 답에 해당하는 낱말의 글자들을 글자판에서 누르자 쇠가 울리는 소리를 내면서 금속 문이 열렸다.

그 뒤에는 빛과 사람들이 있었다.

186. 동물학 기억 페로몬

기록자: 10호

군거 본능

손가락들은 무리살이를 하려는 본능이 대단히 강한 동물이다.

그들은 혼자 사는 것을 잘 견디지 못하기 때문에 할 수만 있다면 떼를 지어 모인다.

그들의 결집이 가장 볼만한 광경을 이루는 장소들 중에 〈지하철〉이라는 것이 있다.

그 안에서 그들은 세상의 어떤 곤충도 견뎌 내지 못할 것을 용케 참아 낸다. 그들은 더 이상 움직일 수 없을 만큼 빽빽하게 모여서 서로 떼밀고 밟고 누른다.

지하철에서 벌어지는 그 현상을 생각하면, 손가락이 과연 개별적인 지능을 가진 동물인가 하는 의구심이 생긴다. 혹시 손가락들은 개별적인 판단에 의해서 움직이는 것이 아니라, 청각적이거나 시각적인 어떤 명령에 따라 움직이기 때문에 그런 군거 행동을 하게 되는 것이 아닐까?

187. 바로 그들이었다

쥘리가 맨 처음 본 것은 지웅의 얼굴이었다. 프랑신과 조에와 폴과 레오폴도 잇달아 나타났다. 나르시스만 빼면 〈개미들〉이 다 모인 셈이었다.

친구들이 팔을 내밀어 쥘리와 다비드를 부축하였다. 그들은 다시 만난 것이 너무나 기뻐서 서로 얼싸안고 볼을 비볐다.

지웅이 그간의 자초지종을 들려주었다.

「가까스로 학교를 빠져나온 뒤에 우리는 나르시스가 당한 일에 대해 복수를 하려고 광장 주변의 골목으로 〈검은 쥐들〉을 쫓아갔어. 그런데 그자들은 벌써 멀리 달아나고 없었어. 경찰관들이 다시 우리를 쫓아오기 시작했어. 그들을 따돌리느라고 무척 애를 먹었지. 우리는 숲이 좋은 도피처가 될 거라고 생각했어. 그때 날아다니는 개미 한 마리가 나타나서 우리를 여기까지 데려온 거야.」

문 하나가 열리더니 작고 구부정한 실루엣이 빛을 등지고 나타났다. 길게 늘어뜨린 흰 수염 때문에 산타클로스처럼 보이는 노인이었다.

「에…… 에드몽…… 웰스 선생님이신가요?」

쥘리가 더듬거리자 노인이 머리를 흔들었다.

「에드몽 웰스 선생은 벌써 3년 전에 돌아가셨고 나는 아서 라미레일세. 무엇이든 필요한 게 있으면 말하게.」

「우리를 여기로 이끌기 위해 개미 로봇을 보내신 분이야.」

프랑신이 일러 주었다.

쥘리는 잠시 노인을 살펴보았다.

「에드몽 웰스 선생님을 아세요?」

「자네들이 아는 것 정도밖에 몰라. 그분이 우리에게 남기신 문헌을 통해서만 알고 있는 거니까 말이지. 하지만, 결국 어떤 사람을 이해하기 위한 가장 좋은 방법은 그 사람의 글을 읽는 게 아닐까?」

노인은 그 장소가 존재하는 것은 에드몽 웰스의 『상대적이며 절대적인 지식의 백과사전』 덕분이라고 설명했다. 지하 통로를 만들고 성냥개비와 삼각형의 수수께끼를 풀어야만 열리는 문을 설치하는 것은 바로 에드몽 웰스가 즐겨 쓰던 방법이었다. 또, 은거지를 만들고 거기에 자기의 비밀과 보물을 감추는 것도 에드몽 웰스의 특기였다.

「내가 보기엔 그 양반, 아이 같은 구석이 많은 분이었어.」

「땅굴 속에 책을 놓아둔 것도 그분인가요?」

「아니, 그건 내가 갖다 놓은 거야. 에드몽 웰스는 자기의 은둔처에 도달하기 위한 특별한 경로를 만들어 내곤 했지. 그이가 한 일을 존중하는 뜻에서 나도 흉내를 내본 거야. 『백과사전』 제3권을 발견한 뒤에, 나는 우선 한 부를 복사해 놓고 원본을 내 은신처의 입구에 갖다 놓았지. 나는 그 책을 아무도 찾아내지 못할 거라고 확신했어. 그런데 어느 날 가보니까 그 책이 사라졌더군. 바로 쥘리 자네가 그것을 찾아냈던 거지. 따라서 이젠 자네가 이 일을 계승해야 해.」

그들은 좁다란 현관 같은 곳으로 들어섰다.

「자네가 발견한 그 가방에는 아주 작은 무선 송신기가 들어 있었어. 그 덕분에 가방을 가져간 사람이 누구인지 알아내는 것은 별로 어렵지 않았지. 그때부터 나의 첩보 개미들이 줄곧 자네 주위를 떠나지 않고 가까이 또는 멀리에서 자네를 감시했지. 나는 자네가 『백과사전』의 지식을 가지고 무엇을 할 것인지를 알고 싶었어.」

「그러면 학교에서 제가 연설을 할 때 개미 한 마리가 날아와 내 손에 앉았던 것도 우연이 아니었군요!」

노인은 상냥하게 빙긋 웃었다.

「에드몽 웰스의 사상에 대한 자네들의 해석은 정말이지 꽤나 신선하고 자극적이었어. 우리는 첩보 개미 덕에 여기에서도 자네들의 개미 혁명이 어떻게 진행되고 있는지를 다 알고 있었지.」

「천만다행이에요, 그렇지 않았으면 기자들이 텔레비전에서 떠드는 소리만 들으셨을 텐데 말이에요.」

다비드가 말했다.

「우리는 마치 연속극을 보듯이 개미 혁명을 지켜보았어. 원격 조종되는 나의 작은 첩보 개미들을 이용해서 우리는 매스 미디어가 관심을 보이지 않는 일도 알아낼 수 있지.」

「그런데 할아버지는 누구세요?」

노인은 자기가 살아온 이야기를 들려주었다.

그는 예전에 로봇 공학 분야의 전문가였다. 그는 군을 위해서 원격 조종되는 군사용 늑대 로봇을 발명했다. 그 기계들은 자국의 인명 피해를 줄이고 싶어 하는 부유한 나라들이 초과 인구를 기꺼이 죽음으로 내모는 가난한 나라들과 전쟁을 벌이는 데에 도움을 주었다. 그러나 늑대 로봇의 조종을 맡은 병사들은 광기에 사로잡혀 마치 비디오 게임을 하는 기분으로 마구 인명을 살상하였다. 그것을 확인한 아서는 환멸을 느끼고 직장을 떠나 장난감 가게를 열었다. 그 가게 이름은 〈장난감의 왕, 아서〉였다. 그는 로봇 공학에 소질이 있었던 덕택에 말하는 인형을 발명하였다. 그 미니 로봇은 합성 음성과 아이의 말에 맞추어 대답을 조절하는 컴퓨터 프로그램을 갖추고 있었기 때문에, 경우에 따라서는 진짜 부모보다 아이에게 더 많은 위안을 주기도 했다. 아서는 그 인형을 가지고 노는 세대는 이전 세대들보다 스트레스를 덜 받으며 자라게 될 거라고 생각했다.

「전쟁이란 따지고 보면 교육을 잘못 받은 사람들이 일으키는 거야. 나는 내가 만든 작은 인형들이 아이들을 올바로 키우는 데에 조금이라도 도움이 될 수 있기를 바라.」

그러던 어느 날 우편물 배달 사고로 어떤 소포 하나가 그의 수중에 들어오게 되었다. 그 안에는 『상대적이며 절대적인 지식의 백과사전』 제2권이 들어 있었다. 그 소포의 수취인은 에드몽 웰스 교수의 무남독녀인 레티시아 웰스였고, 거기에 들어 있던 편지에서는 그것이 교수의 유일한 유산임을 밝히고 있었다. 아서와 그의 아내 쥘리에트는 그 책을 즉시 레티시아에게 돌려주려고 했다. 그러나 그들의 호기심이 무엇보다 강했다. 처음 몇 장을 훑어보고 나서 그들은 책의 내용에 완전히 매료되었다. 그 책은 개미는 물론이고 사회학, 철학, 생물학, 그리고 특히 서로 다른 문명 간의 이해와 시간과 공간 속에서 인간이 차지하는 위치에 대해서 이야기하고 있었다.

아서는 에드몽 웰스의 말에 깊은 감동을 받고, 개미의 후각 언어를 인간의 언어로 번역하는 기계 즉, 〈로제타석〉을 제작하는 일에 착수했다. 그리하여 그는 개미들과 대화를 할 수 있게 되었고, 103호라는 아주 출중한 개미와도 만나게 되었다.

그런 다음 그는 레티시아 웰스와 자크 멜리에스라는 경찰관의 도움을 받아 당시의 과학부 장관 라파엘 이조를 만났고, 장관은 인간 세계와 개미 세계를 연결하는 대사관을 설치하도록 대통령을 설득하려 했다.

「그러니까 에드몽 웰스의 편지를 대통령에게 보낸 것도 할아버지였군요.」

「그래. 하지만 나는 그것을 베꼈을 뿐이야. 그 편지는 『백과사전』에 이미 들어 있는 것이었어.」

쥘리는 그 편지가 전혀 진지하게 받아들여지지 않고 외국 사절들을 위한 리셉션에서 우스갯거리로 이용되고 있다는 사실을 알았지만 그 사실을 입 밖에 내지 않았다.

노인은 그 계획이 실패로 돌아갔음을 시인했다. 대통령은 답장을 보내 준 적이 없었고, 그 계획을 지지했던 과학부 장관은 결국 사임할 수밖에 없었다는 것이다.

그러나 아서는 대사관 설치가 성사되지 않은 것에 실망하지 않고, 그 후로도 인간 문명과 개미 문명이 모두의 이익을 위해 협력할 수 있는 길을 여는 데에 자기의 남은 신명을 다 바쳤다.

쥘리는 화제를 바꾸기 위하여 이렇게 물었다.

「땅속의 은둔처도 할아버지가 만드신 건가요?」

노인은 고개를 끄덕이면서 쥘리와 그의 친구들이 일주일만 더 일찍 왔더라면, 그 건물의 일부가 지상으로 피라미드처럼 솟아 있는 것을 보게 되었을 것이라고 말했다.

지하 통로를 거쳐 쥘리와 다비드가 들어온 방은 그 은둔처의 현관인 셈이었다. 안으로 더 들어가서 문을 열자 한결 넓은 방이 나타났다. 크고 둥근 그 방의 중앙에는 지름이 50센티미터 정도 되는 빛의 구체가 3미터 높이에 떠 있었다. 채광은 가느다란 유리 기둥을 통해서 이루어지고 있었다. 뾰족한 천장 꼭대기로 올라가 있는 그 유리 기둥을 통해서 태양의 자연광이 피라미드 내부로 들어오는 거였다.

그 방의 주위에는 갖가지 복잡한 기계와 컴퓨터와 책상 들이 들어차 있는 작은 방들이 둥그렇게 배치되어 있었다. 그 작은 방들은 하나의 큰 실험실을 구성하는 단위들이었다.

「이 큰 방은 우리의 공동 실험실이야. 필요할 경우에는 기계들을 접속해서 함께 작업을 할 수 있지. 여기저기 보이는 저 문들은 개인 실험실로 통해 있어. 혼자서 조용하게 일을 해야 하는 경우에는 저 실험실들을 이용하지.」

노인은 위층으로 올라가는 통로를 가리키며 말을 이었다.

「이 건물은 3층으로 되어 있어. 아래층은 일을 하고 갖가지 실험과 시험을 행하는 곳이야. 가운데층은 함께 먹고 놀고 쉬는 공간이야. 식당과 여가 활동을 위한 방과 식품 창고가 있는 곳이지. 끝으로, 위층에는 침실들이 마련되어 있어.」

몇몇 사람들이 실험실에서 나와 개미 혁명의 주역들에게 자기들을 소개했다. 에드몽 웰스의 조카인 조나탕과 그의 아내 뤼시, 아들 니콜라, 할머니 오귀스타가 거기에 있었다. 또,

로젠펠트 교수와 식물학자 자종 브라젤 및 그들을 찾아 나섰던 경찰관들과 소방대원들도 있었다.

그들은 스스로를 『상대적이며 절대적인 지식의 백과사전』 제1권과 관련된 사람들이라고 소개했다.

그런 식으로 표현하자면 레티시아 웰스와 자크 멜리에스와 라파엘 이조는 아서 라미레와 마찬가지로 〈제2권의 사람들〉이었다. 그 은둔처에 들어와 있는 사람들은 모두 스물한 명이었고 거기에 쥘리와 여섯 친구들이 새로 더해진 것이었다.

「우리는 너희들을 〈제3권의 사람들〉로 생각하고 있지.」

오귀스타 할머니가 말했다.

조나탕 웰스의 설명에 따르면, 개미 문명과 인간 문명을 이어 주는 대사관을 설치하자는 그들의 제안이 전혀 반향을 일으키지 못한 뒤로, 제1권의 사람들과 제2권의 사람들은 세상을 등지고 함께 살면서 두 문명의 만남이 반드시 성사될 수 있는 여건을 준비해 나가기로 했다. 그들은 아무도 모르게 숲에서 유난히 나무가 빽빽이 들어찬 장소를 골라 20미터 높이의 피라미드를 세웠다. 17미터는 땅속에 묻혀 있고, 3미터만 땅 위로 솟아 있는 특이한 건물이었다. 뾰족한 끝부분만 수면 위로 떠올라 있는 빙산과 조금 비슷했다. 밖에서 보면 작은 피라미드에 불과한 그 건물의 내부가 그토록 슬거운 까닭이 거기에 있었다. 그들은 밖으로 노출된 부분을 위장하기 위해 거울판으로 완전히 덮어 버렸다.

대부분이 땅속에 묻혀 있는 그 은둔처에서 그들은 평화롭게 연구에 전념하면서, 개미들과 대화하는 수단을 완벽하게 개선하고 방해꾼들이 피라미드에 접근하는 것을 막아 주는 개미 로봇을 만들 수 있었다.

하지만 겨울이 되자 나뭇잎이 다 떨어지면서 피라미드가 노출되었다. 은둔자들은 하루 빨리 봄이 와서 새잎이 돋아나기를 기다렸다. 그러나 봄과 새잎이 늑장을 부리는 사이에 쥘리의 아버지가 피라미드에 호기심을 갖게 되었다.

「그러면 할아버지 때문에 그분이 돌아가신 건가요?」

노인은 고개를 떨구었다.

「그건 참으로 유감스러운 사고였어. 개미 로봇에는 마취제를 주사하는 작은 침이 달려 있어. 나는 그때까지 아직 그 주사 바늘을 시험해 볼 기회를 갖지 못했어. 쥘리 아버지가 접근했을 때, 나는 두려웠어. 그가 우리 건물의 존재를 관계 당국에 알릴 거라고 생각했지. 나는 허겁지겁 내 개미 로봇 중의 하나를 내보내서 그에게 마취제를 주사하게 했지.」

노인은 한숨을 쉬면서 흰 수염을 쓰다듬었다.

「외과 수술을 할 때 흔히 사용하는 마취제였어. 나는 그것이 목숨을 앗아 갈 수 있다고는 생각하지 않았어. 그저 우리에게 너무 관심을 보이는 그 산보객을 잠들게 하고 싶었을 뿐이야. 그랬는데 내가 마취제의 분량을 잘못 조절해서 치사량을 썼던 모양이야.」

쥘리가 고개를 가로저었다

「그게 아닐 거예요. 할아버지가 모르는 사실이 있어요. 제 아버지는 염화 에틸렌을 함유한 마취제에 알레르기가 있었어요.」

노인은 쥘리가 자기를 더 이상 원망하지 않는다는 것을 알고 무척 놀랐다.

노인은 이야기를 계속했다.

피라미드의 은둔자들은 근처의 나무에 설치해 놓은 비디오카메라를 통해서 호기심이 너무 많은 그 산보객이 죽었음을 알았다. 그들이 밖으로 나가서 시체를 멀리 치워 버릴 새도 없이, 산보객과 동행했던 개 때문에 또 다른 산보객이 사람이 죽었다는 것을 알게 되었고, 그가 경찰에 신고함으로써 사건은 걷잡을 수 없이 확대되었다.

며칠 후 한 경찰관이 와서 건물 주위를 배회하였다. 그는 신발 밑창으로 후려쳐서 날아다니는 개미들을 박살 내더니 폭파 대원 한 조를 끌고 와서 벽을 폭탄으로 날려 버렸다.

조나탕 웰스가 노인을 대신하여 이야기를 계속했다.

「결국 너희들이 개미 혁명을 일으켜서 우리를 구해 주었지. 피라미드가 완전히 가루가 되려는 찰나에 너희가 마치 미리 짜고 한 것처럼 교란 작전을 벌여서 그들을 철수시킨 거야.」

경찰이 철수하자 피라미드의 사람들은 그 틈을 타서 은둔처를 옮기려고 했다. 그러나 무거운 설비들이 너무 많았다.

레티시아 웰스가 설명을 덧붙였다.

「그러다가 우리는 개미 혁명의 웹 사이트에 접속하면서 해결책을 찾아냈지. 언덕에 묻힌 집, 그건 참으로 멋진 생각이야!」

「우리는 언덕을 파서 집을 만들 필요가 없었어. 그저 흙을 덮어서 우리의 피라미드를 언덕으로 바꾸어 버리면 그만이었지.」

지웅이 말허리를 잘랐다.

「그건 레오폴의 생각이었어요. 하지만, 따지고 보면 건물을 흙으로 덮는다는 발상에는 아주 유구한 역사가 있어요.

조금 다른 얘기가 될지 모르지만, 우리나라 한국에는 서기 1세기 전부터 서기 7세기에 걸쳐서 백제라는 나라가 있었어요. 그 백제의 왕들은 이집트의 파라오들처럼 피라미드 모양의 거대한 능묘를 건설했어요. 그런데 거기에 보물이 감춰져 있다는 사실이 모두에게 알려지면서 능묘를 약탈하는 자들이 생겨났지요. 그래서 왕과 건축가들은 흙을 두둑이 쌓아 올리고 떼를 입혀서 능묘를 감추는 방법을 생각해 냈어요. 그렇게 해서 왕릉들은 언덕과 흡사한 모습으로 자연의 일부가 되었고, 혹시라도 왕릉을 도굴하겠다는 흑심을 품은 자들이 있다면 그들은 무덤 속에 묻힌 보물을 손에 넣기 위해 언덕이란 언덕은 다 파헤치고 다녀야 할 판이었지요.」[15]

레티시아가 말을 이었다.

「우리는 경찰이 학교에 매여 있는 틈을 타서 나흘 만에 피라미드를 흙으로 덮어 버렸어.」

「그 일을 손으로 하셨어요?」

「아니, 우리의 발명가 아서가 아주 신속하게 야간에도 일을 할 수 있는 두더지 로봇을 만들었지.」

「그런 다음 햇빛을 이용할 수 있도록 하기 위해 속에 유리 기둥이 들어가 있는 나무를 꼭대기에 올려놓았지. 뤼시와 레티시아는 딸기나무를 캐다가 우리의 언덕에 심었어. 전체적인 모습이 자연 그대로의 언덕처럼 보이게 하려고 말이야.」

「인위적인 느낌이 전혀 들지 않게 나무들을 배치하는 것은 쉬운 일이 아냐. 무심코 하다 보면 자꾸 줄을 맞추게 되지.

15 작가는 아직 백제 유적지를 둘러본 적이 없지만, 경주를 방문하면서 무열왕릉과 문천 남안의 송림 속에 있는 오릉을 구경한 적이 있다. 그때 받은 인상을 토대로 상상력을 발휘한 결과가 위와 같이 나타난 듯하다.

하지만 우리는 해냈어. 이제 우리는 땅속에 살고 있어. 이곳은 세상으로부터 우리를 보호해 주는 우리의 〈둥지〉야.」

나바호족의 후예임을 자처하는 레오폴이 레티시아의 말에 동을 달았다.

「나바호족은 흙이 모든 위험으로부터 사람을 지켜 준다고 생각하고 있어요. 그래서 사람이 병이 나면 머리만 남겨 놓고 목까지 땅에 묻어요. 흙은 우리의 어머니와도 같아요. 흙이 우리를 보호하고 우리를 치유하는 것은 당연한 일이에요.」

레오폴은 그렇게 안전을 장담했지만, 아서는 불안한 마음이 없지 않은 기색이었다.

「어쨌거나 캐기 좋아하는 그 경찰관이 다시 오더라도, 우리가 애써 해놓은 일을 헛일로 만드는 사태는 없어야 할 텐데 말이야…….」

노인은 쥘리와 다비드를 계속 데리고 다니며 그들의 〈둥지〉를 구경시켰다. 전기는 광전지를 설치한 수백 개의 인조 나뭇잎을 통해서 얻고 있었다. 잎맥까지 있어서 진짜 나뭇잎처럼 보이는 그 인조엽들은 언덕보다 더 높이 자란 나무들의 우듬지에 달려 있었다. 그렇게 공급된 에너지는 건물 안의 모든 기계를 움직이기에 충분했다.

「그럼, 빛이 없을 때는 전기를 사용하지 못하나요?」

「왜, 사용할 수 있지. 커다란 축전기를 여러 대 갖추고 있기 때문에 아무 문제가 없어.」

「물은 어떻게 얻지요?」

「근처에 지하수가 흐르고 있어. 그래서 어렵지 않게 그 물을 이리로 끌어들일 수 있었지.」

조나탕 웰스가 덧붙였다.

「그뿐만 아니라 환기가 잘되도록 통풍 설비도 해놓았지.」

「끝으로, 한 가지 덧붙이자면 우리는 농사도 짓고 있어. 지하에서도 수확이 가능한 버섯 농사지.」

아서는 자기의 실험실을 보여 주었다. 길이 2미터의 수족관에 물 대신 흙이 담겨 있고, 그 안에서 개미들이 부지런히 움직이고 있었다.

레티시아가 말했다.

「우리는 이 개미들을 〈요정〉이라고 부르고 있어. 우리가 보기에 숲속의 진짜 요정은 개미야.」

쥘리는 다시금 자기가 동화 속에 들어와 있는 듯한 기분을 느꼈다. 그녀는 일곱 난쟁이들과 동행을 이룬 백설 공주였다. 개미들은 요정이었고, 기이한 기계들을 발명해 내는 흰 수염의 노인은 영락없는 마법사 멀린이었다.

아서는 그들에게 작은 금속 톱니바퀴들과 전자 부품들을 다루는 일에 몰두하고 있는 개미들을 보여 주었다.

「개미들이 아주 솜씨가 좋은데, 이것 봐.」

쥘리는 그 광경이 도무지 믿어지지 않았다. 개미들이 부품들을 서로 넘겨주고 넘겨받으면서 일을 하고 있었다. 그 부품들 중에는 돋보기를 가지고 일하는 시계 제조공조차 식별하기가 쉽지 않을 만큼 아주 작은 것들도 있었다.

「이 개미들을 이용하게 되기까지는 시간이 많이 걸렸지. 먼저 개미들에게 우리 기술의 초보를 가르쳐야 했거든. 결국 무슨 일에든 교육이 중요한 거야. 다른 나라에 공장을 설립하는 경우에도 먼저 현지의 근로자들을 교육시키는 게 필요하잖아?」

아서의 말을 받아 레티시아가 덧붙였다.

「지극히 세밀한 작업을 하는 경우에는 가장 숙련된 우리 노동자들보다 개미들이 더 정확해. 우리의 개미 로봇을 만들어 내는 게 바로 개미들이야. 어쩌면 개미들만이 그 작업을 할 수 있을 거야. 사람은 그렇게 작은 부품들을 도저히 다룰 수가 없어.」

쥘리는 자기들 체구에 맞는 연장을 가지고 일에 열중해 있는 개미들을 돋보기를 들고 관찰하였다. 그 작은 기능공들은 전투기를 만들고 있는 항공 기술자들처럼 날아다니는 개미 로봇을 둘러싸고 부지런히 움직이고 있었다. 다른 개미들이 더듬이를 까딱거리면서 로봇의 날개 하나를 다리에서 다리로 옮겨 건네주자 두 기능공이 날개를 끼우고 접착제로 고정시켰다.

앞쪽의 다른 개미들은 로봇의 눈에 해당하는 두 개의 전구를 끼우고 있었고, 뒤쪽에서는 마취제로 쓰이는 노란색의 투명한 액체를 통에 담고 있었다. 또 다른 조는 건전지 하나를 운반해 로봇의 가슴 어름에 삽입했다.

그 일이 끝나자 개미 기술자들은 로봇의 눈에 불이 제대로 들어오는지를 확인하고 스위치를 넣어 날개를 여러 가지 속도로 움직여 보았다.

「정말 대단해!」

다비드가 소리쳤다.

「초보적인 수준의 마이크로 로봇 공학일 뿐이야. 열 손가락을 좀 더 능숙하게 사용할 수 있으면 우리도 이런 일을 해낼 수 있을 거야.」

「피라미드를 건설하고 이 모든 기계와 설비를 갖추자면

비용이 아주 많이 들었을 텐데, 돈을 어디서 구하셨어요?」

프랑신이 묻자 라파엘 이조가 대답했다.

「음, 나는 과학부 장관으로 있을 때 쓸데없는 연구에 많은 돈이 낭비되고 있다는 사실을 깨달았네. 외계 생물 연구가 대표적인 사례지. 대통령은 그 주제에 열중한 나머지, 세티[16] 같은 형태의 비용이 아주 많이 드는 사업을 발족시켰어. 나는 사임하기 전에 그 예산의 일부를 아무런 어려움 없이 빼돌렸네. 외계 생물과 대화하는 것보다는 지중 생물과 대화하는 편이 더 가능성이 많다고 보았기 때문이지. 다른 건 몰라도, 개미들이 존재한다는 것 하나는 분명하잖아?」

「이 모든 게 세금으로 이루어졌단 말인가요?」

장관은 손짓을 섞어 가며 자기가 재임 중에 확인한 온갖 예산 낭비에 비하면 그들이 쓴 돈은 아주 적은 금액에 지나지 않는다고 말했다.

아서가 덧붙였다.

「그리 많은 부분을 차지하는 건 아니지만, 쥘리에트가 버는 돈도 한몫을 하고 있지. 나의 아내 쥘리에트는 밖에 머물면서, 시내에서 활동하는 우리 비행 개미들의 항공 모함 노릇도 하고 〈알쏭알쏭 함정 퀴즈〉에 나가기도 하지. 그 퀴즈 쇼에 나가서 벌어들이는 수입이 솔찮아.」

「요즘엔 좀 애를 먹고 계신 것 같던데, 그렇지 않나요?」

다비드는 쥘리에트 라미레가 아직 답을 찾아내지 못하고 있는 수수께끼가 은둔처의 입구에 새겨져 있던 바로 그것임을 떠올리면서 그렇게 물었다.

레티시아가 말했다.

16 SETI(Search for Extraterrestrial Intelligence). 외계 문명 탐사 계획.

「걱정할 것 없어. 그 퀴즈 쇼에는 속임수가 있어. 그 수수께끼들은 우리가 만들어서 방송국에 보낸 거야. 아주머니는 답을 미리 다 알고 계셔. 그러면서도 우리에게 되도록 많은 돈을 벌어다 주려고 그동안 따놓은 조커를 사용하면서 상금을 계속 누적시키는 거야.」

쥘리는 그들이 〈둥지〉라고 부르는 그곳을 경탄 어린 눈길로 둘러보았다. 거기에 정착한 지 이미 1년이 넘어서 그런지, 그들은 개미 혁명이 도달하지 못한 창의성과 정교함을 보여 주고 있었다.

「오늘은 이 정도로 하고 숙소에 가서 쉬도록 해. 우리 실험실에는 자네들이 깜짝 놀란 만한 것들이 또 있지만 그건 내일 보기로 하지.」

「할아버지, 정말 에드몽 웰스 교수가 아니세요?」

쥘리가 물었다.

노인은 허허 하고 웃음을 터뜨렸다. 그 웃음은 이내 밭은 기침으로 바뀌었다.

「큰 소리로 웃지도 못하겠어. 이렇게 기침이 나니 말이야. 내가 에드몽 웰스 교수냐고? 그랬으면 좋겠지만, 아냐. 분명히 말하지만, 나는 에드몽 웰스 교수가 아냐. 나는 그저 조용히 내가 좋아하는 일에 전념하기 위해서 벗들과 더불어 은둔하는 병든 늙은이일 뿐이야.」

노인은 그들을 숙소로 데려갔다.

「우리는 〈제3권의 사람들〉을 위해서 서른 명쯤 잘 수 있는 숙소를 마련해 놓았어. 몇 사람이나 오게 될지 알 수 없었기 때문이지. 그러니 자네들 일곱 명이서는 공간을 아주 넓게 쓸 수 있을 거야.」

프랑신은 콘서트 때 맹활약을 했던 가수 귀뚜라미를 꺼내 서랍장 위에 올려놓았다. 그녀는 경찰이 쳐들어올 때 가까스로 그 귀뚜라미를 되찾아 데리고 왔다.

「가련한 것, 너를 거기서 꺼내 오지 않았다면, 너는 아마 작은 상자에 갇힌 채 심심풀이를 찾는 아이들에게 노래를 불러 주면서 네 생애를 비참하게 마감했을 거야.」

그들은 각자 자기 방을 정돈하고 저녁을 먹었다. 그런 다음, 다 같이 텔레비전 시청실로 건너갔다. 자크 멜리에스가 벌써 와 있는 것을 보고, 레티시아 웰스가 놀리듯이 말했다.

「자크는 텔레비전에 중독됐어. 텔레비전은 그의 마약이야. 그걸 안 보고는 하루도 못 살 사람이야. 게다가 가끔 소리를 너무 크게 해놓는 바람에 다른 사람들에게 핀잔을 듣곤 해. 비좁은 장소에서 함께 모여 산다는 건 쉬운 일이 아니지. 그래도 최근에 이끼를 이용해서 텔레비전 시청실에 방음 설비를 하고부터는 상황이 한결 좋아졌어.」

자크 멜리에스는 그 말을 기다렸다는 듯이 갑자기 소리를 키웠다. 뉴스 시간이었다. 그들은 바깥세상에서 무슨 일이 벌어지고 있는지 알려고 모두 텔레비전 앞에 모였다. 중동에서 벌어지고 있는 전쟁과 실업 문제에 관한 보도에 이어, 마침내 개미 혁명에 관한 이야기가 나왔다. 앵커는 경찰이 계속 주동자들을 찾고 있다고 알렸다. 그날 뉴스 시간의 주요 초대 손님은 마르셀 보지라르 기자였다. 그는 개미 혁명의 주동자들과 마지막으로 인터뷰를 나눈 사람이 자기라고 주장했다.

「또 저 사람이야!」

프랑신이 짜증을 냈다.

「저 사람 좌우명이 뭐랬더라…….」

그들 일곱 명이 한목소리로 말했다.

「〈잘 몰라야 말을 잘한다.〉」

그 말대로라면, 그 기자는 그들의 혁명에 대해 전혀 알고 있지 못한 게 분명했다. 청산유수 같은 이야기를 끝없이 늘어놓고 있었으니 말이다. 그는 쥘리가 자기에게만 속마음을 털어놓았다면서, 음악과 컴퓨터 통신망을 이용해서 세상을 전복시키겠다는 것이 그녀의 야심이라고 주장했다. 끝으로 앵커는 주동자들 가운데 유일하게 붙잡힌 나르시스의 상태가 조금 나아졌다고 전해 주었다. 나르시스가 혼수상태에서 깨어났다는 거였다.

모두가 안도했다.

「걱정 마라, 나르시스. 우리가 너를 거기에서 빼내 줄게!」

폴이 소리쳤다.

그 소식에 이어서, 개미 혁명을 하겠다던 〈공공시설 파괴자들〉이 학교를 무단 점거한 뒤로 얼마나 많은 피해가 있었는지를 보여 주는 르포가 방영되었다.

「무슨 소리야? 도대체 우리가 뭘 파손했다고 그래?」

조에가 분통을 터뜨렸다.

「우리가 학교를 빠져나온 뒤에, 〈검은 쥐들〉이 다시 들어갔는지도 몰라.」

「아니면 경찰이 너희의 명예를 실추시키려고 직접 기물을 파손하는 일에 나섰는지도 모르지.」

전직 경찰관인 자크 멜리에스가 말했다.

그들 일곱 명의 사진이 다시 화면에 나타났다.

「걱정할 거 없어. 여기 땅속까지 자네들을 찾으러 올 사람은 아무도 없을 테니까.」

아서는 그렇게 안심을 시키면서 웃음을 터뜨렸다. 그 웃음은 다시 기침 발작으로 이어졌다.

노인은 그것이 암 때문이라고 설명했다. 자기 병과 싸우기 위해 많은 연구를 했지만, 아무 소용이 없었다는 얘기도 덧붙였다.

「죽는 게 두려우세요?」

쥘리가 물었다.

「아니. 단지 나에게 주어진 임무를 다 수행하지 못하고 떠날까 두려울 뿐이야.」

노인은 기침 때문에 잠시 쉬었다가 말을 이었다.

「꼭 거창한 것은 아닐지라도 누구에게나 저마다의 사명이 있어. 그 사명을 완수하지 못하면, 1백 살을 살아도 그 삶은 헛된 거야. 인류의 자산을 허비한 것이지.」

노인은 웃다가 다시 밭은기침을 했다.

「자꾸 이래서 미안하구먼. 그러나 걱정할 것 없어. 당장 죽을 만큼 힘이 없는 건 아니니까. 죽더라도 자네들에게 보여 줄 건 다 보여 주고 죽어야지. 아직 비밀이 남아 있거든…….」

뤼시는 약상자를 가져와서 노인에게 로열 젤리를 꺼내 주었다. 그것을 받아먹으며 노인은 스스로 진통제를 주사했다. 〈둥지〉의 사람들은 그를 쉬게 하기 위해 숙소로 데려갔다. 텔레비전 뉴스가 거의 끝나 갈 무렵에 인기 가수 알렉상드린이 화면에 나타났다.

앵커 안녕하십니까? 바쁘실 텐데 이렇게 귀한 시간을 내주셔서 감사합니다. 최근에 발표한「내 평생의 사랑」이라는 곡은 벌써 모든 사람들이 따라 부를 정도로 폭발적인 인기를 얻고 있습니다. 그 현상을 어떻게 설명할 수 있을까요?

인기 가수 젊은이들이 제 노래에 담긴 메시지에 공감하고 있기 때문인 것 같습니다.

앵커 새 앨범이 벌써 모든 음반 판매 집계의 선두에 올라왔다고 들었는데, 그 앨범에 대해서 말씀해 주시겠습니까?

인기 가수 네, 그러지요.「내 평생의 사랑」은 저의 정치적인 입장을 분명히 드러낸 첫 앨범이에요. 거기에는 심오한 정치적인 메시지가 담겨 있어요.

앵커 아, 그렇군요! 그런데, 그게 어떤 메시지죠?

인기 가수 사랑이에요.

앵커 사랑요? 그것 참 멋있군요, 뭐랄까요, 거의 혁명적이에요.

인기 가수 저는 모든 사람들이 사랑 속에서 살 수 있게 해달라고 대통령께 청원서를 보낼 생각이에요. 필요하다면 사람들을 모아 엘리제궁 앞에서 연좌 농성을 할 것이고, 내 노래,「내 평생의 사랑」을 우리의 찬가로 삼자고 제안할 거예요. 많은 젊은이들이 저에게 편지를 보내서 자기들이 가두시위를 하고 자기들 나름의 혁명을 할 준비가 되어 있다고 알려 오고 있어요. 저는 벌써 제목도 생각해 놨어요. 우리의 혁명은〈사랑의 혁명〉이 될 거예요.

앵커 어쨌든, 최신 앨범「내 평생의 사랑」이 모든 음반 매장에서 잘나가고 있다니 기쁘시겠습니다. 가격은 2백 프랑이지요? 저렴하군요. 우리 방송사의 후원으로 제작된 알렉상드린의 뮤직비디오 필름은 한 시간 간격으로 프로그램들이 시작되기 직전에 보내 드릴 예정입니다. 다음은, 부활절 연휴가 시작된 오늘, 전국 도로의 교통 상황이 어떠한지를 알아보겠습니다. 현장에 나가 있는 기자를 불러 볼까요?

기자 저희는 지금 로니수부아에 있는 국립 도로 교통 정보 센터에 나와 있습니다. 스튜디오에서 아름다운 알렉상드린을 만날 수 있는 행운은 누리지 못했지만, 그 대신 부활절 연휴 첫날, 프랑스 도로의 교통 체증이 어느 정도 심한지를 여러분께 알려 드릴 수 있게 되었습니다.

헬리콥터를 타고 가면서 찍은 광경이 화면에 펼쳐졌다. 자동차들이 끝없이 늘어서서 꼼짝 못 하고 있었다. 연쇄 추돌을 비롯한 갖가지 사고로 벌써 수십 명의 피해자가 생겼다고 기자는 어두운 표정을 지으며 해설을 덧붙였지만, 그런 얘기를 들었다고 해서 유급 휴가를 즐기기 위해 도로에 나서는 것을 단념할 사람은 아무도 없었다.

189. 백과사전

연어의 용기

연어들은 나면서부터 자기들이 멀리 물길 여행을 떠났다가 돌아와야 한다는 것을 알고 있다. 그들은 자기들이 태어난 하천을 떠나 바다로 내려간다. 바다에 다다르면, 따뜻한 민물에 살던 그들은 차가운 짠물을 견디기 위하여 호흡 방식을 바꾼다. 그리고 영양가 높은 먹이를 많이 먹으면서 살을 찌우고 힘을 비축한다. 그러다가, 연어들은 마치 어떤 신비로운 부름에 응하기라도 하듯 돌아가기로 결정한다. 그들은 바다를 두루 돌아다니고 나서도 모천(母川)으로 통하는 강의 어귀를 다시 찾아낸다.

그들은 바닷속에서 어떻게 돌아가는 길을 찾는 것일까? 그것은 아무도 모른다. 아마도 대단히 민감한 후각을 이용하여 모천으로부터 흘러온 분자를 바닷물에서 찾아내는 것이리라. 아니면, 지구 자기장을 이용해서 방향을 알아내는 것일 수도 있다. 그러나 이 두 번째 가정은 개연성이 더 적어 보인다. 캐나다에서 강물이 너무 오염되면 연어들이 물길을 제대로 찾지 못한다는 사실이 확인되었기 때문이다.

연어들은 고향으로 돌아가는 물줄기를 다시 찾았다고 판단하면, 그것을 거슬러 상류로 올라가기 시작한다. 이제 그들의 앞길에는 혹독한 시련이 가로놓여 있다. 몇 주 동안, 그들은 반대 방향으로 흐르는 거센 물살에 맞서 싸워야 하고, 폭포를 마주하면 뛰어올라야 하며(연어는 3미터 높이까지 뛰어오를 수 있다), 곤들매기나 수달, 곰, 낚시꾼 같은 적들의 공격에 저항하여야 한다. 그 과정에서 많은 연어들이 목숨을 잃는다. 이따금 그들이 떠나온 뒤에 새로 댐이 건설되어 그들의 물길을 막아 버리기도 한다.

연어들의 대부분은 고향으로 돌아가는 도중에 죽는다. 끝까지 살아남아 마침내 모천에 다다른 연어들은 그 하천을 사랑의 호수로 바꿔 놓는다. 그들은 여위고 지친 몸으로 산란터를 만들고 알을 낳는다. 그들은 마지막 남은 힘을 알들을 지키는 데에 바친다. 그런 다음, 그 알들에서 기나긴 모험을 다시 시작할 새끼 연어들이 나오면 어미들은 죽어 버린다.

드문 일이지만, 어떤 연어들은 힘을 다 쏟지 않고 남겨 두었다가 바다로 살아 돌아가 또 한 차례의 험난한 여행을 하기도 한다.

190. 첫 번째 수수께끼의 종결

숲속에 주차된 지프 안에서 막시밀리앵은 잡물 통을 열어 훈제연어샌드위치를 꺼냈다. 거기에 레몬즙을 몇 방울 뿌리고 생크림을 약간 발랐더니 맛이 일품이었다. 그의 주위에서 경찰관들은 워키토키를 통해 수다를 떨고 있었다. 막시밀리앵은 손목시계를 들여다보고는 얼른 작은 텔레비전의 버튼을 눌렀다.

「훌륭합니다, 라미레 씨. 정답을 찾아내셨어요!」

박수갈채.

「생각보다 답이 훨씬 간단했어요. 성냥개비 여섯 개만으로 정삼각형 여덟 개를 만든다는 건 도무지 불가능해 보였어요. 그런데…… 사회자 말씀대로 무엇에 비춰 생각을 했더니 금방 답이 나오더군요.」

막시밀리앵은 화가 났다. 겨우 몇 초 차이로 수수께끼의 답을 놓쳤기 때문이었다.

「좋습니다, 그러면 다음 수수께끼로 넘어가겠습니다. 미리 말씀드리지만, 이 수수께끼는 지난번 문제보다 조금 더 까다로운 것입니다. 자, 문제를 읽겠습니다. 〈나는 해거름의 끝과 여명에 나타납니다. 한 해 동안에는 삼월 중에 나를 볼 수 있으며, 보름달의 한복판을 바라보면 내가 아주 잘 보입니다. 나는 누구일까요?〉」

막시밀리앵은 그 문제를 무심코 수첩에 받아 적었다. 그는 머릿속에 수수께끼를 넣어 두는 것을 무척 좋아하였다.

그가 멍하니 생각에 잠겨 있는데 경찰관 하나가 차창을 두드렸다.

「드디어 그들의 자취를 찾아냈습니다.」

191. 그들은 수백만이다

그들의 다리가 땅에 자국을 남긴다. 대행진에 참여하는 개미들이 점점 늘어나, 이제 수백만의 개미들이 손가락들의 세계를 향해 나아가고 있다. 개미들은 오랫동안 돌투성이의 비탈과 땅 위로 노출된 나무뿌리들의 테두리를 따라간다.

암개미 103호는 자기 무리의 거대한 집단정신이 활짝 피어나고 있음을 느낀다. 그들은 자기들의 영향력이 점점 커지고 있음을 의식하면서, 새로운 세계를 발견하게 되리라는 기대에 마음이 한껏 부풀어 있다.

그것은 역사적인 만남이며, 그 만남을 성사시키기 위해 최선을 다해야 한다는 것을 그들은 알고 있다.

그들은 모두 자기들이 지구의 역사에서 가장 위대한 순간을 경험하게 되리라는 것을 예감하고 있다. 물론 개미들은 장구한 세월을 살아오는 동안 이미 지구적인 차원의 위대한 순간들을 경험한 바 있다. 공룡의 멸종과 흰개미들의 패배가 그것이다. 그러나 공룡들의 죽음은 이유가 석연치 않았고 공간적으로 분산되어 일어났다. 또 흰개미들의 패배는 아주 지루하고 힘겨운 과정이었다. 이제 손가락들의 만남이라는 위대한 사건이 그들을 기다리고 있다.

끝없이 이어진 긴 행렬 속에 오렌지빛 불씨를 지고 가는 달팽들이 끼어 있어서 그들의 행렬은 마치 불빛이 점점이

박힌 한 마리의 뱀처럼 보인다. 느릿느릿 미끄러져 가는 달팽이들을 둘러싸고 작은 개미들이 풀들 사이를 요리조리 빠져나간다.

끈끈물을 뱉어 가며 흔들흔들 나아가는 달팽이의 꼭대기에 앉아서 7호는 대행진을 주제로 프레스코화를 그리기 시작한다. 그는 발톱을 침에 적신 다음 그것을 안료에 담갔다가 커다란 나뭇잎에 여러 가지 무늬를 그린다. 군중을 형상화하기가 쉽지 않아서, 그는 간략한 개미 형상을 되풀이해서 그리는 것으로 만족한다.

192. 마침내 셋이 하나로 합쳐지다

피라미드 안에서 보낸 첫날 밤은 대단히 유쾌하였다. 피곤했던 탓인지, 둥지의 형태 때문이었는지 아니면 지붕을 덮고 있는 흙 덕분이었는지, 쥘리는 오랜만에 거의 아무런 두려움 없이 잠이 들었다. 이튿날, 쥘리는 공동 식당에서 아침을 먹고 피라미드 안을 이리저리 거닐었다. 그녀는 서재에 들어갔다가 커다란 탁자 위에 놓인 두 권의 책을 발견하였다. 『상대적이며 절대적인 지식의 백과사전』제1권과 제2권이었다. 그녀는 자기 배낭에 있는 제3권을 가져다가 그 옆에 나란히 놓았다.

그리하여 세 권의 책이 마침내 한자리에 모였다.

한 사람이 단지 세 권의 저서를 남겨 산 사람들에게 영향을 주고, 그들의 모든 모험이 그 사람에 의해서 결정되었다고 생각하니 이상한 기분이 들었다. 아서는 서재로 들어왔다.

「자네가 여기 있을 줄 알았지.」

「그분은 왜 한 권으로 끝내지 않고 세 권을 쓰셨을까요?」

노인은 자리에 앉았다.

「이 세 권의 책은 하나의 문명 또는 하나의 사고방식과의 관계를 각각 다른 방식으로 다루고 있지. 이 책들은 타자에 대한 이해로 나아가는 세 단계를 보여 주고 있어. 제1권이 보여 주는 첫 단계는, 타자의 존재에 대한 발견과 첫 대면이야. 제2권에 나타나는 두 번째 단계는, 타자와의 대립이야. 제3권이 제시하는 세 번째 단계는 타자와의 협력이야. 대립이 승리도 패배도 없이 끝나고 나면 협력의 단계로 넘어가는 게 당연하지.」

노인은 세 권의 책을 포개면서 말했다.

「만남, 대립, 협력, 이렇게 해서 3부작이 완결되고 타자와의 관계가 완성되는 거야. 1+1이 3이 되는 것이지…….」

쥘리는 제2권을 펼쳤다.

「개미들과 대화하는 기계, 즉 〈로제타석〉을 만드셨다고 했는데, 그게 사실인가요?」

노인은 고개를 끄덕였다.

「그걸 저희에게 보여 주시겠어요?」

노인은 잠시 망설이는 기색을 보이다가 그러마 했다.

쥘리는 친구들을 불렀다.

노인은 그들을 어떤 방으로 데려갔다. 은은한 조명을 받고 있는 수족관들에는 물 대신 풀이나 꽃이나 버섯 따위가 가득 들어 있었다. 『백과사전』에 묘사된 것과 똑같은 기계 장치가 눈에 띄었다. 쥘리는 그것이 로제타석임을 이내 알아보았다. 노인은 컴퓨터를 켰다.

「이것이 『백과사전』에서 말하는 민주주의적 구조를 가진 컴퓨터인가요?」

프랑신의 물음에 아서는 컴퓨터를 제법 아는 사람들을 만난 것을 반가워하면서 그렇다고 했다.

쥘리는 질량 분광기와 크로마토그래프를 알아보았다. 아서는 그녀가 했던 것과는 달리 그것들을 직렬로 연결하지 않고, 분자의 분석과 종합이 동시에 이루어지도록 병렬로 연결해 놓고 있었다. 쥘리는 왜 자기의 모형이 작동하지 않았는지를 비로소 깨달았다. 노인은 대롱들에 달린 여러 손잡이를 조절하였다.

준비가 끝나자 노인은 조심스럽게 개미 한 마리를 잡아 투명한 유리 상자 안에 넣었다. 그 상자 안에는 플라스틱으로 만든 더듬이 모양의 물건이 들어 있었다. 개미는 본능적으로 자기 더듬이를 그 인조 더듬이에 갖다 대었다. 마이크를 통해서 노인이 분명한 발음으로 또박또박 말했다.

「우리는 인간과 개미 사이의 대화를 원한다.」

그는 톱니바퀴를 조절하면서 같은 말을 여러 번 되풀이해야 했다.

냄새 플라스크에서 발신 페로몬 구실을 하는 기체가 방출되었다. 그러자 개미 더듬이가 발산한 페로몬들이 합쳐져 인조 더듬이로 전해졌다. 스피커 장치에서 지지직 소리가 나더니 마침내 컴퓨터의 합성 음성이 청각 언어로 대답하였다.

《대화를 받아들이겠다.》

「개미 6142호, 안녕? 여기에 네가 이야기하는 것을 듣고 싶어 하는 사람들이 있다.」

아서는 수신 상태를 개선하기 위하여 다시 조정을 가하

였다.

개미 6142호가 물었다.

《어떤 사람들인데?》

「우리가 대화할 수 있다는 것을 모르는 친구들이야.」

《어떤 친구들인데?》

「손님들이야.」

《어떤 손님들인데?》

「음…….」

아서가 인내심을 잃기 시작했다.

개미들과 대화한다는 것은 대체로 아주 어려운 일이었다. 문제가 되는 것은 기술이 아니었다. 서로 이야기를 주고받는 것은 가능한 일이었지만 문제는 그 의미를 서로 이해하지 못한다는 점에 있었다.

「우리가 어떤 동물과 대화를 나눌 수 있게 된다 해도 그 동물의 말을 온전히 이해할 수는 없을 거야. 개미들이 세계를 지각하는 방식은 우리와 달라. 그래서 언제나 모든 것을 다시 뜻매김해야 하고 가장 간단한 표현까지도 분석해야 해. 〈탁자〉라는 말을 이해시키기 위해서도, 〈무엇을 올려놓을 수 있도록 평평한 나무판에 다리를 네 개 붙여 만든 물건〉이라는 식으로 설명을 하는 거야. 우리 사람들끼리 말을 할 때는 함축과 암시를 대단히 많이 사용하지. 그러나 지능을 가진 다른 종과 이야기를 나눠 보면 우리가 사용하는 말들이 얼마나 모호한지를 깨닫게 돼. 이 6142호가 가장 어리석은 축에 드는 개미는 아냐. 대화 상자 안에 집어넣으면 오로지 〈개미 살려〉라는 페로몬밖에 발산할 줄 모르는 개미들도 있거든. 결국 개체들 간의 차이가 큰 셈이지.」

노인은 예전에 자기가 만났던 103호라는 아주 탁월한 개미를 아쉬워했다. 그 개미는 대단히 재치 있는 말대꾸로 대화를 이끌어 나갔을 뿐만 아니라 인간 특유의 추상적인 개념까지도 이해할 수 있는 능력이 있었다.

조나탕 웰스가 회상했다.

「103호는 개미 세계의 마르코 폴로였어. 놀라우리만치 열린 정신을 지녔다는 점에서는 오히려 그 탐험가보다 훨씬 나았지. 그의 호기심은 끝이 없었고, 선입견에 거의 매이지 않고 우리를 대했지.」

「그 개미가 우리를 뭐라고 불렀는지 알아?」

아서가 한숨을 쉬고 나서 말을 이었다.

「〈손가락들〉이라고 했지. 우리의 모습을 온전하게 다 볼 수 없는 개미들이 우리에게서 식별해 낼 수 있는 것이라고는 자기들을 죽이려 달려드는 손가락뿐이거든.」

「그들이 우리에 대해서 갖고 있는 이미지가 참 고약하군요.」

「그래, 맞아. 103호의 훌륭했던 점은 우리가 괴물인지 〈착한 동물〉인지를 진지하게 알고자 했다는 거야. 나는 세계 도처에서 활동하고 있는 인간들의 온전한 모습을 보여 주기 위해서 개미의 크기에 맞는 작은 텔레비전을 만들어 주었지.」

쥘리는 개미에게 그것이 얼마나 큰 충격이었을까를 상상해 보았다. 만일 누군가 개미 세계의 내부로 들어가서 전쟁, 산업, 무역, 문화 등 그 사회의 모든 측면을 영상에 담아 온 다음, 그것을 사람의 크기에 맞게 확대해서 한꺼번에 보여 주었다면, 그녀 역시 큰 충격을 받았을 거였다.

레티시아 웰스는 그 특별한 개미의 사진을 찾아왔다. 〈제

3권의 사람들〉은 처음엔 한 개미의 사진이 다른 개미들의 사진과 다를 수 있을까 하고 생각했지만, 막상 그것을 들여다보고 나서는 그 103호의 〈얼굴〉에 특별한 윤곽이 있음을 인정했다.

아서는 자리에 앉으며 물었다.

「잘생겼지? 103호는 너무 모험심이 강하고 미래 지향적이고 사명감이 강했던 나머지, 투명한 통에 갇혀서 우리의 농담을 듣고 할리우드의 낭만적인 영화를 보는 것으로는 만족할 수가 없었어. 결국 그는 달아났지.」

「우리는 그를 위해 하느라고 했는데 말이야! 우리는 그를 친구로 만들었다고 생각했는데, 그는 우리를 버리고 도망쳤어.」

레티시아의 말에 아서가 덧붙였다.

「사실이야. 우리는 103호에게서 버림을 받았다고 느꼈어. 그러다가 우리는 생각했지. 〈개미는 야생 동물이다. 우리는 그들을 영원히 길들일 수 없을 것이다. 이 지구에 사는 모든 존재들은 자유롭고 평등하다. 우리는 어떤 이유로도 103호를 가둬 둘 수 없다〉고 말이야.」

「그럼, 그 특별한 개미는 지금 어디에 있나요?」

「광대한 자연 속 어딘가에 있겠지……. 그가 떠나기 전에 우리에게 남긴 메시지가 있어.」

아서는 개미의 알 껍질 하나를 꺼내 합성 더듬이에 접촉시켰다. 컴퓨터는 그 알 껍질에 담긴 후각 메시지를 번역하였다. 마치 살아 있는 알이 그들에게 말을 하고 있는 것 같았다.

《친애하는 손가락들께

여기에서 나는 아무 쓸모가 없는 존재입니다.

나는 내 겨레에게 당신들이 존재한다는 것과 당신들이 괴물도 신도 아니라는 사실을 알려 주기 위해 숲으로 떠나고자 합니다.

내가 보기에 당신들은 우리와 대등한 〈다른 것〉일 뿐입니다.

우리 두 문명은 서로 협력해야 합니다. 나는 내 겨레가 당신들과 만날 수 있도록 최선을 다할 것입니다.

당신들 편에서도 최선을 다해 주시기 바랍니다. 103호 올림.》

「우리 말을 대단히 잘하는군요.」

쥘리가 놀라자 레티시아가 설명했다.

「컴퓨터가 우리 어법에 맞게 옮겨서 그래. 물론 그렇게 옮기는 과정에서 본래의 의미가 약화되거나 유실되는 경우도 있겠지. 103호는 여기에 머무는 동안 우리 언어의 원리를 이해하려고 무척 애를 썼어. 그는 다른 건 모두 이해하겠는데, 세 가지 개념을 이해하지 못하겠다고 고백한 바 있어.」

「그게 뭐죠?」

지웅의 물음에 레티시아가 연보랏빛 눈으로 그의 얼굴을 말끄러미 바라보며 대답했다.

「사랑과 예술과 해학이야. 그 개념들은 인간이 아니고서는 이해하기가 아주 어려운 것들이지. 103호가 떠나기 얼마 전에, 우리는 그를 위해서 우스갯소리들을 모았지. 하지만 우리가 모은 이야기들은 너무나 〈인간 중심적〉이었어. 개미들 특유의 우스개가 존재할 수도 있다는 것을 전혀 생각하지 못했지. 예를 들면, 거미줄에 다리가 얽힌 풍뎅이 이야기라든가 아직 축축하고 주름이 펴지지 않은 날개로 날아오르려다가 땅바닥에 추락해 버린 나비 이야기 같은 것을 생각해 냈어야 하는 건데 말이야…….」

아서도 자기들의 실수를 인정했다.

「그건 정말 어려운 문제야. 도대체 무엇으로 개미를 웃길 수 있겠어?」

그들은 〈로제타석〉 쪽으로 돌아갔다.

「103호가 달아난 뒤로, 우리는 다른 개미들을 가지고 실험을 계속할 수밖에 없었지.」

아서는 유리 상자 안에 든 개미에게 물었다.

「너, 해학이 무엇인 줄 아니?」

개미가 대답했다.

「어떤 해학?」

193. 대행진

《해학이란 아주 대단한 것임에 틀림없다.》

야영장의 열기 속에서 암개미 103호는 동료들을 위해 그들이 곧 만나게 될 거대한 동물들의 또 다른 측면을 언급한다. 불 가까이에 있던 개미들은 불이 너무 뜨거워지자 그 열기를 피해 나뭇가지에 떼를 지어 매달렸다. 대행진에 참여한 모든 개미들이 살아 있는 구체처럼 그를 둘러싸고 그의 이야기에 더듬이를 기울인다.

《해학의 주된 요소는 재미있는 이야기다. 〈얼음판에서 낚시하는 이누이트〉라든가 〈날개 잘린 파리〉 같은 이야기를

들으면 손가락들은 자지러지게 경련을 일으킨다.》

청중 속에 파리가 몇 마리 끼어 있지만 그들은 아무런 대꾸도 하지 않는다.

암개미 103호는 자기에게 날아오는 냄새를 통해 해학이라는 주제가 청중의 흥미를 별로 끌지 못하고 있음을 알아채고 얼른 화제를 바꾼다.

《손가락들에게는 자기 유기체의 외부를 보호하기 위한 단단한 껍질이 없다. 그래서 그들은 개미들보다 훨씬 다치기가 쉽다. 개미는 자기 몸무게의 60배나 되는 물건도 들 수 있음에 반해, 그들은 기껏해야 자기 몸무게에 해당하는 무게밖에 들어 올리지 못한다. 또, 개미는 자기 신장의 2백 배가 되는 높이에서 떨어져도 아무 문제가 없는데, 그들은 자기들 키의 세 배가 되는 높이에서 떨어져도 죽어 버린다.》

청중, 아니 더 정확히 말해서 후중(嗅衆)은 암개미 103호가 발산하는 페로몬의 냄새를 열심히 맡고 있다. 그들은 손가락들이 거대한 체구에 비해 아주 허약한 동물임을 알고 무척 기뻐한다.

암개미 103호는 이어서 손가락들이 어떻게 뒷다리만을 땅에 대고 곧추서서 다닐 수 있는지를 설명한다. 10호는 자기의 동물학 기억 페로몬에 그의 이야기를 기록한다.

보행

손가락들은 두 뒷다리로 걷는다. 그래서 그들은 덤불 너머에서도 서로의 모습을 볼 수 있다. 그런 자세로 걷기 위해서 그들은 하지를 약간 벌리고 배마디를 흔들어 무게 중심을 앞쪽으로 이동시키고 상지(上肢)를 이용하여 균형을 잡는다.

그런 자세가 결코 편한 것이 아님에도 손가락들은 오랫동안 그 자세를 유지할 수 있다.

그들은 균형을 잃었다 싶으면 바로 한 다리를 내밀어서 평형을 되찾곤 한다.

5호가 간단한 시범을 보인다. 그는 이제 잔가지 목발을 이용해서 여남은 걸음을 내처 갈 수 있다.

질문이 많이 쏟아졌지만 103호는 그 주제에 너무 오래 매달리지 않는다. 자기 무리에게 전해 주어야 할 것들이 아주 많기 때문이다. 그가 선택한 다음 주제는 손가락들의 위계제도이다. 10호는 열심히 더듬이를 움직여 이렇게 기록한다.

권력

손가락들이 모두 똑같은 권리를 누리고 있는 것은 아니다.

어떤 자들에겐 다른 자들의 목숨을 좌지우지할 수 있는 권리도 있다.

힘 있는 손가락들은 힘없는 손가락들을 때리거나 감옥에 가두라고 명령할 수 있다.

감옥은 폐쇄된 방이다. 거기엔 출구가 없다.

각각의 손가락에게는 우두머리가 있으며, 그 작은 우두머리들 위에는 더 큰 우두머리가 있고, 그 모든 우두머리를 지배하는 전국적인 우두머리가 있다.

그러면 우두머리는 어떻게 임명되는가?

그것은 카스트의 문제다. 우두머리들은 이미 우두머리

가 되어 있는 자들의 자녀들 가운데서 선택된다.

거기까지 이야기하고 나서, 103호는 자기가 손가락들의 세계에 관해서 모든 것을 다 이해하지는 못했음을 상기한다. 어서 그곳으로 되돌아가 자기의 지식을 완성하고 싶은 마음이 간절해진다. 그 세계에는 발견할 것이 아직 많이 남아 있다.

개미들이 한데 모여 있는 거대한 야영장이 한 마리의 동물처럼 움직이고 있다. 벽이 바닥과 이야기를 나누고 문이 천장과 토론을 벌인다.

103호는 개미들을 헤치고 야영장 가장자리로 나와 멀리 동쪽의 지평선을 바라본다. 이제 행렬을 뒤로 돌린다는 것은 불가능하다. 이미 너무 멀리 나왔기 때문이다. 성공하느냐 죽느냐 하는 것 말고는 다른 선택의 여지가 없다.

아래쪽에서 풀을 뜯고 있는 달팽이들은 개미들의 활기찬 토론에는 전혀 관심이 없다. 그들은 조용히 클로버잎의 향미를 즐기고 있을 뿐이다.

네 번째 게임　　　　　　**클로버**

194. 백과사전

카드

52장으로 이루어진 현행의 카드는 그 자체에 많은 뜻과 이야기를 담고 있다. 우선, 그 네 가지 무늬는 생명이 순환하는 네 영역을 의미하며, 사계절과 네 가지 행위와 네 행성의 영향에 다음과 같이 대응한다.

1. 하트: 봄, 애정, 금성
2. 다이아몬드: 여름, 여행, 수성
3. 클로버: 가을, 노동, 목성
4. 스페이드: 겨울, 장애, 화성

또, 카드의 숫자와 인물은 우연히 선택된 것이 아니다. 그것들은 각각 인생의 한 단계를 의미한다. 그래서 보통의 카드도 타로 카드[17]처럼 얼마든지 점치는 수단으로 활용될 수 있다. 예를 들어, 하트 6은 선물을 받게 되리라는 뜻이며, 다이아몬드 5는 소중한 존재와의 결별을, 클로버 킹은 명성을, 스페이드 잭은 친구의 배신을, 하트 에이스는 휴식 기간을, 클로버 퀸은 행운을, 하트 7은 결혼을 뜻한다고 한다.

아주 단순해 보이는 놀이들을 포함해서 모든 놀이에는 고대의 지혜가

17 유럽에서 가장 오래된 형태의 카드로 78장이 한 벌이며, 점치는 데 쓰이기도 한다.

담겨 있다.

에드몽 웰스, 『상대적이며 절대적인 지식의 백과사전』 제3권

195. 여신의 밀사들

쥘리와 그녀의 친구들은 낮 동안에 너무 많은 것을 본 탓에 마음이 들떠서 잠을 이룰 수가 없었다.

폴은 친구들의 들뜬 마음을 가라앉힐 양으로 학교에서 꺼내 온 〈개미 혁명 특주〉인 꿀술 한 병을 꺼냈다. 그것을 조금 나눠 마신 다음 지웅은 엘레우시스 게임을 하자고 권했다.

각자 돌아가면서 내놓은 카드들이 길게 줄을 지었다.

레오폴은 친구들이 카드를 내놓을 때마다, 〈이것은 세계의 질서에 맞아〉 또는 〈이것은 세계의 질서에 어긋나〉 하는 식으로 알려 주면서 신의 역할을 너무나 진지하게 수행하고 있었다.

레오폴이 만들어 낸 법칙은 밝혀내기가 쉽지 않았다. 어떤 카드들이 받아들여지고 어떤 카드들이 거부되는지를 아무리 주의 깊게 살펴보아도 어떤 규칙성이 발견되지 않았다. 몇몇 사람들이 예언자 노릇을 하겠다고 나섰지만, 레오폴은 그때마다 그들이 신의 뜻을 잘못 읽었다고 선언하였다.

쥘리는 레오폴이 어떤 기준으로 카드를 받아들이거나 거부하는지를 도저히 추론할 수 없게 되자, 혹시 그가 아무렇게나 가부를 말하고 있는 것이 아닐까 하는 의구심을 갖게 되었다.

「힌트 좀 줘. 너의 법칙에서 카드의 숫자와 무늬는 전혀 중요하지 않은 것 같은데.」

「맞아.」

모두가 게임을 포기하였다. 친구들이 답을 요구하자 레오폴은 싱긋 웃으며 말했다.

「간단한 거였는데 못 맞추네. 내가 만들어 낸 법칙은 이런 거야. 〈한 번은 이름이 모음으로 끝나는 카드를, 또 한 번은 이름이 자음으로 끝나는 카드를 받아들인다.〉」

그 말이 떨어지기가 무섭게, 레오폴에게 베개가 마구 날아 왔다.

그들은 게임을 몇 판 더 벌였다.

쥘리는 개미 혁명에서 남은 것은 결국 몇 가지 상징, 즉 개미 세 마리가 거꾸로 선 Y 자 모양으로 들어간 그림과 1+1=3이라는 슬로건, 엘레우시스 게임, 꿀술뿐이라고 생각했다. 그들은 세상을 변화시키려고 했지만 그들이 사람들의 기억 속에 남긴 것은 하찮은 것들뿐이었다. 모든 혁명에는 겸허함이 부족하다는 에드몽 웰스의 말이 옳았다.

쥘리가 탁자 위에 하트 퀸을 내놓자 레오폴이 퇴짜를 놓았다. 그의 얼굴에 표정의 변화가 있음을 눈치채고, 조에는 예언자가 되겠다고 나섰다.

「퇴짜 맞은 카드가 때로는 받아들여진 카드보다 더 많은 정보를 주기도 하지.」

조에는 쥘리의 카드를 결정적인 단서로 삼아 그 판의 법칙을 알아냈다.

그들은 다시 꿀술을 나눠 마셨다. 모두가 유쾌한 기분을 느끼고 있었다. 놀이에 몰두하면서 그들은 자기들이 어디에 와 있는지를 잊었다. 그러나 아무도 말은 안 했지만, 그들은 모두 나르시스가 없다는 것 때문에 마음 한쪽으로 허전함을 느끼고 있었다. 하나의 동그라미가 만들어진 이상 그 동그라미를 다른 식으로 재구성할 수는 없었다. 한 구성원을 잃어버린 그들은 스스로를 불완전한 동그라미처럼 느끼고 있었다.

아서가 방 안으로 들어왔다.

「미국 샌프란시스코 대학의 너희 친구들과 통신하는 데 성공했어.」

그들은 컴퓨터실로 달려갔다. 웹 사이트 〈개미 혁명〉의 메모리를 되찾아 달라는 프랑신의 부탁을 노인이 들어준 거였다. 프랑신은 글자판을 두드리며 샌프란시스코 학생들과 대화를 나누었다. 그녀의 신분이 확인되자 그들은 개미 혁명의 모든 프로그램과 파일을 돌려보내는 것에 기꺼이 동의했다.

불과 5분 만에 개미 혁명의 메모리가 피라미드 안의 컴퓨터로 옮겨졌다. 첨단 기술의 힘으로 모든 것이 기적처럼 되살아나고 있었다. 그들은 자회사들을 하나하나 다시 열었다. 다비드는 휴면 상태에 들어갔던 〈물음 마당〉을 다시 가동시켰다. 그것과는 달리 가상 세계 인프라월드는 숙주(宿主) 컴퓨터 안에서도 운행을 계속하였다. 고둥의 조가비 안에 몸을 담고 사는 게고둥처럼 그 프로그램은 남의 컴퓨터에 빌붙어 있으면서도 자유롭게 작동할 수 있었던 모양이었다.

쥘리는 조금 전까지도 자기들에게 몇 가지 상징물 말고는 남은 것이 없다고 애석해하던 터라, 바싹 마른 스펀지가 다시 물에 잠겼을 때처럼 자기네 혁명에 활력이 되살아나는 것을 보고 경탄을 금치 못하였다. 그러고 보면 혁명은 물리적인 토대를 갖지 않을 수도 있었고, 시간과 장소에 상관없이 누구에 의해서든 되살아날 수 있었다. 컴퓨터를 이용하여 불멸성을 얻는 것은 이제까지 그 어떤 혁명도 도달하지 못한 새로운 경지였다.

그들은 나르시스의 의상 디자인 작품과 레오폴의 건축 설계도 및 폴의 요리법과 주조법이 담겨 있는 파일도 되찾았다. 지웅은 국제적인 정보망을 다시 가동시켜 자기들이 어딘가에 숨어서 계속 활동하고 있음을 전 세계의 개미 혁명 지지자들에게 알렸다.

그들은 경찰이 자기들이 있는 곳을 알아내지 못하도록, 샌프란시스코 대학의 친구들을 중계자로 삼았다. 정보들은 일단 샌프란시스코 대학에 모였다가 위성을 통해 그들에게 중계되었다.

자기들이 활동을 재개했다는 소식을 널리 전하면서, 쥘리는 퐁텐블로 고등학교에서 도망쳐 나오긴 했지만 자기들은 결코 실패한 것이 아님을 확신하게 되었다.

프랑신은 지웅과 교대해서 컴퓨터 앞에 앉은 다음, 자기 프로그램을 불러냈다.

「인프라월드가 얼마나 진화했는지 궁금해.」

그녀는 자기의 가상 세계가 대단히 빠른 속도로 발전했음을 확인했다. 그 세계는 이제 현실 세계의 시간을 추월하여 2130년에 도달해 있었다. 인프라월드의 주민들은 전자기 에너지를 바탕으로 한 새로운 운송 수단과 파동을 이용한 새로운 의술을 개발했다. 기술적인 영역에서, 그들은 미학적으로나 역학적으로나 이전과는 아주 판이한 선택을 했다. 무엇보다 이상한 것은 그들이 자연을 모방하고 있다는 점이었다. 예를 들어, 헬리콥터 대신에 새처럼 날개를 젓는 오르니톱테르[18]라는 비행기가 나타났고, 잠수함에는 스크루 대신에 박자에 맞추어 움직이는 기다란 꼬리지느러미 같은 장치가 달리게 되었다. 프랑신은 그 가상 세계를 관찰하다가 문득 뭔가 일이 잘못되어 가고 있음을 깨달았다. 여러 도시들의 입구를 클로즈업해 보고 나서 그녀는 소스라치게 놀랐다.

「주민들이 현실 세계와 가상 세계의 가교 역할을 하는 자들을 죽였어.」

아닌 게 아니라, 그녀의 밀사들이 도시들 입구에 마련된 형장에서 교수형을 당한 게 확실했다.

정치인들과 언론인들마저도 그 처형을 방관하며 한통속이 되었던 걸 보면, 인프라월드의 주민들이 위쪽 세상에 어떤 항의의 뜻을 전하고 싶어 했는지도 모를 일이었다.

「이들은 자기들이 컴퓨터 속의 환영뿐이라는 사실을 깨달은 것 같아. 어쩌면 자기들 나름의 추론을 통해서 자기들 세계 밖에 내가 있다는 것도 알아냈을지 몰라.」

프랑신은 사태의 진상을 더욱 분명히 파악하기 위해, 인프라월드 안을 두루 살펴보았다. 가상 세계 주민들의 요구를 담은 글귀들이 도처에 새겨져 있었다. 신들이 자기들 세계를 내려다볼 경우를 생각한 것인 듯, 〈신들이여, 우리를 가만히 내버려 두소서〉라는 요구를 지붕에도 써놓고 거대한 기념물에도 새겨 놓았으며, 심지어는 잔디 깎는 기계를 이용해서 잔디밭에도 써놓았다.

그렇다면 그들은 자기들이 누구인지, 어디에 살고 있는지를 깨닫고 있었음에 틀림없다. 프랑신은 그들에게 〈진화〉 게임을 보여 주고 싶었다. 신의 철저한 통제를 받는 세계가 어떤 것인지를 알려 주기 위해서였다.

18 새를 뜻하는 ornitho-와 날개를 뜻하는 -ptère의 합성어.

그녀는 신으로서 그들에게 자유 의지를 준 바 있었다. 그녀는 그들의 삶에 직접 개입하지 않았고, 도덕과 질서를 강요하지 않았으며, 그들이 자멸을 초래할 만큼 나쁜 선택을 할 때조차도 그들의 뜻을 존중하였다.

어떤 신이 자기 피조물들을 그렇게까지 존중할 수 있단 말인가?

프랑신은 단지 새로운 상품이나 새로운 개념을 시험하고자 하는 경우에만 그들 세계에 개입하였다. 그런데 그들은 그것조차도 용납하지 않고 있었다.

한마디로 그들은 은혜를 모르는 자들이었다.

프랑신은 도시들을 계속 돌아보았다. 두 세계의 교량 역할을 하던 자들의 참혹하게 절단된 시체가 도처에 널려 있었다. 인프라월드의 주민들은 프랑신의 감독에서 완전히 해방되기를 바라고 있었다.

프랑신은 컴퓨터 화면을 계속 주시하고 있었다. 그때, 그녀의 바로 코앞에서 난데없이 화면이 퍽 하고 터져 버렸다.

196. 백과사전

그노시스 교파

신에게도 신이 있을까?

고대 로마의 초기 기독교인들은 신에게도 신이 있다고 믿는 이단적인 교리에 맞서 오랫동안 싸워야 했다. 그 교리는 오로지 영적인 인식, 즉 그노시스를 지닌 사람만이 물질적인 삶에서 벗어날 수 있고 자기 영혼을 육체로부터 해방시킬 수 있다고 주장했던 그노시스설이었다. 서기 2세기에 그 교리를 널리 퍼뜨리기 위해 노력했던 마르키온은 사람들이

기도를 바치는 신은 최상의 신이 아니며 훨씬 우월한 다른 신이 있다고 주장했다. 그노시스 교파의 입장에서 보면, 신들은 작은 인형들이 더 큰 인형들 속에 차례로 들어가 박히는 러시아 인형과 비슷했다. 즉, 큰 세계의 신들은 더 작은 세계의 신들을 포괄하는 것으로 그들은 생각했다.

복신론(複神論, bithéisme)이라고도 불렸던 그 교리는 주로 오리게네스와 같은 신학자들로부터 논박을 당하였다. 정통파 기독교인들과 그노시스파 기독교인들은 신에게도 신이 있는가 하는 문제에 대한 결론을 내리기 위해 오랫동안 대립하였다. 결국 그노시스파는 학살을 당했고, 드물게 살아남은 자들은 아무도 모르게 자기들의 의식을 계속 거행하였다.

에드몽 웰스, 『상대적이며 절대적인 지식의 백과사전』 제3권

197. 도하(渡河)

그들은 다시 강물을 마주하고 있다. 그러나 이번엔 수가 많다는 강점이 있어서 강을 건너기가 어렵지 않다. 개미들은 서로의 다리를 잡고 몸과 몸을 잇대어 부교(浮橋)를 만든다. 수백만의 다른 개미들이 그 다리 위를 지나간다.

불씨를 지고 가는 달팽이들조차 단 한 마리도 물에 빠지지 않고 그 살아 있는 부교를 건넌다.

강 건너편에 다다르자, 대행진의 개미들은 다시 야영장을 만든다. 103호는 손가락들에 관한 다른 이야기를 들려주기로 한다. 한쪽 구석에서 7호는 그 장면을 나뭇잎 위에 스케치하고 있고, 10호는 자기의 동물학 기억 페로몬을 위해 103호의 더듬이에서 나온 냄새라면 분자 하나도 놓치지 않

으려고 주의를 바짝 기울인다.

빈둥거림

손가락들에겐 큰 문제가 하나 있다. 하는 일 없이 빈둥거리기를 잘 한다는 것이다.

손가락들은 스스로에게 이런 질문을 던지는 유일한 동물 종이다. 〈아, 심심해, 이제부터 뭘 하면서 시간을 보내지?〉

5호는 잔가지 목발을 짚고 야영장 주위를 돌고 있다. 그는 그렇게 두 다리로 계속 걷다 보면 자기 몸이 마침내 그런 이상한 자세에 적응하게 될 것이고, 자기 역시 언젠가 말벌의 로열 젤리를 얻어먹고 생식 개미가 된다면 두 다리로 걷는 특성이 후세에 전해져 자기가 두 다리 달린 개미로 진화하게 될 것이라고 믿고 있다.

24호는 그 모든 것을 자기의 모험 소설 『손가락』에 담고 있다.

그는 손가락들에 관한 이야기가 주를 이루는 마지막 몇 장을 완성하기 위해 그 거대한 동물들과의 만남을 고대하고 있다.

198. 여자의 망설임

프랑신은 무의식적으로 두 손을 얼굴에 갖다 대어 음극선관(陰極線管)의 유리 파편이 얼굴에 박히는 것을 가까스로 피했다. 안경을 쓰고 있었기 때문에 눈에도 파편이 들어가지 않았다. 단지 이마에 약간의 생채기가 났을 뿐이었다. 그럼에도 프랑신은 두려움과 분노 때문에 몸을 부들부들 떨었다.

「인프라월드의 주민들은 자기들의 창조주인 나를 죽이려고 했어!」

뤼시가 프랑신의 상처에 붕대를 감아 주는 동안, 아서는 폭발의 원인을 알아내기 위해 부서진 모니터의 부품들을 조사하였다.

「이럴 수가! 그들은 컴퓨터의 전자 카드가 모니터에 대한 정보를 잘못 인식하도록 어떤 메시지를 보냈어. 카드에 등록된 모니터의 제원(諸元)을 바꿔 버린 거야. 그래서 컴퓨터는 모니터가 110볼트에서 작동하고 있음에도 220볼트에서 작동하는 것으로 잘못 안 거야. 그 때문에 과부하가 걸려서 모니터가 터지고 만 것이지.」

「그렇다면, 그들이 우리의 정보 통신망에도 접근할 수 있다는 얘기로군요. 그들은 가상 세계를 벗어나 현실 세계에 작용할 수 있는 방법을 찾아낸 거예요.」

지웅이 불안한 기색을 보이며 말하자, 레오폴이 덧붙였다.

「이런 식으로 어설프게 신의 흉내를 내다간 큰일 나겠어.」

「인프라월드를 우리 컴퓨터에서 완전히 떼어 내는 게 낫겠어. 그 주민들이 우리에게 해를 입힐 염려가 있으니까 말이야.」

다비드는 그렇게 결론을 짓고, 용량이 큰 휴대용 저장 장치에 인프라월드를 복사한 다음, 하드 디스크에 있는 것을 지워 버렸다.

「그들의 활동은 정지되었어. 모반의 백성아, 너희는 이제 단단한 재킷에 싸인 이 유연한 자성 물질에 갇혀 버렸다. 너희 세계를 가장 간단하게 줄여 놓은 것이 바로 이것이니라.」

그들은 모두 한 마리 독사를 노려보듯 그 저장 장치를 바라보았다.

조에가 물었다.

「이제 이 가상 세계를 어떻게 하지? 파괴해 버릴까?」

그러자 조금 전의 충격에서 벗어나 정신을 가다듬고 있던 프랑신이 소리쳤다.

「안 돼! 그건 절대로 안 돼! 그들이 우리에게 공격적인 태도를 보이고 있다 해도 실험은 계속해야 해.」

프랑신은 아서에게 낡은 거라도 좋으니 다른 컴퓨터를 사용할 수 있게 해달라고 부탁했다. 그녀는 아서가 내어 준 컴퓨터에 모뎀이 설치되어 있지 않다는 것과 다른 기계가 연결되어 있지 않다는 것을 확인한 다음, 인프라월드를 하드 디스크에 설치하고 작동을 시켰다.

인프라월드는 즉시 되살아났다. 그 세계의 수십억 주민들은 자기들이 한동안 저장 장치에 담겨 있었다는 사실을 깨닫지 못하고 있었다. 프랑신은 그들이 공격을 재개하기 전에, 모니터는 물론이고 키보드와 마우스까지도 치워 버렸다. 그럼으로써 인프라월드는 닫힌회로 속에서 움직이게 되었고, 신들은 물론 그 누구와의 접촉도 불가능하게 되었다.

「그토록 해방되고 싶어 하더니, 이제 그들 뜻대로 된 거야. 너무나 독립적인 나머지 스스로 버림받는 길을 택한 거지.」

프랑신이 상처를 쓰다듬으면서 말했다.

쥘리가 물었다.

「그런데, 왜 그들을 살려 두는 거지?」

「나중에 가서 그들이 어떻게 변해 있는지를 보면 아마 흥미로운 결과를 얻게 될 거야.」

그 소동이 있고 난 뒤에 그들은 각자의 방으로 자러 갔다.

쥘리는 새물내가 나는 시트로 몸을 덮었다. 그녀는 다시 혼자였다.

지웅이 자기를 보러 올 것만 같은 생각이 들었다. 둘이서 하다가 그만둔 일을 멈춘 자리에서 다시 시작하고 싶었다. 그녀는 그가 와주기를 바랐다. 그들의 상황이 더 긴박하고 위태로워지기 전에 사랑을 알고 싶었다.

누군가 그녀의 방문을 살며시 두드렸다. 쥘리는 얼른 일어나 문을 열었다.

바로 그가 거기에 있었다.

지웅은 그녀를 품에 안으며 말했다.

「너를 다시는 못 만나게 될까 봐 얼마나 걱정했는지 몰라.」

그녀는 미동도 하지 않고 잠자코 있었다.

「생각나니? 그때 우린 참으로 환상적인 순간을 경험하고 있었어…….」

지웅은 쥘리를 다시 꼭 껴안았다. 그러나 그녀는 이내 그의 품에서 빠져나왔다. 지웅이 당황해하며 물었다.

「왜 그래? 내가 잘못 생각한 거니?」

그녀는 속마음과는 달리 이렇게 말했다.

「마법의 힘은 한번 풀리면 그만이야. 게다가…….」

지웅이 뜨거운 입술을 그녀의 어깨에 대려 하자, 그녀는 뒤로 물러섰다.

「마법이 풀린 뒤로 아주 많은 일이 일어났어.」

지웅은 그녀의 행동을 도무지 이해할 수 없었다. 그녀 역시 자기가 왜 그러는지를 이해하지 못했다.

「하지만, 지난번에 네가…….」

지웅은 무슨 말을 하려다 말고 이렇게 물었다.

「다시 마법에 걸릴 날이 올까?」

「모르겠어. 지금은 혼자 있고 싶어. 날 혼자 있게 해줘. 부탁이야.」

그녀는 그의 뺨에 가볍게 입을 맞추더니, 그를 문밖으로 떼밀고 살그머니 문을 닫았다.

그녀는 다시 자리에 누워 마음의 갈피를 잡아 보려고 애썼다. 그가 와주기를 그토록 원했으면서 왜 그를 돌려보낸 것일까?

쥘리는 지웅이 다시 와주기를 바랐다. 그가 꼭 다시 오리라고 믿었다. 그가 다시 문을 두드린다면, 더 이상 까탈 부리지 않고 그에게 와락 달려들어, 그가 무슨 말을 할 틈도 주지 않고 사글사글하게 몸을 내맡길 작정이었다.

누가 문을 두드렸다. 그녀는 벌떡 일어나 문을 열었다. 그러나 이번엔 지웅이 아니라 다비드였다.

「무슨 일이니?」

다비드는 아무 소리도 못 들은 사람처럼 대꾸도 하지 않고 침대 가장자리에 앉더니, 머리맡 탁자에 놓인 스탠드를 켰다. 그의 손에 작은 상자가 들려 있었다.

「실험실들을 돌아다니며 여기저기 뒤지다가 실험대 위에서 이걸 찾아냈어.」

그는 손에 들고 있던 상자를 불빛 속으로 내밀었다. 쥘리는 지웅이 다시 올지도 모르는 상황에서 다비드가 자기 방에 있다는 것이 난처했지만, 호기심을 억누를 수는 없었다.

「그게 뭔데?」

「네가 만들고 싶어 했던 로제타석은 여기 있는 이들이 벌써 만들었어. 레오폴이 짓고 싶어 했던 집도 이미 건설되었어. 폴은 우리가 자급자족하며 살 수 있도록 버섯을 재배하려고 애썼는데, 그것 역시 이곳에서 지천으로 재배되고 있어. 이곳 사람들은 프랑신을 그토록 열광시켰던 민주주의적 구조의 컴퓨터도 발명했어⋯⋯. 그런데 조에의 계획이 뭐였는지 기억하지?」

「사람들끼리 완전 소통을 하기 위한 인조 더듬이를 만들자는 거였지.」

쥘리는 더욱 관심을 보이며 상자에 다가들었다.

다비드는 상자를 열고 끝에 코 모양의 마구리가 달린 살빛의 작은 더듬이 두 개를 보여 주었다.

피라미드의 은자들은 이것까지 만들어 냈단 말인가?

「할아버지께 이야기하고 가져온 거니?」

「모두가 자고 있어. 아무도 깨우고 싶지 않아서 그냥 가져왔어. 두 쌍의 더듬이를 찾아내서 그냥 이렇게 가져온 거야.」

그들은 먹는 것이 금지된 사탕에 눈독을 들이는 아이들처럼 그 이상한 물건을 여겨보았다. 한순간 쥘리는 〈내일까지 기다렸다가 할아버지의 의견을 들어 보자〉라고 말할 뻔했다. 그러나 그녀의 속마음은 〈자, 어서 해봐〉라고 소리치고 있었다.

「생각나니? 에드몽 웰스는 개미들이 완전 소통을 할 때는 단지 정보만 교환하는 것이 아니라 뇌와 뇌를 직접 접속하는 거라고 했어. 더듬이를 서로 맞댐으로써 호르몬이 뇌에서 뇌로 순환하고 여러 뇌가 하나로 연결되는 거야. 그럼으로써 개미들은 서로를 총체적으로 완벽하게 이해하게 되는 것이지.」

그들의 눈길이 마주쳤다.

「우리 한번 해볼까?」

199. 백과사전

감정 이입

감정 이입은 남이 느끼는 것을 같이 느끼고 남의 기쁨이나 고통을 함께 나누는 능력이다(어원적으로 보면, 감정 이입을 뜻하는 프랑스어 앙파티empathie는 파토스 안에 있다는 뜻이고, 그리스어 파토스는 〈고통〉을 의미한다).

식물들조차도 고통을 지각한다. 만일 어떤 사람이 나무에 기대어 칼로 자기의 손가락을 베고 있을 때, 검류계(檢流計)의 전극을 나무껍질에 대어 보면 전기 저항이 변화하는 것을 확인할 수 있다. 따라서 나무는 사람 몸에 상처가 날 때 세포들이 파괴되고 있음을 느끼는 것이다. 그런 식으로 생각해 보면, 만일 어떤 사람이 숲에서 살해되는 경우에는 그 숲의 모든 나무들이 그것을 느끼고 그것에 영향을 받을 수 있다는 얘기가 된다.

『안드로이드는 전기양의 꿈을 꾸는가?』의 저자인 미국 작가 필립 K. 딕에 따르면, 만일 어떤 로봇이 인간의 고통을 지각할 수 있고 그로 인해 괴로워할 수 있다면 그 로봇은 사람의 자격을 얻을 만하다. 그 추론을 뒤집어서, 만일 어떤 사람이 다른 사람의 고통을 지각할 수 없다고 한다면 그에게서 인간 자격을 박탈하는 것은 당연한 일이 될 것이다. 그 추론을 발전시켜 우리는 사람의 자격을 박탈하는 것을 하나의 새로운 형벌로 생각해 볼 수도 있을 것이다. 그렇게 되면 고문자, 살인자, 테러리스트 등 아무 거리낌 없이 타인에게 고통을 가하는 모든 자들이 그

벌을 받게 될 것이다.

에드몽 웰스, 『상대적이며 절대적인 지식의 백과사전』 제3권

200. 발자취

막시밀리앵은 마침내 도망자들의 확실한 자취를 찾아냈다고 생각했다. 젊은 남녀가 지나간 흔적이 뚜렷하게 남아 있었다. 그것이 젊은 사람들의 발자국이라는 것은 발뒤꿈치 쪽보다 발가락 쪽의 자국이 더 깊이 패여 있다는 사실에서 알 수 있었다. 젊은이들은 몸무게를 발의 앞쪽에 실으며 걷기 때문에 그런 발자국이 생기게 마련이다. 또, 두 젊은이의 성은 발자국 주위에 떨어진 머리카락을 통해서 밝혀냈다. 사람들은 스스로 미처 깨닫지 못하는 사이에 곳곳에 두발과 체모를 떨궈 놓는다. 검고 긴 머리카락은 쥘리의 것과 비슷했다. 게다가 다비드의 지팡이 자국까지 남아 있어서 그는 더욱 확신을 갖게 되었다.

그 자취를 계속 따라가니 나무딸기 덤불로 둘러싸인 분지가 나타났다. 분지 한가운데에는 언덕이 솟아 있었다.

막시밀리앵은 그 장소를 알아보았다. 그곳은 바로 그가 말벌들과 싸웠던 곳이었다. 그런데, 그 피라미드는 어디로 갔을까?

그는 손가락처럼 생긴 사암 바위를 바라보았다. 그 바위는 그의 질문에 대답하기라도 하듯 언덕을 가리키고 있었다. 세계는 우리에게 어려움이 생길 때마다 우리를 도와주는 기호들로 가득 차 있다. 하지만 막시밀리앵의 뇌는 아직 그런 기호들에 관심을 기울일 준비가 되어 있지 않았다. 그는 피

라미드가 어떻게 사라졌는지를 이해하려고 애쓰면서, 수첩을 꺼내어 예전에 해둔 스케치를 검토하였다.

다른 경찰관들이 뒤쫓아 달려와서 물었다.

「이제 어떻게 하죠?」

201. 현재에 대한 의식

「해보자!」

다비드는 두 쌍의 인조 더듬이를 펼쳤다. 자그마한 뿔처럼 생긴 살색 플라스틱 대롱 두 개가 콧구멍 간격만큼 벌어진 채 접합되어 있고, 두 대롱에는 길이가 15센티미터쯤 되는 가느다란 줄기가 달려 있었다. 엄밀한 의미에서의 더듬이 구실을 하는 부분은 미세한 구멍이 뚫린 열한 개의 마디로 이루어져 있었고, 다른 더듬이와 다른 더듬이에 끼워 맞출 수 있도록 가느다란 홈이 나 있었다.

다비드는 서재에서 가져온 『백과사전』을 펼쳐서 완전 소통과 관련된 대목을 읽었다.

「〈더듬이를 콧구멍에 끼워야 한다. 그러면 우리 후각의 송수신 능력이 현저하게 증대될 것이다. 콧속을 이루고 있는 끈끈막에는 실핏줄이 많이 퍼져 있기 때문에 우리의 모든 감정이 실핏줄을 거쳐 신속히 혈액 속으로 들어간다. 코와 코로 직접 정보를 소통을 하는 것은 가능한 일이다. 콧속 뒤에는 신경 집적기라 할 만한 것이 있어서 화학 정보를 직접 뇌로 전달해 주기 때문이다.〉」

쥘리는 아직 믿어지지 않는다는 듯이 인조 더듬이를 요리조리 살펴보았다.

「후각만으로 그것이 가능할까?」

「물론이지. 후각은 우리의 원초적이고 동물적인 감각이야. 신생아에게 특히 후각이 잘 발달해 있지. 그래서 아기는 젖 냄새로 어머니를 다른 사람과 구별할 수 있는 거야.」

다비드는 더듬이 하나를 잡았다.

「『백과사전』의 설계도에 따르면, 이 더듬이에는 어떤 전자 장치가 들어 있어. 그것이 아마도 우리의 냄새 분자를 빨아들이고 내보내는 펌프 구실을 하는 걸 거야.」

다비드는 〈켬〉이라고 표시된 작은 버튼을 누르고 한 쌍의 더듬이를 콧구멍에 집어넣은 다음 쥘리에게도 똑같이 하라고 권했다.

처음엔 콧구멍이 조금 아팠다. 플라스틱 대롱이 안벽을 압박하기 때문이었다. 그것에 익숙해지자 그들은 눈을 감고 숨을 들이마셨다.

두 사람의 땀 냄새가 즉시 빨려 들어왔다. 놀랍게도 그 땀 내에는 정보가 담겨 있었고, 그 정보를 해독할 수 있겠다는 생각이 들었다. 쥘리는 그 냄새를 통해 자기들에게 두려움과 욕망과 스트레스가 있음을 알았다.

경이롭기도 하고 한편으로는 불안하기도 했다.

다비드는 숨을 더 크게 들이마셔서 냄새를 뇌까지 올려 보내라고 그녀에게 신호를 보냈다. 두 사람 다 그런 식으로 호흡을 다스릴 수 있게 되자, 다비드는 그녀에게 더 가까이 오라고 했다.

「준비됐니?」

「이상해. 네가 내 속으로 들어오려고 하는 것 같아.」

쥘리가 중얼거리자 다비드가 그녀를 안심시켰다.

「우리는 사람들이 오래전부터 꿈꿔 오던 것을 경험하게 될 거야. 완전하고 진실한 소통을 하게 되는 거라고.」

쥘리는 갑자기 뒤로 물러났다.

「그럼 너는 나의 가장 내밀한 생각을 알게 되는 거니?」

「그게 어때서 그래? 너 뭐 감출 거 있니?」

「누구에게나 비밀은 있어. 결국 뇌는 나의 마지막 성채야.」

다비드는 다정한 손길로 그녀의 목덜미를 잡고 눈을 감게한 다음 자기 더듬이를 그녀에게 접근시켰다. 두 쌍의 더듬이가 잠시 서로를 찾아 허공을 헤매더니, 이내 맞닿아 서로 간질이다가 가느다란 홈에 꼭 끼어 하나로 결합되었다. 쥘리는 자기도 모르게 피식 웃었다. 콧구멍에 플라스틱 보철 기구를 끼우고 있는 자기 모습이 조금 우스꽝스럽다는 느낌이 들었다. 그녀의 모습은 왕새우처럼 보일 게 틀림없다.

다비드는 그녀의 머리를 다시 힘껏 붙잡았다. 그 바람에 두 사람의 이마가 완전히 맞붙었다. 그들은 다시 눈을 감았다. 다비드가 나직이 말했다.

「우리 오감에 귀를 기울여 봐.」

그러나 그것은 쉬운 일이 아니었다. 쥘리는 다비드가 자기 내면에서 무엇을 발견하게 될지 불안했다. 둘 중의 하나를 선택하라면, 쥘리는 뇌의 내부를 남에게 보여 주기보다는 차라리 알몸을 드러내는 쪽을 택했을 거였다.

「숨을 더 깊이 들이마셔.」

다비드가 속삭였다. 쥘리는 그의 말에 따랐다. 즉시 역한 냄새가 훅 끼쳐 왔다. 다비드의 콧속 냄새였다. 만일 콧속 냄새 다음에 바로 다른 것이 지각되지 않았더라면, 그녀는 몸을 빼내고 말았을 터였다. 그것은 향기롭고 매혹적인 분홍빛 안개 같은 것이었다. 그녀는 눈을 떴다.

그녀와 이마를 맞대고 있는 다비드는 눈을 꼭 감고 입을 벌린 채 고른 숨을 쉬고 있었다. 쥘리는 얼른 그를 따라 했다.

두 사람의 숨결은 아주 자연스럽게 하나로 어울렸다.

그러고 나자, 콧속이 조금 따끔거리는 듯한 이상한 느낌이 찾아왔다. 누가 콧속에 레몬주스를 부어 넣기라도 한 것 같았다. 쥘리는 다시 뒤로 물러나고 싶었다. 그러나 레몬의 새콤한 느낌이 차츰 사라지고 진한 아편 냄새가 뒤따랐다. 쥘리는 그 냄새를 이미지로 보았다. 분홍빛 안개가 툭툭한 물질로 변하더니, 용암처럼 흘러서 그녀의 콧구멍 속으로 들어오려 했다.

별로 유쾌하지 않은 생각이 그녀의 뇌리를 스쳤다. 고대 이집트인들은 죽은 파라오들을 미라로 만들기 전에 콧구멍 속으로 꼬챙이를 집어넣어 뇌를 떼어 냈다고 한다. 그와는 반대로 지금은 다른 뇌가 그녀의 콧구멍 속으로 들어오고 있는 것이다.

쥘리는 숨을 크게 들이마시며 냄새를 맡았다. 갑자기 다비드의 생각이 그녀의 좌우 뇌반구 속으로 몰려들었다. 쥘리는 너무 놀라서 정신을 차릴 수가 없었다. 다비드의 생각은 그녀의 뇌에서 생각이 순환될 때와 같은 속도로 돌았다. 그녀는 영상과 소리, 음악, 냄새, 계획, 추억 등 다비드의 뇌에서 나온 모든 것을 받아들이고 있었다. 다비드가 저지하려고 한사코 애를 쓰는데도 이따금 자홍색의 현란한 생각들이 놀란 토끼처럼 나타났다가 이내 가뭇없이 사라지곤 했다.

한편, 다비드 쪽에서는 남청색 구름과 그 구름 속으로 들어가는 문이 보였다. 문으로 들어서자 한 소녀가 달려가고 있었다. 그는 그 소녀를 따라갔다. 소녀는 그를 어떤 땅굴로 데려갔다. 굴곡과 요철로 가득 찬 거대한 머리가 땅굴의 입구를 막고 있었다. 그것은 쥘리의 머리였다. 그녀의 얼굴이 문처럼 열리더니 개미집 모양으로 생긴 뇌가 드러났다. 그는 작은 터널로 들어가 쥘리의 뇌 속을 돌아다녔다.

그때, 영상들이 갑자기 지워지고 쥘리의 목소리가 그의 외부에서가 아니라 내부에서 들려왔다.

「이제 알겠지?」

쥘리의 말은 다비드의 정신에 직접 전해지고 있었다.

그녀는 다비드에 대한 자기의 생각을 그대로 보여 주었다. 다비드는 무척 놀랐다. 그녀가 생각하는 다비드는 허약하고 수줍음 많은 젊은이였다.

그는 쥘리에게 자기가 그녀를 어떻게 생각하는지를 보여 주었다. 그가 생각하는 쥘리는 아름답고 대단히 총명한 여자였다.

그들은 서로에게 모든 것을 설명하고 모든 것을 드러내 보이면서, 서로의 참된 감정을 이해했다.

쥘리는 무언가 새로운 것을 느꼈다. 그녀의 신경 세포들이 다비드의 신경 세포들과 만나 서로 이야기를 나누고 서로를 좋게 여기더니 친구가 되었다. 그러자, 조금 전에 겁을 먹고 달아났던 작은 자홍색 토끼가 쥘리의 분홍빛 안개 속에 다시 나타나더니, 털가죽을 꿈틀거리면서 오도카니 앉아 있었다. 쥘리는 비로소 깨달았다. 그 토끼는 바로 다비드가 그녀에게 품고 있는 애정이라는 것을.

그것은 개학하던 날 다비드가 그녀를 처음 본 순간부터 줄

곧 지녀 온 애정이었다. 그 애정은 날이 갈수록 깊어졌다. 다비드가 수학 시간에 답을 넌지시 가르쳐 주려 했던 것도 그 감정 때문이었고, 공자그 뒤페롱 패거리의 손아귀에서 그녀를 구출한 것도 그녀가 자기 록 그룹에 들어오도록 강권한 것도 다 그 감정의 발로였다.

췰리는 다비드의 마음을 이해하였다. 그는 이제 그녀의 정신 속에 있었다.

1+1=3이었다. 다비드, 췰리, 그리고 두 사람만의 묵계, 그래서 그들은 셋이었다.

대화가 중단되었다. 찬 기운이 그들의 등줄기를 타고 흘렀다. 그들은 더듬이를 떼어 냈다. 췰리는 자기 몸을 데우려고 다비드의 몸에 바싹 기대고 웅크렸다. 다비드는 그녀의 얼굴과 머리채를 부드럽게 쓰다듬었다. 세모꼴의 그 거대한 은신처 안에서 그들은 다정하게 나란히 누워 잠이 들었다.

202. 백과사전

솔로몬 성전

예루살렘의 솔로몬 성전은 완벽한 기하학적 형태의 본보기였다. 그것은 사면에 석벽을 두른 기단(基壇) 위에 세워져 있었다. 기단의 네 면은 존재를 구성하는 네 세계, 즉 물질세계(육체), 감성 세계(영혼), 정신세계(지성), 신비 세계(우리 안에 지니고 있는 신성)를 상징하는 것이었다. 또 신비 세계의 한복판에는 창조, 형성, 작용을 상징하는 세 칸의 주랑(柱廊)이 있었다.

전체적으로 보아 성전은 직사각형이었다. 길이 50미터에, 너비 25미터, 높이 15미터였다. 그 중앙에 길이 15미터, 너비 5미터의 성소가 있었고,

그 안쪽에는 변의 길이가 10미터인 완전한 정육면체 모양의 지성소가 있었다.

지성소 안에는 아카시아나무로 만든 제대(祭臺)가 놓여 있었는데, 그것 역시 변의 길이가 2미터 50센티미터인 완전한 정육면체였다. 제대에는 1년 열두 달을 상징하는 열두 개의 빵이 놓여 있었고, 그 위에 일곱 행성을 나타내는 칠지 촛대가 있었다. 옛 문헌, 특히 알렉산드리아 사람 필론의 문헌에 따르면, 솔로몬 성전은 하느님 역장(力場)을 형성하기 위해 설계된 기하학적 형상이다. 원래 황금비는 신성한 역학의 치수다. 성전은 우주의 에너지가 응축된 곳이며, 눈에 보이는 세계에서 눈에 보이지 않는 세계로 넘어가는 이행의 장소로 만들어진 것이다.

에드몽 웰스, 『상대적이며 절대적인 지식의 백과사전』 제3권

203. 사랑이 뭐기에

발자취가 갑자기 사라졌다. 막시밀리앵은 언덕을 오르내리며 이리저리 돌아다녔다. 콘크리트 건물이 어쩌면 그렇게 감쪽같이 사라질 수 있는지를 도무지 이해할 수 없었다. 그의 관찰 감각에 적신호가 온 거였다. 그 상황을 이해하는 데 필요한 어떤 요소 하나가 그에게 결여되어 있는 것 같았다. 그러나 그 결함이 무엇인지를 알 수 없었다. 그는 발뒤꿈치로 바닥을 두드렸다.

막시밀리앵의 구두 바닥에는 밑창이 붙어 있고, 밑창 아래에는 풀이, 풀 밑에는 흙이 있었다.

흙 속에는 뿌리와 지렁이와 자갈과 모래가 있었고, 모래 밑에는 콘크리트 벽이 있었다. 그 콘크리트 벽 아래에는 쥘리가 들어 있는 방의 천장이, 그 천장 아래에는 공기가 있

었다.

그 공기 속에는 무명 시트가 있었고, 시트 밑에는 잠들어 있는 얼굴이 있었다. 그 얼굴의 살가죽 밑에는 힘살과 혈관과 피가 있었다.

똑, 똑.

쥘리는 퍼뜩 잠에서 깨어났다. 아서가 문을 빠끔히 열고 머리를 디밀었다. 쥘리를 깨우러 온 노인은 그녀의 침대에 다비드가 있는 것을 보고도 언짢게 여기지 않았다. 그는 침대 머리맡 탁자에 놓인 인조 더듬이를 보고 두 젊은이가 그 것을 사용했다는 것을 알아차렸다. 눈을 비비고 있는 두 젊은이에게 노인은 그 더듬이가 잘 작동하더냐고 물었다.

「예.」

그들은 이구동성으로 대답했다. 그러자 노인은 푸하하 웃음을 터뜨렸다. 그들은 어리둥절한 표정으로 노인을 바라보았다. 노인은 기침 발작을 억제하면서 그들에게 그 더듬이들은 모형에 지나지 않는 것이라고 설명했다. 피라미드의 은둔자들은 아직 그 사업을 본격적으로 추진하지 못했다는 거였다.

「사람들이 개미들처럼 완전 소통을 할 수 있으려면 앞으로도 몇 세기는 더 기다려야 할 게다.」

「그렇지 않아요. 할아버지가 만드신 장치는 완벽하게 작동했어요.」

「아, 그래, 정말이니?」

노인은 재미있어하는 표정을 지으며 더듬이를 분해하더니 그 안의 텅 빈 자리를 가리켰다.

「이게 건전지도 없이 움직일 수 있다니 참으로 놀랍구먼.

후각 펌프가 어떻게 작동할 수 있었을까?」

두 젊은이는 찬물 세례를 당한 기분이었다.

노인은 재미있어서 어쩔 줄을 모르고 있었다.

「이 기계가 작동한 것은 자네들의 상상이었을 뿐이야. 어쨌거나 대단해. 이것이 진짜 작동하는 것으로 느꼈다니 말이야. 어떤 사물이 존재한다는 것을 아주 굳게 믿으면, 상상적인 것도 실제로 존재하는 것처럼 느껴지게 마련이야. 자네들은 이 장치로 사람들도 완전 소통을 할 수 있다고 믿었고, 그래서 아주 독특한 경험을 하게 된 거야. 따지고 보면, 종교도 그런 식으로 만들어지는 것이지.」

노인은 인조 더듬이의 모형을 조심스럽게 상자에 담았다.

「설령 이 인조 더듬이가 제대로 작동한다 해도 이것을 사람들에게 보급하는 것이 정말로 바람직한 일일까? 모든 사람들이 남의 정신을 읽을 수 있다면 어떤 일이 벌어질지 상상해 봐…… 내 생각을 말하자면, 그건 재앙이 될 거야. 우리는 아직 그런 경지에 도달할 준비가 되어 있지 않아.」

노인은 두 젊은이의 표정을 보고 그들이 몹시 실망하고 있음을 깨달았다. 계단을 내려오면서 노인이 중얼거렸다.

「재미있는 녀석들이야.」

침대 속의 두 젊은이는 속았다는 기분을 느끼고 있었다. 자기들이 완전 소통을 했다고 철석같이 믿었던 만큼 그런 기분이 더하였다.

「사실 그것이 불가능하다는 것은 전부터 알고 있었어.」

다비드는 자기 기분을 속이며 짐짓 그렇게 단언했다.

「나도 그래.」

쥘리가 맞장구를 치자, 그들은 깔깔거리면서 같이 침대

301

위를 뒹굴었다. 아서 말이 맞을지도 몰랐다. 어떤 사물이 존재한다고 진심으로 믿으면 그것이 정말로 존재하게 될 수도 있었다. 다비드는 자리에서 일어나 문을 닫고 다시 침대로 돌아왔다. 그들은 무릎으로 시트와 이불을 들어 올려 하나의 천막을 만들었다.

두 사람의 입이 서로를 찾다가 맞닿았다. 조금 전 더듬이를 섞었던 것에 이어, 그들은 혀와 살을 섞고 가쁜 숨결과 땀을 섞었다.

그녀는 어떤 결단을 내려야 하는 상황에 놓여 있었다. 육체적인 사랑을 처음으로 경험하게 될 참이었다. 그것은 가상이 아니라 현실로 임박해 오고 있었다. 그녀는 다비드가 자기를 애무하도록 허락했다. 그녀의 모든 신경 세포들은 그 애무를 어떻게 받아들여야 하는지를 스스로에게 묻고 있었다.

신경 세포들의 대부분은 완전한 방임의 뜻을 표명하였다. 결국 언젠가 쥘리가 성관계를 맺게 되리라는 것은 피할 수 없는 일이고, 다비드는 자기들이 잘 아는 사람이니까 그냥 내버려 두자는 것이 신경 세포들의 판단이었다. 그에 반해서 소수의 신경 세포들은 쥘리가 성행위를 하고 나면 그녀가 가진 아주 중요한 것을 잃을지도 모른다고 우려하였다. 그러나 다비드의 애무는 아세틸콜린에 물든 무지갯빛 물결을 일으켰다. 행복감을 주는 천연의 마약이라 할 만한 그 흥분 전도 물질은 다비드의 애무를 거부하는 신경 세포들을 잠재우는 데에 성공했다.

한가운데를 막고 있던 마지막 문이 마침내 열린 듯한 기분이었다. 쥘리는 몸의 안과 밖에서 동시에 자기 자신을 느꼈다. 숨결이 더욱 가빠지고, 그런 기쁨을 허락해 준 것에 감사하기라도 하듯 힘차게 뛰어노는 피 때문에 그녀의 관자놀이가 발딱거렸다. 짜릿짜릿한 전류가 무수히 그녀의 뇌를 스치고 지나갔다.

그들은 음기와 양기를 서로 주고받았다.

그녀는 살아 있다는 것이 행복했고, 세상에 태어나 지금의 자기가 되어 있다는 것이 행복했다. 세상은 넓고, 배워야 할 것과 만나야 할 사람이 너무나 많았다.

그녀는 이제껏 자기가 그 행위를 받아들이지 못하고 그토록 주저했던 까닭이 무엇인지를 깨달았다. 그녀는 먼저 이상적인 상황이 마련되기를 기다려 왔던 거였다.

이제 그녀는 알게 되었다. 사랑이란 하나의 비밀스러운 의식이며, 그 의식은 가급적이면 피라미드 모양으로 된 건물의 지하에서, 될 수 있으면 다비드라는 이름의 남자와 행하는 것이 좋다는 것을.

204. 그들은 갈수록 고기를 많이 익혀 먹는다

수개미 24호는 손가락들의 성행위에 관한 자세한 설명을 요청한다. 아마도 그 주제와 관련된 대목을 집필하고 있는 모양이다.

성행위

손가락들은 동물 가운데 성을 가장 자유롭게 향유하는 종이다.

다른 동물들은 모두 〈발정기〉라는 짧은 기간 동안에만

303

생식 행위를 하는 데 비해서, 손가락들은 아무 때나 성행위를 할 수 있다.

암컷의 배란을 수컷에게 알려 주는 외적인 징후가 전혀 없기 때문에, 그들은 시도 때도 없이 성행위를 하면서 그것이 수태와 맞아떨어지기를 바란다.

다른 포유동물의 경우에는 생식 행위가 2분을 초과하는 경우가 드물지만, 손가락 수컷은 성행위를 조절할 수 있기 때문에 그 시간을 자기가 원하는 만큼 길게 연장할 수 있다.

한편, 손가락 암컷은 성행위가 절정에 다다르면 큰 소리로 비명을 내지른다. 그 까닭은 알 수 없다.

암개미 103호와 수개미 24호는 느릿느릿 나아가는 달팽이 위에서 가만가만 흔들리며 손가락들에 관한 이야기를 나누고 있다. 주위의 경관에도, 이따금 뿔처럼 솟은 눈으로 자기들을 올려다보는 달팽이에도 관심을 두지 않는다.

개미들은 달팽이의 끈끈물에 빠지지 않기 위해 달팽이들을 사이에 두고 두 줄로 갈라서서 나아가고 있다. 그들은 행진을 멈추고 다시 야영을 하기로 한다. 야영의 규모가 더 커졌기 때문에 이제는 열매처럼 매달리는 정도가 아니라 여러 그루의 전나무를 뒤덮어 버릴 정도가 되었다.

암개미 103호는 자기를 따라 행진에 참가한 거대한 군중의 진한 냄새를 맡고 있다. 그의 이야기 페로몬이 언제나 긴 행렬의 끝에까지 다다른 것은 아니기 때문에 몇몇 개미들이 여기저기에서 중계자 노릇을 하고 있다. 구두로 정보를 전달할 때와 마찬가지로, 후각을 통해 정보를 전달하는 과정에서도 어느 정도의 왜곡은 생기게 마련이다.

《암개미 얘기로는 손가락 암컷들은 교미 중에 고함을 지른다고 한다.》

손가락들이 워낙 이상한 행동을 많이 한다는 것을 알고 있는 터라 이제 개미들은 그런 이야기에 별로 놀라지 않는다. 그래도 손가락 암컷들이 소리를 지르는 까닭을 궁금해하는 개미들이 없는 것은 아니다. 이야기를 전달하는 개미들은 그런 개미들의 궁금증을 풀어 주려고 자기들 나름의 해석을 덧붙인다.

《손가락 암컷들은 왜 소리를 지르지?》

《그건 포식자들을 쫓아내기 위한 거야. 그래야 그들의 방해를 받지 않고 편하게 교미를 할 수 있거든.》

결국 행렬의 꽁무니에 있는 개미들은 원래의 정보로부터 가장 동떨어진 해설을 접하게 된다.

《손가락들은 소리를 질러서 포식자들을 쫓는다.》

암개미 103호는 자기가 신을 믿지 않는다는 것을 분명하게 천명하고 있지만, 행진에 참여하고 있는 개미들 사이에서는 손가락들을 신으로 여기는 자들이 갈수록 늘어나고 있다. 그들은 자기들이 일종의 순례에 참여하고 있다고 느낀다. 수개미 24호가 또다시 정보를 요구한다. 손가락들은 위험이 닥쳐올 때 그것을 어떻게 알리는가 하는 것이다.

경보

손가락들은 후각 언어를 모르기 때문에 경보 페로몬을 이용하지 않는다.

위험이 닥치면, 그들은 사이렌 같은 청각 신호나 빨간

섬광등 같은 시각 신호를 발동한다.

일반적으로 위험을 가장 먼저 알아내서 대중에게 알려 주는 것은 텔레비전의 더듬이다.

숲속에 모든 개미들이 그들이 지나가는 광경을 바라보고 있다. 행렬에 참가하지 않은 개미들은 점점 더 불안해한다. 긴 행렬을 이루고 있는 그 거대한 무리는 점점 더 많은 사냥감을 먹어 치울 뿐만 아니라, 갈수록 고기를 많이 익혀 먹기 때문이다.

205. 깨진 달걀

쥘리가 다시 입을 맞추려고 입술을 가져가는데 밖에서 귀에 익은 목소리가 울렸다.

「당장 나와라! 너희는 포위됐다.」

피라미드 안에 경보가 울렸다. 모두가 통제실로 달려가기 시작했다. 비디오 화면은 언덕 위에 진을 치고 있는 경찰관들의 실루엣으로 가득 차 있었다.

아서가 한숨을 내쉬며 말했다.

「빌어먹을, 저놈의 인간이 또 나타났어…….」

쥘리의 방에서는 빨간불이 깜박거리면서 위험을 알리고 있었다.

다비드가 중얼거렸다.

「이제 끝났어.」

「그래도 계속하자. 아까는 너무 좋았어.」

지웅이 문을 빠끔히 열고, 방 안을 힐끗 들여다보고는 깜짝 놀란 표정을 지었다. 그러나 그는 그저 덤덤하게 말했다.

「우리는 공격을 받고 있어. 빨리 아래로 내려가자.」

조나탕과 레티시아는 〈정찰용〉이라는 딱지가 붙은 가방을 가져왔다. 이끼를 채워 넣은 그 가방 속은 각각 번호가 붙여진 여러 개의 작은 칸으로 나뉘어 있고, 그 안에 비행 개미 로봇들이 들어 있었다.

정밀 기계 공학의 경이로운 산물인 그 비행 로봇들 중의 네 개가 통풍구 쪽으로 보내졌다. 조나탕과 레티시아, 자종 브라젤과 자크 멜리에스는 통제 화면 앞에 앉아서 조종기를 잡았다. 네 비행 개미는 잠수함에서 쏘아 올린 어뢰처럼 통풍관을 타고 솟구쳐 올라갔다. 그동안에 원격 조종자들은 잠망경 구실을 하는 비디오 화면을 통해 로봇들을 통제하고 있었다.

그 정찰 로봇들은 경찰관들에게 접근해서 찍은 영상들을 곧바로 보내 왔다. 피라미드의 모든 거주자들은 마음을 졸이며 경찰관들의 움직임을 지켜보았다.

막시밀리앵이 워키토키로 어떤 명령을 내리자, 트럭 한 대가 와서 굴착 장비를 부려 놓았다. 경찰관들이 곡괭이 겸 망치로 쓰이는 연장들을 들고 다가왔다.

조나탕과 레티시아는 황급히 다른 가방을 꺼냈다. 〈전투용〉이라는 딱지가 붙어 있는 가방이었다. 피라미드의 새 거주자들도 통제 화면 앞에 모였다. 아서는 조종에 참여하지 않았다. 비행 로봇을 정확한 방향으로 이끌려면 밀리미터 단위까지 맞추어서 조종해야 하는데, 그의 손이 너무 떨려서 그것이 불가능하기 때문이었다.

한 경찰관이 언덕을 파기 시작했다. 흙이 충격을 완화시

307

켜 주고는 있었지만, 그의 곡괭이가 콘크리트 벽에 와 닿는 것은 시간문제였다.

노련하게 조종되는 전투용 개미 로봇 하나가 곡괭이질을 하고 있는 경찰관의 목에 내려앉아 마취제를 주사했다. 경찰관이 쓰러졌다.

막시밀리앵은 워키토키에 대고 악을 쓰며 명령을 내렸다. 몇 분이 채 지나기도 전에 작은 트럭이 꿀벌 치는 사람들의 작업복을 실어 왔다. 경찰관들은 잠수부들 같은 모습으로 바뀌었다. 이제 비행 로봇들의 독침 공격은 쓸모가 없게 되었다.

피라미드 은둔자들에게는 마취제를 주사하는 비행 개미들 말고는 무기가 없었다. 그들은 갑자기 무력감에 빠졌다.

「이젠 더 이상 길이 없어. 이로써 모든 게 끝나는 거야.」

아서는 침통하게 말했다.

양봉업자의 복장으로 몸을 보호하고 있는 경찰관들은 아무런 어려움 없이 흙을 파 들어왔다. 곡괭이 겸 망치의 강철이 콘크리트에 닿았다. 꼭 치과 의사의 드릴이 이의 사기질에 와 닿은 느낌이었다. 피라미드 안의 모든 것이 흔들리고 심장이 더욱 심하게 두근거렸다.

갑자기 진동이 멎었다. 경찰관들은 콘크리트에 생긴 구멍 속에 다이너마이트를 넣었다. 막시밀리앵은 만반의 준비를 해온 터였다. 그는 기폭 장치를 잡고 서둘러 초읽기에 들어갔다.

「여섯, 다섯, 넷, 셋, 둘, 하나…….」

206. 백과사전

영이라는 수

영(零)은 기원전 2세기 중국의 산술이나(점으로 표기) 그보다 훨씬 앞선 마야인들의 문명에서(나선으로 표시) 그 자취를 찾아볼 수 있다. 하지만, 우리가 현재 사용하는 영은 인도에서 유래한 것이다. 7세기에 페르시아인들은 인도인들의 영을 모방했다. 몇 세기 후에 아랍인들이 페르시아인들로부터 그 수를 빌려 왔고 그것에 우리가 알고 있는 이름을 붙였다(아랍 말로 시파는 〈비어 있음〉을 뜻한다). 유럽에는 13세기가 되어서야 이탈리아의 수학자 레오나르도 피보나치의 소개로 영의 개념이 도입되었다. 피보나치(필리오 디 보나치를 줄여 부르는 것일 가능성이 많다)는 피사의 레오나르도라고도 불렀는데, 그 별명과는 달리 베네치아의 상인이었다.

그는 동시대 사람들에게 영의 개념이 얼마나 유익한지를 설명하려고 애썼다. 그러나 사람들은 그의 설명을 제대로 이해하지 못했다. 영이 기존의 몇몇 개념에 수정을 가한다는 것은 분명했지만, 교회는 영이 너무 많은 개념들을 뒤엎는다고 판단했다. 영이 악마적이라고 생각하는 종교 재판관들마저 있었다. 사실, 어떤 수와 곱하든 그 수를 무(無)로 만들어 버리는 영은 사탄의 수라는 오해를 받을 법도 했다. 그럼에도 결국 교회는 영의 개념을 받아들일 수밖에 없었다. 훌륭한 회계가 절실히 필요했기 때문에, 영을 사용하는 아주 〈물질주의적인〉 이점을 활용하지 않을 수 없었던 까닭이다.

영은 당시로서는 완전히 혁명적인 개념이었다. 그 자체로는 아무것도 아니면서 다른 수에 붙이면 그 수를 열 배로 만들 수 있었다. 영을 덧붙임으로써 계량 단위의 변화를 장황하게 표시하지 않고도, 십·백·천·만의 계수를 얻게 되었다.

영은 아무 가치가 없는 수로서, 다른 수의 오른쪽으로 가져가면 어마어
마한 힘을 주고, 왼쪽으로 가져가면 아무런 영향도 미치지 않는다.

영은 모든 것을 무로 돌릴 수 있는 위대한 수이다. 영이라는 마법의 문
이 있기에 우리는 뒤집어진 평행 세계, 즉 음수의 세계로 들어갈 수
있다.

에드몽 웰스, 『상대적이며 절대적인 지식의 백과사전』 제3권

207. 대순례

이 길은 암개미 103호가 전에 걸어 본 길이다. 그들은 곧
손가락들의 둥지를 보게 될 것이다. 암개미가 도망쳐 나왔던
바로 그 둥지다. 위대한 만남의 순간이 다가오고 있다.

암개미가 젊은 탐험 개미들에게 이른다.

《행렬의 후미에 가서 선두가 행진의 속도를 늦출 채비를
하고 있다고 알려라. 이제 행렬이 너무 길어졌기 때문에, 이
런 상황에서 갑자기 행진을 멈추면 그 정보가 후미에 전달되
어 다른 도시의 언어로 옮겨지는 동안 많은 개미들이 제때
걸음을 멈추지 못한 자들에게 밟혀 죽을 염려가 있다.》

암개미 103호는 주위의 풍광을 둘러본다. 이상한 일이다.
그 둥지가 보이지 않는다. 둥지가 있던 자리에 언덕이 들어
서 있고, 주위가 온통 난장판이다. 공기에는 휘발유 냄새와
손가락들 냄새와 공포의 냄새가 섞여 있다. 전에도 그와 비
슷한 소동과 불안을 지각한 적이 있다. 단지 그가 땅바닥에
깔린 천 위를 지나갔을 뿐인데, 그 때문에 손가락들의 〈피크
닉〉이 중단된 바 있었다.

208. 동물학 기억 페로몬

기록자: 10호

식사

손가락들은 정해진 리듬에 따라서 식사를 하는 유일한 동물이다.

다른 동물들은 1) 배가 고플 때, 2) 자기 시야에 먹이가 들어올 때, 3) 그 먹이를 잡을 수 있을 만큼 빨리 달릴 수 있을 때 먹는다. 그에 비해서, 손가락들은 배가 고프든 안 고프든 하루에 세 끼를 먹는다.

아마도 그런 관습 때문에 손가락들은 하루 낮을 두 부분으로 나눌 수 있게 된 듯하다.

첫 번째 식사와 함께 오전이 시작된다. 두 번째 식사로 오전이 끝나고 오후가 시작된다. 세 번째 식사로 오후가 마무리되고 취침이 준비된다.

209. 인사

손가락들이다! 그들이 바로 저기에 있다. 냄새로 판단컨대, 그들은 수가 많다.

암개미 103호는 인사 페로몬을 발하라고 명령을 내린다.

개미들이 일제히 페로몬을 발한다. 그 후각 신호에 공격적이거나 거드름스러운 냄새는 전혀 담겨 있지 않다.

《이 자리에 계신 손가락 여러분께 인사드립니다.》

〈손가락〉을 뜻하는 페로몬이 〈신〉을 의미하는 페로몬과 무척 비슷한 탓인지,[19] 많은 개미들이 실수를 저지른다.

비합리적인 것을 쫓아내려고 그렇게 애를 썼건만, 너무나 특별한 일이 벌어지자마자 그것이 다시 몰려와 개미들을 사로잡는다.

《이 자리에 계신 신 여러분께 인사드립니다.》

개미들은 되도록 열렬하고 상냥한 페로몬을 발하려고 애쓰면서 신들의 몸에 기어오른다. 손가락에게 다가갈 때는 존경의 뜻을 듬뿍 담아서 신호를 보내야 한다는 것을 그들은 아주 잘 알고 있다.

《이 자리에 계신 신 여러분께 인사드립니다.》

그들은 역한 냄새를 풍기는 그 미지근하고 거대한 동물들 위로 기어오르면서 모두가 한결같은 페로몬을 발산한다.

210. 백과사전

사바타이 제비의 유토피아

폴란드의 카발라 학자들은 성서와 탈무드를 밀교적으로 해석하고 연도 계산을 무수히 거듭한 끝에, 메시아가 정확히 1666년에 재림하리라고 예언하였다. 당시에 동유럽 유대인들의 사기는 떨어질 대로 떨어져 있었다. 몇 해 전인 1648년에는 우크라이나 코사크족의 우두머리인 보그단 흐멜니츠키가 폴란드 봉건 대지주들의 지배를 종식시키기 위해 농민 반란을 선도하였다. 반란군은 철통같은 성채에 숨어 있는 대지주들을 공격할 수 없게 되자, 살인적인 광기에 사로잡힌 채, 봉건 영주들에게 너무 충성스럽다고 판단된 유대인 마을들에 쳐들어가 앙갚음을

---

19 우리말의 〈손가락〉과 〈신〉은 서로 닮은 구석이 거의 없지만, 프랑스어의 두아doigt와 디외dieu는 조금 비슷한 데가 있다.

하였다. 몇 주 후, 폴란드 영주들이 반격에 나섰고 피비린내 나는 전투가 벌어지는 와중에서, 유대인 마을들은 또 한차례 처참한 피해를 입었으며, 희생자가 수천에 달하였다. 그 참상을 보면서, 카발라 학자들은 〈이것은 바로 아마겟돈 대결전의 신호이며 메시아 재림의 전조다〉라고 주장했다.

그런데, 바로 그러한 시점을 골라서 사바타이 제비라는 젊은이가 메시아를 자처하고 나섰다. 눈매가 그윽하고 성품이 온화한 그 젊은이는 뛰어난 언변으로 사람들에게 위안과 꿈을 주었다. 사람들은 그가 기적을 행할 수 있다고 주장하였다. 그는 참혹한 시련을 겪은 동유럽 유대인 공동체에 종교적 열정을 불러일으켰다. 물론 많은 랍비들은 그가 메시아를 참칭하는 〈거짓 왕〉이라고 규탄하였다. 유대인 공동체는 그를 지지하는 자들과 비난하는 자들로 분열되었다. 수백 명의 유대인들이 모든 것을 버리고 그 새 메시아를 따르기로 결심했다. 그는 성스러운 땅에 유토피아적인 사회를 건설하자고 그들을 이끌었다. 그러나 그 사건은 아주 엉뚱한 방향으로 흘러갔다. 어느 날 밤, 튀르크 황제의 첩자들이 사바타이 제비를 납치했다. 그는 죽음을 면하기 위해 이슬람으로 개종하였다. 그의 신도 가운데 아주 충실한 몇몇 사람은 그를 따라 개종하였고, 나머지 사람들은 그를 잊어버리는 쪽을 선택했다.

에드몽 웰스, 『상대적이며 절대적인 지식의 백과사전』 제3권

211. 요정들의 군대

외마디 소리.

우글거리며 다가온 그 검은 물결이 자기 몸에 기어오를 기미를 보이자 한 경찰관이 쓰러졌다. 거기에 있는 경찰관은 모두 스무 명이었다. 그들 중의 세 명이 심장 마비로 죽었고,

다른 경찰관들은 뒤도 돌아보지 않고 달아났다.

쓰러져 있는 손가락들 위에 올라간 개미들은 인사 페로몬을 상냥하게 건넨다. 그러나 그들에게선 아무 대답이 없다. 도무지 이해할 수 없는 일이다. 암개미 103호는 개미들의 후각 언어를 이해하는 손가락들이 있다고 하지 않았는가.

「아니, 이게 뭐야?」

쥘리가 통제 화면을 보면서 소리쳤다.

암개미 103호는 주위의 개미들이 손가락들의 환영을 바라며 그들 위로 기어오르는 것을 바라보고 있다가, 문득 자기가 선도한 대행진이 자기의 통제를 넘어서고 있음을 깨닫는다.

103호는 모두에게 진정할 것을 요구한다. 자기들이 떼를 지어 몰려오는 것을 보면 손가락들이 겁을 먹을 수도 있다는 것을 그는 알고 있다. 따지고 보면 손가락들은 무척 겁이 많은 동물인 것이다.

열두 탐험 개미들은 행렬을 따라 달려가며 손가락들과 적당한 거리를 두라고 부탁한다.

선두의 개미들은 털썩 널브러진 채 산처럼 꼼짝 않고 있는 미지근한 동물들 위로 자꾸 기어오른다.

신들에게 기어 올라갔던 수천의 순례자들은 신들이 미친 듯이 달아나는 바람에 하릴없이 휩쓸려 갔다. 여기저기에서 그들의 사라짐을 슬퍼하는 페로몬이 날아들고 있다.

암개미 103호는 행진을 멈추게 하고 이렇게 당부한다.

《모두 냉정함을 잃지 말라. 손가락들을 먹으면 안 된다. 깨

물어서도 안 된다. 지금은 아주 미묘하고 까다로운 순간이다. 그렇다고 당황해서는 안 된다.》

그러고 나자, 분위기가 다시 진정되었다. 103호는 정작 자기가 당황하고 있으면서도 그 기색을 감추고 언덕을 살핀다. 24호와 열두 탐험 개미는 일이 뭔가 잘못 돌아가고 있음을 직감한다. 아까는 모든 게 그토록 급작스럽더니 이젠 이토록 조용하다. 너무나 조용하다.

달팽이들은 느닷없는 정적을 느끼고 껍데기 밖으로 머리를 내민다.

암개미 103호는 고사리 덤불 속을 돌아다니다가 땅거죽에 뚫린 통풍구를 찾아낸다. 그는 바로 그 통풍구를 통해서 손가락들의 둥지에서 도망친 바 있다.

암개미는 바위 위에 올라 군중에게 이른다.

《이 언덕은 손가락들의 둥지다. 이 속에 살고 있는 손가락들은 후각 언어를 이해할 줄 아는 자들이다. 이들과의 만남은 반드시 성사시켜야 한다. 우선 나 혼자 들어가서 그들과 대화를 나눈 다음 다시 올라와서 결과를 보고하겠다.》

암개미는 자기가 내려가 있는 동안 군중을 잘 보살피라고 24호와 열두 탐험 개미에게 당부한다.

정찰 로봇들이 언덕을 새까맣게 덮고 있는 개미들을 촬영하고 있는 동안, 통풍구의 철망을 긁는 듯한 소리가 자꾸 들려왔다. 아서는 무슨 일인가 하고 보러 갔다가, 덩치가 제법 크고 작은 날개가 달린 개미 한 마리를 발견했다. 개미는 철망을 세게 긁기 위해서 위턱에 잔가지를 물고 있었다.

아서는 개미를 들어오게 했다. 개미의 이마에 노란 반점

315

이 있었다. 노인의 얼굴이 환해졌다.

103호다. 103호가 돌아왔다.

「잘 지냈니, 103호? 결국 약속을 지켰구나. 이렇게 돌아왔
으니 말이야…….」

개미는 물론 사람의 말을 알아듣지 못했지만, 아서의 입
냄새를 맡고는 그가 자기에게 말을 하고 있을지도 모를 경우
를 생각해서 더듬이를 흔들었다.

「너 날개가 생겼구나. 우리 서로 들려줄 이야기가 많겠
는걸…….」

그는 두 손가락으로 103호를 조심스러이 집어 로제타석
으로 가져갔다.

피라미드의 사람들이 모두 기계 주위에 모였다. 103호는
기계 안에 편하게 자리를 잡더니, 예전에 하던 것처럼 자기
더듬이를 인조 더듬이에 갖다 대었다.

「그동안 잘 지냈니, 103호?」

기계가 지지직거리다가 이윽고 합성 음성으로 대답하
였다.

《안녕, 아서?》

아서는 열에 들뜬 눈으로 다른 사람들을 바라보며 다들 돌
아가서 통제 화면을 계속 살피라고 부탁했다. 자기 친구와
단둘이서만 이야기를 나누고 싶은 모양이었다. 다른 사람들
은 노인이 그 해후에 대단히 감격해 있음을 이해하고 모두
기계 주위를 떠났다. 개미 이야기를 듣는 사람이 자기뿐임을
확인하고 아서는 머리에 헤드폰을 썼다. 그러고 나서 그들은
서로에게 꼭 알려 주어야 할 이야기들을 털어놓았다.

316

212. 백과사전

우리의 또 다른 연합군

인류의 역사를 더듬어 보면, 인간과 동물 사이에 군사적인 협력이 이루어졌던 사례를 많이 발견할 수 있다. 물론 인간이 동물의 의견을 물어 그런 협력이 이루어졌던 것은 아니지만 말이다.

제2차 세계 대전 중에 소련 사람들은 군견들을 대전차용(對戰車用)으로 훈련시켰다. 그 개들의 임무는 지뢰로 무장하고 적의 전차 밑으로 숨어들어 가서 전차를 폭파시키는 것이었다. 그 작전은 그다지 잘 먹혀들지 않았다. 개들은 지뢰가 폭발하기 전에 주인들 품으로 돌아오기 일쑤였기 때문이다.

1943년에 루이스 피저 박사는 소형 소이탄을 장착한 박쥐들을 보내서 일본 군함을 공격하는 방안을 생각해 냈다. 그 박쥐들은 일본의 가미카제 특공대에 대한 연합군의 응수가 될 법했다. 그러나 히로시마에 원자탄이 떨어지고 난 뒤 그 무기들은 쓸모가 없어졌다.

또 1944년에 영국인들은 고양이를 이용해서 폭발물이 실린 작은 비행기들을 조종하는 방안을 구상했다. 고양이들은 물을 무서워하기 때문에 어떻게 해서든 비행기를 적의 항공모함 쪽으로 몰고 가리라는 것이 그들의 생각이었다. 그러나 그건 전혀 사실이 아니었다.

베트남 전쟁 중에 미국인들은 비둘기와 독수리를 이용해서 베트남 공산주의자들에게 폭탄을 보내려고 했다. 그 계획 역시 실패로 끝났다.

동물들을 전투 요원으로 사용하는 대신에 첩보원으로 활용하려 했던 사례도 있다. 냉전이 한창이던 시절에 미국 CIA는 용의자를 놓치지 않고 미행하는 방법을 다각적으로 연구하면서, 바퀴벌레 암컷의 호르몬, 즉 페리플라논 B로 용의자에게 표시를 해두는 실험을 행했다. 그 물질은 바퀴 수컷에게 대단히 자극적이다. 그래서 바퀴 수컷은 몇 킬로미터

나 떨어진 곳에서도 그 물질이 있는 곳을 알아내어 찾아갈 수 있다.

에드몽 웰스, 『상대적이며 절대적인 지식의 백과사전』 제3권

213. 밀담

그날 아서와 103호 사이에 무슨 이야기가 오고 갔는지는 아무도 모른다. 어쩌면 실험실에서 도망쳤던 옛일에 대한 103호의 해명도 있었을 것이고, 개미 군단과 함께 피라미드에 머물면서 손가락들의 다음 공격을 막아 내자는 아서의 부탁도 있었을지 모른다. 그리고 아마 103호는 두 세계 사이에 협력을 이루려는 계획이 어느 정도 진척되었는지를 물었을 것이다.

214. 사도들의 대화

밖에 남은 열두 탐험 개미는 언덕 꼭대기에 열두 야영장을 설치하고, 각 야영장의 한가운데에 불을 가져다 놓았다.

각자의 야영장에서 열두 개미는 손가락 둥지 안에서 무슨 일이 벌어지고 있는지를 제 깜냥대로 추측해서 다른 개미들에게 알려 준다. 이제껏 나오지 않고 있는 걸 보면, 암개미는 대화할 줄 아는 손가락들을 만난 게 틀림없다. 그 손가락들은 개미들이 다가가자마자 쓰러져 버린 저 고깃덩어리들하고는 다를 것이다.

수개미 24호가 군중을 안심시키려고 자신 있게 페로몬을 발한다.

《암개미 103호는 손가락들과 개미들 사이에 영원히 번복

할 수 없는 협약을 맺자고 요구하고 있다. 지금쯤이면 벌써 일이 다 끝났을 것이다.》

이튿날 아침, 5호는 잔가지 목발에 의지해 몸을 일으켰다가 이상한 소음을 감지하였다.

야영장 위에서 날개들이 빙빙 돌아가며 공기를 휘젓고 있다. 5호는 무늬말벌처럼 생긴 그 거대한 괴물들이 자기들을 위협하고 있음을 이내 깨닫는다. 그러나 그 괴물들은 너무 높이 날고 있어서 개미산으로 공격할 수가 없다. 포수 개미들의 개미산은 20센티미터 이상을 올라가지 못하는데, 무늬말벌들은 그보다 훨씬 높이 날고 있다.

피라미드 안의 비디오 화면에는 그 위협이 훨씬 더 어마어마한 광경으로 나타났다. 자그마한 비행 개미 로봇들에 경찰은 거대한 헬리콥터로 대응하고 있었다.

그것은 농지에 물이나 비료 따위를 살포할 때 흔히 사용하는 헬리콥터였다. 개미들에게 위험을 알려 주기 위해 103호를 내보내고 싶었지만, 그러기에도 이미 늦었다. 그의 동행자들 위로 노르스름하고 투명한 산성 액체가 비처럼 쏟아지고 있었다.

그 독물에 닿으면 고통이 이루 말할 수 없다. 곤충의 딱지가 녹고 풀나무가 녹는다.

헬리콥터들은 고도로 응축된 박피제와 살충제의 혼합물을 살포하고 있다.

피라미드 속의 사람들은 분노로 치를 떨었다. 사람들과 협정을 맺겠다고 찾아온 수백만 마리의 개미들이 아무런 저항도 못 하고 죽어 가고 있었다.

「이대로 보고만 있을 수는 없어!」

아서는 분통을 터뜨렸다. 그들의 모든 노력이 그 대학살로 귀결되고 말 참이었다.

암개미 103호는 작은 통제 화면으로 도무지 이해할 수 없는 그 광경을 지켜보고 있었다.

「저 사람들 완전히 미쳤어.」

쥘리가 중얼거리자 레오폴이 대꾸했다.

「아냐. 저들은 단지 두려움 때문에 저러는 거야.」

조나탕 웰스가 두 주먹을 불끈 쥐며 말했다.

「새로운 것, 다른 것을 알고자 하는 것이 뭐가 나쁘다고, 왜 늘 저런 식으로 방해를 하는 거지? 우리 주위의 생명들을 연구하려면 꼭 그것들을 토막 내고 현미경 슬라이드에 붙여야만 되는 거야.?」

노란 액체가 생명을 닥치는 대로 파괴하는 광경을 지켜보던 그 순간에 아서는 자기가 인간임을 부끄러워했다. 그는 마음을 다잡고 애써 의연한 목소리로 말했다.

「이제 버틸 만큼 버텼어. 더 이상 방관할 수는 없어. 나가서 항복하고 저 학살을 중단시켜야 해.」

그들은 다 같이 터널로 들어가서 피라미드 밖으로 빠져나와 경찰에 투항하였다. 아무도 주저하지 않았다. 달리 선택의 여지가 없었다. 그들은 오로지 자기들이 항복함으로써 독을 뿌리는 헬리콥터들의 난무가 멈춰지기를 바랄 뿐이었다.

215. 동물학 기억 페로몬

기록자: 10호

투우

손가락들은 가장 강력한 포식자다.

그럼에도 그들은 이따금 의심에 사로잡혀, 자기들이 가장 강하다는 것을 스스로 확인하고 싶어 한다. 그럴 때면 그들은 투우 경기를 연다.

투우란 손가락이 황소와 맞서 싸우는 이상한 의식이다. 황소는 손가락이 보기에 가장 강력한 동물이다.

싸움은 몇 시간 동안 계속된다. 황소는 뾰족한 뿔로 무장하고 있고, 손가락은 날카로운 금속 창으로 무장하고 있다.

승리를 거두는 쪽은 언제나 손가락이다. 설령 황소가 이긴다 해도 그를 풀어 주는 것은 아니다.

투우라는 의식을 통해서 손가락들은 자기들이 자연의 정복자임을 새삼스럽게 되새긴다.

사납게 달려드는 황소를 죽임으로써 그들은 모든 동물의 지배자임을 확인한다.

216. 재판

그로부터 3개월 후에 재판이 열렸다.

퐁텐블로 법원 중죄 재판소의 공판정에는 많은 사람들이 모여 있었다. 피고인들이 영광을 누리던 때에는 자리를 함께하지 않았던 사람들이 그들이 파멸하는 순간을 보러 와 있었다. 이번엔 지방의 텔레비전 방송이 아니라 중앙의 주요한 여섯 채널에서 기자들을 내보냈다. 혁명의 성취에는 관심을 보이지 않던 텔레비전 방송들이 혁명의 처형에 증참(證參)하러 와 있었다. 승리보다는 패배가 텔레비전 방송에 더 잘 어울리고 시청자들의 구미에 더 잘 맞는다고 생각하는 모양이었다.

마침내 사람들은 개미 혁명의 주동자들과 숲속 피라미드의 미치광이 학자들에게 관심을 보이고 있었다. 그들 중에 유럽인과 아시아인의 피가 섞인 미인과 전 과학부 장관, 병든 노인이 포함되어 있다는 사실은 이 재판에 쏠리는 세인의 관심을 더욱 각별하게 만들어 주었다.

기자와 카메라맨과 사진 기자 들이 서로 떼밀며 취재 경쟁을 벌였다. 방청석은 만원이었고, 법원 정문 앞에는 여전히 사람들이 몰려들고 있었다.

정리(廷吏)가 재판관의 입정을 알렸다.

「일동 기립.」

재판장이 배석 판사 두 명을 대동하고 들어왔다. 검사가 그들의 뒤를 따랐다. 서기와 아홉 명의 배심원들은 진작 입정해 있었다. 배심원 아홉 명의 직업은 다음과 같았다. 식료품상, 퇴직한 우체국 직원, 개 미용사, 고객이 없는 외과 의사, 지하철 검표원, 광고 전단 배포원, 병가 중인 초등학교 교사, 회계원, 매트리스 소모(梳毛) 직공.

정리는 그 공판이 이른바 〈개미 혁명〉을 주도한 소집단과 〈숲속 피라미드 사람들〉이라는 공모자들에 대한 첫 심리(審理)임을 어물거리며 고지하였다.

재판장은 그 공판이 꽤나 길어질 것을 예감하면서 의자에 편안하게 몸을 묻었다. 그의 머리는 하얗게 세었고, 희끗희끗한 수염은 아주 잘 다듬어져 있었으며, 반달꼴 안경을 코에 걸치고 있었다. 그의 모든 면모에서 사사로운 이해관계에 초연한 사법부의 위엄이 풍겨 나고 있었다. 나이가 지긋한 두 배석 판사는 카드놀이를 하다가 기분 전환 삼아서 법정에 나온 사람들처럼 보였다. 세 판사는 모두 느릅나무로 만든 기다란 탁자를 마주하고 앉아 있었다. 그 탁자 위에는 〈정의 구현〉의 상징물, 즉 어깨와 가슴을 많이 드러낸 낙낙한 토가를 걸치고 눈을 가린 채 저울과 칼을 들고 있는 정의의 여신상이 놓여 있었다.

서기가 일어서서 네 명의 경찰관이 둘러싸고 있는 피고인들을 호명하였다. 피고인들은 개미 혁명의 주모자 7명, 『백과사전』제1권의 사람들 17명, 제2권의 사람들 4명 등 모두 합해서 28명이었다.

재판장은 피고인들의 변호인이 어디에 있느냐고 물었다. 서기는 피고인 가운데 한 사람인 쥘리 팽송이 변호인 역할을 하기로 했고, 다른 피고들도 그것에 동의했다고 대답했다.

「쥘리 팽송이 누구죠?」

연회색 눈의 여성이 손을 들었다.

재판장은 그녀에게 변호인석에 가서 앉으라고 권했다. 경찰관 두 명이 혹시라도 그녀가 도주할 마음을 먹을까 싶어 얼른 그녀를 에워쌌다.

경찰관들은 사근사근하고 호의적이었다. 〈사실, 경찰관들은 도망자를 쫓고 있을 때는 임무를 완수하지 못하는 것에 대한 두려움 때문에 사나운 모습을 보이지만, 일단 도망자를 잡고 나면 오히려 착한 사람으로 변하게 마련이지〉 하고 쥘리는 생각했다.

쥘리는 방청석을 둘러보며 어머니를 찾았다. 세 번째 줄에 앉아 있던 어머니는 그녀와 눈이 마주치자 살며시 고개를 끄덕였다. 어머니는 오래전부터 법학 공부를 해서 변호사가 되라고 그녀에게 요구해 왔다. 그런데 이제 쥘리는 아무 학위나 자격증도 없이 변호인석에 앉게 되었다. 그 점에 생각이 미치자 기분이 그리 나쁘지는 않았다.

재판장이 상아 망치로 나무 탁자를 두드렸다.

「공판이 시작되었습니다. 서기, 공소장을 읽으세요.」

서기는 이전의 사건들을 간단하게 요약했다. 난동으로 변한 콘서트, 경찰과의 충돌, 고등학교 점거, 많은 물적 피해를 가져온 기물 파손, 부상자 발생, 주동자들의 도주, 숲에서 벌어진 추격전, 피라미드 안으로의 도피, 세 경찰관의 죽음.

아서가 가장 먼저 가로대 앞으로 불려 나갔다.

「아서 라미레 씨, 나이 72세, 직업 상인, 주소 퐁텐블로시 페닉스가. 맞습니까?」

「네.」

「〈네, 재판장님〉이라고 말하세요.」

「네, 재판장님.」

「라미레 씨, 피고는 지난 3월 12일 파리 모양의 소형 살인 로봇을 사용해서 가스통 팽송 씨를 살해했습니다. 원격 조종되는 그 살인 로봇은 탄두에 자동 유도 장치가 달린 미사일과 비슷하므로 제5종 무기에 해당합니다. 그 공소 사실과 관련해서 할 말이 있습니까?」

아서는 한 손으로 축축한 이마를 쓸었다. 병든 노인은 서 있기가 힘들 만큼 기력이 쇠해 있었다.

「전혀 없습니다. 그분을 돌아가시게 해서 그저 죄송할 뿐입니다. 저는 단지 그분을 재우려고 했을 뿐입니다. 그분이 마취제에 알레르기가 있는지는 몰랐습니다.」

「사람을 파리 로봇으로 공격하는 것이 정상적인 일이라고 생각합니까?」

검사가 빈정거리며 물었다.

「파리 로봇이 아니고, 원격 조종되는 비행 개미입니다. 저의 보행 개미 모델을 개선한 것이지요. 저와 제 친구들은 호기심 많은 사람들이나 산보객들의 방해를 받지 않고 조용하게 일하고 싶었습니다. 그 점을 이해해 주시기 바랍니다. 우리가 그 피라미드를 건설했던 것은 개미들과의 관계를 유지하고 우리 문명과 개미 문명 사이의 협력에 도달하려는 목적에서였습니다.」

재판장이 서류를 뒤적였다.

「아, 그래요! 국립 공원 한가운데의 보호 구역에 무허가 건물을 지은 사실도 있군요.」

그는 서류를 더 살피고 나서 말을 이었다.

「여기 보니까, 당신들은 평온함을 너무 소중히 여겼던 나머지, 비행 개미들을 여러 차례 내보내서 막시밀리앵 리나르 경정을 공격했군요. 공공질서를 책임지고 있는 경찰관을 말이오.」

「그 사람은 우리 피라미드를 파괴하려고 했습니다. 그건 정당방위였습니다.」

검사가 토를 달았다.

「남의 방해를 받고 싶지 않다는 것도 당신들에겐 비행 로봇으로 사람을 살해할 이유가 된다는 얘기로군요.」

그때 아서에게 격렬한 기침 발작이 일어났다. 그는 더 이상 말을 할 수 없었다. 두 경찰관의 부축을 받으며 피고석으로 돌아오자마자 노인은 그대로 털썩 쓰러졌다. 그의 동료들이 걱정스러운 얼굴로 그를 내려다보았다. 자크 멜리에스는 자리에서 일어나 긴급 구호를 요청했다. 곧 의사가 달려와서 노인을 진찰해 보더니, 조금 후엔 심리를 계속할 수 있겠지만 노인을 너무 지치게 하면 안 된다고 알렸다.

「다음 피고인, 다비드 사토르.」

다비드는 지팡이에 의지하지 않고 판사 앞으로 나가서 방청석을 등지고 섰다.

「다비드 사토르, 18세, 고교생. 피고는 이른바 〈개미 혁명〉의 전략가로 기소되었어요. 여기에 피고가 시위대를 이끌고 있는 모습을 찍은 사진들이 있어요. 마치 군대를 이끄는 야전 사령관 같은 모습이군요. 피고는 스스로를 새로운 트로츠키로 생각했나요? 그래서 트로츠키가 붉은 군대를 부추기듯이 군중을 선동했나요?」

판사는 다비드가 대답할 틈도 주지 않고 내처 말했다.

「피고들은 개미식의 군대를 만들고 싶어 했어요, 그렇지요? 그러면, 배심원들에게 설명해 보세요. 왜 피고들이 곤충을 모방하는 것을 운동의 토대로 삼았는지.」

「제가 곤충에 관심을 갖기 시작한 것은 저희 록 그룹에 귀뚜라미 한 마리를 포함시켰을 때였습니다. 그 귀뚜라미는 훌륭한 음악가였습니다.」

방청석에서 비웃음이 일었다. 재판장은 정숙을 요구했다. 다비드는 조금도 당황하지 않고 말을 이었다.

「개체 대 개체로 의사소통을 하는 귀뚜라미들에 이어서,

저는 전방위 소통을 하는 개미들을 발견했습니다. 개미집 안에서 각 개체는 전체의 생각과 감정을 공유하고 있습니다. 그들의 연대는 완벽합니다. 인간 사회가 수천 년 전부터 이루어 내려고 한 것을 그들은 우리가 지구상에 나타나기 전에 실현했습니다.」

「피고는 우리 모두에게 더듬이가 생기기를 바라는 겁니까?」

검사가 빈정거렸다. 이번에는 방청석의 웃음소리가 쉽사리 가라앉지 않았다. 다비드는 조용해지기를 기다렸다가 대답했다.

「저는 우리가 개미들처럼 효과적인 의사소통 체계를 갖추게 된다면 오해와 착각과 곡해와 거짓이 사라지게 되리라고 생각합니다. 개미는 거짓말을 하지 않습니다. 거짓말하는 것의 이익을 상상할 수 없기 때문입니다. 개미들 사이의 소통은 서로에게 정확한 정보를 전달하는 것입니다.」

방청객들이 수군거리며 반응을 보였다. 판사는 상아 망치로 다시 탁자를 두드렸다.

「다음 피고인, 쥘리 팽송. 피고는 이른바 〈개미 혁명〉의 과격한 혁명 운동가였고 주모자였어요. 피고가 일으킨 난동이 어떤 결과를 가져왔는지 알고 있지요? 막대한 물적 피해가 생겼음은 물론이고 나르시스 아르포를 비롯해 여러 사람들이 중상을 입었어요.」

「나르시스의 상태는 어떤가요?」

쥘리가 물었다.

「질문은 내가 하는 거지 피고가 하는 게 아니에요. 그리고 나한테 말을 할 때는 규칙이 요구하는 대로 재판장에 대한 예의를 갖추어야 해요. 조금 전에 내가 피고의 한 공범자에게 얘기를 했는데, 그 얘기 못 들었나요? 피고는 소송 절차를 잘 모르는 것 같군요. 그래서 어디 변호인 노릇을 할 수 있겠어요? 우리 직권으로 전문 변호인을 선임하는 편이 피고나 피고의 친구들에게 도움이 되겠어요.」

「죄송합니다, 재판장님.」

판사는 손주를 나무라는 할아버지의 심정으로 조금 더 부드럽게 대해 주기로 했다.

「좋아요. 피고의 질문에 대답하자면, 나르시스 아르포 씨의 상태는 별로 진전이 없어요. 피해자가 그렇게 된 건 결국 피고 때문이에요.」

「저는 언제나 비폭력 혁명을 주장했습니다. 제가 생각하는 개미 혁명은 눈에 띄지 않는 작은 행동들을 수없이 거듭함으로써 산을 무너뜨리자는 것입니다.」

쥘리는 다른 사람은 몰라도 어머니만은 자기를 이해해 주기를 바라면서, 어머니 쪽으로 몸을 돌렸다. 그러다가 그녀는 동의의 뜻으로 고개를 끄덕이고 있는 역사 선생을 보았다. 방청석에는 그이 말고도 수학, 상업, 체육, 생물 선생들까지 나와 있었다. 그러나 철학 선생과 독일어 선생은 보이지 않았다.

「그런데 왜 개미를 상징으로 삼았지요?」

기자석에는 기자들이 많이 나와 있었다. 많은 청중을 감동시킬 수 있는 절호의 기회였다. 말을 잘 골라 가며 할 필요가 있었다.

「개미 사회의 각 구성원은 모두의 삶을 개선하고자 하는 한결같은 의지에 따라 움직이고 있습니다.」

검사가 그녀의 말허리를 잘랐다.

「시적인 통찰이긴 한데, 현실은 전혀 그렇지 않아요. 개미 집이 완벽하게 돌아가는 사회라지만, 그건 컴퓨터나 세탁기가 작동하는 것과 다를 게 없어요. 개미 사회에서 지능이나 의식을 찾는 건 시간 낭비예요. 개미들은 유전적으로 결정된 행동을 하고 있을 뿐이니까요.」

기자석이 술렁거렸다. 어서 반박을 가하지 않으면 안 되는 상황이었다.

「제가 보기에 그런 경멸에는 개미 사회에 대한 두려움이 깔려 있습니다. 검사께서는 어쩌면 우리가 도저히 따라가지 못할 개미들의 사회적 성공을 두려워하고 계신지도 모릅니다.」

「그건 기껏해야 병영 사회일 뿐입니다.」

「전혀 그렇지 않습니다. 개미 사회는 굳이 비교하자면 오히려 히피 공동체와 비슷합니다. 우두머리나 장군도 없이, 사제나 경찰이나 압제도 없이 각자 자기 마음에 드는 일을 행하는 사회입니다.」

「그렇다면, 피고가 생각하기에 개미 사회가 성공하게 된 비결은 뭐지요?」

허를 찔린 검사가 반격을 시도했다. 쥘리는 차분하게 대답했다.

「거기에 무슨 특별한 비밀이 있는 건 아닙니다. 개미들의 행동은 혼돈에 가깝습니다. 개미들은 질서 정연한 사회보다더 잘 돌아가는 무질서한 체제에 살고 있습니다.」

「무정부주의자로군!」

방청석에서 누군가 소리쳤다.

「피고는 무정부주의자입니까?」

「만일 무정부주의라는 말이 우두머리나 교주나 위계 제도 따위가 없는 사회, 봉급 인상에 대한 약속이나 사후의 천국행에 대한 약속이 없는 사회에서 살 수 있다는 것을 의미한다면, 저는 무정부주의자입니다. 사실, 진정한 무정부주의는 공덕심(公德心)이 극치에 달한 경지입니다. 그런데 개미들은 수천 년 전부터 그렇게 살고 있습니다.」

몇 사람이 야유를 보냈고, 다른 몇 사람은 박수를 쳤다. 방청객들의 반응이 엇갈리고 있었다. 배심원들은 마음속으로 점수를 매기는 중이었다.

검사가 검은 법복의 낙낙한 소매를 크게 휘두르며 일어섰다.

「결국 피고의 주장은 개미 사회를 우리 인간이 본받아야 할 모범으로 삼겠다는 거군요. 맞습니까?」

「좋은 것은 취하고 나쁜 것은 버려야죠. 몇 가지 점에서 개미들은 우리 인간 사회에 도움을 줄 수 있습니다. 이것저것 다 해보았지만 늘 제자리에서 맴을 돌고 있는 우리 사회에 말입니다. 일단 시도해 보면 개미 사회가 우리에게 무엇을 줄 수 있는지를 알게 될 것입니다. 우리에게 도움을 줄 수 있는 체제는 개미 사회 말고도 많이 있습니다. 어쩌면 돌고래나 원숭이나 찌르레기들도 집단생활을 더 잘할 수 있는 방법을 우리에게 가르쳐 줄 수 있을지도 모릅니다.」

마르셀 보지라르 기자도 방청석에 모습을 드러냈다. 이번만큼은 그도 사건 현장에 증참하고 있는 거였다. 쥘리는 〈잘 몰라야 말을 잘한다〉는 좌우명에 대해서 그가 생각을 바꾸었나 하고 생각했다.

「하지만 개미 사회에서는 모두가 일을 해야 합니다. 그것과 피고의 극단적인 자유주의가 어떻게 양립할 수 있지요?」

판사가 물었다.

「그것 역시 잘못 알고 계시는 거예요. 한 개미 도시에서 실제적으로 일을 하는 개미들은 50퍼센트밖에 되지 않습니다. 30퍼센트는 자기를 청결하게 하는 행위나 토론 따위를 하고, 20퍼센트는 쉬고 있습니다. 개미 사회의 훌륭한 점은 바로 그것입니다. 50퍼센트가 빈둥거리고, 경찰이나 정부나 5개년 계획이 없어도, 개미 사회는 우리 사회보다 한결 효율적이고 한결 조화롭습니다. 개미들은 어떤 강제가 없어도 사회가 원활하게 돌아갈 수 있다는 것을 보여 줍니다. 그런 점에서 개미들은 우리의 경탄을 자아내기도 하고 우리의 마음을 불편하게 만들기도 합니다.」

방청석에 찬동의 수군거림이 일었다.

판사는 수염을 쓰다듬었다.

「개미는 결코 자유롭지 않아요. 개미는 생물학적으로 후각의 부름에 응답할 수밖에 없어요.」

「그럼, 휴대용 전화기를 늘 지니고 다니시는 판사님은 자유로우신가요? 판사님보다 더 높은 자리에 계신 분들이 아무 때나 전화를 걸어 지시를 내리면, 판사님은 그것에 따라야 하는 거 아닌가요? 그렇다면 개미의 경우와 무엇이 다르지요?」

판사는 눈을 들어 허공을 보았다.

「곤충 사회에 대한 변호는 그 정도면 됐어요. 배심원들도 충분히 들으셨으니까 그 주제에 대해 나름대로의 의견을 갖게 되셨을 겁니다. 피고는 이제 앉아도 돼요. 다음 피고인으로 넘어갑시다.」

　판사는 고개를 잔뜩 숙이고 피고인 명단을 들여다보며 철자가 낯선 한국 이름을 띄엄띄엄 발음했다.

　호명을 받은 한국인이 가로대 앞으로 나갔다.

　「최지웅 씨, 피고는 컴퓨터 정보 통신망을 만들어서 이른바 〈개미 혁명〉의 반체제적인 이념을 도처에 퍼뜨린 혐의를 받고 있습니다.」

　한국인의 얼굴에 회심의 미소가 번졌다. 여자 배심원들이 각별한 관심을 드러냈다. 병가 중인 교사는 손톱을 요모조모 살피던 일을 중단했고, 지하철 검표원은 탁자를 토닥거리던 손장난을 멈추었다.

　「반체제적인 이념이라기보다는 되도록 널리 전파될 가치가 있는 좋은 생각입니다.」

　「그게 〈개미식〉 선전 활동이었나요?」

　「인간의 것과는 다른 새로운 사고방식에서 영감을 얻어 인간의 사고를 혁신하자는 것이 우리의 주장이었고, 우리의 정보망에 접속해 왔던 많은 이들이 그 주장에 공감했습니다.」

　검사가 다시 힘차게 소매를 돌리며 일어섰다.

　「배심원 여러분, 잘 들으셨지요? 피고는 우리 사회의 토대를 무너뜨리려고 했습니다. 그것도 기만적인 이념을 퍼뜨려서 말입니다. 개미 사회에서 무엇을 배울 수 있다는 것은 기만입니다. 개미 사회는 그저 카스트의 사회일 뿐입니다. 그렇지 않습니까? 개미들은 일개미나 병정개미, 또는 생식 개미로 태어나며 어떤 경우에도 자기들에게 주어진 숙명을 바꿀 수 없습니다. 그 사회에는 신분 상승도 없고 공로에 따른

승진도 없습니다. 한마디로 개미 사회는 세상에서 가장 불평등한 사회입니다.」

지웅은 그런 말이 나올 것을 예상했던 듯, 희색을 숨김없이 드러냈다.

「개미 사회에서는 어떤 개미든 자기가 생각하는 것이 있으면 주위의 모든 개미들에게 그 생각을 알립니다. 다른 개미들은 그 생각을 시험해 보고, 좋다고 판단되면 그것을 실천에 옮깁니다. 우리 사회에서는 만일 여러분의 학력이 보잘것없다든지 여러분의 나이가 일정한 나이에 도달하지 않았다면, 혹은 여러분이 유력한 사회 계층에 속해 있지 않다면, 아무도 여러분의 생각에 귀를 기울여 주지 않을 것입니다.」

재판장은 그 반항적인 젊은이들에게 연단을 제공하고 싶은 생각이 없었다. 배심원들과 방청객들은 지웅의 주장에 지나치다 싶게 관심을 보이고 있었다.

「다음 피고인, 프랑신 트네. 피고는 무슨 동기로 그 〈개미 혁명〉에 가담하게 되었지요?」

판사 앞에 선 금발의 젊은 여성은 주눅 들지 않으려고 애썼다. 법정에 서는 것은 콘서트 무대에 올라가는 것보다 훨씬 더 가슴 떨리는 일이었다. 그녀는 힘을 얻기 위해 쥘리 쪽을 힐끔 보았다.

「제 친구들과 마찬가지로……..」

「더 크게 말하세요, 배심원들이 들으실 수 있도록.」

프랑신은 헛기침으로 목을 가다듬었다.

「제 친구들과 마찬가지로, 저는 우리 상상력의 지평을 넓히기 위해서는 다른 사회의 예에서 배울 필요가 있다고 생각합니다. 개미들은 우리 세계를 이해하는 훌륭한 수단입니다.

개미들을 관찰하는 것은 곧 우리 사회의 축소판을 관찰하는 것입니다. 그들의 도시는 우리 도시와 비슷하고, 그들의 도로는 우리 도로와 닮았습니다. 그들은 우리로 하여금 사물을 보는 관점을 바꿀 수 있게 해줍니다. 단지 그것만으로도 개미 혁명의 이념은 제 마음에 들었습니다.」

검사는 자기의 서류 다발에서 종이 묶음을 꺼내더니, 자신 있게 들어 보이며 말했다.

「저는 피고들에 대한 신문(訊問)을 진행하기에 앞서 진짜 과학자들과 개미를 전공한 곤충학자들의 의견을 물어본 바 있습니다.」

검사는 자기가 많이 안다는 것을 뽐내 보이려는 듯 목에 힘을 주며 말을 이었다.

「배심원 여러분, 피고들은 계속 개미 사회를 찬양하고 있지만, 그 사회는 결코 조화롭거나 너그러운 사회가 아닙니다. 오히려 언제나 전쟁이 끊이지 않는 잔인하고 냉혹한 세계입니다. 1억 년 전부터 지구 곳곳으로 퍼져 나간 개미들은 사실상 모든 생태적 지위를 차지하고 있습니다. 그들이 차지하지 않은 곳은 남극해와 북극해의 빙산뿐입니다. 그런 점에서, 개미들이 지구의 주인이라고 말할 수 있을지도 모릅니다.」

변호인석에서 쥘리가 일어섰다.

「그렇다면, 검사님은 개미들에겐 이제 더 정복할 게 아무것도 없다는 것을 인정하시는 건가요?」

「물론이지요. 게다가, 만일 외계 생물이 갑자기 지구에 나타난다면, 인간을 만나기보다는 개미를 만나게 될 가능성이 더 많을 수도 있습니다.」

「그냥 만나는 정도가 아니라 개미를 지구 거주자들의 대표로 여기고 대화를 시도할지도 모르지요.」

방청석에서 웃음소리가 터져 나왔다.

재판장은 심리가 진행되는 품새가 영 마뜩잖았다. 공판이 시작되고부터 오로지 개미와 개미 사회와 관한 이야기뿐이었다. 그는 폭동과 공공 기물 파손 및 경찰관들의 사망과 같은 구체적인 공소 사실로 신문의 방향을 돌리고 싶었다. 그러나 검사는 우스꽝스러운 생각을 가진 젊은이들과 부질없는 입씨름을 하고 있었고, 배심원들은 그 기이한 토론을 재미있어하는 눈치였다. 게다가, 검사는 일부러 전문가들에게 물어 가며 참고 자료를 조사해 둔 게 분명했다. 그는 이제 자기의 새로 얻은 지식을 자랑해 보려는 참이었다.

「개미들은 도처에서 우리와 맞서 싸움을 벌이고 있습니다. 여기 이 자료들은 개미집들이 서로 결합하여 대규모의 군집을 이루어 가는 현상을 입증하는 것들입니다. 서기, 이 복사물을 배심원들과 기자들께 나눠 드리세요. 그 현상의 이유는 아직 밝혀지고 있지 않습니다만, 그 결합이 개미들의 영향력을 더욱 강화시키리라는 것은 분명합니다. 이제 개미들은 도처에 침투하고 있고, 개미집들은 독버섯처럼 퍼져 나가고 있습니다. 그들은 콘크리트 속을 파서 집을 만들기까지 합니다. 어느 부엌도 개미의 침입에서 벗어날 수 없습니다.」

쥘리는 발언권을 요청했다.

「우리의 부엌에 있는 것들은 땅에서 나온 것들입니다. 땅에서 난 것은 어느 누구의 것도 아닙니다. 땅이 자기의 산물을 개미가 아니라 인간에게 주었다고 단정할 이유는 전혀 없습니다.」

「피고들은 망상에 빠져 있습니다. 팽송 씨는 이제 동물들의 소유권까지 인정하려 하고 있습니다. 그런 식으로 가다 보면 식물이나 광물의 소유권까지 들먹일지 모르겠습니다…… 어쨌거나 개미들이 도처에 창궐하고 있습니다.」

검사가 그렇게 말해 놓고 잠시 뜸을 들이는 틈을 타서 쥘리가 반박에 나섰다.

「개미들의 도시는 우리의 경탄을 자아낼 만합니다. 교통 법규가 없어도 교통 체증이 없습니다. 각자 남을 의식하고 남을 되도록 방해하지 않는 삶에 적응되어 있기 때문입니다. 그것으로 문제가 해결되지 않겠다 싶으면 그들은 새로운 통로를 팝니다. 상부상조가 완전하게 이루어지기 때문에 그곳에는 사회 불안도 없고, 가난한 자가 없기 때문에 빈민가도 없습니다. 아무도 무엇을 소유하지 않고, 아무도 헐벗거나 굶주리지 않습니다. 사회 활동의 3분의 1을 청소와 쓰레기 처리에 할애하기 때문에 오염 문제가 없고, 여왕개미가 도시의 필요에 맞춰 산란의 양과 질을 조절하기 때문에 초과 인구의 문제도 없습니다.」

「하지만 그런 것들은 목적의식적인 행동의 결과가 아닙니다. 개미들은 그 무엇도 창조하거나 발명한 적이 없습니다. 서기, 기록하세요!」

「이야기가 나왔으니까 드리는 말씀입니다만, 서기께서 지금 종이에 뭔가를 기록하시고 계시는 것도 곤충들 덕분이라고 말할 수 있습니다. 그 종이를 발명한 것이 바로 곤충이기 때문입니다. 괜찮으시다면, 어째서 그런지를 간단히 설명해 보겠습니다. 종이는 서기 1세기에 중국에서 채륜이라는 관리가 발명한 것으로 알려져 있습니다. 그러나 그 착상은 말벌에서 나온 것입니다. 그는 어느 날 말벌들이 작은 나뭇조각을 씹고 거기에 침을 바르는 광경을 보았습니다. 그 말벌들의 행동을 모방한 결과가 종이로 나타난 것입니다.」

　재판장은 그런 식으로 공판을 계속 진행하고 싶은 생각이 추호도 없었다.

　「피고들의 개미가 우리의 경찰관 세 명을 살해했습니다. 이 재판의 초점은 바로 거기에 있다는 점을 기억해 주시기 바랍니다.」

　「재판장님, 분명히 말씀드리지만, 개미들은 경찰관들을 죽이지 않았습니다. 저는 피라미드 안의 통제 화면을 통해서 그 장면을 목격했습니다. 경찰관들은 우글거리는 개미 떼가 자기들 몸에 기어오르자 겁에 질려서 사망한 것입니다. 그들을 죽인 것은 개미가 아니라 그들의 상상력입니다.」

　「피고는 사람을 개미들로 뒤덮어 버리는 것이 잔인하다고 생각하지 않습니까?」

　「잔인성은 인간의 한 특성입니다. 인간은 아무 까닭 없이, 단지 남이 괴로워하는 모습을 즐기기 위해서 남에게 고통을 주는 유일한 동물입니다.」

　배심원들은 그 말에 동의하고 있었다. 그들 역시 개미들이 살생을 하는 것은 즐거움을 위해서가 아니라 필요 때문이라는 것을 막연하게나마 느끼고 있었다. 그럼에도 그들은 그런 기색을 드러내지 않으려고 애썼다. 배심원들은 자기들의 인상을 절대로 내비치면 안 된다는 것이 판사가 주지시킨 철칙이었다. 불필요한 말을 한다든가, 찬성이나 야유의 뜻을 표시하다가는 자칫 공판이 취소될 염려가 있었다. 그래서 그들은 무표정한 얼굴을 유지하려고 애를 쓰고 있는 중이었다.

재판장은 조는 기미를 보이는 두 배석 판사를 팔꿈치로 깨우고, 그들과 잠시 이야기를 나눴다. 그러고는 막시밀리앵 리나르 경정을 증언대로 불러냈다.

「리나르 경정, 증인은 퐁텐블로 고등학교의 농성을 진압하고 피라미드 안에 숨어 있는 피고들을 체포할 때 현장에서 경찰 병력을 지휘했지요?」

「네, 재판장님.」

「증인은 세 경찰관이 사망할 때 현장에 있었습니다. 그때의 상황을 설명할 수 있겠습니까?」

「공격적인 개미 떼가 우리 경찰관들을 덮쳤습니다. 경찰관들을 살해한 것은 바로 그 개미들입니다. 그 사건과 관련된 피고인들은 많습니다. 그런데 관련자들이 모두 피고인석에 나와 있지 않은 게 유감입니다.」

「증인은 나르시스 아르포를 생각하고 있는 모양인데, 그 젊은이는 불쌍하게도 아직 병원에 있습니다.」

　경정의 표정이 이상했다.

「아닙니다. 저는 진짜 살인자들을 염두에 두고 있습니다. 스스로 혁명이라고 주장한 그 폭거의 진짜 공모자들 말입니다. 제가 생각하고 있는 것은 바로…… 개미들입니다.」

　방청석이 술렁거렸다. 재판장은 눈살을 찌푸리며 다시 상아 망치를 사용해서 웅성거림을 가라앉혔다.

「증인이 생각하는 바를 설명해 주겠어요?」

「피라미드의 은둔자들이 항복하고 난 뒤, 우리는 현장에 있던 개미들을 몇 개의 봉투에 가득 담아 왔습니다. 경찰관들을 죽인 바로 그 개미들입니다. 그들 역시 이 법정에 출두하여 심판을 받는 게 마땅할 듯합니다.」

두 배석 판사가 뭔가를 의논하고 있었다. 그들은 사법 절차와 판례의 문제와 관련해서 서로 의견이 다른 것 같았다. 재판장은 몸을 앞으로 숙이며 나직하게 물었다.

「그 개미들을 아직 붙잡아 두고 있습니까?」

「물론입니다, 재판장님.」

「하지만 우리 나라의 법률이 동물에게도 적용됩니까?」

경정은 쥘리를 마주 보며 이런 말로 쥘리의 반문을 무색하게 만들었다.

「동물 재판의 아주 구체적인 사례들이 있습니다. 재판부가 혹시 그 문제에 관해 의구심을 가질까 싶어서 제가 그 소송 기록들을 가져왔습니다.」

그는 재판장의 탁자 위에 묵직한 서류 다발을 내려놓았다. 판사들은 그 서류를 검토하면서 한참 동안 서로 의견을 나눴다. 이윽고 재판장의 상아 망치 소리가 울렸다.

「휴정하겠습니다. 리나르 경정의 요청을 받아들이기로 했습니다. 내일 개미들을 출두시켜 공판을 속개하겠습니다.」

217. 백과사전

동물 재판

예로부터 사람들은 동물을 사람의 법으로 심판할 수 있다고 생각해 왔다.

프랑스에서는 10세기부터 여러 가지 구실을 내세우며 당나귀나 말이나 돼지 따위를 고문하고 교살하고 파문하였다. 1120년, 랑의 주교와 발랑스의 부주교는 농작물에 막대한 피해를 입힌 나방의 애벌레들과 들쥐들을 파문하였다. 사비니라는 한 기초 행정구의 고문서 중에는 한 암퇘지에 대한 재판 기록이 들어 있다. 그 암퇘지는 다섯 살 난 아이를 잡아먹은 혐의로 재판을 받았다. 증거는 충분했다. 그 암퇘지가 새끼 여섯 마리와 함께 주둥이에 피 칠갑을 한 채 범죄 현장에서 발견되었기 때문이다. 그 돼지들은 정말로 아이를 잡아먹었을까? 재판을 통해 사형이 확정된 어미는 공공장소에서 뒷다리로 매달린 채 죽음을 맞았다. 한편, 새끼 돼지들은 한 농부에게 맡겨져 보호와 감시를 받게 되었다. 그 새끼 돼지들은 공격적인 행동을 보이지 않았기 때문에, 죄를 용서받고 계속 자라는 것이 허용되었으며, 결국 어미 돼지가 되어서야 사람들에게 고기를 제공하기 위해 〈정상적으로〉 도살되었다.

1474년, 스위스의 바젤에서는 한 암탉에 대한 재판이 열렸다. 그 암탉은 노른자위가 없는 알을 낳은 것 때문에 마귀가 씌었다는 혐의를 받았다. 암탉의 변호인은 고의적인 행위가 아니었음을 들어 무죄를 주장했다. 그 변호의 보람도 없이 암탉은 화형을 당하고 말았다. 1710년이 되어서야, 한 연구자가 노른자 없는 알을 낳는 것은 어떤 병의 결과임을 알아냈다. 그러나 소송 당사자들이 이미 오래전에 사라진 뒤라, 그 사건에 대한 재심은 이루어지지 않았다.

이탈리아에서는 1519년에 한 농부가 농작물에 피해를 입힌 두더지 떼를 상대로 소송을 제기하였다. 두더지들의 변호인은 언변이 아주 뛰어난 사람이었다. 그는 그 두더지들이 너무 어려서 책임이 없다고 주장하는 한편, 두더지는 농작물을 해치는 곤충들을 잡아먹기 때문에 농부에게 유익하다고 강변하였다. 결국 두더지들에게 내려졌던 사형 선고는 소송인의 밭에서 영원히 추방되는 것으로 감형되었다.

영국에서는 1662년에 제임스 포터라는 사람이 자기 가축을 상대로 여러 차례 수간(獸姦)을 행한 죄로 참수형에 처해졌다. 그런데, 그 사건을 재판한 판사들은 그의 피해자들까지 공범으로 간주하고, 암소 한 마리

와 암퇘지 두 마리, 암송아지 두 마리, 암양 세 마리에게도 똑같은 형벌
을 내렸다.

끝으로, 1924년 미국 펜실베이니아주에서는 펩이라는 이름의 래브라
도리트리버가 주지사의 고양이를 물어 죽였다는 이유로 무기 징역의
판결을 받았다. 그 개는 한 교도소에 수감되어 6년 후에 늙어 죽었다.

에드몽 웰스, 『상대적이며 절대적인 지식의 백과사전』 제3권

218. 변증의 시간

2차 공판이 열렸다. 경찰관들은 피고인들 앞에 개미들이
들어 있는 어항을 내려놓았다. 1백여 마리는 족히 될 법한 그
개미들은 이제부터 그들의 공동 피고였다.

배심원들은 한 사람씩 나와서 투광기 불빛을 받고 있는 그
어항을 살펴보았다. 그들은 개미 먹이로 넣어 놓은 썩은 사
과에서 풍기는 냄새가 개미들 본래의 냄새인 줄로 여기고 코
를 찡그렸다.

「저는 여기 있는 이 모든 개미들이 우리 경찰관들을 공격
하는 데에 가담했다는 것을 분명히 말씀드릴 수 있습니다.」

막시밀리앵 리나르 경정은 재판부가 자기 요청을 받아 준
것에 대단히 만족해하면서 그렇게 단언했다.

쥘리가 일어섰다. 그녀는 이제 변호인 역할을 수행하는
것에 제법 여유가 생겨서, 상황이 요구한다 싶을 때마다 발
언에 나서고 있었다.

「이 개미들에겐 공기가 부족합니다. 유리에 김이 서린 것
을 보면 개미들이 호흡에 어려움을 느끼고 있다는 것을 알
수 있습니다. 이 심리가 끝나기도 전에 개미들이 죽는 것을

원치 않으시다면, 플라스틱 뚜껑에 구멍을 더 많이 뚫어야 합니다.」

「그러면 개미들이 달아날 염려가 있습니다.」

막시밀리앵이 소리쳤다. 보아하니, 그는 개미들을 잡아 두었다가 법정까지 가지고 오는 동안 애깨나 먹은 모양이 었다.

판사가 엄숙하게 선언했다.

「법정에 소환된 모든 사람들의 건강과 안전을 돌보는 것은 재판부의 의무에 해당합니다. 저 개미들에 대해서도 그의무는 마찬가지로 적용됩니다.」

판사는 정리에게 어항 뚜껑에 구멍을 더 뚫으라고 지시했다. 정리는 플렉시 글라스에 구멍을 뚫기 위한 도구로 바늘과 집게와 라이터를 들고 왔다. 그는 바늘을 벌겋게 되도록 달군 다음 어항 뚜껑에 꽂았다. 합성수지 타는 냄새가 법정 안에 퍼져 나갔다.

쥘리는 변론을 계속했다.

「많은 이들이 개미들은 고통을 느끼지 않는다고 생각합니다. 개미들은 고통을 가해도 울부짖지 않기 때문입니다. 그러나 그것은 잘못된 생각입니다. 그것 역시 우리의 인간 중심주의에서 비롯된 단견입니다. 개미들에게도 신경 조직이 있습니다. 따라서 그들도 우리처럼 고통을 느낍니다. 우리는 아프다고 소리치는 자들에 대해서만 연민을 느끼는 버릇이 있습니다. 그래서 물고기나 개미처럼 소리로 의사소통을 하지 않는 동물들은 우리의 동정을 받지 못합니다.」

검사는 쥘리가 어떻게 군중을 선동할 수 있었는지를 깨달았다. 그녀의 웅변과 열정은 아주 강한 호소력을 지니고 있었다. 그러나 그는 배심원들에게 그녀의 말은 이른바 〈개미 혁명〉을 위한 선전 선동에 지나지 않으니, 그것을 고려에 넣지 말라고 부탁했다.

방청석에서 약간의 항의가 일자, 재판장은 정숙을 요구하면서 증인으로 나온 막시밀리앵 리나르에게 다시 발언의 기회를 주려고 했다. 그러나 쥘리는 고분고분 물러서지 않았다.

「개미들도 말을 할 수 있고, 스스로를 변호할 수 있습니다. 그들을 피고로 만들어 놓고 발언의 기회를 주지 않는 것은 온당치 않습니다.」

검사는 비웃었고, 판사는 보충 설명을 요구했다.

쥘리는 로제타석이 존재한다는 사실을 밝히고, 사용법을 설명하였다. 막시밀리앵은 쥘리의 설명과 일치하는 기계 장치를 피라미드 안에서 압수해 왔음을 인정했다. 재판장은 기계를 가져오라고 명령했다. 공판이 다시 중단되었다. 그동안에 아서가 기자들의 플래시가 터지는 속에서 질량 분량기와 크로마토그래프를 비롯해서 컴퓨터와 대롱, 갖가지 냄새의 농축물이 들어 있는 플라스크 등 장비 일습을 법정 한가운데에 설치하였다.

쥘리는 노인을 도와 마지막 조정 작업을 실시했다. 학교에서 농성을 하는 동안 나름대로 로제타석을 만들어 보려고 애쓴 덕택에, 그녀는 조수 노릇을 훌륭하게 수행하고 있었다.

모든 것이 준비되었다. 재판부는 물론이고 배심원들과 기자들 및 경찰관들까지도 아주 강한 호기심을 느끼면서 그 기계 장치가 정말로 작동하는지, 인간과 개미 사이에 정말로 대화가 이루어지는지를 보고 싶어 했다.

　재판장은 개미들에 대한 첫 신문을 시작하자고 했다. 아서는 법정 안의 조명을 약하게 하고 자기 기계에 불빛을 비추게 했다. 새로운 국면을 맞은 그 재판에서 돌연 그의 기계가 스타로 부상하였다.

　정리는 손길 닿는 대로 어항에서 개미 한 마리를 집어냈다. 아서는 그 개미를 시험관에 내려놓은 다음 거기에 인조 더듬이를 넣었다. 그는 몇 가지 조절 장치를 다시 돌리고 나서 조정이 끝났다는 신호를 보냈다.

　지직거리는 소리와 함께 이내 합성 음성이 울렸다. 마치 개미가 말을 하는 것 같았다.

　《개미 살려!》

　아서는 다시 조정을 가했다.

　《개미 살려! 여기서 꺼내 줘! 숨을 못 쉬겠어!》

　쥘리는 개미 옆에 빵 조각을 놓았다. 개미는 겁에 질려 있으면서도 아주 열심히 빵 조각을 갉아 먹었다. 아서는 메시지를 보내 개미가 질문에 대답할 준비가 되어 있는지를 물었다.

　《무슨 일이지?》

　「소송이 벌어지고 있어.」

　《소송이 뭔데?》

　「재판이야.」

　《재판이 뭔데?》

　「누가 옳고 그른지를 가리는 일이야.」

　《옳고 그른 게 뭔데?》

　「옳은 건 바르게 행동하는 거고, 그른 건 그 반대야.」

《바르게 행동하는 게 뭔데?》

아서가 한숨을 내쉬었다. 익히 경험한 바이지만, 개미들과 대화를 하자면 단어들을 끊임없이 다시 정의하지 않으면 안 되었다.

쥘리가 재판부를 향해 말했다.

「문제는 개미들에게 도덕의식이 없다는 점에 있습니다. 개미들은 선과 악을 구별하지 않으며 정의가 무엇인지도 모릅니다. 그런 점에서 개미들은 스스로의 행위에 대해 책임이 있는 것으로 볼 수 없습니다. 따라서 이 개미들이 자연 속으로 돌아갈 수 있도록 풀어 주어야 합니다.」

판사와 배석 판사들 사이에 귀엣말이 오고 갔다. 동물의 책임성이라는 문제를 놓고 의견을 나누고 있는 거였다. 그들은 개미들을 숲으로 돌려보내어 그 성가신 것들에서 벗어나고 싶은 생각이 없지 않았다. 그러나 한편으로 생각해 보면, 개미들을 그냥 풀어 주기가 아쉽기도 했다. 개미들 덕택에 따분한 일상에서 벗어나 참으로 오랜만에 신선한 재미를 느끼고 있는 데다, 기자들이 퐁텐블로 법원에서 벌어지는 재판에 관심을 보이는 것은 드문 일이기 때문이었다. 이번만은 그들의 이름이 언론에 오르내릴 것이 확실한 상황이었다.

검사가 일어섰다.

「모든 동물들이 피고가 주장하는 것만큼 비도덕적인 것은 아닙니다. 예를 들어, 잘 알려진 대로 사자들에게는 하나의 금기가 있습니다. 원숭이를 잡아먹지 않는 것이 그것입니다. 원숭이를 잡아먹은 사자는 무리에서 쫓겨납니다. 〈사자들의 도덕〉이 존재하지 않고서야 어떻게 그 행동을 설명할 수 있겠습니까?」

막시밀리앵은 자기가 관찰했던 동물들의 행동을 떠올렸다. 그는 자기 수족관에서 새끼들을 잡아먹는 어미 열대어를 보았고, 제 어미와 흘레질하려는 개들을 본 적도 있었다. 제 종족을 잡아먹고 제 살붙이와 흘레붙고 제 새끼를 죽이는 게 동물이었다. 〈이번엔 쥘리 말이 옳고 검사 말이 틀렸어. 동물의 세계에는 도덕이 없어. 동물들은 도덕적이지도 비도덕이지도 않아. 그들은 무도덕적이야. 그들은 나쁜 짓을 하고 있으면서도 그것을 느끼지 못해. 그러니 인간에게 죽음을 당하는 게 마땅하지〉라고 그는 생각했다.

로제타석이 다시 지직 소리를 내기 시작했다.

《개미 살려!》

검사가 시험관 쪽으로 다가갔다. 개미는 그 실루엣을 지각했는지, 즉시 이런 페로몬을 발했다.

《개미 살려! 누구든 여기서 날 꺼내 줘요! 여기는 손가락들이 자주 나타나는 곳이에요!》

방청객들이 웃음을 터뜨렸다.

막시밀리앵은 안달이 났다. 재판이 하나의 서커스로 변해 가고 있었다. 그 서커스의 구경거리 가운데 가장 가관인 것은 벼룩 조련사의 공연을 방불케 하는 그 대화 놀음이었다. 인간 사회에 개미식 사회 체제를 적용하려는 기도의 위험성을 밝혀내기는커녕 사람들은 개미들에게 말을 시키는 기계를 가지고 장난을 치고 있었다.

쥘리는 그 분위기를 놓치지 않고 다시 촉구하였다.

「개미들을 풀어 주십시오. 풀어 주지 않으시려거든 차라리 죽여 버리십시오. 그 어항에서 개미들이 고통받도록 내버려 둘 수는 없습니다.」

재판장은 어떤 경우에든 피고들이 자기에게 명령조로 말하는 것을 좋아하지 않았다. 설령 그 피고인이 변호인 역할을 맡고 있다 해도 사정은 마찬가지였다. 한편, 검사는 모두를 놀랠 만한 비장의 무기 하나를 꺼낼 때가 되었다고 생각했다. 개미들을 기소하겠다는 생각을 먼저 해내지 못하고 막시밀리앵에게 선수를 빼앗긴 것 때문에 그는 은근히 화가 나 있던 터였다. 로제타석 가까이에 서서 그는 이렇게 소리쳤다.

「이 개미들은 사실 단순 가담자들에 지나지 않습니다. 진짜 범인에게 벌을 내리고자 한다면, 우두머리를 처단해야 하고, 따라서 여왕개미 103호를 심판해야 합니다.」

피고인들은 모두 깜짝 놀랐다. 검사는 103호의 존재를 알고 있었고, 피라미드를 방어하는 데에 103호가 어떤 역할을 했다고 믿고 있었다.

재판장은 서로 무슨 말인지 알아듣지도 못한 채 시간만 낭비할 거라면 개미들과 대화하는 것을 당장 그만두는 게 낫겠다는 뜻을 표명했다. 그러자 검사는 두툼한 책 한 권을 들어 보이며 판사를 설득했다.

「그 여왕개미 103호는 우리의 언어를 제법 이해하고 말할 줄 아는 게 확실합니다.」

검사가 들고 있는 책은『상대적이며 절대적인 지식의 백과사전』제2권이었다.

「이『백과사전』의 뒷부분은 백지로 남아 있었는데, 거기에 아서 라미레가 매일의 일지를 작성해 놓았습니다. 이 일지는 예심 판사가 요청한 2차 수색 때에 찾아낸 것인데, 이것을 통해 우리는 피라미드 은둔자들의 삶과 103호라는 개미에 대해서 알게 되었습니다. 103호는 우리 세계와 우리 문화에 친숙해진 아주 특별한 개미입니다. 그 개미라면 우리가 단어들을 일일이 설명해 주지 않아도 우리와 대화를 할 수 있을 것입니다.」

막시밀리앵은 자기 자리에서 후회를 곱씹고 있었다. 1차 수색 때 그는 그토록 많은 보물을 압수하면서도, 정작 서랍 속에 있던 책들에는 별로 신경을 쓰지 않았다. 그저 기계 설비와 관련된 단순한 수학 계산이나 화학식이 들어 있는 책들로만 여겼기 때문이었다. 결국, 그는 경찰 학교에서 자기 자신이 가르친 주요한 원칙 가운데 하나, 즉 자기 주위에 있는 것을 관찰할 때는 모든 것에 대해 똑같은 객관성을 견지해야 한다는 사실을 망각한 것이었다.

이제 검사는 그보다 더 많은 것을 알고 있는 셈이었다.

판사는 검사가 귀를 접어 놓은 페이지를 펼쳐서 큰 소리로 읽었다.

「〈오늘 103호가 도착했다. 우리를 도와주기라도 하려는 듯 거대한 군단을 이끌고 왔다. 인간 세계에 관한 자기 경험을 전수하기 위해서는 자기 수명을 연장시키는 것이 불가피했기 때문에, 103호는 성을 획득하였고 이제 여왕개미가 되어 있다. 기나긴 여행에서 온갖 고초를 다 겪었을 텐데도, 103호의 상태는 좋아 보인다. 예전에 우리가 찍어 놓은 노란 점은 이마에 그대로 남아 있다. 우리는 로제타석을 매개로 이야기를 나누었다. 103호는 정말이지 가장 탁월한 능력을 지닌 개미다. 그는 수백만의 개미들을 설득해서 자기를 따라 우리를 만나러 오게 했다.〉」

법정 여기저기에서 수군수군하는 소리가 들렸다.

재판장은 속으로 쾌재를 불렀다. 말하는 개미들이 피고로 등장한 이 사건은 하나의 판례로 남을 것이고, 그 덕분에 그는 동물을 연루시킨 최초의 현대적인 재판을 주재한 판사로 법조계의 기록에 영원히 남게 될 것이 분명했다.

그는 종잇장에 무언가를 끼적거리며 단호한 어조로 말했다.

「구인장을 발부하겠어요. 뭐냐, 그…….」

판사는 개미 이름이 생각나지 않아 더듬거렸다. 검사가 얼른 귀띔해 주었다.

「103호입니다.」

「아, 그렇지! 자, 여기 여왕개미 103호에 대한 구인장이 있어요. 경찰이 책임지고 그 개미를 이 법정에 끌어오도록 하세요.」

한 배석 판사가 의문을 제기했다.

「하지만, 그 개미를 체포할 수가 있겠습니까? 숲에서 개미 한 마리를 찾아내라니요! 그건 건초 더미에서 바늘을 찾는 거나 진배없습니다.」

막시밀리앵이 일어섰다.

「저에게 맡겨 주십시오. 제게 생각이 있습니다.」

재판장은 한숨을 쉬며 머리를 가로저었다.

「아니에요. 배석 판사의 말이 옳을지도 모르겠어요. 그건 건초 더미에서 바늘 찾기예요.」

「문제는 방법입니다. 건초 더미에서 바늘을 찾아내는 방법이 무엇인지 아십니까? 간단합니다. 건초 더미에 불을 지른 다음, 타고 남은 재 속에 자석을 들이밀면 됩니다.」

219. 백과사전

타인의 영향: 애시 교수의 실험

1961년에 미국의 애시라는 교수는 어떤 실험을 위해 자기 방에 일곱 사람을 모았다. 그는 방에 모인 사람들에게 자기가 그들을 상대로 지각에 관한 실험을 할 거라고 알려 주었다. 그런데 그 일곱 명 중에서 진짜 실험 대상이 되고 있는 사람은 한 사람뿐이었고, 나머지 여섯 명은 돈을 받고 교수를 도와주는 사람이었다. 그 보조자들의 역할은 진짜 피실험자가 실수를 하도록 유도하는 것이었다.

그 실험이 이루어지는 방식은 이러했다. 피실험자가 마주 보고 있는 벽에 직선 두 개를 그려 놓는다. 직선 하나는 길이가 25센티미터, 다른 하나는 30센티미터이다. 두 직선은 나란하기 때문에 30센티미터짜리가 더 길다는 것은 누가 보아도 명백하다. 애시 교수는 방에 모인 사람들 하나하나에게 어느 직선이 더 긴가 하고 묻는다. 여섯 명의 보조자들은 한결같이 25센티미터짜리가 더 길다고 대답한다. 그러고 나서 마지막으로 진짜 피실험자에게 묻는다.

그런 식으로 실험을 한 결과, 진짜 피실험자들 중에서 25센티미터짜리의 직선이 더 길다고 응답하는 경우가 60퍼센트에 달하였다. 또, 30센티미터짜리가 더 길다고 응답한 사람들도, 여섯 보조자들이 비웃으며 놀려 대면, 그중의 30퍼센트는 다수의 기세에 눌려 처음의 응답을 번복하였다.

애시 교수는 대학생과 교수 1백여 명을 상대로 같은 실험을 했다. 남의 말을 쉽게 믿지 않을 것으로 생각되는 사람들을 실험 대상으로 삼아 본 거였다. 그 결과는 그들 중의 90퍼센트가 25센티미터짜리 직선이 더 길다고 응답하는 것으로 나타났다.

25센티미터짜리가 더 길다고 대답하는 사람들에게 생각을 바꿀 기회를 주느라고 애시 교수가 같은 질문을 여러 차례 되풀이하면, 많은 사람들은 뻔한 걸 왜 자꾸 묻는지 모르겠다는 듯한 기색을 보이며 자기 응답을 고수하였다.

가장 놀라운 것은 피실험자들에게 그 실험의 의도가 무엇이었는지를 밝히면서 다른 여섯 명은 교수와 미리 짜고 실험에 참여했다는 사실을 피실험자들에게 알려 주어도, 그들 중의 10퍼센트는 여전히 25센티미터짜리 직선이 더 길다고 고집을 부린다는 거였다. 또 어쩔 수 없이 자기들의 실수를 받아들인 사람들도 남들이 다 그러기에 자기도 따라 했다는 것을 순순히 인정하기보다는, 자기들의 시력이나 관찰 각도를 문제 삼으면서 갖가지 변명을 늘어놓더라는 것이다.

에드몽 웰스, 『상대적이며 절대적인 지식의 백과사전』 제3권

220. 고집

막시밀리앵은 피라미드가 있는 사건 현장으로 돌아갔다. 그의 오감은 극도로 예민해져 있었다. 나무딸기 덤불로 둘러싸인 분지로 내려가자, 땅굴로 통하는 협곡이 이내 눈에 띄었다. 그는 협곡을 내려가 손전등을 입에 물고 땅굴 속으로 들어갔다. 엉금엉금 기면서 한참을 나아가니 피라미드 입구의 금속문이 나타났다.

성냥개비 여섯 개로 정삼각형 여덟 개를 만드는 수수께끼가 새겨져 있고 그 밑에 글자판이 박혀 있는 디지털 암호 장치는 그대로 있었지만, 이제 그것은 쓸모가 없었다. 도망자들을 체포하고 난 뒤에, 그의 부하들이 산소 아세틸렌 불꽃을 사용해서 암호에 상관없이 문을 열어 버렸기 때문이었다.

그 1차 수색 때, 경찰관들은 기계들을 모두 가져갔다. 그들

은 무거운 설비들을 운반하느라고 진이 빠져서 현장 조사를 더 진척시키지 않았다. 예심 판사가 요청한 2차 수색 때 검사는 두 번째 수확을 올렸다. 그럼에도 현장에는 아직 많은 물건들이 굴러다니고 있었다.

막시밀리앵은 피라미드 안에 아직 비밀이 남아 있을 것으로 확신했다. 그 비밀을 찾아내는 데에 실패할 경우 불도저와 폭파 전담 요원들을 불러서 그 건물을 완전히 가루로 만들어 버릴 생각이었다. 그는 휑뎅그렁한 피라미드 안을 손전등으로 이리저리 비추었다.

보고 듣고 느끼고 생각하면서, 그는 피라미드 안을 이리저리 돌아다녔다. 문득, 그가 가장 신뢰하는 감각인 시각이 어떤 움직임을 감지했다. 로제타석으로 개미들과 대화를 할 때 사용하던 투명한 통의 한 모퉁이에서 개미 한 마리가 움직이고 있었다. 개미는 그 통과 연결된 투명한 플라스틱 대롱 속으로 들어갔다. 그 대롱은 땅속에 박혀 있었다.

막시밀리앵은 그 개미를 추적했다. 개미는 늑대를 양 떼 속으로 데려가는지도 모른 채, 자꾸 아래로 내려갔다. 개미는 너무나 큰 적이 그토록 가까이 있기 때문에 적의 존재를 전혀 눈치채지 못하고 있었다. 더구나 대롱 속에 들어 있는 상황에서는 엄청난 위험을 몰고 올 손가락이 가까이 있어도 그 냄새를 느낄 수 없었다.

막시밀리앵은 주머니칼을 꺼내어 플라스틱 대롱을 바닥과 거의 수평이 되게 잘라 버렸다. 그런 다음, 구멍 속을 들여다보기도 하고 가장자리에 귀를 대보기도 했다. 희미한 불빛이 보이고 무슨 소리가 들렸다. 저 아래로 어떻게 내려가지? 그 두꺼운 바닥을 무너뜨리자면 다이너마이트가 필요할 듯했다.

그는 흥분을 느끼며 방 안을 돌아다녔다. 비밀이 폭로될 순간이 다가오고 있었다. 해결해야 할 문제가 하나 남아 있긴 했다. 그러나 수수께끼가 있으면 그 해답도 반드시 있게 마련이었다.

그는 위층으로 올라가서 물건들을 하나하나 살펴보다가, 욕실로 들어가 시원한 물로 얼굴을 적셨다. 그는 거울을 가만히 들여다보았다. 문득 눈길이 아래로 쏠리고, 세모진 비누가 눈에 띄었다.

거울……

바라보라, 살펴보라, 귀를 기울여라, 온몸으로 느껴라……. 그리고 생각하라.

불현듯 뇌리를 스치는 말이 있었다. 〈무엇에 비추어…… 생각하라.〉 그건 바로 텔레비전 퀴즈 쇼에 나온 수수께끼의 힌트였다.

막시밀리앵은 텅 빈 피라미드 안에서 혼자 웃음을 터뜨렸다.

해답은 아주 분명했다!

성냥개비 여섯 개를 가지고 크기가 똑같은 정삼각형 여덟 개를 만드는 방법은 무엇인가? 피라미드, 아니 더 정확히 말해서 세모뿔을 거울 위에 놓기만 하면 된다.

그는 성냥갑에서 성냥개비 여섯 개를 꺼낸 다음, 세모뿔을 만들어 거울에 올려놓았다.

거꾸로 선 모양이 하나 더 생기면서 원래의 세모뿔은 마름모꼴의 입체가 되었다.

막시밀리앵은 〈알쏭알쏭 함정 퀴즈〉의 수수께끼들이 어

떤 식으로 발전해 왔는지를 돌이켜보았다. 첫 번째 수수께끼는 성냥개비 여섯 개로 정삼각형 네 개를 만들라는 것이었다. 거기에서 피라미드가 만들어졌다. 그것은 입체의 발견을 의미하는 첫 단계였다.

두 번째 수수께끼는 성냥개비 여섯 개로 정삼각형 여섯 개를 만들라는 것이었고, 바로 선 삼각형과 거꾸로 선 삼각형의 결합이 그 해답이었다. 그것은 보완 관계에 있는 두 요소의 융합을 의미하는 두 번째 단계였다.

세 번째 수수께끼는 성냥개비 여섯 개로 정삼각형 여덟 개를 만들라는 것이었다. 바로 선 삼각형을 거꾸로 선 삼각형과 융합한다는 생각을 발전시키면 세 번째 단계로 나아갈 수 있었다. 즉, 피라미드를 거울에 올려놓음으로써 거꾸로 선 피라미드를 하나 더 만들어 내면 그만이었다.

삼각형의 발전, 그건 곧 사고방식이 새로운 차원으로 발전해 가는 것을 의미했다.

막시밀리앵이 봉착해 있는 문제의 해결책은 바로 새로운 차원의 발견에 있었다. 그는 자기가 들어 있는 피라미드 아래에 거꾸로 선 피라미드가 있으리라고 확신했다.

그는 황급히 바닥에 깔린 카펫을 걷어 내고 마침내 강철로 된 뚜껑 문을 찾아냈다. 손잡이를 잡아당기자 계단이 나타났다.

그는 더 이상 쓸모가 없어진 손전등을 껐다. 아래쪽은 아주 환했다.

221. 백과사전

거울의 단계

아기는 첫돌 무렵에 거울의 단계라는 이상한 시기를 경험한다.

그 무렵까지 아기는 어머니와 자기 자신, 가슴, 젖병, 빛, 아버지, 자기 손, 장난감 등 세상의 모든 사람과 사물이 일체를 이루는 것으로 믿고 있다. 아기가 보기에는 큰 것과 작은 것, 앞의 것과 뒤의 것 사이에 아무런 차이가 없다. 모든 것이 하나로 되어 있고 세계와 자아가 전혀 분리되어 있지 않다.

그러다가 갑자기 거울의 단계가 찾아온다. 첫돌 무렵이 되면, 아기는 따로 서기를 하기 시작하고, 죄암질이 능숙해지며, 생리적인 욕구를 조금씩 억제할 수 있게 된다. 그 시기에 아기는 거울을 보면서 자기가 존재한다는 것과 자기 주위에 다른 사람들과 세계가 있다는 것을 알게 된다. 아기는 스스로를 알아보고 스스로에 대한 이미지를 형성한다. 그 이미지는 좋은 것일 수도 있고 나쁜 것일 수도 있다. 아기는 거울에 비친 자기를 쓰다듬으며 입을 맞추고 목젖이 보이도록 웃을 때도 있지만, 스스로에게 얼굴을 찡그려 보이기도 한다.

대개의 경우 아기는 스스로의 이미지를 흡족하게 여기면서 자기애에 빠진다. 거울은 아기의 상상력을 자극하며, 아기는 상상 속에서 자기를 어떤 영웅과 동일시한다. 이제부터의 삶은 끊임없는 욕구 불만과 좌절의 원천이지만, 아기는 그 상상력 덕분에 삶의 어려움을 견뎌 나간다.

거울이나 물속에 비친 자기 모습을 발견하지 못하는 경우에도 아기는 그 단계를 경험한다. 스스로에 대한 이미지를 형성하고 세계와 자아를 구별할 수 있게 해주는 수단을 어떤 식으로든 찾아내기 때문이다.

고양이들은 거울의 단계를 경험하지 않는다. 그래서 그들은 거울을 보면 다른 고양이가 있는 줄로 여기고 자꾸 뒤로 가서 그 고양이를 붙잡으려고 한다. 고양이들의 그런 행동은 나이를 먹어도 달라지지 않는다.

에드몽 웰스, 『상대적이며 절대적인 지식의 백과사전』 제3권

222. 미르메코폴리스의 비극

참으로 놀라운 광경이었다!

처음에 막시밀리앵은 전기 기차를 갖고 싶어 했던 자기의 어린 시절 꿈이 실현된 것으로 생각했다. 자기가 꿈꾸던 환상적인 모형 도시가 거기에 펼쳐져 있기 때문이었다.

알고 보니, 위쪽 피라미드는 아서를 비롯한 은둔자들의 공간이었다. 아래쪽은 개미들의 도시였다. 건물의 반은 개미들처럼 사는 사람들을 위한 것이었고, 나머지 반은 사람들처럼 사는 개미들을 위한 것이었다. 그 두 공간은 대롱 통로와 메시지를 전달하고 전선으로 연결되어 있었다.

막시밀리앵은 소인국에 온 걸리버처럼 몸을 숙이고 작은 도시를 내려다보았다. 그는 도로 위로 손가락을 이리저리 움직여 보다가 정원에 들어가 멈췄다. 개미들은 불안을 느끼지는 것 같지 않았다. 아마도 아서와 그 공범들의 빈번한 방문에 길들여진 모양이었다.

그 모형 도시는 그야말로 미니어처의 걸작이었다. 가로등이 환하게 켜진 거리와 자동차 도로와 집이 있다. 왼쪽의 장미밭에서는 진딧물 떼가 수액을 빨고 있고, 오른쪽 공업 지대의 공장들에서는 연기가 모락모락 피어오른다. 도심에는 아름다운 건물들이 즐비하고 건물들 사이의 보도에서는 주민들이 평화롭게 오간다.

간선 도로의 초입에 세워진 〈미르메코폴리스〉라는 표지

판은 그곳이 바로 개미들의 도시임을 알려 주고 있다.

도로에는 자동차들이 달리고 있다. 자동차의 핸들은 배의 방향을 조종하는 키처럼 생겼다. 개미들이 발톱으로 다루기에는 그것이 더 편리해 보인다.

도시 곳곳에서 공사가 한창이다. 개미들은 작은 증기 불도저를 가지고 새로운 건물들을 짓고 있다. 건물의 지붕은 모두 둥근 모양이다. 그것은 아마도 본능적인 선택이었을 것이다.

고가 전철과 경기장도 보인다. 한 경기장에 개미들이 많이 모여 있다. 두 팀으로 나뉘어 밀고 당기는 품새가 미식축구와 비슷한데, 공이 보이지 않는 점으로 미루어 아마도 패싸움을 벌이고 있는 것 같다.

막시밀리앵은 어안이 벙벙했다.

미르메코폴리스.

그것이 바로 피라미드 안에 감추어진 큰 비밀이었다. 아서와 그 공범들의 도움을 받아 개미들은 그곳에서 가장 급격한 문명의 진보를 경험한 것이었다. 불과 몇 주 만에, 그들은 선사 시대에서 현대로 넘어온 셈이었다.

막시밀리앵은 바닥에 떨어져 있던 돋보기를 집어 들고 더 자세히 도시를 살펴보았다. 커다란 운하에는 미시시피강의 화륜선을 닮은 기선들이 떠가고, 개미들을 태운 체펠린 비행선이 그 위를 날고 있었다.

꿈처럼 아름다우면서도 등골이 서늘할 만큼 무시무시한 광경이었다.

막시밀리앵은 이 SF 소설에나 나올 법한 개미 도시의 어딘가에 여왕개미 103호가 있을 거라고 확신했다. 어떻게 그 개미를 찾아내서 법정으로 끌고 가지? 건초 더미에서 바늘을 찾아내는 방법을 생각하자. 성냥과 자석에 해당하는 수단을 생각해 내야 한다.

막시밀리앵은 웃옷 호주머니에서 찻숟가락과 작은 플라스크를 꺼냈다.

여왕개미가 있는 곳을 알아내려면 알들이 운반되는 경로를 거꾸로 추적하면 될 법한데, 그곳엔 알이 보이지 않았다. 혹시 여왕개미 103호는 알을 못 낳는 것이 아닐까?

그때 그는 검사가 했던 말을 떠올렸다. 검사는 그 여왕개미의 이마에 노란 반점이 있다고 했다. 그러나 이마에 노란 반점이 있는 개미를 찾자고 그 집들을 다 뒤질 수는 없는 노릇이었다. 그렇다면, 개미들을 집 밖으로 쫓아내어 지붕이 없는 탁 트인 장소로 모아야 한다.

그는 위쪽 피라미드로 다시 올라가 이곳저곳 뒤지고 다닌 끝에 석유통 하나를 찾아냈다.

공포에 질리면 누구나 자기 비밀을 드러내게 마련이다. 막시밀리앵은 그 검은 독물의 냄새가 퍼지기 시작하면 개미들이 여왕을 구하기 위해 서둘러 달려가리라는 것을 알고 있었다. 그 개미들이 인간 세계의 비밀에 접하면서 개미의 본성을 많이 잃었다 해도, 여왕을 구하려는 욕구만은 간직하고 있을 터였다.

그는 오른쪽 모퉁이의 가장 높은 곳에서 석유를 부었다. 끈끈하고 냄새 나는 검은 액체가 천천히 흘러내려 가면서, 도로를 삼키고 집과 정원과 공원들을 덮쳤다. 검은 물결이 온 도시를 휩쓸고 있었다.

미르메코폴리스는 단숨에 공포의 도가니로 변하였다. 개

미들은 집 밖으로 뛰쳐나와 자동차에 올라탄 다음 고속 도로로 달려간다. 그러나 고속 도로도 이미 끈적거리기는 마찬가지다.

운하의 상태라고 더 나을 것이 없다. 그 맑던 물이 기름투성이의 시커먼 물로 변해 있고 화륜선의 물레바퀴 모양으로 된 추진기들은 끈적거리는 기름 때문에 더 이상 돌지를 못한다.

개미들은 자기들을 그토록 많이 도와주던 손가락들이 이제 와서 그런 재앙을 내린다는 사실이 도무지 믿어지지 않는 모양이다. 그들은 하늘에서 구원의 손길이 어서 내려오기를 기다리고 있는 듯하다. 그러나 하늘에서 내려온 것은 검은 물결을 헤적거리고 다니는 스테인리스 스틸 숟가락뿐이다.

막시밀리앵은 도시의 간선 도로들을 수색하고 있었다. 그때, 유난히 큰 어떤 건물 주위가 술렁거리고 있음이 느껴졌다.

그는 돋보기를 들이대고 그 건물을 살피면서, 여왕이 곧 나타나리라고 확신했다. 아니나 다를까, 개미 몇 마리가 이마에 노란 반점이 있는 개미를 에워싸고 나타났다. 그 개미 역시 어찌할 바를 모르고 다른 개미들처럼 허둥대고 있었다.

여왕개미 103호, 네가 드디어 내 수중에 들어오는구나!

막시밀리앵은 모든 개미들이 오도 가도 못하고 허우적대는 틈을 타서, 찻숟가락을 담가 여왕개미를 퍼 올린 다음 재빨리 비닐봉지 안에 집어넣고 입구를 봉하였다.

그는 통에 남아 있는 석유를 미르메코폴리스 위에 모조리 쏟아부었다. 검은 독물이 도시를 완전히 덮어 버렸다.

자동차, 캐터펄트, 벽돌, 열기구, 화륜선 등과 미르메코폴

리스의 공장에서 생산된 모든 제품들이 검은 물결 위로 두둥
실 떠오르고 있었다. 죽음을 앞둔 개미들은 개미 문명과 손
가락 문명 사이에 협력이 가능하다고 믿은 자기들이 어리석
었다고 한탄하였다.

223. 백과사전

1+1=3

1+1=3은 유토피아를 추구하는 우리 동아리의 표어가 될 수 있다. 그
것은 재능들이 하나로 결합되면 그것들의 단순한 합을 능가한다는 것
을 뜻한다. 또, 음과 양, 큰 것과 작은 것, 높은 것과 낮은 것 등이 융합
하면 둘 중의 어느 것과도 다르면서 둘을 넘어서는 새로운 것이 생겨나
게 됨을 뜻한다.

1+1=3

이 방정식에는 우리의 후손이 반드시 우리보다 나으리라는 믿음, 즉 인
류의 미래에 대한 믿음이 담겨 있다. 내일의 인류는 분명히 오늘의 인
류보다 나을 것이다. 나는 그것을 믿고 그러기를 바란다.

1+1=3

이 방정식은 또한 집체(集體)와 사회적 단결이 우리의 동물적 지위를
승화시키는 가장 훌륭한 수단임을 의미하기도 한다.

그런데, 1+1=3은 수학적으로 거짓이기 때문에 그것을 철학적인 원리
로 받아들이기가 거북하다는 사람들도 적지 않을 것이다. 1+1=3은
수학적으로도 참이다. 이제 나는 그것을 증명해 보려고 한다. 당신이
이 글을 읽을 때쯤이면, 나는 이 세상 사람이 아닐 것이다. 하지만, 나는
무덤에서도 당신이 확실하다고 믿는 것들을 깨뜨릴 것이며, 당신이 절
대적인 진리로 믿고 있는 것은 다른 많은 진리들 가운데 하나일 뿐임을

증명해 보일 것이다. 자, 증명을 시작하자.

방정식 $(a+b) \times (a-b) = a^2 - ab + ba - b^2$ 에서 우변의 $-ab$와 $+ba$를 상쇄하면 다음의 식을 얻는다.

$(a+b) \times (a-b) = a^2 - b^2$

양변을 $(a-b)$로 나누면,

$$\frac{(a+b) \times (a-b)}{a-b} = \frac{a^2 - b^2}{a-b}$$

좌변을 약분하면,

$$a+b = \frac{a^2 - b^2}{a-b}$$

$a=b=1$로 놓으면,

$$1+1 = \frac{1-1}{1-1} \quad \text{즉} \quad 2 = \frac{1-1}{1-1} \text{이 된다.}$$

분수에서 분자와 분모가 같으면 그 값은 1이다.

따라서 위의 식은 다음과 같이 된다.

$2 = 1$

여기서 양변에 1을 더하면 $3 = 2$가 되고, 우변의 2를 $1+1$로 대체하면,

$3 = 1+1$이 된다.[20]

에드몽 웰스, 『상대적이며 절대적인 지식의 백과사전』 제3권

224. 개미의 전략

20 이 증명은 0과 관련된 금기를 무시함으로써 가능해진 수의 연금술이다. 방정식 $(a+b) \times (a-b) = a^2 - b^2$에서 양변을 $(a-b)$로 나누는 경우에는 빠뜨릴 수 없는 전제가 있다. $a-b \neq 0$, 즉 a와 b가 같지 않아야 한다는 것이다. 실수 체계에서 0으로 나누는 것은 불가능하기 때문이다. 따라서 $a=b=1$로 놓는 것은 그 전제를 무시한 것이다.

상아 망치 소리가 세 차례 울렸다. 인류 역사상 처음으로 여왕개미가 증언에 나서려는 참이었다.

법정에 있는 사람들 모두가 지켜볼 수 있도록 확대 렌즈를 장착한 카메라로 피고를 촬영하여 피고인석 위에 설치한 하얀 스크린에 그 영상을 투사할 준비가 되어 있었다.

「다들 조용히 하십시오. 로제타석이라는 기계 앞으로 피고를 데려가도록 하세요.」

한 경찰관이 끄트머리를 이끼로 감싼 족집게로 이마에 노란 반점이 있는 개미를 집어 시험관 속에 넣었다. 그 위로 로제타석에 연결된 한 쌍의 인조 더듬이가 드리워져 있었다.

재판장이 인정 신문(人定訊問)에 들어갔다.

「당신은 불개미들의 여왕 103호가 맞습니까?」

개미는 그 기계에 완전히 익숙해져 있는 듯 인조 더듬이 쪽으로 이내 다가들더니, 자기 더듬이를 흔들어 어떤 메시지를 보냈다. 그것은 즉시 해독되고 번역되어 기계의 합성 음성에 실렸다.

《나는 여왕이 아니라 공주입니다. 공주 103호입니다.》

재판장은 자기 말이 정확하지 않았다는 것을 언짢아하면서 헛기침을 했다. 그러고는, 공판 기록을 작성하고 있는 서기에게 자기가 말한 피고의 호칭을 정정하라고 일렀다. 기계에서 나오는 음성 때문에 스크린에 비친 개미를 사람으로 착각한 탓인지, 재판장은 마치 어느 왕국의 공주를 대하듯이 정중하게 물었다.

「103호…… 전하, 우리 질문에 대답해 주시겠습니까?」

방청석이 술렁거리고 빈정거리는 소리가 여기저기에서 튀어나왔다. 하지만 공식적인 의례에 신경을 쓰는 사람이라면, 한 나라의 공주에게 당연히 그런 식으로 말하지 않겠는 가 하고 재판장은 생각했다. 개미 나라에서 왔어도 공주는 공주로서 대접을 해주자는 거였다.

판사는 방청석의 반응을 의식하며 조금 딱딱한 어조로 물 었다.

「피고는 공무를 수행하고 있던 경찰관 세 명을 살해하라 고 피고의 군대에 명령했는데, 그 이유가 무엇입니까?」

아서는 개미가 이해하기 쉽도록 더 간단한 말을 사용하는 게 좋겠다면서 재판 과정에서 흔히 사용되는 법률 용어는 되 도록 피해 달라고 부탁하였다.

「좋아요, 다시 해봅시다. 피고, 당신 왜 사람을 죽였지요?」

아서가 다시 발언권을 요구했다.

「그렇다고 어눌한 외국인의 말투를 흉내 낼 필요는 없습 니다. 그러면 오히려 더 못 알아들을 수도 있으니까요. 그냥 보통 말하는 식으로 하시면 됩니다.」

판사는 어떻게 말해야 할지 더 이상 갈피를 잡지 못하고 더듬거렸다.

「왜 당신은…… 사람들을…… 죽였습니까?」

《이 심리가 더 진행되기 전에, 말씀드릴 게 있습니다. 여기 보이는 이 카메라들이 저를 찍고 있습니다. 여러분은 제 모 습을 확대해서 보고 있습니다. 하지만 저에겐 여러분의 모습 이 보이지 않습니다.》

아서는 103호가 작은 텔레비전을 통해 사람의 모습을 보 면서 대화하는 것에 익숙해져 있다고 알려 주었다. 재판장은 배석 판사들과 잠시 대책을 논의하더니, 형평을 고려하여 개 미에게도 미니 수상기 한 대를 마련해 주기로 했다.

피라미드에서 압수해 온 미니 수상기 중의 하나를 시험관 앞에 놓아 주자, 암개미 103호는 주의 깊게 화면을 들여다보았다. 대화 상대자의 얼굴이 나타나자, 개미는 그가 나이 많은 손가락임을 알아차렸다. 103호가 예전에 확인한 바로는, 머리털이 하얀 손가락들은 자기들 생애의 4분의 3을 보냈기 십상이다. 또 손가락들의 사회에서는 나이가 많으면 대개 쓸모없는 존재로 취급당한다. 그런 사정을 아는지라, 103호는 붉은색이 섞인 검은 제복 차림의 그 늙은 손가락이 자기의 이야기 상대가 될 만한가 하고 의구심을 가졌다. 그러다가 아무도 그 늙은 손가락의 권위에 이의를 제기하지 않는다는 사실을 확인하고 자기 더듬이를 인조 더듬이 쪽으로 접근시켰다.

《예전에 텔레비전에서 어떤 영화들을 보았는데, 재판하는 장면들이 가끔 나왔습니다. 영화 속의 재판에서는 증인들이 나오면 성서에 손을 얹게 하고 선서를 시키던데, 여기에선 그런 거 안 합니까?》

재판장은 그렇게 시건방진 소리를 하는 피고인들을 대하면 늘 짜증이 나곤 했다.

「피고는 미국 영화를 너무 많이 보았군요. 이곳에선 성서에 손을 얹고 서약하지 않아요.」

재판장은 참을성 있게 설명을 덧붙였다.

「프랑스에서는 교회와 국가가 분리된 지 벌써 1세기가 넘었습니다. 우리는 명예를 걸고 선서하지 성서에 두고 맹세하지는 않습니다. 우리 나라에서는 성서가 누구에게나 다 성스러운 책은 아니니까요.」

암개미 103호는 그 사정을 이해할 수 있었다. 그러니까 손가락들의 사회에도 신을 믿는 자들과 믿지 않는 자들이 있고 그들 사이에 대립이 있다는 얘기였다. 그래도 103호는 영화에서 본 것처럼 성서에 앞다리를 얹고 선서를 하고 싶었다. 하지만 이곳의 관습이 그렇다니 따를 수밖에 없었다.

《나는 진실을, 오로지 진실만을, 그리고 모든 진실을 말할 것을 다짐합니다.》

가까이에 있는 유리벽에 앞다리 하나를 대고 네 뒷다리로 버티며 윗몸을 일으킨 103호의 모습은 아주 강렬한 인상을 주었다. 카메라의 플래시들이 번쩍번쩍 터졌다. 자기가 오랫동안 연구해 온 손가락들의 관습에 충실하게 처신함으로써 103호는 점수를 따고 있는 셈이었다. 어떤 격언 하나가 그의 뇌리를 떠나지 않고 있었다. 〈손가락들의 나라에서는 손가락들의 법을 따르라.〉

정리들이 사진 기자들을 해산시켰다. 자기들이 역사적인 순간에 동참하고 있다는 사실을 법정에 있는 사람들 모두가 의식하는 듯했다.

재판장은 공판이 자기 뜻대로 진행되고 있지 않다는 느낌이 들었다. 그러나 그런 기색을 전혀 내비치지 않고, 평소에 하던 방식을 자제하려고 애쓰면서 신문을 계속했다.

「다시 묻겠습니다. 당신은 왜 경찰관들을 죽이라고 당신 군대에 명령했습니까?」

개미는 자기 더듬이를 인조 더듬이에 갖다 대었다. 컴퓨터가 표시등을 깜빡이며 번역문을 스피커로 보냈다.

《나는 아무 명령도 내린 적이 없습니다. 개미 사회에 〈명령〉이라는 개념은 존재하지 않습니다. 각자 마음이 내킬 때, 자기가 원하는 대로 행동할 뿐입니다.》

「하지만 당신의 군대가 사람들을 공격했잖아요! 그걸 부정하지는 못 하겠지요.」

《나에겐 군대가 없습니다. 많이 보지는 못했지만, 내가 본 바로는 우리 무리가 손가락들을 공격한 것이 아니라 손가락들이 공교롭게도 우리 무리 속에 있게 된 것 같습니다. 그들은 단지 걸어 다니는 것만으로도, 우리 개미들을 3천 마리도 넘게 죽였을 겁니다. 당신들은 우리에 대해서 별로 조심성이 없어요. 당신들은 사지의 끝이 어디에 놓이는지 신경을 쓰지 않아요.》

검사가 소리쳤다.

「그렇다면 그 언덕엔 무슨 일로 왔지요?」

컴퓨터가 그의 말을 전달했다.

《내가 아는 한, 숲은 모두에게 열려 있습니다. 우리는 손가락 친구들을 만나러 온 길이었고, 그들과 외교 관계를 맺으려던 참이었습니다.》

「손가락 친구들과 〈외교〉 관계를 맺는다고요! 하지만 그 사람들은 대표가 될 자격이 없어요. 아무도 그들의 권위를 인정하지 않습니다. 그들은 그저 숲속의 피라미드에 은둔하던 미치광이들일 뿐이에요.」

검사가 그렇게 목청을 높였지만, 개미는 인내심을 잃지 않고 설명을 계속했다.

《옛날에 우리는 여러분 세계의 지도자들과 공식적인 외교 관계를 수립하려고 노력했습니다. 그러나 그들은 우리와 대화하는 것을 거부했습니다.》

검사는 스크린 앞으로 나와서 위협적인 손가락질로 개미를 가리키며 말했다.

「피고는 조금 전에 성서에 손을 얹고 선서하는 것에 대해서 이야기했습니다. 그렇다면 피고는 성서가 우리에게 어떤 의미를 갖는지도 알겠군요?」

피고인석에 앉은 사람들에게 불안감이 엄습했다. 도대체 검사가 무슨 꿍꿍이로 저러는 거지?

《성서는 십계명이 들어 있는 책입니다.》

103호는 텔레비전에서 기회만 있으면 방영하던 「십계」라는 영화를 생생히 기억하고 있었다. 찰턴 헤스턴이 주연하고 세실 B. 드밀이 감독한 영화였다.

아서가 안도의 한숨을 쉬었다. 103호는 정말 믿어도 될 듯했다. 까닭은 잘 모르지만, 찰턴 헤스턴은 103호가 가장 좋아하는 배우였다. 103호는 「십계」뿐만 아니라 「벤허」와 「소일렌트 그린」도 보았다. 또 「성난 마라분타」와 「혹성 탈출」이라는 두 영화를 보면서 많은 생각을 하기도 했다. 전자는 개미들이 세상을 침범하는 이야기였고, 후자는 인간이 무적의 동물이 아니라 털북숭이의 다른 동물들에게 정복될 수도 있는 동물임을 보여 주는 영화였다.

재판장과 마찬가지로 검사는 놀라움을 감추려고 애쓰면서 얼른 말을 이었다.

「좋습니다. 그러면 피고는 그 십계명 중에 〈죽이지 말 것〉을 명한 계명도 있다는 것을 알겠군요.」

아서는 속으로 웃었다. 검사는 논쟁을 그런 쪽으로 끌고 가면 결국 자가당착에 빠지게 되리라는 것을 모르고 있었다.

《하지만 당신들이야말로 소 죽이고 닭 죽이는 일을 하나의 산업으로 삼고 있지 않나요? 소의 죽음을 구경거리로 만든 투우는 또 어떻고요?》

검사가 벌컥 화를 냈다.

「성서에서 죽이지 말라고 한 것은 동물을 죽이지 말라는 뜻이 아니라 사람을 죽이지 말라는 뜻입니다.」

암개미 103호는 태연하게 말을 되받았다.

《손가락들의 생명을 닭이나 소나 개미의 생명보다 더 소중하게 여길 까닭이 있나요?》

재판장은 한숨을 내쉬었다. 이 공판에서는 무엇에 관해 신문을 하건, 이야기가 공소 사실에만 머물지 않고 자꾸만 철학적인 토론으로 빠져들고 있었다.

검사는 인내심에 한계가 온 듯했다. 그는 배심원들이 자기편을 들어 주리라고 기대하면서, 103호의 머리가 나타나 있는 스크린을 가리켰다.

「여러분, 보십시오. 저 툭 튀어나온 눈, 시커먼 위턱, 더듬이……. 개미란 저렇게 추한 동물입니다. 공포 영화나 SF 영화에 나오는 그 어떤 괴물도 저토록 흉측하지는 않았습니다. 우리보다 천배나 더 못생기고 만배나 더 볼품없는 저런 동물들이 우리에게 무엇을 가르치려 한다는 게 말이나 됩니까?」

대답이 즉시 튀어나왔다.

《그러는 당신은 대단히 잘났는 줄 아시나 보죠? 머리털은 거의 다 빠지고, 살가죽은 납처럼 창백하고 얼굴 한복판에서 구멍 두 개가 벌룽거리는데도 말이에요?》

방청석에서 웃음소리가 터져 나왔다. 납처럼 창백하다던 살가죽이 벌겋게 상기되었다.

「우리 편에 선수가 하나 나왔어.」

조에가 다비드의 귀에다 대고 속삭였다. 아서는 자기 제자의 선전(善戰)을 대견스럽게 여기면서 이렇게 중얼거렸다.

「103호는 둘도 없이 뛰어난 개미라고 내가 늘 말했잖아.」

검사는 숨을 가다듬고 한층 더 맹렬하게 공격을 재개했다.

「어디 생김새뿐이겠습니까? 지능은 또 어떻고요? 지능은 인간의 고유한 특성입니다. 개미들의 목숨은 하찮은 것입니다. 그들에겐 지능이 없기 때문입니다.」

쥘리가 바로 맞받았다.

「개미들에겐 그들 나름의 지능이 있습니다.」

검사는 옳거니, 이자들이 함정에 걸려들었군 하며 속으로 쾌재를 불렀다.

「그렇다면 개미들에게 지능이 있다는 것을 입증해 보십시오.」

로제타석의 컴퓨터에서 표시등이 깜박였다. 103호의 페로몬을 사람의 음성 언어로 옮기고 있다는 신호였다.

컴퓨터의 합성 음성이 법정 안에 울려 퍼졌다.

《먼저 인간에게 지능이 있다는 것을 입증해 보십시오.》

방청석이 시끌시끌했다. 너 나 할 것 없이 어느 한쪽을 편들면서 자기 의견을 내놓았다. 배심원들은 무던한 표정을 유지하느라 애를 먹고 있었다. 재판장은 상아 망치로 탁자를 계속 두드려 댔다.

「이렇게 소란해서는 심리를 계속하기가 불가능할 것 같습니다. 오늘은 여기서 휴정하고, 내일 아침 10시에 공판을 속개하겠습니다.」

그날 저녁, 텔레비전과 라디오 뉴스의 해설자들은 암개미 103호가 우세했다는 판정을 내렸다. 전문가들의 의견에 따르면, 몸무게 6.3밀리그램의 개미가 몸무게를 합치면 160킬

로그램 가까이 되는 검사와 재판장의 거친 신문을 받았음에
도 그들보다 더 영리했다는 거였다.

피라미드의 은둔자들은 희망을 갖게 되었다. 이 세상에
정말로 정의가 존재한다면, 자기들이 잃은 것은 없다고 그들
은 생각했다.

막시밀리앵은 분노를 이기지 못해 커다란 주먹으로 벽을
후려쳤다.

225. 동물학 기억 페로몬

기록자: 10호

논리

논리는 손가락들의 아주 독창적인 개념 가운데 하나다.

손가락들의 사회에는 논리적인 사건들과 비논리적인 사
건들이 있다. 어떤 사건들이 손가락들의 사회가 용납할 수
있는 방식으로 관련을 맺으면, 그것은 논리적인 것이다.

예를 들어, 음식물이 남아돌 만큼 풍족한 어떤 도시에서
몇몇 주민이 아무 도움도 받지 못한 채 죽는 것은 논리적이
다. 그와 반대로, 너무 많이 먹어서 병이 난 자들에게 먹을 것
을 주지 않는 것은 비논리적이다.

또, 손가락들의 사회에서는 상하지도 않은 맛있는 음식을
쓰레기터에 버리는 것은 논리적이다. 그런데, 그 음식물을
필요로 할 수도 있는 자들에게 나눠 주는 것은 비논리적이
다. 심지어 손가락들은 자기들의 쓰레기를 아무도 건드리지
못하게 하려고 그것을 태워 버리기까지 한다.

226. 위쪽 세상에 대한 두려움

판사들이 막 법정을 떠나려는 참에, 한 경찰관이 그들을 뒤쫓아 왔다. 그는 암개미 103호가 들어 있는 시험관을 들고 있었다.

「이 피고를 어떻게 할까요? 아무리 다른 피고들과 똑같이 취급을 한다기로, 개미들을 사람들과 함께 호송차에 태워서 감옥으로 데리고 갈 수는 없잖습니까?」

배석 판사가 눈을 들어 허공을 바라보다가 대답했다.

「그럼 다른 개미들과 같이 있게 어항 속에 넣어 둬요. 이마에 노란 표시가 있으니까 알아보기는 쉬울 거요.」

경찰관은 어항 뚜껑을 살짝 열고 시험관을 거꾸로 세워 103호를 포로가 된 동료들 속에 떨어뜨렸다.

어항 속의 개미들은 자기들의 영웅을 다시 만나서 기쁘다는 듯, 서로 핥아 주고 영양 교환을 한 다음, 대화를 나누기 위해 한데 모였다.

포로들 중에는 10호와 5호도 있었다. 그들은 손가락들이 비닐봉지를 들이대고 자기들을 주워 담으려 할 때 서둘러 봉지 안으로 들어갔다고 한다. 그것을 손가락들의 세계에 들어오라고 초대하는 것으로 생각했다는 것이다.

경찰관들이 그들을 커다란 봉지에 마구 집어넣을 때, 두 뒷다리를 잃어버린 병정개미가 말했다.

《그들은 우리를 죽이려고 작심했어. 우리가 무엇을 어떻게 하건 그들의 마음엔 변화가 없을 거야.》

《참 딱한 일이야. 그래도 아직 한 번쯤의 기회는 있을 거야. 우리가 살아가는 방식을 옹호하기 위해서 우리의 주장을

그들 입장에서 제시할 수 있는 기회가 올 거야.》

암개미 103호는 여전히 자신감을 잃지 않고 있었다.

한쪽 구석에서 작은 개미 하나가 103호에게 달려들었다.

《수개미 24호!》

늘 덤벙거리며 길을 잃곤 하던 24호가 이번에는 그래도 동료들로부터 멀리 떨어지지 않은 모양이었다. 103호는 그 만남이 있기까지의 갖가지 고난을 잊고 수개미에게 바싹 다가갔다.

참으로 기분 좋은 해후였다. 103호는 예술이 무엇인지는 진작 깨달은 바 있었고, 이제 사랑이 무엇인지도 어렴풋하게 이해하기 시작했다.

《누군가를 사랑하면 그를 잃었다가도 다시 만나게 된다.》

수개미 24호는 103호에게 몸을 기대었다. 그는 완전 소통을 원하고 있었다.

227. 지능

재판장의 상아 망치 소리가 울렸다.

「우리가 요구하는 것은 개미들에게 지능이 있다는 것을 보여 주는 객관적인 증거입니다.」

쥘리가 대답했다.

「개미들은 자기들의 모든 문제를 해결할 수 있습니다.」

검사는 경멸의 뜻을 담아 어깨를 으쓱했다.

「개미들은 우리의 기술은 고사하고 불의 사용법도 모릅니다.」

이번 공판에 임하면서 재판부는 플렉시 글라스로 작은 연단을 마련해 놓고 거기에 개미가 들어 있는 어항을 올려놓았다. 그 어항에는 미니 텔레비전과 인조 더듬이가 들어 있었다.

암개미 103호는 자기의 페로몬을 더욱 분명하게 전달하기 위해 앞다리를 들고 윗몸을 일으켰다.

103호가 꽤나 긴 메시지를 보내자, 컴퓨터가 이내 그것을 해독했다.

《옛날에 개미들은 불을 발견했고, 그것을 전쟁에 이용하기도 했습니다. 그러던 어느 날, 누군가의 부주의로 화재가 발생했는데, 개미들은 그것을 진압하지 못했습니다. 불은 점점 번져 나와 결국 모든 것을 태워 버렸습니다. 그런 쓰라린 재난을 겪은 뒤로 개미들은 더 이상 불을 가까이하지 않기로 했고 너무나 파괴적인 그 무기를 사용하는 자들은 추방하기로 합의했습니다…….》

「아, 너무나 어리석어서 불을 다스릴 수 없었다는 얘기로군요.」

검사의 비아냥거림이 채 끝나기도 전에 컴퓨터의 스피커가 다시 지직거렸다. 앞의 메시지가 계속된다는 신호였다.

《여러분의 세계를 향해서 평화 행진을 해오는 동안, 나는 내 겨레에게 불은 잘 사용하기만 하면 새로운 기술 진보의 길을 열어 줄 수 있다고 설명했습니다.》

「어쩌다 우리 지능의 산물을 흉내 낼 수 있다 해도, 그것만으로는 개미들에게 지능이 있다는 것이 입증되지 않습니다.」

그 말에 몹시 자극을 받았는지, 개미는 더듬이를 바들거리기 시작했다. 그 서슬에 인조 더듬이까지 흔들렸다. 그럴 만큼 103호가 화를 내고 있다는 얘기였다.

《그렇다면, 당신들, 손가락들에게 지능이 있다는 것은 무엇으로 증명하지요?》

방청석이 소란해졌다. 몇몇 사람이 터져 나오는 웃음을 참으며 킥킥거렸다. 103호는 이제 기총 소사(機銃掃射)를 하듯 페로몬을 퍼부어 대고 있었다.

《당신들은 어떤 동물에게 지능이 있는가 없는가를 어떻게 판단하시지요? 나는 당신들의 기준이 무엇인지를 잘 알고 있습니다. 그 동물이 당신들을 닮았는가 하는 것이 바로 그 기준입니다.》

이제 아무도 어항을 보고 있지 않았다. 모든 사람들의 눈길이 스크린에 쏠려 있었다. 카메라맨은 103호가 개미라는 사실을 잊고 마치 사람을 찍듯이, 가슴과 어깨와 머리를 보여 주는 이탤리언 숏으로 구도를 잡았다.

마침내 사람들은 확대 렌즈의 도움으로 개미의 감정이 변화하는 양상까지 분간할 수 있었다. 물론 개미에게 표정이나 시선의 변화가 있는 건 아니었지만, 더듬이며 턱이며 위턱의 움직임이 아주 뚜렷했기 때문에 누구나 그 움직임의 의미를 차츰차츰 헤아릴 수 있게 되었다.

곧추선 더듬이는 놀라움의 표시였고, 반쯤 휘어진 더듬이는 상대를 설복하려는 의지의 표현이었다. 오른쪽 더듬이를 앞으로, 왼쪽 더듬이를 뒤로 젖히고 있는 것은 상대의 주장에 주의를 기울이고 있다는 뜻이었고, 더듬이를 양옆으로 축 늘어뜨리는 것은 실망의 뜻이었으며, 두 위턱 사이에 더듬이를 끼우고 잘근거리는 것은 긴장을 풀고 있다는 뜻이었다.

103호의 더듬이는 이제 반쯤 휘어져 있었다.

《우리가 보기에는 당신들이 어리석고 우리가 영리합니다. 당신들과 우리 중에 어느 쪽이 더 영리한가를 판정하려면 손가락도 개미도 아닌 제3의 종에게 도움을 청해야 할 겁니다.》

재판부는 물론이고 법정에 있는 사람들 모두가 개미에게 지능이 있고 없고를 가리는 것이 중대한 문제임을 깨닫고 있었다. 만일 지능이 있다면, 개미들도 자기들의 행위에 대해 형사 책임을 져야 하고, 지능이 없다면 정신 질환자나 미성년자처럼 형사 책임을 질 수 없는 것이었다.

「개미들에게 지능이 있는가 없는가를 어떻게 증명할 수 있지요?」

재판장이 수염을 쓰다듬으며 큰 소리로 물었다.

《또, 손가락들에게 지능이 있고 없고를 어떻게 증명할 수 있지요?》

개미는 자신감을 잃지 않고 그렇게 되물었다.

한 배석 판사가 대답했다.

「이런 경우에는, 어느 종이 상대적으로 더 영리한가를 판가름하는 것이 중요합니다.」

재판은 얼마간 연극과 비슷하다. 예로부터 재판은 하나의 구경거리로 간주되어 왔다. 재판장은 전에도 자기가 연출자라는 기분을 이따금 느끼곤 했다. 그러나 그런 기분을 이번만큼 강하게 느껴 본 적은 없었다. 관객이 지루해하지 않도록 개입의 리듬을 잘 조절하고, 증인과 피고와 배심원의 역할을 적절하게 배분하는 것이 바로 그의 임무였다. 배심원들의 평결이 내려지는 마지막 순간까지 서스펜스를 높여 가면서 방청객들은 물론 텔레비전 뉴스를 통해 공판의 추이를 지켜보는 시청자들의 마음을 조마조마하게 만들 수 있다면 그는 자기의 판사 경력에서 가장 빛나는 성공을 거두게 될 터였다.

한 배심원이 손을 들었다. 그건 아주 드문 일이었다.

「감히 한 말씀 드리겠습니다……. 저는 체스, 십자말풀이, 수수께끼, 뜻 겹치기 말놀이, 브리지, 모르피옹[21] 등 머리를 많이 쓰는 게임들을 대단히 좋아합니다.

제가 보기에 어느 쪽의 두뇌가 더 민첩한가를 판가름하는 가장 좋은 방법은 어떤 게임을 골라 겨루게 하는 것입니다. 한마디로 지능 결투를 붙여 보자는 겁니다.」

〈결투〉라는 말이 판사의 마음을 사로잡은 듯했다.

판사는 법학 강의 시간에 중세에는 정의(正義)가 당사자 간의 결투로 판가름 났다고 배운 바 있었다. 그때의 소송 당사자들은 승리자를 결정하는 것을 신의 뜻에 맡긴 채 갑옷을 입고 둘 중에 하나가 죽을 때까지 싸웠다. 살아남은 자가 언제나 옳은 것으로 판가름 나기 때문에 오늘날보다 모든 것이 더 간단했다. 판사들은 그릇된 판단을 내릴 걱정도 없었고, 양심의 가책을 받을 염려도 없었다.

하지만 인간과 개미 사이에 대등한 결투가 이루어질 수 없음은 너무나 자명했다. 사람이 손가락으로 튕기기만 해도 개미들은 죽고 말 거였다.

판사가 그 점을 일깨웠지만 배심원은 호락호락 물러서지 않았다.

「개미나 사람에게나 이길 가능성이 똑같이 주어지는 객관

21 모눈종이에 다섯 가지 부호를 누가 먼저 정렬하는가로 승부를 겨루는 놀이.

376

적인 경기를 창안하면 됩니다.」

그 생각은 방청객들을 열광시켰다. 판사가 물었다.

「뭐 생각하고 있는 게 있습니까?」

228. 백과사전

한스의 속임수

1904년에 세계 과학계를 들뜨게 만든 사건이 하나 있었다. 사람들로 하여금 마침내 〈인간과 똑같은 지능을 가진 동물〉을 찾아냈다고 믿게 만든 사건이었다.

문제의 그 동물은 오스트리아의 학자 폰 오스텐이 훈련시킨 여덟 살배기 말이었다. 〈한스〉라는 그 말을 보러 온 사람들은 그 말이 근대 수학을 완전히 이해하는 듯한 모습을 보고 크게 놀랐다. 한스는 방정식의 답을 척척 알아맞혔다. 그뿐만 아니라, 시계를 정확하게 볼 줄 알았고 며칠 전에 본 사람들을 사진에서 찾아냈으며 논리 문제를 풀기도 했다. 한스는 굽 끝으로 물건을 가리켰고, 바닥을 두드려 수를 표시했다. 독일어 낱말을 전달하고자 할 때도 굽으로 바닥을 두드려 글자들을 하나하나 나타냈다. a는 한 번 두드리고, b는 두 번, c는 세 번 하는 식이었다.

사람들은 한스를 상대로 갖가지 실험을 했다. 한스는 어떤 실험에서도 자기의 재능을 유감없이 발휘하였다. 말과 주인만이 아는 모종의 암호가 있을지도 모른다는 생각에 주인을 입회시키지 않고 실험을 해보았지만, 결과는 마찬가지였다. 동물학자에 이어 생물학자와 물리학자, 나중에는 심리학자와 정신과 의사들까지 세계 전역에서 한스를 보러 왔다. 그들은 의심을 품고 왔다가 어안이 벙벙해져서 돌아갔다. 그들은 비밀이 어디에 있는지를 깨닫지 못했지만, 한스가 〈비범한 동물〉이라는 점은 인정하지 않을 수 없었다.

1904년 9월 12일, 학위를 지닌 열세 명의 전문가들은 한스가 보여 주는 능력이 사기일 가능성을 일체 배제하는 보고서를 펴냈다. 당시에 그것은 세상을 떠들썩하게 만들었고 과학계는 한스가 사람들과 똑같은 지능을 지녔다는 생각에 익숙해지기 시작했다.

그러던 중 마침내 한스 사건의 비밀을 밝혀 낸 사람이 나타났다. 폰 오스텐의 조수 가운데 하나였던 오스카르 풍크스트가 그 사람이다. 그는 한스가 어떤 경우에 틀린 답을 내놓는지를 깨닫게 되었다. 한스는 자기 앞에 있는 사람들이 답을 모르고 있는 문제에 대해서는 언제나 오답을 내놓았다. 또, 자기 혼자서 사진이나 숫자나 문장을 대하고 있을 때는 대답이 제멋대로였다. 마찬가지로, 입회한 사람들을 보지 못한 채 눈가리개로 씌우고 실험을 했더니, 한스는 예외 없이 문제 해결에 실패했다. 결국, 한스의 능력은 다른 데에 있는 것이 아니라 지극히 높은 수준의 주의력에 있다는 것이 유일한 설명이었다. 한스는 굽으로 바닥을 두드리면서 입회한 사람들에게서 나타나는 태도의 변화를 감지했던 거였다. 그리고 그렇게 주의력을 집중할 수 있게 동기를 부여한 것은 먹이라는 보상이었다.

비밀이 드러나자, 학계의 태도는 표변(豹變)하였다. 학자들은 그렇게 쉽게 속아 넘어간 것을 후회하면서 그때부터는 동물의 지능과 관련된 일체의 실험에 으레 회의적인 반응을 보이게 되었다. 오늘날에도 대부분의 대학에서는 한스의 사례를 속임수의 희화적인 본보기로 가르치고 있다.

하지만, 가련한 한스에게는 사람만큼 똑똑하다는 영광도 속임수에 능하다는 오명도 걸맞지 않는다. 한스는 그저 사람들의 태도를 해석할 수 있는 능력이 있어서 한때 사람과 대등한 동물로 오해를 받았을 뿐이다. 어쩌면 한스가 사람들을 불쾌하게 만든 진짜 이유는 더 깊숙한 다른 곳

에 있을지도 모른다. 동물에게 자기의 속마음을 들킨다는 건 결코 기분

좋은 일이 아닐 테니까 말이다.

에드몽 웰스, 『상대적이며 절대적인 지식의 백과사전』 제3권

229. 첫 번째 경기

머리를 많이 쓰는 게임을 무척이나 좋아한다던 그 배심원
은 테스트를 고안하는 책임을 기꺼이 떠맡았다. 그가 만들어
낸 테스트를 놓고 협의한 끝에, 재판부와 검사와 피고 측도
그것을 받아들일 만하다고 평가했다.

이제 경기를 벌일 사람 쪽 대표와 개미 쪽 대표를 선정하
는 일이 남아 있었다.

검사는 막시밀리앵 경정을 추천했고, 쥘리는 그에 맞설
개미로 103호를 지명했다. 재판장은 직권으로 양쪽의 선수
를 다 받아들이지 않았다. 리나르는 경찰 학교의 강사이자
민완한 경찰관으로 명성을 얻고 있는 사람이라 자기 종의 대
표가 되기에 적합하지 않고, 103호 역시 인간의 텔레비전에
서 온갖 영화를 다 본 터라 전혀 평범한 개미로 간주할 수 없
다는 것이 그 이유였다.

재판장은 어느 쪽 선수든 각 사회의 구성원들 중에서 무작
위로 선출되어야 한다고 생각했다. 그는 동물 재판 분야에서
자기가 하나의 판례를 만들고 있다는 점을 의식하면서 역할
수행에 신중을 기하고 있었다.

재판장은 경찰관 하나와 정리 하나를 법원 앞 거리로 급히
내보냈다. 행인들 중에 괜찮아 보이는 사람이 있으면 아무나
데려오는 것이 그들의 임무였다. 그들은 〈보통 사람〉 하나를

붙들었다. 나이는 마흔 살, 갈색 머리에 짧은 콧수염을 길렀으며, 이혼한 경력이 있고 두 자녀를 둔 남자였다. 그들은 그 사람을 붙든 까닭이 무엇인지를 설명했다.

사내는 인간 종의 대표 선수가 된다는 생각에 겁을 먹으면서, 남의 웃음거리가 되지 않을까 걱정하였다. 경찰관은 힘을 사용해서라도 그 사람을 법정으로 끌고 가야 하는 것이 아닐까 하고 생각했다. 그런데 정리가 마침 좋은 방법을 생각해 냈다. 그는 머뭇거리고 있는 사내에게 저녁이면 텔레비전에 나오게 될 거라고 알려 주었다. 사내는 이웃 사람들을 깜짝 놀랠 수 있겠다는 생각이 들자, 더 이상 망설이지 않고 그들을 따라갔다.

그 경찰관과 정리는 법원 뜰에서 개미 한 마리를 잡아가는 임무도 띠고 있었다. 그들은 눈에 띄는 대로 아무 개미나 집어 올렸다. 몸무게 3.2밀리그램, 길이 1.8센티미터에 위턱이 작고 딱지가 검은 개미였다. 그들은 개미에게 여섯 다리와 한 쌍의 더듬이가 온전하게 붙어 있음을 확인했다. 종이 위에 놓인 개미가 더듬이를 흔들었다. 그러나 그들은 개미에게는 의견을 묻지 않았다.

배심원이 고안한 지능 시험 도구는 이미 법정에 마련되어 있었다. 경기 방식은 나뭇조각 열두 개를 짜 맞추어 단을 만들고, 그 단을 이용해서 위에 매달려 있는 빨간 전기 스위치를 건드리는 것이었다. 어느 쪽이든 빨간 스위치를 먼저 건드리면 전기 신호음이 울리면서 승자로 인정받게 되어 있었다. 나뭇조각의 모양은 양쪽이 똑같았지만 크기는 달랐다. 나뭇조각을 다 짜 맞추어 쌓아 올릴 경우 그 높이가 사람 쪽은 3미터, 개미 쪽은 3센티미터가 되도록 고안되었다.

개미가 경기에 흥미를 갖도록 하기 위해, 배심원은 빨간 스위치에 꿀을 발라 두었다. 두 경기자 앞에 각각 카메라가 놓이자, 재판장은 시작 신호를 보냈다.

사람 쪽 선수는 아주 어렸을 적부터 조립식 장난감을 가지고 많이 놀아 본 모양이었다. 그는 그렇게 간단한 테스트가 걸린 것에 안도하면서, 즉시 나뭇조각들을 체계적으로 쌓아 올리기 시작했다.

그에 반해서, 갑자기 생소한 환경에 놓인 개미는 어찌할 바를 모르고 제자리에서 맴을 돌았다. 냄새도 빛도 평소에 맡고 보던 것과는 너무 달랐다. 개미는 스위치 아래에 멈춰서서 달착지근한 꿀 냄새를 맡았다. 갑자기 어떤 자극을 받았는지 더듬이가 빙빙 돌았다. 개미는 뒷다리 네 개로 버티면서 스위치를 잡으려고 윗몸을 일으켰지만, 스위치는 턱없이 높은 곳에 매달려 있었다.

개미는 흥분된 기색을 보이며 빨간 스위치 아래에 계속 머물러 있었지만, 거기에 닿을 수 있게 해줄 만한 행운은 전혀 보이고 있지 않았다.

한편, 사람 쪽 선수는 자기편의 응원을 받아 가며 단을 거의 완성해 가고 있는 참이었다. 개미 쪽에는 여전히 아무 진전이 없었다. 그저 나뭇조각을 물어뜯다가 스위치 아래로 돌아가서는 뒷다리로 버티며 일어서서 두 앞다리로 부질없이 허공을 휘저을 뿐이었다.

사람에겐 이제 조립할 나뭇조각이 네 개밖에 남지 않았다. 그때, 개미는 갑자기 스위치 아래의 자기 자리를 떠나 어딘가로 가버렸다. 개미가 도망가지 못하도록 벽을 만들어 놓지 않은 게 불찰이었다.

그 광경을 지켜보던 사람들은 모두 개미가 경기를 포기한 것으로 간주했다. 다수가 사람의 승리를 기정사실로 받아들일 채비를 하고 있는데, 문제의 개미가 다른 개미를 데리고 돌아왔다. 개미가 더듬이를 움직여 뭐라고 이르자, 그 동료는 작은 사닥다리 구실을 할 수 있도록 자리를 잡았다.

사람은 곁눈질로 개미들이 무엇을 하려는지 알아채고 손을 더욱 재게 놀렸다. 그가 막 스위치에 손을 대려는데, 1초 차이로 개미들의 벨이 먼저 울렸다.

법정 안에 한바탕 소동이 벌어졌다. 어떤 사람들은 야유를 퍼부었고, 어떤 사람들은 박수갈채를 보냈다.

검사가 발언권을 얻었다.

「여러분이 보셨다시피 개미는 반칙을 범했습니다. 제 동료로부터 도움을 받았기 때문입니다. 이 시험은 개미들에게 지능이 있다면 그것은 개별적인 것이 아니라 집단적인 것임을 보여 주고 있습니다. 개미라는 동물은 혼자서는 아무것도 할 수 없습니다.」

쥘리가 반박에 나섰다.

「그렇지 않습니다. 저 개미들은 반칙을 쓴 것이 아니라, 둘이서 힘을 합치면 혼자 하는 것보다 문제를 훨씬 쉽게 해결할 수 있다는 것을 알고 있었던 것뿐입니다. 우리 개미 혁명의 슬로건인 1+1=3도 바로 그런 사고방식에서 나온 것입니다. 둘의 재능을 결합하면 그 단순한 합을 능가할 수 있습니다.」

검사는 코웃음을 쳤다.

「1+1=3은 수학적인 거짓이며 상식을 거스르는 죄악이고 논리에 대한 모욕입니다. 개미들에겐 그런 터무니없는 논리가 어울릴지 모르지만, 우리 인간은 그 따위 밀교적인 주문이 아니라 오로지 순수한 과학만을 신뢰합니다.」

재판장의 상아 망치 소리가 울렸다.

「이 테스트는 결정적인 것이 될 수 없습니다. 다른 경기를 고안해서, 사람과 개미가 일대일로 겨룰 수 있게 하겠습니다. 다음번에는 어떤 결과가 나오든 그것으로 개미의 지능과 관련된 공방을 마무리 짓겠습니다.」

판사는 중죄 재판소에 파견되어 있는 심리학자를 불러 누구도 이의를 제기할 수 없는 객관적인 테스트를 만들어 달라고 부탁했다.

그런 다음, 판사는 한 텔레비전 방송의 유명한 기자가 요청한 독점 인터뷰를 수락했다.

「지금 이곳에서는 대단히 흥미로운 일이 벌어지고 있습니다. 파리 시민들도 퐁텐블로에 많이 내려오셔서 공판을 지켜보시면서 인류의 입장을 옹호해 주시리라 믿습니다.」

230. 동물학 기억 페로몬

기록자 : 10호

의견

손가락들은 혼자 생각해서 자기만의 의견을 갖는 능력을 갈수록 상실해 가고 있다. 다른 모든 동물들은 스스로 생각하고, 자기들이 본 것과 경험한 것에 비추어 스스로의 의견을 형성하는데, 손가락들은 모두가 한결같은 방식으로 생각한다. 즉, 그들은 텔레비전 뉴스에서 표명된 의견을 자기들의 의견으로 삼는다.

우리는 그것을 그들의 〈집단적인 정신〉이라고 부를 수 있을 것이다.

231. 멀리에 그곳이 보인다

심리학자는 오랫동안 숙고에 숙고를 거듭하였다. 동료들과 여러 잡지의 게임난 담당자와 영업 허가를 따낸 게임 발명가들에게 의견을 묻기도 했다. 사람과 개미 모두에게 공평하게 적용할 수 있는 게임 규칙을 만들어 내라니, 그런 무모한 주문이 어디에 있단 말인가! 게다가 도대체 어떤 게임으로 지능의 우월을 이론의 여지 없이 증명해 낼 수 있단 말인가!

바둑, 체스, 체커 같은 놀이가 있긴 했다. 그러나 일개 개미에게 그것들의 규칙을 어떻게 설명한단 말인가! 그런 것들은 마작이나 포커나 사방치기처럼 사람만이 할 수 있는 놀이이다. 그렇다면 개미들은 도대체 어떤 놀이를 할 수 있을까?

심리학자가 가장 먼저 떠올린 것은 미카도[22]였다. 불필요한 잔가지들 속에서 자기들이 필요로 하는 잔가지들을 빼내는 일을 개미들도 종종 하는 일일 듯했다. 그러나 그 놀이는 이내 포기해야만 했다. 미카도는 손놀림의 민첩성을 겨루는 것이지 지능을 시험하는 놀이가 아니었던 것이다. 공기놀이도 있었지만 손이 없는 개미들에겐 역시 적합하지 않았다.

개미들도 놀이를 할까? 심리학자가 보기에 놀이는 인간

22 여러 가지 색을 칠한 가늘고 긴 막대기들을 모아 놓고 다른 것들이 움직이지 않게 하면서 하나씩 빼내는 놀이.

특유의 행동이었다. 개미들에겐 놀이가 없다. 영토를 발견하고, 서로 싸우고 알과 먹이를 가지런하게 정돈하는 등 갖가지 행동을 하지만, 개미들의 몸짓 하나하나에는 일정한 효용성이 있다.

결국 심리학자가 내린 결론은 모든 개미들이 친숙하게 받아들일 수 있는 실제적인 문제 상황을 찾아내야 한다는 것이었다. 미지의 길을 탐험하는 것 따위가 그런 예가 될 법했다.

심리학자는 여러 가지 장점과 단점을 요모조모 따져 본 끝에, 어느 동물에게나 보편적으로 적용할 수 있을 것으로 보이는 테스트를 제안했다. 미로 경주가 바로 그것이었다.

〈어느 동물이든 낯선 장소에 갇히면 거기에서 빠져나오려고 애쓰게 마련이다. 사람은 사람 크기에 맞는 미로 속에, 개미는 개미 크기에 맞는 미로 속에 집어넣고 누가 먼저 빠져나오는지를 시험하기로 하자. 규모는 서로 다르지만, 두 미로는 똑같은 설계도에 따라 똑같은 방식으로 만들어 질 것이다. 따라서 두 경기자는 출구를 찾기 위해 똑같은 어려움을 겪게 될 것이다〉라는 게 그의 생각이었다.

사람들은 양쪽의 선수를 교체하기로 했다. 첫 경기 때에 선수를 데려오는 책임을 맡았던 경찰관과 정리는 이번에도 거리로 나가서 금발의 젊은 남자 대학생을 붙들어 왔다. 개미들의 대표로는 법원 수위실의 창턱에 놓인 화분에서 눈에 띄는 대로 한 마리를 잡아 왔다.

충분한 공간을 확보하기 위해서, 사람의 미로는 법정 안뜰에 마련되었다. 미로의 벽은 금속으로 되어 있었고 거기에 종이를 덧씌워 놓았다.

금속벽 대신 종이벽으로 사람의 미로와 똑같이 만들어진

개미 미로는 외부의 개미가 들어가지 못하도록 커다란 투명 어항 안에 설치되었다.

미로의 출구에는 빨간 전기 스위치가 마련되어 있어서, 경기자가 출구를 빠져나오면서 그것을 밟으면 자동적으로 전기 신호음이 울리게 되어 있었다.

정리들과 배석 판사들은 선심 노릇을 하기로 했다. 재판장은 스톱워치를 꼭 쥐고 출발 신호를 보냈다. 사람은 즉시 방벽들 사이로 달려 들어갔고, 한 경찰관이 개미를 어항 속의 미로 입구에 내려놓았다.

사람은 달음박질을 치고 있는데 개미는 꼼짝을 하지 않았다.

《미지의 땅에서는 섣부른 행동을 삼가야 한다.》

개미 사회에 전해 내려오는 옛 격언이 그렇게 이르고 있다.

개미는 감각기를 깨끗하게 닦는 일부터 시작했다. 그것역시 개미 사회의 다른 격언에 바탕을 둔 행동이다.

《미지의 땅에 들어서면, 먼저 감각을 예민하게 만들어야 한다.》

사람이 우세를 보이고 있었다. 쥘리는 적지 않게 불안했다. 다른 피고들도 마찬가지였다. 그들은 경기의 진행 상황을 보여 주는 스크린에 시선을 붙박고 있었다. 103호와 24호와 그들의 친구들도 작은 텔레비전을 통해 경기를 지켜보면서 불안한 기색을 드러냈다. 굳이 아무 개미나 선택하고 싶어 하더니, 어디서 멍청이 하나를 데려온 모양이었다.

《자, 출발해!》

수개미 24호는 경기의 승패에 민감한 반응을 보이면서

후각적으로 소리쳤다.

하지만 개미는 여전히 꼼짝하지 않고 있었다. 이윽고, 개미가 천천히 조심스럽게 다리 주위의 바닥에 더듬이를 대고 냄새를 맡기 시작했다.

한편, 서둘러 미로 속으로 달려 들어간 사람 쪽의 선수는 코스를 잘못 선택하는 바람에 장벽에 맞닥뜨렸다. 그는 부랴부랴 돌아 나왔다. 개미가 아직도 출발하지 않고 있다는 사실을 모르는 터라, 그는 시간을 낭비할까 봐 걱정하고 있었다.

개미는 몇 걸음 나아가다가 제자리에서 빙빙 돌더니, 갑자기 더듬이를 세웠다.

구경하는 개미들은 그 동작이 의미하는 바가 무엇인지를 알고 있었다.

쥘리는 피고석에 앉아 경주를 지켜보다 말고 다비드의 팔을 꼭 잡았다.

「됐어. 개미가 꿀 냄새를 맡았어.」

개미는 올바른 방향으로 곧장 나아가기 시작했다. 법원 안뜰의 미로 속에 있는 사람도 막히지 않은 길을 찾아냈다. 스크린에 비친 걸로 보면, 두 선수가 똑같은 속도로 나아가고 있는 것 같았다.

판사는 매스 미디어를 만족시킬 만큼 서스펜스가 유지되기를 기대하면서 중얼거렸다.

「현재로서는 어느 쪽도 이길 가능성이 있어.」

공교롭게도 사람과 개미가 거의 동시에 같은 모퉁이를 돌고 있었다.

「나는 사람 쪽에 걸겠어요!」

서기가 소리치자 수석 배석 판사가 대꾸했다.

「난 개미 쪽에 걸겠네!」

두 선수는 한결같은 보조로 계속 나아가고 있었다.

한순간, 개미가 막힌 길 쪽으로 방향을 잡았다. 어항 속에 갇혀 있는 103호와 그의 친구들도 더듬이를 떨며 안달을 했다.

《아니, 아니, 그쪽으로 가지 마!》

개미들은 페로몬을 있는 대로 뿜어 대며 아우성을 쳤다. 하지만, 그들의 후각 메시지는 자유롭게 전달될 수 없었다. 플렉시 글라스로 된 어항 뚜껑이 막고 있기 때문이었다.

「아니, 아니, 그쪽으로 가지 마!」

쥘리와 그녀의 친구들도 소리를 질렀지만 그것 역시 미로 속의 개미에게는 아무런 도움이 되지 않았다.

사람 역시 막힌 길 쪽으로 들어섰다. 그러자 이번에는 방청객들이 소리쳤다.

「아니, 아니, 그쪽으로 가지 마!」

두 선수는 어디로 갈까 망설이면서 걸음을 멈추었다.

사람은 다시 옳은 방향을 잡아 나아갔다. 그런데 개미는 막힌 길 안에서 이리저리 내닫고만 있었다. 사람 쪽 응원자들의 낯빛이 환해졌다. 그들의 선수는 이제 두 모퉁이만 돌면 출구로 나와 빨간 스위치를 밟게 될 터였다. 그때였다, 막다른 길에서 맴을 돌던 개미가 뜻밖의 행동을 보였다.

개미는 종이벽을 타고 올라가더니, 꿀 냄새가 이끄는 대로 장애물 경주의 허들을 넘듯이 종이벽을 차례차례 넘어 빨간 스위치 쪽으로 곧장 내달았다.

사람 쪽의 선수가 구보로 모퉁이를 도는 동안, 개미는 마지막 종이벽을 넘어 꿀을 발라 놓은 빨간 스위치에 올라섰다. 벨 소리가 울렸다.

피고인석과 개미들이 갇혀 있는 어항에서 동시에 승리의 환호가 터져 나왔다. 개미들은 더듬이를 서로 맞대고 승리를 자축하였다.

재판장은 방청객들에게 제자리에 다시 앉아 달라고 요구했다.

검사는 판사 앞으로 다가가면서 이렇게 이의를 제기했다.

「개미는 속임수를 썼습니다. 지난번의 개미처럼 속임수를 썼어요. 벽으로 기어오르는 것은 반칙입니다.」

재판장은 검사에게 자리에 가서 앉아 달라고 부탁했다.

변호인석에 돌아와 있던 쥘리가 반박했다.

「천만의 말씀입니다. 개미는 속임수를 쓰지 않았습니다. 자기 나름의 독창적인 사고방식을 이용했을 뿐입니다. 도달해야 할 목표가 하나 있었고, 개미는 거기에 도달했습니다. 문제 상황에 신속하게 대처하는 모습을 보여 줌으로써 개미는 자기에게 지능이 있다는 것을 증명했습니다. 벽을 기어오르는 것이 금지되어 있다는 것은 한 번도 언급된 적이 없습니다.」

「그럼, 사람 쪽에서도 그렇게 할 수 있었는데 못 했다는 얘깁니까?」

「물론입니다. 사람에게는 그런 생각이 떠오르지 않았을 겁니다. 그래서 그는 오로지 앞으로 나가는 것 말고는 달리 행동할 수가 없었습니다. 그는 어떤 규칙들에 따라서만 생각하느라고 다른 방식으로 사고할 수가 없었습니다. 그러나 그가 꼭 지켜야 하는 것으로 여겼던 규칙들은 사실상 정해진

적이 없는 것들입니다. 결국 개미가 이긴 것은 사람보다 더 많은 상상력을 발휘했기 때문입니다. 승부는 판가름 났습니다. 패배를 순순히 인정하셔야 합니다.」

232. 백과사전

밤비[23] 신드롬

사랑하는 것이 때로는 증오하는 것만큼이나 위험할 수 있다.

유럽과 북미의 자연 공원을 찾는 사람들은 새끼 사슴을 자주 만나게 된다. 어미가 먼 곳에 있지 않음에도, 그 새끼 사슴은 외롭고 쓸쓸해 보이기가 십상이다. 산보객들은 측은한 마음도 들고, 플러시 천으로 된 인형처럼 마냥 순하게만 보이는 동물에 가까이 다가서는 것이 기쁘기도 해서, 그 새끼 사슴을 쓰다듬으려고 한다. 그 손짓에는 공격적인 의도가 전혀 없고, 그렇게 사람이 다정하게 쓰다듬어 주면 새끼 사슴은 더욱 온순한 모습을 보이기까지 한다. 그런데, 그 접촉이 새끼 사슴에게는 치명적인 행위가 된다.

그 까닭은 무엇인가? 처음 몇 주 동안, 어미 사슴은 오로지 냄새를 통해서만 자기 새끼를 알아본다. 그 손길이 아무리 다정스러웠다 해도, 일단 사람의 손길이 닿고 나면 새끼 사슴의 몸에 사람 냄새가 배어든다. 별로 진하지 않아도 오염성이 강한 그 냄새는 새끼 사슴의 신원 증명서를 쓸모없게 만들어 버린다. 새끼 사슴은 가족을 다시 만나자마자 버림받는 신세가 된다. 어떤 암사슴도 다시는 그를 받아 주지 않기 때문에, 새끼 사슴은 굶어 죽는 형벌에 처해진 거나 다름이 없다.

죽음을 불러오는 그런 위험한 애정 표시를 일컬어 〈밤비 신드롬〉 또는 〈월트 디즈니 신드롬〉이라고 한다.

23 디즈니사의 만화 영화에 나오는 사슴.

233. 숲속의 외돌토리

막시밀리앵 리나르 경정은 재판 광경을 더 이상 보고 싶지 않아서, 서둘러 집으로 돌아왔다.

모자를 던져 현관 옷걸이에 걸고 웃옷을 벗은 다음, 그는 요란한 소리를 내며 문을 닫았다. 그의 가족이 달려 나왔다.

그는 아내 신티아와 딸 마르그리트의 무관심을 더 이상 견딜 수 없었다. 이들은 지금 어떤 일이 벌어지고 있는지를 전혀 이해하지 못하고 있는 걸까? 남편과 아버지가 관련된 재판에 얼마나 중대한 것이 걸려 있는지를 전혀 깨닫지 못하고 있단 말인가?

딸아이는 거실의 텔레비전 앞에 앉아 있었다.

622번 채널에서 유명한 퀴즈 쇼 「알쏭알쏭 함정 퀴즈」를 방영하는 중이었다. 사회자가 오늘의 수수께끼를 다시 한번 알려 주고 있었다. 〈나는 해거름의 끝과 여명에 나타납니다. 한 해 동안에는 삼월 중에 나를 볼 수 있으며, 보름달의 한복판을 바라보면 내가 아주 잘 보입니다. 나는 누구일까요?〉

문득 그의 뇌리를 번개처럼 스치는 것이 있었다. 닿소리 글자 〈ㅁ〉이었다. 해거름의 끝과 여명에 나타나고, 한 해 동안에는 삼월 중에 볼 수 있으며, 보름달의 한복판을 바라보면 잘 보이는 것, 그런 것은 미음이라는 글자 말고는 없었다.[24]

---

24 원문의 수수께끼는 〈밤nuit의 시작과 아침matin의 끝에 나타나고, 일 년 année에 두 번 볼 수 있으며, 달lune을 바라보면 잘 보이는 것〉으로 되어 있고, 답은 물론 〈n〉이다.

그의 얼굴에 미소가 번졌다. 신속하고 정확하게 사고하는 그의 능력이 되살아난 기분이었다. 어떤 수수께끼도 그의 사고력을 끝까지 견뎌 내지는 못했다. 잘 안 풀리다가도 문득 어떤 신호가 번개처럼 날아오곤 했기 때문이었다.

서늘한 두 손이 그의 눈을 가렸다.

「누군지 알아맞혀 봐.」

그는 자기 눈을 가린 두 손을 거칠게 뿌리쳤다. 아내는 놀란 눈으로 그를 뚫어지게 바라보았다.

「여보, 왜 그래? 무슨 일이 있어? 피곤해서 그래?」

「아냐. 말짱해. 아주 말짱하다고. 나 혼자서 조용히 해야 할 일이 있어. 나는 물론이고 모든 사람들을 위해서 꼭 해야 하는 중요한 일이야. 당신이나 마르그리트 때문에 시간을 낭비할 수는 없어.」

「하지만, 여보…….」

막시밀리앙은 벌떡 일어나더니, 큰 소리로 딱 한 마디를 내뱉었다.

「나가!」

그러면서 그는 현관문을 가리켰다. 눈에 핏발이 서 있었다.

「정 그렇다면, 할 수 없지…….」

신티아는 겁에 질린 표정으로 마지못해 그렇게 말했다.

막시밀리앙은 서재 문을 꽝 닫고는 마키아벨과 함께 안에 틀어박혔다. 그는 〈진화〉 게임을 시작했다. 이번엔 문명의 성격을 아주 특이하게 설정했다. 그는 개미 문명이 인간의 기술을 향유할 경우 어떤 결과가 나타나는지를 보고 싶었다.

그는 갈수록 홀린 듯한 기분을 느끼며 대단히 빠른 속도로 문명을 발전시켰다.

멀리서 별채의 문이 열렸다가 닫히는 소리가 들렸다. 그는 바둑판무늬가 들어간 손수건을 꺼내어 이마를 훔쳤다. 휴, 성가신 두 사람으로부터 드디어 해방됐군. 컴퓨터는 복도 많지. 사람들에게 방해받을 일이 없으니 말이야.

마키아벨은 문명을 계속 발전시킬 수 있도록 도와주었다. 20분 만에, 인간의 지식을 풍요롭게 향유하는 1천 년 역사의 개미 문명이 이루어졌다. 그 결과는 막시밀리앵이 상상했던 것보다 훨씬 무시무시했다.

계속 방관자로 처신할 계제가 아니었다. 그는 어떤 대가를 치르더라도 행동에 나서기로 결심했다.

그는 즉시 자기가 생각한 일에 착수하였다.

234. 유리 감옥 속의 짝짓기

암개미 103호와 수개미 24호는 공판의 재개를 앞둔 조용한 시간을 이용하여 어항 속에서 교미를 시도하기로 결정했다. 그들 앞에 설치해 놓은 텔레비전의 강렬한 불빛이 재판 초기부터 봄날의 햇살처럼 그들의 성호르몬을 끓게 했다.

진짜 햇살은 아니지만 그 빛과 열기가 두 생식 개미에게는 대단히 자극적이다. 그렇게 폐쇄된 곳에서 교미를 벌인다는 건 쉬운 일이 아니다. 그럼에도 암개미 103호는 다른 개미들의 격려를 받으며 유리 감옥 속의 허공으로 날아올라 동그라미를 그리기 시작했다.

수개미 24호도 암개미를 쫓아 날아오른다.

물론 숲 향기 그윽한 숲갓 아래의 공중에서 결혼 비행을 하는 것보다는 흥취가 덜하다. 하지만 두 개미는 지금이 아니면 더 이상 기회가 없다는 것을 확신하고 있다. 지금 여기에서 사랑을 하지 않으면, 사랑이 무엇인지는 끝내 모르게 될 것이다.

수개미 24호가 암개미 뒤를 따라가며 파닥파닥 날고 있다. 암개미가 너무 빨리 날고 있어서 따라잡을 수가 없다. 그는 하는 수 없이 속도를 조금 늦추어 달라고 부탁한다.

이윽고 수개미는 암개미의 꽁무니를 타고 올라가 교접기를 끼워 맞추려고 활 모양으로 몸을 구부린다. 그것은 곡예 비행을 하는 것만큼이나 쉽지 않은 일이다. 암개미는 교접기를 끼워 맞추는 일에만 신경을 쓰다가, 밀폐된 공간 속에서 날고 있다는 사실을 잊어버려 투명한 벽에 부딪히고 만다. 그 충격에 24호가 미끄러져 내린다. 그는 다시 암개미를 쫓아 날아올라야 한다.

103호는 예전에 손가락들의 복잡한 구애 행동을 조롱한 바 있다. 그러나 이제 와서 생각해 보면, 차라리 그들처럼 바닥에서 뒹구는 편이 낫지 않을까 싶다. 작은 두 부속기를 그것도 비행을 하면서 접합하려고 애쓰는 것보다는 그 편이 한결 간단할 것이다.

세 차례의 시도 끝에 수개미 24호는 마침내 암개미와 접합하는 데에 성공한다. 그러자 그들 내부에 무언가 아주 새롭고 강렬한 것이 생겨난다. 그들은 후천적으로 성을 얻은 생식 개미들인지라 그 느낌이 더욱더 강렬하다.

완전 소통에 몰입하려는 듯 그들의 더듬이가 결합한다. 몸이 하나로 합쳐진 것에 이어 마음이 하나로 합쳐지고 있는 것이다.

두 개미의 작은 뇌에 환각적인 심상이 동시에 맺힌다.

암개미는 또다시 어항 벽에 부딪히는 것을 피하기 위해 허공에서 작은 동심원들을 그리며 비행한다. 그들이 날고 있는 곳은 가는 구멍이 뚫린 플렉시 글라스 뚜껑에서 겨우 몇 센티미터 떨어진 곳이다.

환각적인 영상이 더욱 선명해진다. 그 영상은 103호가 먼저 떠올려 수개미에게 전달해 준 것이다. 103호는 영화 「바람과 함께 사라지다」의 멋진 장면들을 아직 기억하고 있다.

지금 두 개미는 자기들 세계의 이미지보다는 손가락들의 이미지를 통해서 사랑을 분명하게 느끼고 있다. 물론 벨로캉 개미들에게도 많은 전설이 있지만, 「바람과 함께 사라지다」와 비슷한 것은 전혀 없다. 개미 세계에서 사랑은 그저 생식 활동의 일환일 뿐이다. 손가락들의 영화를 보기 전에는 103호도 사랑을 생식 활동과 독립된 특별한 감정으로 받아들일 생각을 못 했다.

아래에 있는 다른 개미들은 경탄 어린 눈길로 두 개미의 선회 비행을 올려다보고 있다. 그들은 뭔가 특별한 일이 벌어지고 있음을 깨닫는다. 10호는 한 편의 아름다운 서정시와도 같은 그 순간에 자기가 느낀 바를 〈신화학 기억 페로몬〉에 기록한다.

갑자기, 공중의 일이 심상치 않게 돌아간다. 수개미 24호가 편치 않은 기색을 보이고 있다. 그의 더듬이가 이상하게 바들거린다. 순수한 쾌락과 고통이 빨간 물결로 어우러져 해일처럼 밀려온다. 심장이 금방이라도 터져 나갈 것처럼 격렬하게 고동친다.

쿵…… 쿵, 쿵, 쿵, 쿵, 쿵…… 쿵!

쿵, 쿵, 쿵!

재판장은 공판이 다시 시작된다는 것을 알리기 위해 책상을 몇 차례 짧고 세차게 두드렸다.

「배심원 여러분, 자리에 앉아 주십시오.」

재판장은 개미들에게 지능이 있다는 것이 인정되었으므로, 이제부터 개미들도 법적으로 책임을 지게 된다고 배심원들에게 알려 주었다. 따라서, 배심원들은 103호와 그 동료들의 운명도 결정해야 하리라는 거였다.

쥘리가 소리쳤다.

「저는 이해할 수가 없습니다. 개미가 이겼다는 사실이 그런 식으로 귀결되는 겁니까?」

「그 승리는 개미들에게 지능이 있음을 증명한 것이지, 개미들에게 죄가 없음을 증명한 건 아닙니다. 발언권을 검찰 측에 넘기겠습니다.」

「개미들이 인간을 얼마나 심하게 괴롭히는가를 보여 주는 몇 가지 증거물이 여기 있습니다. 특히 미국 플로리다주에 붉은불개미들이 내습했던 사건과 관련된 기사를 보시면 개미들이 인간의 적이라는 사실을 분명히 깨닫게 되시리라 믿습니다.」

아서가 일어섰다.

「검사께서는 붉은불개미들이 내습했던 사건을 말씀하시면서 그 개미들을 어떻게 퇴치했는지는 설명하지 않으셨습니다. 그 개미들을 퇴치할 때 이용한 것은 바로 솔레놉시스 다게레이라는 종의 개미였습니다. 그 개미는 붉은불개미 여왕의 페로몬을 모방해서 일개미들을 속입니다. 그러면 일개미들은 그 개미를 여왕으로 여기고 봉양합니다. 그동안에 붉은불개미들의 여왕은 점점 쇠약해지다가 죽어 버립니다. 이 사건은 인간을 괴롭히는 개미들을 퇴치하는 데에는 인간과 친구가 될 수 있는 다른 개미들과 동맹을 맺는 것으로 충분하다는 사실을 보여 주고 있습니다…….」

검사는 자리에서 일어나 배심원들 앞으로 나서면서 아서의 말허리를 잘랐다.

「피고가 주장한 것처럼 개미들과 협력하고 그들에게 우리 문명의 비밀을 가르쳐 주는 방법으로는 개미들을 몰아낼 수 없습니다. 그보다는 오히려 우리에 대해서 너무 많이 알고 있는 개미들이 그 지식을 자기들의 종 전체에 전달하기 전에, 한시라도 빨리 그 개미들을 없애 버려야 합니다.」

어항 안에서는 황홀경이 여전히 지속되고 있다. 하나가 된 두 개미는 무시무시한 소용돌이에 휘말린 것처럼 점점 더 빠른 속도로 허공을 맴돈다. 수개미 24호의 심장은 더욱 격렬하게 고동친다. 쿵…… 쿵…… 쿵, 쿵, 쿵, 쿵…… 쿵……. 쾌락의 붉은 물결은 사나운 너울로 변하고 그 빛깔은 연보라에서 보라로, 보라에서 순전한 칠흑빛으로 바뀌어 간다.

재판장은 검사에게 논고를 마무리하고 구형(求刑)을 하라고 부탁했다.

「학교를 불법 점거한 피고인들에게 대해서는 교육 시설 파괴와 공공 도로에서의 소요 조항을 들어 징역 6개월을 구형합니다. 피라미드의 공범자들에게 대해서는 살인 공모 조항을 들어 징역 6년에 처할 것을 요구합니다. 끝으로 103호와 종범(從犯)들에 대해서는, 폭동과 경찰관 살해 조항에 따라 사형을 구형합니다.」

방청석에서 야유와 박수가 동시에 터져 나왔다. 재판장은 거의 무의식적으로 책상을 두드렸다.

「우리 나라에서 사형은 오래전에 폐지되었다는 사실을 상기하시기 바랍니다.」

「사람에 대해서는 물론 그렇습니다, 재판장님. 그러나 동물에 대해서 사형을 금지하는 조항은 우리 형법의 어디에도 나와 있지 않습니다. 아이들을 무는 개는 주사를 놓아 죽일 수 있고, 공수병을 옮기는 여우는 도살할 수 있습니다. 게다가 우리 가운데 개미들을 죽인 적이 없다고 장담할 수 있는 사람이 과연 한 사람이라도 있을까요?」

검사의 구형에 찬성하지 않는 사람들조차도 그 말이 옳다는 것을 인정하지 않을 수 없었다. 단지 실수로라도 개미를 죽여 보지 않은 사람이 누가 있으랴?

검사가 동을 달았다.

「103호와 그의 무리에게 사형을 선고하는 것은 공공의 이익을 생각하는 사람들에게는 아주 당연한 일로 받아들여질 것입니다. 어떤 의미에서 그것은 정당방위에 지나지 않을 것입니다. 피라미드에서 압수한 문서들을 보면 개미들이 우리를 공격하기 위해 대규모 원정대를 보낸 적이 있음을 확인할 수 있습니다. 이 개미들을 처형함으로써 인간에게 해를 끼치려 하는 종들은 결국 죽음으로 대가를 치르게 된다는 사실을 자연계 전체에 알려야 합니다.」

수개미 24호가 더듬이를 세운다. 암개미 103호는 냄새와 모습으로 자기 짝에게 죽음의 그림자가 다가오고 있음을 느끼고 있지만, 자기 자신의 즐거움이 너무나 길고 너무나 커서 그를 돌보아 줄 수가 없다.

수개미는 붉은색에서 검은색으로 변한 너울에 잠겨 버렸는데, 암개미에게 덮쳐 온 물결은 붉은색에서 주황색으로 변하더니 점점 더 밝고 뜨거운 색조를 띠어 간다. 이제 103호는 암개미가 아니라 여왕개미다.

수개미 24호의 상태가 점점 나빠지고 있다. 피림프의 압력이 자꾸자꾸 올라간다. 그러다가 결국 심장 고동이 멎어 버렸다.

두 개미를 하나로 결합하고 있던 사개가 갑자기 느슨해지더니, 수개미가 떨어져 나간다. 그가 날갯짓을 시도한다. 추락의 속도를 늦추려는 듯하다…….

재판장은 변호인에게 발언권을 주었다. 쥘리는 온 신경을 집중하여 또박또박 말했다.

「지금 여기에서 벌어지고 있는 것은 단지 하나의 재판이 아닙니다. 그보다 훨씬 중요한 일입니다. 이 재판은 인간의 것이 아닌 사고 체계를 이해할 수 있는 아주 특별한 기회입니다. 만일 우리가 지중 생물인 개미들과 협력하는 데에 실패한다면, 언젠가 외계 생물이 지구를 찾아온다 한들 어떻게 그들과 대화할 수 있기를 바라겠습니까?」

허공에서 작은 폭발음이 들렸다. 쾌락은 너무나 강렬했고, 피림프의 압력은 너무나 강했다. 자기의 모든 생식 세포들을 암컷에게 쏟아 주자마자, 수개미는 환희를 견디다 못해 터져 버린 것이다. 사방으로 흩어진 키틴질의 조각들이 공중 폭발한 비행기의 파편처럼 떨어진다. 아래의 개미들 중에는 그 용감한 수개미의 산산이 부서진 조각들을 피하려는 자가 아무도 없다.

쥘리는 이따금 에드몽 웰스가 그녀의 목소리를 빌려 이야기하고 있는 듯한 기분을 느끼곤 했다. 『상대적이며 절대적인 지식의 백과사전』을 읽음으로써 그녀의 내면 깊숙이 자리 잡게 된 에드몽 웰스의 생각이 그녀의 입을 통해 전달되고 있었다.

「개미들은 우리의 진보를 위한 도약판이 될 수도 있습니다. 그들을 죽이려고 애쓰기보다는 그들을 활용해야 합니다. 우리와 개미는 서로에게 도움이 될 수 있습니다. 우리는 1미터 높이에서 세계를 다스리고 있고, 그들은 1센티미터 높이에서 세계를 다스리고 있습니다. 아서는 아무리 능숙한 시계공도 만들어 낼 수 없을 만큼 지극히 작은 물건들을 개미들이 위턱을 사용해서 만들 수 있다는 것을 입증했습니다. 그토록 소중한 협력자들을 왜 없애 버리려 하십니까?」

여왕개미 103호는 조금 더 선회를 하다가 공교롭게도 인조 더듬이에 내려앉는다.

로제타석의 스피커에서 〈크륵〉 하는 작은 소리가 울렸다. 하지만 토론이 절정에 달해 있는 법정에서는 아무도 그 소리에 주의를 기울이지 않았다.

쥘리의 변론이 계속되었다.

「우리를 처벌한다는 것은 있을 수 없는 일입니다. 우리는 우리 종의 지위를 개선하려고 했기 때문입니다. 개미들을 죽이는 것 역시 도저히 받아들일 수 없습니다.」

여왕개미는 추락하면서 날개를 잃었다.

수개미의 죽음과 날개의 상실은 새로운 개미 왕국을 건설하기 위한 대가였다.

「오히려 여러분께서는 우리를 석방하고 이 죄 없는 개미들을 풀어 줌으로써 우리가 개척하기 시작한 이 길에 모두가 관심을 기울일 만하다는 것을 보여 주셔야 합니다. 개미들은 우리가 원하든 원치 않든……」

쥘리는 말을 중단한 채 그대로 입을 벌리고 있었다.

235. 백과사전

숫자의 힘

숫자는 단지 그 형태만으로도 생명이 진화해 온 역사를 보여 준다. 숫자들에 나타나는 둥근 형태는 사랑과 해방을 의미하고, 곧은 줄은 집착과 구속을 뜻하며, 엇갈린 형태는 시험과 이행을 가리킨다. 숫자들을 하나씩 들어 가며 거기에 담긴 뜻을 살펴보자.

0은 공백의 단계이다. 이 숫자는 동그라미로 이루어져 있다. 이것은 생명을 품은 태초의 알이다.

1은 광물의 단계이다. 이 숫자는 세로줄 하나로 되어 있다. 이것은 부동성과 시작을 뜻한다. 이 단계에서 사물은 그냥 존재한다. 생각하지 않고 움직이지 않고 늘 같은 자리에 머물러 있다. 그것은 의식의 첫 단계다. 광물은 존재한다. 그러나 생각하지 않는다.

2는 식물의 단계이다. 이 숫자는 밑부분이 곧은 줄로 되어 있다. 이는 식물이 땅에 붙박여 있음과 같다. 식물은 땅에 속박되어 움직일 수 없다. 그런데, 이 숫자의 윗부분은 둥글다. 이는 식물이 하늘과 빛을 사랑하는 것과 통한다. 식물은 하늘과 빛을 사랑하기 때문에 그것들을 위해 자기 윗부분에 있는 꽃을 아름답게 만드는 것이다.

3은 동물의 단계이다. 이 숫자에는 곧은 줄이 없다. 이는 동물이 땅의 속박에서 벗어나 자유롭게 움직일 수 있음과 상통한다. 이 숫자에는 두 개의 고리가 있다. 이는 동물이 위쪽과 아래쪽을 사랑하고 있음을 뜻한다. 동물은 하늘의 노예도 땅의 노예도 아니며, 자기의 감정과 욕구에 따라 행동한다. 동물은 사랑하기도 하고 사랑하지 않기도 한다. 이기주의는 동물의 주요한 특성이다. 동물은 포식자가 되기도 하고 먹이가 되기도 한다. 동물은 언제나 두려움을 지닌 채 살아간다. 자기의 직접적인 이익에 따라 행동하지 않으면, 동물은 죽음을 맞게 된다.

4는 인간의 단계이다. 이 숫자는 길들이 교차하는 모양을 이루고 있다. 4는 교차점을 가진 최초의 숫자다. 이 형태는 변화와 이행을 뜻한다. 이 단계에서 변화에 성공하면 더 높은 세계로 옮아가게 된다. 인간은 감정과 욕구에 속박된 동물의 노예 상태를 자유 의지를 통해 벗어난다. 인간은 자기의 사명을 실현하기도 하고 실현하지 못하기도 한다. 하지만 선택의 자유라는 개념은 자유의 획득과 자기 감정의 제어라는 사명을 실현하지 않는 것도 허용한다. 인간은 자기가 원하면 동물로 남을 수도 있고 다음 단계로 넘어갈 수도 있다. 그것은 바로 오늘날 인류가 당면하고 있는 선택의 기로다.

5는 영혼의 단계이다. 이 숫자는 2와 반대로 곧은 줄이 위에 있다. 이는 영혼이 하늘에 매여 있음과 같다. 또, 아래에 곡선이 있는 것은 땅과 땅에 거주하는 자들에 대한 사랑을 뜻한다. 영혼은 땅의 속박에서 벗어나는 데에는 성공했지만, 하늘에서 해방되는 데에는 이르지 못했다. 시련을 겪고 4의 교차로를 통과했지만 하늘에서 맴돌고 있는 것이다.

6은 모난 곳도 곧은 줄도 없이 하나로 이어진 곡선이다. 이는 완전한 사랑을 뜻한다. 이 숫자는 소용돌이 꼴에 가깝다. 이는 무한을 향해 나아갈 준비가 되어 있음을 의미한다. 이 단계에 이르면, 하늘과 땅, 위쪽과 아래쪽의 온갖 속박에서 벗어난다. 그러나 아직 이루어야 할 일이 남아 있다. 창조주의 세계로 넘어가는 것이 바로 그것이다. 6은 또한 어머니 배 속에 있는 태아의 형상이기도 하다.

7은 이행의 숫자다. 4를 뒤집어 놓은 것과 비슷한 이 숫자에도 교차점이 있다. 이는 하나의 순환이 마감되었음을 뜻한다. 즉 물질세계의 순환이 끝난 것이다. 따라서 이제 다음 순환으로 넘어가야 한다.

8은 무한이다. 이 숫자의 곡선을 따라가면 영원히 끝이 나오지 않는다.

9는 태아의 형상이며 6을 뒤집어 놓은 것이다. 9는 현실 세계로 돌아갈 채비를 하는 단계이다.

10은 고차원의 0이다. 10과 함께 숫자의 순환이 더 높은 차원에서 다시 시작된다.

우리가 어떤 숫자 하나를 쓰는 것은, 그 숫자에 담긴 뜻을 전달하는 것이기도 한다.

에드몽 웰스, 『상대적이며 절대적인 지식의 백과사전』 제3권

236. 지각의 차이

피고인석 위에 설치된 비디오 화면에 느닷없이 막시밀리앵의 얼굴이 나타났다. 그는 탐심(貪心)이 가득 어린 기이한 미소를 짓고 있었다. 쥘리는 망연자실하여 그 자리에 붙박였다. 그의 눈빛이 이글거렸다. 그는 손톱깎이를 카메라의 대물렌즈 가까이에 들이대고, 개미들을 잡아 차례차례 머리를

잘랐다. 개미 목이 잘릴 때마다 짧고 탁한 소리가 들렸다.

「무슨 일이야? 저게 무슨 짓이지?」

판사가 물었다. 정리가 다가와서 판사에게 귀엣말을 했다. 막시밀리앵은 자기 집에 틀어박혀 있으면서도, 비디오카메라와 컴퓨터를 이용해, 그 장면을 중계하고 있다는 얘기였다.

막시밀리앵은 개미 1백여 마리의 목을 잇달아 자르고는 다소 피곤한 기색을 보이며 카메라에 대고 히죽 웃더니, 처형당한 시체들을 모아 휴지통에 툭툭 털어 버렸다.

그런 다음, 그는 종이 한 장을 들고 카메라 정면에 자리를 잡았다.

그의 낭독이 시작되었다.

「여러분, 우리는 지금 중대한 시기를 맞고 있습니다. 우리 세계, 우리 문명, 우리 종이 멸망의 위협을 받고 있습니다. 가공할 적이 우리 세계의 문턱에서 우리를 넘보고 있기 때문입니다. 우리를 위협하고 있는 그 적은 누구일까요? 그것은 바로 개미들입니다. 저는 개미들을 우리와 더불어 지구에서 가장 강대한 문명, 지구에서 가장 강력한 종으로 규정했습니다. 저는 얼마 전부터 개미들이 인간에게 미치는 영향에 대해서 연구했습니다. 특히 컴퓨터의 가상 문명 프로그램을 통해, 개미들이 우리의 과학 기술에 접하게 될 경우 세상의 판도가 어떻게 달라질 것인가를 검토했습니다.

그렇게 해서, 저는 수와 호전성과 의사소통 방식이라는 측면에서 우리보다 우세한 개미들이 채 1백 년도 안 걸려서 우리를 노예로 만들게 되리라는 것을 확인했습니다.

우리의 과학 기술을 이용하게 되면, 그들의 모든 능력이

고도로 발전하게 될 겁니다. 제 주장을 터무니없는 것으로 받아들일 분도 있다는 것을 알고 있습니다. 하지만 이 가정이 맞는지 틀리는지를 확인할 때까지 기다릴 수는 없습니다. 저는 그런 위험을 무릅쓰고 싶지 않습니다.

우리는 개미들을 죽여야 합니다. 특히 퐁텐블로 숲을 차지한 그 〈개명(開明)된〉 개미들을 먼저 죽여야 합니다. 물론 여러분 중에는 개미들에게 호감을 느끼는 분들도 있을 것이고, 개미들이 우리를 도울 수 있고 우리에게 뭔가를 가르쳐 줄 수 있다고 여기는 분들도 있을 것입니다. 그러나 그 생각은 잘못입니다.

개미들은 이제껏 인류가 경험한 그 어떤 재앙보다 해롭습니다. 비율적으로 보면, 단 하나의 개미집이 인간의 한 나라보다 더 많은 동물들을 죽입니다.

개미들은 다른 종을 정복한 다음 가축으로 이용합니다. 예를 들어, 개미들은 진딧물의 날개를 잘라 가축으로 삼고 분비꿀을 얻어 냅니다. 진딧물 다음에는 어쩌면 우리 차례가 될지도 모릅니다.

지능을 가진 개미들이 인류에게 얼마나 위험한 존재인가를 깨닫고, 저 인간 막시밀리앵 리나르는 퐁텐블로 숲의 일부분을 파괴하기로 결심했습니다. 철없는 인간들 때문에 우리 기술을 깨우친 개미들이 우글거리는 곳을 말입니다. 그리고 필요하다면, 숲 전체를 잿더미로 만들어 버릴 생각도 있습니다.

저는 우리의 미래를 걱정하며 오랫동안 숙고하였습니다. 지금 우리가 그 26제곱킬로미터의 오염된 숲을 파괴하지 않으면, 언젠가는 세계의 모든 숲을 파괴해야 할지도 모릅니다. 지금 그 작은 환부를 도려내면 괴저(壞疽)가 전체로 퍼져 나가는 것을 막을 수 있을 것입니다.

지식은 전염병 같은 것입니다. 성서는 아담이 선악과를 깨물어 먹고 싶은 유혹을 이겨 냈어야만 했다고 가르치고 있습니다. 이브는 돌이킬 수 없는 잘못을 저지르도록 아담을 부추겼습니다. 하지만, 우리는 개미들이 지식이라는 저주를 알지 못하게 할 수 있습니다.

저는 103호의 생각에 오염된 개미집들이 있는 숲에 소이탄을 설치했습니다.

저의 행동을 중단시키려고 애쓰지 마십시오. 그래 보아야 아무 소용이 없을 것입니다. 저는 바리케이드를 쳐놓은 채 집 안에 틀어박혀 있습니다. 그리고 소이탄들의 폭파 장치는 제 컴퓨터의 통제를 받고 있기 때문에, 이 통신이 끝나고 나면 그 장치의 프로그램을 외부에서 변경시킬 가능성은 전혀 없게 됩니다.

저를 만류하려고 애쓰지 마십시오. 제가 다섯 시간마다 컴퓨터에 어떤 암호를 입력하지 않으면 집과 숲에 설치한 폭탄들이 터지게 되어 있습니다.

저는 더 이상 잃을 것이 없습니다. 저는 우리의 종을 위해 제 목숨을 바치려 합니다. 오늘은 비가 내립니다. 저는 날이 개기를 기다렸다가 숲을 태울 것입니다. 만일 제가 뜻을 이루지 못하고 불의의 공격을 받아 죽게 된다면, 이것을 저의 유언으로 간주해 주십시오. 그리고 다른 분이 저를 대신해 주십시오.」

기자들은 기사를 전송하러 달려갔고, 영문을 모르는 사람들은 이게 도대체 무슨 소리냐며 서로 묻고 떠들어 댔다.

전례 없는 그 재판의 배심원 평결을 들으러 왔던 뒤페롱 지사는 곧바로 판사의 사무실로 달려갔다. 그는 리나르 경정이 전화선을 뽑아 놓지 않았기를 기대하면서 송수화기를 들었다.

다행히도 리나르 경정은 첫 번째 신호가 떨어지자마자 전화를 받았다.

「자네, 갑자기 왜 그러는 거야?」

「지사님이야 불만이 없으실 텐데요? 일본 회사가 호텔을 지을 수 있도록 숲 한 자락을 없애 버리고 싶어 하시지 않았습니까? 지사님의 소원은 성취될 겁니다. 지사님 말씀이 옳아요. 관광 산업은 고용을 창출하여 실업을 해소하는 데에 기여할 겁니다.」

「하지만, 이런 식으로는 안 돼, 막시밀리앵. 더 신중한 방법이 있다고…….」

「그 저주받은 숲을 태움으로써 저는 온 인류를 구하게 될 겁니다.」

지사는 목이 마르고 손에 땀이 났다.

「자네 미쳤군.」

「처음엔 그렇게 생각할 사람들도 있겠지만, 언젠가는 저를 인류의 구원자로 여기면서 제 동상을 세울 날이 올 겁니다.」

「그런데 그 하찮은 개미들을 없애 버리겠다고 고집을 부리는 이유가 뭐야?」

「제 이야기를 듣지 않으셨군요.」

「아냐, 들었어. 자네는 지능이 있는 다른 동물들을 그렇게까지 두려워한단 말인가?」

「그렇습니다.」

경정의 목소리가 너무나 결의에 차 있어서 지사는 더 설득력 있는 논거를 찾아보려고 애썼다.

「이런 걸 한번 상상해 보게. 만일 공룡들이 장차 인간이 규모는 작지만 대단히 강력한 문명을 이루게 되리라는 것을 깨닫고 포유동물들을 모조리 없애 버렸다면 어떤 일이 벌어졌을까?」

「아주 적절한 비유로군요. 저는 공룡들이 포유동물들을 깡그리 없애 버려야 했다고 생각합니다. 저처럼 장기적으로 얻거나 잃을 것이 무엇인지를 깨달은 영웅적인 공룡이 하나쯤은 있어야 해요. 그랬더라면 공룡들이 오늘날까지 살아남았을지도 모릅니다.」

「하지만 공룡들은 지구에 적응하지 못했어. 너무 크고 우둔했지…….」

「그럼 우리는요? 개미들이 보기에는 우리 역시 너무 크고 우둔할 수 있어요. 만일 개미들이 정말 그렇게 생각하는 날이 오면, 개미들은 어떻게 행동할까요?」

그 말을 끝으로 경정은 전화를 끊었다.

지사는 폭발물 제거 전문 요원들을 보내 숲속에 설치해 놓은 소이탄들을 찾아내게 했다. 그들은 여남은 개의 폭탄을 찾아냈지만, 도대체 몇 개를 찾아야 하는지를 모르고 있었다. 게다가 숲은 너무나 광대했다. 결국 그들은 자기들이 헛수고를 하고 있다는 사실을 인정하지 않을 수 없었다.

패색이 짙은 상황이었다. 사람들은 하늘에서 눈길을 떼지 않았다. 비가 그치면 숲에서 불길이 솟으리라는 것을 이제 모두가 알고 있었다.

그런데, 어디서 누군가 나직한 음성으로 중얼거렸다.《이렇게 하면 어떨까…….》

237. 백과사전

공갈

이미 많은 부를 축적하고 있는 나라에서는 부를 창출할 수 있는 온갖 방법이 다 활용된 터라, 이제 남은 거라고는 단 한 가지 방법밖에 없다. 공갈이 바로 그것이다. 공갈에도 종류가 많다. 〈자, 이거 마지막으로 하나 남은 겁니다. 지금 바로 사시지 않으면 기회가 없습니다. 다른 손님이 눈독을 들이고 있거든요〉 하는 상인의 애교스러운 공갈이 있는가 하면, 〈석유가 공기를 오염시키는 것은 사실이지만, 그것이 없으면 이 겨울에 온 국민을 따뜻하게 해줄 방법이 없을 겁니다〉라는 식으로 다중을 협박하는 공갈도 있다. 그런 공갈 앞에서 사람들은 결핍에 대한 두려움이나 무엇을 놓치는 것에 대한 두려움을 갖기 때문에 인위적인 지출이 생겨나게 된다.

에드몽 웰스, 『상대적이며 절대적인 지식의 백과사전』 제3권

238. 폭발 직전

토요일 낮에는 종일 비가 내렸다. 그러더니, 밤이 되면서 하늘에 별이 총총했다. 국립 기상대의 전문가들은 일요일엔 날씨가 화창할 것이며 퐁텐블로 숲엔 바람이 세게 불 거라고 예보했다.

막시밀리앵은 별로 신앙심이 있는 사람이 아니었지만, 그때만큼은 하느님이 자기와 함께 있다고 생각했다. 그는 컴퓨

터를 마주하고 안락의자에 몸을 묻었다. 그는 자기 사명의 중요성을 의식하면서 흐뭇한 기분에 젖었다. 그러다가 그는 잠이 들었다.

문과 겉창에는 모두 빗장을 질러 놓았다. 이슥한 밤에 한 방문객이 경정의 서재로 몰래 숨어들었다. 방문객은 컴퓨터를 찾았다. 컴퓨터는 누구든 암호를 입력하여 제지하는 사람이 없을 경우에는 소이탄들을 폭발시킬 준비를 갖춘 채 불침번을 서고 있었다. 방문객은 컴퓨터를 무력하게 만들기 위해 앞으로 나아갔다. 그가 너무 서두르는 바람에 물건 하나가 발길에 채였다. 막시밀리앵은 선잠을 자고 있기 때문에 작은 소리에도 화들짝 깨어났다. 사실 그는 마지막 순간에 적이 공격해 오리라는 것을 예상하고 있던 터였다. 그는 권총을 들어 방문자를 겨누고 방아쇠를 잡아당겼다. 온 방 안이 진동하였다.

방문객은 잽싸게 총알을 피했다. 막시밀리앵이 또 한 방을 쏘았지만, 방문객은 그것도 피했다.

경정은 씩씩거리며 권총을 장전하고 다시 겨냥했다. 방문객은 어딘가에 숨는 편이 낫겠다고 판단하고, 단숨에 거실로 나가 커튼 뒤에 숨었다. 경정이 또 방아쇠를 당겼지만, 방문객은 얼른 머리를 숙였다. 몇 발의 총알들이 그의 이마 위로 지나갔다.

막시밀리앵은 전등을 켰다. 방문객은 다른 곳에 가서 숨어야겠다고 생각했다. 그는 등받이가 높은 안락의자 뒤로 달려갔다. 등받이에 총알 몇 발이 잇달아 박혔다.

어디로 피하지?

재떨이가 눈에 띄었다. 방문객은 시가 꽁초와 재떨이 운

두 사이의 틈새로 달려 들어가 몸을 웅크렸다. 경정은 방석이며 벽걸이 천이며 카펫을 마구 들춰 댔지만 방문객을 찾아내지 못했다.

여왕개미 103호는 그 틈을 타서 숨을 가다듬고 냉정을 되찾은 다음, 신속하게 더듬이를 닦았다. 대개의 경우, 여왕개미는 너무나 소중한 존재이기 때문에 그렇게 위험한 일에 목숨을 걸지 않는다. 여왕개미의 의무는 오로지 자기 거처에 머물면서 알을 낳는 것이다. 그러나 103호는 이토록 중대한 임무를 수행할 수 있을 만큼 손가락과 개미의 장점을 고루 갖춘 자는 이 세상에 자기 하나뿐임을 알게 되었다. 숲이 파괴되느냐 마느냐, 곧 개미집들이 파괴되느냐 마느냐가 걸린 중차대한 일이었으므로 103호는 모든 것을 걸고 임무 수행에 나선 거였다.

막시밀리앵은 이따금 방석에 구멍을 내면서 여전히 권총을 겨누고 있었다. 그러나 표적이 너무 작아서 무기를 바꾸어야 했다.

그는 부엌의 붙박이장을 뒤져 분무기를 찾아낸 다음, 거실에 살충제를 뿌렸다. 치명적인 냄새가 공기 중에 가득했다. 다행히 개미의 작은 공기주머니들이 교대로 팽창하고 수축하면서 활발한 펌프 작용을 하고 있었다. 살충제 안개가 넓은 거실 안의 공기에 희석되고 있어서 그런대로 숨을 쉴 만했다. 10여 분 정도는 그대로 있어도 될 법했다. 그러나 시간을 낭비할 겨를이 없었다.

여왕개미 103호는 숨어 있던 곳을 빠져나와 어딘가로 질주했다.

〈나와 맞서 싸우라고 개미를 보냈단 말이지? 그렇다면 그

411

들에겐 더 이상 아무 대책이 없다는 얘기렷다!〉 막시밀리앵
은 그런 생각을 하며 흡족해하고 있는데, 갑자기 전기가 나
갔다. 어떻게 이런 일이 있을 수 있지? 아무리 뛰어난 개미라
해도 전등 스위치를 누를 수는 없지 않은가.

그러다 그는 개미가 배전반 속으로 들어갔음을 알아차렸
다. 그렇다면, 그 개미는 인쇄 회로를 해독할 줄 알고 어느 전
선을 끊어야 하는지도 안다는 것일까?

〈어떠한 경우에도 상대를 과소평가해서는 안 된다.〉 그것
은 그가 경찰 학교 학생들에게 가르치는 것 중에 첫째가는
원칙이었다. 그런데 정작 자신이 그런 실수를 범했다. 단지
상대가 자기보다 천배 더 작다는 이유만으로 상대를 과소평
가했던 거였다.

그는 서랍장 속에 늘 넣어 두는 할로겐 손전등을 꺼내어,
방문객을 언뜻 보았다는 느낌이 들었던 장소를 비추었다. 그
런 다음 배전반 쪽으로 가서, 전선 하나가 정말로 개미의 위
턱에 잘려 나갔음을 확인했다.

그는 이런 일을 할 수 있는 개미는 사람의 영향을 너무 받
아 개미의 본성을 잃은 여왕개미 103호밖에 없다고 생각
했다.

개미는 고도로 발달한 후각과 열기를 탐지하는 적외선 홑
눈 덕분에 어둠 속에서는 상대보다 조금 유리한 처지에 있었
다. 다만, 달빛이 문제였다. 막시밀리앵이 겉창을 열자마자
푸르스름한 달빛이 방 안 가득 밀려들어 왔던 것이다.

서둘러야 했다. 개미는 컴퓨터가 있는 서재로 돌아갔다.
프랑신은 뒷면의 통풍구를 통해 컴퓨터 속으로 들어가는 방
법을 가르쳐 준 바 있었다. 103호는 그녀가 일러 준 대로 나

아가 문제의 그 자리에 다다랐다. 이제 전선을 끊는 일만 남아 있었다. 103호는 전자 회로판 위를 돌아다녔다. 프랑신이 가르쳐 준 대로라면, 이것이 시스템 보드이고, 하드 디스크는 저쪽에 있다. 103호는 콘덴서와 트랜지스터, 저항선, 전위차계, 라디에이터 따위를 뛰어넘었다. 주위의 모든 것들이 진동하고 있었다.

103호는 자기를 별로 달가워하지 않는 구조물 속에서 움직이고 있다고 느꼈다. 마키아벨은 시스템 보드에 틈입자가 있다는 것을 알고 있었다. 개미의 다리가 회로의 접속점에 닿을 때마다 미세한 전류를 감지하고 있는 거였다.

만일 마키아벨에게 손이 있었다면, 개미는 진작 으깨어지는 신세가 되었으리라.

만일 그에게 밥통이 있었다면, 개미는 진작 소화되고 말았으리라.

만일 그에게 이가 있었다면, 개미는 이미 아작아작 씹혔으리라.

그러나 컴퓨터는 광물 부품으로 이루어진 기계일 뿐이다. 여왕개미 103호는 프랑신이 가르쳐 준 인쇄 회로 도면을 다시 떠올리고 있었다. 그때, 통풍구에 사람의 거대한 눈이 나타났다.

막시밀리앵은 여왕개미의 이마에 찍힌 노란 반점을 식별하고, 분무기로 살충제를 뿌려 넣었다. 몸 안에 들어온 독가스를 희석시키려고 개미의 숨구멍들이 한껏 열려 있을 때, 또 한차례 안개가 밀려왔다.

103호는 독가스가 자기 몸속을 갉아 먹고 있다고 느꼈다. 도저히 견딜 수가 없었다,

《공기를, 빨리…….》

103호는 디스크 드라이브의 뚜껑을 통해 밖으로 나왔다. 총탄이 다시 날아왔다. 103호는 총알을 피하면서 요리조리 달아났다. 그 총알들이 개미에게는 로켓탄이나 다름없었다. 손전등 불빛이 계속 개미를 따라왔다. 개미는 빛의 동그라미 속을 질주하고 있었다.

불빛을 피하기 위해, 개미는 문 밑으로 들어가 거실로 나온 다음 카펫의 접힌 곳 아래로 숨어들어 갔다. 카펫이 번쩍 들렸다. 개미가 안락의자 밑에 들어가 웅크리자, 안락의자마저도 뒤로 나자빠졌다.

개미는 혼비백산하여 신발들 사이를 달렸다. 손가락 열 개가 열심히 개미를 찾고 있었다. 개미는 두툼한 깔개 가두리의 나일론 정글로 피신하였다.

이제 어떻게 하지?

개미는 더듬이를 흔들어 숯내가 섞인 공기의 흐름을 감지하고, 전속력으로 깔개를 떠나 정면에 있는 수직 터널 쪽으로 내달았다. 음, 아주 훌륭한 은신처로군. 그러나 손전등 불빛은 여전히 개미를 추격해 오고 있었다.

「103호, 너 벽난로 속에 있다는 거 다 알아. 이번엔 네놈을 잡고 말겠다, 빌어먹을 개미 같으니!」

막시밀리앵은 그렇게 소리치고 손전등으로 벽난로 속을 샅샅이 비추었다. 개미는 검댕을 밟으면서 벽난로의 안벽을 타고 올라갔다.

막시밀리앵은 또 살충제의 안개를 뿌리려고 했다. 그러나 분무기가 비어 있었다. 벽난로의 아랫부분은 몸피가 굵은 사람도 지나갈 수 있을 만큼 널찍했다. 막시밀리앵은 벽난로를 타고 올라가 103호를 짓눌러 버리기로 작정했다. 그 못된 개미의 몸뚱이가 산산이 부서진 것을 보지 않고는 직성이 풀리지 않을 것 같았다.

그는 안벽에 솟은 돌부리를 붙잡고 매달렸다. 그의 열 손가락은 뇌 속에 있는 중앙 정보 처리 장치의 지시를 받아 자기들이 어느 쪽으로 움직여야 하는지를 알고 서로 협력하였다. 아래쪽에 있는 발들도 비록 신발이라는 감옥에 갇혀 있어서 움직임이 자유롭지는 않았지만, 디딜 만한 곳을 열심히 찾고 있었다.

벽난로의 굴뚝은 위로 갈수록 좁아지고 있었기 때문에, 기어오르기가 점점 수월해졌다. 양쪽 벽에 팔꿈치와 무릎을 대고 버티면서, 그는 암벽 등반을 하는 사람처럼 무난하게 나아가고 있었다. 여왕개미 103호는 예상과는 달리 그가 따라 올라오고 있음을 알고, 더 높은 곳으로 자꾸 올라갔다. 개미는 자기를 추격하고 있는 손가락들의 냄새를 느꼈다. 개미들이 느끼기에, 손가락들에게서는 밤 기름 냄새가 난다.

막시밀리앵은 숨을 헐떡이고 있었다. 깎아지른 벽난로의 안벽을 기어오르는 것은 정말이지 그의 나이엔 할 짓이 못되었다. 그는 손전등으로 굴뚝 꼭대기를 비췄다. 그를 놀리기라도 하듯 까딱까딱 움직이고 있는 작은 더듬이 두 개를 본 듯했다. 그는 몇 센티미터를 더 올라갔다. 굴뚝이 점점 좁아지고 있었기 때문에 온몸을 한꺼번에 쑥쑥 올리기가 어려웠다. 그는 먼저 한쪽 옆구리를 끌어, 더 올릴 수 없게 되면 어깨를 끌어올리고, 어깨도 막히면 팔을 높이 뻗어 올렸다.

여왕개미 103호가 벽돌의 움푹 팬 곳에 들어가 몸을 웅크리자, 막시밀리앵이 이내 불빛을 비추었다. 그 피신처는 접근하기가 어려웠다.

그러나 호락호락 물러설 막시밀리앵이 아니었다. 갖은 애를 써가며 기껏 올라왔는데 이제 와서 103호를 놓칠 수는 없었다. 그는 손을 뻗어 공격에 나섰다.

개미는 뒤로 물러섰다. 손가락 하나가 다가들고 있었다. 진퇴양난의 상황이었다.

막시밀리앵은 이를 갈면서 중얼거렸다.

「이번엔 네놈을 잡고 말 거야.」

손가락 끝이 개미에 닿은 느낌이 들었다. 그는 더 세게 후려치지 않은 것을 후회하며, 집게손가락을 구멍 속에 쑤셔 넣었다. 그러나 103호는 옆으로 살짝 비켜서서 위턱으로 손가락을 물었다.

「아야!」

작은 상처에 핏방울이 맺혔다. 이제 개미에게 남은 일은 그 상처에 개미산을 쏘는 일뿐이었다. 개미는 그런 경우에 대비해서 70퍼센트로 농축된 개미산을 배 끝의 주머니에 가득 채워 놓은 터였다. 그 정도의 개미산이면 부식성이 강해서 어떤 반응을 일으키기에 충분했다.

103호는 손가락을 겨누고 개미산을 쏘았다. 첫 방은 과녁을 빗나갔다. 손톱에 부딪혀 아무런 피해도 입히지 못했다. 손가락이 허공을 후려쳤다. 비록 개미가 구멍 속에 갇혀 있는 상황이긴 했지만, 전투는 거의 막상막하였다.

개미의 무기는 개미산이 가득 들어 있는 배 끝의 주머니와 날이 선 두 개의 작은 위턱이었고, 손가락의 무기는 손톱과 강력한 힘살이었다.

결투. 막시밀리앵의 손은 쥘 베른의 소설 『해저 2만 리』에 나오는 커다란 문어처럼 촉수를 마구 휘두르며 작은 적을 죽이려고 했다.

개미는 그 손놀림이 경탄스럽기도 하고 두렵기도 했다. 저렇게 훌륭한 부속지를 달고 있다는 게 얼마나 큰 행운인지 손가락들은 모르리라! 개미는 최선을 다해 긴 살빛 촉수를 피하면서 개미산 몇 방을 쏘았다. 그러나 개미산은 살빛 과녁을 맞히지 못했다. 결국 개미는 상처를 더 내는 쪽으로 작전을 바꾸고, 다른 손가락들의 살을 베었다.

손가락들은 생각보다 완강했다. 개미는 머리를 정통으로 얻어맞고 구멍 안쪽에 처박혔다. 손가락은 또 한차례의 튕기기 공격을 준비하고 있다. 집게손가락이 완전히 구부러져 있다. 엄지손가락이 탁 놓아 주기만 하면 집게손가락은 곧장 세차게 튀어나올 것이다.

《나의 적은 오로지 두려움뿐이다.》

103호는 하루 동안의 신랑이었던 수개미 24호를 생각했다. 그가 씨를 뿌려 주었기에 나는 곧 알을 낳게 될 것이다. 그는 나를 위해 죽었다. 단지 그를 위해서라도 나는 살아남아야 한다.

103호는 가장 넓게 벌어진 상처를 골라 있는 힘을 다해 개미산을 쏟아부었다.

타는 듯한 통증 때문에 막시밀리앵은 움찔하며 뒤로 물러났다. 그 서슬에 그는 평형을 잃고 추락하였다. 둔탁한 소리를 내며 잿더미에 떨어진 그는 목뼈가 부러진 채 널브러졌다.

결투는 끝났다. 어떤 카메라도 그 쾌거를 필름에 담지 못했다. 아주 작은 개미 하나가 골리앗을 이겼으니, 장차 이 사

417

실을 누가 믿어 주랴.

103호는 자기의 상처를 핥은 다음, 전투 뒤끝이면 늘 그랬듯이, 감각기와 다리를 깨끗이 하고 마음을 추슬렀다.

이제 임무를 끝낼 때가 되었다. 몇 분 이내에 암호를 입력하지 않으면, 마키아벨은 소이탄들을 터뜨릴 것이다.

103호가 서재를 향해 달려가는데, 그림자 하나가 뒤따라왔다. 뒤를 돌아보니 거대한 괴물이 날고 있었다. 검은색과 진홍색이 섞인 얇고 긴 날개가 몸을 덮고 있어서 괴물은 더욱 무시무시한 느낌을 주었다. 103호는 소스라치게 놀랐다. 그것은 새가 아니었다. 그 동물은 커다란 눈을 이리저리 뒤룩거리다가 마침내 개미를 뚫어지게 바라보았다. 그가 입을 벌리자 물방울들이 하늘로 올라갔다.

이건 물고기야. 공연히 겁을 먹었군.

103호는 컴퓨터를 공격하러 서재로 돌아갔다. 살충제 냄새가 컴퓨터 속에 아직 남아 있었지만 견딜 만하였다.

개미를 감전시키려고 마키아벨이 전기를 조금씩 방출시켰지만, 개미는 요리조리 뛰면서 그 함정을 피했다. 개미는 자기의 1차적인 임무에 정신을 집중하였다. 폭탄들을 원격 제어하는 무선 송신기에 연결된 전선을 끊는 것, 그것이 바로 그의 주된 임무였다.

실수하면 안 된다. 무엇보다 전선을 잘못 고르면 안 된다. 단 한 번의 실수가 엄청난 재앙을 불러올 수도 있다.

생사를 건 힘겨운 결투를 벌이고 난 뒤라, 위턱이 부들거린다. 공기가 독가스로 오염된 탓에 생각을 차분하게 하기가 어렵다. 개미는 자기의 털만큼이나 가는 구리선을 따라간다. 마이크로프로세서 세 개를 지나자, 저항선과 콘덴서로 가득 찬 교차로가 나온다. 103호가 받은 지시는 밑에서 네 번째 전선을 자르라는 것이다.

103호는 플라스틱 피복을 뜯어내고 구리를 쏠고 거기에 개미산을 뿌렸다. 구리선이 반쯤 잘렸을 때, 문득 네 번째 전선이 아니라 그 옆에 있는 두 전선 중에 하나라는 생각이 들었다.

마키아벨은 통풍 장치를 작동시켜 회전 날개가 돌아가는 속으로 개미를 빨아들이려고 했다.

폭풍이다!

103호는 바람살에 휩싸이지 않으려고 부속품들에 매달린다. 사람을 이겼으니 이젠 기계를 이길 차례다.

마키아벨이 초읽기를 시작했다. 그 초읽기가 끝나면 숲속의 폭탄들이 폭발할 것이다.

개미 앞에 디지털 계기가 있다. 계기에 숫자들이 나타날 때마다 빨간 불빛이 개미를 비춘다.

10······ 9······ 8······.

이제 전선은 두 가닥밖에 남지 않았다. 그러나 어느 것이 녹색이고 어느 것이 적색인지 구별할 수가 없다. 적외선 홑눈에는 둘 다 연한 밤색으로 보이기 때문이다.

7······ 6······ 5······.

여왕개미는 둘 중에 아무거나 하나를 골라 잘랐다. 그러나 초읽기는 계속되고 있다. 전선을 잘못 고른 것이다. 개미는 절망적인 기분이 되어 마지막 전선을 자르기 시작했다.

4······ 3······ 2······.

너무 늦었다! 전선은 반밖에 잘리지 않았다. 그런데, 초읽기가 2에서 멎었다. 마키아벨이 갑자기 고장 난 것이다.

개미는 어안이 벙벙하여 숫자 2에서 정지해 버린 계기를 바라보았다.

103호의 내부에서 뭔가 뜻하지 않은 일이 벌어지고 있다. 어떤 짜릿짜릿한 압력이 뇌로 올라오고 있는 것이다. 아마도 앞서 겪은 온갖 감정 때문에 페로몬이 이상하게 뒤섞이면서 그의 뇌에 미지의 분자가 생겨나고 있는 모양이다. 103호는 자기에게 일어나고 있는 일을 통제할 수가 없다. 톡톡 쏘는 듯한 압력이 올라오고 있다. 도저히 억누를 수 없는 압력이다. 그러나 전혀 불쾌하지 않다.

갖가지 위험을 겪으면서 생긴 모든 긴장이 마치 마력이 작용하는 것처럼 하나씩하나씩 사라지기 시작한다.

압력은 이제 더듬이로 올라온다. 이것은 24호와 사랑할 때 느꼈던 것과 비슷한 기분이다. 하지만 이것은 사랑이 아니다. 이건, 이건……

해학이다!

103호는 웃음을 터뜨렸다. 개미의 웃음은 그 머리를 마구 까딱거리고 침을 조금 흘리며 위턱을 떠는 것으로 나타난다.

239. 백과사전

해학

과학 연감에 기록된 유일한 동물 해학의 사례는 스트라스부르 대학의 영장류 학자 짐 앤더슨이 보고한 것이다. 이 과학자는 수화를 배운 고릴라 〈코코〉의 사례를 제시하였다. 한 실험자가 코코에게 하얀 손수건을 보여 주면서, 이게 무슨 색이냐고 물었다. 코코는 빨간색을 뜻하는 손짓을 했다. 실험자는 손수건을 고릴라의 눈앞에 들이대고 흔들면서 같은 질문을 되풀이했다. 코코는 여전히 빨간색이라고 대답했다. 실험자는 코코가 실수를 고집하는 까닭을 이해할 수 없었다. 실험자가 참을성을 잃고 화난 기색을 보이자, 고릴라는 그에게서 손수건을 빼앗더니 빨간 실로 감친 가두리를 보여 주었다.

그러고 나서 고릴라는 영장류 학자들이 말하는 〈장난의 표정〉, 즉 입을 비죽 내밀고 입술을 위아래로 젖히면서 앞니를 벌쭉 드러내고 눈을 휘둥그렇게 뜬 표정을 지어 보였다. 그것은 아마도 고릴라의 해학이었을 것이다.

에드몽 웰스, 『상대적이며 절대적인 지식의 백과사전』 제3권

240. 어떤 경이로운 이와의 만남

손가락들이 서로 얽혀 들었다. 춤추는 남자들은 저마다 자기 파트너를 꼭 껴안았다.

퐁텐블로성의 무도회.

퐁텐블로시와 에스비에르라는 덴마크 도시와의 자매결연을 축하하기 위하여, 유서 깊은 그 성관에서 축제가 벌어지고 있는 중이었다. 기(旗)와 기념패와 선물을 교환하고 민속 무용을 선보인 뒤에 지방 합창단의 공연이 있었다. 그런 다음, 이제부터 두 도시의 입구에 나타나게 될 〈자매 도시 퐁텐블로-하시노에-에스비에르〉라는 표지판이 소개되었고, 덴마크의 아쿠아비트와 프랑스의 자두 브랜디를 시음하는 순서가 있었다.

두 나라 국기를 내단 승용차들이 여전히 가운데뜰로 들어서고, 시간에 늦은 남녀들이 야회복 차림으로 승용차들에서 내렸다.

두 나라의 관계자들이 정중하게 인사를 하고 악수를 나누었다. 그런 다음 미소와 명함이 교환되었고, 자기들의 아내를 서로 소개하였다.

덴마크 대사가 뒤페롱 지사에게 다가가 귀엣말을 했다.

「그 개미 재판 말입니다. 그 사건의 결말이 모호하던데, 그게 대체 어떻게 끝났지요?」

뒤페롱 지사는 미소를 잃지 않고 상대방이 그 사건에 대해서 어디까지 알고 있을지를 가늠하며 잠시 대답을 망설였다. 그러다가 십중팔구는 신문에서 기사 한두 편 읽은 게 전부이려니 생각하고 허두를 떼었다.

「잘 끝났습니다. 잘 끝났어요. 우리 지역 일에 관심을 보여주셔서 고맙습니다.」

「그 사건에 대해서 좀 더 알고 싶군요. 이야기해 주실 수 있겠습니까? 피라미드 사람들은 처벌을 받았나요?」

「아닙니다. 배심원들은 아주 관대했습니다. 그 피고인들에게 다시는 숲속에 집을 짓지 말라고 타이른 게 고작이었으니까요.」

「사람들이 기계를 이용해서 개미들과 대화를 했다고 하던데요. 그게 사실입니까?」

「그건 기자들의 과장입니다. 그들은 자기들이 속은 줄도 모르고 그렇게 떠들어 댄 겁니다. 기자들이 어떤 사람들인지 잘 아시지 않습니까? 휴지로나 쓰일 갈같은 신문들을 팔아먹기 위해서 침소봉대를 일삼는 사람들이니까요.」

「하지만, 개미들의 페로몬을 인간의 언어로 옮겨서 대화를 할 수 있게 해주는 기계가 정말로 있다고 들었는데요.」

뒤페롱 지사가 웃음을 터뜨렸다.

「아. 대사께서도 그런 걸 믿으십니까? 그건 순전히 장난이었습니다. 어항, 플라스크, 컴퓨터 모니터 따위로 이루어진 그 기계는 가짜였습니다. 피고들의 하수인 하나가 마치 개미가 말하는 것처럼 보이게 하면서 밖에서 대답을 했던 것입니다. 순진한 사람들은 그걸 믿었을지 모르지만 결국은 비밀이 누설되고 말았지요.」

덴마크 대사는 청어를 얹은 토스트를 곁들여 술 한 잔을 마신 다음 다시 물었다.

「그러면 개미는 말을 하지 않았습니까?」

「닭에 이가 돋는 날이 오면 개미들도 말을 하게 되겠지요.」

「음…… 어찌 보면 닭은 공룡의 먼 후손입니다. 따라서 닭들에게는 이미 이가 있었는지도 모르지요…….」

지사는 그 대화가 점점 비위에 거슬렸다. 그는 그쯤에서 대화를 끝내고 싶었다. 하지만 대사는 그의 팔을 잡고 놓아주지 않았다.

「그럼, 그 103호라는 개미는 어떻게 되었지요?」

「재판이 끝난 뒤에 개미들은 모두 석방되어 자연 속으로 돌아갔습니다. 우리는 개미들에게 벌을 내림으로써 우리 스스로를 웃음거리로 만들 생각은 없었습니다. 그 개미들은 보나마나 아이들과 산보객들의 발에 밟혀 죽게 될 겁니다.」

그들 주위에 휴대용 전화기에서 안테나를 뽑는 사람들이 점점 늘어나고 있었다. 그들은 그 인조 더듬이를 이용해서 다른 곳에 있는 사람들과 대화를 나누고 있는 거였다.

대사는 정수리를 긁적였다.

「그럼, 개미 혁명을 하겠다고 고등학교를 점거했던 그 젊은이들은 어떻게 되었습니까?」

「그들 역시 석방되었습니다. 그들은 학업을 계속하지 않고, 모두 컴퓨터나 서비스와 관련된 작은 기업들을 세웠다고 들었습니다. 사람들 말로는 사업이 잘된다더군요. 저는 젊은이들이 자기들 마음에 드는 사업에 뛰어들도록 권장하는 것은 바람직한 일이라고 생각합니다.」

「그럼, 리나르 경정은요?」

「그는 계단에서 굴러떨어져 심하게 다쳤습니다.」

대사는 인내심을 잃기 시작했다.

「지사님 말씀을 들으니 꼭 아무 일도 없었던 것 같군요.」

「그 개미 혁명과 곤충 재판에 관한 이야기를 하면서 사람들이 과장을 많이 했던 것 같습니다. 이건 우리끼리 하는 얘기지만……」

지사는 한쪽 눈을 찡긋해 보이고 나서 말을 이었다.

「사실 그 사건은 이 지역의 관광 산업을 발전시키는 데 다소 도움이 되었습니다. 그 사건이 있고부터 숲을 찾는 산보객들이 두 배로 늘었지요. 그건 잘된 일입니다. 그 덕분에 사람들의 허파도 깨끗해지고 이 지역의 경기도 살아나고 있으니까요. 어디 그뿐입니까? 여러분이 우리 도시와 자매결연을 맺고 싶어 했던 것도 그 사건과 조금은 관련이 있을 겁니다. 그렇지 않나요?」

「예. 솔직히 말씀드리자면 그런 점이 없지 않습니다. 우리나라에서는 모두가 그 기이한 재판에 관심을 가졌지요. 언젠가는 인간 세계에 개미 대사관, 그리고 개미 세계에 인간 대사관이 실제로 있게 될 수도 있다는 사람들까지 있었지요.」

뒤페롱 지사는 외교적인 웃음을 조금 지어 보였다.

424

「숲의 전설을 유지하는 것은 중요한 일입니다. 그게 아무리 별나고 우스꽝스럽다 해도 말입니다. 저로서는 20세기 초부터 전설을 지어내는 작가들이 나오지 않고 있다는 사실을 유감스럽게 여기고 있습니다. 그 문학 장르는 완전히 효용 가치를 잃어버린 것 같습니다. 그래도 퐁텐블로 숲의 그 개미 〈전설〉은 관광 산업에 도움이 되었지요.」

거기까지 말하고 나서 뒤페롱 지사는 손목시계를 보았다. 연설을 할 시간이었다. 그는 연단으로 올라가서, 짐짓 엄숙한 표정을 지으며 자기의 〈자매결연식용 원고〉를 꺼내 들었다. 그 원고는 외국 대사들과의 만찬에서 여러 차례 사용한 탓에 이미 귀퉁이가 닳아빠지고 노랗게 색이 바래 있었다.

「두 나라 국민들 간의 우정을 위하여, 그리고 나라와 지역을 막론하고 선의를 지닌 모든 사람들 사이의 이해를 위하여 건배를 하겠습니다. 우리는 여러분께 많은 관심을 가지고 있습니다. 여러분 역시 우리에게 많은 관심을 보여 주시기를 희망합니다. 관습과 전통, 산업과 기술에는 차이가 있지만, 바로 그 차이가 있음으로 해서 우리는 서로를 더욱 풍부하게 만들어 가리라 믿습니다…….」

진수성찬을 앞에 놓고 침을 삼키며 기다리고 있던 사람들이 마침내 다시 자리에 앉아 자기들 접시에 정신을 집중하기 시작했다.

덴마크 대사가 아까 하던 이야기를 계속했다.

「저를 천진난만한 사람으로 여기실지도 모르겠습니다만, 저는 정말로 그게 가능하다고 생각했습니다.」

「그게 뭔데요?」

「인간 세계에 개미 대사관을 설치하는 거 말입니다.」

뒤페롱 지사는 짜증 난 기색을 애써 감추고 그의 눈을 똑바로 바라보다가, 손짓으로 커다란 영사막 같은 것을 그렸다.

「이런 장면이 눈에 아주 선합니다. 제가 여왕개미 103호를 맞아들입니다. 여왕개미는 금박으로 장식한 작은 드레스를 입고 왕관을 쓴 군주의 차림입니다. 나는 여왕개미에게 퐁텐블로 농업 공로 훈장을 수여합니다.」

「그럴듯한 장면이군요. 그 개미들은 여러분에게 그야말로 횡재가 될 수도 있을 겁니다. 만일 여러분이 그 개미들을 협력자로 만든다면 그들은 거의 공짜로 일을 해줄 겁니다. 여러분은 제3세계의 노동자들을 다루듯이, 그들에게 약간의 보수를 주는 대신 그들이 가지고 있는 좋은 것과 쓸 만한 것들을 모두 얻게 될 겁니다. 유럽인들이 아메리카 원주민들을 바로 그런 식으로 다루지 않았습니까?」

「어째 비꼬는 말씀으로 들리는군요.」

「사실 개미들보다 더 싸고 더 수가 많고 동작이 더 정교한 노동력을 생각할 수 있겠습니까?」

「그건 그렇습니다. 개미들을 이용해서 밭을 갈거나 지하수를 찾아내는 일을 할 수 있을지도 모르겠습니다.」

「위험하거나 까다로운 일에 개미들을 활용할 수도 있을 겁니다.」

「어쩌면 개미들은 군사 부문에서도 훌륭한 조수 노릇을 할 수 있을지 모르겠군요. 예컨대, 첩보 활동이나 파괴 공작을 위해서 말입니다.」

뒤페롱 지사도 그렇게 맞장구를 쳤다.

「개미들을 우주에 보낼 수도 있을 겁니다. 인명 손실의 위험을 무릅쓰기보다는 돈 한 푼 안 들이고 개미들을 파견하는 편이 낫겠지요.」

「그럴 수도 있겠군요. 하지만…… 한 가지 문제가 있습니다.」

「그게 뭐지요?」

「개미들과 대화하는 것이 문제입니다. 로제타석이라는 기계는 작동되지 않고 작동된 적도 없습니다. 아까도 말씀드렸다시피 그것은 속임수가 있는 기계였습니다. 밖에 있는 하수인 하나가 마이크에 대고 말을 하면서 마치 개미가 말을 하는 것처럼 속인 것입니다.」

덴마크 대사는 대단히 실망한 기색을 보였다.

「지사님 말씀이 옳습니다. 결국 그 모든 것에서 남은 거라고는 전설 하나뿐입니다. 현대판 숲의 전설이지요.」

그들은 건배를 하고 더 진지한 것들로 화제를 돌렸다.

241. 백과사전

신호

어제 이상한 일이 있었다. 거리에서 산책을 하다가 한 서점 앞을 지나가는데 어떤 책이 나의 눈길을 끌었다. 그 책의 제목은 〈타나토노트〉였다.

나는 그 책을 읽었다. 저자는 인류에게 남은 마지막 미지의 대륙은 죽음이라고 주장하고 있다. 저자는 콜럼버스가 신대륙을 발견하러 떠난 것처럼 천국을 탐험하러 떠나는 개척자들을 상상했다.

그 책에 묘사되는 천국의 풍광과 환경은 티베트 불교의 경전이나 이집트의 『사자(死者)의 서(書)』에 묘사된 사후 세계에서 영감을 받은 것이다. 그 착상이 아주 기발하다. 서점 주인에게 물었더니 출간 당시에 그 책은 거의 반향을 얻지 못했다고 한다. 당연한 일이다. 우리 나라에서 죽음과 천국은 금기의 주제이기 때문이다.

그런데 그 『타나토노트』라는 책은 읽으면 읽을수록 내 마음을 불안하게 만들었다. 나를 불안하게 한 것은 그 주제가 아니라 다른 것이었다. 〈만일 나 에드몽 웰스가 존재하지 않은 거라면?〉 하는 스산한 생각이 갑자기 내게 엄습해 왔다. 어쩌면 나는 존재한 적이 없었는지도 모른다. 어쩌면 나는 종이로 된 건축물에 사는 허구적인 인물일지도 모른다. 『타나토노트』의 주인공들처럼 말이다.

그렇다면 나는 이 종이 벽을 통과하여 나의 독자에게 직접 이렇게 말할 것이다. 〈독자여, 그대에게 인사를 보낸다. 그대는 실제로 존재한다는 행운을 누리고 있다. 그건 아무나 누릴 수 있는 행운이 아니다. 그것을 잘 활용하기 바란다〉라고.

에드몽 웰스, 『상대적이며 절대적인 지식의 백과사전』 제3권

242. 새로운 길

전에 프랑신이 창조한 가상 세계 인프라월드는 윙윙거리는 컴퓨터 안에서 바깥 세계와 차단된 채 여전히 존속하고 있다. 이제 그 세계에 관심을 기울이는 사람은 아무도 없다. 거의 존재하지 않는 거나 다름없는 그 세계에서 종교인들과 과학자들은 마침내 더 높은 차원의 세계가 존재한다는 것을 받아들이고 그 세계에 대한 탐험에 착수했다. 한 작가가 SF 소설을 통해 처음으로 다른 차원의 세계에 대한 가정을 내놓았고, 로켓과 망원경 덕택에 그 가정이 사실로 확인되었다. 그들은 그 다른 차원의 세계를 〈피안〉이라고 부른다. 거기에도 사람들이 살고 있지만, 그들은 시간과 공간을 다르게 지

각한다.

인프라월드의 사람들은 이렇게 추론하였다. 〈높은 차원의 사람들은 컴퓨터를 사용하고 있다. 그 컴퓨터에는 우리 세계를 설계하고 주재하는 프로그램이 들어 있다. 그 프로그램을 사용해서 그들은 우리를 존재하게 한다. 우리는 그들이 만들어 낸 가상의 세계에서만 존재한다. 우리는 물질적으로는 존재하지 않는다. 우리는 자기 매체에 있는 0과 1의 연속일 뿐이다. 긴 정보의 사슬을 이루는 음과 양의 연속, 즉 전자 DNA가 우리 세계를 설계한다.〉

처음에 그들은 자기들이 거의 존재하지 않는 거나 마찬가지라는 사실에 경악했지만 곧 그것에 익숙해졌다.

그들은 이제 어떻게 해서 자기들이 존재하게 되었는가를 알고 싶어 한다. 그들은 예전에 프랑신이라는 이름의 신이 존재한다는 것을 알아냈다. 그들은 그 신을 죽였다. 죽이기까지는 못했더라도 중상을 입힌 것은 분명하다. 하지만 그들은 그것으로 만족하지 않는다. 그들은 위쪽 세계를 이해하고 싶어 한다.

243. 연쇄 반응

그녀는 앞으로 곧장 달리다가, 비탈길로 빠르게 내리닫았다. 여기저기에 미루나무들이 자줏빛 방추처럼 서 있었다. 그녀는 그 나무들 사이로 회전 활강을 하듯이 사형을 그리며 내려갔다.

날개들의 갈채 소리가 일었다. 나비들이 화사한 날개를 펼치고 서로 앞서락뒤서락 희룽대며 공기를 휘저었다.

1년이 흘렀다. 『백과사전』의 보관자인 쥘리는 그 책을 정육면체의 가방에 다시 담아 처음 발견했던 바로 그 장소로 가져가고 있는 중이었다. 미래에 다른 사람이 나타나 그 상대적이며 절대적인 지식을 활용할 수 있기를 바라면서.

이제 그녀와 그녀의 친구들은 더 이상 그 책을 보관할 필요를 느끼지 않았다. 그 책의 내용이 그들 여덟 사람 내면에 간직되어 있기 때문이었다. 그들은 그 내용을 더욱 풍부하게 만들기까지 했다.

쥘리는 가방을 닫기 전에 제3권의 마지막 페이지를 다시 읽었다. 에드몽 웰스가 손을 떨면서 마지막으로 쓴 문장이었다.

이제 끝났습니다. 하지만 이것은 시작일 뿐입니다. 이제 여러분이 할 일은 혁명이나 진보를 이루는 것이고, 여러분의 사회와 여러분의 문명을 위해 야망을 품는 것이며, 사회가 정체하거나 후퇴하지 않도록 발명하고 건설하고 창조하는 것입니다.

『상대적이며 절대적인 지식의 백과사전』을 완성하십시오. 여러분의 자녀들이 여러분보다 훨씬 나을 수 있도록 새로운 기획, 새로운 삶의 방식, 새로운 교육 방법을 창안하십시오. 여러분의 꿈의 지평을 넓히십시오.

유토피아 사회의 건설을 시도해 보십시오. 더욱더 대담한 작품을 만들어 내십시오. 여러분의 재능을 한데 모으십시오. 1+1=3이 될 테니까요. 새로운 차원의 사유를 찾아 떠나십시오. 겸손하게 평화적으로 조용하게 행동하십시오.

우리는 선사 시대의 인류일 뿐입니다. 위대한 모험은 우리 뒤가 아니라 우리 앞에 있습니다. 자연이라는 거대한 정보은행을 활용하십시오. 그것은 선물입니다. 각각의 생명 형태는 자기 안에 교훈을 담고 있습니다. 살아 있는 모든 것과 소통하십시오. 모든 지식을 융합하십시오.

미래는 강한 자의 것도 빛나는 자의 것도 아닙니다.

미래는 당연히 발명가들의 것입니다.

발명하십시오.

여러분 각자는 개미집에 잔가지를 날라 오는 한 마리 개미입니다. 작지만 독창적인 생각을 찾아내십시오. 여러분 각자는 전능하고 덧없습니다. 그것은 여러분이 서둘러 건설해야 하는 또 하나의 이유가 됩니다. 여러분의 일은 시간이 많이 걸릴 것입니다. 여러분은 일의 결실을 끝내 보지 못할 것입니다. 그래도 개미들처럼 여러분 몫의 일을 성취하십시오. 그러면 다른 개미가 조용히 나타나 여러분의 뒤를 이을 것이고 그 다음에 또 다른 개미가 나타날 것입니다.

개미 혁명은 머리에서 이루어지는 것이 거리에서 이루어지는 것입니다. 나는 죽었습니다. 여러분은 살아 있습니다. 천년 후에도 나는 여전히 죽어 있겠지만, 또 다른 여러분은 살아 있을 것입니다. 살아 있는 동안 행동하십시오.

개미 혁명을 이루십시오.

쥘리는 자물쇠의 암호를 흩트려 놓고 밧줄을 이용해서 자기가 예전에 추락했던 협곡으로 미끄러져 내려갔다.

나무딸기와 가시나무와 고사리 덤불이 그녀를 할퀴었다.

진흙 구렁과 언덕 속으로 들어가는 땅굴이 보였다.

그녀는 엉금엉금 기면서 땅굴 속을 나아가, 시한폭탄을 내려놓는 기분으로 가방을 처음 발견했던 바로 그 자리에 내려놓았다.

개미 혁명은 다른 때 다른 곳에서 다른 방식으로 부활할 거였다. 그녀가 그랬듯이 훗날 어떤 이가 그 가방을 발견해서 자신의 개미 혁명을 만들어 낼 것이었다.

쥘리는 진흙투성이의 터널을 빠져나온 다음 밧줄에 매달려서 가풀막을 다시 올라왔다. 그녀는 돌아가는 길을 알고 있었다.

그녀는 협곡을 굽어보는 사암 바위에 머리를 부딪쳤고, 그 충격에서 채 벗어나기도 전에 족제비 한 마리와 부딪쳤다. 그 족제비는 겁을 먹고 쏜살같이 달아나다가 새를 들이받았고, 그 새는 민달팽이를 후려치며 날아올랐고, 민달팽이의 나동그라지는 서슬에 나뭇잎을 자르고 있던 개미가 일을 중단하였다. 쥘리는 숲의 공기를 한껏 들이마셨다. 수천 가지의 정보들이 뇌로 쏟아져 들어왔다. 숲은 참으로 많은 정보를 품고 있었다. 쥘리는 더듬이가 없어도 숲의 영혼을 느낄 수 있었다. 그녀는 원하기만 하면 남의 정신 속에 들어갈 수 있었다.

족제비의 정신은 유연했다. 그는 풍경 속에 완전하게 자리를 잡고 3차원으로 몸을 움직일 줄 알았다.

쥘리는 새의 정신에 주의를 기울였다. 날 줄 아는 것이 얼마나 기쁜 일인지를 알 것 같았다. 아주 높은 곳에서 세상을 보는 탓인지 새의 정신은 믿어지지 않을 만큼 복잡했다.

민달팽이의 정신은 고요했다. 그에겐 두려움이 없었고, 자기 앞에 서 있는 것에 대한 약간의 호기심이 있을 뿐이었다. 그는 오로지 먹는 일과 어슬렁어슬렁 기어가는 일만 생각하고 있었다.

개미는 벌써 어딘가로 가버렸다. 쥘리는 그 개미를 찾지 않았다. 그러나 나뭇잎은 그대로 있었다. 쥘리는 나뭇잎이 느끼고 있는 것을 같이 느꼈다. 빛 속에 있는 것의 즐거움, 광합성을 할 때의 기분 따위가 그것이었다. 나뭇잎은 스스로를 대단히 활동적이라고 생각하고 있었다.

그러고 나서 쥘리는 언덕의 마음을 이해해 보려고 애썼다. 그것은 차가운 정신이었다. 장구한 세월의 무게가 실린 묵직한 정신이었다. 언덕은 최근의 일을 의식하지 않고 있었다. 언덕은 페름기와 쥐라기 사이의 역사에 자리를 잡고 있었다. 언덕에겐 빙하와 침식에 관한 기억이 있었다. 언덕은 자기 위에서 벌어지고 있는 일에는 관심이 없었다. 고사리들과 나무들만이 언덕의 오랜 친구였다. 언덕은 사람들이 살다가 이내 죽는 것을 오래전부터 보아 왔다. 언덕이 보기에 인간의 삶은 너무나 짧았고, 태어나자마자 이내 죽는 포유동물은 별똥별처럼 덧없는 존재였다.

쥘리는 크고 또렷또렷한 목소리로 소리쳤다.

「다람쥐, 나뭇잎, 언덕, 모두들 안녕?」

그녀의 얼굴에 미소가 번졌다. 그녀는 가던 길을 계속 갔다. 그녀의 눈이 하늘로 향했다. 그 시선을 계속 따라가면 별들이 있었고…….

244. 숲속 산보

찬 기운이 감도는 남청색의 광대한 우주.

더 가까이에서 그 상을 살펴보기로 하자. 한 부분을 클로즈업해 보면, 무수히 흩뿌려진 오색찬란한 은하들이 보인다.

그 은하들 중 하나에서 휘돌아 나온 소용돌이의 끝에 영롱한 빛을 내는 늙은 별이 하나 있다. 바로 태양이다.

상을 앞으로 더 끌어당겨 보자.

태양의 둘레를 도는 별들 가운데 자갯빛 구름이 대리석 무늬처럼 띠를 두르고 있는 미지근한 행성이 하나 있다.

그 구름 아래로 연보랏빛 대양과 맞닿은 황갈색 대륙이 보인다.

그 대륙에는 산맥과 평원이 있고, 기복을 이루며 펼쳐진 푸른 숲들이 있다.

숲갓 아래에는 수천 종의 동물이 있고, 그들 가운데 아주 특별하게 진화한 두 종이 있다.

발걸음 소리.

겨울이다. 누군가 눈 덮인 숲속을 나아가고 있다.

멀리서 보면 순백의 설원 한가운데에 검은색의 작은 반점이 보일 뿐이다. 그러나 가까이서 보면 다리가 눈 속에 푹푹 빠지는 하얀 가루 위를 허위허위 나아가는 개미 한 마리가 보인다. 그의 넓적다리마디는 굵고, 긴 발톱은 넓게 벌어져 있다. 그는 중성의 젊은 개미다. 그 얼굴은 아주 창백하고, 검은 눈은 툭 튀어나와 있다. 검고 매끈한 더듬이가 머리에 드리워져 있다.

그는 바로 5호다.

눈 위를 걸어 보기는 이번이 처음이다. 10호가 그의 곁으로 온다. 그는 추위를 견디게 해줄 불씨를 가지고 있다. 불씨를 너무 아래로 가져가면 안 된다. 눈이 녹을 염려가 있기 때문이다.

차가운 설원에서 5호는 숨을 헐떡이며 몇 걸음을 더 걷는다. 한 마리의 개미에게는 작은 걸음이지만 그의 종에게는 위대한 발걸음이다.

그는 차가운 눈이 자꾸 턱에 닿는 것이 싫어서 마지막 남은 힘을 다해 두 뒷다리로 버티고 일어선다.

그는 그렇게 불편한 자세로 네 걸음을 나아가서 멈춘다. 눈에서 걷는다는 것만으로도 대단한 일인데 두 다리로 눈에서 걷는다는 건 너무나 힘겹다. 하지만 그는 포기하지 않는다. 그는 10호를 돌아보며 이렇게 페로몬을 발한다.

《나는 새로운 보행 방식을 발견했어. 날 따라 해봐.》

245. 시작

손이 책의 마지막 페이지를 펼쳤다.

눈이 왼쪽에서 오른쪽으로 글자를 따라가는 동작을 멈추자 눈꺼풀이 잠시 내려온다.

읽은 것을 새기며 뜸을 들이던 눈이 다시 뜨인다.

낱말들은 차츰차츰 일련의 작은 상(像)으로 변한다.

두개(頭蓋) 깊숙한 곳, 뇌 속의 커다란 파노라마 화면에 불이 꺼진다. 이것이 끝이다.

그러나, 모를 일이다. 이것은 단지 하나의······

시작일지도

제5권 끝

435

나와 점심을 함께 먹는 모든 친구들에게 감사한다. 그들의 이야기를 들으면서, 그리고 그들이 내 이야기에 기울이는 관심을 통해서, 나는 내 글의 소재를 얻곤 한다.

그 친구들의 이름을 무순으로 나열해 보면 다음과 같다. 마르크 불래, 로맹 반 림트, 제라르 암잘라그 교수, 리샤르 뒤쿠세, 제롬 마르샹, 카트린 베르베르, 로이크 에티엔 박사, 홍지웅(洪池雄), 알렉상드르 뒤바리, 신 란츠만, 레오폴 브라운슈타인, 프랑수아 베르베르, 도미니크 샤라부스카, 장 카베, 마리 필리 아른, 파트리스 세르, 다비드 보샤르, 기욤 아르토, 막스 프리외……(이름이 빠진 친구들은 나의 불찰을 용서해 주기 바란다).

『개미 혁명』의 여러 이본(異本)을 진득하게 읽어 준 렌 실베르에게 아주 특별한 감사의 말을 전하고 싶다.

내가 이 책을 쓰면서 특히 많이 들었던 음악들이 있다. 내가 글을 쓰던 때와 똑같은 분위기에 젖어 보고 싶은 이들을 위해 그것들을 적어 둔다. 모차르트, 프로코피예프, 핑크 플로이드, 드뷔시, 마이크 올드필드(숲속 장면들을 쓰면서), 제너시스, 예스, 영화 「듄」, 「스타워즈」, 「갈매기의 꿈」, 「E. T.」(추격 장면들을 쓰면서)의 음악, 매릴리언, AC/DC, 데드 캔 댄스, 아르보 패르트, 안드레아 폴렌바이더(고교생들의 혁명 장면을 쓰면서), 그리고 정적(靜寂) 또는 바흐(『상대적이며 절대적인 지식의 백과사전』에서 발췌한 것으로 되어 있는 모든 글을 쓰면서).

끝으로, 펄프를 마련해 준 나무들에게 진심으로 고마움을 표시하고 싶다.

그 나무들을 베어 낸 자리에 하루빨리 다른 나무들이 심어지기를 바란다.

- 갈잎나무=낙엽수, 늘푸른나무=상록수, 떨기나무=관목, 큰키나무=교목
- 우산 꽃차례=산방 화서: 꽃꼭지가 아래쪽의 꽃일수록 길며 위쪽일수록 각 꽃꼭지의 꽃이 거의 편평하게 늘어서 피는 우산꼴의 꽃차례.
- 산형 꽃차례=산형 화서: 미나리나 파꽃처럼 꽃대의 끝에 여러 꽃자루가 방사상으로 나와 그 끝에 하나씩 피는 꽃차례.
- 원뿔 꽃차례: 겹총상 꽃차례가 불규칙하게 갈라져 원뿔꼴을 이룬 꽃차례. 대나무, 옻나무, 바위취, 범의귀 따위가 이에 해당한다.
- 총상 꽃차례=총상 화서: 싸리나무, 투구꽃, 꼬리풀 따위의 꽃처럼 긴 꽃대에 꽃자루가 있는 여러 개의 꽃이 어긋나게 붙어서 밑에서부터 피기 시작하여 끝까지 피는 꽃차례.

가뢰 가룃과에 딸린 곤충을 통틀어 일컫는 말. 몸길이는 1~3cm이고, 빛깔은 흑색, 황갈색, 적갈색이 대부분이다. 머리는 크고 목이 가늘며 날개가 퇴화하여 날지 못한다. 자란 벌레는 인체의 중추 신경을 자극하는 칸타리딘이라는 물질을 함유하고 있어서 약재로 쓰인다.

개똥벌레 반딧불잇과에 딸린 곤충. 몸은 긴 배 모양이며 가슴은 붉고 날개는 검은색이다. 길이는 12~18mm이다. 여

름철에 물가의 풀밭에 사는데 배 끝에 발광기(發光器)가 있어 밤에 반짝거리며 날아다닌다. 반디라고도 한다.

개미귀신 명주잠자리의 애벌레. 몸길이가 1cm쯤이며, 모래밭에 절구통 같은 구멍을 파고 숨어 있다가 미끄러져 들어오는 개미 따위를 잡아 체액을 빨아 먹는다.

개암나무 자작나뭇과의 갈잎떨기나무. 산기슭 양지 쪽에 자란다. 잎은 끝이 뾰족한 길둥근 꼴에 거친 톱니가 있고, 꽃은 봄에 암수한그루로 피는데, 수꽃은 어두운 갈색이고 암꽃은 녹색이며, 동그란 도토리 모양의 열매는 개암이라 하여 먹거나 약으로 쓴다.

개양귀비 양귀비과의 두해살이풀. 원산지는 유럽이고 정원에 심는다. 키는 30~80cm이고, 온몸에 털이 있으며, 잎은 어긋맞게 나고 깃꼴로 갈라지는데, 갈라진 잔잎은 가는 바소꼴로 끝이 뾰족하고 톱니가 있다. 꽃은 짙은 붉은빛, 자줏빛, 흰빛이 있고, 꽃잎은 네 개가 마주나며 둥글다.

거저리 거저릿과에 딸린 곤충. 몸길이는 1.3cm 안팎이고 더듬이는 11마디로 되어 있고 배는 5마디, 딱지날개는 항상 배마디를 덮는다. 앞다리 밑마디와 가운뎃다리 밑마디는 둥글고, 뒷다리 밑마디는 옆으로 길다. 전 세계에 1만 종 이상이 퍼져 있다.

거품벌레 좀매미라고도 한다. 몸길이는 10mm 내외이며 몸빛깔은 누런색이다. 주둥이가 길고 끝이 흑색이며, 유충은 뒷다리에서 거품 물질을 분비하여 자기 몸을 그 속에 숨겨 천적이나 태양 광선으로부터 보호하는 특이한 습성을 지니고 있다. 자란 벌레는 멸구와 비슷하게 생겼으며 버드나무의 해론 벌레이다.

광대나물　꿀풀과에 딸린 두해살이풀. 밭이나 논에서 자라며, 줄기는 모가 지고 아래쪽에서부터 많은 가지가 갈라지며 키는 25cm쯤이다. 잎은 마주나는데 아랫잎은 잎자루가 길고 둥글며, 윗잎은 꼭지가 없다. 4~5월에 입술 꼴의 자홍색 꽃이 여러 개씩 줄기 위 잎겨드랑이에서 핀다. 어린순은 나물로 먹는다.

금잔화　국화과에 딸린 한해살이 또는 두해살이풀. 잎은 넓은 바소꼴로 어긋맞게 나고, 여름부터 가을까지 어미 줄기와 가지 끝에 붉거나 노란 머리꽃이 피는데, 꽃차례 둘레로는 혀 모양의 꽃부리가 있다. 원산지는 남유럽이고 관상용으로 심는다.

길앞잡이　길앞잡잇과의 벌레. 몸길이는 1~2cm 정도. 머리와 가슴은 청동빛이고, 겉날개는 검은 녹색 또는 검붉은 갈색에 네 개의 누르스름한 무늬가 있고, 겹눈이 툭 튀어나왔다. 여름에 산길에서 사람이 걸어갈 때 길 앞에서 뛰어 날기 때문에 이런 이름이 붙었다.

꾸정모기　꾸정모깃과의 곤충. 몸길이 1~1.5cm. 다리가 길고 가늘며, 몸 빛깔은 회갈색이다. 유충은 며루라고 하는데 논과 밭에서 벼, 보리의 뿌리를 잘라 먹는 해론 벌레이다. 한국, 일본, 중국 등지에 분포되어 있다.

꿩의비름　돌나물과의 여러해살이풀. 온몸이 흰빛을 띠고 키는 50cm쯤이다. 잎은 길둥글거나 알꼴로 마주나거나 어긋맞게 나며 잎자루가 짧고 살이 많은데, 8~9월에 불그레한 꽃이 많이 모여 핀다.

너도밤나무　참나뭇과에 딸린 갈잎큰키나무로 키는 20m에 달한다. 잎은 길둥글거나 알꼴로 뾰족하고 물결 꼴의 톱

니가 있다. 암수한그루로 수꽃은 6월 무렵에 잎겨드랑이
에서 피고, 암꽃은 가지 끝에 핀다. 열매는 쪽밤과 같으며
10월에 익고, 가로로 자른 면은 세모꼴이다. 나무가 단단
하여 건축, 가구재로 쓴다.

노린재　노린재목에 딸린 곤충을 통틀어 일컫는 말. 지상 생
활을 하는 것과 수서 생활을 하는 것이 있다. 몸의 크기는
가장 작은 1.1mm(얼룩깨알소금쟁이)에서 가장 큰 65mm
(물장군)까지 여러 단계가 있다. 몸의 모양도 편평한 판
모양인 것(넓적노린재), 긴 막대 모양인 것(실노린재), 그
리고 날개가 특이한 군배충(방패벌레) 등 매우 다양한 변
이가 있는데 대부분 여섯모꼴이다. 겉날개는 누르며 다리
는 검은데, 몸에서 고약한 노린내가 난다. 오이, 참외, 호
박, 무 등의 해론 벌레이다.

누리　메뚜깃과에 딸린 곤충. 몸 빛깔은 누른 갈색 또는 녹색
으로, 앞등이 부루퉁하고 날개에는 검은 갈색의 큰 무늬
가 흩어져 있는데 농작물에 해를 끼친다. 아시아의 열대,
중국 북부, 유럽, 아프리카 등지에 살며 더러 떼를 지어 이
동한다.

누에나방　누에나방과에 딸린 곤충. 날개를 펴면 그 길이가
39~43mm 정도 된다. 암컷은 흰 날개에 몸이 굵고 더듬
이는 잿빛이며, 수컷은 날개가 잿빛이고 몸이 암컷보다
좀 작으며 더듬이는 검은데, 교접하여 알을 낳은 뒤에 죽
는다. 애벌레는 누에라고 하며 명주실을 얻으려고 기르는
이론 벌레이다.

눈에놀이　모기와 비슷한 곤충의 하나로 몸빛은 누른 갈색
또는 어두운 잿빛이다. 풀숲 속에 살며 여름에 사람의 눈

앞에서 어지럽게 떼를 지어 나돌고, 암컷은 동물의 피를 빨아먹는데, 독이 있다.

느릅나무 느릅나뭇과에 딸린 갈잎큰키나무. 높이 20m, 지름 60cm쯤이며 잔가지에 융털이 있다. 잎은 길둥글며 톱니가 있는데 앞면은 거칠고 뒷면 맥 위에는 짧은 털이 나 있다. 꽃은 3월에 피며, 열매는 4~5월에 익는데 날개가 달려 있다. 당느릅나무, 혹느릅나무, 민느릅나무가 있다.

능수버들 버드나뭇과에 딸린 갈잎큰키나무. 들이나 물가에 자라며 키는 20m, 지름 80cm쯤으로 누르스름한 풀빛의 가늘고 긴 가지가 아래로 늘어지고, 잎은 바소꼴이다. 한국 특산으로, 예로부터 길거리에 심는 나무로서 이름이 났다.

단너삼 콩과의 여러해살이풀. 잎은 홀수깃꼴겹잎이고, 길둥근 꼴이며, 안쪽은 희다. 여름에 나비꼴의 누르스름한 꽃이 총상(總狀) 꽃차례로 핀다. 북쪽 지방의 높은 산에 산다. 황기라고도 한다.

대벌레 대벌렛과에 딸린 벌레. 몸은 가는 기둥 꼴에 나뭇가지와 비슷하고 가늘고 긴 여섯 개의 다리가 있다. 몸빛은 풀빛이거나 누른 풀빛이며, 날개는 아주 퇴화하였는데, 가죽나무, 전나무 따위의 잎을 갉아 먹는다. 대까지, 죽절충이라고도 한다.

독미나리 산형과에 딸린 여러해살이풀. 습지에서 자라며 독이 있다. 땅속줄기는 굵고 마디가 있으며 속이 비었고 그 끝에서 속이 빈 줄기가 1m 정도 자란다. 톱니가 있는 잎은 깃꼴겹잎이며 6~8월에 흰 꽃이 줄기 끝에서 배게 핀다. 땅속줄기는 연명죽 또는 만년죽이라 한다.

돌꽃 돌나물과에 딸린 여러해살이풀. 깊은 산 바위 곁에 자

란다. 뿌리줄기는 통통하고 비늘 조각에 덮여 있으며, 줄
기는 뭉쳐나고 곧게 서며 길이는 10cm쯤이다. 잎은 바소
꼴로 촘촘히 어긋맞게 난다. 7~8월에 흰 꽃이 줄기 끝에
모여 피고, 튀는 열매를 맺는다.

뒝벌 꿀벌과에 딸린 벌의 한 가지. 몸길이는 18~22mm쯤
되고 몸은 어두운 갈색이며 가슴에 누른 털이 있고 가슴,
배의 등에 검은 가로줄이 각각 한 줄씩 있다. 날개는 검은
갈색인데 땅속에 집을 짓고 모듬살이를 하며 등꽃, 호박
꽃 등에 잘 날아든다.

등에 등엣과, 꽃등엣과 따위에 딸린 곤충을 통틀어 일컫는
말. 꽃에 모여들어 식물의 수정을 돕는 이로운 무리와 동
물의 피를 빨고 전염병을 매개하는 해로운 무리로 나누어
진다. 파리보다는 좀 크고 벌과는 날개가 한 쌍인 점이 다
르다. 몸 빛깔은 대체로 황갈색이며 잔털이 많고, 다리는
몸에 비해 짧고 약한 편이다. 주둥이는 바늘 꼴로 뾰족하
고 겹눈이 매우 크다. 피빨이 등에는 암컷만이 흡혈하며
가축의 피부를 뚫고 피를 빨기 때문에 가축 위생상 중요
하다.

딱정벌레 딱정벌렛과에 딸린 곤충을 통틀어 일컬는 말. 딱
정벌레, 곤봉딱정벌레, 민딱정벌레, 명주딱정벌레, 애딱
정벌레 따위가 있다. 몸빛은 금빛 나는 녹색 내지 구릿빛
나는 붉은빛에 윤이 나며 더듬이는 실꼴이고 딱지날개는
좌우가 서로 붙어 있다. 주로 다른 곤충을 잡아먹는다.

딱총나무 인동과에 딸린 갈잎떨기나무. 잎은 깃꼴겹잎이고,
잔잎은 바소꼴로 가운데에 둔한 톱니가 있다. 5월에 누른
녹색의 꽃이 피고, 씨열매는 9월에 붉게 익는다. 말린 가

지는 약재로 쓰이며, 어린잎은 먹이고, 심은 공업용으로 쓰인다.

땅강아지 땅강아짓과에 딸린 벌레. 귀뚜라미와 비슷한데 몸빛은 노란갈색이거나 검은갈색이며 온몸에 짧고 연한 털이 촘촘히 난다. 앞가슴과 등은 둥글며 앞날개와 뒷날개가 있고 앞다리는 땅을 파헤치기에 알맞게 발달되었다. 벌레를 먹거나 농작물의 뿌리와 싹을 갉아 먹는다. 누고, 석서, 하늘밭도둑이라 부르기도 한다.

마디충나방 명나방과에 딸린 벌레. 몸빛은 노란 잿빛이며 날개 길이는 23~27mm쯤으로 한 해에 두 번 번식하는데 애벌레는 벼, 기장, 사탕수수, 줄풀, 갈대 등의 해론 벌레이다. 벼명충나방, 이화명아, 이화명나방이라고도 한다.

마름 마름과에 딸린 한해살이풀. 연못이나 물 웅덩이에 자란다. 뿌리는 흙에 박혀 있으나, 줄기는 길게 자라서 물 위에 나와 뜬다. 잎은 뭉쳐난 것처럼 보이며 잎자루에 굵은 부분이 있고 잎몸은 마름모꼴 비슷한 삼각형이다. 여름에 흰 꽃이 피며 마름모꼴로 된 단단한 과실이 열린다.

멀구슬나무 멀구슬나뭇과에 딸린 큰키나무. 키는 10m쯤이고, 잎은 깃꼴겹잎이며 잔잎은 알꼴 또는 바소꼴이다. 5월에 옅은 자줏빛의 꽃이 원뿔 꽃차례로 잎겨드랑이에서 피고, 씨열매는 9월에 노랗게 익는다. 정원수나 가로수로 심는데 뿌리, 껍질, 열매는 이뇨, 구충제로 쓴다.

멜리사 꿀풀과에 딸린 여러해살이풀. 원산지는 지중해 연안으로 잎은 알꼴이고, 꽃은 누르스름한데, 입술 모양이며, 온몸에 레몬과 비슷한 향기가 있어 향미료로 쓰고, 담을 내거나 소화를 돕는 데 쓴다.

모래무지 잉엇과에 딸린 민물고기. 몸길이 15cm 내외로 입술에 돌기가 많고 한 쌍의 수염이 있다. 등은 거뭇하고 배는 흰빛인데 물속의 모랫바닥에 산다.

무화 뽕나무과에 딸린 갈잎떨기나무. 높이 3m 정도로 자라며, 잎은 손바닥 모양이고, 꽃은 홑성꽃으로, 열매는 둥글며 검은자줏빛이다. 과실은 먹는다.

물거미 물거밋과에 딸린 거미의 한 종류. 몸길이 12mm 정도로 몸은 작고 다리만 긴데, 머리·가슴은 갈색이고 배 쪽은 연한 갈색으로 물 위를 떠다닌다. 시베리아, 한국, 일본, 유럽 등지에 산다.

물망초 지칫과에 딸린 여러해살이풀. 원산지는 유럽이며 관상용으로 가꾼다. 높이는 20~30cm이며, 잎은 길둥근 꼴로 어긋맞게 나고, 5~6월에 남색의 작은 꽃이 총상 꽃차례로 핀다.

물맴이 물맴잇과에 딸린 벌레의 하나. 몸길이 6~7.5mm쯤으로 모양이 물방개와 비슷한데 몸빛이 검다. 딱지날개에는 점으로 연결된 줄이 11개가 있으며 날개 끝이 둥근데, 연못이나 도랑 등에 살며 물 위에서 뺑뺑 매암돌기를 잘한다. 무당선두리, 물무당, 물매암이로 부르기도 한다.

물벼룩 물벼룩과에 딸린 마디발동물. 벼룩과 비슷하나, 몸빛은 무색이거나 옅은 황색을 띠며 유기물이 많은 민물에 살면서 뛰듯이 헤엄쳐 다닌다. 물고기의 먹이로 쓴다.

물잠자리 물잠자릿과에 딸린 곤충. 검은 바탕에 금빛, 초록빛이 어려 나고 수컷은 검은 금녹색에 흰 가루가 많으며 암컷에는 가루가 없다.

물총새 물총샛과에 딸린 물새. 길이는 17cm쯤으로 머리는 초록색, 등에서 꽁지까지는 하늘색, 날개 가장자리 부분은 초록색이며 턱과 목은 희다. 여름새로 강물 가까운 벼랑에 굴을 파고 살며 민물고기, 개구리 따위를 잡아먹는다. 물새, 비취, 쇠새, 어구, 어호, 청우작, 취조 등 다른 이름이 많다.

물통이 쐐기풀과에 딸린 한해살이풀. 가는 줄기가 3~7cm쯤 되고 연하며 잎은 꼭지가 있고 둥글다. 잎겨드랑이에 연한 녹색의 자잘한 꽃이 많이 붙어 피며 여윈 열매를 맺는다. 산지의 축축한 땅에서 자란다.

물푸레나무 물푸레나뭇과에 딸린 갈잎큰키나무. 산지에서 흔히 자란다. 잎은 깃꼴겹잎이고, 잔잎은 긴 달걀 모양이며 뒤쪽의 주맥에 갈색 털이 난다. 5월에 꽃이 가지 끝에 원뿔 꽃차례로 피고 열매는 10월에 익는다. 나무는 기구재, 총대, 도끼 자루로, 껍질은 약재로, 재는 물감으로 쓰인다.

미루나무 버드나뭇과의 갈잎큰키나무. 미국에서 들여온 버드나무라는 뜻에서 미류(美柳)라고도 한다. 잎은 어긋나고 세모꼴 비슷한 알꼴이며 잎꼭지가 길고 무딘 톱니가 있으며, 꽃은 3~4월에 핀다. 나무는 성냥개비, 원목으로 많이 쓴다.

민달팽이 연체동물 복족류에 딸린 벌레의 한 가지. 껍데기가 없고, 몸길이는 6~7cm 정도이며 옅은 갈색 바탕의 몸에는 짙은 갈색 줄무늬가 있다. 미끈미끈하고, 머리 끝에 두 쌍의 긴 더듬이가 있다. 괄태충이라고도 한다.

박하 꿀풀과에 딸린 여러해살이풀. 땅속줄기를 뻗어 번식하는데 잎사귀에서 향기가 난다. 잎은 긴 타원형이며 여름에 입술 모양의 자줏빛 도는 흰빛의 꽃이 잎겨드랑이에서 핀다. 재배하기도 하는데 잎은 약재나 향료로 쓰인다. 영생이, 박하풀이라고도 한다.

밤꾀꼬리 꾀꼬리와 비슷한 작은 새. 봄, 여름의 이른 아침, 저녁이나 달밤에 잘 울며 주로 유럽 중남부 등지에 많이 산다. 나이팅게일이라고도 한다.

백단향 단향과에 딸린 늘푸른큰키나무. 키 6~10m이고, 줄기는 청백색에 광택이 나며 잎은 마주나고 알꼴이다. 목재는 누르스름하고 좋은 향기가 나는데 특히 뿌리 부분에서 짙은 향기가 나며 향료, 약품, 불상, 조각, 세공품에 쓰인다.

백리향 꿀풀과의 떨기나무. 높은 산이나 바닷가의 바위 틈에서 자란다. 어미줄기는 땅으로 기고 어린 가지는 서며, 잎은 무딘 바소꼴로 가는 털이 나며 마주난다. 8~10월에 불그레한 꽃이 피어 씨열매가 가을에 어두운 갈색으로 익는다. 화초로 가꾸고 줄기의 잎은 약재 또는 소스의 원료로 쓰인다.

버마재비 사마귀. 몸길이는 7~8cm이고 몸빛은 녹색 또는 누른 갈색이며 윗날개는 반투명이고 검은 갈색에 고르지 않은 옅은 얼룩무늬가 있다. 앞다리의 정강이마디 앞끝의 돌기가 낫처럼 되어 다른 벌레를 잡는 데 편리한데 자란 벌레는 8~9월에 나타나서 풀밭에서 산다.

범의귀 범의귓과에 딸린 늘푸른여러해살이풀. 온몸에 잔털이 나고 줄기는 적자색으로 땅에 누워 뻗으며 아무 데서나 싹이 난다. 키는 20~40cm 정도 되고, 잎은 둥그스름하여 두껍고 잎자루가 길며 밑동에서 우북하게 나는데, 7~8월

에 다섯잎꽃이 성기게 핀다. 꽃잎과 꽃받침 조각은 다섯
개씩인데 꽃잎 중 위쪽 세 개는 연한 홍색 바탕에 짙은 홍
색 반점이 있고 아래쪽 두 개는 희며 훨씬 길다. 고산 지대
의 중턱 이상에서 자란다. 호이초라고도 부른다.

보리수나무 보리수나뭇과에 딸린 떨기나무. 높이가 3m쯤에
잎은 알꼴이며 흰 비늘이 덮이고 어긋맞게 나는데, 초여
름에 누르스름한 꽃이 잎사귀에서 1~3개씩 달리고, 팥알
모양의 물렁열매가 가을에 붉게 익는다. 열매는 먹는다.

봄맞이꽃 앵초과에 딸린 한두해살이풀. 높이는 10cm쯤으
로 뿌리에서 돋은 잎은 사방으로 퍼지며 온몸에 솜털이 나
고 4~5월에 잎 사이에서 나온 꽃대에 7~8개의 흰 다섯
잎꽃이 산형 꽃차례로 핀다. 튀는 열매에는 동그란 잔씨
가 들어 있다. 들에서 자란다.

빗살수염벌레 빗살수염벌렛과에 딸린 벌레. 몸빛은 검고, 등
쪽은 검정 또는 흰 잿빛의 털이 얼룩무늬로 빽빽하게 나
있고, 더듬이는 빗 또는 톱날 모양인데 고목의 껍질을 갉
아 먹고 산다.

산딸기나무 장미과에 딸린 갈잎떨기나무. 찔레나무와 비슷
하나 온몸에 가시가 나고 잎은 어긋맞게 나며, 알꼴 또는
넓은 알꼴로 3~5갈래로 째졌고 5월에 흰 꽃이 핀다. 열매
는 7월에 검붉은빛으로 익는데 약으로 쓰며 먹기도 한다.
산과 들에 절로 자란다.

산벚나무 장미과에 딸린 갈잎큰키나무. 벚나무와 비슷하지
만 작은 가지가 한층 더 굵고 나무껍질은 짙은 갈색이다.
잎은 알꼴, 길둥근 꼴이고 4월에 불그스름한 꽃이 핀다.
열매는 앵두와 비슷한 씨과실이며 정원수로 심는다. 한국

에서는 바다 가까운 숲속에서 자란다.

산수유나무 층층나뭇과에 딸린 갈잎큰키나무. 가지와 잎은 마주나고 잎은 긴 알꼴로 끝이 뾰족하고, 잎의 앞뒤면에 잔털이 있다. 3~4월에 노란 꽃이 산형 꽃차례로 잎보다 먼저 핀다. 한방에서 말린 열매나 씨를 산수유 또는 석조라 하여 자양 강장제로 사용한다.

삼색제비꽃 제비꽃과에 딸린 한해살이 또는 두해살이풀. 줄기는 높이 12~25cm이고 잎은 어긋맞게 나고 잎자루가 길며 길둥근 꼴 또는 바소꼴로 톱니가 있다. 4~5월에 잎겨드랑이에서 나온 꽃줄기 끝에 자줏빛, 흰빛, 노랑의 다섯잎꽃이 핀다. 자줏빛 꽃은 이뇨제로 쓰인다.

소금쟁이 소금쟁잇과에 딸린 벌레. 몸빛은 검정이나 앞등가슴의 앞가장자리에 갈색 세로띠가 있으며 발은 길고 끝에 털이 있어서 물 위를 달리기도 한다. 못, 개천에 떼 지어 살며 아시아에 널리 퍼져 산다.

송장헤엄치개 송장헤엄치갯과에 딸린 물벌레. 몸빛은 회갈색이고 날개에는 검은 얼룩무늬가 있으며 뒷다리는 매우 길고, 주둥이는 짧고 크다. 저수지 등의 잔잔한 물에서 보통 등을 밑으로 하고 헤엄치는데 꼬리 부분을 공기 중에 내놓고 호흡한다. 물속의 잔고기, 올챙이 따위를 잡아 피를 빨아먹는다. 한국, 일본 등지에 있다.

쇠등에 등엣과에 딸린 벌레. 몸빛은 검은 잿빛, 회갈색이고 배와 등쪽에 세모꼴 무늬가 있다. 8월쯤에 나타나 소, 말 등의 가축에 붙어 피를 빨아 먹고 살며 애벌레는 물에 산다.

시클라멘 앵초과에 딸린 여러해살이풀. 땅속의 덩이줄기에서 잎과 꽃줄기가 나온다. 잎은 염통꼴로 두툼하고 겉면에 회백색 무늬가 있고 뒷면은 윤이 나는 불그레한 자줏빛을 띤다. 봄에 흰빛, 붉은 자줏빛, 붉은빛의 다섯잎꽃이 피는데 관상용으로 심는다. 원산지는 남부 유럽이다.

실소금쟁이 실소금쟁잇과에 딸린 벌레. 몸길이 11~14mm에 몸은 어두운 갈색인 것이 많으나 흑색, 연한 갈색 등 변이가 많다. 머리는 길며 더듬이는 가늘고 날개가 없는 것도 있다. 물 위를 달리는 습성이 있다. 한국, 일본, 중국 등지에 산다.

실잠자리 실잠자릿과에 딸린 모든 잠자리를 일컫는 말이다. 주로 냇가에서 사는데 몸은 가늘고 길며 배는 원기둥 모양이다. 앉을 때는 양쪽 날개를 위로 곧게 세워 합친다. 넓적다리실잠자리, 노랑실잠자리, 아시아실잠자리, 끝빨간실잠자리 따위가 있다.

쐐기풀 쐐기풀과에 딸린 여러해살이풀. 줄기는 1m 정도 높이로 자라고 잎은 잎자루가 긴 알꼴로 마주난다. 7~8월에 엷은 녹색 이삭꽃이 잎겨드랑이에 피고, 쐐기처럼 독털이 있다. 쏘이면 아프며, 산기슭 숲속에 나는데 한국과 일본에서 자란다. 잎은 먹는다.

아가위나무 장미과에 딸린 갈잎떨기나무. 가을에 작고 둥근 열매가 붉은빛 또는 누른빛으로 익는다. 한방에서는 열매를 산사자라고 하여 소화제 따위의 약재로 쓴다.

애기미나리재비 미나리아재빗과에 딸린 여러해살이풀. 산과 들에 자라며 잎은 손바닥 모양으로 어긋맞게 나고 6월에 노란 다섯잎꽃을 피운다. 미나리아재비와 비슷한데 조금 작다. 금황화라고도 한다.

엉겅퀴 국화과에 딸린 여러해살이풀. 높이는 1m쯤이며 잎

451

은 뻣뻣한데 깃꼴로 깊이 째지고 가시털이 있으며 어긋맞게 난다. 6~8월에 노란 머리 모양의 자줏빛 꽃이 줄기 끝에 하나씩 피고, 여윈 열매는 솜털에 싸여 흩날린다. 줄기와 잎은 먹이 또는 약으로 쓰인다.

왕하늘소 하늘솟과에 딸린 벌레. 몸길이는 40~53mm정도로 몸 빛깔은 검거나 갈색이고 온몸에 누른 털이 있다. 앞가슴에는 옆으로 많은 주름이 있고 주둥이는 뾰죽하다. 애벌레는 밤나무, 굴밤나무 따위에 해를 끼친다. 참나무하늘소, 미끈이하늘소라고 불리기도 한다.

용담 용담과에 딸린 여러해살이풀로 높이는 20~60cm이며 바소꼴의 잎은 마주난다. 8~10월에 나팔 모양의 보랏빛 꽃이 피고 튀는 열매에는 뿌리가 달린 씨가 있다. 뿌리는 용담이라 하여 건위제로 쓴다.

우엉 국화과에 딸린 두해살이풀. 곧은뿌리가 30~60cm 정도로 자라고 끝에서 어미줄기가 나와 약 50~150cm까지 자란다.

월계수 녹나뭇과에 딸린 늘푸른큰키나무. 높이는 12m 정도로 자라고, 나무껍질은 검은회색이다. 잎은 긴 타원형으로 질기고 단단하며 어긋맞게 난다. 이른 봄에 노란색의 잔꽃이 잎겨드랑이에서 피고, 앵두 모양의 열매가 10월에 까맣게 익는다. 잎에서 나는 진은 향내가 있어 향수의 원료로 쓰고 말린 잎은 요리나 차에 넣는다. 원산지는 유럽 남부 지방이다.

월귤나무 진달랫과에 딸린 늘푸른떨기나무. 높이는 15cm쯤이고 잔털이 있으며 길둥근 잎은 어긋맞게 난다. 5~6월에 피는 꽃은 끝이 얕게 다섯 갈래로 째진 종 모양이며 붉은빛을 띤 흰 꽃이 총상 꽃차례로 달린다. 8~9월에 동글 동글한 물열매가 빨갛게 익으면 먹거나 술을 담근다.

잎말이나방 잎말이나방과에 딸린 벌레. 5mm 정도의 작은 나방에서부터 50~60mm에 달하는 큰 종류도 있다. 잎말 이나방이란 이름은 유충이 식물의 잎을 말아 그 속에서 지 내는 데서 유래한 것이다.

자벌레 자벌레나방의 애벌레로 몸이 가늘고 길며 가슴에 세 쌍의 발이 있고 배에 한 쌍의 발이 있다. 꼬리를 대가리 쪽 으로 오그라 붙이고 몸을 앞으로 펴서 자질하듯 기어다 닌다.

자작나무 자작나뭇과에 딸린 갈잎큰키나무. 높이가 20m에 달하며 나무껍질이 희고 수평으로 벗겨진다. 잔가지는 자 줏빛 갈색이며 잎은 세모난 알꼴로 톱니가 있다. 4~5월 에 홑성꽃이 피며 9월에 열매가 익는다. 북부 지방에서 흔 히 자라는데, 목재는 기구 및 신탄재로, 나무껍질은 약으 로 쓴다.

잔대 초롱꽃과에 딸린 여러해살이풀. 가는잎잔대, 넓은잔 대, 두메잔대, 섬잔대, 왕잔대 등이 있다. 키 50~100cm쯤 으로 뿌리가 도라지 뿌리처럼 생기고, 잎은 돌려나며 7~9월에 종꼴의 하늘색 꽃이 어미줄기 끝에 엉성하게 원 뿔 꽃차례로 핀다. 산과 들에서 자라고 뿌리는 해독과 거 담제로 쓰이며 어린순은 나물로 먹는다.

장구벌레 모기의 애벌레. 몸길이는 4~7mm로 머리·가슴· 배로 나뉜다. 몸빛은 갈색 또는 흙색이며 여름철에 더러 운 물속에서 까 나와 번데기가 되었다가 모기로 된다.

장구애비 장구애빗과에 딸린 곤충. 몸길이는 30~38mm,

몸빛은 검은 갈색이다. 머리는 작고 겹눈은 광택이 있는 흑색이며 달걀 모양과 조금 비슷하다. 앞다리는 낫 꼴로 먹이를 잡는 데 쓰이고 가운뎃다리와 뒷다리는 헤엄치는 데 쓰인다. 배 끝에는 한 쌍의 호흡 부속기가 있다. 저수지 등에 많으며 한국, 일본, 중국, 인도 등지에 산다.

재스민 물푸레나뭇과에 딸린 푸른떨기나무. 여름철에 나발 모양의 누런 통꽃이 피는데 관상용 또는 향유 원료로 가꾼다. 말리(茉莉)라고도 한다.

주목 주목과에 딸린 늘푸른큰키나무. 키는 10~15m이고 껍질은 검은 갈색이며 바늘꼴의 납작한 잎은 겉은 녹색, 뒤쪽은 푸른 흰빛으로 4월에 암수 꽃이 따로 핀다. 씨열매는 9월에 빨갛게 익는데 높은 산에 나며 정원에도 심는다. 나무는 기구, 건축, 조각재 및 붉은 물감으로, 헛씨껍질은 먹이로, 가지와 잎은 약으로 쓰인다.

집게벌레 집게벌렛과의 곤충. 몸빛은 검은 갈색, 더듬이는 누른 갈색으로 배는 꽁지 쪽이 통통하며 끝에는 각질의 집게가 달려 있다. 벌레를 잡아먹으며 온 세계에 널리 산다.

찔레나무 장미과에 딸린 갈잎떨기나무. 가지에 가시가 있고 잎은 깃꼴겹잎이며 잔잎은 길둥글거나 알꼴이고 톱니가 있다. 초여름에 흰 다섯잎꽃이 산방 꽃차례로 피고 10월에 콩알 같은 열매가 빨갛게 익는다. 구경거리나 울타리용으로 심고 열매는 이뇨제로 쓴다.

참소리쟁이 마디풀과에 딸린 여러해살이풀. 뿌리는 무처럼 굵고 길며 줄기는 1m정도로 자라며 세로줄이 있다. 뿌리잎은 길둥근 꼴이고 잎자루가 길며 모여나고 줄기잎은 길둥글고 끝이 뾰족하며 어긋맞게 난다. 5~7월에 엷은 풀빛 꽃이 총상 꽃차례로 피고, 여윈 열매를 맺는다. 들의 촉촉한 땅에 자라고 어린잎은 먹는다.

총채벌레 총채벌렛과의 곤충. 몸길이 약 1.5mm. 몸 빛깔은 짙은 고동색. 막대기 같은 앞뒤 날개에 긴 털이 빽빽이 나 있다. 벼의 해론 벌레이다.

큰멋쟁이나비 네발나빗과에 딸린 나비. 작은멋쟁이나비와 비슷하나 빛이 짙고 뒷날개 대부분이 검은 갈색인데 가장자리만 감색이고 검은 점무늬 한 줄이 있다.

톡토기 톡토기목에 딸린 모든 곤충을 일컫는 말. 가장 원시적인 곤충으로 몸길이 3mm 이하이며 원통꼴이고 날개가 없다.

파라고무나무 대극과의 늘푸른큰키나무. 원산지는 브라질이다. 지름은 4m 정도이고 키는 20~47m에 달하며 수령은 2백 년 정도이다. 잎은 세쪽잎으로 잎자루가 길다. 줄기를 째면 젖 같은 액체가 흐르는데 이것을 받아 응고 처리 과정을 거쳐 탄성 고무의 원료로 한다.

패랭이꽃 석죽과에 딸린 여러해살이풀. 줄기는 높이 30~60cm까지 자라며 위에서 가지가 갈라진다. 잎은 바소꼴 또는 실꼴로 마주난다. 6~8월에 흰빛, 붉은빛의 여러 가지 꽃이 피는데 꽃잎은 끝이 얕게 째지고 튀는 열매를 맺는다. 꽃은 구맥이라 하여 약재로 쓴다. 석죽이라고도 한다.

풀잠자리 풀잠자릿과의 벌레. 몸은 푸르고 날개는 투명하며 진딧물을 잡아먹고 산다. 여름에 불빛에 잘 날아드는데 고약한 냄새를 풍긴다.

풍뎅이 풍뎅잇과의 벌레. 몸길이는 17~23mm이고 둥글넓적하다. 빛깔은 금속 녹색이고 윤이 난다. 겉날개에는 작은 점으로 된 세로줄이 있다. 자란 벌레는 6~7월에 활동하며 각종 나뭇잎을 갉아먹는다.

학배기 잠자리의 애벌레. 물속에서 살며 잘 발달된 아랫입술을 머리 아랫면에 접어 두었다가 필요할 때 앞으로 뻗어작은 동물을 잡아먹는다. 호흡은 기관아가미로 하며 대략 10~15회 허물을 벗는다. 번데기 시기를 거치지 않으며 가슴등 쪽 가운데가 세로로 갈라져서 자란 벌레가 나온다.

협죽도 협죽도과에 딸린 늘푸른떨기나무. 키는 1~5m쯤 되고 가지가 밑에서부터 무더기로 나와 포기를 이루며 나무껍질은 검고 밋밋하다. 잎은 두꺼운 가죽질로 바소꼴이며세 잎씩 돌려난다. 여름에 가지 끝에 향기로운 연분홍이나 흰빛의 꽃이 핀다. 원산지는 인도이고 관상용으로 심는다.

호랑가시나무 감탕나뭇과에 딸린 늘푸른작은큰키나무. 높이는 2~3m이고 가지가 무성하며 털이 없다. 넓적한 잎에는 가시 모양의 톱니가 있고 어긋맞게 난다. 여름에 흰 꽃이 잎사귀에 모여 피고 씨열매는 가을에 붉게 익는다.

회양목 회양목과에 딸린 늘푸른떨기나무. 키가 7m에 이르는 것도 있는데 잔가지는 녹색이며 네모지고 털이 있다. 잎은 길둥글며 두껍고 마주난다. 봄에 자잘한 노란 꽃이 잎사귀에서 피고 여름에 콩알만 한 열매를 맺는다.

휘파람새 휘파람샛과의 새. 참새만 한 크기에 등 쪽은 감람갈색이고 배 쪽은 회색을 띤 백색이다. 5~6월에 낮은 나무에 둥지를 짓고 붉은 갈색의 알을 대여섯 개 낳는다. 풀숲에서 높고 떨리는 소리로 유쾌하게 지저귄다. 해론 벌

레를 잡아먹는 이론 새로 울음소리가 고와 집에서 기르기
도 한다.

흰개미   흰개밋과의 벌레로 몸빛이 희다. 머리는 좀 누르스
름한데 모양은 개미와 비슷하며 날개가 있는 것과 없는 것
이 있다. 땅속에 묻힌 나무 속에 살며 가옥의 목재를 해
친다.

히아신스   백합과의 여러해살이풀. 비늘줄기에서 바소꼴 잎
이 모여나며 짙은 향기를 지닌 푸른색, 자색, 홍색 따위의
꽃이 총상 꽃차례로 핀다. 원산지는 지중해이며 추위에
약하다.

옮긴이 **이세욱** 1962년에 태어나 서울대학교 불어교육과를 졸업하였으며, 현재 전문 번역가로 활동하고 있다. 옮긴 책으로 베르나르 베르베르의 『제3인류』(공역), 『웃음』, 『신』(공역), 『인간』, 『나무』, 『상대적이며 절대적인 지식의 백과사전』(공역), 『뇌』, 『타나토노트』, 『아버지들의 아버지』, 『천사들의 제국』, 『여행의 책』, 움베르토 에코의 『프라하의 묘지』, 『로아나 여왕의 신비한 불꽃』, 『세상의 바보들에게 웃으면서 화내는 방법』, 『세상 사람들에게 보내는 편지』(카를로 마리아 마르티니 공저), 장클로드 카리에르의 『바야돌리드 논쟁』, 미셸 우엘벡의 『소립자』, 미셸 투르니에의 『황금 구슬』, 카롤린 봉그랑의 『밑줄 긋는 남자』, 브램 스토커의 『드라큘라』, 파트리크 모디아노의 『우리 아빠는 엉뚱해』, 장자크 상페의 『속 깊은 이성 친구』, 에리크 오르세나의 『오래오래』, 『두 해 여름』, 마르셀 에메의 『벽으로 드나드는 남자』, 장크리스토프 그랑제의 『늑대의 제국』, 『검은 선』, 『미세레레』, 드니 게즈의 『머리털자리』 등이 있다.

개미 5

발행일	1997년	5월 30일	초판	1쇄
	1997년	6월 15일	초판	3쇄
	2001년	2월 15일	2판	1쇄
	2012년	11월 20일	2판	61쇄
	2013년	5월 30일	3판	1쇄
	2022년	5월 30일	3판	21쇄
	2023년	6월 15일	특별판	1쇄
	2023년	12월 15일	개정판	1쇄

지은이 베르나르 베르베르
옮긴이 이세욱
발행인 홍예빈 · 홍유진
발행처 주식회사 열린책들

경기도 파주시 문발로 253 파주출판도시
전화 031-955-4000 팩스 031-955-4004
www.openbooks.co.kr

Copyright (C) 주식회사 열린책들, 1997, 2023, *Printed in Korea.*
ISBN 978-89-329-2362-8 04860
ISBN 978-89-329-2357-4 (세트)